레프트오버

레프트오버

톰 페로타 장편소설 | **전행선** 옮김

The
Left
overs

BOOK PLAZA

⟲ 목차

○ 등장인물 소개

케빈 가비

이 소설의 주인공. 메이플턴시의 시장이자 한 가족의 가장. '갑작스런 증발' 사건 이후, 가족을 버리고 떠나버린 아내를 대신해 가정을 지키고, 실의에 빠진 소도시 시민들의 삶을 다시 일으켜 세우려 백방으로 애쓰는 인물이다.

로리 가비

케빈의 아내. 신의 존재 자체를 부인하던 불가지론자였으나 '갑작스런 증발' 사건 이후 무기력과 허무주의에 빠져 가족을 버리고 사이비종교 단체인 '남겨진 죄인들'의 공동숙소로 들어가버린다.

톰 가비

케빈과 로리의 아들. 대학에 입학하고 얼마 지나지 않아 발생한 '갑작스런 증발' 사건의 충격으로 학교도 자퇴하고 사이비종교 단체 교주인 '신성한 웨인'의 추종자가 되어 방황을 시작한다. 따뜻하고 공감능력도 뛰어난 인물이라 주변의 고통에 대해 쉽게 눈을 돌리지 못한다.

힙스

톰을 '신성한 웨인'에게로 처음 이끌어가는 대학교 선배.

질 가비

케빈과 로리의 딸. 친구의 '갑작스런 증발' 사건으로 외상 후 스트레스 장애를 겪으며 주변과 심리적인 단절을 시도하는 감수성 예민하고 지적으로도 명민한 사춘기 소녀. 엄마마저 '남겨진 죄인들'이라는 종교단체로 들어가버리자 외로움을 견디지 못해 일탈의 길로 빠져든다.

에이미

질의 친구. '갑작스런 증발'로 엄마를 잃고 무책임한 양부와 함께 살다가 질의
집에 얹혀살게 되는 예쁘고 영리하며 자유분방한 소녀. 질이 자아를 찾아가는
데 도움을 주기도 하지만, 서로 너무도 다른 성향 때문에 갈등을 겪기도 한다.

노라 더스트

갑작스런 증발로 가족 모두(남편 더그와 여섯 살 먹은 아들 제러미, 네 살배기
딸 에린)를 잃고 '세상에서 가장 불운한 여인'으로 전락해 버린 후 오랫동안 그
리움과 죄책감이 뒤섞인 감정에서 헤어나지 못하고 방황하는 인물. 특히 맷 제
밋슨 목사의 폭로로 남편이 유치원 교사 카일리와 불륜관계였음이 밝혀져 더
괴롭다. 케빈과 사랑에 빠지지만 쉽게 자기 안에서 빠져나오지 못한다. (케빈 가
비의 부인 '로리'와 '노라'를 혼동하지 말 것.)

카렌

노라 더스트의 언니. 다부지고 적극적인 성격의 가정주부로 동생이 다시 기운
을 차리고 삶을 살아갈 수 있게 도우려 애를 쓴다.

카일리

에린의 유치원 교사로 후에 노라의 남편과 불륜관계였음이 밝혀진다.

맷 제미슨

시온 바이블 교회의 목사였으나 '휴거'에 선택받지 못했다는 절망감에서 헤어
나지 못하고 '갑작스런 증발'이 휴거가 아니라는 진실을 밝히기 위해 고군분투
하는 인물이다.

웨인 길크리스트

갑작스런 증발로 아들을 잃고 일명 '신성한 웨인'이라 불리며 '치유의 안아주기
운동'을 이끌어간다. 하지만 차츰 명성에 우쭐해서 초심을 잃고 타락해 가는
인물. (남겨진 죄인들 단체의 수장은 아니고, 혼란했던 시기에 나타났던 또 다
른 사이비 사교집단의 수장이다.)

크리스틴

'신성한 웨인'의 네 번째 영적 신부로, 자신이 '기적의 아이'를 임신했다고 믿는 16살 먹은 소녀.

멕 로맥스

결혼식을 며칠 앞두고 엄마가 사라져 버린 충격에서 벗어나지 못하고 결국에는 '남겨진 죄인들'의 공동숙소로 들어가 버린다. 로리의 지도하에 파수 임무 교육을 받기 시작하면서 그녀와 예기치도 못했던 끈끈한 영적 교감을 나누기 시작한다. (맷 제미슨 목사 '맷'과 '멕'을 혼동하지 말 것.)

멜리사 허버트

케빈 가비의 고교 후배이자 같은 마을에 살며 잠시 로맨틱한 감정을 나누는 여성. 가정을 파탄 내고 젊은 여자와 결혼했던 남편이 갑작스런 증발로 사라져 버린 후, 절망하는 남편의 젊은 아내에게 모질게 대했던 자신을 책망하면서도 어떻게든 삶을 살아가려 애쓴다. 그 와중에 '남겨진 죄인들'과 마찰을 겪는다.

프로스트 형제

고등학교 졸업 후에도 하는 일 없이 게으르게 빈둥거리는 잘생긴 레게머리 쌍둥이 청년들. 특히 동생 스코트는 질이 행복의 의미를 되새겨 보는 데 결정적인 계기를 제공하는 인물이다.

남겨진 죄인들 단체

침묵의 맹세를 하고 공동숙소에 모여 살며 종말이 오기만을 기다리는 사이비 종교단체. 흰옷을 입고 늘 담배를 피워 문 채 두 명씩 짝을 지어 돌아다니면서 주민들의 일거수일투족을 감시한다. 따라서 '갑작스런 증발' 이후 어떻게든 삶을 살아가려 애쓰는 사람들에게 눈엣가시 같은 존재가 된다.

패티 레빈

'남겨진 죄인들' 메이플턴 지부의 관리자이자 대변인. '갑작스런 증발' 이후 다시 '잠들기 시작한 세상'을 깨워 놓는다는 명목하에 독실한 신도들의 '자발적' 희생을 강요한다.

❖ 일러두기

1. 본문 속의 주석은 모두 옮긴이주입니다.

2. 볼드체 부분은 ´원서에서 이탤릭체로 표시된 부분입니다.

3. 원서에서 대문자로 표시된 신문 헤드라인 같은 내용은 홑 따옴표안에 넣었습니다.

레프트오버 The Leftovers
역자 후기

전행선

어느 날 사랑하는 외동딸이 사라졌다. 눈에 넣어도 아프지 않을 것 같던 어린 아들도 사라졌다. 곁에 있던 단짝 친구도 사라지고, 외도로 가정을 파탄 냈던 미운 전남편도 사라졌으며, 결혼을 며칠 앞둔 신부의 어머니도 사라졌다.

그렇게 세계 인구의 2퍼센트가 갑자기 흔적도 없이 사라져버렸다. 어디로 어떻게 얼마나 오랫동안, 그리고 도대체 왜? 이 질문에 답해줄 수 있는 사람은 아무도 없다.

이 작품은 바로 이 '갑작스런 증발'에서 남겨진, 혹은 '선택받지 못한' 전 세계 98퍼센트의 지극히 평범한 사람들의 이야기를 다룬다. 과연 그들은 이 충격적인 사건을 어떻게 헤쳐나가고 어떤 식으로 삶을 영위해 갈까? 톰 페로타는 '휴거 비슷한 사건'을 하나의 소설적인 장치로 이용해 인간이 갑작스런 상실에 대처하는 방식을 다양한 방향에서 여러 인물 군상을 통해 보여주려 애를 쓴다.

케빈 가비의 가족은 '갑작스런 증발'에서 모두 살아남았다. 천만다행이라고 은밀히 축하하고도 남을 일이지만, 어쩐 일인지 종교 자체를 부인하던 아내 로리는 어느 날 가족을 버리고 사이비종교 단체인 '남겨진 죄인들'의 공동숙소로 들어가버린다. 세상 그 무엇과도 비교할 수 없을 만큼 강렬한 감정이라는 모성애도 그 극단적인 선택에서 그녀를 돌려세우지 못한다. 곁에 있던 친구의 갑작스런 증발로 외상 후 스트레스 장애를 겪으며 주변과 심리적인 단절을 시도하던 사춘기 소녀 질 가비는 엄마의 부재로 인해 힘겨운 방황을 시작한다. 그리고 어느새 걷잡을 수 없는 일탈의 길로 빠져든다. 반듯하기만 하던 아들 톰 가비는 '신성한 웨인'이라는 사이비 교주에게 현혹되어 가족의 곁을 떠나버린다. 그리고 케빈 가비는 아내와 아들의 가출과 딸의 방황이라는 극심한 스트레스 속에서도 어떻게든 하루하루를 살아나가려 애를 쓴다.

물론 가족 모두를 잃은 여성도 있다. 어찌 보면 노라는 이 소설 속에 등장하는 가장 불행한 여성이다. 저녁 식사 자리에서 잠시 부엌에 들어갔다 나온 사이에 어린 아들과 딸, 그리고 남편까지 가족 모두가 사라져 버렸다. 그리고 노라는 가족의 '갑작스런 증발'이 자신의 은밀한 바람이 현실로 이루어진 것일지도 모른다는 추정을 하며 경악한다. '정말 지긋지긋해. 귀신은 뭐 하나 모르겠어, 이런 인간을 안 잡아가고…….' 가끔 속썩이는 자식이나 남편을 보며 혼자 이런 생각을 해보지 않은 사람이 대체 몇이나 되겠는가. 당연하게도 노라는 참으로 오랫동안 그리움과 죄책감이 뒤섞인 감정에서 헤어나지 못하며 자기 안에 스스로를 가두어 버린다.

사랑하는 아들을 잃고 자신이 직접 사교단체를 만드는 교주도 등장한다. 하지만 그는 처음의 순수한 의도와는 달리 차츰 타락의 길로 빠져든다. 독실한 기독교 목사였으나 '휴거'에 선택받지 못했다는 절망감에서 헤어나오지 못하고 '갑작스런 증발'이 휴거가 아니라는 진실을 밝히기 위해 고군분투하는 이도 있다. 그 과정을 통해 목사는 자기 자신은 물론이고 남아 있는 사람들의 삶마저 파괴해 나가기 시작한다. 하지만 누가 이들에게 손가락질하겠는가. 믿음이 절망으로 변해 버렸을 때, 우리가 느끼는 상실감의 깊이는 그 누구도 함부로 평가하고 단정할 수 없지 않은가.

소설의 중반부터 독자는 삶의 근간이 무너져내렸을 때 선택할 수 있는 여러 가지 일탈을 등장인물의 분투를 통해 대리 경험하게 된다. 때로 그것은 매우 극단적이고 암울하며, 때로는 흥미롭고 로맨틱하기도 하다. 그리고 그런 과정을 겪어 나가는 동안 독자는 흔히 희망이라 생각했던 것이 때로는 절망의 다른 얼굴일 수도 있고, 절망이라 회피하던 곳에 새로운 희망의 씨앗이 움트고 있을 수 있으니, 무조건 고개를 돌려 도망치려 하지 말라는 저자의 따뜻한 속삭임을 듣게 된다.

어찌 보면 이 작품은 참으로 우울한 이야기가 아닐 수 없다. 하지만 소설의 어조는 종종 해학적이고 따뜻하며, 담담하기까지하다. 사실 삶이라는 것은 항상 남겨진 사람들의 몫이 아니던가. 톰 페로타는 독자가 이 사실을 진지하게 생각해보도록 이끌어간다. 갑작스런 상실 앞에서 어떤 이는 분노하고 방황하다 우울함에 빠져 자신의 삶을 망쳐갈 수도 있지만, 또 다른 이는 지금까지와는 다른 방식으로 스스로를 '정화'하고 삶에 대한 '통찰'을 얻어 갈 수도 있다. '과연 당신은 어떤 길을 택하겠습니까?' 작품을 통해 저자는 이렇게 화두를 던진다. 그리고 작품 말미에서 우리는 작가의 선택과 마주칠 수 있다. 그렇다면 '나'는 어떤 삶을 선택할까? 독자들도 한번쯤 생각해 보길 바란다.

사건의 시작

사건의 시작

로리 가비는 휴거 같은 것은 믿어본 적이 없었다. 더 정확히 말하면, 무언가에 대한 믿음 그 자체가 어리석은 짓이라는 생각 외에 딱히 어떤 것에 대한 믿음을 가져본 적이 없었다.

"초경험적인 것의 존재나 본질은 인식할 수 없어." 그녀는 아이들에게 이렇게 말해주곤 했다. 아이들이 어렸을 때, 천주교나 유대교, 또는 유일신교 등을 믿는 친구들이 너의 종교가 뭐냐고 물어오면, 아이들은 적당히 대답할 말을 찾지 못해 엄마에게 그 방법을 물어왔었다. 그때마다 로리는 그렇게 답해주곤 했다. "우리는 신이 있는지 없는지 몰라. 그걸 아는 사람은 없어. 안다고 말할지는 모르지만, 실제로는 다 모르는 거란다."

로리가 처음 휴거에 관한 이야기를 접한 시기는 대학 1학년 때로, '세계 종교학 개론'이라는 수업을 수강하고 있었다. 그녀가 듣기에 교수가 설명해준 현상은 농담 같았다. 기독교인들이 하늘에 있는 예수를 만나기 위해 옷 밖으로 유령처럼 떠올라 집이나 차의 지붕 위로 솟아오르는 동안, 비기독교인들은 망연자실한 채 저 사람들은 모두 어디로 떠가는 걸까 멍때리기만 한다고? 로리에게 신학은 뭔가 미심쩍은 학문이었다. 그런 느낌은 성경 속 아마겟돈과 적그리스도, 요한계시록의 네 기사(죽음, 질병, 재앙, 기근을 상징하는 네 명의 말 탄 기사_옮긴이)에 관한 온갖 미신을 담은 구절을 읽고 난 후에도 달라지지 않았다. 마치 시커먼 벨벳 그림처럼 싸구려 느낌이 나는 세속화나, 말도 안 되는 망상처럼 느껴졌다.

왜 있지 않은가, 튀긴 음식에 환장하고, 자기 애들을 마구 학대하면서, 에이즈는 신이 동성애자를 벌주기 위해 발명해 낸 질병이라는 이론에는 아무런 의구심도 드러내지 않는 그런 사람들에게나 강한 호소력을 갖는 망상 말이다. 그 후로 로리는 이따금씩 비행기나 기차 안에서 휴거 후 남겨진 사람들에 관한 책을 읽는 사람을 볼 때마다 왠지 모를 안쓰러움을 느꼈다. 그들이 그런 책에 의존한 채 가만히 앉아 세상의 종말을 기다리고 있는 가여운 사람들이라는 생각을 하면, 심지어 약간의 애처로움마저 느꼈다.

그러던 때 바로 그 사태가 벌어진 것이다. 성서 속의 예언이 실현됐다. 온전히는 아닐지라도 적어도 부분적으로는 그랬다. 사람들이 사라졌다. 전 세계에서 수천 수백만에 이르는 사람들이 동시에 사라졌다. 이건 '로마제국 시대에 죽었던 사람이 살아 돌아왔더라'와 같은 전설도 아니고, 조셉 스미스(몰몬교의 창시자_옮긴이)가 천사의 계시를 받고 뉴욕 북부에서 황금판을 발견했다는 식의 그들만의 신화도 아니었다. 실제 일어난 일이었다. 로리가 집안에 앉아 있는 동안, 그녀가 사는 동네에서, 그녀의 가장 친한 친구의 딸에게까지 휴거가 일어났다. 이제 그녀의 삶에도 신이 개입하기 시작한 것이다. 그 사실은 너무도 자명했다. 신이 흐드러진 진달래 덤불 속에 서서 그녀에게 친히 계시를 내린 것처럼 확실했다.

평범한 사람이라면 누구나 벌어진 일을 받아들였을 것이다. 그러나 로리는 그 후로도 몇 주, 아니 몇 달 동안이나 그 명백한 사실을 부인했다. 과학자와 정치가가 늘어놓는 말을 필사적으로 믿으면서 자신의 휴거에 대한 의구심이 무슨 구명튜브라도 된다는 듯이 꽉 부여잡고 놓지 않았다. 과학자와 정치가들은 소위 '갑작스런 증발'이라 명명한 그 현상의 원인이 아직까지는 명확히 규명되지 않았으므로, 그 문제를 조사 중인 범정부적 차원의 공식적인 보고가 있을 때까지 성급하게 결론을 내려서는 안된다고 대중에게 주의를 주었다.

"비극적인 일이 발생했습니다." 전문가들은 반복해서 말했다. "이 사건은 휴거와 비슷한 현상이지만, 휴거처럼 보이지는 않습니다."

흥미로운 점은 이런 주장을 가장 강력하게 펼치는 사람들이 모두 기독교 신자라는 점이었다. 그들은 10월 14일에 사라져버린 사람들 중에 예수그리스도를 믿지 않던 자들이 상당수 포함되어 있다는 사실을 그냥 무시해버릴 수가 없었다. 사라진 사람들은 종교나 신념과는 아무 관련이 없는 듯 보였기 때문이다. 없어진 사람들 중에는 힌두교도와 불교신자, 이슬람교도와 유대인, 무신론자, 물활론자, 동성애자, 에스키모, 몰몬교도, 조로아스터교도 등이 두루 섞여 있었다. 누가 봐도 무작위로 선별된 사람들이었다. 그런데 이것이 진정한 휴거라면 무작위선별이란 있을 수 없지 않은가. 휴거의 핵심은 독실한 신자에게 보상을 해주고 나머지 세상 사람에게는 신의 뜻을 통고하기 위해 밀알에서 쭉정이를 골라내는 것이다. 무차별적인 휴거는 절대로 휴거가 아니다.

그러니 양팔을 하늘 높이 벌린 채 대체 무슨 일이냐고 한탄하면서 혼란스러워 하기에 충분했다. 그러나 로리는 혼란스러운 가운데 깨닫고 있었다. 그 일이 일어나자마자, 마음속 깊은 곳에서부터 알 수 있었다. 그녀는 떠난 사람이 아니라 남겨진 사람이었다. 모두가 그랬다. 신의 의사 결정에 종교가 주요한 인자가 되지 않았다는 사실은 전혀 중요하지 않았다. 오히려 신에게 거부당했다는 사실, 그것이 더 가슴에 사무쳤다. 그러나 로리는 그런 심정을 무시하기로 마음먹었다. 고통스러워서 떠올리기 싫은 무언가가 있을 때, 그것을 저장해 두는 가슴 속의 음침한 지하 저장고, 바로 그 구석진 자리로 밀어 넣어 버리기로 했다. 그곳은 '나도 언젠가는 죽을 목숨'이라는 깨달음을 숨겨둔 바로 그 장소였다. 그곳에 깊숙이 넣어 두어야 매일매일을 절망하지 않고 살아갈 수 있기 때문이었다.

게다가 바쁜 시기이기도 했다. 휴거가 일어나고 몇 달 동안은 메이플턴 내의 모든 학교가 휴교에 들어가서 로리의 딸은 하루종일 집에 있었고, 아들도 대학에서 돌아와 집에 머물렀다. 전과 마찬가지로 해야 할 쇼핑과 빨래도 있었고, 음식도 하고 설거지도 해야 했다. 추도식에도 참석해야 했고, 슬라이드 쇼도 편집해야 했다. 울기도 해야 했고, 사람을 지치게 하는 대화도 끝없이 이어졌다. 로리는 하루 아침에 가족을 잃어버린 가여운 로잘리 서스먼을 방문해 그녀와 많은 시간을 보냈다. 깊이를 가늠할 수 없는 슬픔을 가눌 수 있게 돕기 위해서였다. 가끔 그들은 사라진 로잘리의 딸 젠에 관해 이야기를 나누었다. 늘 생글생글 웃는 낯에 그 누구보다 사랑스러운 아이였다는 등의 내용이었다. 그러나 대개는 아무 말 없이 함께 가만히 앉아 있기만 했다. 침묵은 깊었고, 침묵하는 것이 옳다고 느꼈다. 둘 다 그 침묵을 깨트릴 만큼 중요한 대화거리가 없었다.

다음 해 가을, 특이한 사람들이 거리를 돌아다니기 시작했다. 그들은 흰옷 차림으로 동성끼리 짝을 지어 다니며 늘 담배를 피워물고 있었다. 그들 중 몇몇은 로리의 지인이었다. 바버라 산탄젤로의 아들은 로리의 딸과 같은 반 친구였다. 마티 파워스는 로리의 남편과 소프트볼 게임을 함께 하곤 했는데, 그의 아내가 휴거인지 뭔지 하는 그 사건으로 사라져 버렸다. 그들은 대체로 주변 사람을 의식하지 않았지만, 가끔은 사람들의 뒷조사를 위해 고용된 사설탐정처럼 사람들의 뒤를 졸졸 따라다녔다. 간혹 누가 "안녕하세요"라고 인사라도 하면, 그들은 그저 멍한 시선으로 바라만 봤다. 하지만 뭔가 실질적인 질문을 던지면, 한쪽 면에 다음과 같은 내용이 적힌 명함 한 장을 내밀었다.

우리는 '남겨진 죄인들'입니다.
우리는 침묵의 맹세를 했습니다.
우리는 당신에게 신의 놀라운 힘을 보여주는 살아 있는 상징입니다.
심판의 날이 다가오고 있습니다.

명함의 반대쪽 면에는 좀 더 자세한 정보를 얻고 싶으면 접속해 달라는 말과 함께 아주 작은 글씨로 www.guiltyremnant.com라는 웹사이트 주소가 적혀 있었다.

참으로 이상한 가을이었다. 그 재난이 있고 꼭 한 해가 지나갔다. 생존자들은 그동안 모든 충격을 고스란히 흡수했다. 개중에는 남들보다 많이 휘청이는 사람도 있었다. 그러나 놀랍게도 대다수는 자신이 여전히 지상에 두 발을 딛고 서 있다는 사실을 깨달았다. 이제 사람들은 매우 조심스럽고 신중한 방식으로 다시 평상시처럼 살아가기 시작했다. 학교는 다시 문을 열었고, 대부분이 직장으로 돌아갔다. 주말이면 아이들은 공원에서 축구를 했다. 심지어 핼러윈데이에는 적지만 사탕도 얻을 수 있었다. 오래된 습관들이 다시 돌아오기 시작했고, 삶도 이전의 모습을 찾아가는 듯했다.

그러나 로리는 평범한 일상으로 돌아갈 수 없었다. 친구 로잘리를 돌보는 일 외에도, 그녀는 자기 아이들 걱정에 한시도 마음이 편치 않았다. 톰은 봄 학기에 다시 대학으로 돌아갔지만, 일명 '신성한 웨인'이라는 자칭 '치유의 예언자'에게 크게 영향받아 전 과목을 낙제하고 집으로 돌아오기도 거부했다. 여름 동안 톰은 잘 지낸다는 사실을 알리기 위해 두어 번 집으로 전화를 걸어왔지만, 자신이 어디에 있고 무엇을 하며 지내는지에 관해서는 함구했다. 딸인 질은 우울증과 외상 후 스트레스 장애로 고생하고 있었는데, 그도 그럴 것이 젠 서스먼은 초등학교 때부터 질의 가장 친한 친구였다. 하지만 질은 그에 관해 엄마와 대화하기를 거부했고, 심리치료사도 만나보려 하지 않았다. 그 와중에 남편은 이상하리 만치 낙관적이었고, 늘 좋은 소식만 안고 들어왔다. 사업도 번창했고, 날씨만 허락하면 1시간에 10킬로미터 씩 조깅도 하고 들어왔다.

"당신은 어떻게 지냈어?" 남편은 이렇게 묻곤 했다. 아직 쫄쫄이 운동복 차림의 몰골이라는 사실은 안중에도 없었다. 송골송골 맺힌 땀방울에 뒤덮인 얼굴은 건강하게 빛났다. "하루 종일 뭐했어?"

"나? 나는 로잘리 스크랩북 만드는 거 도왔지."

그러면 남편은 이해하면서도 탐탁하지 않다는 표정으로 물었다.

"로잘리는 아직도 그거 만드는 거야?"

"끝내고 싶지 않은가 봐. 오늘은 젠의 수영선수 경력을 보여주는 일대기 작업을 했어. 그걸 보면 젠이 한 해 한 해 어떻게 성장해 왔는지 알 수 있어. 정말 감동적이더라."

"음." 케빈은 냉장고에 달린 정수기에서 얼음물을 한 잔 따랐다. 로리는 남편이 귀담아듣지 않고 있음을 이미 알고 있었다. 그가 젠 서스먼에 관한 주제에 흥미를 잃어버린 지도 벌써 몇 달 되었다. "저녁은 뭐야?"

로리는 로잘리가 '남겨진 죄인들'이라는 종교집단에 합류할 생각이라고 선언했을 때 그리 많이 놀라지 않았다. 로잘리는 그 흰옷 입은 사람들을 처음 본 이후로 계속 그들의 존재에 매혹을 느껴왔기 때문이다. 그녀는 침묵의 맹세를 지키며 살아가는 것이 얼마나 힘들겠느냐고 했다. 특히 아주 오랜만에 어릴 적 친구와 우연히 마주치기라도 한다면, 말을 하지 않고 지나친다는 것이 얼마나 어렵겠냐고 했다.

"그런 상황에서는 재량껏 할 수 있게끔 어느 정도 자유를 줘야 하지 않을까?"

"잘 모르겠어." 로리가 말했다. "내 생각에는 재량권 같은 건 안 줄 것 같아. 다들 광신도잖아. 예외 상황을 두는 건 원치 않을 거야."

"길에서 마주친 사람이 내 오빠라면 어떡해? 게다가 20년 동안이나 얼굴도 못 보고 살아왔다면? 그런 상황에서도 잘 지냈느냐는 인사 한마디 못한다는 거야?"

"나한테 묻지 말고 그 사람들한테 물어야지."

"그 사람들한테 어떻게 물어? 말을 할 수가 없잖아."

"나도 몰라. 웹사이트에 들어가서 확인해봐."

그해 겨울 로잘리는 그 웹사이트를 자주 들락날락거렸다. 특히 공공지원활동 부서의 관리자라는 사람과 메신저 친구를 맺어 가까워졌다. 확실히 그 침묵의 맹세라는 것은 전자통신에까지는 영향을 미치지 않는 모양이었다. 지원활동 부서의 관리자는 매우 친절한 여성으로 로잘리의 질문에 성의껏 대답하며 그녀가 품은 의구심과 미심쩍은 사항들을 하나하나 해결해주었다.

"이름은 코니야. 원래 피부과 전문의였대."

"정말?"

"병원을 팔아서 수익금을 그 단체에 기부했다고 해. 많은 사람이 그렇게 하나 봐. 그 정도 조직을 파산하지 않게끔 운영해가려면 적잖은 돈이 들어갈 테니까."

로리는 지역신문에 실린 '남겨진 죄인들'에 관한 기사를 읽은 적이 있었기에, 적어도 60명 정도의 신도가 징코 거리에 있는 '공동숙소'에 거주한다는 사실을 알고 있었다. 그 숙소는 토리 빈센트라는 한때 부유한 주택 개발업자였던 사람이 남겨진 죄인들에 양도한 여덟 채의 주택으로 구성돼 있었다. 물론 토리 빈센트도 이제는 평범한 신도 자격으로 아무런 특권도 없이 그곳에서 살아갔다.

"자기는 어쩔 거야?" 로리가 로잘리에게 물었다. "집을 팔 생각이야?"

"지금 당장은 아니야. 6개월 체험기간이 있거든. 그때까지는 아무런 결정도 내릴 필요가 없어."

"좋은 정책이네."

로잘리는 자신의 대담함에 스스로도 놀랐다는 듯이 고개를 가로저었다. 그녀가 스스로의 삶을 바꿀만한 중요한 결정을 내렸다는 사실에 얼마나 들떠 있는지 로리의 눈에도 보일 지경이었다.

"늘 흰옷만 입고 다녀야 한다니 정말 이상할 것 같아. 파란색이나 회색이나 뭐 다른 색이면 더 좋을 것 같은데. 난 흰색이 잘 안 어울리거든."

"자기가 담배를 피우게 된다니, 믿기지가 않아."

"음." 로잘리가 인상을 찌푸렸다. 평소 그녀는 매우 강경한 금연주의 자였다. 심지어 누군가 5~6미터 밖에서 담뱃불을 붙이는 모습만 목격해도 신경질적으로 손을 저어대는 부류의 사람이었다. "그게 익숙해지는 데는 꽤나 시간이 걸릴 것 같아. 그렇지만 그냥 세례식 같은 걸로 생각하면 되지 않을까? 무조건 해야 하는 거라고 생각하는 거지. 선택의 여지가 없는."

"자기 폐가 가여워지려고 하네."

"우린 암에 걸릴 만큼 오래 살지도 못할 거야. 휴거 후에는 7년 간의 대환란이 있을 거라고 성경에 적혀 있잖아."

"그렇지만 이건 휴거가 아니야." 로리의 목소리는 친구에게가 아니라 마치 자기자신에게 말하는 듯 들렸다. "정확히는 아니지."

"로리, 자기도 나와 같이 가자." 로잘리가 부드럽고 진지한 목소리로 말했다. "어쩌면 룸메이트로 지낼 수 있을지도 몰라."

"나는 안돼." 로리가 말했다. "가족을 두고 갈 수는 없어."

가족. 로리는 그 단어를 입 밖으로 소리 내 말하고 나니 기분이 좋지 않았다. 로잘리에게는 이렇다 할 가족이 없었다. 남편과는 몇 년 전에 이혼했고, 사라진 젠은 외동딸이었다. 미시간에 모친과 양부가 살고 있었고, 여동생 하나가 미니애폴리스에 살고 있었지만, 그들과는 거의 왕래가 없었다.

"나도 그럴 거라고 생각했어." 로잘리가 체념의 의미로 어깨를 살짝 으쓱해 보였다. "그냥 얘기나 한번 해 본 거야."

1주일 후에 로리는 로잘리를 징코 거리까지 태워다 주었다. 날씨는 화창했고, 햇살과 새들의 지저귐이 대기를 가득 메우고 있었다. 숙소

내의 집들은 상당히 웅장했다. 식민지 양식의 3층짜리 저택들이 600 평 쯤 되는 대지 위에 넓게 자리해 있었는데, 모르긴해도 처음 지었을 때는 몇 백만 달러쯤 되는 고가에 팔려 나갔을 것 같았다.

"와, 굉장히 호화로운데."

로리가 말했다.

"나도 알아." 로잘리가 긴장한 듯 미소를 지어 보였다. 그녀는 흰옷을 입은 채 속옷과 세면도구 정도만 챙겨 넣은 작은 여행가방과 오랜 시간 공들여 만든 스크랩북만을 챙겨왔다. "내가 여길 오다니 믿을 수가 없네."

"집으로 돌아가고 싶으면 언제든지 연락해. 내가 데리러 올게."

"아니, 괜찮을 것 같아."

그들은 현관문 위에 '본부'라는 글씨가 페인트칠 되어 있는 하얀색 집의 층계를 걸어 올라갔다. 로리는 건물 안으로 들어갈 수 없었기에, 로잘리와는 현관 앞에서 껴안고 작별인사를 나누었다. 그런 다음 전 직 피부과 의사라고 했던, 코니일지도 모르고 아닐지도 모르는 어느 창백하고 친절한 얼굴의 여인이 로잘리를 이끌고 건물 안으로 들어가는 모습을 지켜보았다.

로리가 징코 거리에 다시 가기까지 거의 1년의 세월이 흘러갔다. 또 다시 어느 봄날이었지만, 지난번 보다 약간 더 춥고, 그리 화창한 날씨도 아니었다. 이번에는 로리가 흰옷을 입고 작은 여행 가방을 들고 있었다. 그리 무겁지 않은 가방이었고, 안에는 속옷과 칫솔과 앨범이 하나 들어 있었다. 앨범에는 신중하게 골라 넣은 가족사진 몇 장과 사랑하지만 뒤에 남겨두고 와야 했던 지인들에 관해 보여주는 짤막한 시각적 역사가 들어 있었다.

Part One

1부
세 번째 기일

영웅의 날

시가행진을 하기에는 더없이 좋은 날씨였다. 햇살은 눈부시고 때 아니게 따뜻했으며, 하늘은 주일학교 만화 속에 등장하는 천국의 모습만큼이나 청명했다. 얼마 전까지만 하더라도 사람들은 이런 날씨에 대해 "안녕하세요, 지구온난화가 반드시 나쁜 것만은 아닌가 봐요!"라는 식의 실없는 말이라도 건네야 할 것처럼 생각했다. 하지만 요즘은 오존층에 뚫린 구멍이나 북극곰이 사라져버린 세상 따위에 신경 쓰는 사람은 거의 없었다. 사실 돌이켜보면 참으로 우습기 그지없는 일 아닌가. 생태학적 재난 같은, 지극히 먼 미래에 일어날, 아니, 미래의 어느날에도 실제로 우리 앞에 닥치게 될지, 아니면 그냥 지나가 버리게 될지 정확히 확신할 수도 없는 무언가를 걱정하는 데 삶의 에너지를 모두 낭비하며 살았다니. 당신과 당신의 다음 세대와 또 그 다음 세대가 각자에게 주어진 운명의 시간을 다 보낸 뒤, 정확히 어딘지는 모르지만 어쨌든 삶이 다하고 나면 가게 될 어딘가로 사라져 버리고도 또 한

없이 오랜 시간이 흐른, 그 머나먼 미래에도 정확히 일어나리라 확신할
수 없는 그런 일에 말이다.

아침 내 그를 괴롭히던 초조함을 떨쳐버리고, 케빈 가비 시장은 시
가행진에 참여할 사람들이 집결하기로 돼 있는 고등학교 주차장을 향
해 출발했다. 워싱턴 대로를 따라 걸어가는 동안 그는 전혀 예기치 못
했던 어떤 향수에 사로잡히는 기분이 들었다. 행진 시작까지는 30분
정도가 남아 있었다. 시가행진 차량은 줄지어 서서 출발을 기다리고
있었고, 악단도 삑삑거리고 빵빵거리는 악기 소리에 무성의한 북소리
가 뒤섞인 불협화음으로 대기를 진동하며 전투 준비에 임하는 중이었
다. 케빈은 메이플턴에서 나고 자랐기에, 아직 모든 것이 여전히 이치
에 맞던 시절에 열렸던 7월 4일 독립기념일 시가행진 행사를 다시 떠
올려보지 않을 수가 없었다.

당시 이 도시 사람의 절반이 메인스트리트를 따라 줄지어 늘어서
있었다. 나머지 절반은 보조단체 회원의 뒤를 따르는 어린이 야구단
선수들, 보이스카우트와 걸스카우트, 해외파병 상이군인 등이었다. 그
들은 길에 나온 많은 구경인파를 보니 놀랍다는 듯이 또는 이것이 국
경일 행사라기보다는 어떤 말도 안 되는 우연의 일치라도 된다는 듯
이, 늘어선 사람들을 향해 손을 흔들며 도로 한가운데를 따라 걸어갔
다. 적어도 케빈의 기억 속에 남아 있는 그 행사는 불가능하다 싶을
만큼 시끄럽고 정신없으며 목적도 순수했다. 소방차, 튜바 연주자, 아
일랜드 스텝 무용수, 번쩍이는 금속 장식이 달린 의상을 갖춰 입은 악
대 지휘자들이 거리를 행진했고, 심지어 어느 해인가는 빨간 페즈 모
자를 눌러 쓴 프리메이슨 우애 결사단 대원들이 신기한 작은 자동차
를 타고 행렬에 참가하기도 했다. 시가행진이 끝나고 나서는 소프트볼

경기와 즉석에서 요리를 해먹는 야외 파티가 벌어졌다. 그 외에도 이런저런 의식이 이어진 후 마지막에는 필딩 호수 위로 화려한 불꽃놀이가 벌어졌다. 밤하늘을 밝히며 흩어져 내리는 솔잎과 천천히 만개하는 별모양의 광채를 황홀한 표정의 수많은 사람들이 탄성과 환호성을 지르며 바라보았다. 불꽃놀이는 그곳에 있는 모두에게 그들 자신의 모습과 그들이 속한 곳의 의미를 다시금 떠올려보게 했고, 왜 그것이 좋은지 깨닫게 했다.

오늘의 행사, 정확히 말하자면 '승천한 영웅들을 기리는 첫 번째 추모의 날' 행사는 절대로 그런 식으로 진행되지는 않을 예정이었다. 고등학교에 도착하자마자 케빈은 침울한 분위기를 감지했다. 눈에 보이지는 않지만 공기 중에 짙게 내려앉아 고여 있는 슬픔과 만성적인 당황스러움이 보통의 대규모 야외 행사에 참여했을 때보다 훨씬 조용히 말하게 했고, 더욱 조심스럽게 행동하게끔 했다. 한편 그는 처음 시가행진을 제안했을 때 받아야 했던 냉담한 반응과는 달리 수많은 인파가 모여든 것을 보고 놀라움과 만족스러움을 동시에 느꼈다. 어떤 이들은 시기가 적절치 않다고 비난했었다.

"너무 빨라요!" 그들은 주장했다.

또 어떤 이들은 10월 14일을 기념하는 세속적인 행사는 옳지도 않을 뿐 아니라 불경스럽기까지 하다고 주장했다. 이러한 반대의견은 시간이 지나면서 점차 수그러들었다. 조직위원들이 워낙에 일 처리를 잘한 덕에 반대론자들이 설득당했을 수도 있고, 아니면 행사의 성격과는 상관없이 보편적으로 사람들이 시가행진을 좋아하기 때문일지도 몰랐다. 이유가 무엇이든 메이플턴 사람들은 시가행진에 자발적으로 참여해 주었다. 어찌나 참가자가 많은지 케빈은 이러다가 그들이 메인 스트리트에서 그린웨이 공원까지 행진해 나가는 동안 보도에 서서 그들을 환호해줄 사람이 하나도 남아 있지 않으면 어떻게 하나 걱정이 되기까지 했다.

보나 마나 오늘 하루는 몹시도 길고 힘들 터였다. 그는 힘을 비축하기 위해 경찰 바리케이드 안쪽에서 잠시 머뭇거리며 서 있었다. 고개를 돌릴 때마다 사방에 상처 입은 영혼과 여전히 처음 그대로인 고통의 흔적이 눈에 들어왔다. 그는 우체국 우표판매 창구에서 일하는, 한때는 수다스러운 여인이었던 마사 리더에게 손을 흔들어 주었다. 그녀는 집에서 직접 만들어 나온 현수막을 그가 잘 볼 수 있도록 하기 위해 몸을 약간 돌리면서 슬픈 미소를 지어 보였다. 현수막에는 그녀의 세 살 배기 손녀 사진이 포스터 크기만하게 붙어 있었다. 아이는 곱슬머리에 약간 비뚤어진 안경을 쓰고 진지한 표정을 짓고 있었으며, 그 아래는 '애슐리, 나의 작은 천사'라고 적혀 있었다. 마사 리더의 옆에는 은퇴한 경찰이자 과거 케빈의 팝 워너(청소년 미식축구 리그_옮긴이) 팀 감독이기도 했던 스탠 워시번이 서 있었다. 그는 인상적일 만큼 튀어나온 아랫배 덕분에 늘 티셔츠를 배에 꼭끼게 입고 다니는 자라목의 사내였다. 그는 관심 있는 사람은 누구라도 '제 동생에 관해 물어봐 주세요'라고 적힌 플랜카드를 들고 있었다. 케빈은 갑자기 도망치고 싶은 욕구를 강하게 느꼈다. 집으로 도망쳐서 역기 들기나 낙엽 긁어모으기처럼 아무 생각 없이 혼자 할 수 있는 일을 하며 오후를 보내고 싶었다. 하지만 그런 생각도 딸꾹질이나 부끄러운 성적 판타지처럼 잠시 머릿속에 떠올랐다가 빠르게 사라졌다.

체념의 한숨을 부드럽게 내쉬고 나서, 그는 군중 속으로 힘차게 발을 내디뎠다. 악수를 하고 아는 이름을 불러주고, 작은 도시의 정치인 역할에 최선을 다했다. 한때 메이플턴의 고등학교 미식축구 스타였으며, 그 후에는 대대로 물려받은 슈퍼마켓 규모의 주류 판매점 체인을 운영하며 15년의 임기 동안 회사 수익을 세 배로 늘려 놓은 저명한 지역 사업가였던 케빈은 이 도시 내에서는 매우 인기 있고 유명한 인물이었다. 그럼에도 공직에 입후보한다는 생각 같은 것은 한 번도 해본 적이 없었다. 그러다가 작년에 그는 200명 정도의 시민이 서명한 청원서를 받아들게 되었다. 서명한 시민 중 대다수가 그와 친분이 깊은 사람이었다.

"여기에 서명한 우리들은 이 암울한 시기를 이끌어 줄 지도자를 간절히 원하고 있습니다. 우리가 이 도시를 되찾을 수 있도록 도와주시겠습니까?"

케빈은 이들의 호소에 감동받았다. 더군다나 그 일이 있기 몇 달 전, 운영하던 사업체를 상당한 거액에 처분하고 나서 앞으로 무엇을 하고 살아야 할지 마음을 정하지 못한 채 그 역시도 상실감에 망연자실해 있던 터라, 케빈은 '희망을 주는 정당'이라 이름 붙인, 새롭게 출범한 정치 단체의 시장 후보자 지명을 받아들였다.

케빈은 3선째 시장 자리를 지키고 있던 릭 맬번을 제치고 선거에서 압승을 거두었다. 릭 맬번은 그의 표현대로라면 소위 '정화 의식'이라는 것을 통해 자신의 집을 잿더미로 만들어 버리려 시도한 사건 이후 유권자들의 신임을 잃고 말았다. 물론 그의 시도는 실패로 돌아갔다. 집 주인인 맬번의 거센 반대에도 불구하고 소방서에서 불을 꺼야 한다고 고집을 부린 까닭이었다.

그날 이후 릭 맬번은 자기 집 앞마당에서 텐트를 치고 생활했다. 텐트 뒤로는 빅토리아 양식으로 지은 방 다섯개짜리 저택이 검은 숯덩이로 변해버린 채 거대하게 솟아 있었다. 때때로 이른 아침에 조깅을 할 때면, 케빈은 한때 그의 경쟁상대였던 사람이 텐트에서 나오는 모습과 마주치곤 했다. 한번은 상반신은 벗고 밑에도 사각팬티 한 장만 입은 전임시장과 마주친 일이 있는데, 그때 두 사람은 서로에게 악감정이 남아 있지 않음을 보여주기 위해 조용한 거리에서 "여," 또는 "안녕하세요," 혹은 "잘 지내시죠?" 같은 말을 하며 매우 어색한 인사를 나눈 일이 있었다.

케빈은 새로운 직업 덕분에 경험하게 된 악수공세나 와자지껄하게 등을 두드려대는 인사 방식이 무척이나 싫었지만, 그것을 꺼려하는 마음 못지않게, 지역구 주민이 원하면 언제라도 자신을 만날 수 있게 해야 한다는 의무감 또한 강하게 느꼈다. 공적인 행사가 있을 때면 어김없이 나타나는 괴짜나 불평분자의 경우에도 예외는 아니었다. 주차장에서 가장 먼저 그에게 다가온 사람은 시커모어 로드에 사는 무례한 배관공 랠프 소렌토였다. 그는 무리지어 서 있는, 분홍색 티셔츠를 맞춰 입은 슬픈 표정의 여자들 사이를 헤치고 골이 잔뜩 난 표정으로 다가와서는 케빈의 앞을 가로막았다.

"시장님," 그가 히죽이는 표정으로 말꼬리를 길게 늘이며 불렀다. 마치 '시장'이라는 호칭에는 본질적으로 말도 안 되는 뭔가가 있다는 듯한 태도였다. "이렇게라도 만나 뵙고 싶었습니다. 제 메일에 답장을 안 해주시더군요."

"안녕하세요, 랠프."

랠프 소렌토가 가슴 앞으로 팔짱을 끼고 호기심과 경멸이 불안하게 뒤섞인 태도로 케빈을 가만히 응시했다. 그는 덩치가 크고 건장한 체격이었다. 머리는 짧게 깎아 올리고 꺼칠한 턱수염을 기르고 있었으며, 주머니가 여러개 달린 작업복 바지에 보온성이 좋은 안감을 댄 후드티를 입고 있었다. 아직 11시도 되지 않은 시간이었지만, 케빈은 그의 숨결에서 맥주 냄새를 맡을 수 있었다. 뭔가 소란을 피워댈만한 구실을 찾고 있음이 분명했다.

"확실히 말해두겠는데," 랠프가 부자연스러울만큼 큰 소리로 말했다. "난 그 염병할 돈 안 낼 겁니다."

여기서 그 돈이란 랠프가 어쩌다 그의 마당 안으로 들어가게 된 두 마리의 유기견을 총으로 쏴 살해한 데 대해 부과된 100달러의 벌금이었다. 비글 한 마리는 그 자리에서 즉사했지만, 셰퍼드와 레브라도 잡종개 한 마리는 뒷다리에 총알이 박힌 채로 세 블록이나 핏자국을 남기며 절뚝거리고 걸어가서 마침내는 오크 거리에 있는 리틀 스프라우트 아카데미에서 멀지 않은 보도 위에 쓰러졌다. 사실 개가 총에 맞는 일은 거의 규칙적이라 할 만큼 심심치 않게 일어나는 일이었기에, 보통 경찰은 총에 맞은 개에 관해서는 그리 철저하게 수사를 하지 않았다. 하지만 리틀 스프라우트에 다니는 어린아이 몇 명이 그 가여운 개의 고통을 목격하게 되었고, 그들의 부모와 보호자들의 항의가 마침내 랠프 소렌토의 기소를 이끌어냈다.

"말조심해요."

케빈은 그들 쪽을 돌아보는 사람들의 시선을 불편하게 의식하며 경고했다. 랠프가 검지로 케빈의 늑골을 찌르며 말했다.

"내 집 마당에 똥개 새끼들이 들락거리는 데 아주 진절머리가 난다고요."

"아무도 그 개들을 좋아하지 않아요." 케빈이 한발 양보했다. "그렇지만 다음번에는 동물구조센터로 전화하세요, 알았죠?"

"동물구조센터." 랠프가 무시하는 듯한 키득거림과 함께 그 단어를 따라 했다. 그리고 다시 케빈의 흉골에 손가락을 찔러 넣으며 말했다. "거긴 일 처리하는 게 영 시원치가 않다니까."

"일손이 달려서 그래요." 케빈이 마지못해 점잖은 미소를 지으며 말했다. "열악한 환경에서도 최선을 다하는 분들입니다. 우리 모두가 그래요. 그 점은 랠프도 이해할 거라 생각합니다."

마치 자신도 이해했다는 사실을 보여주기라도 하듯이, 랠프가 케빈의 가슴을 누르던 손가락에 힘을 뺐다. 그리고 얼굴을 가까이 들이밀더니 역겨운 호흡을 내뱉으며 낮고 친밀한 목소리로 말했다.

"뭐 좀 하나만 도와주실래요? 경찰한테 가서 내 돈이 그렇게 갖고 싶으면, 직접 와서 받아가라고 하세요. 내가 다발총을 들고 집에서 기다리고 있을 거라고 전해달라고요."

랠프는 최대한 비열하게 보이려고 애를 쓰며 야비한 미소를 지어 보였지만, 케빈은 그 허세 뒤의 애처로운 표정과 촉촉이 젖은 눈동자에 서린 고통을 볼 수 있었다. 그의 기억이 정확하다면, 랠프는 딸을 잃었다. 아홉이나 열 살쯤 된, 티파니인가 브리트니인가 하는 이름의 통통한 소녀였다.

"그렇게 전해드리죠." 케빈이 그의 어깨를 가볍게 두드리며 대답했다. "자, 이제 집으로 가서 좀 쉬시는 게 좋겠습니다."

랠프가 케빈의 손을 거칠게 쳐내버렸다.

"제기랄, 내 몸에 손대지 마요."

"죄송합니다."

"그냥 내 말이나 제대로 전해 주라고요, 알았어요?"

케빈은 불현듯 느껴지는 두려움의 덩어리를 무시하려 애쓰면서 그러겠다고 약속하고는 서둘러 그 자리를 벗어났다. 이웃한 다른 도시들과는 달리, 메이플턴은 경찰관에 의한 사살 사건이 한 번도 일어난 적이 없었다. 하지만 케빈은 왠지 랠프 소렌토가 그런 상황을 만들어내려 애를 쓰고 있다는 느낌이 들었다. 물론 경찰은 동물을 잔인하게 학대한 이유로 부과된 벌금을 징수하고 있기에는 당장 처리해야 할 시급하고 중요한 일들이 많았기에, 랠프의 계획은 딱히 실현 가능성이 커

보이지는 않았다. 하지만 그가 정말로 작심하고 덤빈다면 경찰과의 마찰을 일으킬 방법은 수도 없이 많았다. 케빈은 경찰국장에게 언질을 해 두어야겠다고 생각했다. 그들이 어떤 사람들을 상대하고 있는지 순찰대원들도 확실히 알고 있어야 하지 않겠는가.

잠시 그런 생각에 골몰해 있던 탓에 케빈은 자신이 이전 시온 바이블 교회의 목사였던 맷 제미슨을 향해 다가가고 있다는 사실을 깨닫지 못했다. 결국 어물쩍 피해가기에는 너무 난감한 지경에 이르고 말았다. 목사는 단호한 표정으로 소식지 한 권을 내밀었다. 이제 케빈이 할 수 있는 일이라고는 그 가십거리만 잔뜩 실린 소식지를 받지 않겠다고 양손을 내저으며 거절 의사를 밝히는 것뿐이었다.

"받으세요." 목사가 말했다. "시장님이 알게 되면 기절초풍할 만한 얘기가 들어 있습니다."

점잖게 빠져나갈 방법이 없다는 사실을 깨달은 케빈은 마지못해 그가 내미는 소식지를 받아 들었다. 소식지의 제목은 단호해 보이기는 하지만 잡지의 제목으로는 너무 길어 보이는 **〈10월 14일은 휴거가 아니다!!!〉**였다. 표지에는 닥터 힐러리 에저스의 사진이 실려 있었다. 힐러리 에저스는 3년 전 이 도시에서 사라진 87명과 전세계적으로 사라진 수많은 사람들과 함께 떠나가 버린 사랑스런 소아과 의사였다. 헤드라인에는 '의사의 양성애 대학 시절이 폭로되다!' 라고 적혀 있었다. 그리고 그 아래쪽 기사의 본문에는 "'우리는 그 애가 동성애자라고 확신했어요'라고 그녀의 룸메이트는 털어놨다"라는 내용이 적혀 있었다.

케빈은 닥터 에저스와 잘 알고 지냈고, 그녀를 존경하기도 했다. 그녀의 쌍둥이 아들은 케빈의 딸과 동갑이었다. 닥터 에저스는 주2회 저녁 시간에 주변의 가난한 아이들을 위해 무료 검진을 실시했고, "뇌진탕이 어린 운동선수들에게 미치는 장기적인 영향"이나 "섭식 장애를 알아차리는 방법" 같은 주제로 학부모를 대상으로 강연도 하곤 했다. 사람들은 축구장이나 슈퍼마켓 같은 곳에서 그녀를 만나면, 무료로 의학적 견해를 듣기 위해 늘 귀찮게 따라다니며 그녀와 대화를 시도하곤 했지만, 에저스는 그런 상황에도 분개하기는커녕 전혀 귀찮아하지도 않았다.

"맙소사, 목사님. 꼭 이럴 필요가 있습니까?"

맷 제미슨 목사는 케빈의 질문에 어이가 없는 모양이었다. 그는 갈색 머리를 깔끔하게 자른 40대의 남성이었지만, 지난 2년 새 폭삭 늙어 얼굴이 축 처져 있었다. 노화가 급격히 진행되고 있는 듯했다.

"그 사람들은 영웅이 아닙니다. 그러니 그들을 그런 식으로 다뤄서는 안 되는 거죠. 내 말은 이런 시가행진이니 뭐니 하는……."

"이분에게는 자식들이 있어요. 그 애들은 자기 엄마가 대학 다닐 때누구와 잤는지 따위에 관해서 읽을 필요가 없다고요."

"그렇지만 그게 진실인걸요. 진실을 감출 수는 없는 겁니다."

케빈은 그와 언쟁을 해봐야 소용이 없다는 것을 잘 알았다. 사람들의 말을 종합해보면, 맷 제미슨은 꽤나 점잖은 사람이었지만, 지금은 그저 뭘 어찌 해야 좋을지 몰라 방황하고 있는 듯했다. 헌신적인 기독교인이 다 그렇듯이, 그도 사람들이 갑자기 종적을 감춘 사건 때문에 매우 큰 충격을 받았다. 심판의 날이 왔다가 사라졌는데, 자신은 그날 선택받기에는 자질이 부족한 것으로 판명이 났다는 두려움에 고통받아 온 것이다. 그의 위치에 있는 다른 사람들은 전보다 배가된 믿음과함께 더욱 독실한 신자로 돌아갔지만, 맷 제미슨 목사는 오히려 반대방향으로 나가기 시작했다. 10월 14일에 속세의 속박에서 빠져나간 사람들은 훌륭한 기독교인이 아니었고 도덕적으로도 전혀 고결한 이들이 아니었다는 사실을 증명하기 위해, 자신의 삶을 헌신하며 10월 14

일이 왜 휴거가 아닌지 그 이유를 찾기 위해 분주히 움직였다. 그 과정에서 그는 타협을 모르는 추적전문 기자로 변해갔고, 사람들에게는 눈엣가시가 되어버렸다.

"알겠습니다." 케빈은 소식지를 접어 뒷주머니에 꽂아 넣으며 중얼거렸다. "한번 읽어보기는 할게요."

...

그들은 11시가 조금 지나자 움직이기 시작했다. 경찰차 한 대가 앞장섰고, 그 뒤를 다양한 시민단체와 영리단체를 대표하는 작은 장식 차량들이 따라갔다. 대부분 메이플턴 대상공회의소나 마약예방 교육 프로그램 예방교육프로그램지역 지부, 그리고 경로당처럼 언제라도 참여할 준비가 돼 있는 단체들이었다. 차량 두 대에서는 실시간 공연이 벌어지고 있었는데, 앨리스 헐리히 무용학원 학생들은 가설무대 위에서 매우 진지한 태도로 지르박을 추고 있었고, 데블린 브라더스 학교의 무술반에서 가라데를 배우는 소년 단원들은 합동으로 격렬한 기합을 내지르고 공중으로 주먹과 발길질을 해대면서 무술 시범을 보이는 중이었다. 아무 생각 없이 바라본다면 이런 모습들은 무척이나 친숙해 보일지도 모른다. 다시 말해, 지난 50년간 이 소도시에서 통과의례처럼 행해졌던 여타의 다른 시가행진 행렬과 아무런 차이점도 찾아볼 수 없을지 모른다는 뜻이다. 줄지어 이동하는 차량 행렬의 맨 뒤에는 트럭 한 대가 검은색 깃발을 늘어뜨린 채 따라가고 있었다. 트럭 뒤 칸에는 아무도 타고 있지 않았다. 오직 그 모습만이 잠시 낯설다는 느낌을 주었을지도 모르겠다. 그 텅 비어 있는 모습은 너무도 삭막했고, 비어 있음이 무엇을 의미하는지 자명하게 보여주었다.

케빈은 시장 자격으로 추도 차량 행렬을 이끌어 가는 두 대의 오픈 카 중 한 대에 올라탔다. 그 차들은 명사들이 탈 수 있도록 비워 놓은 것이었다. 그의 친구이자 한때 이웃사촌이기도 했던 피트 손이 운전하는 소형 마쯔다 차량이었다. 그들의 오픈카는 행렬의 그랜드마샬(Grand Marshal: 전체 퍼레이드를 대표하는 가장 중요한 사람_옮긴이)이 타고 있는 피아트 스파이더를 따라가고 있었다. 피아트 스파이더에는 10월 14일에 남편과 두 아이를 모두 잃어 혼자가 된, 누가 봐도 메이플턴 전역에서 가장 끔찍한 비극의 주인공이라 할만한 노라 더스트라는 여성이 타고 있었다. 그녀는 미인이기는 해도 매우 허약해 보였다. 케빈이 들은 바에 따르면, 그녀는 행렬이 출발하기 전에 경미한 공황장애를 일으켰다. 현기증과 구역질을 호소하며 집으로 돌아가겠다고 고집을 부렸지만, 언니의 도움과 그런 비상사태를 대비해 행사 때마다 지원을 나서는 자원봉사자인 슬픔 상담사 덕분에 위기를 헤쳐나갈 수 있었다. 이제 노라는 괜찮아 보였다. 스파이더 차량 뒷좌석에 당당하게 자리 잡고 앉아 거리를 따라 늘어서 있는 군중 속에서 산발적으로 터져 나오는 환호에 반응해 가냘픈 팔을 들어 올려 이쪽저쪽으로 손을 흔들어 보이고 있었다.

"군중이 꽤 모여들었는데!" 케빈이 큰 목소리로 말했다. "이 정도로 많이 나올 줄은 예상도 못했어!"

"뭐라고?"

피트가 어깨너머로 소리를 질렀다.

"됐어!"

케빈도 역시 소리를 질러 대답했지만 밴드의 연주소리 너머로 자신이 하는 말을 알아듣게 할 방법이 없다는 사실을 깨달았다. 금관악단이 그의 차량 범퍼에 바짝 붙어서 〈하와이 파이브 오(Hawaii Five-O:

미국의 연작 드라마_옮긴이))의 주제곡을 매우 생동감 넘치는 버전으로 연주하고 있었는데, 행진내내 그 곡만 연주하는 바람에 케빈은 혹시 악단이 아는 곡이 그것 하나밖에 없는 것은 아닐까 궁금해지기 시작했다. 장례식이나 다름없는 속도에 조바심이 난 악단은 계속 앞으로 밀려 나가서 잠시 케빈이 탄 차량을 앞질러 갔다가, 다시 뒤처지기 반복했고, 결과적으로 뒤따르는 엄숙한 행렬을 아수라장으로 만들어 놓았다. 케빈은 악단 뒤를 따르는 행진 참가자들의 모습을 보려고 좌석에 앉아 몸을 이리저리 뒤틀었지만, 그의 시야는 고동색 악단복과 뺨을 크게 부풀린 진지한 젊은 얼굴, 그리고 태양 빛에 황금색으로 번쩍이는 금관악기의 숲에 가려 아무것도 볼 수 없었다.

케빈은 자리에 앉아 이런 광경이 전에는 어느 누구도 볼 수 없었던 진정한 시가행진이라고 생각했다. 누군가는 마분지 안내문을 들고, 또 어떤 이는 사라진 친구나 가족의 모습이 인쇄된 티셔츠를 입은 채 수백 명의 평범한 사람이 작은 단위를 이루어 함께 걸어가고 있었다. 케빈은 이들의 모습을 주차장에서 이미 목격했었다. 특정 단체로 단위를 지어 흩어진 직후였다. 그때 깊이를 알 수 없는 슬픔에 휩싸인 그들의 모습에 케빈의 가슴은 무너지고 말았다. 그들이 들고 있는 현수막 위의 글씨도 가까스로 읽어낼 수 있을 정도였다. 현수막에는 '10월 14일의 고아들,' '슬픔에 빠진 배우자 연합,' '떠나간 아이들의 어머니와 아버지,' '상실감에 빠진 형제자매 네트워크,' '메이플턴은 그들의 친구와 이웃을 기억합니다,' '미어틀 거리의 생존자들,' '셜리 데 산토스의 학생들,' '우리는 버드 핍스가 그립다,' 등의 내용이 적혀 있었다. 몇몇 주류 종교 단체도 참여하고 있었는데, 고통의 성모마리아, 베스 El 사원, 성 야곱 장로교가 대표단을 파견했다. 하지만 그들은 모두 맨 뒤의 구급차 바로 앞에서 마치 뒤늦게 참석한 사람들처럼 따라오고 있었다.

메이플턴 중심가는 시가행진에 호의적인 군중으로 가득 차 있었다. 거리에는 꽃잎이 흩뿌려있었는데 상당수가 이미 트럭 타이어에 뭉개져 버렸으며, 나머지도 곧 사람들의 발밑에서 짓밟히게 될 운명이었다. 군중의 대다수가 고등학교 학생이었지만, 케빈의 딸 질과 질의 가장 친한 친구 에이미는 그들 중에 끼어 있지 않았다. 두 소녀는 케빈이 집을 나설 때 평소와 다름없이 곤히 잠들어 있었다. 전날 밤늦게까지 자지 않고 놀았던 까닭이었는데, 케빈은 아이들을 깨울 용기가 없었고 에이미를 다룰 담력도 없었다. 그 애는 늘 팬티 한 장과 얇고 꼭 끼는 탱크톱만 입고 잠을 잤기 때문에 케빈은 늘 당황해서 눈둘 곳을 찾지 못했다. 그는 전화벨 소리가 아이들을 깨워주기를 기대하며, 지난 30분 동안 집으로 두 차례나 전화를 걸었지만 아무도 전화를 받지 않았다.

그와 질은 지금껏 뭔가 중요한 문제에 부딪힐 때마다 늘 그래 왔던 것처럼, 시가행진에 관해서도 지난 몇 주 동안 계속해서 몹시도 격렬하고 때로는 진지한 태도로 언쟁을 해왔다. 그는 딸이 떠나간 친구 젠의 영예를 기리는 의미에서 행진에 참여해 주길 바랐지만, 질은 전혀 그럴 생각이 없었다.

"그거 알아요, 아빠? 젠은 내가 행진에 참여하든 말든 상관도 안 할 거예요."

"네가 그걸 어떻게 알아?"

"걘 사라졌잖아요. 여기서 일어나는 일에는 아무런 관심이 없을 거예요."

"그럴지도 모르지." 그가 대답했다. "하지만 젠이 아직도 이곳에 있는데 단지 눈에 보이지만 않는 거라면 어쩔래?"

질은 아빠가 제시한 가능성에 귀가 솔깃한 눈치였다.

"말도 안 되는 소리 말아요. 만약 그렇다면 젠은 하루 종일 팔을 이리저리 휘저어 대면서 우리 관심을 끌려고 안달복달일걸요." 질이 마치 눈에 안 보이는 친구를 찾아보기라도 하려는 듯이 부엌을 이리저리 살펴봤다. 그리고는 귀가 나쁜 노인에게 말하는 듯이 큰 목소리로 말을 이었다. "젠, 네가 정말 여기 있다면, 지금까지 계속 무시하고 있던 거 미안해. 가능하다면 내가 들을 수 있게 헛기침이라도 한번 해주지그래."

케빈은 아무런 반박도 하지 않았다. 질은 아빠가 사라진 사람들에 관해 농담하는 것을 싫어한다는 사실을 잘 알았다. 하지만 딸에게 같은 말을 수백 번 해봤자 그건 잔소리밖에 되지 않을 터였다.

"질," 그가 조용히 말했다. "시가행진은 우리를 위한 거야, 그들을 위한 게 아니라고."

질은 이제 달관한 듯한 표정을 지어 보이며 아빠를 빤히 바라봤다. 그것은 여성 특유의 관대함이 살짝 드러난 것으로 무슨 말인지 전혀 모르겠다는 표정이었다. 머리를 빡빡 밀지 않았거나 시커먼 아이라인을 눈에 떡칠하듯이 바르고 있지만 않았어도 어쩌면 귀여워 보일 수도 있는 그런 표정이기도 했다.

"한 가지만 대답해줘요." 질이 말했다. "시가행진이 아빠에게 왜 그리 의미가 있는 건데요?"

그가 이 질문에 적당한 답변을 할 수 있었다면 기꺼이 그리했을 것이다. 그러나 케빈은 왜 시가행진이 그에게 이토록 중요하게 느껴지는지 알지 못했다. 지금까지 케빈은 통금시간이나 헤어스타일, 또는 에이미와 시간보내기, 주중에 파티 참석하기 등에 관해 질과 언쟁을 벌이게 되면 늘 가볍게 자신의 주장을 포기해버리곤 했는데, 이것만은 그렇게 되지 않았다. 질은 열일곱 살이었다. 따라서 그는 아버지로서 그의 소망과는 상관없이 아이가 점차 그의 궤도를 벗어나 자신이 하고 싶은대로 하게 되는 것은 그가 필연적으로 받아들여야 하는 것이라는 사실을 이해하고 있었다.

그럼에도 케빈은 한결같이 질이 시가행진에 참여해주기를 진심으로 바랐다. 아이가 여전히 가족과 지역사회의 일원이라는 사실을 인식하고 있고, 지금도 아버지를 사랑하고 존중하고 있으며, 아버지를 행복하게 할 수 있는 일이라면 무슨 일이든 할 수 있다는 사실을 어떤 식으로든 증명해주기를 바랐다. 질은 지금의 상황을 완벽하게 이해했다. 케빈은 질이 그렇다는 사실을 잘 알았다. 하지만 어떤 이유에선지 아이는 협력하려 하지 않았다. 그 사실이 케빈을 아프게 했지만, 딸에게 분노를 느끼는 순간 그는 거의 자동적으로 미안한 마음을 느꼈다. 아이가 어떤 심리적 고난을 겪어가는지 잘 알면서도 자신이 아이를 도울 방법이 전혀 없다는 사실을 잘 알고 있는 탓이었다.

질도 목격자였다. 따라서 그것을 목격했다는 사실이 그 아이가 남은 평생동안 싸워나가야 할 무언가라는 점을 굳이 심리학자의 설명을 통해 전해 들을 필요조차도 없었다. 질과 젠은 10월 14일에 함께 시간을 보내고 있었다. 어린 소녀 둘이 소파에 나란히 앉아 프레즐을 먹으며 킬킬거리면서 노트북으로 유튜브 비디오를 보고 있었다. 바로 그때, 마우스를 한 번 클릭하는 데 걸리는 시간 정도의 순간에 한 소녀가 사라져 버렸고, 나머지 한 명은 비명을 지르고 있었다. 그 후 몇 달, 그리고 몇 년에 걸쳐 질의 주변에서 사람들이 계속 사라졌다. 그날처럼 극적인 방식이라고는 할 수 없겠지만, 어쨌든 질의 오빠가 대학으로 떠나서 다시는 집으로 돌아오지 않았고, 엄마도 침묵의 맹세를 하고 집을 떠나버렸다. 오직 아빠만이 남았다. 도우려 애는 쓰지만, 결코 아이가 듣고 싶은 말을 할 줄 모르는 무능한 한 남자만이 남았을 뿐이다. 그도 아이만큼이나 당황하고 영문도 모른 채 남겨졌는데, 무슨 뾰족한 수가 있을 수 있겠는가.

질이 분노하고 반항하고 우울해 한다는 사실은 케빈에게 전혀 놀라운 일이 아니었다. 아이에게는 그렇게 할 수 있는 모든 권리뿐 아니라 더한 것도 할 수 있는 권리가 있었다. 케빈을 놀라게 했던 단 한 가지는 질이 여전히 그의 곁에 남아 있다는 사실이었다. 맨발의 사람들과 함께 가출해버릴 수도 있었고, 어딘가 미지의 세상으로 떠나기 위해 그레이하운드 고속버스에 올라탈 수도 있었을 텐데, 아이는 여전히 그와 집을 공유한 채 살아갔다. 물론 질은 달라졌다. 머리도 빡빡 밀어버리고 겁에 질려 있었다. 자신이 얼마나 암담한 심정으로 살아가는지 이해시키려면 완전히 낯선 사람으로 변할 필요가 있다고 말하는 듯했다. 그러나 가끔 질이 미소 지을 때면, 케빈은 아이의 본질적인 자아는 여전히 그 안에 살아 있다는 느낌이 들었다. 그 모든 힘겨움에도 불구하고 신비롭게도 전혀 손상되지 않은 채 살아 있다는 확신이 들었다. 그가 오늘 아침 식탁에서 만나기를 바랐던 질은 바로 그런 질이었다. 술이나 마약에 인사불성으로 취해 집으로 돌아와서는 전날 하고 나갔던 화장도 채 지우지 못하고 침대에 웅크리고 누워 있는 그런 질이 아니라, 그가 너무나도 잘 알고 있는 진짜 질이 보고 싶었다.

케빈은 차량 행렬이 자신의 집 앞 입주민 전용 골목인 로벨 테라스에 가까이 다가가자, 다시 한 번 집으로 전화를 걸어봐야겠다고 생각했다. 그가 가족과 함께 이곳으로 이사 온 것도 벌써 5년 전 일이었다. 돌이켜보니 이제 그 시절은 재즈에이지 만큼이나 멀고 비현실적으로 느껴졌다. 그는 질의 목소리가 간절히 듣고 싶었지만, 동시에 그의 예의범절에 대한 생각이 전화를 걸지 못하게 막아섰다. 시장이 시가행진

도중에 휴대폰을 꺼내 들고 전화를 걸어 수다를 떨어대는 모습이 결코 보기 좋지만은 않을 터였다. 게다가 전화를 걸어 뭐라고 말을 한단 말인가?

안녕, 우리 예쁜이, 아빠 지금 우리 골목 앞으로 차 타고 지나가고 있는데, 왜 아빠 눈에는 우리 딸이…….

심지어 남겨진 죄인에게 아내를 빼앗기기 전에도 케빈은 어쩔 수 없이 그들에게 존중의 태도를 보여주었다. 2년 전 그들이 처음 그의 관심을 끌었을 때, 케빈은 그들이 무해한 휴거 추종자일 뿐이라고 오해했다. 재림이 있기까지, 혹은 그들이 기다리는 것이 무엇이든 간에 그것이 실현될 때까지(지금도 케빈은 그들의 신학에 관해 명확히 알지 못했고, 심지어는 그들의 정체도 확실히 파악하지 못했다) 그저 평화롭게 슬퍼하고 명상하기 위해 홀로 남겨지기만을 바라는 한 무리의 사이비 광신도에 지나지 않으리라고 짐작했다. 심지어 로잘리 서스먼처럼 비통함에 빠진 사람들이 속세에서 물러나 침묵의 맹세를 하고 그들 사이로 걸어 들어가 위안을 얻는 것이 어찌 보면 당연하다는 생각도 들었다.

당시에 남겨진 죄인들은 난데없이 어디선가 불쑥 나타난 것처럼 보였다. 전례 없는 비극에 대한 일종의 자발적 반작용 같은 것처럼 느껴졌다. 그가 국가 전역에서 비슷한 단체들이 생겨나 전국적 조직망을 형성해나가기 시작했다는 사실을 깨닫기까지는 약간의 시간이 걸렸다. 각 단체는 흰옷을 입고 담배를 피우며, 두 사람이 짝을 이루어 돌아다닌다는 기본적인 지침도 똑같았다. 하지만 조직적인 관리나 외부의 간섭이라고 할 만한 것이 거의 없는 상황에서 자체적으로 운영될 뿐이었다.

거의 수도회 같은 외양에도 불구하고, 남겨진 사람들 메이플턴 지부는 탁월한 정치감각을 갖추고 시민불복종 운동을 전개하는 체계적 조직이라는 사실을 빠르게 드러내기 시작했다. 그들은 세금뿐 아니라 전기, 수도세 같은 공공요금도 납부하기를 거부했다. 또한 그들의 지부가 있는 징코 거리 주택가에서 다수의 지역 조례도 위반했다. 한 가족이 살 수 있게 지은 집에서 수십 명이 무리를 지어 생활하면서 공권력이 들어서지 못하게 장애물을 설치해 두고 법원의 명령과 압류 공고에도 저항했다. 이러한 대치 상황이 계속되면서 결국에는 수색영장을 집행하려는 경찰들을 향해 돌멩이를 집어 던지던 남겨진 죄인들 신도 하나가 총격으로 사망하는 사건이 발생했다. 압수 수색 실패의 결과로 남겨진 죄인들을 향한 동정여론이 끓어오르기 시작하면서 그 작전을 승인하고 실행에 옮긴 두 명의 장본인 중 한 명인 경찰국장은 사임을 했고, 나머지 한 명인 맬번 시장의 지지율도 급격히 하락했다.

시장에 재임한 이래로, 케빈은 남겨진 죄인들과 마을의 긴장관계를 늦추기 위해 최선을 다했다. 그리하여 세금을 납부하기로 하고 명확하게 파악된 특정 상황에서는 경찰차와 구급차가 접근하도록 허락하겠다는 조건 하에, 남겨진 죄인들이 부족하나마 원하는 대로 살아갈 수 있도록 허락하는 일련의 협약을 맺게 되었다. 그것으로 휴전이 맺어지기는 한 듯했지만, 여전히 남겨진 죄인들은 예측불허의 귀찮은 존재로 남아 있었다. 그들은 아무 때나 불쑥불쑥 튀어나와서 법을 준수하는 시민들 사이에 혼란과 불안감을 야기해냈다.

올해 개학 첫날에는 흰옷을 입은 성인 몇 명이 킹맨 초등학교에서 아침 내 2학년 교실 하나를 차지하고 연좌농성을 벌였다. 몇 주 후에도 그들 중 몇 사람이 무리를 이루어 고등학교 축구장에서 축구경기가 벌어지는 도중에 그 안으로 밀고 들어가서 잔디 위에 드러눕는 바람에 화가 잔뜩 난 선수와 관중들이 억지로 끌어낸 일도 있었다.

몇 달 동안이나 지방 공무원들은 남겨진 죄인들이 영웅의 날 행사를 방해하기 위해 이번에는 무슨 행패를 부릴 작정일까 궁금해하고 있었다. 케빈도 그 주제를 세부적으로 논의하기 위해 마련한 두 번의 기획 회의에 참석해서 끝까지 자리를 지키고 앉아 있었고, 몇 가지 가능성 있는 시나리오도 검토해봤다. 하루 종일 그는 두려움과 호기심이 묘하게 뒤섞인 기분을 느끼며 남겨진 죄인들이 행동을 개시해 오기를 이제나저제나 기다렸다. 마치 그들이 훼방을 놓지 않으면 축제가 진정한 마무리를 하지 못할 듯한 기분이었다.

그러나 시가행진은 그들의 방해 없이 무사히 치러졌고, 추도식도 거의 끝을 향해 나아가고 있었다. 케빈은 그린웨이 공원에 세워진, 떠나간 이들을 기리는 기념비 아래 화환을 놓아두었다. 기념비는 고등학교 미술교사가 만든 으스스한 느낌의 청동 조각품이었다. 그것은 깜짝 놀란 어머니의 품을 벗어나 하늘로 둥둥 떠서 승천하는 갓난아기의 형상을 보여주려는 의도로 제작되었지만, 그 느낌을 제대로 살려내지 못한 듯했다. 케빈이 미술 평론가는 아니었지만, 그의 눈에 그 동상은 아기가 하늘로 올라가는 것이 아니라 바닥으로 떨어지는 순간을 보여주는 것만 같았고, 어머니도 결코 아기를 잡지 못할 것처럼 보였다.

곤잘레스 신부의 축도가 있은 후, '갑작스런 증발' 3주년 기념식을 기리고자 잠시 묵념이 이어졌고, 그 다음에는 교회 종을 치는 순서가 따랐다. 노라 더스트의 기조연설이 프로그램의 맨 마지막이었다. 임시로 제작해 놓은 무대 위에 몇몇 지방 유지들과 함께 앉아 있던 케빈은 그녀가 연단으로 오르는 모습을 보며 약간은 초조했다. 많은 사람 앞에서 연설을 한다는 것이 얼마나 사람을 주눅들게 하는 일인지 그도 경험을 통해 잘 알고 있던 탓이었다. 지금 모인 인파의 절반 정도만 되는 군중의 관심을 끄는 데도 상당한 기술과 자신감이 필요했다.

그러나 케빈은 그의 걱정이 부질없는 것이었음을 재빨리 깨달았다. 노라가 들고나온 연설 노트를 뒤적이며 목청을 가다듬는 동안 관객이 조용해지기 시작했다. 그녀는 말 그대로 모든 것을 다 잃은 여성이었다. 따라서 고통받고 있었으며, 그 고통이 그녀에게 권위를 주었다. 노라는 일부러 누군가의 관심이나 존중을 구할 필요가 없었다.

무엇보다도 노라의 연설은 무척이나 자연스러웠다. 그녀는 천천히 그리고 명확하게 말을 이어 나갔다. 그것이야말로 연설의 기본이었지만, 놀랄 만큼 많은 연사들이 간과하는 요소이기도 했다. 그녀는 딱 필요한 만큼만 더듬고 주저했다. 그것이 연설이 너무 세련돼 보이지 않도록 막아주는 역할을 했다. 그녀가 키도 크고 몸매도 좋은 매력적인 여성이라는 사실도 도움이 되었다. 그리고 부드럽지만 강단 있는 목소리도 긍정적인 반응을 끌어내는 데 한 몫을 했다. 앞에 있는 여느 관중과 마찬가지로 그녀도 역시 편안한 차림새였다.

케빈은 자신이 그녀의 청바지 뒷주머니에 정교하게 수놓아진 바느질 자국을 너무 열정적으로 바라보고 있다는 사실을 깨달았다. 청바지는 공식적인 정부 행사에 입고 나와도 전혀 거슬리지 않을 만큼 노라의 몸과 잘 어울렸다. 케빈은 노라가 두 번의 출산을 경험한 서른다섯 살의 여성치고는 놀라울 만큼 젊은 몸매를 유지하고 있음을 알아차렸다. **두 아이를 잃어버린 여인**, 케빈은 그 사실을 떠올리고는 일부러 턱을 들어 올리고 좀 더 적절한 무언가에 시선을 집중했다. 그가 〈메이플턴 메신저〉 표지에서 절대로 보고 싶지 않은 한 가지는 슬픔에 잠긴 한 어머니의 엉덩이 쪽으로 추파를 던지는 시장의 대형 칼러 사진이었다.

"오늘 저는 제 삶에서 최고의 하루로 기억되는 순간을 기리는 연설을 하려고 마음 먹었습니다."

노라가 이야기를 시작했다. 그 최고의 하루란 바로 그 10월 14일이 있기 두 달 전의 어느 날이었다. 노라의 가족은 저지 쇼어에서 휴가를 보내고 있었다. 특별한 일은 전혀 일어나지 않았다. 그녀도 자신이 얼마나 행복한지 등에 관해서는 전혀 생각지 않았다. 그런 깨달음은 한참 지나서야 찾아왔다. 남편과 아이들이 사라지고, 그녀도 자신이 잃어버린 모든 것의 가치를 헤아리며 수없이 많은 밤을 뜬눈으로 지새고 난 후에야 말이다.

그날은 후덥지근한 바람이 불어오는 늦여름의 어느 날이었지만, 끊임없이 자외선 차단제를 발라야 할 정도로 햇살이 뜨겁지는 않은 그런 날이었다고 노라는 회상했다. 아침나절에 두 아이(제러미는 여섯 살이었고, 에린은 네 살이었는데, 그 나이가 그들이 사라지기 전 마지막 나이였다)는 모래성을 쌓기 시작했다. 그리고 어린아이들이 세상에서 가장 사소한 임무를 수행할 때면 자주 보여주곤 하는 엄숙한 열정으로 자신들의 노동을 수행해 갔다. 노라와 남편 더그는 근처 바닥에 담요를 펼쳐 놓고 앉아, 그 진지한 꼬마 일꾼들이 물가로 뛰어가서 플라스틱 양동이에 젖은 모래를 퍼담아 터벅거리며 되돌아오는 모습을 지켜보고 있었다. 아이들의 이쑤시개처럼 가느다란 팔이 무거운 짐 때문에 한껏 긴장해 있는 것도 보였다. 아이들은 웃고 있지 않았지만, 얼굴은 행복한 목표로 반짝였다. 두 아이가 건설한 요새는 놀랄 만큼 거대하고 정교했다. 몇 시간에 걸쳐 완성한 작품이었다.

"우리는 비디오카메라를 가지고 갔었어요." 그녀가 말했다. "그런데 무슨 이유에선지 그걸 켜 놓을 생각을 하지 않았지 뭐예요. 그런데 한편으로는 그렇게 했다는 사실이 기쁘기도 하네요. 왜냐하면 만약 그날 촬영한 비디오테이프가 있었다면, 아마 저는 내내 그것만 보고 있을 거예요. TV 앞에 앉아서 그것만 돌려보고 또 돌려보고 했을 테죠."

하지만 어찌 된 일인지 그날을 떠올릴 때마다, 노라는 또 다른 하루를 덤처럼 기억해야 했다. 그날은 그 전년도 3월의 어느 토요일로 가족 모두가 배탈이 나서 몸져누워 있던 매우 힘든 날이었다. 고개를 돌릴 때마다 가족 중 한 명이 어김없이 구토를 해댔는데, 그것도 반드시 화장실 안에서만은 아니었다. 집안은 역겨운 냄새로 가득 찼고, 아이들은 칭얼거렸으며, 키우는 개는 밖으로 내보내 달라고 계속 낑낑거렸다. 노라는 침대에서 일어날 수조차 없었다. 열에 들떠서 섬망으로 의식까지 혼미했고, 더그 역시 조금도 다르지 않았다. 오후에 아주 잠깐, 노라는 이러다가 죽는 게 아닐까라는 생각이 들기까지 했다. 그 두려움을 남편에게 털어놓자, 남편은 간단히 고개를 끄덕이며 "알았어"라고 대답할 뿐이었다. 그들은 너무 심하게 아파서 수화기를 집어 들고 도움을 청해야 한다는 그 단순한 생각조차도 할 수 없었다. 어느덧 저녁나절이 되었고, 에린은 머리칼에 구토가 말라붙은 채로 엄마아빠 사이에 누워 있었다. 그때 제러미가 비틀거리며 다가오더니 눈물이 가득 고인 눈으로 자기 발을 가리키며 말했다. **우디가 부엌에 똥 쌌어. 우디가 부엌에 똥 쌌는데, 내가 밟았어.**

"지옥이 따로 없네." 노라가 말했다. "그게 남편과 내가 끊임없이 서로에게 했던 말이에요. 그땐 정말 지옥 같았어요."

물론 그들은 이겨냈다. 며칠 후, 모두가 다시 건강해졌고, 집도 다시 예전의 모습을 찾아갔다. 그러나 그때부터 노라의 가족은 그들 삶에서 가장 힘들었던 순간으로 그날의 '가족 토하기 대회'를 꼽기 시작했다. 아무리 이런저런 과거의 일들을 곱씹어봐도 그들 삶에서 가장 큰 낭패로 기억되는 사건은 그날의 구토인 까닭이었다. 지하실에 물이 차 흘러넘치거나, 노라가 주차위반 딱지를 끊거나, 더그가 고객을 잃었을 때도, 그들은 늘 살다 보면 더한 일도 생길 수 있다는 사실을 스스로에게 상기시키곤 했었다.

"그 이후로 우리는 '적어도 그때 우리 식구가 다 아팠을 때만큼 나쁘지는 않잖아'라고 말을 하곤 했어요."

노라의 연설이 그쯤 진행됐을 때, 공원 남쪽을 에워싸고 있는 작은 숲에서 마침내 남겨진 죄인들이 무리를 지어 모습을 드러냈다. 약 20명쯤 되는 흰옷을 입은 사람들이 인파가 몰려 있는 방향으로 서서히 움직이기 시작했다. 처음에 그들의 모습은 아무렇게나 떼를 지어 움직이는 듯 보였지만, 차츰 한 줄의 가로 대형을 이루기 시작했다. 케빈에게 그들의 모습은 너른 들판을 훑어 내리는 수색대의 모습을 연상시켰다. 한 명 한 명의 손에 모두 까만 글자 하나가 적힌 커다란 마분지 한 장씩이 들려 있었는데, 무대에서 소리를 지르면 들을 수 있을 정도의 위치에 다다랐을 때, 그들은 걸음을 멈추고 네모난 종이를 위로 들어 올렸다. 삐뚤빼뚤하게 조합된 글자는 '그래봐야 입만 아프니 쓸데없는 말은 그만하세요'였다.

군중 속에서 성난 웅성거림이 일기 시작했다. 남겨진 죄인들의 방해 행위도, 그들의 정서도 맘에 들지 않는 듯했다. 기념식에는 거의 모든 경찰력이 동원돼 있었는데, 잠시 어떤 식으로 대처해야 할지 망설이는 순간이 지나고, 곧 몇 명의 경관이 방해꾼들 쪽으로 움직이기 시작했다. 로저스 경찰국장은 무대 위에 올라와 있었다. 케빈이 자리에서 일어나 대립을 야기하는 행동을 하는 것이 적절할지 경찰국장과 잠시 상의를 하려는 찰나에 노라가 경관들을 향해 말했다.

"제발 부탁드려요." 그녀가 말했다. "그냥 두세요. 아무도 해치지 않을 거예요."

경관들이 잠시 주저하는가 싶더니, 국장에게서 어떤 신호를 받고는 앞으로 나아가던 발걸음을 멈췄다. 케빈이 앉아 있는 곳에서도 시위자들의 모습이 선명하게 보였기에, 그는 아내도 그 속에 끼어 있다는 사실을 알았다. 케빈은 두 달 넘게 아내 로리를 만나지 못한 참이었고, 그제야 그는 아내가 얼마나 살이 많이 빠졌는지 알아볼 수 있었다. 휴거 종교집단이 아니라 피트니스클럽으로 들어가 버린 것이 아닐까 의심이 들 정도였다. 머리칼은 지금껏 보아온 중에 가장 잿빛으로 세어 있었다. 남겨진 죄인들은 개인적인 외모에는 전혀 신경을 안 쓰는 집단이니 그도 당연한 듯했다. 그런데 어찌 된 일인지 아내는 이상하게 더 젊어 보였다. 어쩌면 입에 물고 있는 담배 때문인지도 몰랐다. 케빈과 처음 만나 데이트할 당시만 해도 아내는 담배를 피웠다. 지금 그의 앞에 서서 글자판을 머리 위로 높이 치켜들고 있는 여자는 6개월 전에 그에게서 떠나가버린 허리가 굵고 수심에 잠긴 여자가 아니라, 대학 시절 만났던 즐거운 삶을 추구하는 바로 그 여자를 떠올리게 했다. 지금 벌어진 상황에도 불구하고 케빈은 로리를 향해 격렬한 욕망을 느꼈고 사타구니에도 실제적이고 상당히 역설적인 자극이 일기 시작했다.

"저는 탐욕스럽지 않아요." 노라가 아까 끊어진 위치에서 연설을 다시 시작했다. "해변에서 보낸 그 완벽했던 날을 다시 누리고 싶다고 애원하는 게 아닙니다. 그저 그 힘들었던 토요일, 가족 모두가 끔찍하게 아팠지만, 그래도 모두 살아있고, 함께 있던 그 토요일로만 돌아갈 수 있었으면 좋겠어요. 지금 당장은 그렇게만 된다고 해도 저는 천국을 얻은 듯한 기분일 겁니다." 연설을 시작하고 처음으로, 노라의 목소리가 북받치는 감정으로 갈라져 나왔다. "신이시여 우릴 축복하소서. 지금 이곳에 모인 모두와 이 자리에 없는 사람들까지도. 우린 너무도 많은 아픔을 겪어왔습니다."

케빈은 연설 내내, 그리고 그 뒤에 다소 도발적인 박수갈채가 이어지는 동안에도 어떻게든 아내 로리와 눈을 맞추려고 애를 썼지만, 그녀는 의도적으로 그의 방향으로는 눈길 한 번 주지 않았다. 그는 로리가 자기 자신의 의지와는 상관없이 강요에 의해 이 일을 하고 있다고 생각하려 애를 썼다. 그도 그럴 것이, 지금 아내는 턱수염을 기른 두 명의 덩치 큰 남자 사이에 끼어 있었다. 남자 하나는 한때 시내에서 피자가게를 하던 닐 펜턴이라는 사내와 약간 닮아 보였다. 아내의 상관이 아무리 남편이라도 대화를 나누고 싶은 유혹에 빠지지 않도록 주의를 주면서, 무언의 대화도 마찬가지라고 미리 경고를 해두었던 탓이라고 생각하면 심리적으로 훨씬 위안이 되었을 것이다. 하지만 케빈은 아내의 행동이 결코 그런 까닭에서 비롯된 게 아니라는 사실을 마음속에서부터 잘 알고 있었다. 로리는 원한다면 얼마든지 그를 바라볼 수 있었다. 평생을 함께하겠노라고 선언했던 한 남자의 존재를 그저 인식이라도 해줄 수 있을 터였다. 하지만 로리는 그러고 싶지 않았던 것이다.

나중에 시간이 지나서 그때의 상황을 다시 떠올려보며, 케빈은 왜 자신이 직접 무대에서 내려가 그쪽으로 걸어가서 **"여보, 오랜만이네. 좋아 보여. 난 당신이 많이 그리워"**라고 말하지 못했을까 의구심이 들었다. 그를 막아서는 것은 아무것도 없었다. 그런데도 그는 흰옷을 입은 사람들이 마침내 팔을 내리고 돌아서서 숲 속으로 다시 걸어 들어갈 때까지 그저 아무것도 하지 않고 넋 놓고 앉아만 있었다.

질만 한 반 가득
앉아 있는 학급

질 가비는 사라진 사람들을 실제보다 훨씬 더 나은 사람처럼 꾸며 댐으로써, 다시 말해, 그들이 남겨진 패배자들보다 우월한 존재였던 것처럼 지어냄으로써, 그 실종사건을 마치 있어야할 정당한 사건처럼 둘러대기가 얼마나 쉬운 일인지 잘 알고 있었다. 질은 10월 14일 사건이 일어난 후 몇 주가 지나는 동안, 몇몇 아이들을 포함한 대부분의 어른들이 합세하여 젠 서먼스에 관해 말도 안 되는 허무맹랑한 얘기들을 늘어놓는 것을 지켜봐야 했다. 젠은 특별할 게 하나 없는 그저 평범한 아이였다. 물론 또래 애들보다 약간 더 예뻤을지는 모르지만, 그렇다고 해도 이 세상에서 살아가기에는 지나칠 만큼 선한, 거의 천사 같은 아이는 결코 아니었다.

신께서 젠을 곁에 두고 싶으셨던 거야, 사람들은 그렇게 말했다. **그 애의 푸른 눈과 아름다운 미소가 그리우셨던 거지.**

물론 다들 좋은 의미로 하는 말이라는 것은 질도 잘 알았다. 하지만 질도 소위 말하는 '목격자'였다. 젠이 떠나갈 때 그녀와 방안에 함께 있던 유일한 사람이 질이었다. 그런 까닭에 사람들은 너무도 자주 소름 끼칠 만큼 다정하게, 거의 존경하는 듯한 태도로 그녀를 대했다. 마치 질이 슬픔에 빠진 친척이라도 된다는 듯이, 그녀와 젠이 그 사건 이후에 친자매 간이라도 되어버렸다는 듯이 말이다. 실제로 질은 아무것도 '목격'하지 않았고, 그들만큼이나 아무것도 모른다는 사실을 아무리 설명하려 애를 써도 아무도 귀담아들으려 하지 않았다. 질은 결정적인 순간에 유튜브를 보고 있었다. 어린 소년이 자신의 머리를 세게 때리고는 전혀 아프지 않은 척하는 슬프면서도 재미있는 그런 동영상이었다. 어찌나 재미있던지 질은 거의 서너 번을 연속해서 돌려봤고, 마침내 고개를 들었을 때 젠은 사라지고 없었다. 그 애가 화장실에 간 게 아니라는 사실을 알아차리기까지도 꽤 오랜 시간이 걸렸다.

가여운 것 같으니라고. 사람들은 말했다. **얼마나 힘이 들까, 친한 친구를 그렇게 잃었으니.**

질이 젠과 더는 가장 친한 친구 사이가 아니었다는 사실, 그것도 사람들이 듣고 싶어 하지 않는 또 하나의 진실이었다. 사실 둘은 몇 년 동안이나 진지하게 생각해보지도 않고 늘 서로가 가장 친한 친구라고 말하고 다녔다. 그러나 정말 그랬던 적이 있기는 했는지, 질은 그 사실도 의문이었다. **내 절친 젠. 내 절친 질.** 사실 절친 사이인 사람은 두 소녀가 아니라 바로 그들의 어머니들이었다. 두 소녀는 그저 선택의 여지가 없었기에 엄마를 따라다녔을 뿐이었고, 그런 점에서 보자면, 둘이 정말 친자매 같기는 했다. 그들은 학교도 카풀을 해서 다녔고, 서로의 집에 가서 잠도 잤으며, 휴가 때는 함께 가족여행도 떠나고, 두 어머니가 부엌 식탁에 앉아 차나 와인을 마실 때마다 셀 수도 없이 많은 시간을 함께 TV와 컴퓨터 화면 앞에 앉아 보내곤 했다.

그들이 맺은 잠정적인 동맹은 놀랄 만큼 오래갔다. 유치원부터 시작해서 8학년 중간까지 이어졌다. 그 이후 젠은 갑작스럽고 신비롭게 느껴지는 여러 변신을 거쳐 가기 시작했다. 어느 날 젠은 질이 보기에는 새로운 몸이라고밖에는 표현할 수 없는 신체상의 변화를 겪었다. 그리고 다음 날은 새로운 스타일의 옷을 입기 시작했고, 그 다음 날은 새 친구들을 만나기 시작했다. 한때는 서슴없이 경멸한다고 주장했던 힐러리 비어딘이 이끄는 예쁘고 인기 있는 여자애들과 어울리기 시작한 것이다. 어느 날 질이 왜 전에 네 입으로 저속하고 불쾌한 애들이라고 비난했던 아이들과 어울려 다니느냐고 물어보자, 젠은 그저 미소를 지으며 너도 친해지고 나면 그 애들이 꽤 괜찮은 애들이라는 걸 알게 될 거라고 대답했다.

젠은 그 일로 질에게 치사하게 굴지 않았다. 질에게 거짓말을 한 적도 없었고, 질의 험담을 하고 돌아다니지도 않았다. 그저 그렇게 다른 세상으로, 좀 더 배타적인 궤도 속으로 천천히 멀어져갔다. 사실 젠은 자신의 새로운 삶 속으로 질을 포함시켜 넣으려 약간의 노력을 기울이기도 했다. 대개는 엄마의 잔소리 때문에 그랬을 리 분명하지만, 어쨌든 줄리아 호로비츠의 바닷가 별장으로 당일 여행을 갈 때도 질을 초대했다. 하지만 결과적으로 그 여행은 둘 사이의 간극을 전보다 훨씬 더 명백하고 넓게 벌려 놓는 계기가 되고 말았다.

질은 오후 내내 외국인이 된 듯한 기분을 느껴야 했다. 창백한 피부에 칙칙한 갈색 머리를 한 침입자 소녀, 그게 자신이었다. 그 소녀는 한심하고 촌스러운 원피스 수영복을 입고 당황스러운 표정으로 입을 꾹 다문 채 서 있기만 했다. 예쁜 여자애들이 서로의 비키니를 칭찬하고, 스프레이를 뿌린 갈색 피부를 비교하며, 사탕 색깔의 전화기로 남자애들에게 문자를 보내는 모습을 멍하니 바라보고 서 있기만 했던 것이다. 질을 가장 놀라게 했던 사실은 젠이 그 이상한 상황 속에서 얼마나 편안해 보이는가 하는 점이었다. 젠은 다른 아이들과 전혀 어색함 없이 자연스럽게 어울렸다.

"네가 많이 불편한 거 알아." 그녀의 엄마가 말했다. "그렇지만 젠은 인간관계를 넓혀가고 있는 거야. 너도 그러려고 한번 노력해보렴."

그해 여름, 그러니까 그 재난이 있기 바로 직전의 여름은 절대로 끝나지 않을 것처럼 길게만 느껴졌다. 질은 캠핑을 가기에는 너무 나이를 먹었고, 일을 하기에는 너무 어렸으며, 수화기를 집어 들어 누군가에게 전화를 걸기에는 너무도 소심했다. 따라서 페이스북을 하거나 젠과 그 친구들의 사진을 유심히 들여다보며 정말 그 애들이 눈에 보이는 만큼 행복하기도 할까 궁금해하는 데 너무 많은 시간을 보냈다. 그 애들은 자기 자신을 '품격 있는 여우들'이라고 불렀고 거의 모든 사진의 제목에도 그 별명을 붙여 놓았다. **품격 있는 여우들의 한가한 한때. 품격 있는 여우들의 파자마 파티. 헤이, 품격있는 여우들, 뭐 마시는 거야?** 질은 그들의 학급에서 가장 매력적인 남학생 중 하나인 샘 파르도와 젠 사이에 싹트기 시작한 로맨스의 기복을 따라가면서 젠의 페이스북 '상태'를 계속 주시했다.

젠은 샘과 손잡고 영화 보고 있어.
젠은 이런 키스는 처음이야!!!
젠은 내 생애 가장 긴 두 주를 보내는 중.
젠은 …… 될 대로 되라지 뭐.
젠은 남자애들은 다 재수 없어!
젠은 다 용서할게 (그 외에도 더 있어).

질은 젠을 미워하려 애썼지만, 웬일인지 그게 잘되지 않았다. 미워한다고 무슨 소용이 있다는 말인가? 젠은 자신이 있고 싶은 곳에서 좋아하는 사람들과 함께 자신을 행복하게 만들어줄 일을 하고 있을 뿐이었다. 그런 이유로 사람을 미워한다는 게 말이 되기는 할까? 그러니 젠을 미워할 게 아니라 질도 그렇게 할 수 있는 방법을 찾는 게 옳은 방법일 터였다.

마침내 9월이 왔을 때, 질은 그 어느 때보다도 끔찍한 기분을 느껴야 했다. 고등학교는 새로운 시작이었다. 과거는 이미 다 씻겨나가 버렸고, 미래는 아직 펼쳐지지 않았다. 복도에서 마주칠 때마다 젠과 질은 가볍게 인사만 하고 지나쳤다. 가끔씩 질은 젠을 바라보며 생각했다. **이제 우린 완전히 다른 사람이야.**

그들이 10월 14일에 함께 있었던 것은 순전히 우연이었다. 그해 가을 질의 엄마와 서스먼 부인, 그러니까 젠의 엄마는 둘 다 뜨개질에 푹 빠져 있었다. 그날 질의 엄마가 젠의 엄마를 위해 털실을 사 왔고, 그것을 젠의 집에 가져다주러 갈 때 질이 우연히 엄마 차에 함께 타고 있었다. 그리고 과거의 습관에 이끌려 결국 질은 젠과 함께 지하실로 내려갔다. 두 소녀는 어색하게 새로운 선생님에 관해 수다를 떨다가 더는 할 말이 없어지자 컴퓨터를 켰다. 젠이 컴퓨터의 전원을 눌렀다. 그녀의 손등에는 전화번호 하나가 휘갈겨 쓰여 있었고, 손톱에는 여기저기 다 벗겨진 분홍색 매니큐어가 발라져 있었다. 질은 손등에 적힌 것이 누구 전화번호일까 궁금해졌다. 젠의 휴대용컴퓨터 화면보호기는 그들, 그러니까 질과 젠의 사진이었다. 몇 년 전 폭설이 내렸을 때 찍은 사진이었다. 두툼한 옷을 잔뜩 껴입은 두 소녀의 볼은 빨갛게 상기돼 있었고, 입에는 환한 미소가 걸려 있었으며, 둘 다 치아 교정기를 착용하고 손으로는 사랑스운 모습의 눈사람 하나를 자랑스럽게 가리키고 있었다. 눈사람의 코는 당근이었고, 목에는 스카프까지 하고 있었다. 심지어 그 시절, 아직은 천사로 추앙받지 않던 젠이 바로 옆에 서 있던 그 시절도, 마치 고대의 역사이자 사라진 문명의 유물처럼 느껴졌다.

엄마가 남겨진 죄인들과 함께하겠다며 떠나고 나서야 질은 깨달았다. 누군가의 부재가 사라진 사람의 미덕은 과장하고, 결함은 최소화하게 만드는 등 인간의 정신을 심각하게 왜곡할 수 있다는 사실을 비로소 이해하게 된 것이다. 물론 완전히 같다고는 할 수 없었다. 질의 엄마는 젠처럼 사라진 것이 아니니 말이다. 하지만 그런 차이는 중요해 보이지 않았다.

질과 엄마의 관계는 복잡하면서도 약간은 억압적인 관계였다. 다시 말해, 모녀 둘 다에게 좋을 만큼 적당히 친한 사이가 아니라 그보다 훨씬 친밀한 관계였다. 따라서 질은 엄마와의 사이에 약간의 거리감이 있어서 질 스스로 뭔가를 할 수 있는 여지가 조금만 있었으면 좋겠다는 생각을 자주 하곤 했다.

대학에 들어갈 때까지만 참자, 질은 자주 생각했다. **목덜미에 내내 엄마의 숨결을 느끼지 않고 사는 삶은 얼마나 자유로울까.**

그러나 자녀가 성장해서 집을 나가는 건 너무도 자연스러운 과정이다. 자연스럽지 않은 것은 바로 엄마가 자녀를 두고 집을 나가버리는 상황이다. 종교에 미친 한 무리의 광신도가 합숙을 하는 공동숙소에 들어가 살겠다고 엄마가 가족과의 모든 관계를 단절하고 다른 도시로 가버리다니, 말도 안 되는 일이었다.

엄마가 떠나고 참으로 오랫동안, 질은 엄마의 존재를 애닯게 그리워하는 어린아이 같은 감정에 압도당한 채 살아야 했다. 질은 엄마의 모든 것이 그리웠다. 자신을 미칠 지경으로 몰아갈만큼 음정과 박자를 전부 무시한 채 불러대던 노랫소리도 그리웠고, 맛은 보통 파스타와 전혀 다르지 않음에도 무조건 통밀 파스타만을 먹어야 한다고 주장하던 고집도 그리웠다. 심지어 간단한 TV 드라마 내용도 한 번에 따라가지 못해서 늘 "저 남자가 지난번 그 남자야, 아니면 다른 사람이야"라는 식의 질문을 수도없이 해대던 것까지 그리웠다. 시도 때도 없이 발작적으로 밀려드는 그리움 때문에 질은 멍하고 눈물 많은 아이로 변해갔고, 불시에 폭발하는 분노는 어쩔 수 없이 아빠에게로 향하게 되었다. 물론 공정하지 않은 일이었다. 아빠가 엄마를 버린 것이 아니지 않은가. 아빠를 향한 그런 식의 공격을 피해 보려는 노력으로 질은 엄마의 단점을 적은 목록을 만들어서 감상적인 기분이 들 때마다 꺼내보기 시작했다.

괴상하게 찢어진 목소리로 내는 완전히 가식적인 웃음소리
한심한 음악 취향
비판적인 성격
딸을 길에서 만나도 '안녕'이라고 인사도 못함
촌스러운 선글라스
젠에게 집착함
'대소동'이나 '장광설' 같은 이상한 단어를 대화 중에 사용함
콜레스테롤에 관해 아빠에게 잔소리를 해댐
축 늘어진 팔뚝 살
자기 가족보다 하느님을 더 사랑함

그런 노력이 실제로 효과가 있는 듯했다. 아니, 어쩌면 질이 점차 처해 있는 상황에 익숙해지기 시작한 탓이었는지도 모르겠다. 어느 쪽이든 간에, 질은 마침내 울며 잠들기를 멈추었고, 엄마에게 집에 돌아와 달라고 애원하는 길고 필사적인 편지를 쓰는 것도 그만두었다. 그리고 자신이 통제할 수 없는 일로 스스로를 비난하는 일도 멈추었다.

그건 엄마의 결정이었어, 질은 이렇게 되뇌는 법을 배웠다. **엄마에게 가라고 등 떠민 사람은 아무도 없잖아.**

．．．

근래 들어 질이 엄마를 그리워하는 유일한 순간은 아침에 일어나자마자, 반쯤 잠이 깨지 않은 상태에서 아직 새로운 하루가 시작했음을 완전히 인식하지 못했을 때뿐이었다. 사실 아침을 먹으러 아래층으로 내려갔는데, 식탁 앞에서 털이 복슬복슬한 회색 실내복을 입고 서 있는 엄마의 모습을 볼 수 없는 상황은 정말이지 어색하게 느껴졌다. 장난기와 애처로움을 가득 담은 목소리로 "어이, 잠꾸러기"라고 불러주며 따뜻하게 안아주는 사람이 아무도 없다는 사실 또한 몹시도 마음을 아프게 했다. 질은 아침잠이 많아 늘 침대에서 일어나길 힘들어했고, 엄마는 그런 딸을 배려해서 괜히 야단법석을 떨어대며 쓸데없는 소란을 일으키지 않았다. 대신 아이가 천천히 투덜대며 꾸물꾸물 일어날 수 있도록 여유를 주었다. 질이 밥을 먹겠다고 하면 그것만큼 좋은 일이 없겠지만, 안 먹겠다고 해도 억지로 먹이려 실랑이하지 않았다.

아빠는 자신이 그 공백을 메우려 애를 썼고, 질도 아빠의 그런 노력만큼은 인정해야 했지만, 두 사람은 마음이 맞지 않았다. 아빠는 '당장 일어나, 학교 가야지!' 식에 좀 더 가까웠다. 질이 몇 시에 침대에서 나오든 간에, 그는 늘 막 샤워를 끝낸 생기 넘치는 모습으로 신문을 읽다가 고개를 쳐들었다. (놀랍게도 아빠는 여전히 아침 신문을 읽는 드문 사람 중의 하나였다.) 그러고는 마치 딸이 약속에 늦게 나오기라도 했다는 듯이 살짝 책망하는 듯한 표정을 지어 보였다.

"이런, 이런," 그는 말했다. "이게 누구야. 그렇지 않아도 언제 나타날까 궁금해하고 있었지."

"안녕히 주무셨어요."

질은 자신이 부모의 정밀조사 대상이 되어버렸다는 사실을 언짢은 마음으로 깨달으며 이렇게 중얼거렸다. 전날 밤 무슨 짓을 했는지 알아내려는듯 아빠는 아침마다 이런 식으로 그녀를 찬찬히 살펴봤다.

"숙취 해소해야 돼?"

아빠가 물었다. 질책보다는 호기심에 가까운 목소리였다.

"그건 아니에요." 질은 드미트리의 집에서 맥주 두 병을 마시고 집에 오기 전에 대마초를 한두 모금 피운 게 전부였다. 하지만 그런 얘기까지 세세하게 털어놓을 필요가 뭐 있겠는가. "그냥 잠을 좀 못 자서 그래요."

"음." 아빠는 의심의 기운을 숨기려고도 하지 않고 푸념처럼 앓는 소리를 냈다. "오늘 밤에는 집에 있을래? 우리도 같이 영화를 보던가 뭐라도 좀 하자."

아빠의 말을 귓등으로 흘려 들으며, 질은 커피메이커 쪽으로 발을 질질 끌고 걸어가서 진한 커피를 머그잔에 따랐다. 그것은 엄마를 향한 나름의 복수행위였다. 엄마는 질이 집에서 커피 마시는 것을 허락하지 않았다. 심지어는 딸이 그토록 맛있어하는, 하지만 별 볼 일 없는 아침 식사용 블랜드 커피조차도 입에 대지 못하게 했다.

"내가 오믈렛 만들어줄까?" 아빠가 제안했다. "아니면 그냥 시리얼

먹어도 되고."

질은 아빠가 만들어주는 거대하고 걸쭉한 오믈렛을 떠올리며 몸서리 쳤다. 달걀이 접힌 자리에서 오렌지 치즈가 뚝뚝 녹아내리는 모습이 눈에 선했다.

"배 안 고파요."

"뭐라도 좀 먹어야지."

질은 아무 대답도 없이 블랙커피를 한 모금 꿀꺽 들이마셨다. 그편이 훨씬 나았다. 쓰디쓴 진한 커피가 잠을 확 깨게 만들었기 때문이다. 아빠의 눈이 싱크대 위의 시계 쪽으로 움직였다.

"에이미는 일어났니?"

"아직이요."

"7시 15분이야."

"서두를 필요 없어요. 우리 둘 다 1교시 수업이 없거든요."

그는 고개를 끄덕이고는 다시 신문으로 시선을 돌렸다. 매일 아침 질이 같은 거짓말을 할 때마다 늘 그런 식이었다. 질은 아빠가 자신의 말을 믿기 때문인지, 아니면 신경 쓰고 싶지 않아 그러는 것인지 확신할 수가 없었다. 살아오는 동안 그녀는 경찰, 선생님, 친구의 부모님, 프로즌 요커트 가게의 데렉, 심지어는 운전교습소 강사에 이르기까지 거의 모든 어른들에게서 마찬가지의 느낌을 수도 없이 받았지만, 한편으로 그런 반응은 짜증나기 짝이 없었다. 자신이 놀림을 당하고 있는지, 계획대로 궁지를 잘 모면한 것인지 절대로 확신할 수가 없기 때문이었다.

"'신성한 웨인'에 관해 기사 난 거 없어요?"

질은 그 '남겨진 죄인들'이라는 종교집단 지도자가 체포된 사건을 상당히 흥미롭게 지켜보고 있었다. 기사에서 폭로하는 그 추악한 세부사항을 냉혹한 시선으로 즐기기도 했다. 하지만 하나밖에 없는 오빠가 사기꾼에 돼지 같은 인간으로 드러난 자에게 자신의 운명을 걸었다는 사실 때문에 당황스럽기도 했다.

"오늘은 없네." 그가 말했다. "이젠 쓸만한 기삿거리가 다 떨어졌나 보지."

"이제 오빠는 어떻게 하려나 모르겠어요."

그들은 지난 며칠 내내 그 문제에 관해 이리저리 추측을 해봤지만, 그리 멀리까지 나아가지는 못했다. 톰이 어디서 무엇을 하고 지내는지, 또는 '치유의 안아주기 운동'에 여전히 관여하고 있는지 등에 관해 아무것도 모르는 상태에서, 톰이 무슨 생각을 하고 있을지 상상해 보기란 그리 쉬운 일이 아니었다.

"나도 모르지. 아마 잘……."

에이미가 부엌에 모습을 드러냈을 때 두 사람은 대화를 멈추었다. 질은 자기 친구가 파자마 바지를 걸치고 내려왔다는 사실에 안도감을 느꼈다. 늘 그런 것은 아니었기 때문이다. 하지만 상대적으로 점잖은 오늘 아침 에이미의 복장도 앞가슴이 움푹 패인 캐미솔 덕분에 물거품이 되어버리고 말았다. 에이미는 냉장고를 열더니 마치 안에서 뭔가 근사한 일이라도 벌어지고 있다는 듯 고개를 갸웃 기울이고는 한참을 들여다보고 서 있었다. 그러다가 달걀 통을 꺼내 식탁 쪽으로 돌아섰다. 멍한 표정에 졸려 보였고 머리는 산발이었지만, 그럼에도 아름다웠다.

"아저씨." 에이미가 불렀다. "아저씨가 해주는 맛있는 오믈렛을 맛볼 수 있는 영광을 주실래요?"

평소와 마찬가지로 그들은 학교로 곧장 가지 않았다. 에이미는 웬만해서는 말짱한 정신으로 학교에 들어가지 않으려 하는 아이였기에, 두 소녀는 일단 세이프웨이 슈퍼 뒤로 숨어 들어가 대마초를 한 모금씩 피우고는 혹시라도 관심을 끄는 애들이 던킨도너츠에 몰려 있지는 않은지 보려고 레저브와 차도를 가로질러 건너갔다. 결론은 당연히 '아무도 없다'였다. 꽈배기 도넛을 씹어먹는 노인들에게 관심이 있지 않은 한 가게에 들어갈 일이 없었다. 하지만 그들이 가게 안으로 고개를 들이민 순간, 질은 갑자기 단 음식이 몹시도 당겼다.

"들어갔다 갈래?" 질이 소심하게 카운터 쪽을 흘낏거리며 물었다. "난 아침 안 먹었잖아."

"그래, 난 상관없어. 내 엉덩이가 뚱뚱한 게 아니니까."

"야." 질이 친구의 팔을 찰싹 때렸다. "나 엉덩이 살 안 쪘어."

"그래, 아직은 아니지." 에이미가 말했다. "아직 도넛 몇 개는 더 먹어도 되겠네."

시럽을 입힌 것과 젤리를 바른 것 사이에서 마음을 정하지 못하고 갈팡질팡하다가, 질은 두 개 다 주문을 하고 말았다. 그녀는 가면서 먹어도 상관이 없었지만, 에이미는 앉아서 먹고 가자고 고집을 부렸다.

"서두를 게 뭐 있어?"

에이미의 말에 질은 휴대전화로 시간을 확인했다.

"2교시 수업까지 늦고 싶지 않아서 그래."

"난 체육이야." 에이미가 말했다. "빼먹어도 상관없어."

"난 화학시험이야. 뭐, 보나 마나 낙제하겠지만."

"넌 말은 꼭 그렇게 하면서, 나중에 보면 다 A더라."

"이번에는 아니야." 질이 대꾸했다. 지난 몇 주간 수업을 너무 많이 빠지기도 했고, 출석을 했다 하더라도 대개는 대마초 탓에 멍한 상태로 앉아 있던 탓이었다. 어떤 과목은 대마초를 피우고 들어가도 이해할 수 있었지만, 화학은 그런 과목이 아니었다. 환각 상태에서 전자에 관해 생각하기 시작하면, 도착하는 지점은 원래 가 있어야 하는 곳과는 너무도 먼 장소이기 일쑤였다. "이번에는 다 망쳐 버렸어."

"그럼 어때? 멍청한 시험 하나 망치는 게 뭐 그리 대수라고."

나한테는 대수야, 질은 대답하고 싶었다. 그러나 정말 그런지 확신이 서지 않았다. 물론 전에는 그랬다. 시험이 그 무엇보다 중요하게 느껴졌다. 그리고 지금도 시험을 하찮게 느끼려고 아무리 애를 써봐도 잘되지 않았다.

"우리 엄마가 뭐라 그랬는지 알아?" 에이미가 물었다. "예전에 자기가 고등학교 다닐 때는, 생리 기간에 여자애들은 무조건 체육수업을 빼먹을 수 있었대. 엄마 선생님 중에 네안데르탈인처럼 생긴 축구 코치가 한 명 있었는데, 엄마가 매번 체육 시간마다 생리통이 있다고 말하면, 관중석에 가서 앉아 있으라고 했대. 한 번도 거짓말인 걸 알아차리지도 못한 거지."

질은 그 얘기를 전에도 들은 적이 있었지만, 그래도 웃어주었다. 그게 질이 에이미의 엄마에 관해 알고 있는 몇 안 되는 사실 중 하나였다. 그것 외에 아는 거라고는 그녀가 알코올 중독자였으며 자신의 십대 딸을 아이가 좋아하지도 않고 전혀 신뢰하지도 않는 양아버지에게 남겨두고 10월 14일에 사라졌다는 정도였다.

"너도 한 입 먹을래?" 질은 젤리 도넛을 에이미 앞으로 내밀며 말했다. "진짜 맛있어."

"아니, 됐어. 난 배불러. 내가 그 많은 오믈렛을 다 먹어치웠다니 믿을 수가 없어."

"내 잘못 아니야." 질은 엄지손가락 끝에서 흘러내리는 젤리 방울을 입으로 빨아 먹으며 말했다. "난 경고해 주려고 했어."

에이미의 표정이 진지하게 변했다. 심지어는 엄숙해 보이기까지 했다.

"너 아빠한테 그렇게 버릇없게 굴지 마. 너희 아빠 정말 좋은 분이야."

"나도 알아."

"게다가 요리도 잘해."

질은 그 말에 반박하지 않았다. 엄마에 비하면 아빠의 요리 솜씨는 형편없었다. 그렇지만 에이미가 그 사실을 알 리 없지 않은가.

"잘하려고 노력은 하지."

이렇게 말하고, 질은 속이 거의 비어서 시럽코팅 속에는 거의 아무것도 없다시피 한 시럽 도넛을 세 입 만에 재빨리 먹어치우고 탁자를 정리했다.

"아," 곧 시험을 치러야 한다고 생각하니 두려운 마음에 한숨이 절로 나왔다. "얼른 가야겠다."

에이미가 잠시 질을 빤히 바라봤다. 그리고는 카운터 뒤에 있는 진열대를 흘낏 쳐다봤다. 동그란 도넛들이 금속 쟁반 위에 가지런히 놓여 있었다. 크림이 얹힌 것, 사탕이나 가루가 얹힌 것 등 각양각색의 달콤한 재료가 올라앉은 도넛이 진열장 안에 가득 들어차 있었다. 에이미가 다시 질을 바라봤다. 장난기 가득한 미소가 얼굴에 서서히 번져갔다.

"있잖아," 에이미가 입을 열었다. "나도 뭐 좀 먹고 가야겠어. 커피도 마시고. 너도 커피 할래?"

"우리 시간 없어."

"아니, 있어."

"나 시험은 어쩌고?"

"뭘 어째?"

질이 채 대답도 하기 전에, 에이미는 자리에서 일어나 카운터 쪽으로 걸어갔다. 몸에 꼭 끼는 청바지를 입고 흐느적대듯 걷는 그녀의 모습을 매장 안에 있는 모든 사람이 고개를 돌려 바라봤다.

나 정말 가야 해, 질은 생각했다.

바로 그때, 악몽을 꾸고 있다는 사실을 불현듯 깨달았을 때처럼 뭔가 비현실적인 느낌이 엄습해왔다. 왜 있지 않은가, 가위에 눌려 꼼짝도 할 수 없는 그 무기력한 기분.

하지만 지금은 꿈을 꾸는 게 아니었다. 그저 일어나서 걸어나가면 그만이었다. 그러나 질은 바보처럼 미소만 지으며 분홍색 플라스틱 의자 위에 얼어붙은 채 앉아 있었다. 에이미가 고개를 돌려 입 모양으로 미안하다고 말했지만, 얼굴 표정은 전혀 미안해하지 않는다는 사실을 명백히 보여주었다.

나쁜 년, 질은 생각했다. **내가 낙제하길 바라는구나.**

이런 순간이면, 질은 '내가 대체 뭘 하고 있는 걸까, 어쩌다가 이렇게 이기적이고 무책임한 아이와 엮이게 된 걸까'라는 생각을 했다. 사실 인정하고 싶지는 않지만, 에이미와 함께 다니는 동안 질은 이런 순간을 적잖이 경험해왔다. 이건 건전한 관계가 아니었다.

너무도 순식간에 일어난 일이었다. 그들이 만난 건 몇 달 전 초여름이었다. 두 소녀는 망해가는 요거트 가게에서 나란히 서서 일을 했고, 손님이 없을 때면 함께 수다를 떨곤 했는데, 어떤 날은 그 수다가 몇 시간이고 이어졌다.

처음에는 둘 다 서로를 경계했다. 자신들이 매우 다른 부류에 속해 있다는 사실을 의식했기 때문이었다. 에이미는 섹시하고 부주의했으며, 살아온 생은 오판과 감정적인 신파극으로 점철돼 있었다. 반면 질은 예의 바르고 믿음직했다. 한마디로 타의 모범이 되는 청소년이었다. **질만 한 반 가득 앉아 있는 학급에서 한번 가르쳐 봤으면 좋겠다는 생각이 들 정돕니다.** 질의 성적표에 있는 교사 의견란에는 이런 식의 의견을 적어 놓은 선생님이 한둘이 아니었다. 물론 에이미에 관해 그렇게 얘기하는 사람은 지금껏 하나도 없었다.

여름이 저물어 가는 동안, 두 소녀는 서로의 경계를 풀고 진정한 우정의 관계로 자연스럽게 나아가기 시작했다. 그 속에서 둘의 차이점은 극히 사소한 것이 되어갔다. 에이미는 사회적으로나 성적으로는 자신감에 넘쳤지만, 알고 보면 감정적으로 약하기 그지없었다. 울기도 잘 울었고 느닷없이 격하게 자기혐오의 감정을 드러내기도 했다. 한마디로 많은 위로와 격려가 필요했다. 질은 그보다는 자신의 슬픔을 감추는 데 능숙했지만, 에이미는 그런 질을 살살 달래 속마음을 털어놓게 하는 데 탁월한 재주가 있었다. 질은 지금껏 그 누구와도 함께 얘기해 본 적 없는 주제들을 에이미 앞에 꺼내 놓았다. 엄마를 향한 원망, 아버지와 대화가 통하지 않아 느끼는 갈등, 지금껏 속아온 듯한 기분, 자신이 속해 살아왔던 세상이 더는 존재하지 않는 듯한 느낌 등.

에이미는 질을 자신의 날개 아래 품었다. 일이 끝나면 파티에도 데려가고, 지금껏 질이 놓치고 살아왔던 것을 경험하게 해주었다. 처음에 질은 겁을 잔뜩 집어먹었다. 파티에 가도 대부분이 또래였지만, 왠지 그 애들이 자기보다 더 성숙하고 세련된 듯이 느껴졌다. 하지만 질은 빠르게 그런 두려움을 극복해 나갔다. 생전 처음 취해도 보고, 대마초도 피워봤으며, 전에는 패배자나 쓰레기들이라고 단정 짓고는 복도에서 마주치면 무시하고 지나가던 아이들과 새벽까지 함께 앉아 대화도 나누었다. 심지어 어느 날 밤에는 마크 솔러스네 집에서 옷을 다 벗어 던져 버리고 수영장 안으로 뛰어들기까지 했다. 몇 분 후 알몸으로 물을 뚝뚝 흘리며 친구들이 보는 앞에서 물 밖으로 올라왔을 때, 질은 완전히 다른 사람이 된 듯한 기분을 느꼈다. 과거의 자아는 완전히 씻겨 나가버린 느낌이었다.

만약 엄마가 집에 있었다면, 그런 일은 절대 일어나지 않았을 것이다. 엄마가 그러지 못하게 말려서가 아니라, 질이 스스로 자신을 막아섰을 테니까. 아빠도 질의 사생활에 간섭하려 애를 쓰기는 했지만, 그는 왠지 자신의 권위에 자신감을 잃은 듯했다. 7월 말경, 질이 앞마당 잔디밭에 쓰러져 있는 것을 발견한 이후 아빠는 질에게 외출 금지를 선언했다. 하지만 질은 그 처벌을 무시해버렸고, 그 후로 아빠는 다시 그 일에 관해 언급하지 않았다.

그는 질이 사전에 아무런 허락도 받지 않고 에이미를 집으로 데려와 자고 가게 하기 시작했을 때도 이러쿵저러쿵 참견하지 않았다. 그러다가 어느 날 마침내 요즘 무슨 일이 일어나고 있는 거냐고 물었다. 하지만 이미 그때는 에이미가 집안에 눌러앉은 후였다. 잠은 톰의 예전 침실에서 자고 있었고, 가족의 쇼핑 목록에도 자신만의 특정 요구사항을 추가해 넣고 있었다. 예를 들어, 엄마가 집에 있었다면 심장마비를 일으키고도 남았을, 팝-타르트, 핫 포켓츠, 라면 같은 음식이 에이미가 원하는 것들이었다. 질은 아빠에게 진실을 털어놨다. 에이미가 양아버지와 떨어져 있어야만 한다는 내용이었다. 술에 잔뜩 취해 들어올 때면 에이미의 양아버지는 가끔 '성가시게 군다'라는 게 골자였다. 그가 아직 에이미의 몸에 손을 댄 것은 아니었지만, 늘 그녀를 주시하고 있었고, 잠을 자기 힘들 정도로 소름 끼치는 말들을 자신의 수양딸에게 해댄다고 했다.

"에이미는 거기 살면 안 돼요." 질이 말했다. "절대로 좋은 환경이 아니에요."

"좋아." 아버지가 대답했다. "그 정도면 내가 양보하지."

8월의 마지막 두 주는 특히 정신이 없었다. 마치 두 소녀가 맘껏 즐길 날도 얼마 남지 않았다는 사실을 감지하고는 아직 할 수 있을 때 쾌락의 마지막 한 방울까지 다 들이키려 하는 것 같았다. 어느 날 아침, 질은 샤워를 마치고 나오면서 자기 머릿결이 너무 싫다고 불평을 해대기 시작했다. 에이미의 머릿결은 부드럽고 반짝반짝 윤기가 흘렀으며 아침에 막 잠자리에서 일어나 앉았을 때조차도 전혀 헝클어져 보이지 않을 정도였지만, 질의 머릿결은 너무도 건조하고 푸석푸석해서 에이미의 머릿결과는 비교조차 되지 않았다.

"잘라버려."

에이미가 말했다.

"뭐라고?"

에이미가 확신에 찬 얼굴로 고개를 끄덕였다.

"그냥 다 밀어버리면 되겠다. 그편이 훨씬 잘 어울릴 거야."

질은 주저하지 않았다. 아래층으로 내려가서 재봉 가위를 찾아 부스스한 긴 머리를 단번에 잘라버렸다. 그리고는 아빠가 욕실 세면대 아래 넣어둔 바리캉을 찾아 깔끔하게 마무리를 지었다. 과거가 뭉텅이로 떨어져 내리고 나서 새로운 얼굴이 나타나는 모습을 바라보는 일은 상당히 신나는 경험이었다. 전보다 두 눈은 더 커다랗고 날카로웠으며, 입술은 더 부드럽고 예뻐 보였다,

"웬일이야," 에이미가 말했다. "너 정말 재수 없게 예쁘다."

사흘 후, 질은 첫 경험을 했다. 상대는 잘 알지도 못하는 대학생이었는데, 제시카 마리네티의 집에서 완전히 고주망태가 되어 병 돌리기 게임을 하고 난 직후였다.

"나 대머리 여자애랑은 해본 적 없어."

그들의 몸이 아직 뒤엉켜 있는 동안 남자애가 고백했다.

"정말?" 심지어 자신은 한 번도 해본 적이 없다는 말은 털어놓지 않은 채, 질이 물었다. "그래, 어떤데?"

"괜찮은 걸." 그가 질의 머리에 코끝을 비벼대며 말했다. "꼭 사포에 문지르는 것 같다."

질은 개학하기 전에는 전혀 문제의식을 자각하지 못했다. 그러나 학기가 시작하고 나서 에이미와 함께 복도를 따라 걸어갈 때면 예전 친구들과 선생님들이 동정심과 혐오감이 뒤섞인 듯한 시선으로 자신을 바라보는 것을 느낄 수 있었다. 그들은 질을 바라보며 타락했다고 생각했다. 나쁜 애가 착한 애를 완전히 망가트려 버렸다고 생각하고 있음이 분명했다. 하지만 질은 그들이 틀렸다고 말해주고 싶었다. 에이미가 한 일이라고는 질이 자기 본모습으로 돌아올 수 있는 새로운 길을 제시한 준 것뿐이었고, 지금 당장은 그 길이 예전의 길보다 질에게 훨씬 잘 맞는 듯이 보였다.

에이미를 욕하지 마, 질은 생각했다. **내가 한 선택이야.**

질은 에이미에게 진심으로 고마움을 느꼈고, 자신도 에이미가 필요로 할 때 머물 곳을 제공해 도울 수 있었다는 사실에 기쁨을 느꼈다. 하지만 점차 이러한 유대감이, 구체적으로 말해 둘이 마치 친자매처럼 한집에서 살아가고 옷도 같이 입고 식사도 함께하고 비밀도 공유하고, 매일 밤 파티를 찾아다니다가 아침이면 함께 하루를 시작하는 이 모든 일이, 자꾸 질의 신경에 거슬리기 시작했다. 이번 달에 두 소녀는 거의 같은 시기에 생리를 했는데, 그 사실도 좀 징그러웠다. 질에게는 휴식이 필요했다. 학교 공부를 따라가고 아빠와 오붓하게 대화도 나누고, 또 하루가 멀다 하고 도착하는 대학 안내 우편물을 훑어볼만한 시간이 너무도 부족했다. 그냥 현재 자신의 처지를 돌아볼 하루나 이틀 정도의 시간이면 충분했다. 때로 질은 에이미 없이 혼자 자신을 돌아볼 여유를 얻으려면 어떤 식으로 그 애와의 사이에 경계를 그어야 할지 진지하게 고민해보곤 했다.

두 소녀가 학교에서 겨우 몇 블록 떨어진 곳에 도착했을 때, 도요타의 소형차인 프리우스 한 대가 조용히 그들 옆으로 다가왔다. 질이 혼자 다니던 시절에는 생전 겪어본 적도 없는 일이었지만, 에이미와 함께 다니기 시작한 이후로는 시도 때도 없이 경험하는 일이었다. 조수석 창문이 아래로 내려가더니 11월 아침의 차가운 공기 속으로 대마초 냄새가 밴 레게 음악이 흘러 나왔다.

"어이, 아가씨들." 스코트 프로스트의 목소리였다. "어떻게 지내?"

"그냥 그렇지 뭐." 에이미가 대꾸했다. 남자애들과 얘기할 때면 에이미의 목소리는 완전히 딴판으로 바뀌었다. 질이 듣기에는 훨씬 깊고 약간은 약 올리는 듯한 억양이 느껴졌는데, 그런 말투는 지극히 따분한 얘기를 하고 있을 때도 묘하게 흥미로운 느낌을 자아내곤 했다. "넌 어떻게 지내?"

애덤 프로스트가 운전석에서 몸을 앞으로 기댔다. 스코트의 머리 뒤에서 이리저리 움직이는 그의 머리는 축소판 러시모어산(미국 사우스다코타 주에 있는 산으로 위대한 미국 대통령 4인의 동상이 조각돼 있는 것으로 유명하다_옮긴이)의 느낌이 나게 했다. 프로스트 형제는 하는 일 없이 시간만 죽이고 다니는 소문난 꽃미남들이었다. 사각 턱에 졸린 눈도 똑같았고, 둘 다 레게머리를 하고 있었으며, 늘 게으르게 빈둥거리지만 않는다면 운동선수 못지않게 발달하고도 남았을 매끈한 몸매를 자랑했다.

질은 그들이 한 해 전에 고등학교를 졸업했다는 사실을 확신했다.

하지만 여전히 학교 안에서 그들을 볼 수 있었는데 대게는 미술실 안에서였다. 물론 그림을 그리고 있던 적은 한 번도 없었다. 그저 은퇴한 노인네들처럼 가만히 앉아서 자비롭고 인자한 분위기를 풍기며 어린 학생들이 작업하는 모습을 지켜볼 뿐이었다. 미술 담당 쿠미 선생님은 그들이 함께 있는 걸 내심 즐기는 듯했다. 학생들이 각자 알아서 작업을 하는 동안 그녀는 쌍둥이와 수다도 떨고 웃기도 하고 그랬다. 쿠미 선생님은 오십대에 들어선 뚱뚱한 유부녀였다. 그런데 흘러다니는 소문에 따르면, 이따금씩 수업이 없을 때면 쌍둥이 형제와 함께 은밀히 교자재 창고로 숨어든다고 했다.

"타." 애덤이 소리 질렀다. 그는 오른쪽 눈썹에 피어싱을 여러 개 하고 있었는데, 사람들은 주로 그것을 보고 스코트와 애덤을 구분했다. "드라이브나 하자."

"우린 학교 가야 해."

질이 쌍둥이에게가 아니라 에이미에게 얘기하듯이 중얼거렸다.

"학교는 무슨 빌어먹을." 스코트였다. "우리 집에 가서 놀자. 그게 훨씬 재미있을 걸."

"어떻게 재밌게 해줄 건데?"

에이미가 물었다.

"우리 집에 탁구대 있어."

"바이코딘(헤로인과 비슷한 성분을 포함한 강력 진통제_옮긴이)도 있어."

애덤이 덧붙였다.

"그래, 그 정도는 돼야지."

에이미가 잔뜩 부푼 표정으로 질을 바라봤다.

"어떡할래?"

"난 잘 모르겠어." 질은 부끄러움으로 얼굴이 화끈거리는 것을 느꼈다. "요즘 학교를 너무 많이 빠졌어."

"나도 마찬가지야." 에이미가 말했다. "하루쯤 더 빠진다고 뭐가 달라지겠어."

말이 되는 대답이었다. 질은 쌍둥이들을 흘낏 돌아봤다. 둘은 '버펄로 병사'라는 레게 음악에 맞추어 고개를 까딱거리며 학교를 빼먹으라는 메시지를 은근히 보내고 있었다.

"잘 모르겠어."

질은 다시 말했다. 에이미가 날카롭게 한숨을 내 쉬었지만, 그래도 질은 가만히 서 있기만 했다. 대체 자신이 무엇 때문에 망설이는지 이해를 할 수 없었다. 화학시험은 이미 물 건너간 지 오래였다. 나머지 수업도 들어가 봐야 낙제가 분명했다.

"맘대로 해." 에이미가 내내 질에게서 시선을 떼지 않은 채 차 문을 열고 뒷자리에 올라탔다. 그리고 물었다. "탈거지?"

"아니, 난 됐어. 너희들끼리 가."

"정말 안 가?"

에이미가 문을 닫는 동안 스코트가 물었다. 진심으로 실망한 눈치였다. 질이 고개를 끄덕이자 스코트의 창문도 윙 소리를 내며 올라가서 그의 아름다운 얼굴을 가리며 닫혔다. 꽁꽁 닫힌 프리우스는 1~2초 정도 움직이지 않았고, 질도 마찬가지였다. 까맣게 선팅한 유리를 가만히 바라보고 서 있는 동안 후회의 감정이 날카롭게 찔러왔다.

"잠깐!"

질은 소리를 질렀고, 그 목소리가 자신의 귀에도 너무 크고 필사적으로 들린다고 느꼈다. 하지만 차 안에서는 그녀의 목소리가 들리지 않았음이 분명했다. 질의 손이 차 문에 닿으려는 순간 차가 덜컥이며 움직이기 시작했고, 그녀를 내버려둔 채 조용히 거리를 따라 내려가

버렸다.

학교에 도착했을 때도 질은 여전히 대마초에 취해 있었다. 하지만 에이미처럼 심하게는 아니었다. 매일 아침 에이미는 질과 자신이 만화 속에서 모험을 하는 두 명의 첩보요원이라도 된 듯이 행동했다. 쉴 새 없이 키득거리다가 전혀 우습지도 않은 것에 숨이 넘어갈 만큼 깔깔대기를 반복했는데, 그런 행동이 질까지 심하게 웃어 재끼도록 만들었다. 그러나 오늘은 취한 느낌이 몹시도 무겁고 슬펐으며 이상하게 기분도 좋지 않았다.

원칙대로라면 질은 교무실에 가서 직접 서명을 하게 되어 있었지만, 그것은 규율이 엄격하고 순종적인 분위기에서 지켜지던 구시대의 유물일 뿐 이제는 모두가 무시하는 있으나 마나 한 규칙이었다.

사람들이 갑작스럽게 사라졌을 때 질은 고등학교에 입학한 지 5주밖에 되지 않았다. 하지만 지금도 질은 그때가 어땠는지 매우 생생하게 기억했다. 선생님은 모두 진지하고 열정적이었으며, 아이들도 뚜렷한 목표와 동기를 품고 활기 넘치게 생활했다. 거의 모두가 악기 하나쯤은 다루었고, 운동에도 열심이었다. 화장실에서 담배를 피우는 아이도 없었다. 복도에서 애정행각을 벌였다가는 정학처분을 받을 수도 있었다. 당시에는 사람들도 빠르게 걸어 다녔다. 적어도 그게 질이 기억하는 당시의 모습이었다. 그리고 모두가 자신들이 어디로 향해가는지 정확히 알고 있는 듯 보였다.

질은 사물함을 열고 《우리 마을Our Town》이라는 책을 꺼내 들었다. 지난 3주간이나 영어 시간에 토론을 했음에도 아직 한 쪽도 읽어보지 않은 책이었다. 2교시 수업이 끝나려면 아직 10분 정도 남아 있었다. 질은 그대로 바닥에 주저앉아 처음 몇 쪽이라도 읽어봤으면 좋겠다고 생각했다. 하지만 집중해서 읽을만한 분위기가 아니었다. 일명 메이플턴 고등학교의 방랑하는 음유시인 제트 오리스타글리오가 맞은 편 바닥에 주저앉아서 기타를 치며 '파이어 앤드 레인(Fire and Rain)'을 수천 번쯤 불러재끼고 있는 현 상황에서, 책을 집중해 읽는다는 건 거의 불가능한 일이었다. 그의 노래를 듣고 있자니 온몸에 소름이 돋을 지경이었다.

질은 도서관으로 갈까 생각해봤지만, 오고 가는 시간을 제외하면 남는 시간도 없을 듯했다. 그러니 그냥 영어수업이 있을 위층 교실로 올라가는 게 낫겠다는 생각이 들었다. 가는 길에 스칸다리언 선생님 교실 쪽으로 돌아가 볼 작정이었다. 같은 반 친구들이 화학시험을 거의 마쳐가고 있을 시간이었다.

질은 자신이 무엇에 홀려서 교실 안쪽을 들여다봤는지 알 수 없었다. 혹시라도 스칸다리언 선생님이 자신을 알아보면 아파서 시험에 빠진 것이 아니라는 사실을 알아차리게 될 테고, 그러면 나중에 추가 시험을 치르도록 허락할 가능성도 완전히 날아가 버리지 않겠는가. 하지만 다행히도 질이 창문 안쪽을 들여다볼 때 선생님은 스도쿠책을 펼쳐 놓고 그 작은 칸들을 메우는 데 완전히 몰두해 있었다.

시험은 어려웠던 게 분명했다. 너무도 당연하게 앨버트 친은 연필을 내려놓고 시간을 때우느라 아이폰을 만지작거리고 있었고, 그렉 윌콕스는 엎드려 자고 있었다. 하지만 다른 아이들은 입술을 자근거리며 여전히 시험지를 들여다보는 중이었는데, 시간이 촉박한 가운데 복잡한 생각을 해야 하는 상황에서 흔히들 하는 행동을 하고 있었다. 손가락으로 머리카락을 베베 꼬는 아이도 있었고, 다리를 위아래로 떨어대는 애도 있었다. 케이티 브레너은 피부병이라도 걸린 사람처럼 팔을 벅벅 긁어대는 중이었고, 피트 로드리게스는 연필 뒤꽁무니에 달린 지우개로 계속 이마를 콩콩 찧어대는 중이었다.

　질은 겨우 1~2분 정도밖에 그 자리에 서 있지 않았다. 그럼에도 누군가 고개를 들어 자신을 바라보고는 미소를 짓거나 재빨리 손이라도 흔들어 주기를 기대했다. 그게 바로 시험이 진행 중인 교실을 누군가 들여다볼 때면 보통 일어나는 일이었기 때문이다. 그러나 모두가 시험에만 몰두해 있거나 엎드려 자거나 멍하게 앉아 있을 뿐이었다. 질은 자신이 더는 이 세상에 존재하지 않는 듯한 기분이 들었다. 두 번째 줄에 놓인 빈 책상 하나만이 그 자리에 앉아 있던 한 소녀의 존재를 기리는 유일한 유품이 되어버린 듯했다.

특별한 누군가

톰 가비는 왜 그 소녀가 여행 가방을 들고 집 앞에 서 있는지 물어
볼 필요도 없었다. 그는 희망이 자신의 몸에서 새어 나가고 있다는 생
각을 지난 몇 주 동안 꾸준히 해오고 있었다. 왜 있지 않은가, 천천히
돈줄이 말라 결국에는 파산에 이르는 그런 식으로. 그런데 이제 정말
그렇게 돼버린 듯했다. 그는 감정적으로 완전히 파산상태였다. 소녀가
그의 생각을 읽어내기라도 했는지 힘없이 미소 지었다.

"그쪽이 톰이야?"

그가 고개를 끄덕였다. 소녀가 앞면에 그의 이름이 적혀 있는 봉투
하나를 내밀었다.

"축하해." 그녀가 말했다. "네가 내 새 보모야"

그는 소녀를 본 적이 있었지만, 이렇게까지 가까이서 본 것은 처음이
었다. 소녀는 짐작했던 것보다 훨씬 예뻤다. 자그마한 체구의 아시아계
소녀로 많아봐야 열여섯 살쯤 돼 보였고, 칠흑 같은 머릿결에 얼굴은

완벽하게 달걀형이었다. **크리스틴**, 그는 기억해냈다. **길 크리스트씨의 네 번째 부인**. 소녀는 그가 잠시 빤히 바라보도록 내버려 두더니, 곧 싫증이 난 모양이었다.

"자." 그녀가 아이폰을 꺼내 들며 말했다. "우리 사진이나 한 장 찍지 않을래요?"

이틀 전, FBI와 오리건 주립 경찰이 길크리스트 씨를 체포해갔다. TV 뉴스에 따르면 '새벽 기습 작전'을 통해서였다. 그러나 실상 놀란 사람은 아무도 없었고, 길크리스트 씨는 특히 아니었다. 애너 포드의 배신 이래로, 그는 자신의 선택이 최선이었음을 추종자들에게 이해시킬 목적으로 어둠의 시기가 다가오고 있다는 경고를 끊임없이 해왔다.

"내게 무슨 일이 생기든 간에," 그의 마지막 이메일에는 이렇게 적혀 있었다. "절망하지 마십시오. 무슨 일이든 다 이유가 있어 일어나는 법이니."

그의 체포를 이미 예상하고 있었음에도, 톰은 2~3급 강간과 남성추행 혐의, 탈세 혐의, 미성년자 불법 유인 혐의 등 그가 범한 중범죄에 아연실색하고 말았다. 그리고 뉴스 아나운서가 '자칭 메시아의 극적인 몰락', '충격적인 혐의', '누더기로 변해버린 성스러운 명성', '빠르게 성장하는 청년운동을 엉망으로 무너뜨린 인물' 등의 자극적인 표현을 통해 너무도 노골적으로 기쁨을 드러낸다는 사실에도 큰 상처를 입었다. 뉴스는 길크리스트 씨가 방금 침대에서 끌려 나온 것처럼 구겨진 파자마 차림에 머리는 한쪽이 완전히 납작하게 눌린 채로 수갑을 차고 법정으로 인도되어 들어가는, 가히 보기 좋지 않은 장면을 한없이 반복해서 틀어주었다. 화면 하단에는 자막이 떴다. '신성한 웨인? 맙소사! 성범죄 혐의로 체포된 굴욕적인 사이비 종교집단 지도자. 최고 75년형 선고 가능'

TV 앞에 앉아 있는 사람은 모두 넷이었다. 톰과 크리스틴, 그리고 톰과 한집애 거주하는 맥스와 루이스였다. 톰은 두 사람에 대해 잘 알지 못했다. 그들은 톰을 보조하기 위해 치유의 안아주기 운동 샌프란시스코 지부에서 순환근무로 배정받아 온 사람들이었다. 그러나 뉴스를 시청하는 동안 두 사람의 반응을 가만히 지켜보고 있자니, 톰은 그들이 완전히 같은 부류라는 사실을 확신할 수 있었다. 예민한 루이스는 조용히 흐느꼈고, 성미가 급한 맥스는 길크리스트 씨가 누명을 뒤집어쓴 거라고 주장하면서 화면에 대고 욕설을 퍼부었다. 크리스틴은 뉴스를 보면서도 이상해 보일 만큼 침착했다. 마치 모든 것이 예상대로 흘러가고 있다는 듯한 태도였다. 한 가지 그녀의 눈에 거슬리는 것은 남편이 입고 있는 파자마였다.

"내가 저거 입지 말라고 했었는데." 그녀가 말했다. "저거만 입으면 꼭 휴 헤프너(미국의 〈플레이보이〉 발행인_옮긴이)처럼 보인다니까."

애너 포드의 통통한 얼굴이 화면에 등장했을 때는 크리스틴의 반응도 약간 격렬해졌다. 애너는 '신성한 웨인의' 영적 아내 중에는 서열 여섯 번째였고, 유일하게 비아시아계였다. 그녀는 8월 말에 목장에서 사라졌고, 두 주 후에 CBS 탐사보도 프로그램 〈60분〉에 등장했다. 그 방송에서 그녀는 신성한 웨인의 모든 욕구를 충족시키는 데 이용당하는 미성년 소녀로만 이루어진 '하렘'에 관해 폭로했다. 그녀는 자신이 결혼했을 당시 열네 살밖에 되지 않았고, 집에서 가출해 거의 자포자기 상태로 돌아다니는 중이었다고 했다. 그러다가 미니애폴리스에 있는 버스 정류장에서 두 명의 친절한 남자들을 만나 가까워졌는데, 그들이 음식과 머물 곳을 제공해 주었고, 그런 다음에는 남부 오리건에 있는 길크리스트 씨의 목장으로 데려갔다고 주장했다. 그런데 그 중년의 예언자 길크리스트씨가 그녀를 마음에 들어 했는지, 목장에 도착한 지 사흘 후 그가 그녀의 손에 반지를 끼워주고는 침대로 데리고 들어갔다는 것이다.

"그는 예언자가 아니에요." 애너 포드가 말했다. 그리고 이 말은 이번 추문의 성격을 정의하는 매우 효과적인 어구가 되어버렸다. "그냥 추접스러운 노인네일 뿐이에요."

"그리고 넌 유다나 다름 없고." 크리스틴이 TV에 대고 말했다. "엉덩이만 커다란 유다."

모든 게 엉망이 되어버렸다. 지난 2년 반 동안 톰이 매달려오고 희망했던 모든 것. 하지만 무슨 이유에선지, 그의 마음은 예상만큼 심하게 아프거나 하지 않았다. 그가 느끼는 고통의 근저에는 안도감이 확실하게 자리해 있었다. 지금껏 두려워했던 어떤 것이 마침내 지나가버렸고, 따라서 더는 그것을 두려워하며 살지 않아도 된다는 사실을 깨닫게 됨으로써 얻게 된 안도감이었다. 물론 새롭게 걱정해야 할 문젯거리가 한두 가지가 아니었지만, 그것은 나중에 다시 다룰만한 시간이 있을 터였다.

톰은 크리스틴에게 자신의 침대를 내주었다. 따라서 모두가 잠자리에 들고 난 후에도, 거실에 머물러 있어야 했다. 전등을 끄기 전에, 그는 자신에게 있어 '특별한 누군가'의 사진을 꺼냈다. 폭죽을 들고 있는 벌베키의 사진이었다. 그는 그것을 몇 초간 들여다봤다. 그렇지만 자신이 기억하는 한 처음으로, 옛 친구의 이름을 속삭이지 않았고, 제발 친구가 다시 돌아오게 해달라고 애원하는 밤 기도도 올리지 않았다. 기도는 해서 뭐하겠는가? 톰은 자신이 아주 오랫동안 꾸고 있던 꿈에서 막 깨어났으며, 내내 자신을 옥죄고 있던 그 꿈을 더는 기억할 수 없을 듯한 기분이 들었다.

다들 떠나갔어, 그는 생각했다. **이제는 보내 줘야 해.**

3년 전, 처음 대학에 왔을 때, 톰은 보통의 아이들이나 전혀 다를 바 없었다. 성적은 대략 B+ 정도 되고, 경영학을 전공하길 희망하며, 멋진 남학생 사교클럽에 가입하고, 맥주를 말술로 들이붓고, 가능한 한 아주 많은 매력적인 여자애들과 얽히고자 애를 쓰는, 그저 평범한 미국 청소년이었다. 그도 처음 며칠은 향수병을 앓았다. 메이플턴의 익숙한 거리와 건물이 그리웠고, 부모님과 여동생이 보고팠으며, 고등교육을 받기 위해 나라 전역의 대학으로 흩어져 버린 오랜 친구들도 보고 싶었다.

그러나 톰은 그런 슬픔이 일시적일 뿐 아니라 오히려 건강한 감정이라는 것을 잘 알았다. 가끔씩 자기 고향이나 심지어는 가족에 관해서 아무렇지도 않게 무시하는 듯한 이야기를 해대는 다른 신입생을 볼 때마다, 그는 몹시도 기분이 좋지 않았다. 그런 애들은 마치 삶의 초반 18년이라는 세월을 감옥에서 살다가 이제야 석방되어 자유를 찾기라도 했다는 듯이 허세를 부렸다.

학기가 시작한 첫 주 토요일, 톰은 기숙사 같은 층에 있는 한 무리의 친구들과 함께 술에 잔뜩 취해서 얼굴 반쪽은 주황색으로 나머지 반쪽은 파란색으로 칠하고 풋볼 경기를 관람하러 갔다. 모든 학생이 관중석의 한쪽 편에 집중적으로 모여 앉아 마치 단일 생명체라도 되는 듯이 포효하고 고함을 질러댔다. 그처럼 군중 속에 섞여 들어가는 일은 무척이나 신나는 경험이었다. 톰은 자신의 정체성이 뭔가 거대하고 강력한 어떤 것 안으로 녹아들어 가는 듯한 기분을 느꼈다.

주황색 팀이 이겼고, 그날 밤, 남학생 클럽 파티에서 톰은 자신과 똑같이 얼굴색을 칠한 한 소녀를 만나 함께 집으로 돌아갔다. 그리고 대학생활이 자신이 기대했던 최고치를 능가한다는 사실을 알게 되었다. 지금도 그는 해가 떠오르고 있을 때, 신발 끈을 채 매지도 못하고 양말과 사각팬티도 챙겨입지 못한 상태로 그녀의 기숙사에서 남학생 기숙사로 걸어가던 기분을 생생하게 기억할 수 있다. 가는 도중에는 마치 거울에 비친 모습처럼 자신과 비슷한 행색으로 비틀거리며 캠퍼스 안뜰을 가로질러 걸어가는 남자 하나와 거의 즉흥적으로 하이파이브를 하기도 했는데, 두 사람의 손바닥이 마주치는 소리가 이른 아침의 정적 속에서 의기양양하게 메아리쳤다.

한 달 후에는 모든 것이 끝났다. 10월 15일 학교는 휴교에 들어갔다. 학생들에게는 짐을 싸서 캠퍼스를 떠날 수 있도록 일주일의 시간이 주어졌다. 다들 당황스러운 모습으로 안녕을 고하던 그 마지막 주의 기억이 그의 머릿속에는 아주 흐릿하게 남아 있다. 기숙사가 천천히 비워지는 동안 닫힌 방문 뒤에서 누군가 숨죽여 흐느끼는 소리가 들려왔고, 주머니에 전화기를 집어넣으며 조용히 저주의 말을 내뱉는 사람도 볼 수 있었다. 절망적인 가운데 몇몇 모임이 열리기도 했는데, 그중 하나는 역겨운 싸움으로 끝을 맺어야 했다. 기숙사에서 급하게 마련된 추도식에서 대학총장은 사람들이 '갑작스런 증발'이라고 부르기 시작한 사건의 희생자들 이름을 하나씩 하나씩 엄숙하게 부르기 시작했다. 그 목록에는 톰의 심리학 강사도 포함돼 있었고, 일란성 쌍둥이 자매가 사라진 것을 알아차린 후 수면제를 과다복용한, 톰과 영어 수업을 같이 듣던 나머지 쌍둥이 여학생의 이름도 포함돼 있었다.

그는 집을 떠난 지 얼마 되지도 않아서 다시 집으로 돌아가야 했다. 그때의 기분은 마치 낙제를 당하거나 뭔가 사고를 쳐서 퇴학을 당하기라도 한 듯했고, 그 때문인지 아무것도 잘못한 것이 없음에도 묘한 수치심을 느껴야 했다. 일종의 패배자가 된 것 같은 기분이었다. 그러나 가족에게로 다시 돌아간다는 사실이 주는 안도감도 만만치 않았다. 특히나 그의 가족은 모두가 안전하게 그대로 남아 있었다. 비록 여동생은 아슬아슬한 순간을 거친 듯했지만 그래도 다들 무사했다. 톰은 젠 서스먼에 관해 두어 번 물어봤지만, 동생은 대답을 거부했다. 엄마의 설명 대로라면 너무 상심이 커서 그럴 수도 있었고, 혹은 그 주제가 거론되는 것 자체가 지긋지긋해서 그럴 수도 있었다.

"내가 무슨 말을 해줬으면 좋겠는데?" 동생이 바락 대들었다. "걔도 그냥 수증기처럼 사라졌다고, 됐어?"

그들은 몇 주간 오직 가족 넷만 둘러앉아 DVD를 시청하거나 보드게임을 하면서 쥐죽은 듯 조용히 보냈다. 몇 가지 기본적인 사실만을 단조롭게 반복해 보여주는 거의 병적일 만큼 흥분한 TV 뉴스에는 거의 눈길을 돌리지 않았다. 실종자의 수는 끊임없이 증가했고, 충격으로 외상을 입은 목격자들의 인터뷰가 끊임없이 이어졌다. 그들은 **그는 바로 내 옆에 서 있었어요……** 라든가, **내가 잠시 고개를 돌린 순간에……** 라는 식의 증언을 쏟아 놓았고, 곧 그들의 목소리는 어이없다는 듯 피식 새어 나오는 웃음소리와 함께 잦아들었다. 언론의 보도 방식은 불타는 타워의 모습을 끊임없이 보여주고 또 보여주었던 9.11 사건 때와는 사뭇 다르게 느껴졌다. 10월 14일의 사건은 형태가 없었기에 확실히 규정해 보여주기가 힘들었던 까닭이었다. 고속도로 상에는 엄청난 수의 다중 추돌 차량의 잔해가 널려 있었고, 기찻길에는 몇몇 기차가 탈선한 채 남아 있었으며, 무수히 많은 소형 비행기와 헬리콥터가 추락하기는 했지만, 다행히 미국에서는 대형 민간 항공기가 추락하는 사건은 벌어지지 않았다. 물론 몇몇 항공기는 공포에 휩싸인 부조종사의 손에 의해 비상착륙했고, 심지어 한 대는 승무원이 착륙을 시키기도 했다. 당연하게도 그 승무원은 암흑의 바닷속에서 한 줄기

환한 빛의 존재가 되어 한동안 대중의 영웅으로 남아 있었다. 하지만 언론은 그날의 재난을 확실히 환기시켜 보여주는 단 한 가지의 대표적인 영상을 결정할 수 없었다. 저주를 퍼부어댈 악당도 없었다. 그 때문에 그날의 사건에 초점을 맞추기가 더욱 어려웠다.

TV에서는 종교계와 과학계의 전문가들이 나와 10월 14일의 사건이 기적인지 비극인지에 대해 서로 모순되는 주장을 펼치며 각자 논리의 타당성을 토론하는 것을 들을 수 있었다. 또는 존 멜렌캠프와 제니퍼 로페즈, 샤크와 애덤 샌들러, 미스 텍사스와 그레타 밴 서스터렌, 블라디미르 푸틴과 교황 같은, 사라진 명사들의 삶을 기리는 동안 끝없이 등장하는 흐릿한 몽타주 사진도 볼 수 있었다. 명성에도 수없이 많은 등급이 있었다.

그러나 뉴스에서는 버라이즌 휴대폰 광고에 등장하는 괴짜와 은퇴한 대법관, 중남미의 독재자와 한 번도 그 잠재력을 제대로 드러내 보인 적이 없는 미식축구 쿼터백, 재치 있는 정치 자문위원과 〈배철러 The Bachelor〉 프로그램에서 공개적으로 미움을 받았던 여성까지 모두를 한꺼번에 뒤죽박죽 뭉뚱그려 놓았다. 푸드 채널의 경우 스타 셰프들이 속해 있던 그 작은 세계가 불가능할 만큼 큰 타격을 입었다.

처음에 톰은 집에만 머무는 것도 나쁘지 않다고 생각했다. 특히 이런 시기에는 사랑하는 사람과 가까이 붙어 지내는 것이 맞는 것 같았다. 공기 중에는 견디기 힘들 만큼의 긴장감, 다시 말해, 조바심 나는 기다림의 분위기가 떠다녔다. 비록 아무도 자신들이 논리적인 설명을 기다리고 있는 것인지, 아니면 10월 14일의 사라짐으로 인한 두 번째 파장을 기다리는 것인지 정확히 알지 못하는 듯 보였다. 마치 전 세계가 다음에 무슨 일이 일어나든 간에 충분히 대처할 수 있도록 깊이 숨을 들이마시고 마음을 다잡으며 기다리고 있는 것 같았다.

아무 일도 일어나지 않은 채 몇 주가 느리게 흘러갔다. 마치 당장에라도 무슨 일이 일어날 것 같던 즉각적인 위기감도 차츰 무뎌지기 시작했다. 사람들은 불길한 예감에 몸을 맡긴 채 집안에만 숨어 지내는 일상에 점차 조바심을 내고 있었다. 톰도 저녁을 먹은 후에는 외출을 하기 시작했다. 가짜 신분증을 제시해도 그다지 깐깐하게 들여다보지 않는 스톤우드 하이츠에 있는 허름한 술집 캔틴에 가서 고등학교 동창들을 만났다. 매일 밤이 대학동창회와 아일랜드식 경야(아일랜드에서 장례식 첫날 망자를 집에 모시고 밤새 시끄럽게 먹고 마시고 노래하는 풍습. 죽은 사람을 깨우려는 조문 의식이다._옮긴이)를 혼합해 놓은 듯한 분위기였다. 전혀 어울릴 것 같지 않던 사람들까지도 모두 모여 서로에게 술을 사고 권하며 사라진 친구와 지인들에 관한 일화를 털어놓았다. 그들의 졸업반에서도 세 사람이 사라졌다. 딱히 누구랄 것도 없이 거의 모두가 경멸에 마지않았던 에드 해트니 교감 선생과 다들 마블스라고 불렀던 수위 아저씨도 포함돼 있었다.

캔틴에 발을 들일 때마다 톰은 거의 매번 사라진 사람들의 사진을 모아 놓은 곳에 새로운 얼굴이 추가돼 있는 것을 보았다. 보통은 그가 몇 년간이나 거의 머리에 떠올려본 적도 없는 잘 모르는 사람이었다. 데이브 키건의 자메이카 출신 가정부 이본, 지독한 입 냄새로 거의 전설적인 위치에 있던 중학교 보조교사 바운디 선생님, 무례한 알바니아 남자가 가게를 인수하기 전에 마리오스 피자 플러스를 운영했던 정신 나간 이탈리아 남자 주세페 등이었다. 12월 초순 어느 날 밤, 톰이 폴 에르드만과 다트 게임을 하고 있을 때 맷 테스타가 옆으로 다가왔다.

"어이," 그가 말했다. 사람들이 10월 14일에 관해 얘기하고자 할 때 보편적으로 내는 매우 침울한 목소리였다. "벌베키 기억해?"

톰은 들고 있던 다트를 의도했던 것보다 좀 세게 던졌다. 다트는 너무 높게, 멀리 날아가서 거의 보드판을 넘어갈 뻔했다.

"벌베키는 왜?"

테스타가 군이 대답이 필요 없을 때 하는 방식으로 어깨를 으쓱해 보였다.

"걔도 갔어."

폴이 바닥에 테이프로 그어 놓은 선 앞으로 다가갔다. 그리고 보석 세공사처럼 눈을 가늘게 뜨더니 들고 있던 다트를 보드 한가운데로 빠르게 날렸다. 다트는 과녁에서 2~3센티미터 올라간 왼쪽에 가서 꽂혔다.

"누가 갔다고?"

"넌 잘 모르는 애야." 테스타가 설명했다. "벌베키는 6학년 마치고 그 해 여름에 이사 갔어, 뉴햄프셔로."

"나랑 초등학교 때부터 죽 알고 지내던 애야." 톰이 말했다. "늘 같이 어울려 놀았어. 언젠가 식스 플래그스(미 중부에 있는 최대 규모의 놀이공원_옮긴이)에도 같이 놀러갔었을 거야."

맷 테스타가 경의를 표하듯이 천천히 고개를 끄덕였다.

"그 애 사촌과 우리 사촌이 아는 사이야. 그래서 그 애가 사라진 걸 알게 됐어."

"어디 있었대?"

톰이 물었다. 이건 일종의 의무적인 질문이었다. 왜 그런지는 모르겠지만, 중요하게 느껴졌기 때문이었다. 그 일이 일어날 때, 그 사람이 어디에 있었든 간에, 그 장소는 늘 톰에게는 섬뜩하고 가슴 아프게 느껴졌다.

"헬스장. 왜 런닝머신 비슷하게 생긴 일립티컬이라는 운동기구, 그걸 하고 있었나 봐."

"젠장." 톰은 갑작스럽게 텅 비어버린 기계의 모습을 그려보며 고개를 저었다. 벌베키가 사라지고 난 후에도 손잡이와 페달은 여전히 움직이고 있었을 것이다. "걔가 헬스장에 가다니, 상상이 안 돼."

"나도 무슨 말인지 알아." 테스타가 마치 뭔가 계산이 안 맞는다는 듯이 인상을 찌푸렸다. "걔가 원래 좀 계집애 같았지, 안 그래?"

"그런 건 아니야." 톰이 말했다. "그냥 좀 예민하고 그랬던 거지. 벌베키는 옷깃에 붙어 있는 상표가 살에 스치는 것도 못 참아 해서 그 애 엄마가 늘 그걸 떼어내 주곤 했었어. 초등학교 다닐 때는 옷깃에 붙어 있는 상표 때문에 가려워 죽겠다면서 늘 웃통을 벗어버리곤 했던 것도 기억나. 선생님들은 웃옷을 벗고 있으면 안 된다고 늘 주의를 주었지만, 걔는 들은 척도 안 했어."

"그래 맞아." 테스타가 식 미소 지으며 대답했다. 그도 그때 일이 다 기억나는 모양이었다. "한 번은 그 녀석 집에 가서 잔적이 있었는데, 녀석은 불을 다 켜놓고 비틀즈 노래 하나를 무한 반복으로 틀어 놓고 자더라니까. 제목이 '페이퍼백 라이터(Paperback Writer)'였나, 아니면 다른 노래였나 잘 모르겠네."

"'줄리아(Julia)'였어." 톰이 말했다. "그게 녀석에게는 마법의 노래였거든."

"마법의 노래?"

폴이 마지막 다트를 던졌고, 그것은 과녁 바로 아래쪽에 강렬한 쿵 소리를 내며 꽂혔다.

"벌베키는 그 노래를 그렇게 불렀어." 톰이 설명했다. "'줄리아'가 연주되고 있지 않으면, 잠을 잘 수가 없다고 했지."

"그건 그렇고," 테스타는 톰의 참견이 못마땅한 모양이었다. "녀석도 여러 번 우리 집에서 자고 갔는데, 도저히 잠을 잘 수가 없는 것 같더

라. 침낭을 펼쳐 놓고, 파자마로 갈아입고, 이도 닦고, 전부 다 했거든. 그런데 잠만 자려고 하면 애가 이상해 지더라고, 아랫입술을 바들바들 떨면서 꼭, '야, 화내지 마, 나 우리 엄마한테 전화해야 할 것 같아' 이렇게 말하더라니까."

폴이 보드에서 자기 다트를 뽑아내면서 어깨너머로 그를 흘낏 바라봤다.

"이사는 왜 갔는데?"

"젠장, 내가 어떻게 알겠어." 테스타가 말했다. "녀석의 아빠가 그쪽에 새로운 직장을 구했거나 그랬겠지 뭐. 너무 오래전 일이라서 기억도 안 나. 너도 잘 알잖아, 우리 잊지 말고 계속 연락하자, 어쩌고저쩌고 약속을 하고 나서 한동안은 그렇게 하겠지만, 그 후로는 다시 얼굴도 못 보는 거지." 그가 톰을 향해 돌아섰다. "넌 개 얼굴은 기억나니?"

"그럴걸." 톰은 눈을 감고 벌베키의 얼굴을 떠올려봤다. "약간 통통하고 금발에 앞머리는 일자로 자르고 다녔잖아. 앞 이빨이 정말 컸지."

폴이 웃음을 터트렸다.

"이빨이 컸어?"

"비버처럼." 톰이 설명했다. "아마 이사하고 바로 교정기 차고 다녔을걸."

테스타가 자신의 맥주병을 들어 올렸다.

"벌베키를 위하여."

그가 말했다. 톰과 폴도 자신들의 병을 들어 올려 그의 병에 부딪히며 반복해 말했다.

"벌베키를 위하여."

모두 그런 식이었다. 사라진 사람에 관해 이야기하고, 그들을 위해 건배를 하고는 다음으로 나아갔다. 한 명에게만 계속 매달려 있기에는 너무도 많은 사람이 사라졌기 때문이다.

그런데 어떤 이유에선지, 톰은 존 벌베키를 마음에서 지워버릴 수가 없었다. 그날 밤 집에 들어갔을 때, 그는 다락으로 올라가서 옛날 사진을 모아 놓은 상자 몇 개를 뒤져 부모님이 디지털카메라를 구입하기 전에 찍었던 오래된 사진 몇 장을 찾아냈다. 당시만 해도 필름을 우편으로 보내서 인화하던 시절이었다. 엄마는 몇 년 동안이나 그 사진들을 스캔해 두라고 톰에게 잔소리를 했지만, 그는 도무지 시간을 낼 수가 없었다.

벌베키는 여러 사진 속에 등장했다. 학교에서 실습 시간에 티스푼 위에 달걀을 올려놓고 균형을 맞추는 사진 속에도 있었고, 핼러윈데이에 찍은 사진에도 있었는데, 수많은 슈퍼히어로들 사이에서 바닷가재 분장을 하고 별로 기분이 좋은 않은 표정으로 서 있는 모습이었다. 그와 톰은 티볼(T-ball: 야구를 변형시킨 어린이용 운동으로 Tee라 부르는 막대 위에 공을 올려놓고 쳐서 1, 2, 3루를 돌아온다_옮긴이)에서 한 팀 선수였다. '상어'라는 단어가 쓰여 있는 똑같은 모양의 빨간 모자와 셔츠를 입고 나무 아래 함께 앉아 경쟁적으로 크게 웃는 사진도 있었다. 그의 모습은 거의 톰이 기억하는대로였다. 생각만큼 통통하지는 않았지만, 어쨌든 금발에 이를 다 드러내고 있는 모습이었다.

그중에서도 특히 인상적인 사진이 한 장 있었다. 예닐곱 살쯤 되었을 때, 밤에 가까이서 찍은 것으로 벌베키의 손에 폭죽이 들려 있는 것으로 보아 시기는 7월 4일 전후가 분명해 보였다. 폭죽의 불꽃이 과다 노출되어 마치 솜사탕처럼 보였다. 벌베키가 매섭게 카메라를 노려보고 있지만 않았다면, 축제의 분위기가 훨씬 느껴졌을 테지만, 벌베키는 불꽃이 탁탁 튀는 금속 막대를 얼굴에 가까이 가져다 대고 있는 것이 무척이나 못마땅한 표정이었다.

톰은 왜 그 사진이 그토록 흥미롭게 느껴지는지 이유를 알 수 없었지만, 어쨌든 그것을 다른 사진과 함께 다시 상자에 집어넣지 않기로 결정했다. 그는 사진을 아래층으로 가지고 내려가서 잠들기 전까지 오랫동안 들여다보았다. 마치 과거의 벌베키가 그에게 비밀스런 메시지를 보내고 있는 듯 느껴졌다. 오직 톰만이 대답할 수 있는 어떤 질문을 하고 있는 것 같았다.

바로 그때쯤 톰은 2월 1일부터 다시 수업을 시작한다는 대학 안내문을 우편으로 받았다. 출석이 강제적인 사항은 아니라고 편지는 강조하고 있었다. '이 특별한 봄 학기'에 참여하고 싶지 않은 학생은 누구라도 재정적, 학문적 처벌 없이 원하는 대로 해도 된다고 적혀 있었다. 총장은 이렇게 설명했다.

"우리의 목표는 지금 당장 학교로 돌아올 준비가 되지 않은 공동체 일원에게 지나친 압박감을 주지 않으면서 필수적인 교육과 연구 임무를 수행해 나가는 것입니다. 따라서 이 광범위한 불활실성의 시기에 축소된 형태로나마 대학 운영을 지속해 나가려 합니다."

톰은 이러한 통보에 놀라지 않았다. 최근 며칠간 친구 대부분도 다니던 대학에서 비슷한 안내문을 받았기 때문이었다. 이러한 조치는 2주 전 대통령이 발표한 '미국을 회복시키기 위한' 전국적인 노력의 일환이었다. 10월 14일 이후 경기는 나선형으로 급격히 악화되고 있었다. 주식은 폭락하고 소비도 급감했다. 전문가들은 이러한 나선식 붕괴를 멈추기 위해 특단의 조치가 취해지지 않는다면 '연쇄반응적인 경제 붕괴'가 일어날지도 모른다고 걱정했다.

"우리가 끔찍하고 예기치 않았던 비극으로 고통받기 시작한 지도 벌써 두 달이 다 되어갑니다." 대통령이 황금시간대에 국민에게 연설을 했다. "아직은 충격과 슬픔이 너무도 엄청나지만, 그렇다고 더는 그것이 비관론이나 마비의 변명이 되어서는 안 됩니다. 우리는 학교를 다시 시작하고, 사무실과 공장과 농장으로 다시 돌아가고, 삶을 다시 찾기 위한 절차를 시작해 나갈 필요가 있습니다. 쉽지는 않을 테고, 빠른 회복을 기대하기도 힘들겠지만, 그래도 지금 시작해야 합니다. 이 나라를 다시 일으켜 세우기 위해 모두 일어서서 각자의 역할을 수행해 나가야 할 의무가 있습니다."

톰도 맡은 역할을 해내고 싶었다. 그러나 자신이 학교로 돌아갈 준비가 되었는지에 대해서는 확신이 서지 않았다. 그는 부모님에게 조언을 구했다. 그러나 두 분의 견해는 팽팽하게 대립했다. 엄마는 톰이 집에 머물러 있어야 한다고 생각했다. 수업은 지역 전문대학에서 몇 개쯤 들으면 될 테니, 시러큐스로는 9월에 돌아가도 된다는 주장이었다. 그때쯤이면 지금보다는 상황이 훨씬 명확하게 드러나 있을 터라고 했다.

"아직은 무슨 일이 일어나고 있는 건지 아무도 모르잖니." 엄마가 말했다. "네가 집에서 우리와 함께 있는다면, 엄마는 훨씬 마음이 놓일 것 같아."

"내 생각에는 돌아가는 게 나을 것 같구나." 아빠가 말했다. "여기서 아무것도 안 하고 빈둥거리고 있는 게 무슨 도움이 되겠어?"

"아직은 안전하지 않아." 엄마가 주장했다. "무슨 일이 일어나면 어떡하라고?"

"바보같이 굴지 마. 학교에 있어도 여기 있는 거나 마찬가지로 안전해."

"얘가 학교에 있으면 내 마음이 편할 것 같아?"

"들어봐." 아빠가 말을 받았다. "내가 아는 바에 따르면, 여기 계속 머물러 있으면, 톰은 계속 밖으로 나돌면서 매일 밤 친구들하고 술이나 마실 거야." 그가 톰을 돌아봤다. "내 말이 틀려?"

톰은 아무런 부정도 하지 않고 어깨를 으쓱해 보였다. 근래 자신이 술을 너무 많이 마신다는 사실은 이미 자각하고 있었다. 심지어 이러다가는 알콜중독인지에 대해 전문적인 도움을 받아야 하는 게 아닐까 의아해지기 시작한 참이기도 했다. 그러나 벌베키에 관해 이야기하지 않고는 자신의 음주습관을 설명할 방법이 없었는데, 그것은 다른 사람과는 함께 의논하고 싶지 않은 주제였다.

"그럼 학교로 돌아가면 당신 아들이 술을 덜 마실 거라고 생각해?" 엄마가 질문했다. 톰은 마치 자신이 그 자리에 아예 없다는 듯이 부모님이 그를 3인칭으로 지칭해 대화를 나누는 것을 지켜보며 마음이 불편하면서도 흥미로운 기분을 느꼈다.

"반드시 그래야지." 아빠가 말했다. "매일 밤 술을 마시면서 학업을 따라갈 수는 없을 테니까."

엄마가 무슨 말인가 다시 하기 시작했지만, 곧 말해봐야 소용이 없겠다고 판단한 모양이었다. 그저 도와달라고 조용히 간청하듯이 잠시 아들의 눈을 빤히 들여다보았다.

"넌 어떻게 하고 싶니?"

"모르겠어요." 그가 말했다. "너무 혼란스러워요."

결국 그가 결정을 내리는 데 부모님은 아무런 영향을 미치지 못했다. 오히려 친구들의 영향이 훨씬 컸다. 그 후 며칠이 지나는 동안 친구들은 하나씩 그에게 다가와 모두 각자의 학교로 돌아가 2학기를 마치는 게 좋겠다고 조언했다. 폴은 FIU로, 테스타는 겟티즈버그로, 제이슨은 델라웨어대학으로. 친구들이 주변에 없으면 고향에 머무는 것도 별 의미가 없었다.

그가 자신의 결정을 통보하자 엄마는 태연한 듯이 반응했다. 아빠는 축하의 의미를 담아 어깨를 두드리며 말했다.

"넌 잘해낼 거야."

1월에 시러큐스로 운전해 가는 길은 지난 9월보다 훨씬 멀게 느껴졌다. 간간이 진눈깨비 돌풍이 고속도로를 가로질러 회오리처럼 불어와서는 곁을 지나는 다른 차량의 모습을 유령 같은 그림자로 보이게 만들어버렸다. 하지만 딱히 그 때문만은 아니었다. 차 안의 분위기는 묘하게 억눌려 있었다. 톰은 할 말을 찾을 수가 없었고, 부모님도 거의 대화를 나누지 않았다. 그것은 그가 집으로 돌아간 이래 계속된 일이었다. 엄마는 젠 서스먼과 그 애에게 일어난 일의 의미를 되새기느라 생각에 잠긴 채 우울하고 의기소침하게 변해 있었다. 아빠는 초조해 보였지만, 냉혹하게 느껴질 만큼 기분이 좋았고, 최악의 상황은 지나갔으니 이제 각자의 삶으로 다시 돌아가야 한다고 지속적으로 주장했다. 톰은 적어도 그런 부모님 곁을 떠나 있는 것이 오히려 안심이 될 것 같은 기분이었다.

그를 내려주고도 부모님은 오래 머물지 않고 돌아가 버렸다. 거대한 눈보라가 몰려오리라는 예보가 있었기에 그 전에 고속도로를 타고 싶은 까닭이었다. 엄마는 기숙사를 떠나기 전에 아들에게 봉투 하나를 내밀었다

"버스표야." 엄마는 놀랄만큼 강하게 아들을 껴안았다. "혹시라도 마음이 바뀔지 모르니까 가지고 있어."

"사랑해요, 엄마." 그가 속삭였다.

아빠는 마치 하루나 이틀쯤 뒤면 다시 만날 사람처럼, 거의 형식적이라 느껴질 만큼 아주 잠깐만 아들을 껴안아 주었다.

"즐겁게 지내라." 아빠가 말했다. "대학 시절은 일생에 단 한 번뿐이야."

...

그 특별한 봄학기 동안, 톰은 알파 타우 오메가(Alpha Tau Omega: 일명 ATO. 1865년 버지니아 군사학교에서 처음 설립된, 회원수가 거의 20만 명에 이르는 미국 최대의 남학생 사교클럽_옮긴이)에 가입했다. 그에게 남학생 사교클럽이란 대학 그 자체와 거의 동의어나 마찬가지였다. 따라서 클럽 가입도 오랫동안 염원해오던 일이었지만, 이제는 그마저도 전혀 중요하게 느껴지지 않았다. 그러나 톰이 그 사실을 스스로 인정하기도 전에 가입절차는 아무런 장애 없이 진행되었다. ATO에서 그를 기다리고 있는 삶을 상상해보기 위해 톰은 자신의 모습을 미래 속에 투사해 보았다. 하지만 월넛 플레이스에 있는 웅장한 클럽하우스나 떠들썩한 파티와 짓궂은 장난, 평생을 이어 친구와 동료가 되어줄 남자 동기와 선후배들이 함께하는 늦은 밤의 한담 같은 것들이 이제 그에게는 그저 흐릿하고 비현실적인 무언가로밖에 보이지 않았다. 그것은 너무 오래전에 봐서 더는 내용도 기억나지 않는 어떤 영화 속의 장면들 같았다.

물론 회원 가입을 철회하고 가을에 좀 더 기분이 나아지면 다시 가입할 수도 있었다. 하지만 톰은 그냥 밀고 나가기로 했다. 기숙사 친구이자 동료 입회 후보자인 타일러 루치를 저버리고 싶지 않기 때문이라고 스스로를 설득했다. 하지만 꼭 그 때문만은 아니었다. 그의 마음은 그 사실을 알고 있었다. 2월 말쯤 되자 톰은 거의 수업에 나가지 않게 되었다. 공부에 집중하는 것이 불가능했다. 따라서 입회 절차만이 그에게 남은 전부였다. 그것이 평범한 대학생활과 그를 연결하는 유일한 끈이었다. 그게 없었다면 그도 겨우내 캠퍼스 여기저기서 목격할 수 있던 길 잃은 영혼 중의 하나가 되어버렸을 것이다. 창백한 얼굴의 뱀파이어처럼 하루 종일 잠만 자고 밤이면 절대로 오지 않을 메시지를 기다리느라 습관적으로 전화기를 확인하면서 기숙사에서 학생회관으로, 또 마샬 거리로 떠돌아다니던 그 아이들과 똑같아졌을 것이다.

남학생 사교클럽 가입의 또 다른 혜택은 부모님과 대화를 나눌만한 무언가를 그에게 주었다는 사실이었다. 부모님은 그의 상태를 확인하려고 거의 매일 전화를 걸어왔다. 톰은 거짓말에는 젬병이었다. 그나마 클럽 가입 사실이 그가 말을 할 수 있게 도와주었다. **우린 물건 찾기 게임을 했어요**, 혹은 **우린 선배들이 먹을 아침을 요리해서 꽃무늬 앞치마를 두르고 침대까지 가져가야 해요**, 같은 말을 하고는 그런 주장을 뒷받침할만한 세부적인 내용을 준비해 두어야만 했다. 엄마가 학교 공부에 관해 다그쳐 물을 때는 대답하기가 훨씬 힘들었다. 그는 에세이나 시험에 관해서 그리고 통계학에서 다루는 어려운 문제들에 관해 즉흥적으로 둘러댔다.

"그 레포트는 점수 어떻게 받았어?"

엄마가 물었다.

"무슨 레포트요?"

"정치학. 왜 지난번에 얘기했던 거."

"아, 그거요. 또 B+이에요."

"교수님이 그 논지가 마음에 들었나 보구나."

"거기에 대해 별말씀은 없으시더라고요."

"그 레포트 엄마에게 메일로 보내줄래? 나도 읽어보고 싶다."

"엄마가 그걸 뭐하러 읽어요?"

"그냥 읽어보고 싶어" 이렇게 말하고 엄마는 잠시 말이 없었다. "너 정말 괜찮은 거지?"

"그럼요, 잘 지내고 있어요."

톰은 늘 잘 지내고 있다고 주장했다. 바쁘게 지내고 친구도 사귀면서 학점은 늘 평균 B를 유지하고 있다고. 심지어는 남학생 사교클럽에 관해 이야기할 때도, 항상 긍정적인 측면을 강조하려 애를 썼다. ATO 형제 중에는 유일하게 10월 14일에 사라진, 적극적인 회원이었던 칩 글리슨에 관해서는 전혀 언급하지 않고 주중 스터디그룹이나 밤새 남학생 클럽하우스 내에서 열리는 노래방파티 같은 것만 이야기했다.

칩은 남학생 클럽하우스에서는 도저히 그 존재를 무시할 수 없는 회원이었다. 대형 파티장에는 그의 사진이 액자에 걸려 있었고, 그의 이름으로 장학기금도 만들어졌다. 입회 후보자들은 그에 관한 모든 개인 정보를 암기하도록 되어 있었다. 그의 생일, 가족들의 이름, 그가 가장 좋아했던 영화와 밴드 이름 10개씩, 그리고 슬프게도 단축된 인생에서 그가 사귀었던 모든 여자애들의 이름 목록까지 외워야 했는데, 사실 그게 가장 어려운 부분이었다. 중학교 때 여자친구 티나 웡을 시작으로, 풍만한 가슴으로 유명한 여학생 사교클럽 회원 스테이시 그린글래스까지 이어지는 그의 여자친구 목록에는 자그마치 37명의 이름의 올라가 있었다.

스테이시는 10월 14일 그와 함께 침대에 있던 여자애로, 떠도는 소문이 사실이라면, 돌아앉은 카우걸 스타일로 그의 위에 타고 있었다고 하는데, 섹스 도중에 그가 갑자기 사라진 후유증으로 심한 정신적 외상을 입고 그 후 며칠 동안 병원에 입원해 있어야만 했다. 남학생 사교클럽의 몇몇 아이들은 이제는 사라지고 없는 사랑하는 친구의 사내다움에 대한 헌정이라도 된다는 듯이 이 이야기를 매우 신바람 나게 떠들고 다녔다. 하지만 톰은 스테이시에게 그 상황이 얼마나 끔찍했을까라는 생각밖에는 할 수 없었다. 그녀는 평생 그 기억에서 회복하지 못할지도 몰랐다.

하지만 어느 날 밤, 트라이 델트 댄스파티에서 타일러 루치는 무대에서 라크로스 대표팀 선수 하나와 춤을 추고 있는 상당히 매력적인 여학생 사교클럽 소속 여자애 하나를 가리켰다. 그녀는 갈색으로 그을린 피부에 너무 심하다 싶을 정도로 꽉 끼는 원피스를 입고 몸을 앞으로 숙인 채 남학생의 사타구니에 엉덩이를 대고 매우 천천히 돌리는 중이었다.

"저 애가 누군지 알아?"

"누군데?"

"스테이시 그린글래스야."

그녀는 매우 행복해 보였다. 손으로 자신의 가슴을 쓰다듬다가 엉덩이에서 허벅지로 손을 미끄러뜨리며 친구들에게 보이기 위해 포르노 배우 같은 표정을 지어 보이고 있었다. 톰은 자신은 모르지만 그녀는 알고 있는 무언가가 있을지도 모른다는 생각을 하며 그것을 이해하기 위해 오랫동안 그녀의 모습을 바라봤다. 그는 칩이 스테이시를 별로 진지하게 생각하지 않았을지도 모른다는 가능성을 얼마든지 받아들일 수 있었다. 어쩌면 그냥 잠시 재미나 보려 그녀를 만났을지도 모르는 일이었다. 또는 둘이 그저 섹스나 하는 친구 사이였는지도 모른다. 하지만 그럼에도 칩은 진짜 사람이었다. 그녀의 삶에서 능동적이고 상당히 중요한 한 부분을 채우고 있던 누군가였다. 그러나 지금 저 앞에 스테이시가 있었다. 그가 떠난 지 몇 달 만에, 마치 칩이라는 사람은 이 세상에 존재한 적도 없다는 듯이 아무렇지도 않게 파티에서 춤을 추고 있었다.

톰은 그 사실이 탐탁지 않게 느껴지는 것은 아니었다. 그런 종류의 감정과는 거리가 멀었다. 단지 이해할 수 없을 뿐이었다. 자신은 수년 간 만나지 못한 탓에, 만에 하나 10월 13일 날 길에서 마주쳤다 하더라도 전혀 알아보지도 못했을 리 분명한 어릴 적 친구 벌베키의 생각도 떨쳐낼 수 없는데, 스테이시는 어떻게 칩의 기억을 다 털어내 버릴 수 있었는지, 그게 궁금할 따름이었다.

하지만 그런 게 인생 아니던가. 톰은 내내 벌베키에 관해서만 생각했다. 그런 그의 강박은 오히려 학교로 돌아온 후에 더 깊어져 갔다. 그는 어린 벌베키가 폭죽을 들고 있는 그 빌어먹을 사진을 내내 몸에 지니고 다니면서 하루에도 수십 번씩 꺼내보며 어릴 적 친구의 이름이 무슨 주문이라도 되는 듯이 머릿속으로 반복해 불렀다. **벌베키, 벌베키, 벌베키.** 그것이 바로 톰이 낙제를 한 이유였고, 부모님에게 거짓말을 한 이유였으며, 더는 얼굴에 푸른색과 주황색 칠을 하고 기숙사에서 머리가 떨어져 나가라 고함을 질러대지도 않은 이유였다. 그리고 더는 자신의 미래를 상상해보지 않게 된 이유이기도 했다.

대체 어디로 사라진 거니, 벌베키?

남학생 클럽 입단 절차 중 가장 큰 영역을 차지하는 부분은 자신이 ATO에 잘 맞는다는 사실을 확신시키면서 선배들과 친해지는 과정이었다. 포커게임의 밤이 있었고, 피자 점심 모임과 마라톤 음주 게임, 그리고 사교행사를 가장한 몇 번의 면접도 있었다. 톰은 자신이 스스로의 강박을 매우 교묘하게 숨긴 채, 정상적으로 학교에 적응한 신입생으로 완벽하게 가장하고 있다고 생각했다.

그러던 어느 날 TV 시청각실에서 모두가 헙스라 부르는 트레버 허버드가 그에게 다가왔다. 남학생 클럽 회관에서 거주하는 보헤미안이자

지식인으로 통하는 3학년 학생이었다. 헙스가 갑자기 그의 옆으로 다가왔을 때, 톰은 남학생 클럽 형제 두 명이 벌이고 있는 닌텐도 위 볼링 게임에 흠뻑 빠진 척하며 벽에 기대 서 있었다.

"이런 거 다 밥맛이야." 헙스가 소니 평면 스크린 TV 쪽으로 고갯짓을 하며 낮은 목소리로 말했다. 가상의 볼링공이 가상의 핀을 넘어트렸고, 조쉬 프라이데커가 마이크 이쉬마를 향해 자축하는 의미로 양손 가운뎃손가락을 들어 보였다. "남학생 사교클럽이라는 거 자체가 밥맛이지. 다들 어떻게 견디나 모르겠어."

톰은 그의 말이 신입 회원들의 충성도를 시험해 보기 위한 계략일지도 모른다는 생각이 들어 애매하게 신음소리를 냈다. 그렇지만 헙스는 전혀 그런 장난을 칠만한 부류로는 보이지 않았다.

"이쪽으로 와봐." 그가 말했다. "너한테 할 말이 있어."

톰은 그를 따라서 텅 빈 복도로 나갔다. 주중이고 이른 저녁 시간이라 클럽하우스 안은 조용했다.

"너 기분은 괜찮은 거야?"

헙스가 물었다.

"저요?" 톰은 되물었다. "그럼요, 괜찮아요."

헙스는 의심하는 듯한 미소를 지으며 톰을 바라봤다. 그는 뛰어난 암벽등반가처럼 작지만 강단 있어 보이는 체격에 얼굴에는 수염이 듬성듬성 나 있었고, 표정은 시큰둥해 보였는데, 왠지 실제 기분을 반영한다기보다는 한결같이 그런 모습일 것만 같았다.

"너 우울증 같은 거 아니지?"

"글쎄요." 톰은 대충 얼버무리듯이 대답하고는 어깨를 으쓱했다. "약간은 그럴지도 모르죠."

"그럼 진심으로 이 남학생 사교클럽에 소속돼서 여기 있는 지질한 인간들과 동고동락하고 싶은 거야?"

"그럴걸요. 아니, 내 말은, 전엔 그렇다고 생각했었어요. 그렇지만 지금은 전부 다 그냥 될 대로 돼라 식으로 생각해요. 내가 뭘 원하는지 정말 모르겠거든요."

"무슨 말인지 알겠어." 헙스는 이해한다는 듯이 고개를 끄덕였다. "나도 전에는 여기 소속인 걸 무척이나 즐겁게 생각했거든. 회원 대부분이 멋진 녀석들이야." 그가 조심스럽게 좌우를 훑어보더니 거의 소곤거림에 가깝도록 목소리를 낮췄다. "내가 유일하게 맘에 안 들어 했던 녀석이 칩이었어. 클럽 전체에서 가장 밥맛없는 놈이었거든."

톰은 너무 놀란 내색을 하지 않으려 애쓰면서 신중하게 고개를 끄덕였다. 지금까지 그는 모두가 칩에 관해서는 좋은 말만 한다고 생각했다. 멋진 녀석이고 뛰어난 운동선수였으며 식스팩이 근사한, 여자들에게 인기도 많은 타고난 지휘관이고 어쩌고 하는 말이 그가 칩에 관해 들었던 말이었다.

"놈은 자기 방에 몰래카메라를 숨겨뒀어." 헙스가 말했다. "여자애들하고 섹스하는 장면을 녹음했다가 시청각실에서 상영을 하곤 했지. 어떤 여자애는 너무 치욕스럽게 느껴서 학교를 아예 그만두기도 했는걸. 그래도 놈은 신경도 안 쓰더라. 오히려 그 여자애는 그런 대접을 받아도 싼 싸구려 매춘부나 마찬가지라고 떠들고 다녔어."

"역겨운 놈이네요."

톰은 그 여자애의 이름이 뭔지 묻고 싶었다. 그가 외웠던 칩의 여자친구 이름 중 하나가 분명했다. 하지만 그는 묻지 않았다.

헙스는 잠시 천정을 빤히 올려다봤다. 위에는 화재 감지기가 빨간 불을 번쩍이며 달려 있었다.

"그래 내가 아주 밥맛없는 놈이라고 했잖아. 그런 놈이 사라졌으니 기분이 좋은 게 당연한 거겠지, 안 그래?" 헙스의 두 눈이 톰의 눈을 빤히 바라봤다. 크게 뜬 그의 눈은 겁을 잔뜩 집어 먹은 듯 보였고 절망으로 가득 차 있었다. 톰은 욕실 거울을 통해 늘 그런 눈을 목격해오고 있었기에 단번에 그 사실을 알아차렸다. "그런데 이상하게도 난 매일 밤 그 빌어먹을 놈에 관한 꿈을 꿔. 꿈에서 늘 녀석을 찾아다닌다니까. 미로를 뛰어다니면서 그의 이름을 불러대기도 하고, 숲 속을 까치발로 돌아다니면서 행여 나무 뒤에 그가 있을까 살펴보곤 하지. 이젠 심지어 잠이 드는 게 두려울 정도야. 난 가끔 녀석에게 편지를 써. 그냥 여기서 일어나는 일에 관해서 알려주는 거야. 지난 주말에는 너무 취해서 아예 이마에다 녀석의 이름을 문신해서 새겨버리려고 했다니까. 그런데 문신 새기는 사람이 안 해주려고 하더라. 내가 얼굴에 그 빌어먹을 칩 글리슨이라는 이름을 새기지 않고 돌아다니는 이유는 단지 그것밖에 없어." 헙스가 톰을 바라봤다. 마치 간청이라도 하는 듯한 표정이었다. "내가 무슨 말 하는지 이해하겠어?"

"예, 이해해요."

헙스의 얼굴에 안도의 기색이 살짝 나타났다.

"내가 인터넷에서 어떤 남자에 관해 읽었는데, 그가 토요일 오후에 로체스터에 있는 한 교회에서 설교를 한다고 하거든. 내 생각에는 그가 우리를 도울 수 있을 것 같아."

"목사예요?"

"아니, 그냥 일반인이야. 그 사람도 10월에 아들을 잃었대."

톰은 안타까움을 표현하기 위해 한숨을 쉬었지만, 사실 아무 의미도 없는 행위였다. 그저 예의 바르게 행동하고 있을 뿐이었다.

"우리 거기 가보자." 헙스가 말했다.

톰은 그의 초대에 기분이 좋아졌지만, 약간 겁이 나기도 했다. 헙스는 어쩐지 심리적으로 살짝 불안정한 느낌이었다.

"글쎄요, 잘 모르겠어요. 토요일은 핫도그 많이 먹기 대회가 있는 날이라, 입회 후보자들이 요리를 하기로 돼 있거든요."

"핫도그 많이 먹기 대회? 너 지금 나한테 장난해?"

톰은 길크리스트 씨와 처음 만났을 때의 그 초라하던 상황을 떠올리면 지금도 놀라운 생각이 들었다. 나중에는 그도 길크리스트 씨가 열광적인 군중 앞에서 연설하는 모습을 보게 될 테지만, 몹시도 추웠던 그 3월의 어느 토요일에는 겨우 스무 명 정도의 사람이 과하게 난방을 틀어 놓은 교회 지하실에 모여 앉아 있었다. 리놀륨 바닥 위에는 각 신도의 신발에서 눈이 녹으며 만들어낸 작은 물웅덩이가 여기저기 흩어져 있었다. 시간이 흐르면서, '신성한 웨인' 운동에는 점차 젊은 사람이 주를 이루기 시작했지만, 그날 오후에 모인 청중은 대부분 중년이나 그보다 나이 많은 연령대였다. 그들 틈에서 톰은 왠지 있을 곳이 아닌 곳에 있는 듯한 기분을 느꼈다. 마치 그와 헙스가 은퇴 계획 세미나 같은 곳에 실수로 찾아 들어간 듯했다.

당연히 그들이 그 모임에서 곧 만나게 될 남성도 아직은 유명하지 않던 때였다. 헙스의 말에 따르면 그는 아직 '평범한 남자'에 지나지 않았다. 들어줄 사람만 있다면 그들이 누구고 어디에 있든 간에, 교회든 성당이든 세미나 센터든, 아니면 해외 참전 용사의 전당이든 개인의 집이든 간에 가리지 않고 찾아가 이야기를 들려줄 준비가 돼 있는 슬픔에 빠진 아버지일 뿐이었다. 심지어 그 행사의 주최자이며 자신을 커민스키 목사라고 소개한 키가 크고 등이 구부정한 젊은 남성도 길크리스트라는 사람이 누군지, 그리고 그가 대체 뭘 하려는 것인지 정확히 알지 못하는 듯한 느낌이었다.

"안녕하세요, 여러분. 우리의 토요 강의 4탄 '기독교의 관점에서 바라본 갑작스런 증발' 시간에 참석해 주신 것을 환영합니다. 오늘 우리의 초대 연사 '웨인 길크리스트' 씨는 브룩데일에서 한 블록쯤 내려간 곳 출신으로, 저의 존경받는 동료인 핀치 박사가 적극적으로 추천한 분이기도 합니다." 목사는 혹시라도 누군가 자신의 존경받는 동료를 위해 박수를 보내려 할지도 모른다고 생각했는지 잠시 말을 멈췄다. "제가 우리 웹사이트에 올려놓아야 하니 이번 강연의 제목을 알려 달라고 요청하자, 길크리스트 씨는 아직 작업 중이라고 말하더군요. 그래서 저 역시도 오늘 그가 어떤 강연을 할지 여러분만큼이나 매우 궁금해하고 있습니다."

근래의 훨씬 카리스마적인 모습의 길크리스트 씨만을 봐왔던 사람들이 만약 그날 맨 앞줄에 놓인 의자 중 하나에서 일어나 몇 명 되지도 않는 청중을 향해 돌아서는 그의 모습을 보았다면 두 남자가 같은 사람이라는 사실을 전혀 알아차리지 못했을 것이다. 청바지와 티셔츠, 그리고 징이 박힌 가죽재질의 손목밴드로 구색을 갖춘 옷차림은 미래의 '신성한 웨인'에게는 교복이나 마찬가지였다. 심지어 어떤 기자는 그를 '사교집단 교주계의 브루스 스프링스틴'이라고 부르기까지 했다. 하지만 당시에는 그도 정장을 즐겨 입었다. 그날은 자신보다 체격도 작고 별로 영향력도 없는 사람에게 빌려 입은 듯이 보이는, 잘 맞지도 않는 상복 같은 정장 차림이었다. 가슴과 어깨가 불편할 만큼 꽉 끼어 보였다.

"고맙습니다, 목사님. 그리고 참석해주신 모든 분들도 고맙습니다." 길크리스트 씨는 남성다운 권위를 내뿜는 굵직한 목소리로 말을 시작했다. 나중에야 톰은 그의 직업이 화물운송 기사라는 사실을 알게 되었지만, 그날 그의 직업을 추측해보라고 요구받았다면, 경찰이나 고등학교 풋볼 코치쯤으로 생각했을 터였다. 그가 다소 가식적인 사과의 표정으로 인상을 찌푸리며 목사 쪽을 흘낏 돌아봤다. "아마도 제가 기독교의 관점에서 연설을 해야 한다는 사실을 깨닫지 못했던 것 같습니다. 실은 저 자신의 관점도 어떤지 확신을 못 하겠거든요."

그가 들고 있던 전단지를 청중에게 한 장씩 나눠주기 시작했다. 10월 14일 이후 전신주나 슈퍼마켓 게시판 같은 장소에서 수도 없이 볼 수 있게 된 실종자를 찾는 안내문이었다. 그가 나눠준 전단에는 다이빙 보드 위에서 추위 때문인지 자신의 몸을 꼭 껴안고 서 있는 깡마른 소년의 컬러 사진이 들어가 있었다. 몸을 껴안은 양팔 아래로 갈비뼈가 선명하게 드러나 있었고, 성인 남자에게나 맞을 것처럼 보이는 커다랗게 부풀어 오른 수영복 바지에서 막대기 같은 양다리가 뻗어나와 있었다. 얼굴은 웃고 있었지만, 눈에는 수심이 그득했다. 시커먼 물속으로 몸을 던져 넣어야 한다는 잠시 뒤의 상황이 그리 즐겁지 않은 모양이었다. '이 소년을 본 적이 있으십니까?' 아래 적힌 안내문은 아이의 이름이 헨리 길크리스트이며 여덟 살이라는 사실을 밝히고 있었다. 주소와 전화번호도 적혀 있었고, 누구라도 헨리와 비슷하게 생긴 아이를 목격하는 사람은 그의 부모에게 즉시 연락을 달라는 애원도 담겨 있었다. '부탁드립니다!!! 우리는 아들의 행방을 알려줄 만한 정보를 애타게 기다리고 있습니다.'

"이 애가 제 아들입니다." 길크리스트 씨가 전단의 사진을 매우 다정한 눈빛으로 바라봤다. 자기가 어디 있는지조차도 완전히 망각한 듯한 표정이었다. "저는 지금 이 자리에서 오후 시간 내내라도 이 아이에 관해 여러분에게 이야기를 들려드릴 수 있습니다. 하지만 여러분 입장에서는 별로 좋은 생각이 아니겠죠, 안 그런가요? 여러분은 방금 목욕을 마치고 나온 이 아이의 머리 냄새를 맡아본 적도 없고, 집으로 가는 길에 차에서 잠들어버린 이 아이를 안아 집안으로 데리고 들어가 본 적도 없고, 누군가 간지럼을 태울 때 이 아이가 어떻게 웃는지 그 소리를 들어본 적도 없으니까요. 그러니 여러분은 제 말을 믿어주셔야 만 합니다. 헨리는 대단한 아이였습니다. 살아 있음을 기쁘게 느끼도 록 해주는 아이였죠."

톰은 헙스 쪽을 흘낏 돌아봤다. 평범한 육체 노동자가 자신의 잃어 버린 아이에 대해 추억하는 내용을 듣기 위해, 정말 이런 얘기를 듣게 하려고 그를 여기까지 데려온 게 맞는지 묻고 싶었다. 헙스는 그저 어 깨를 으쓱해 보이고는 다시 길크리스트 씨 쪽으로 시선을 돌렸다.

"사진만 봐서는 잘 모르시겠지만, 헨리는 또래 아이들보다 좀 작은 편입니다. 그렇지만 운동신경이 뛰어났어요. 빠르기도 엄청 빨랐죠. 유 연성도 좋고, 눈과 손의 협응도 뛰어났죠. 축구와 야구에서는 헨리를 당할 애가 없었습니다. 저는 애가 농구에도 관심을 기울이게 하려고 애를 써봤지만, 그건 별로 좋아하지 않더군요. 아마 키 때문에 그러지 않았을까 싶어요. 우린 애를 데리고 스키도 몇 번 타러 갔었는데, 그 것도 그저 시큰둥한 것 같더라고요. 그렇지만 우린 강요하지 않았습니 다. 아내와 저는 애가 다시 스키가 타고 싶어지면, 우리에게 가고 싶다 고 알려주리라 생각했죠. 제 말이 무슨 말인지 다들 아실 겁니다. 우 린 애가 모든 걸 다 해볼 수 있을 만큼 충분한 시간이 있다고 생각했 어요."

톰은 대학교 강의 시간에 가만히 앉아 있을 수가 없었다. 처음 몇 분이 지나면, 교수의 말소리가 느리게 흘러가는 허세로 가득한 구절의 강물처럼 의미 없는 웅웅거림으로 흐려져 버렸기 때문이다. 그는 초조 해졌고, 눈에는 초점이 사라졌으며, 꿈지럭거리는 다리와 말라가는 입, 꾸르룩거리는 내장기관 같은 신체 기관들만 점점 더 심하게, 그리고 무기력하게 의식하기 시작했다. 의자 위에서 어떤 식으로 몸을 뒤척이든 간에, 자세는 늘 어색하고 불편하기만 했다. 그런데 어떤 이유에선지는 몰라도, 길크리스트 씨는 정확히 그 반대의 영향을 미쳤다. 그의 연설을 듣는 동안 톰은 마치 육체가 사라지기라도 한 듯이 매우 평온한 기분을 느꼈고, 의식도 매우 명료해졌다. 의자에 등을 기대고 앉아서 그는 갑자기 당황스러운 장면을 머릿속에 떠올렸다. 자신이 바람을 맞히고 나와버린, 클럽하우스에서 열리기로 한 핫도그 많이 먹기 대회의 모습이었다. 덩치가 산만한 사내애들이 두려움과 역겨움으로 번득이는 눈을 하고 입안에 고기와 빵을 욱여넣고 뺨을 산처럼 부풀린 장면이 떠올랐다.

"헨리는 영리하기도 했습니다." 길크리스트 씨가 계속 말을 이었다. "이건 괜히 하는 말이 아닙니다. 저는 체스를 굉장히 잘 둡니다. 그런데 말이죠, 헨리는 일곱 살쯤 되자 제가 이기기 힘들 정도가 되었습니다. 헨리가 체스를 둘 때 그 애 얼굴에 떠오른 표정을 여러분도 보셨어야 해요. 어찌나 진지한 표정을 짓고 있는지 머릿속에서 뇌가 굴러가는 소리가 들릴 정도라니까요. 가끔씩 저는 아이가 계속 체스를 두게 하려고 일부러 엉뚱한 위치로 말을 옮겨놓기도 했는데, 그게 오히려 애를 짜증 나게 만들었습니다. 그럴 때마다 헨리는 '왜 이래요, 아빠. 이거 일부러 그런 거죠?'라고 투덜댔어요. 아빠가 봐주는 걸 원치도 않았지만, 그렇다고 지고 싶지도 않았던 거죠."

톰은 어린 시절 자신과 아빠 사이에 벌어지곤 하던 비슷한 상황들을 떠올리며 미소 지었다. 경쟁과 격려, 숭배와 분노가 묘하게 뒤섞인 그런 상황들이었다. 톰은 잠시 날카롭게 파고드는 그리움을 느꼈다. 하지만 그런 감각은 마치 아버지가 더는 연락이 닿지 않는, 오래전에 헤어진 친구라도 된다는 듯이 곧 무뎌지고 말았다.

길크리스트 씨는 다시 전단지를 물끄러미 바라봤다. 고개를 들었을 때, 그의 얼굴은 무방비 상태의 민낯 같았다. 그가 마치 깊은 물 속으로 잠수를 준비하고 있기라도 한 듯이 깊게 숨을 들이마셨다.

"아이가 떠난 뒤에 제가 어땠는지에 관해서는 많이 얘기하지 않겠습니다. 솔직히 말하면 당시 상황은 거의 기억이 나지도 않거든요. 그건 축복이라고 할 수 있죠. 차 사고나 큰 수술을 받고 난 후에 간혹 외상으로 인한 기억상실증에 걸리는 사람들이 있는데, 그거나 마찬가지 같아요. 그렇지만 한 가지는 얘기하고 넘어가야겠습니다. 처음 몇 주 동안 저는 아내에게 참으로 못할 짓을 많이 했습니다. 아내의 기분을 더 낫게 만들어줄 방법이 없었기 때문이 아닙니다. 당시에는 그런 방법 같은 건 전혀 없었으니까요. 하지만 제가 한 짓들이 상황을 더 힘들게 만들었습니다. 아내에게는 제가 필요했습니다. 그럼에도 저는 따뜻한 말 한마디 하지 않았고, 가끔은 아내에게 아예 눈길조차 주지 않았습니다. 소파에서 혼자 자기 시작했고, 아내에게 어디로 가고 언제 돌아오겠다는 말도 없이 한밤중에 집을 빠져나가서 몇 시간이고 운전을 해서 돌아다니기도 했습니다. 아내가 전화를 걸어오면, 아예 받지도 않았죠.

어찌 보면 저는 아내의 탓을 하고 있었던 것 같아요. 헨리에게 일어난 일 때문은 아니었어요. 그건 누구의 잘못도 아니라는 사실쯤은 알고 있었으니까요. 단지…… 아까 이 얘기는 안 한 것 같은데, 사실 헨리는 외동아들이었습니다. 우린 아이를 더 갖고 싶었지만, 헨리가 두 살 되던 해에 아내는 건강상의 문제로 암에 걸릴까 봐 겁을 잔뜩 집어먹었고, 의사는 자궁적출술을 권했습니다. 당시로써는 쉬운 결정이었죠.

그러나 헨리를 떠나보낸 후, 저는 아이를 하나 더 낳았으면 좋겠다는 생각에 완전히 집착하게 되었습니다. 헨리를 대체하자는 게 아니었어요. 제가 그 정도로 미친 건 아니니까요. 단지 새롭게 시작하고 싶었습니다. 제 기분 이해 하시겠어요? 저는 그것만이 우리가 다시 살아갈 수 있는 유일한 방법이라고 생각했습니다. 하지만 아내 때문에 그건 불가능했죠. 아내는 이제 신체적으로 아이를 가질 수가 없으니까요.

저는 아내를 떠나리라 결심했습니다. 지금 당장은 아니지만, 몇 달 후에, 아내가 좀 더 강해지고 사람들이 저에 대해 너무 모질게 판단하지 않을 때쯤 되면 말이에요. 그게 제가 품고 있던 비밀이고, 그게 저로 하여금 죄책감을 느끼게 했습니다. 어쩌면 저는 그 사실 때문에도 아내를 탓했던 것 같아요. 그런 식으로 계속 다람쥐 쳇바퀴 돌 듯 돌며 저는 아내를 탓했습니다. 갈수록 심해지기만 했죠. 그러던 어느 날 밤 꿈속에서 아들이 저를 찾아왔습니다. 여러분도 가끔 꿈속에서 누군가를 만나곤 할 겁니다. 그런데 알고 보면 그 사람이 아니죠. 그리고 또 어떤 면에서는 그 사람이기도 하고요, 안 그런가요? 음, 그런데 그날의 꿈은 그렇지 않았어요. 정말 아들이었습니다. 한낮처럼 명확하게 알아볼 수 있었습니다. 아들이 그러더군요. **왜 엄마를 아프게 하세요?** 저는 부인했습니다. 그러나 아들은 제게 실망했다는 듯이 고개를 젓더군요. **엄마를 도와주셔야 해요.**

이 사실을 시인하자니 몹시도 부끄럽습니다만, 당시 저는 몇 주 동안이나 아내 몸에 손도 대지 않고 있었습니다. 단지 성적으로만 그런 게 아니었어요. 말 그대로 아내에게 손가락 하나도 대지 않았다는 뜻입니다. 아내의 머리를 쓰다듬어 주지도 않았고, 손을 꼭 잡아주거나 등을 토닥여 주는 것도 하지 않았습니다. 그리고 아내는 내내 울기만 했죠."

길크리스트 씨의 목소리는 복받치는 감정에 갈라져 나왔다. 그는 거의 화가 난 듯이 손등으로 입과 코를 거칠게 문질렀다.

"그래서 다음 날 아침, 저는 자리에서 일어나 아내를 안아줬습니다. 아내의 몸에 팔을 두르고 사랑한다고, 그 어떤 것으로도 당신을 탓하지 않는다고 말해주었죠. 그런데 그런 말을 입 밖으로 내서 하니 그게 정말 진실인 것처럼 느껴지더군요. 그러고 나서 어디서 어떻게 나온 말인지는 몰라도 갑자기 어떤 말이 머릿속에 떠올랐습니다. **당신의 고통을 내게 주오, 내가 다 떠안으리다.**"

그가 거의 사죄하는 듯한 표정으로 청중을 바라보며 잠시 말을 멈췄다.

"이 부분이 정말 설명하기 힘든 부분입니다. 제가 가슴에 이상한 전율을 느꼈을 때, 그 말은 채 입에서 나오지도 않은 상태였어요. 그런데 그 순간 아내가 숨을 몰아 내쉬더니 제 팔 안에서 축 늘어지더군요. 그리고 바로 그때 저는 지금껏 알아왔던 그 어떤 진실보다도 더 명확하게 알아차렸습니다. 엄청난 고통이 아내의 몸에서 제 몸으로 옮겨왔다는 사실을요.

여러분이 무슨 생각을 하시는지 잘 압니다. 그걸 탓하지는 않겠습니다. 저는 그저 실제로 일어났던 일을 들려드리고 있을 뿐이에요. 제가 아내를 고쳤다거나 병을 낫게 했다거나 그런 얘기를 하고 있는 게 아닙니다. 지금도 아내는 여전히 슬퍼하고 있습니다. 고통의 양이 정해져 있는 건 아니니까요. 우리의 몸과 마음은 계속해서 고통을 만들어 내고 있습니다. 저는 단지 그 순간 아내의 내면에 있던 고통을 제가 받아 저의 것으로 만들었다는 얘기를 하고 있는 겁니다. 그리고 그 순간 저는 전혀 고통스럽지 않았습니다."

길크리스트 씨의 심경에 변화가 이는 듯 보였다. 그가 허리를 꼿꼿하게 펴고 서더니 자신의 심장 위로 한 손을 가져가 올렸다.

"바로 그날 저는 제가 누구인지 깨달았습니다." 그가 선언하듯이 말했다. "저는 고통을 흡수하는 스펀지입니다. 고통을 빨아들일수록 저는 더 강해집니다."

그의 얼굴에 퍼져나간 미소는 무척이나 즐겁고 자신감에 차 보여서 그를 다른 사람처럼 보이게 만들었다.

"여러분이 제 말을 믿든 안 믿든 저는 신경 쓰지 않습니다. 단 한 가지 부탁드리고 싶은 것은 제게 한 번만 기회를 달라는 것입니다. 그럴 의도가 없으시다면, 토요일 오후에 이곳까지 오지 않으셨겠죠. 그저 제가 여러분을 안고 여러분의 고통을 없애 드릴 수 있게 해주세요." 그가 커민스키 목사 쪽으로 돌아섰다. "목사님부터요."

목사는 확실히 꺼리고 있었지만, 자신이 주최자였으니 그의 제안에 응하지 않고는 정중하게 상황을 모면할 수 있는 방법이 없을 듯했다. 그가 의자에서 일어나서 길크리스트 씨에게로 다가갔다. 가는 내내 청중을 향해 못내 의심스러운 곁눈질을 흘끔거리며 보냈는데, 자신은 그저 분위기를 맞춰주러 애를 쓰고 있을 뿐이라는 사실을 그들에게 알리고 싶어하는 눈치였다.

"말씀해 보세요." 길크리스트 씨가 말했다. "지금 현재 그리워하는 특별한 누군가가 있습니까? 그의 부재가 특히 목사님을 힘들게 하는 그런 사람 말입니다. 아무라도 괜찮아요. 가까운 친구나 가족이 아니어도 괜찮습니다."

커민스키 목사는 그 질문에 놀란 듯이 보였다. 잠시 주저하던 그가 입을 열었다.

"에바 워싱턴이요. 신학교 다닐 때 학급친구였습니다. 사실 그리 친하지는 않았지만……."

"에바 워싱턴이요." 길크리스트 씨가 앞으로 나섰다. 그가 팔을 뻗자

양복 상의 소매가 팔꿈치 쪽으로 끌려 올라갔다. "에바를 그리워하고 있군요."

처음에는 별로 특별할 것도 없는, 사람들이 늘 하는 그저 평범한 포옹처럼 보였다. 그러나 바로 그때, 모두를 놀라게 하면서 목사 커민스키의 무릎에 힘이 풀렸고, 길크리스트 씨는 마치 주먹으로 복부를 강타당하기라도 한 듯이 신음소리를 내뱉었다. 그의 얼굴이 심하게 일그러졌다가 다시 평소의 표정으로 돌아왔다.

"우와." 그가 말했다. "엄청나군요."

두 남자는 한참 동안이나 서로 부둥켜안고 있었다. 둘이 떨어져 나왔을 때, 목사는 한 손으로 입을 막고 흐느껴 울고 있었다. 길크리스트 씨는 청중 쪽으로 돌아섰다.

"한 줄로 서세요." 그가 말했다. "시간은 넉넉합니다. 여러분 모두를 안아드리겠습니다."

잠시 동안 아무 일도 일어나지 않았다. 그러다가 세 번째 줄에 앉아 있던 덩치가 커다란 여성 하나가 일어서더니 앞으로 걸어나갔다. 머지않아 몇 명만 자리에 남고 모두가 걸어나가기 시작했다.

"부담갖지 마세요." 길크리스트 씨가 아직 앉아 있는 사람들을 향해 말했다. "마음의 준비가 될 때까지 저는 여기서 기다리고 있겠습니다."

톰과 헙스는 줄 끄트머리에 서 있었기에 그들의 순서가 가까워졌을 때쯤에는 그 절차에 많이 친숙해져 있었다. 헙스가 먼저 나갔다. 그는 길크리스트 씨에게 칩 글리슨에 관해 말했고, 길크리스트 씨는 칩의 이름을 되뇌면서 헙스를 강하게, 거의 부모처럼 가슴에 꼭 껴안아 주었다.

"괜찮아요." 길크리스트 씨가 그에게 말했다. "나는 아무 데도 안 갑니다." 헙스가 헉 소리를 내뱉기까지 몇 초의 시간이 흘러갔다. 길크리스트 씨는 비틀거리며 뒷걸음질을 쳤다. 그의 눈은 놀라움으로 커져 있었다. 톰은 그들이 레슬링 선수처럼 바닥으로 무너져 내릴지도 모른 다고 생각했지만, 두 사람은 가까스로 쓰러지지 않고 똑바로 서 있을 수 있었다. 균형을 잡고 몸을 가누기 위해 애쓰는 동안 그들의 발은 불안정한 춤을 추듯이 이리저리 비틀거렸다. 길크리스트 씨가 웃음을 터트리고는 손을 내밀어 협스를 부축했다.

"기운 내요, 친구."

협스를 놓아주기 전에 그가 등을 부드럽게 토닥이며 말했다. 자리로 돌아가는 동안 협스는 현기증을 느끼는 사람처럼 비틀거렸다.

톰이 앞으로 다가가는 동안 길크리스트 씨가 미소를 지어 보였다. 가까이 다가가서 보니 그의 눈은 톰이 예상했던 것보다 훨씬 밝게 빛 나서 마치 눈동자 안에서 불길이 타오르는 것 같았다.

"이름이 어떻게 되죠?"

그가 물었다.

"톰 가비라고 합니다."

"당신의 특별한 사람은 누군가요, 톰?"

"존 벌베키. 제가 어릴 적 알고 지내던 친구예요."

"존 벌베키. 존을 그리워하는군요."

길크리스트 씨가 팔을 펼쳤다. 톰은 앞으로 걸어가서 그의 강한 품 안에 안겼다. 길크리스트 씨의 상체는 넓고 단단하게 느껴졌지만, 한편 으로는 부드럽고 예상외로 유연했다. 톰은 자기 안에서 뭔가가 느슨하 게 놓여나는 듯한 기분을 느꼈다.

"내게 다 내려놓아요." 길크리스트 씨가 귀에 대고 속삭였다. "그런 다고 내가 아픈 건 아니니까."

나중에 차 안에서 톰과 협스는 그들이 교회 지하실에서 느꼈던 것에 관해 별로 할 말이 없었다. 그 느낌을 설명하는 것은 그들의 능력을 넘어서는 것임을 둘 다 이해하고 있는 듯했다. 그들은 갑작스레 모든 것을 내려 놓았고, 그러자 부담감이 사라진 몸속을 은혜로운 느낌이 관통해 지나갔으며, 곧 이어 고향에 돌아간 듯한 묘한 느낌이 들었다. 그것을 대체 어떤 언어로 설명할 수 있다는 말인가.

중간고사가 끝나고 얼마 지나지 않아서부터, 톰은 몹시도 불안한 심경을 드러내는 음성, 문자, 이메일 메시지를 부모님에게서 연달아 받아야 했다. 그들은 제발 연락 좀 달라고 사정을 했다. 그의 추측으로는 대학에서 낙제 위험에 대해 경고하는 정식 안내문을 집으로 보낸 것이 분명했다.

그는 부모님이 어느 정도 감정을 가라앉히기를 기대하며 며칠 동안 아무런 답도 하지 않았다. 그러나 아들과 통화하고자 하는 부모님의 시도는 갈수록 적극적이고 대단해지기만 했다. 결국 대학 경찰에 신고를 하고 신용카드도 취소하고, 휴대전화도 끊어버리겠다는 협박에, 불안해진 톰은 포기하고 전화를 걸었다.

"너 대체 거기서 무슨 짓을 벌이고 있는 거야?"

아빠가 물었다.

"우리가 얼마나 걱정하고 있는 줄 알아?" 엄마가 끼어들었다. 양쪽에서 다른 수화기를 들고 있는 모양이었다. "네 영어 선생님은 널 몇 주 동안이나 만나지도 못했다고 하더라. 그리고 너 B 학점 맞았다고 버젓이 말해놓고, 정치학 시험은 아예 치르지도 않았더구나."

톰은 움찔했다. 거짓말이 들통 나니 당황스럽기 그지없었다. 게다가 어리석기 짝이 없는 심한 거짓말이 아니었던가. 안타깝게도 그가 생각해 낼 수 있는 대답이라고는 다시 거짓말을 하는 것뿐이었다.

"그건 제가 잘못했어요. 늦잠을 자서 못 본 거예요. 말씀드리기가 너무 죄송해서 아무 얘기 안 했어요."

"그 정도 변명으로는 부족하다." 아빠가 말했다. "너 대학 한 학기 등록금이 얼마나 되는지 알기나 해?"

톰은 그 질문에 놀랐지만, 다소 안심이 되기도 했다. 부모님에게 돈은 그리 큰 문제가 아니었다. 그러니 그가 지난 두 달 동안 무엇을 하며 지냈는지 설명하기보다는 돈을 낭비했다는 사실을 사과하는 편이 훨씬 수월할 터였다.

"저도 비싼 거 알아요, 아빠. 절대로 아빠가 등록금 내주시는 걸 당연하게 생각해서 그런 건 아니에요."

"지금 그게 문제가 아니야." 엄마였다. "우린 얼마든지 기쁘게 네 등록금을 내줄 수 있어. 그렇지만 지금 넌 뭔가 문제가 있는 거야. 엄마는 네 목소리만 들어도 알아. 널 다시 돌아가게 하는 게 아니었는데."

"저 괜찮아요." 톰이 주장했다. "그냥 남학생 사교클럽 활동이 생각했던 것보다 시간을 너무 많이 잡아먹어서 그랬어요. 이달 말에 지옥의 주간(클럽에 가입하는 신입생을 골탕먹이는 1주일_옮긴이)이 있고, 그것만 지나면 다시 모든 게 정상적으로 돌아갈 거예요. 이제부터 열심히 하면 전 과목 다 통과할 수 있을 테니 걱정 마세요."

그는 수화기 저편에 묘한 침묵이 흐르는 것을 느꼈다. 마치 양쪽 부모님이 서로 상대가 먼저 말문을 열어주기를 기다리고 있는 듯했다.

"아들," 엄마가 부드럽게 말했다. "그러기엔 너무 늦었어."

그날 밤 남학생 클럽하우스에서 톰은 헙스에게 학교를 자퇴하기로 했다는 사실을 말해주었다. 토요일에 부모님이 그를 데려가기 위해 학교로 올 예정이었다. 그들은 아들의 남은 인생이 나아갈 길을 이미 정해두었다. 아빠의 창고에서 정직원으로 일을 하며, 주2회 스트레스장애를 앓고 있는 젊은 환자들을 치료하는 심리치료사와 상담을 해야 했다.

"내가 스트레스장애를 앓고 있는 건 사실이니까."

"우리 모임에 오신 걸 환영합니다." 헙스가 말했다.

부모님에게는 아직 그 사실을 알리지 않았지만, 톰은 이미 대학 의료센터에서 정신과 의사에게 상담을 받고 있었다. 눈동자가 촉촉한 콧수염을 기른 중동계 의사였는데, 그는 벌베키에 대한 톰의 강박은 단지 심리학적 자기방어 기제에 지나지 않는 매우 흔한 증상이며, 훨씬 심각한 질문과 힘겨운 감정에서 그 자신의 관심을 돌리기 위한 연막일 따름이라고 설명해 주었다. 하지만 톰에게 그런 이론은 말도 안 되는 얘기처럼 느껴졌다. 그게 인생을 송두리째 말아먹고 있는데 방어 기제는 무슨 얼어 죽을 방어 기제란 말인가. 대체 무엇으로부터 자신을 방어한다는 거지?

"제기랄, 앞으로 어떡할 거야?"

헙스가 물었다.

"나도 모르겠어요. 그렇지만 집으로 돌아갈 수는 없어요. 지금 당장은 아니에요."

헙스는 걱정스러운 표정이었다. 두 사람은 지난 몇 주간 많이 가까워졌고, 길크리스트 씨를 향한 열정적인 관심을 나누며 친해지는 중이었다. 그들은 길크리스트 씨의 강의에 두 번 더 참석했는데 갈 때마다 청중은 앞선 강연의 두 배로 늘어나 있었다. 가장 최근의 강연은 큐카 대학에서 열린 것으로 그가 젊은 청중들과 교류하는 방식을 지켜보는 것 자체가 그들에게는 전율이었다. 포옹 시간은 거의 두 시간 가까이 지속되었다. 포옹이 모두 끝났을 때, 길크리스트 씨는 땀을 뚝뚝 흘리며 거의 서 있지도 못할 만큼 기운이 빠진 모습이었다. 끝까지 싸움을 포기하지 않은 전사 같았다.

"친구 하나가 캠퍼스 근처에 살고 있어." 힙스가 말했다. "너만 원한다면 며칠 정도는 거기 얹혀 지낼 수 있을 거야."

톰은 짐을 챙기고 통장에 남은 돈을 다 찾아서 금요일 밤에 기숙사를 몰래 빠져나갔다. 다음날 학교에 도착한 부모님이 찾을 수 있던 거라고는 몇 권의 책과 전선이 뽑힌 프린터 한 대, 그리고 헝클어진 침대뿐이었다. 톰은 길크리스트 씨에 관한 내용과 사과의 말을 적은 편지한 통을 남겨 부모님을 실망시켰다. 그는 한동안 여행을 다닐 작정이라고 적었고, 이메일을 통해 소식을 전하겠다고 약속했다.

"죄송해요." 그는 덧붙였다. "제게는 정말 힘든 시간이에요. 하지만 혼자 해결해야만 할 일이 몇 가지 있어요. 그러니 제 결정을 존중해 주시길 바라요."

톰은 그 학기가 끝날 때까지 힙스의 친구들과 함께 지냈다. 그런 다음 여름방학이 되어 그들이 고향으로 떠날 때 그 아파트를 전대했고, 그날부터 힙스가 들어와 함께 살기 시작했다. 그들은 자동차 판매 대리점 판촉사원으로 취직했고, 남는 시간에는 길크리스트 씨를 홍보하는 전단지를 나누어주거나, 강연장에서 접는 의자를 펼쳐 놓거나, 이메일 목록에 저장할 주소를 수집하는 등, 그가 필요로 하는 모든 일을 돕는 자원봉사활동을 했다.

바로 그 여름부터 상황이 달라지기 시작했다. 누군가 유튜브에 '나는 당신의 고통을 흡수하는 스펀지입니다'라는 제목으로 길크리스트 씨의 설교 영상을 올려놓았고, 그것이 입소문을 타고 퍼져나가기 시작했다. 그의 강연에 찾아오는 청중의 수는 갈수록 늘어났고, 강연 요청도 덩달아 많아졌다. 9월에 그는 로체스터로 가서 비어 있는 성공회 교회를 빌려 매주 토요일과 일요일 아침에 마라톤 허그 축제를 벌였다. 톰과 헙스는 이따금씩 로비에 놓인 판촉물 판매 탁자를 지키고 서서, 강연 DVD와 티셔츠, 자가 출판한 페이퍼백 회고록 《어느 아버지의 사랑》등을 판매했다. 그 중 가장 인기 있는 물건은 앞쪽에 '당신의 고통을 내게 주오'라고 적혀 있고, 뒤에는 '내가 다 떠안으리다'라고 적힌 셔츠였다.

그해 가을 '갑작스런 증발'을 겪은 지 1년이 되었음을 기리는 행사의 일환으로, 길크리스트 씨는 전국을 돌아다니며 많은 곳에서 강연을 했다. 톰과 헙스는 그를 공항으로 운전해 데려가고 데려오는 일을 하는 자원봉사자 중 한 명이었다. 그와 개인적인 친분을 쌓기 시작하면서 점차 신뢰도 얻게 되었다. 다음 해 봄, 조직이 점차 확장되기 시작하면서 길크리스트 씨는 그들에게 보스턴 지부를 운영해 달라고 요청했다. 다양한 대학 강연 투어를 조직하고 홍보하는 일뿐 아니라, '치유의 안아주기 운동'이라 불리기 시작한 그의 행보에 관한 것을 그 지역 대학생들에게 대대적으로 알릴 수 있는 일이라면 무엇이든 적극적으로 추진해 달라는 부탁과 함께였다.

전혀 예기치 않게 시작된 어떤 현상에 처음부터 동참하여 그토록 무거운 책임감을 떠안게 된다는 것은 흥분되는 일이 아닐 수 없었다. 톰은 그것이 과거 성장 가능성이 큰 인터넷 신생기업에서 일을 하는 것과 마찬가지 기분일 것 같다는 생각이 들었다. 하지만 모든 게 너무 빠르게 진행되면서 동시에 수많은 방향으로 발사되는 것 같아 약간 현기증이 느껴지기도 했다.

보스턴에서 첫 여름을 보내는 동안, 톰과 헙스는 로체스터 본부에서 알고 지내던 사람들에게서 심란한 소문을 전해 듣기 시작했다. 그들 말에 따르면 길크리스트 씨가 커가는 명성에 우쭐해서 점점 변해가고 있다는 것이었다. 고급 차도 사고, 옷차림도 변하기 시작했으며, 자신과 포옹하기 위해 줄 서 있는 젊은 여성이나 십 대 소녀들에게 너무 과한 관심을 보이고 있다는 말도 들렸다. 또한 스스로 자기 자신을 '신성한 웨인'이라고 부르면서 자신이 신과 특별한 관계에 있는 것처럼 암시를 하고 다닌다고 했다. 심지어 몇 번인가는 예수를 자신의 형이라고 말하기도 했다는 것이었다.

그가 9월에 첫 번째 강연을 하기 위해 노스이스턴에 있는, 사람들로 꽉 찬 어느 저택에 도착했을 때, 톰은 그 소문이 사실임을 알아차렸다. 길크리스트 씨는 다른 사람이 되어 있었다. 추레한 양복을 걸치고 있던, 아들을 잃은 슬픔을 가누지 못하던 아버지는 사라지고 없었다. 대신 선글라스에 꽉 끼는 검은 티셔츠를 걸친 록스타 한 명이 서 있었다. 톰과 헙스에게 인사를 할 때, 그의 목소리에서는 고압적인 냉정함이 묻어났다. 그들을 헌신적인 추종자가 아니라 단순히 고용된 도우미라도 되는 것처럼 취급했다.

그는 두 사람에게 장래성이 보이는 예쁜 아가씨, '특히 중국인이나 인도인 같은 아시아 계열' 여성이 오면 무대 뒤로 들여보내라고 지시 내렸다. 무대에 올라가서도 단지 포옹을 하며 연민을 보여주기만 한 것이 아니었다. 신이 자신에게 '갑작스런 증발'로 인한 피해를 복구하고 세상을 변화시키라는 임무를 부여했다고 주장했다. 하지만 세부적인 사항은 애매하게 남아 있다고 설명했다. 일부러 감추려고 거짓말을 하는 것이 아니라, 정말 자신도 전혀 모른다는 것이었다. 그러면서 그것들은 비현실적인 꿈의 형태로 하나씩 하나씩 자신에게 전달된다고 말했다.

"기다리고 계십시오." 그가 청중에게 말했다. "여러분이 가장 먼저 알게 될 것입니다. 세상은 우리의 손에 달려 있으니까요."

헙스는 그날 밤 자신이 목격한 장면 때문에 많이 혼란스러워했다. 그는 길크리스트 씨가 스스로 만들어낸 환상에 취해버렸다고 생각했다. 슬픔에 빠진 사람들에게 영감을 주던 사람이 이제는 사이비 종교 집단의 교주처럼 변해 버린 것이다. 그 후에도 톰은 이런 식의 비난을 여기저기서 들을 수 있었다. 며칠간 반성의 시간을 보낸 헙스는 톰에게 아직 길크리스트 씨에 대한 사랑이 남아 있을 때 자신은 그만 떠나겠다고 선언했다. 제정신으로는 도저히 '신성한 웨인'에게 헌신할 수 없다고 했다. 그는 보스턴을 떠나 롱아일랜드에 있는 가족에게로 돌아갈 작정이라고 말했다. 톰은 그를 설득해보려 애썼지만, 헙스는 완고했다. "뭔가 안 좋은 일이 일어날 거야." 그가 말했다. "난 느낄 수 있어."

헙스가 옳았다는 사실이 증명되기까지 그로부터 꼬박 1년의 세월이 걸렸다. 그동안 톰은 충성스러운 추종자로 남아서 채플힐과 콜럼버스에 새로운 지부를 설치하는 일을 도우며 '치유의 안아주기 운동'에 없어서는 안될 일원으로 성장해갔다. 그리고 마침내는 샌프란시스코 지부에서 근사한 직책을 얻게 되었는데, 그가 하는 일은 '특별한 누군가를 위한 명상 워크숍' 운영에 참여할 새로운 강사를 훈련하는 일이었다. 톰은 샌프란시스코를 사랑했고, 매달 수많은 신입생을 만나는 일도 마음에 들었다. 신참 교사들이 대부분 여성이었던 까닭에 몇 번의 연애 경험도 쌓았지만, 기회에 비해 그리 많은 경험은 아니었다. 이제 그는 예전과는 달리 훨씬 자족적이고 사색적인 사람으로 변해 있었다. 얼굴에 색칠을 하고 모든 수단을 동원해서 여자를 침대로 끌어들이려 애를 쓰던 남학생 사교클럽에 속한 신입생과는 거리가 멀었다.

겉으로만 보자면 '치유의 안아주기 운동'은 번성 중이었다. 회원 수는 지속적으로 증가했고, 돈도 흘러넘쳤으며, 언론의 관심도 떠날 줄 몰랐다. 그러나 길크리스트 씨의 행동은 갈수록 해괴망측해졌다. 그는 호텔 방에서 열다섯 살 먹은 소녀와 함께 있는 모습이 발각된 직후 필라델피아 경찰에 체포되었다. 그 형사재판은 함께 있던 소녀가 두 사람이 단지 '대화' 중이었다고 주장함으로써 증거 불충분으로 결국 기각되었지만, 길크리스트 씨의 명성에는 심각한 타격을 입혔다. 예정돼 있던 대학 강연 몇 개가 취소되었고, 한동안은 '신성한 웨인'이라는 말이 늦은 밤 TV쇼의 펀치 라인(농담에서 웃음을 끌어내는 결정적인 말_옮긴이)에 자주 등장하면서 오랜 악당의 화신이자, '신이 보낸 흥분한 남자(Horny Man of God: 'Holy[신성한]'와 비슷한 발음을 이용한 말장난_옮긴이)'와 동의어처럼 되어버렸다.

그러한 조롱 탓에 길크리스트 씨는 대중의 호기심 어린 시선을 피해서 북부 뉴욕에 있는 본부를 떠나 오리건 남부의 외딴 지역에 있는 한 농장으로 옮겨가 버렸다. 톰은 6월 중순에 그곳을 한 번 방문했다. 신성한 웨인의 아들 헨리 길크리스트의 열한 번째 생일잔치로 예정된 사흘짜리 경축행사에 참가하기 위해서였다. 그러나 숙소가 충분치 않아서, 100여 명 쯤 되는 손님이 모두 텐트를 치고 자면서 지저분한 이동식 화장실을 이용해야 했다. 그럼에도 초대를 받았다는 사실 자체가 조직의 중추세력에 포함돼 있다는 의미였기에 모두가 영광으로 생각했다.

세월과 풍파에 낡은 커다란 저택, 수영장, 농장, 마구간 등, 톰은 눈에 들어오는 대부분이 마음에 들었다. 오직 두 가지가 마음을 불편하게 했는데, 첫째는 총기를 휴대하고 농장을 순찰해 다니는 파견 나온 보안 요원들의 존재였다. '신성한 웨인'을 살해하겠다는 협박이 있었던 모양이었다. 그리고 두 번째는 도저히 그 정체가 납득이 안가는 매력적인 십 대 소녀 여섯 명의 등장이었다. 그들 중 다섯 명이 아시아 계였고, 모두 길크리스트 씨와 그의 아내 토리와 함께 안채에서 생활했다. 재미 삼아 다들 '치어리더 단원'이라고 부르는 그 소녀들은 수영장 옆에서 따뜻한 햇살을 즐기며 시간을 보냈고, 그동안 토리 부인은 가벼운 덤벨을 양손에 들고 매우 공들여 팔운동을 하는 동시에 심호흡을 하면서 농장 부지 둘레를 조깅했다.

톰은 그녀가 그다지 행복해 보이지 않는다고 생각했지만, 파티의 마지막 날에 토리 부인은 외부에 설치해 놓은 무대 위에서 마이크 앞으로 걸어나가 길크리스트 씨의 영적 신부라고 지칭되는 소녀들을 소개했다. 그녀는 영적 신부를 맞이하는 일이 그리 관습적이라고는 할 수 없다는 사실을 먼저 언급했다. 하지만 남편은 조강지처인 그녀가 이 새로운 결혼 모두를 축복해 주길 청해왔으며, 자신도 그 결혼에 축복을 내렸다는 사실을 세상 사람 모두가 알아주길 바란다고 말했다.

그녀의 뒤에 나란히 서서 아름다운 드레스를 입고 긴장한 미소를 짓고 있는 소녀들은 모두 사랑스러울 뿐 아니라, 상냥하고 점잖았으며, 나이에 비해 놀랄 만큼 성숙해 보였다. 모두가 알고 있듯이 그녀는 자신이 더는 아이를 가질 수 없으며, 그것이 문제라고 시인했다. 최근에 신이 계시하기를, 망가진 세상을 다시 되돌릴 수 있는 자식을 하나 갖는 것이 신성한 웨인의 운명이라고 했기 때문이라고 했다.

소녀들 중의 한 명, 그러니까 아이리스나 신디나 메이나 크리스틴, 혹은 램이나 애너가 그 기적의 아이의 어머니가 될 테지만, 정확히 누가 될지는 시간만이 말해줄 수 있을 것이라고 했다. 그녀는 자신과 '신성한 웨인'의 사랑은 그들의 결혼식 날 그랬던 것처럼 영원히 굳건하고 생기 넘치는 모습으로 남아 있게 되리라는 말로 그날의 연설을 마무리했다. 또한 그들이 남편과 아내로, 동맹체로서, 그리고 최고의 친구로 계속해서 함께 영원히 행복하게 살아가리라는 사실을 모두에게 확신시켰다.

"남편이 어떤 일을 하든," 그녀가 말했다. "저는 110퍼센트 그를 지지합니다. 그러니 여러분도 그래 주기를 바랍니다!"

길크리스트 씨가 층계를 달려 올라가 무대를 가로질러 가서 아내에게 장미꽃다발을 건네는 동안 사람들은 환호하며 박수를 보내주었다.

"정말 대단한 여성이지 않습니까?" 그가 물었다. "저야말로 세상에서 가장 운 좋은 사람 같아요, 그렇죠?"

길크리스트 씨가 법적인 아내에게 키스를 하는 동안 영적 신부들도 환호하기 시작했고, 청중도 그 뒤를 따랐다. 톰은 다른 사람들과 마찬가지로 최선을 다해 크게 박수를 쳤지만, 왠지 손이 너무도 크고 무겁게 느껴져서 손바닥을 마주친 후 다시 떼어내기도 힘들 정도였다.

크리스틴은 죄수처럼 집안에만 하루 종일 갇혀 있으려니 지루해 죽을 것 같다고 투덜댔다. 톰은 그녀를 데리고 빠르게 시내 관광을 시켜주기로 했다. 그는 잠시나마 사무실에서 빠져나올 구실이 생겨 매우 기뻤다. 사무실 분위기는 마치 장례식장 같았다. 진행 중인 세미나도 없었고, 할 일이라고는 맥스와 루이스와 함께 빈둥거리며 이메일에 답장을 하고, 이따금씩 울리는 전화를 받아 본부에서 지시한 사항을 앵무새처럼 대꾸하는 게 전부였다. 본부에서는 '길트리스트 씨의 혐의는 전부 날조된 것이고, 신성한 웨인은 유죄가 확정되기 전까지는 무죄이며, 조직은 한 개인의 것이 아니고, 우리의 믿음은 전혀 흔들리지 않은 채 견고하다'라고 대답하라고 지시했다.

서늘하고 맑은 전형적인 샌프란시스코 날씨였다. 포근한 아침 안개가 맑게 갠 푸른 하늘에 어쩔 수 없이 길을 내어주고 있었다. 그들은 관광객이 흔히 하는 일을 했다. 케이블카를 타고 피셔먼 부두에 갔다가 코이트 타워와 노스 해안을 돌아보고, 헤이트 애시베리 지구와 골든게이트 공원도 찾아갔다. 톰은 재미있는 관광 안내인 역할을 해냈고, 크리스틴은 그의 유치한 농담에도 키득거리고 웃어주었으며, 반쯤만 정확한 설명과 반복해서 들려주는 일화에도 예의 바르게 감탄하는 척을 해주었다. 한동안이나마 신성한 웨인 이외의 주제에 관해 생각할 수 있다는 사실이 톰 만큼이나 행복한 듯했다.

톰은 자신과 크리스틴이 상당히 죽이 잘 맞는다는 사실에 놀랐다. 집에 있을 때, 그녀는 꽤나 귀찮은 골칫거리였다. 조직 내에서 자신의 높은 지위를 모두에게 상기시키면서 매사를 강요하며 짜증 내기 일쑤였다. 이불이 너무 무겁다느니, 화장실이 너무 지저분하다느니, 혹은 음식에서 이상한 맛이 난다느니 하면서 사사건건 불평을 해댔다. 그러나 신선한 공기가 그녀 안에 숨어 있던 쾌활함을 밖으로 끌어내는 역할을 했다. 공적인 태도 아래 숨겨져 있던 통통 튀는 십 대 소녀의 활력이 그대로 드러난 것이다. 그녀는 빈티지 의류 판매장으로 톰을 끌고 들어갔고, 노숙인들에게는 잔돈이 없어 미안하다고 사과를 했으며, 거의 두 블록마다 한 번씩 발걸음을 멈추고는 바다 쪽을 응시하며 정말 아름답다고 감탄을 연발했다.

크리스틴은 톰에게 주의를 집중했다가 한눈을 팔았다가 다시 톰에게 주의를 돌리기를 반복했다. 그렇다, 자격이야 길크리스트 씨의 아내든 뭐든 간에, 어쨌든 톰의 입장에서 그녀는 시내 시찰을 나온 고관이나 다를 바 없었다. 하지만 동시에 어린 소녀이기도 했다. 톰의 여동생보다도 더 어리고 훨씬 순진했다. 가출하기 전까지만 하더라도 클리블랜드보다 더 큰 도시에는 가본 적도 없는 오하이오 시골 마을 출신이었다.

그러나 톰의 여동생과는 확실히 달랐다. 질이 거리를 걸어갈 때는 사람들이 가던 길을 멈추고 돌아보거나, 비현실적일 만큼 아름다운 외모를 넋을 잃고 바라보며 혹시 유명인은 아닐지, 또는 TV 같은 곳에서 본 사람은 아닐지 생각하느라 발을 헛디뎌 넘어지는 일 같은 건 전혀 일어나지 않았다. 톰은 크리스틴을 어떻게 대해야 할지 갈피를 잡을 수 없었다. 그저 개인 수행원인 듯이 행동해야 할지, 아니면 여동생을 감시하는 큰오빠처럼 행동해야 할지, 그것도 아니면 단지 낯선 대도시를 안내하는 그저 약간 더 나이가 먹은 자상하고 도움이 되는 친구처럼 행동해야 할지 알 수가 없었다.

"오늘 정말 즐거웠어." 그녀가 콜 거리에 있는 카페 엘모어스에서 늦은 오후 간식을 먹는 동안 말했다. 카페 안에는 이마에 화살과녁을 그려 넣고 히피생활을 하는 맨발의 사람들이 가득 차 있었다. 베이 지역은 그들의 영적 고향이었다. "집 밖에 나오니까 정말 좋다."

"언제든 말만 해." 그가 말했다. "기꺼이 동행해줄 테니까."

"자, 그럼……." 그녀의 목소리는 낮았고, 살짝 추파를 던지는 듯한 어조였다. 마치 그가 좋은 소식을 혼자만 알고 있다고 의심하는 듯한 그런 목소리였다. "혹시 소식 들은 거 없어?"

"무슨 소식?."

"알잖아. 그분이 언제 돌아올지. 내가 언제 돌아가도 될지."

"어디로 돌아가?"

"목장. 난 거기가 정말 그리워."

톰은 뭐라고 대답해야 할지 난감했다. 그녀는 줄곧 그와 함께 TV 보도를 시청했다. 따라서 길크리스트 씨의 보석 신청이 거부됐으며, 검찰은 강경 자세를 취하고 있고, 조직의 자산을 압류하고 몇몇 고위 관계자와 중간급 관리자들까지도 체포해서 그들에게 불리한 정보를 쥐

어쩌고 있다는 사실을 알고 있었다. FBI와 주 경찰은 길크리스트 씨가 결혼한 관계라고 주장한 소녀들의 소재를 파악하려고 매우 적극적으로 수색에 임하고 있었고, 그 사실을 비밀에 붙이지도 않았다. 소녀들이 아무 잘못이 없기 때문이 아니라, 오히려 심각한 범죄의 피해자들이기 때문이었다. 그들은 병원 진료와 정신과 상담이 필요한 위험에 빠진 약자들이었다.

"크리스틴, 농장에는 돌아갈 수 없어."

그가 말했다.

"가야만 해. 거기가 내 집이야."

"검찰에 잡히면 법정에서 증언을 하게 할 거야."

"아니, 그러지 않을 거야." 크리스틴의 목소리는 도전적이었지만, 눈 속에는 의심의 기운이 서려 있었다. "그분이 모든 게 괜찮을 거라고 했어. 실력 있는 변호인단도 구했다고 했단 말이야."

"그는 지금 큰 난관에 봉착해 있어, 크리스틴."

"아무도 그를 감옥에 수감시킬 수 없어." 그녀가 주장했다. "그는 잘못한 게 없다고."

톰은 논쟁하지 않았다. 그래 봐야 무슨 소용이 있겠는가. 크리스틴이 다시 입을 열었을 때, 그녀의 목소리는 작았고 겁에 질려 있었다.

"그럼 난 어떡해야 하는데? 누가 날 돌봐줄 거야?"

"우리와 원하는 만큼 얼마든지 오래 있어도 돼."

"난 돈도 하나도 없어."

"그런 건 걱정하지 마."

톰 자신도 돈이 없다는 사실을 털어놓기에는 시기가 좋지 않다는 생각이 들었다. 그와 맥스와 루이스는 정말 말 그대로 자원봉사자였기에 그들의 시간을 '치유의 안아주기 운동'에 기부하고 그 대가로 숙식과 쥐꼬리만 한 월급을 제공받고 있었다. 현재 그의 주머니에 들어 있는 현찰이라고는 크리스틴이 도착했을 때 그녀가 내밀었던 봉투에 들어 있던 20달러짜리 10장, 즉 200달러가 전부였다. 그리고 그것은 그가 참으로 오랜만에 만져 본 거금이기도 했다.

"가족에게 돌아가면 어때?" 그가 물었다. "그래도 되지 않아?"

"내 가족?" 크리스틴의 입장에서는 웃긴 생각인 모양이었다. "난 가족에게 돌아갈 수 없어. 이런 꼴로는 안돼."

"지금 꼴이 어떤데?"

그녀는 턱을 아래로 내리고는 얼룩이 묻은 곳을 찾아내려는 듯이 노란색 티셔츠 앞쪽을 찬찬히 살펴봤다. 크리스틴의 어깨는 좁았고, 가슴도 어찌나 작은지 거의 있어 보이지도 않았다.

"아무도 말 안 해줬어?"

그녀가 납작한 배를 손바닥으로 문질러 셔츠 앞자락의 주름을 부드럽게 펴 놓았다.

"뭘 말해?"

고개를 들었을 때, 그녀의 눈은 반짝이고 있었다.

"나 임신했어." 크리스틴의 목소리에서는 자랑스러움과 꿈같은 경이로움이 배어 나왔다. "내가 바로 선택받은 사람이야."

Part Two

2부
메이플턴은 즐거움을 의미한다

카르페디엠

질과 에이미는 저녁을 먹고 바로 집을 나섰다. 케빈에게는 자기들이 어디로 가는지, 무엇을 할 예정인지, 누구와 만날지, 그리고 언제 집에 돌아올지도 모르겠다는 말을 아주 발랄하게 전했다.

"늦어요."

질이 아빠에게 해줄 수 있는 말은 이게 전부였다.

"네," 에이미도 동의했다. "그러니까 기다리지 말고 주무세요."

"내일 학교 가는 날이야." 케빈은 그 사실만 상기시켜 주었다. 평소에 늘 그랬듯이 아무 데도 안 가서 아무것도 안 하는데 대체 무슨 시간이 그렇게 많이 걸릴 예정이냐는 싱거운 농담도 덧붙이지 않았다. 이제 더는 재미있게 들리지 않는 듯했기 때문이다. "하루쯤은 그냥 맨정신으로 지내보면 안 되겠니? 맑은 정신으로 아침에 깨어나면 기분이 어떤지 한번 보는 거지."

두 아이는 그 완벽한 충고에 얼마든지 주의를 기울일 의사가 있음을 케빈에게 확신시키려는 듯이 열정적으로 고개를 끄덕였다.

"그리고 조심해라." 그가 말을 이었다. "밖에는 별난 애들 천지니까."

에이미는 마치 별난 애들에 관해서는 아무도 자기에게 알려줄 필요가 없다는 듯이 일부러 끙 소리를 냈다. 그녀는 무릎까지 오는 양말에 짧은 치어리더 치마를 입고 있었는데, 메이플턴 고등학교의 고동색과 금색이 섞인 게 아니라 옅은 푸른색이었다. 거기에 평소 하던 대로 진한 화장을 덕지덕지 바르고 있었다.

"조심할게요."

에이미가 대답했다. 질은 친구의 바른생활 소녀 같은 행동에 어이가 없다는 듯이 눈을 부라렸다.

"네가 세상에서 제일 별나." 질이 에이미에게 말했다. 그리고 케빈을 바라보며 덧붙였다. "얘가 바로 사람들이 조심해야 할 대상이라고요."

에이미가 항변을 쏟아냈지만, 그녀의 차림새가 순진한 여학생이라기보다는 대충 그런 흉내만 내고 있는 스트리퍼 쪽에 훨씬 가까워 보였기에 그 말을 진지하게 받아들이기란 쉽지 않았다. 질은 에이미와는 정확히 반대의 인상을 주었다. 엄마의 옷장에서 몰래 꺼내 밑단을 둘둘 접어올린 청바지와 푸대자루 같은 스웨드 코트를 걸쳐 입고 어른 흉내를 내는 뼈만 앙상한 어린애처럼 보였다. 케빈은 두 아이를 바라보면서 늘 그렇듯이 착잡한 심정을 느꼈다. 눈앞에 서 있는 2인조 중 확실히 들러리쪽임이 분명해 보이는 딸애에게는 희미한 슬픔을 느꼈지만, 동시에 안도감도 느꼈다. 아무런 호감도 주지 않는 질의 외모가 적어도 세상의 위험으로부터 스스로를 보호하는 일종의 보호색 기능을 해줄지도 모른다는 생각 덕에 뿌리내린 희망이라 할 수 있었다.

"어쨌든 조심해."

이렇게 말하며 케빈은 두 소녀를 안아주고는 그들이 층계를 내려가서 잔디밭을 가로질러 걸어가는 동안 현관문 앞에 서 있었다. 한동안 그는 오직 질만 안아주었지만, 에이미는 그 사실을 못마땅해 했다. 처음에는 상당히 어색했다. 그가 에이미의 몸매나 포옹이 지속되는 시간 등에 너무 예민했던 까닭이었다. 그러나 그것도 점차 일상이 되어갔다. 케빈은 에이미의 존재를 확실히 인정하지는 않았다. 그 애가 자기 지붕 밑에 들어와 살아간다는 사실에 신이 난 것도 아니었다. 에이미가 집에 들어와 산 지도 벌써 석 달 째가 되었고, 당분간은 짐을 싸서 나갈 기미 같은 것도 보이지 않았다. 하지만 집안에 제3자가 있음으로써 그와 질이 얻고 있는 혜택을 부인할 수는 없었다. 질은 친구가 늘 곁에 있으니 훨씬 행복해 보였고, 저녁 식탁에서도 웃을 일이 훨씬 많아졌다. 아버지와 딸이 단둘이만 앉아 있을 때는 종종 둘 다 할 말을 찾지 못해 끔찍한 침묵의 순간이 이어지곤 했었다.

케빈은 9시가 되기 전에 집을 나섰다. 평소와 마찬가지로 로벨 테라스에는 대형 경기장처럼 불이 환하게 들어와 있었다. 커다란 저택들이 보안용 투광조명의 불빛 속에서 마치 기념비처럼 잔뜩 멋을 부린 채 서 있었다. 모두 열 채로 구성된, SUV(Selfish Urban Vanity: 이기적인 도시의 허영기_옮긴이)와 손쉬운 주택담보대출의 막차를 타고 건축된 '호화로운 저택들'이었는데, 아홉 채는 아직 사람이 살고 있었다. 오직 워터펠드 가족의 집만 비어 있었는데, 팸은 지난달 세상을 떠났고, 집은 아직 빈 채로 그대로 남아 있었다. 하지만 입주자 협회는 잔디밭을 정리하고 등도 늘 켜 놓은 채 유지하기로 합의를 보았다. 빈집이 폐가로 변해버리면 무슨 일이 생기는지 다들 알고 있기 때문이었다. 지루한 십 대와 공공 기물 파괴자, 그리고 남겨진 죄인들의 관심을 끌게 될 리 뻔하지 않은가.

그는 메인스트리트를 따라가다가 오른쪽으로 꺾어 들어갔다. 밤마다 떠나는 순례여행을 가는 중이었다. 그것은 가려움 때문에 긁는 것처럼 거의 물리적인 충동이었다. 종종 머릿속에서 이야기를 들려주는 우울하고 놀란 목소리에서 멀리 벗어나 친구들 사이에 있고자 하는 욕망이었다. 그 목소리는 해가 진 후 조용한 집 안에 있으면 훨씬 시끄럽게 확신에 차서 말을 걸어왔다.

'갑작스런 증발'의 가장 주목할만한 부작용 중의 하나는 거의 광적일 만큼 잦아진 사교행사들이었다. 즉흥적인 동네 파티가 거의 주말 내내 이어지기도 하고, 포트럭 저녁 식사가 파자마 파티로 변해버렸으며, 잠시 인사만 나눈다는 것이 결국 마라톤 수다로 변해버리는 식이었다. 10월 14일 이후 몇 달 동안 술집은 들어설 자리가 없을 만큼 붐볐다. 전화요금도 엄청나게 나왔다. 그러고 나서 생존자들은 대부분 제자리로 돌아갔지만, 케빈의 경우는 달랐다. 밤만 되면 사람들을 만나 함께 있고 싶은 욕구가 그 어느 때보다 강해졌다. 마치 자석 같은 어떤 힘이 마음의 안정을 찾아 헤매는 그를 시내 중심가로 끌어가기라도 하는 듯했다.

카르페디엠은 소박한 선술집으로, 과거에는 노동자들이 주로 찾던 몇 안 되는 장소 중 하나였다. 원래 공장 부지였던 메이플턴 지역이 20세기 들어 교외 주택지로 변해가는 과정에서도 사라지지 않고 무사히 버텨온 곳이기도 했다. 케빈은 젊은 시절 카르페디엠이 미드웨이 라운지라는 이름으로 불리며 오직 버드와이저와 미켈럽만 팔던 시절부터 그곳의 단골이었다.

그는 술집의 문을 열고 안으로 들어갔다. 바는 공간이 분리된 가게 안쪽에 있었다. 뒤쪽에 있는 부스로 걸어가는 동안 그는 친숙한 얼굴들을 향해 고개를 끄덕였다. 피트 손과 스티브 위스크지에브스키가 이미 맥주 피처 하나를 사이에 두고, 줄 쳐진 노란 용지 묶음을 서로의 앞으로 밀어주며 진지한 대화를 나누는 중이었다. 케빈과는 달리 두 남자는 집에 아내가 있으면서도 보통 케빈보다 훨씬 이른 시간에 카르페디엠에 나와 출근도장을 찍었다.

"안녕들 하십니까."

그가 스티브 옆으로 미끄러져 들어가며 말했다. 커다란 덩치에 흥분 잘하기로 소문난 그를 볼 때마다 로리는 늘 저 양반은 언젠가는 심장마비로 쓰러지고 말 거라고 말하곤 했다.

"걱정하지 마." 스티브가 피처 잔을 들어 올려 깨끗한 빈 잔에 맥주를 가득 채워 케빈에게 건네며 말했다. "하나 더 시켰어."

"선수 명단을 검토하는 중이었어." 피트가 노란 용지 묶음을 들어 올렸다. 맨 위쪽에는 대충 그린 다이아몬드 모양의 야구장이 보였고, 각각의 위치에는 각 포지션을 담당할 선수의 이름이 휘갈겨 쓰여 있었으며, 비어 있는 곳에는 물음표가 그려져 있었다. "지금 우리에게 정말 필요한 건 중견수와 1루수야. 그리고 만약을 대비해서 후보 선수도 몇 명 구해 둬야 해."

"대략 너덧 명 정도 새로 영입해야 할 것 같네." 스티브가 말했다. "그 정도는 모집할 수 있겠지, 안 그래?"

케빈은 스케치를 찬찬히 살펴봤다.

"지난번에 자네가 얘기했던 그 도미니카인 친구는 어떻게 됐는데? 자네 집 가사도우미 남편이라고 하지 않았나?"

스티브가 고개를 저었다.

"헥터 그 친구가 요리사라서 밤에 일을 해야 한대."

"그럼 주말에는 경기 뛸 수 있겠네." 피트가 덧붙였다. "그 정도만 돼도 괜찮아."

케빈은 두 친구가 아직 대여섯 달이나 남은 소프트볼 시즌에 대비해 쏟아 붓는 관심과 노력에 고마운 마음이 들었다. 갑작스런 증발 이후에 잠정 중단되었던 성인 레크리에이션 프로그램에 지원되는 기금을 다시 복원시키기 위해 시의회를 설득했을 때, 그가 원하던 것이 바로 그것이었다. 사람들이 집 밖으로 걸어 나와 고개를 들고 아직 하늘이 무너져 내린 것이 아니라는 사실을 깨닫고 조금이나마 즐길 수 있으려면 마땅한 이유가 필요했다.

"우리가 왼손 타자를 두어 명만 구할 수 있으면 팀에 얼마나 도움이 될지 내가 알려줄게, 지금 당장은 우리 팀 선수들이 다 오른손잡이잖아."

스티브가 말했다.

"그게 어때서?" 케빈은 김빠진 맥주잔을 단숨에 비워버리고 물었다. "우리 게임은 슬로피치(느린 공만 던져 게임을 하는 소프트볼의 일종_옮긴이)잖아. 전략 같은 거 세워봐야 별 소용도 없어."

"아니야, 볼을 섞어야 해." 피트가 주장했다. "계속 상대팀 선수들의 허를 찌르는 거지. 그래서 마이크가 대단했던 거라고. 우리가 운신할 폭을 넓혀줬거든."

카르페디엠 팀은 10월 14일에 오직 한 선수만을 잃었다. 그저 그런 실력의 투수이자 2군 외야수인 칼 스텐하우어였다. 하지만 그들의 4번 타자이자 스타 1루수인 마이크 웨일렌도 역시 간접적인 피해자였다. 마이크의 아내 낸시가 실종자에 속해 있었고, 그는 지금까지도 그 상실감에서 헤어나오지 못했다. 그와 그의 아들은 지금 살고 있는 집 뒷벽에 거의 알아볼 수도 없을 만큼 조악한 낸시의 초상화를 그려두었다. 그리고 마이크는 거의 매일 밤 혼자 그 벽화를 바라보고 앉아 아내의 추억과 대화를 나누었다.

"내가 몇 주 전에 가서 얘기를 나눠봤어." 케빈이 말했다. "그런데 아무래도 올해는 경기에 참가하기 힘들 것 같아. 아직은 경기를 뛸만한 마음 상태가 아니라고 하더라고."

"계속 얘기를 해봐." 스티브가 말했다. "우리 팀 가운데 진용이 상당히 약해."

여종업원이 새로 주문한 피처 한 잔을 들고 다가와서 모두의 잔을 새로 채워주었다. 그들은 새로운 피의 수혈과 시즌 승리를 위해 건배를 했다.

"다시 필드로 돌아가면 기분 정말 좋을 것 같아."

케빈이 말했다.

"두말하면 잔소리지." 스티브가 동의했다. "소프트볼 경기가 없는 봄은 봄도 아니야."

피트는 들고 있던 잔을 내려놓고 케빈을 바라봤다.

"자, 그리고 우리가 자네에게 알려주고 싶은 소식이 한 가지 더 있어. 자네도 주디 돌런 기억하지? 내 생각에는 자네 아들과 한 반이었을 거야."

"물론이지. 그 애가 포수였잖아, 맞지? 카운티 팀에 있었던가 그랬지?"

"아니, 주립 팀에 있었어." 피트가 그의 질문을 수정해주었다. "대학에서도 대표팀에 들어가 뛰었대. 6월에 졸업했는데, 여름에 고향으로 다시 돌아올 예정이라더군."

"아주 실력이 대단한 선수였지." 스티브가 덧붙였다. "그 애 정도면 내 포지션을 맡을 수 있어. 그럼 내가 1루로 가면 되니까, 우리가 당면한 문제가 상당 부분 해결될 거라고."

"잠깐만," 케빈이 말했다. "그럼 혼성 리그를 개최하자는 거야?"

"아니." 피트가 스티브와 걱정스러운 눈빛을 주고받으며 대답했다. "그거야말로 우리가 원치 않는 거야."

"하지만 우리 리그는 남성 소프트볼 리그야. 여자 선수와 함께 뛰기를 원한다면 당연히 혼성리그가 되는 거지."

"우린 여자를 원하는 게 아니야." 스티브가 설명했다. "그냥 주디만 필요해."

"그런 식으로 차별할 수는 없어." 케빈이 강조해서 말했다. "여성 한 명을 허용하면, 모두를 허용해야 하는 거라고."

"차별이 아니야." 피트가 주장했다. "예외를 두자는 거지. 게다가 주디는 나보다도 덩치가 크잖아. 자세히 살펴보지 않으면, 웬만한 사람은 그 애가 여자라는 사실도 잘 모를 거라고."

"자네 혼성 소프트볼 경기 해본 적 있어?" 스티브가 물었다. "남자 선수들만 뛰는 것만큼이나 재미있을 거야."

"축구에서 그렇게 하잖아." 케빈이 말했다. "그리고 다들 만족하는 것 같더라고."

"그건 축구잖아." 스티브가 말했다. "그리고 전부 다 여자 선수들이고."

"미안하네," 케빈이 말했다." 주디 돌런을 영입하든가, 아니면 남성 리그를 개최하든가, 하나만 선택해. 둘 다 가질 수는 없어."

남자 화장실은 상당히 비좁았다. 눅눅하고 창문도 없는 공간에 싱크대와 핸드드라이어, 휴지통, 나란히 서 있는 두 개의 소변기, 그리고 변기가 놓인 화장실 한 칸이 비좁게 들어서 있었다. 이론적으로만 본다면 다섯 명의 남자가 어깨를 부비며 동시에 들어가 있는 게 가능했다. 그러나 보통 그런 상황은 남자들이 맥주를 너무 많이 마셔서 점잖게 기다리는 것 외에는 아무런 대안이 없는 늦은 밤에만 발생했다. 그리고 모두가 그때쯤이면 장애물 훈련장 같은 화장실의 구조도 재미로 웃어넘겨 버릴 수 있을 만큼 기분이 좋아져 있었다.

그러나 지금은 케빈 혼자 화장실을 다 차지하고 있었다. 아니, 적어도 그가 에린 코스텔로의 친근한 얼굴에 너무 신경 쓰지만 않는다면 그렇다는 뜻이었다. 두 대의 소변기 사이 벽 위쪽에 걸린 액자 속 사진에서 케빈을 가만히 내려다보고 있는, 팔자 수염을 기른 배불뚝이 에린은 미드웨이 라운지 시절 카르페디엠의 바텐더였다. 그의 사진이 걸린 주변 벽은 친구들과 이전 고객들이 적어 놓은 가슴 아픈 글귀로 가득했다.

우린 자네가 그리워, 친구.
넌 최고였어!!!
자네 없이는 아무것도 이전 같지 않아.
자네는 우리 마음속에 그대로 있네……
더블로 주게!

계속 고개를 숙이고 선 채, 케빈은 애원하는 듯한 바텐더의 시선을 무시하려 나름 최선을 다했다. 그는 갑작스런 증발 이후에 도시 곳곳에서 일어나는 추모 의식에는 그다지 공감하지 못했다. 그것이 길가에 꽃을 가져다 둔다든지, 자동차 뒷유리에 비누로 이름을 적어 둔다든지 하는 비밀스러운 것이든, 어린 소녀의 집 앞뜰에 테디베어를 산처럼 쌓아두거나 고등학교 미식축구장 전체에 '도니는 어디로 갔을까?'라는 글씨 모양대로 잔디를 태우는 것 같은 대대적이고 눈에 띄는 방식이든 마찬가지였다.

그는 단지 그 끔찍하고 이해할 수도 없는 일에 관해 내내 생각하고 있다는 것, 그 자체가 건강하지 않다고 생각했다. 그 때문에 영웅의 날 시가행진을 그토록 강력하게 추진했던 것이다. 슬픔을 연례행사를 통해 발산하는 것이 생존자들이 일상에서 받는 억압을 해소하는 데 훨씬 나은 방법이라는 판단하에서였다.

그는 손을 씻고 나서 피트와 스티브가 주디 돌런을 팀에 영입하자고 했던 제안이 그들 스스로 무심코 떠올린 생각일까 궁금해하면서, 성능이 좋지 않아 쓰나마나 한 드라이어 밑에 젖은 손을 넣고 문질렀다. 두 사람과 마찬가지로 케빈도 남자들만 뛰는 리그에서 경기하는 것을 더 선호했다. 그래야 거리낌 없이 막말을 해댈 수도 있고, 본루에서 클로즈 플레이(공격과 수비가 교차해 아웃인지 세이프인지 판정하기 어려운 플레이_옮긴이)를 막기 위해 포수에게 질주해 갈 때도 두 번 생각하느라 망설일 필요가 없기 때문이다. 하지만 리그에서 뛸 충분한 선수를 구하는 일이 갈수록 힘들어지고 있었다. 따라서 그는 재미있는 혼성리그도 한 번 고려해볼 만한 가치가 있겠다는 생각이 들었다. 최대 다수에게 최대의 행복이 되지 않겠는가.

케빈은 화장실에서 돌아오는 길에 멜리사 허버트와 말 그대로 우연히 마주쳤다. 그녀는 어두침침한 벽에 등을 기대고 서서 한 번에 한 명밖에 들어갈 수 없는 여자 화장실 차례를 기다리는 중이었다. 훗날 그는 그들의 만남이 어쩌면 우연이 아니었을지도 모른다는 생각을 했지만, 당시에는 그렇게 느꼈다. 멜리사는 놀란 척을 하면서 그를 만난 것이 무척이나 기쁜 듯이 행동했다.

"케빈." 그녀가 그의 볼에 키스를 했다. "우와, 어디 숨어 있었어?"

"멜리사." 그도 멜리사의 환대에 걸맞게 반가움을 표하려 애를 썼다. "오래간만이네, 그렇지?"

"석 달 됐어." 그녀가 말했다. "적어도 그 정도 된 것 같아."

"그렇게 오래됐나?" 그는 머릿속으로 계산을 해보는 척하고는 놀랐다는 듯이 신음소리를 내뱉었다. "그래, 요즘은 어떻게 지내?"

"잘 지내." 멜리사가 잘 지낸다는 말이 어느 정도는 예의상 하는 말이라는 사실을 알리려고 어깨를 으쓱해 보이더니 잠시 초조한 기색으로 그의 안색을 살폈다. "이래도 괜찮은 거지?"

"뭐가?"

"내가 여기 있는 거."

"당연하지. 왜?"

"모르겠어." 멜리사의 얼굴은 미소 짓고 있었지만, 목소리에서는 껄끄러움이 묻어났다. "그냥 그런 생각이……"

"아니, 아니야." 그가 멜리사를 안심시켰다. "그런 게 아냐."

여자 화장실에서 케빈이 모르는 나이 든 여성이 나오더니, 사과의 말을 웅얼거리며 달콤한 향수 냄새의 흔적을 남기고 두 사람 사이를 빠져나갔다.

"나는 바에 앉아 있어." 멜리사가 그의 팔을 가볍게 만지면서 말했다. "술 한 잔만 사줘."

케빈은 사과의 의미로 끙 소리를 냈다.

"어쩌지, 친구들하고 같이 왔거든."

"그냥 딱 한 잔만. 나한테 그 정도는 빚진 거 아니야?"

그 정도가 아니라 훨씬 큰 빚을 지고 있었고, 둘 다 그 사실을 잘 알고 있었다.

"좋아." 그가 말했다. "한 잔 사지."

케빈은 아내가 떠난 이래로 세 명의 여성과 잠자리 시도했었다. 멜리사도 그 중 한 명이었고, 그와 연령대가 비슷한 유일한 여성이기도 했다. 두 사람은 학창시절부터 알고 지낸 사이로 케빈이 한 학년 위였다. 그리고 그가 고등학교 3학년에 올라가기 직전 어느 맥주 파티에 참석했다가 파티가 끝나갈 무렵 함께 진한 키스를 나눈 사이이기도 했다. 당시 그도 여자친구가 있었고, 멜리사도 남자친구가 있었기에 두 사람의 로맨스는 일종의 무임승차라 할만한 일탈이었지만, 그가 원하는 만큼 진도가 나가지는 않았다. 학창시절 멜리사는 굉장히 매력적이었다. 주근깨 박힌 얼굴에 빨간 머리, 거기에 건강미 넘치는 몸매와 메이플턴 고등학교에서 가장 근사하다고 인정받았던 풍만한 가슴까지, 나무랄 데가 없었다. 케빈은 멜리사의 왼쪽 가슴에 한 손을 올려놓았지만, 그녀가 즉시 손을 치워버리는 바람에 겨우 1~2초 정도 감질나는 순간만 만져볼 수 있었다.

다음에, 멜리사가 매우 진지하게 느껴지는 목소리로 슬픔을 잔뜩 담아서 말했다. **밥에게 바람피우지 않고 얌전히 지내겠다고 약속했거든.**

그러나 다음번이란 없었다. 그해 여름은 물론이고 그 후 사반세기가 지나도록 둘 사이에는 아무 일도 일어나지 않았다. 밥과 멜리사는 고등학교는 물론이고 대학에 다니는 동안에도 굳건하게 관계를 이어갔고, 결국에는 결혼에까지 이르렀다. 그들은 한동안 여기저기 떠돌다가 고향인 메이플턴으로 돌아왔고, 그즈음 케빈도 가족과 함께 고향으로 돌아왔다. 당시 톰이 두 살로, 멜리사의 딸과 같은 나이였다.

아이들이 어릴 때 그들은 학교 운동장이나 학교행사, 혹은 스파게티 파티 같은 곳에서 자주 마주쳤다. 물론 부모들끼리 나누는 일상적인 대화 외에는 전혀 아무런 대화나 교류를 이어가지는 않았지만, 그래도 그 여름밤의 추억이라는 둘 사이의 작은 비밀은 늘 그 자리에 남아 가지 않은 길에 대한 아쉬움을 전해주곤 했다.

그날 케빈은 멜리사에게 석 잔의 술을 샀다. 첫 잔은 그녀에게 진 빚을 갚은 것이었고, 두 번째 잔은 그녀와의 대화가 얼마나 마음을 편하게 하는지 잊은 탓이었으며, 세 번째 잔은 버번을 홀짝이는 동안 그의 다리에 밀착해 있는 그녀의 다리가 정말 느낌이 좋아서였다. 바로 그 느낌이 과거 그 여름날 그가 멜리사와 엮이게 된 이유였다.

"톰에게는 소식 없었어?"

그녀가 물었다.

"몇 달 전에 이메일 한 통 온 거 말고는 없었어. 거기도 별 내용은 없었고."

"지금 어디 있대?"

"나도 정확히는 모르겠어. 아마 서부 연안 인근에 있는 게 아닌가 싶어."

"그렇지만 잘 지내는 거지?"

"그런 것 같아."

"나도 신성한 웨인에 대해서는 들었어." 그녀가 말했다. "정말 어이가 없더라고."

케빈은 고개를 절레 흔들어 보였다.

"대체 톰 그 녀석이 무슨 생각을 하고 있는 건지 모르겠어."

멜리사의 얼굴에 근심의 기운이 짙게 드리웠다.

"요즘은 젊다는 것 자체가 힘든 것 같아. 우리 때와는 달라, 그런 생각 안 들어? 우리 때는 젊은 시절이 황금기였어. 우리가 깨닫지 못했을 뿐이지."

케빈은 멜리사의 말을 반박하고 싶었다. 그는 거의 모든 사람이 자신의 젊은 시절을 일종의 황금기라고 생각한다고 믿었기 때문이다. 하지만 그녀의 말에도 일리는 있었다.

"브리애너는 어때? 잘 지내?"

그가 물었다.

"그럼." 멜리사의 목소리는 자기 자신을 설득하려 애쓰는 듯 들렸다. "어쨌든 작년보다는 훨씬 나아. 이제는 남자친구도 생겼거든."

"잘됐네."

멜리사는 어깨를 으쓱했다.

"여름에 만났대. 무슨 '생존자 네트워크' 같은 걸 통해서. 다 같이 둘러앉아서 슬픔에 관해 얘기 나누고 그러는 건가 봐."

지난번 카르페디엠에서 만났을 때, 그러니까 둘이 결국은 함께 집으로 돌아갔던 그 날, 멜리사는 한때 지역 내에서 작은 추문이 되어 떠돌았던 자신의 이혼에 관해 많은 얘기를 털어놨다. 20년의 결혼 생활 후에, 밥은 직장에서 만난 젊은 여자와 바람이 나서 그녀를 떠나버렸다. 당시 멜리사는 겨우 40대 초반이었지만, 마치 자신의 삶이 완전히 끝나버린 듯한 상실감을 느꼈다. 고속도로변에 누군가 버려두고 가버린 낡은 고물 자동차가 되어버린 듯한 기분이었다고 했다.

술과 함께 그녀를 살아가도록 지탱해 주었던 유일한 것은 바로 남편을 훔쳐간 여자에 대한 증오심이었다. 스물여덟 살에 날씬하고 건강미가 넘치는 지니라는 그 여자는 밥의 비서였다. 그들은 이혼절차가 마무리되기가 무섭게 결혼식을 올리고 새로운 가족을 만들려고 애를 썼다. 그러나 아무래도 임신이 안 되는 모양이었다. 그렇다고 그 사실에 멜리사가 많은 위안을 얻은 것은 아니었다. 밥이 다른 여자와의 사이에 아이를 원한다는 그 사실 자체가 그녀를 분노하게 했다. 거기다가 더 짜증 나는 일은 그녀의 아이들이 지니를 좋아한다는 사실이었다. 아빠는 '바람둥이 사기꾼'이라고 부를 만큼 미워하면서도, 그의 새 아내에 관해서는 정말 좋은 아줌마라는 평가가 전부였다. 마치 아이들의 평가가 사실이라는 것을 증명하기라도 하듯이, 지니는 자신으로 인해 멜리사가 겪게 된 고통에 관해 사과하고 용서를 구하는 편지를 여러 통 써 보내는 등 멜리사와의 관계를 원만하게 해결해 나가고자 물심양면으로 노력했다.

난 그냥 조용히 지니를 미워하고 싶었어. 멜리사는 말했다. **그런데 그 여자는 내가 그렇게 하도록 내버려 두지를 않더라고.**

멜리사의 분노는 너무도 솔직했다. 10월 14일에 아이들이 안전하다는 사실을 확신한 후, 그녀의 머릿속에서 떠나지 않은 생각은 지니도 희생자 중의 한 명이면 좋겠다는 것이었다. 그리하여 그 문제적인 존재가 그저 그렇게 이 세상에서 사라져 버렸으면 싶었다. 입 밖으로 소리 내 말하지는 않았지만, 그것이 너무도 절실한 소망이었다. 그렇게 되면 멜리사가 고통받았듯이 밥도 고통을 받게 될 테고, 그러면 피장파장인 셈이 되지 않겠는가. 게다가 그렇게 되면, 그런 상황하에서라면, 그녀가 남편을 되찾을 가능성도 있었다. 두 사람이 새로 시작해서 잃어버린 시간을 다시 되돌릴 방법도 찾을 수 있을지 몰랐다.

상상할 수 있겠어? 그녀가 말했다. **내가 그만큼 깊은 원한에 사무쳐 있었다는 걸.**

모두 다 그런 생각을 하고 있었을 거야, 케빈이 대답했다. **단지 그걸 인정하고 싶지 않았을 뿐이지.**

물론 사라진 것은 지니가 아니었다. 밥이었다. 자기 사무실 옆에 있는 주차장에서 승강기를 타는 도중에 사라졌다. 그날 전화와 인터넷 서비스는 제대로 연결되지 않았고, 멜리사는 그가 사라졌다는 사실을 그날 밤 자정 지니가 문앞에 나타나서 직접 소식을 전해줄 때까지 알지 못했다. 지니는 멍하게 몸도 가누지 못하는 상태였다. 마치 오랜 낮잠에서 누군가가 방금 깨워 놓기라도 한 듯이.

밥이 사라졌어요, 그녀는 계속 중얼거렸다. **밥이 사라졌어요.**

내가 그녀에게 뭐라고 했는지 알아?

멜리사는 마치 그 기억을 지워버리려 애쓰는 듯이 눈을 감아버렸다.

이렇게 말했어. 잘됐네, 이제 너도 내가 어떤 기분인지 알겠구나.

● ● ●

세월이 바꾸어 놓은 몇 가지와 그렇지 않은 몇 가지가 있었다. 멜리사의 주근깨는 흐려져 있었고, 머리칼도 더는 붉은색이 아니었다. 얼굴에도 살이 붙고 몸매도 풍만함이 덜했다. 하지만 목소리와 눈동자만은 예전 그대로였다. 마치 그가 예전에 알았던 소녀가 어느 중년 여성의 몸속으로 흡수돼 버린 듯했다. 그녀는 멜리사이기도, 그렇지 않기도 했다.

"왜 나한테 다시 전화 안 했어?" 멜리사가 그의 허벅지에 자신의 손을 올려놓으며 귀엽게 입술을 내밀고 말했다. "우린 여름 한 철을 그냥 낭비해 버린 거야."

"너무 민망해서 그랬어." 그가 말했다. "당신을 실망시킨 것 같아서."

"그때 나 실망시킨 거 없어." 그녀가 그의 청바지 위에 뭔가 수수께끼 같은 모양을 기다란 손톱으로 따라 그리면서 말했다. 멜리사는 고동색 브래지어의 꽃잎 모양 끄트머리가 보일 정도까지 회색 실크 블라우스의 단추를 풀어 놓은 채 입고 있었다. "뭐 그렇다고 해도 상관없어. 누구나 한 번씩 경험하는 일이잖아."

"나는 아니야."

그가 주장했다. 물론 정확히 사실은 아니었다. 인터넷을 통해 만난 스물다섯 살 대학원생 리즈 야마모토 때도 비슷한 경험을 했고, 마라톤을 뛰는 서른두 살의 법률 보조원 웬디 헐시 때도 마찬가지였다. 하지만 케빈은 그 두 번의 발기부전은 상대적으로 젊은 파트너들에게 잘 보이고 싶은 욕망이 너무 강했기 때문이라고 혼자 치부해 버렸다. 멜리사 때는 왠지 훨씬 슬펐고, 정확한 이유를 설명하기도 힘들었다.

그날 두 사람은 멜리사의 집으로 가서 와인을 한 잔씩 마시고 침실에 들었다. 기분 좋고, 편안하고, 자연스러웠으며, 전적으로 옳은 일을 하는 것 같았다. 마치 고등학교 때 시작한 일을 이제야 마무리 짓는 듯한 기분이었다. 적어도 마지막 순간이 오기 전까지는 그랬다. 그 마지막 순간에 그는 몸속에서 생명이 모두 빠져나가는 듯한 기분을 느꼈다. 그것은 완전히 다른 차원의 패배였고, 일격이었다. 그는 아직까지도 그 충격에서 회복하지 못하고 있었다.

"새로운 사람과 처음 관계를 맺는 일은 정말 무서워." 그녀가 말했다. "거의 제대로 되는 법이 없지."

"경험자의 목소리겠지?"

"내 말 믿어, 케빈. 두 번째가 진짜라니까."

그는 멜리사의 말을 일반적인 법칙으로 받아들일 준비를 하며 고개를 끄덕였다. 하지만 자신은 얼마든지 그 말이 틀렸다는 사실을 증명해 보일 수 있는 예외의 인물이라는 점에 내기라도 걸 수 있을 듯한 기분이었다. 심지어 그녀의 엄지손가락 등이 자신의 사타구니에 깃털처럼 가볍게 얹혀 있는 지금 이 순간에도, 그는 여전히 무딘 불안감 이상의 감정은 거의 느낄 수가 없었다. 그것은 유부남이 아내가 아닌 다른 여자와 공공연히 돌아다닐 때 느낄법한 희미한 죄책감이었다. 그리고 그 느낌은 아내가 아예 집을 나가버렸다거나, 카르페디엠에 가면 자기 연배의 남자들이 늘 여자들과 눈이 맞아 시시덕거린다는 사실과는 별로 상관이 없는 듯했다. 솔직히 그 남자들 중에는 유부남도 있고 미혼도 있었지만, 과거와 달리 요즘은 그런 부분에 있어서는 많이들 느슨해진 경향이 있었다. 그러나 그의 양심은 과거에서 헤어나지 못하고 더는 존재하지 않는 몇 가지 조건에 그냥 묶여 있었다.

"모르겠어." 그가 개인적인 문제로 받아들여지지 않기를 바라며 슬프게 미소 지었다. "난 그냥 잘 될 것 같지가 않아."

"나한테 약이 몇 알 있어." 그녀가 속삭였다. "먹으면 금방 느낌이 올 거야."

"정말?" 케빈은 유혹을 느꼈다. 그도 몇 번인가 주치의에게 약을 처방받고 싶은 유혹을 느낀 적이 있었지만, 한 번도 그럴만한 용기를 내지는 못했다. "어디서 났어?"

"다들 가지고 있어. 이런 문제를 가진 남자가 당신 만은 아니야."

"음." 그의 시선이 남쪽으로 내려갔다. 얼굴과는 달리 그녀의 가슴에는 아직 주근깨가 그대로 남아 있었다. 그는 과거의 만남에서 보았던 그녀의 가슴을 사랑스러운 느낌으로 기억해냈다. "그거면 될 것 같네."

멜리사가 그의 코에 자신의 코가 거의 닿을 정도까지 가깝게 몸을 기울여왔다. 머리에서 좋은 냄새가 났다. 아몬드와 인동덩굴의 미묘한 향이 느껴졌다.

"만약 발기가 4시간 이상 지속된다면," 그녀가 말했다. "나한테 쉴 시간을 좀 줘야 할 거야."

참으로 우습게도, 일단 비상시에는 얼마든지 약물의 도움을 받을 수 있다는 사실을 알게 되자, 케빈은 웬지 그게 필요치 않을 것 같다는 자신감을 얻었다. 심지어 술집을 나서기 전에도 그는 벌써 그 사실을 감지했다. 그리고 그 낙관적인 생각은 멜리사의 집으로 향해가는 동안 점점 강해졌다. 가로수가 길게 늘어선 어두운 길을 매력적인 여성과 손을 잡고 걸어간다는 사실이 무척이나 기분 좋게 느껴졌다. 더군다나 그 여성은 얼마든지 자기 침대 위로 올라와도 좋다는 사실을 케빈에게 공공연히 밝히고 있었다.

그녀가 베일리 초등학교 앞에서 그를 멈춰 세우고는 나무 쪽으로 밀어붙여서 오랫동안 열정적으로 키스를 해왔을 때는 더욱 기분이 근사해졌다. 그는 그런 식의 독특한 느낌을 언제 마지막으로 경험했었는지조차 기억할 수 없었다. 앞에서는 따뜻한 몸이 부드럽게 밀착해오고, 등 뒤에서는 차가운 나무 둥치가 거칠게 찔러오는 그런 이중적인 감각 말이다.

2학년 때였던가? 그는 생각해봤다. **데비 데로사?** 멜리사는 엉덩이를 부드럽게 움직여 달콤하고 간헐적인 마찰을 일으켰다. 그는 팔을 둘러 그녀의 엉덩이를 손으로 감싸 쥐었다. 부드럽고 여성스러우며 그의 두 손 안에 가득 찰 만큼 풍만했다. 멜리사는 그의 입안에서 자신의 혀를 굴리며 가볍게 신음소리를 냈다.

걱정할 게 뭐 있어, 그는 생각했다. 그리고 두 사람이 거실 바닥에 누워 있는 모습을 머릿속에 그려보았다. 그의 성기는 남학생 클럽 시절처럼 단단하게 발기해 있었고, 멜리사는 그의 위에 올라앉아 있었다. **그 정도는 할 수 있다고.**

그들을 서로에게서 떨어지게 한 것은 담배 연기였다. 그 냄새를 맡자마자 두 사람은 자신들 외에 누군가 주변에 있다는 사실을 갑작스럽게 깨달았다. 고개를 돌려보니 두 명의 파수꾼이 학교 방향에서 그들 쪽으로 다급하게 걸어오고 있었다. 정문 옆의 덤불에 숨어 있던 것이 분명해 보였는데, 묘하게도 긴박감이 느껴지는 몸짓으로 움직여오는 중이었다. 마치 오랫동안 만나지 못했던 옛 친구를 공항에서 우연히 마주친 사람들 같았다. 그는 파수꾼 중 어느 누구도 로리가 아니라는 사실에 안도했다.

"아, 정말 미치겠네."

멜리사가 중얼거렸다. 케빈은 나이 든 여자 쪽은 알아보지 못했지만, 젊은 쪽, 그러니까 안색이 창백한 비쩍 마른 소녀 쪽은 세이프웨이에서 수납직원으로 근무하던 친숙한 얼굴이라는 사실을 알아차렸다. 정확히 기억은 안 나지만 소녀의 이름은 매우 특이했다. 그는 늘 그녀의 이름표를 볼 때마다 철자를 틀리게 적어 놓은 것은 아닐까 궁금해하곤 했었다.

"안녕, 샤나," 그는 다른 사람들을 대할 때와 마찬가지로 최대한 정중한 태도를 유지하려 애쓰며 말했다. "샤나 맞지?"

소녀는 대꾸하지 않았고, 그도 그러리라 기대하지 않았다. 그녀는 침묵의 서약 같은 것과 상관없이 자유롭게 말할 수 있던 시절에도 그리 말이 많지 않았다. 소녀는 케빈의 마음을 읽어내기라도 하려는 듯이 그에게만 시선을 고정했다. 그리고 나이 든 쪽은 멜리사에게 똑같이 행동했다. 케빈은 그녀의 시선에서 상대를 멋대로 판단하는 거만함과 가혹함이 느껴진다고 생각했다.

"이 나쁜 년," 멜리사가 말했다. 매우 분노하고 약간 취한 목소리였다. "내가 다시는 이러지 말라고 경고했지."

나이 든 여자가 손가락에 끼우고 있던 담배를 입으로 가져갔다. 담배를 빨아들이자 입술 주변의 주름이 더욱 깊어졌다. 그녀가 멜리사의 얼굴에 직접 담배 연기를 뿜어냈다. 경멸을 가득 담아 가늘고 빠르게.

"제발 나 좀 그냥 내버려 두라고 했지." 멜리사가 계속 말했다. "내 말 못 알아 들은 거야?"

"멜리사." 케빈이 그녀의 어깨에 한 손을 올려놓았다. "이러지 마."

멜리사가 그의 손길을 홱 치워버렸다.

"이 미친 여자가 날 스토킹한다고. 이번 주만 벌써 세 번째야. 정말 지긋지긋해 죽겠어."

"괜찮으니까, 그냥 가."

케빈이 말했다.

"괜찮지 않아." 멜리사가 두 여성이 비둘기라도 된다는 듯이 쉬-이 쉬-이거리며, 쫓는 듯한 몸짓을 하면서 가까이 다가갔다. "꺼져! 얼른 여기서 꺼지라고! 제발 우리 좀 귀찮게 하지 마!"

파수꾼은 그녀의 거친 말투에도 전혀 움찔하지 않았고, 뒤로 물러 서는 기색조차 보이지 않았다. 그냥 침착하게 무표정한 얼굴로 담배만 피우고 서 있었다. 그들의 행위는 네가 무엇을 하든 아무리 작은 행동 이라도 계속 신이 지켜보고 있다는 것을 상대에게 일깨우려는 의도였 다. 적어도 케빈이 들은 바에 따르면 그러했다. 하지만 효과는 꼬마 녀 석들이 어른들 신경을 긁어놓을 때처럼 그저 상대를 화나게 하는 정 도에 그칠 뿐이었다.

"부탁이야."

케빈은 자신의 말이 멜리사에게 하는 것인지 파수꾼들을 향한 것인 지 본인도 종잡을 수가 없었다.

멜리사가 먼저 포기했다. 역겨움에 고개를 저으며 파수꾼에게서 돌 아서서 케빈이 있는 방향으로 조심스럽게 발걸음을 옮겼다. 하지만 갑 자기 걸음을 멈추고 목구멍으로 가래 끌어 올리는 소리를 내며 돌아서더니 자신을 괴롭히는 여자의 얼굴에 침을 뱉었다. 침은 안 나오고 소리만 요란한 가짜 침이 아니었다. 사내애들이 뱉는 끈적끈적한 침이 귀에 들리는 소리까지 내며 여자의 뺨에 정통으로 들러붙었다.

"멜리사!" 케빈이 소리 질렀다. "맙소사!"

파수꾼들은 움찔도 하지 않았다. 그 거품이 잔뜩 낀 액체가 뺨에서 질질 흘러내리는 동안에도 닦아낼 생각조차 하지 않았다.

"나쁜 년." 멜리사가 다시 말했지만, 이제 그녀의 목소리에는 확신의 기운이 사라지고 없었다. "네가 자초한 거야."

그들은 침묵 속에 남은 길을 걸어갔다. 이제는 손도 잡지 않았다. 흰 옷 차림으로 뒤에 바짝 붙어 따라오는 두 명의 보호자를 무시하려 무던히도 애를 쓰고 있을 뿐이었다. 어찌나 가깝게 붙어 따라오는지 그들의 모습은 저녁나절 함께 어울려 놀러 나온 한 무리의 친구들처럼 보였다.

파수꾼들은 멜리사의 집 잔디밭 가장자리에 멈춰 섰다. 그들은 사유지는 절대로 침범하지 않았다. 하지만 케빈은 멜리사의 집 층계를 올라가는 동안 등 뒤에서 그들의 시선을 느낄 수 있었다. 멜리사는 문 앞에 멈춰 서서 지갑 속을 더듬거리며 열쇠를 찾기 시작했다.

"난 지금도 상관없어." 그녀가 아무런 열정도 없는 목소리로 말했다. "당신만 원한다면."

"글쎄." 가슴에 뭔가 무거운 비애감 같은 게 느껴졌다. 마치 방금 실망스러운 섹스를 끝내고 난 듯한 기분이었다. "다음을 기약하자고 해도 괜찮겠어?"

그녀가 고개를 끄덕였다. 마치 자신도 그런 반응이 나오리라 예상하고 있었다는 듯이 눈을 가늘게 뜨고 그를 바라보던 시선을 보도에 서 있는 여자들 쪽으로 옮겼다.

"난 저들이 끔찍해." 그녀가 말했다. "다들 암이라도 걸려 버렸으면 좋겠어."

케빈은 자기 아내도 그들 중 한 명이라는 사실을 굳이 언급하지 않았지만, 멜리사 스스로 그 사실을 기억해냈다.

"미안해."

"괜찮아."

"난 왜 저들이 다른 사람의 삶을 망치지 못해 혈안이 돼 있는지 그걸 이해를 못 하겠어."

"저 사람들은 자기들이 우리를 돕고 있다고 생각해." 멜리사는 케빈이 둘만의 농담이라도 했다는 듯이 작은 소리로 웃음을 터뜨렸다. 그리고는 그의 볼에 가볍게 키스를 했다. "전화 줘. 또 연락 끊지 말고."

파수꾼은 보도에 기다리고 서 있었다. 그들의 얼굴은 멍하고 환자 같았다. 손에는 새로 불을 붙인 담배가 들려 있었다. 그는 냅다 뛰어 달아날까 생각해봤다. 파수꾼들도 뛰어서 추적하는 일은 보통 하지 않기 때문이었다. 하지만 시간도 너무 늦었고, 피곤하기도 했다. 그래서 그들과 함께 걷기 시작했다. 케빈은 곁에서 걷는 그들의 발걸음이 확실히 가볍게 느껴진다는 사실을 깨달았다. 일 처리를 제대로 해내고 난 후에 느끼는 만족감일 터였다.

푸른 리본

노라 더스트는 인정하고 싶지 않았지만, 이제 〈스펀지밥〉도 더는 효과가 없었다. 몇몇 에피소드는 너무 여러 번 봐서 아예 내용을 외우고 있을 정도였다. 너무도 당연한 일이었지만, 그렇다고 마음이 더 편해진 것은 아니었다. 〈스펀지밥〉은 그녀가 의지하고 있던 일종의 의식이었고, 근래에는 그런 식의 의식들이 그녀가 가진 전부라 해도 과언이 아니었다.

작년에, 아직 가족 모두가 함께였던 시절, 거의 1년 동안 노라와 가족들은 저녁마다 잠자리에 들기 전에 〈스펀지밥〉을 시청했다. 에린은 너무 어려서 등장하는 웃긴 장면을 거의 이해하지 못했지만, 세상 물정에 밝은 유치원생인 세 살 터울의 오빠 제러미는 완전히 넋이 나간 표정으로 마치 눈앞에서 어떤 기적이라도 펼쳐지고 있다는 듯이 TV 화면만 뚫어지게 바라봤다.

아이는 거의 매 순간 키득거렸다. 그러다가 한 번 제대로 웃었다 하면 유머코드를 이해했다는 통쾌함과 즐거움이 거의 똑같은 양으로 뒤섞인 커다란 웃음소리가 입에서 폭발하듯이 터져 나왔다. 매번 물리적인 폭력, 예를 들어, 몸이 길게 늘어나거나 납작해지거나 빙글빙글 돌거나 뒤틀리거나 어딘가 잘리거나, 또는 말도 안 되게 먼 거리까지 몸이 고속으로 회전해 날아가는 등의 장면이 등장하면 아이의 즐거운 웃음소리는 훨씬 더 커졌고, 심지어는 어느 정도 기분이 진정될 때까지 소파에서 펄쩍펄쩍 뛰거나 카펫이 깔려 있는 바닥에서 떼굴떼굴 구르기까지 했다.

노라는 자신이 얼마나 그 만화를 좋아했는지 깨닫고는 새삼 놀라운 기분을 느꼈다. 그녀는 아이들이 보겠다고 고집을 부렸던 〈탐험가 도라Dora the explorer〉나 〈호기심 많은 조지Curious George〉, 또는 〈빨간 강아지 클리포드Clifford the Big Red Dog〉 같은 밋밋한 만화영화에 익숙해져 있었다. 하지만 〈스펀지밥〉은 신선할 만큼 영리하고 약간 신랄하기까지 했다. 그녀는 〈스펀지밥〉이 고만고만한 어린이 프로그램의 세상에 더 나은 미래를 선사하게 될 선각자가 분명하다고 생각했다. 그때가 되면 어린이 프로그램은 방송프로편성의 빈민가에서 해방되어 자유를 만끽하게 될 것이다.

자신이 〈스펀지밥〉을 너무 좋아했던 까닭에, 노라는 남편이 그 만화에 무심한 것이 당황스럽기까지 했다. 더그는 가족과 함께 거실에 앉아 있기는 했지만, 자신의 스마트폰에서 거의 시선을 들어 올리지도 않았다. 그것이 지난 몇 년간 그의 전형적인 모습이었다. 회사 일에 너무 몰두해 있어서 가족과 있어도 거의 홀로그램에 가까울 뿐 그의 실체는 그곳에 있지 않았다.

"당신도 좀 봐." 그녀는 남편에게 말하곤 했다. "정말 재미있다니까."

"기분 나쁘라고 하는 말은 아니지만, 내가 보기에 스펀지밥은 좀 덜 떨어진 것 같아."

"아니야, 얼마나 착한데. 그럴 자격도 없는 사람들의 말까지 다 믿어주고, 미심쩍은 점을 다 선의로 받아들인단 말이야."

"그럴지도 모르지." 더그가 한 발 양보했다. "그렇지만 원래 덜떨어진 사람들이 주로 그렇거든."

화요일과 목요일 아침에 노라와 함께 요가 수업을 듣는 학부모 모임 친구들도 남편의 반응과 조금도 다르지 않았다. 그들은 가끔 남편이 집에서 아이들을 봐줄 때면 밤에 만나서 술을 한 잔씩 하기도 했다. 물론 그들은 아이들 프로그램에 더그처럼 위엄 있는 경멸을 보내거나 하지는 않았다. 하지만 노라가 자신이 좋아하는 만화영화에 등장하는 무척추동물들에 관해 열광적으로 이야기할수록 더욱 회의적인 견해를 드러냈다.

"난 그거 정말 못 봐주겠더라." 엘런 디모스였다. "그렇지만 시작할 때 나오는 주제곡은 정말 끝내주던데."

"난 그 오징어 너무 징그러워." 린다 바서만이 말했다. "코가 꼭 남근 모양으로 생겨서 너무 흉측해."

물론 노라도 10월 14일 이후에는 아주 오랫동안 〈스펀지밥〉에 관해서는 까맣게 잊고 있었다. 그녀는 집을 나와서 언니네 집으로 들어가, 자신의 인생을 악몽으로 바꾸어버린 사건의 실체를 이해하려 애쓰며 몇 달간 거의 약에만 의지해서 목숨을 연명해갔다. 3월에, 친구와 가족과 심리치료사의 조언에도 불구하고, 그녀는 조용히 추억을 되새길 수 있는 혼자만의 시간이 필요하다고 스스로에게 타이르며 다시 집으로 돌아갔다. 이런 식으로 계속 삶을 이어가는 게 바람직한 일인지, 그리고 심지어 가능하기는 할지에 관한 답을 얻기 위해 한동안 생각할 시간이 필요했던 까닭이었다.

처음 몇 주는 끔찍함과 혼란스러움이 뒤섞인 안개 속에서 흘러가 버렸다. 노라는 어쩌다 한 번씩 까무룩 잠이 들었고, 더는 남아 있지 않은 수면제와 신경안정제 대용으로 와인을 과음했으며, 잔인하게 텅 비어버린 집안 이곳저곳을 돌아다니며 옷장 문을 열어보고 침대 아래를 들여다보는 데 하루를 온전히 다 소비했다. 그런 곳을 들여다보면 방금 세상에서 가장 심한 장난을 아주 제대로 성공시켰다는 듯이 식 미소까지 지으며, 숨어 있는 남편과 아이들을 찾아낼 수 있을 것만 같은 기분이었다.

"그래, 엄청 행복하겠다!" 노라는 화가 난 척을 하며 그들을 야단치는 상상을 했다. "내가 얼마나 놀랐는지 알기나 해."

어느 날 저녁 아무 생각 없이 무작정 TV 채널을 돌리다가 그녀는 전에 본 적이 있는, 익숙한 〈스펀지밥〉 에피소드 하나와 마주쳤다. 비키니 시티에 눈이 내리는 내용이었다. 그 효과는 즉각적이었다. 노라는 갑자기 즐거워졌다. 몇 년 만에 처음으로 머리도 맑아졌다. 기분도 괜찮았다. 아니 괜찮은 것 이상이었다. 아이가 방안 소파 위 그녀의 옆자리에 앉아 있는 것만 같은 기분이었다. 하지만 단지 그 때문만은 아니었다. 이따금씩 그녀는 자신이 제러미가 된 듯한 기분이 들었고, 여섯 살짜리 소년의 격렬한 기쁨을 경험하면서 아이의 눈을 통해 TV를 보고 있는 듯이 느꼈다. 가끔 어쩌나 심하게 웃어댔던지 거의 숨을 쉴 수가 없을 정도였다. 방송이 끝나고, 노라는 오랫동안 흐느껴 울었다. 하지만 그것은 사람을 강하게 만들어주는 긍정적인 울음이었다. 그녀는 공책을 집어 들고 아랫글을 적어 내려갔다.

엄마는 방금 눈싸움 에피소드를 봤단다. 너도 그거 봤던 기억나지? 너 눈싸움 하는 거 좋아했잖아. 물론 너무 춥거나 바람이 많이 불지 않을

때만 나갔지만. 우리가 처음으로 오래된 목재 터보건 썰매를 탔던 기억
이 나는구나. 넌 그때 얼굴에 눈이 튀었다고 막 울었었지. 그 후로 네가
다시 썰매를 타러 가겠다고 하기까지 꼬박 1년이 걸렸어. 하지만 그때
는 우리가 터보건 대신에 스노우튜브를 가지고 가서 네가 훨씬 즐겁게
놀았던 거 기억할 거야. 튜브에 바람 넣는데 시간이 어찌나 오래 걸리
던지 좀 고생을 하기는 했지.

너도 오늘 밤 〈스펀지밥〉 봤으면 정말 좋아했을 텐데. 특히 스펀지밥 머
리에 깔때기가 끼어서 스펀지밥 얼굴이 눈 뭉치를 쏘아대는 기관총으
로 변해버리는 부분을 좋아했을 거야. 스펀지밥이 기관총을 쏘는 동안
네가 열심히 그 소리를 흉내 내고 있었을 것 같아. 그리고 정말 잘 흉
내 냈을 거라고 믿어. 넌 웃긴 소리 만들어 내는 거 정말 좋아하잖아.

다음 날 아침, 노라는 베스트바이로 운전해 가서 〈스펀지밥〉 에피소
드 전편을 모아놓은 DVD 세트를 사 왔다. 그리고 하루 온종일 시즌 1
의 에피소드를 연달아 여러 편 몰아봤다. 너무도 당연하게 온몸의 진
이 빠지고 멍해지는 기분을 느꼈으며, 간절하게 신선한 공기가 마시고
싶었다. 바로 그런 이유 때문에, 노라는 아이들이 TV 시청하는 시간을
신중하게 제한하곤 했었다. 그리고 이제는 자기 자신을 위해서도 똑같
이 해야 할 필요가 있다는 사실을 깨달았다.

머지않아 노라는 놀랄 만큼 항구적인 전략이라 판단되는 한 가지
방식을 고안해냈다. 즉 매일 〈스펀지밥〉을 두 편씩만 보는 것이다. 아
침에 한 편, 밤에 한 편. 그리고 한 번도 거르지 않고 공책에 각 에피
소드에 관한 간단한 일기를 적었다. 차츰 노라는 거의 종교적인 열정
으로 그 과정을 실천해 나갔다. 그리고 그것이 삶에 구조와 초점을 주
었으며, 그녀가 늘 상실감에 빠져 허우적대지 않도록 도와주었다.

〈스펀지밥〉의 에피소드는 200편이나 되었고, 그것은 다시 말해 노라가 1년 동안 같은 내용을 거의 서너 번 씩 보았다는 의미였다. 물론 그래도 상관없었다. 적어도 최근까지는. 재방송을 보고 나서도 여전히 적어둘 내용이 있었다. 방금 본 장면 덕에 새롭게 떠오른 기억이나 의견도 있었고, 심지어는 몇 개 안 되기는 해도 시간이 지날수록 점점 싫어지는 에피소드도 생겼기 때문이었다.

하지만 지난 몇 달간, 뭔가 근본적인 것이 변해버렸다. 이제 노라는 스펀지밥의 익살스러움에도 더는 웃음이 나오지 않았다. 전에는 정말 재미있다고 느꼈던 장면이 갈수록 주체할 수 없을 만큼 슬프게 느껴졌다. 예를 들어서 오늘 아침에 본 에피소드는 그녀가 겪는 고통에 관해 씁쓸한 논평을 하는 일종의 풍자처럼 느껴졌다.

오늘은 댄스경연에 관한 내용이었어. 왜 징징이가 스펀지밥의 몸속에 들어가는 에피소드 있잖아. 그렇게 하기 위해서, 편리하게도 텅 빈 스펀지밥의 머릿속에 몸을 집어넣고, 자기 팔다리를 밖으로 빼내기 위해서 스펀지밥의 팔다리를 다 뽑아 버리잖아. 그래, 나도 스펀지밥이 팔다리를 재생할 수 있다는 건 잘 알아. 하지만 아무리 그렇다고 해도, 너무 끔찍하잖아. 경연대회를 하는 도중에는 징징이가 경련을 일으켜서 스펀지밥은 고통 속에 온몸을 뒤틀며 바닥에 쓰러지기까지 하지. 그런데 관객들은 그게 꽤 멋있다고 생각하고는 그에게 1등 상을 주잖아. 얼마나 은유적이야. 가장 고통을 겪는 사람이 승리를 얻게 되는 거지. 그게 내가 푸른 리본(대상이나 1등, 최고 등을 의미하는 상징물_옮긴이)을 얻게 된 걸 의미하는 것 같지 않니?

노라도 가슴 속에서는 진짜 문제가 스펀지밥이 아니라는 사실을 잘 알고 있었다. 진짜 문제는 그녀가 아들을 다시 잃어버렸다는 느낌, 제러미가 더는 옆에 앉아 있는 것 같지 않다는 느낌이었다. 그런데 그럴 수밖에 없었다. 살아 있었다면 이제 제러미는 아홉 살이 됐을 테고, 그렇다면 진짜 신이 나서 스펀지밥을 볼 나이는 이미 지났을 터였다. 지금 어디 있든 간에, 제러미는 엄마 없이도 나이를 먹어서 무언가 다른 것에 흥미를 보이고 있을 것이다. 그 사실을 떠올리면 노라는 전보다도 더 큰 외로움을 느꼈다.

이제 노라도 그 DVD를 그만 떠나보낼 때가 된 것이다. 스펀지밥은 물론이고 아이와 관련된 모든 것이 그녀의 마음속에서 영구적으로 독살당하기 전에, 도서관에 기증을 해버리거나 아니면 그냥 쓰레기통에 던져 버리기라도 해야 한다. 아이를 대신할만한 무언가가 있었다면 그러기가 훨씬 수월했을 것이다. 빈 공간을 메워줄 새로운 프로그램 같은 것 말이다. 하지만 매번 그녀가 친구들에게 네 아들은 뭘 즐겨 보느냐고 물을 때마다, 그들은 마치 자기는 노라의 질문이 무슨 뜻인지 전혀 알아듣지 못했다는 듯, 그저 그녀를 꼭 안아주며 아주 작고 슬픔에 가득 찬 목소리로 아, 노라, 라고만 말할 뿐이었다.

점심 전에 노라는 메이플턴에서 로즈데일로 연결된 도로를 따라가며 자전거를 탔다. 과거에 철도로 이용되었던 30킬로미터 가까이 되는 긴 자전거 길이었다. 그녀는 상대적으로 덜 붐비는 주중 아침에 그 길에서 자전거 타는 것을 좋아했다. 그 시간대에 자전거 길을 이용하는 사람은 대부분 현역에서 은퇴하고, 즐거움이 아니라 삶을 연장시키기 위한 수단으로 운동을 하러 나온 사람들이었다. 노라는 절대로 날씨 좋은 주말 오후에는 그곳을 찾지 않았다. 그때는 자전거와 롤러블레이드를 타고 가족단위로 산책 나온 사람들로 길이 북새통을 이루었기 때문이다. 게다가 너무 큰 헬멧을 쓴 꼬마 여자아이나, 덜덜거리는 유아용 보조바퀴를 장착한 자전거를 타고 인상을 잔뜩 찌푸린 채 세차게 페달을 밟아 대는 어린 소년을 볼 때마다 그녀는 마치 복부를 세게 강타당한 사람처럼 도로 가장자리 잔디 끄트머리에서 허리를 구부리고 숨을 헐떡일 수밖에 없었다.

노라는 상쾌한 11월의 공기 속을 미끄러지듯 달려가는 동안 강해지는 기분과 행복하게 비워지는 기분을 동시에 느꼈다. 이미 낙엽을 거의 다 떨어트린 나뭇가지 사이로 내리비치는 햇살의 따스함도 즐겁게 음미했다. 붉고 노란 잎들이 알록달록한 사탕 껍질처럼 길가에 아무렇게나 흩어져 돌아다니는 모습, 그것이야말로 핼러윈데이도 지나버린 가을의 정취였다. 그녀는 하루가 다르게 날씨가 추워지는 동안에도 계속, 가능한 한 오랫동안 자전거를 탔다. 첫눈, 아니 처음 내리는 폭설 전까지 멈추지 않고 계속 탔다.

눈이 내리고 나면, 그때부터 한 해 중에 가장 침울한 시기가 시작될 예정이었다. 남아 있는 것이라고는 밀실 공포증마저 느끼게 하는 어둑한 날씨와 무시무시한 연말 크리스마스 휴가와 챙겨야 할 냉혹한 선물 목록뿐일 터였다. 노라는 자신을 미칠 지경으로 몰아가지 않을만한 동행만 찾을 수 있다면, 한동안 카리브 해 지역이나 뉴멕시코처럼 밝고 비현실적인 곳으로 떠나 있고 싶다는 생각이 들었다. 작년에 그녀는 혼자 마이애미로 떠났지만, 그건 완전히 재난이었다. 고독과 낯선 장소를 갈망했던 만큼, 그 두 가지 요소가 함께 하니 악몽이 따로 없었다. 그동안 가까스로 집안에만 단단히 묶어 둘 수 있었던 그 모든 추억과 질문이 한없이 쏟아져 나오고 말았던 것이다.

길은 대체로 직선로였다. 차량 한 대가 지나다닐 만큼의 너비에 낡은 아스팔트가 깔려 있어서 꽤 빠르게 질주해 갈 수 있었다. 이론적으로는 어느 지점에서든 바로 뒤돌아 올 수 있었지만, 노라는 메이플턴이 끝나는 지점인 절반쯤 가서 되돌아와 별로 힘들지 않은 27킬로미터를 채우거나, 로즈데일 지역으로 넘어가 길 끝까지 갔다가 되돌아옴으로써 총 55킬로미터를 완주하곤 했는데, 그것도 이제는 별로 힘들지 않은 거리가 되어버렸다. 만약에 길이 15킬로미터쯤 더 연장돼 있었다 하더라도, 그녀는 아무 불평없이 끝까지 나아갔을 것이다.

그리 오래전도 아닌 과거 어느 날, 만약에 누군가 하루 3시간씩 자전거를 타는 게 앞으로 그녀의 평범한 일상이 될 것이라는 말을 했더라면 노라는 크게 웃음을 터트렸을 것이다. 그때만 해도 노라의 삶은 할 일과 해야 할 임무로 너무 꽉 차 있었다. 전업주부인 엄마로서 늘 대비해야 하는 일상의 비상사태와 지속적으로 늘어만 가는 할 일 목록 때문에 심지어 한 주에 두 번 가는 요가 수업도 간신히 시간을 빼내야 했다. 그러나 근래는 자전거를 타는 것 말고는 말 그대로 할 일이 아무것도 없었다. 때로 노라는 잠이 들기 직전에 최면에 걸린 듯한 상태로 자전거 앞바퀴 아래쪽 땅바닥이 사라져 버리는 모습을 바라보는 꿈을 꾸곤 했다. 그럴 때면 세상이 우르르 울리는 듯한 초조한 느낌이 핸들을 잡고 있는 손으로 그대로 전해져 왔다.

언젠가는 그녀도 직업을 가져야 할 터였다. 노라 자신도 그것을 알고 있었다. 물론 딱히 서둘러야 할 이유 같은 건 없었다. 사실 보험회사에서는 갑작스런 증발을 '불가항력의 천재지변'으로 규정하고 자신들이 책임질 수 없음을 선언했다. 그러자 정부에서 개입을 하기에 이르렀고, 결과적으로 생존자들은 여섯 자리 숫자의 금액을 세 번에 나누어 유족 급부금으로 지급받게 되었다. 적어도 5년 동안은 아무 문제없이 살아갈 수 있을 만큼 큰돈이었다. 게다가 그녀가 집을 팔고 좀 더 작은 집으로 옮겨가기로 마음먹기만 한다면 그보다 훨씬 더 오래 직업 없이도 살아갈 수 있을 것이 분명했다.

하지만 언젠가는 혼자 힘으로 삶을 꾸려가야만 할 시기가 반드시 올 수밖에 없었다. 노라는 가끔씩 그 사실에 관해 곰곰이 생각해보곤 했지만, 딱 거기까지가 한계였다. 자신이 어떤 목적을 위해 아침 일찍 일어나 옷을 입고 화장을 하고 문으로 걸어가는 모습을 그려볼 수는 있었지만, 그녀의 상상은 늘 그 지점에서 흐지부지되곤 했다. 대체 어디를 가는 거지? 사무실? 학교? 상점? 자신도 알 수가 없었다. 노라는 사회학 학위가 있었고, 몇 년간 리서치 회사에서 근무한 경력도 있었다. 사회적이고 환경적인 책임을 수행해온 기록에 근거해서 기업의 등급을 매기는 일을 하는 회사였다.

하지만 지금 이 시점에서 노라가 상상할 수 있는 자신의 직업은 아이들과 함께하는 일이었다. 그리고 안타깝게도 그녀는 작년에 에린의 예전 보육시설에서 한 주에 두 번 오후 과정을 돕는 일을 한 적이 있었지만, 그다지 결과가 좋지 않았다. 그녀는 아이들 앞에서 너무 자주 울었고, 몇몇 아이를 너무 세게 껴안기도 했다. 그 탓에 결국에는 매우 조심스럽고 예의 바른 방식으로 좀 쉬는 게 어떻겠느냐는 권유를 받고 그곳을 떠나고 말았다.

쳇, 알게 뭐야, 그녀는 혼잣말을 했다. **어쩌면 일자리 같은 건 필요 없을지도 몰라. 5년 뒤에는 아무도 이 세상에 남아 있지 않게 될지도 모르는 거잖아.**

아니면 그녀도 다시 근사한 남자를 만나 결혼을 하고 새로운 가족을 꾸리게 될지 누가 알겠는가. 그것도 잃어버린 가족과 똑같은 가족을. 그것은 매우 유혹적인 생각이었다. 하지만 잃어버린 아이들을 다른 아이로 대체한다는 사실에 생각이 미치자 기분이 이상해졌다. 새

아이들은 실망스러울 게 분명했다. 당연하지 않은가. 그녀의 진짜 아이들은 완벽했다. 누가 감히 그런 아이들과 경쟁을 할 수 있다는 말이지?

노라는 23번 도로를 가로질러서 약간 무시무시한 길로 접어 들기 전에 아이팟을 끄고 상의 주머니에 손을 넣어 후추 스프레이가 꺼내기 편한 위치에 들어 있는지 확인했다. 그 길은 남쪽으로는 폐업한 공장들이 줄지어 늘어서 있고, 북으로는 명목상 카운티 공원 위원회의 관리하에 있는 덤불 숲이 자리해 있었다. 그곳을 지나다니며 안 좋은 일이 일어났던 적은 없었지만, 그래도 노라는 지난 몇 달간 이상한 장면들을 목격하곤 했다. 한 무리의 개들이 숲 언저리에서 그녀를 지켜보고 있던 적도 있고, 근육질 남자 하나가 텅 빈 휠체어를 밀고 가면서 신나게 휘파람을 불어대는 것도 본 적이 있었으며, 잿빛 턱수염을 기른 근엄한 표정의 천주교 신부가 자전거를 타고 스쳐 지나는 노라 쪽으로 팔을 뻗어 팔뚝을 꽉 움켜잡았던 적도 있었다.

그러다가 바로 전 주에 그녀는 정장 차림의 한 남자가 해조로 뒤덮인 연못 근처의 작은 빈터에서 양 한 마리를 제물로 바치는 장면을 목격했다. 곱슬머리에 동그란 안경을 낀 뚱뚱한 중년의 남자가 커다란 칼로 그 동물의 목을 누르고 있었지만, 아직 절개를 시작하지는 않은 시점이었다. 남자는 물론이고 양도 마치 그녀가 은밀하게 해치우길 원하는 어떤 상황 중간에 끼어들기라도 했다는 듯이 놀라고 불행한 표정을 지으며 노라를 바라봤다.

거의 매일 저녁 노라는 언니네 집에서 식사를 했다. 그러다보니 가끔은 다른 가족에 더부살이하듯 얹혀 지낸다는 느낌도 들고, 노라 이모의 역할을 하기 위해 조카들의 시시껄렁한 농담도 무척이나 재미있다는 듯 웃어줘야만 한다는 사실도 문득문득 지루하게 느껴졌다. 하지만 그럼에도 노라는 하루 몇 시간이나마 별다른 긴장감 없이 다른 이들과 교류할 수 있다는 사실이 감사했다. 그들이 아니라면 그녀의 하루는 점차 매우 길고 외롭게 느껴지기 시작했을 터였다.

노라에게 오후 나절은 가장 큰 골칫거리로 자리 잡았다. 그것은 무디고 형태도 없는 고독의 덩어리였다. 그래서 그녀는 아동 보육시설에서 일자리를 잃었을 때 무척이나 속이 상했다. 그 일은 공허한 시간을 정말 완벽하게 채워주었기 때문이다. 운이 좋을 때면 노라는 전처럼 양이 많거나 힘든 정도는 아니더라도 어쨌든 할 일을 찾아내기도 했고, 가끔은 언니에게 빌려온 책을 열어보기도 했다. 소피 킨셀라의 쇼퍼홀릭 시리즈 중 한 편인 《미스터 라잇, 굿 인 베드Mr. Right, Good in Bed》는 그녀도 평소에 즐겨 읽던, 아무 생각 없이 읽기 좋은 재미있는 소설이었다. 그러나 근래에는 책도 그저 노라를 졸리게 할 뿐이었다. 특히 오랫동안 자전거를 타고 들어온 후에는 더욱 심했다. 하지만 낮잠만은 그녀가 정말 누릴 수 없는 사치였다. 새벽 3시, 어둠 속에서 머릿속에 있는 자기 자신 외에는 아무런 말동무도 없이 정신이 말짱하게 깨어 있는 스스로의 모습을 발견하고 싶지 않다면, 낮잠은 절대 금물였다.

그런데 오늘 노라는 정말 오랜만에 전혀 예상치도 못했던 방문객을 맞았다. 그녀가 막 차고 안으로 자전거를 굴려 들어갔을 때, 맷 제미슨 목사가 자신의 볼보 승용차를 멈춰 세웠다. 그를 보자 얼마나 기쁘던지 노라는 속으로 흠칫 놀라기까지 했다. 전에는 사람들이 그녀가 어떻게 지내는지 살펴보기 위해 늘 집에 들러가곤 했지만, 약 6개월 전부터는 마치 공소시효가 지난 것 같은 효과가 나타나고 있었다. 확실히 아무리 끔찍한 비극일지라도, 그리고 그 비극으로 인생을 망쳐

버린 사람들이라 할지라도, 어느 정도 시간이 지나면 모두의 기억에서 시들해지는 모양이었다.

"어머, 안녕하세요." 그녀가 차고의 자동문 내리는 버튼을 누르며 소리쳐 말했다. 그리고는 그를 맞이하기 위해 방금 자전거에서 내려 뻣뻣해진 다리로 뒤뚱거리며 걸어 차량 진입로로 나아갔다. 자전거용 신발 밑창의 스파이크가 포장도로에 부딪혀 소리를 냈다. "어떻게 지내셨어요?"

"잘 지냈습니다." 목사가 떨떠름한 표정으로 미소 지었다. 그는 키가 껑충하고 어두운 인상의 남자로 청바지에 흰색 옥스퍼드 셔츠를 입고 있었는데, 셔츠 한쪽이 허리 밖으로 삐죽 튀어나와 있었다. 옆구리에는 마닐라 봉투 하나를 끼고 있었다. "그래 어떻게 지내고 계세요?"

"나쁘지 않아요." 노라는 눈 위로 내려온 몇 가닥의 머리칼을 쓸어넘기고는 즉시 그 동작을 취한 것을 후회했다. 헬멧이 이마의 부드러운 피부 위에 남겨 놓은 분홍색 눌린 자국을 더 도드라져 보이게 했을 터였다. "이런저런 면을 다 고려해 보면 대체로 그런 것 같아요."

제미슨 목사가 침울하게 고개를 끄덕였다. 마치 고려해볼 가치가 있는 모든 면에 관해 자신도 다 알고 있다는 듯한 표정이었다.

"잠시 시간 좀 있으신가요?"

그가 물었다.

"지금이요?"

그녀는 스판덱스 타이츠와 땀범벅이 된 얼굴을 문득 깨닫고 물었다. 격렬한 운동으로 인한 퀴퀴한 냄새가 고어텍스 윈드브레이커 아래 갇혀 있으리라는 사실 또한 어렵지 않게 짐작할 수 있었다.

이런 말을 입 밖으로 꺼내기도 전에, 노라는 여전히 남아 있는 자신의 허영기에 잠시 놀라고 말았다. 이제 그런 감정은 졸업해버릴 때도 되었다는 생각이 들었다. 대체 그녀가 허영기 같은 것으로 뭘 할 수 있다는 말인가? 하지만 확실히 그런 감정은 간단히 사라져 버리기에는 너무 깊이 박혀 있는 게 분명했다.

"천천히 준비하셔도 됩니다." 그가 말했다. "샤워하시는 동안 밖에서 기다리고 있을게요."

노라는 그의 엉뚱한 제안에 미소를 짓지 않을 수가 없었다. 제미슨 목사는 그녀가 슬픔으로 제정신이 아닐 때 밤새 그녀의 곁을 지켜 주었고, 아침에 그녀가 거실에 놓인 소파에서 어제 입었던 옷차림 그대로 산발에 침 흘린 자국을 묻힌 채 일어났을 때는 아침밥까지 차려주었던 사람이었다. 게다가 그를 위해 예쁘고 점잖게 치장을 하기에는 시간도 너무 늦은 감이 있었다.

"아니요, 잠깐이면 돼요."

다른 상황하에서라면, 노라는 남편이 아닌 잘생긴 외간 남자가 아래층에서 참을성 있게 기다리고 있는 동안 김이 오르는 욕실로 걸어 들어가는 상황에 살짝 긴장감을 느꼈을지도 몰랐다. 그러나 제미슨 목사는 너무 엄숙했고, 그 자신의 쓸쓸한 강박에 너무 몰두해 있어서 세상에서 가장 조잡한 연애 시나리오 같은 것에도 도저히 참여할 수가 없는 사람이었다.

사실 노라는 맷 제미슨 씨가 여전히 목사직을 수행하고 있는지조차 알지 못했다. 그는 시온 바이블 교회에서 더는 설교를 하지 않았다. 게다가 그를 일개 천덕꾸러기로 만들어버린 그 끔찍한 소식지에 실을 내용을 조사하고 그것을 배포하는 일 외에 다른 일은 거의 하지도 않는 듯 보였다. 그녀가 들은 바에 따르면, 그의 아내와 아이들은 그를 버리고 떠났으며, 친구들도 더는 그와 교류하지 않았다. 심지어는 생판

남인 사람들조차도 가끔은 그의 얼굴에 주먹을 날리고 싶은 충동을 느끼곤 했다.

노라는 그가 그런 대접을 받아도 마땅하다고 생각했지만, 그래도 과거 그녀가 삶의 가장 어두운 터널을 지나는 것을 곁에서 도와주었던 그의 존재에는 여전히 안쓰러움을 느꼈다. 10월 14일 이후 그녀에게 영향을 미치려 애를 쓰던, 나름 영적인 조언자라 자처하던 사람들 중에서, 맷 제미슨만이 그녀가 5분 이상을 참고 마주 앉아 있을 수 있던 유일한 사람이었다.

처음에 노라는 다른 모든 사람에게 분노하듯이 그에게도 분노했다. 그녀는 종교적인 사람이 아니었다. 따라서 왜 메이플턴 80킬로미터 반경 내에 있는 모든 신부와 목사와 사이비 종교인들이 마치 약속이라도 한 듯 하나같이 그녀의 비극에 개입하려 드는지, 그리고 왜 자신들에게 그럴 권리가 있다고 생각하는지 도무지 이해할 수가 없었다.

그들은 노라가 그녀의 가족이 전멸해 버린 일이 신의 계획 중 하나였다거나, 혹은 언젠가 먼 훗날 천국에서 영광스런 재회를 하기 위한 서곡이라는 말을 듣게 되면, 훨씬 큰 위안을 얻게 되리라고 제멋대로 가정했다. 고통의 성모마리아라는 종교의 신부는 심지어 자기 교구민 중 어떤 여성은 교통사고로 남편과 세 아이를 모두 잃었음에도 현재 상당히 행복하고 생산적인 삶을 살아가고 있다고 말하면서, 노라의 고통이 그리 특별할 것도 없다는 사실을 그녀에게 설득하려 애를 쓰기까지 했다.

"시간의 차이만 있을 뿐 인간은 모두 언젠가는 사랑하는 사람을 잃게 됩니다." 그가 말했다. "우리는 모두 고통받아야만 해요, 우리 전부다, 한 명도 빠지지 않고. 나는 그 신도가 네 개의 관이 땅속으로 사라지는 것을 지켜보고 서 있는 동안 내내 그 곁을 지켜 주었습니다."

세상에, 정말 복 받은 여자네요! 노라는 이렇게 비명을 질러대고 싶었다. **적어도 그 여자는 가족들이 어디 있는지는 아는 거니까요!** 하지만 그런 처지에 있는 여성에게 복 받았다고 말하는 게 얼마나 몰인정하게 들릴지 알고 있었기에 이를 악물고 참았다.

"그만 돌아가 주세요." 노라는 차분한 목소리로 신부에게 말했다. "집에 가서 찬송가나 백만 번 부르시죠."

제미슨 목사는 노라의 언니 카렌의 부탁으로 그녀를 만나러 왔었다. 언니는 형부와 두 아이들과 함께 여러 해 동안 시온 바이블 교회의 신도였다. 언니네 가족은 자신들이 정확히 같은 순간에 다시 이 세상에 태어났다고 주장했다. 노라는 그게 말도 안 되는 얘기라고 생각했지만, 그래도 언니는 계속 그 믿음을 고수했다. 카렌의 성화에 못 이겨 노라도 아이들을 데리고 시온 바이블 교회의 예배에 한 번 참석한 적이 있었다. 남편은 "일요일 아침 시간을 낭비하고 싶지 않아"라고 말하면서 함께 가기를 거부했다. 그날 그녀는 목사의 과도한 전도 열정에 심한 거부감을 느꼈다. 어린 시절 노라는 별다른 열정 없는 천주교 신자였고, 성인이 되어서는 역시나 아무런 열정도 없는 비종교인으로 살아왔던 까닭에 그런 설교 방식은 한 번도 가까이서 접해본 적이 없었다.

제미슨 목사가 언니 카렌의 초대로 한 주에 한 번씩 '영적 상담'을 해주기 위해 격의 없이 찾아오기 시작했을 때, 노라는 몇 달째 언니네 집에서 지내는 중이었다. 그녀는 목사의 방문이 별로 달갑지 않았다. 하지만 당시에는 너무도 약하고 기진해 있던 까닭에 그의 방문을 거부할 수가 없었다. 그런데 목사와의 시간은 두려워했던 만큼 나쁘지 않았다. 사적으로 만나니, 목사는 연단에 서 있을 때와는 천지 차이였다. 전혀 교조적이지 않았다. 신의 지혜와 선한 의도에 관한 불쾌할 정도의 확신을 전달하려고 미리 준비해 놓은 진부한 설교를 해대지도 않았다. 그동안 그녀가 만나 봤던 다른 성직자들과는 달리, 그는 더그와 에린과 제러미에 관해 많은 질문을 하고, 그녀의 대답도 매우 진지하게 들어주었다. 그가 떠나고 나면, 노라는 자신의 기분이 그가 처음 도착했을 때보다 조금 더 나아졌다는 사실을 깨닫고 종종 놀라곤 했다.

언니네를 떠나 집으로 돌아가기로 작정했을 때, 노라는 목사와의 상담도 끝내기로 했다. 그러나 얼마 지나지도 않아서 늦은 밤 불면으로 인한 공상이 자살 충동으로 바뀔 때마다, 그녀 스스로 목사에게 먼저 전화를 걸었다. 그것도 매우 자주. 그는 아무리 늦은 시간에 전화를 걸어도 늘 곧장 달려와서 그녀가 안정이 될 때까지 오랫동안 곁에 머물러 주었다. 그의 도움이 없었다면, 노라는 그 암울한 봄을 견뎌 나갈 수 없었을 것이다.

그러나 노라가 나날이 강해져 가는 동안, 정작 목사 자신은 허물어지고 있었다. 어느 날부턴가 그는 노라 만큼이나 실의에 빠진 듯 보이기 시작했다. 자주 흐느꼈고, 휴거에 관해서, 그리고 휴거에서 자신이 제외됐다는 사실이 얼마나 부당한지에 관해서 끊임없이 혼잣말을 해댔다.

"나는 그분께 모든 걸 다 바쳤어요." 그가 불평했다. 목소리에는 실연당한 연인의 비통함이 배어 있었다. "전 생애를 바쳤어요. 그런데 고작 이런 대접을 받는다는 게 말이 됩니까?"

노라는 이런 식의 대화를 오래 참고 들어줄 만한 여력이 없었다. 목사의 가족은 10월 14일의 재난에서 아무런 해도 입지 않고 살아남았다. 사랑스러운 아내와 세 명의 귀여운 아이들이 목사가 남겨두고 온 그 자리에 그대로 남아 있었다. 그러니 불평이 아니라, 오히려 무릎을 꿇고 앉아 하루 종일이라도 신께 감사의 기도를 올려야 했다.

"그들은 나보다 나을 게 하나도 없는 사람들입니다." 그가 말을 이었다. "아니, 대다수가 나보다 훨씬 형편없는 인간이죠. 그런데 어떻게 그들은 신과 함께 있고, 나는 여기 그대로 남아 있을 수가 있나요?"

"그들이 신과 함께 있는지 어떻게 아세요?"

"성경에 쓰여 있습니다."

노라는 고개를 저었다. 그녀도 휴거가 10월 14일에 일어난 사건의 설명이 될 가능성에 대해 생각해보지 않은 것은 아니었다. 그녀뿐 아니라 모두가 그랬다. 너무도 많은 사람이 공공연히 그런 주장을 하고 있는데, 어떻게 그 가능성을 배제할 수가 있겠는가. 하지만 노라는 아무리 생각해 봐도 그건 말이 안 된다고 생각했다.

"휴거 같은 건 없었어요."

그녀가 말하자, 목사는 노라가 안쓰럽다는 듯이 웃음을 터트렸다.

"성경에 적혀 있다니까요! 노라. '두 사람이 밭에 있는데 한 사람은 데려가고 다른 사람은 남겨 둘 것이다.' 진실이 바로 우리 앞에 있잖아요."

"남편은 무신론자였어요." 노라가 그 사실을 상기시켰다. "무신론자에게 무슨 휴거가 일어나겠어요."

"그가 비밀스런 신자였다면 가능해요. 어쩌면 신은 그의 믿음이 그의 행실보다 훨씬 낫다는 사실을 알았을 겁니다."

"난 그렇게 생각지 않아요. 그는 늘 자기가 얼마나 종교와는 거리가 먼 사람인지 자랑처럼 떠들고 다녔어요."

"그렇지만 에린과 제러미는 무신론자가 아니었어요."

"그 애들은 이도 저도 아니었어요. 그냥 애들일 뿐이라고요. 걔들이 믿었던 건 엄마와 아빠와 산타클로스뿐이에요."

제미슨 목사는 눈을 감았다. 그녀는 목사가 생각을 하는지 기도를 하는지 알 수 없었다. 다시 눈을 떴을 때도 그는 아까와 마찬가지로 혼란스러운 표정이었다.

"이건 도저히 말이 안 됩니다." 그가 말했다. "나는 휴거의 맨 앞줄에 있었어야 하는 사람이에요."

그 후 여름이 되어 언니가 제미슨 목사가 신경쇠약으로 고생하고 있으며 교회에도 휴가를 냈다는 말을 들려주었을 때, 노라는 그날의 대화를 떠올렸다. 그녀는 목사의 안부가 걱정되어 그의 집으로 들러볼까 생각도 해봤지만, 그럴만한 기력이 없었다. 그래서 그저 빨리 쾌차하기를 기원한다는 안부 카드 한 장을 보내고는 그 일을 잊고 있었다.

그 후 머지않아, 갑작스런 증발의 첫 번째 기일이 목전에 다가왔을 때, 그의 소식지가 처음 세상에 모습을 드러냈다. 10월 14일에 사라진 사람들을 천박하게 비난하는 내용을 다섯 쪽 정도로 요약해 놓은 자가 출판 자료였다. 그런데 문제는 비난당한 사람들 중 어느 누구도 자기 자신을 변호할 수 없다는 것이었다. 이 사람은 회사 돈을 횡령했다. 저 사람은 음주운전을 일삼았다. 또 어떤 사람은 역겨운 성적 취향을 즐겼다. 맷 제미슨 목사는 길모퉁이에 서서 무료로 그 소식지를 나눠 주었다. 비록 대부분의 사람이 그가 하는 짓에 경악을 금치 못하겠다고 주장했음에도, 그의 소식지를 받아드는 사람은 결코 줄어드는 법이 없었다.

...

그가 떠난 후, 노라는 자신이 얼마나 멍청했는지 깨닫고는 어이가 없었다. 그가 차에서 내리던 순간 너무도 명백하게 드러났던 그 무언가에 대해 미리 대비를 했어야만 했다. 그러나 노라는 무방비 상태로 그를 부엌에까지 들여놓았고, 심지어는 차 한 잔을 대접하기까지 했다. 그는 오랜 친구나 다름없었다. 그게 그녀의 생각이었다. 오랜만에 만났으니 그동안의 안부라도 묻는 게 당연한 일이었다.

하지만 식탁 너머로 누렇게 뜬 그의 넋 나간 얼굴을 찬찬히 바라보다가, 그녀는 안부를 물어봐야 소용없으리라는 사실을 비로소 깨달았다. 제미슨 목사는 완전히 만신창이가 돼 있었다. 그러나 노라의 일부는 오히려 그런 점 때문에 목사를 존경했다. 노라 자신은 가족을 모두 잃는 끔찍한 사건을 겪고 나서도 어떻게든 평범한 삶을 살아가겠다고 하루 8시간씩 잠을 자고, 세 끼 식사를 챙겨먹고, 신선한 공기를 들이마시고, 운동을 하려 아등바등 애쓰고 있지 않은가. 그녀는 가끔 이렇듯 어이없는 자신의 분별력이 부끄러웠다. 그리고 가끔은 미칠 것 같은 기분이 들기도 했다.

"잘 지내시는 거예요?"

노라는 자신이 잡담이나 하자고 묻는 것이 아니라는 사실을 목사가 알아차리게 하기 위해 탐색하는 듯한 어조로 물었다.

"지치네요." 그가 대답했다. 그리고 정말 그래 보였다. "몸속이 젖은 시멘트로 가득 찬 것 같아요."

노라는 공감한다는 듯이 고개를 끄덕였다. 그녀 자신의 몸은 방금 샤워를 마치고 나와 따뜻하고 나른하면서도 꽤 느낌이 좋았고, 근육은 적당히 기분 좋게 쑤셨으며, 머리 위에 돌돌 말아 틀어 올려 놓은 젖은 머리칼은 테리 재질의 수건 속에 폭 쌓여 있었다.

"좀 쉬셔야 해요." 그녀가 말했다. "휴가라도 가시지 그래요."

"휴가라." 그가 경멸적으로 껄껄 웃었다. "내가 휴가를 가서 뭘 하면 되겠습니까?"

"수영장 옆에 앉아 있으면 되죠. 한동안 다 잊고 쉬는 거예요."

"이미 그런 시기는 지났습니다, 노라." 그가 마치 어린아이에게 훈계하듯이 엄숙하게 말했다. "수영장 옆에 누워 있을 일 같은 건 이제 더는 없어요."

"그럴지도 모르죠." 그녀가 순순히 시인했다. 화창한 날 밖에 나가 즐기려던 자기 자신의 그릇된 시도를 떠올렸기 때문이었다. "그냥 그러시면 어떨까 생각해봤어요."

목사는 그다지 친근함이 느껴지지 않는 시선으로 그녀를 빤히 바라봤다. 침묵이 점점 견디기 힘들어 지고 있었기에, 노라는 목사가 혹시라도 가족과 다시 화해를 했는지 알고 싶어서 그의 아이들에 관해 질문을 해볼까 생각하다가, 그러지 않기로 마음먹었다. 좋은 소식이 있으면, 사람들은 묻지 않아도 털어놓기 때문이었다.

"지난달에 연설하는 거 봤습니다." 그가 말했다. "감동적이더군요. 그렇게 앞에 나서기까지 정말 큰 용기가 필요했을 거라고 믿어요. 타고났는지, 연설이 정말 자연스럽던데요."

"고맙습니다." 그녀는 칭찬에 기분이 좋아져서 대답했다. 제미슨 목사 같은 노련한 대중 연설가의 입에서 나온 칭찬이라 더 의미가 컸다. "처음에는 못할 것 같았어요. 그런데…… 잘 모르겠네요. 그냥 해야만할 일처럼 느껴지더라고요. 그들의 기억을 계속 살아 있게 해주기 위해서요." 노라는 그에게 비밀을 털어놓아도 된다고 믿으며 목소리를 낮췄다. "3년밖에 안됐는데, 가끔은 몇십 년도 더 된 듯이 느껴져요."

"한 평생이 지나간듯이 느껴지기도 하죠." 그가 고개를 들더니 머그잔에서 올라오는 김에 대고 코를 킁킁거렸다. 그리고는 한 모금도 마시지 않고 다시 잔을 내려놨다. "우리는 모두 꿈속 세상에서 살아가고 있는 겁니다."

"저는 요즘도 아이들 사진을 들여다봐요." 그녀가 말했다. "그런데 이제는 울음조차도 나오지 않을 때가 있어요. 그게 축복인지 저주인지도 모르겠고요."

제미슨 목사가 고개를 끄덕였지만, 노라는 그가 자신의 말을 주의 깊게 듣고 있지 않다는 사실을 알아차렸다. 잠시 후 목사가 바닥에서 뭔가를 집어 올렸다. 차량 진입로에서부터 옆구리에 끼고 있던 마닐라 봉투였다. 그가 봉투를 탁자 위에 내려놨다. 노라는 그것에 대해서는 까맣게 잊고 있었다.

"소식지가 새로 발간돼서 가져왔습니다."

그가 말했다.

"아니요, 됐어요." 그녀가 한 손을 들어 올려 정중하게 거절하는 몸짓을 취해 보였다. "저는 그거 별로……."

"안 됩니다." 그의 목소리에는 날카로운 경고의 의미가 들어 있었다. "반드시 읽어보셔야 해요."

노라는 목사가 집게손가락 끝을 이용해 그녀 쪽으로 밀어주는 봉투를 멍하게 바라만 보고 있었다. 그때 그녀의 입에서 이상한 소리가 새어 나왔다. 기침과 웃음의 중간쯤 되는 듯한 소리였다.

"지금 농담하시는 거죠?"

"남편분에 관한 거예요." 목사는 굉장히 당황스러워했다. "원래는 10월 판에 실을 수도 있었지만, 노라의 연설이 끝날 때까지 기다린 겁니다."

노라는 봉투를 다시 탁자 끝으로 밀어버렸다. 그 안에 무슨 비밀이 파헤쳐져 있는지는 알 수 없지만, 전혀 알아내고 싶은 마음이 없었다.

"내 집에서 나가주세요." 그녀가 말했다.

제미슨 목사는 정말로 몸속에 젖은 시멘트가 꽉 차 있기라도 한 듯이 아주 천천히 의자에서 일어섰다. 그리고 잠시 안타까운 시선으로 봉투를 바라보고는 고개를 저었다.

"미안합니다. 난 그저 심부름꾼에 불과해요."

침묵의 맹세

저녁나절, 그날의 식사와 자기 질책 시간을 마치고, '남겨진 죄인들' 은 각자가 따라다니고 싶은 사람들의 자료를 모아 놓은 폴더를 점검했 다. 물론 이론적으로 그들은 누구라도 따라다닐 수 있었다. 하지만 몇 몇 특정 개인은 특별한 관심 대상으로 선정되기도 했다. 관리자 중 한 명이 이제 그들도 새로운 신도로 들어올 때가 됐다고 판단했기 때문 에 그럴 수도 있었고, 회원 중 한 명이 감시 강화를 공식으로 요청한 경우일 때도 있었다.

로리는 무릎에 놓인 폴더를 흘낏 쳐다봤다. 아더 도너번, 56세, 윌슬 로 로드, 438번지, 아파트 3호. 표지 안쪽에 스테이플러로 고정해 놓 은 사진은 완전히 평범한 중년 남성이었다. 대머리에 아랫배가 쑥 나와 있었고, 겁에 잔뜩 질린 얼굴로 주차장에서 빈 쇼핑카트를 밀고 있는 모습이었다. 대머리를 감추기 위해 넘겨 빗은 머리칼이 바람에 헝클어 져 있었다. 두 명의 성인 자녀를 둔 이혼남인 아더 도너번은 머크 제약

회사의 기술자로 혼자 살고 있었다. 가장 최근 일지에 올라온 기록에 따르면, 그는 이전 목요일 밤에는 집에서 혼자 TV를 보며 지냈다. 자주 그랬음이 분명한 것이, 로리는 밤마다 아무리 돌아다녀도 그의 모습을 한 번도 목격한 적이 없었다.

그녀는 무심히 폴더를 닫고, 자신이 요즘 훈련을 담당하고 있는 새로운 신도 멕 로맥스에게 건네주었다. 아더 도너번의 구원을 위해 반드시 해주어야 하는 침묵의 기도도 암송도 하지 않은 채였다. 매일 밤 자기 질책 시간이면, 로리는 정확히 이 문제에 관해 자신을 심하게 질책했고, 더 나아지겠다고 반복적으로 맹세했다. 그럼에도 다음날이면 또다시 그에게 전혀 연민을 느끼지 못하는 한계상황에 가서 부딪히곤 했다. 아더 도너번은 낯선 사람이었다. 그러니 심판의 날 그에게 무슨 일이 일어났었는지에 관해 아무래도 많은 관심을 기울일 수가 없었다. 그게 바로 슬픈 진실이었다. 그 외의 다른 이유가 있는 척하는 것도 못 할 짓이었다.

난 그저 한 인간에 불과해, 로리는 속으로 생각했다. **마음속에 모두를 품고 있을 만한 공간이 없다고.**

반면에 멕은 우울한 표정으로 고개를 저으며 다른 사람에게까지 들리도록 쯧쯧거리는 소리를 내면서 도너번의 사진을 가만히 들여다봤다. 훈련 중인 신입 회원을 제외하고는 아무도 입 밖으로 소리를 낼 수 없었다. 잠시 후에, 그녀는 자신의 수첩을 꺼내서 몇 개의 단어를 적어 로리가 읽을 수 있도록 내밀었다.

가여워요. 상실감이 커 보이네요.

로리는 힘차게 고개를 끄덕여 보이고는 커피 탁자 위에 놓인 다른 파일로 손을 뻗었다. 자신의 수첩을 꺼내 매번 머릿속에 떠오르는 생각을 일일이 다 적어 보여줄 필요는 없다는 사실을 멕에게 깨우쳐 주고 싶은 충동을 가까스로 억눌러야 했다. 로리는 개종을 하고 얼마 되지 않아 스스로 그 사실을 깨우쳤다. 물론 말을 하지 못한다는 초기의 충격이 사라지고 나면 결국에는 모두가 깨닫게 된다. 단지 어떤 사람은 말없이 어떻게 살아가고, 얼마나 많은 인생의 굽이 굽이를 침묵 속에 협상해 나가야 할지 깨닫는데 다른 사람보다 좀 더 오랜 시간이 걸릴 뿐이었다.

담배 연기 자욱한 방 안에는 오늘 밤 파수꾼 대표단으로 뽑힌 12명의 신도가 앉아서 시계 방향으로 폴더를 돌려보고 있었다. 엄숙한 의식이어야 했지만, 가끔 로리는 자신이 그곳에 앉아 있는 목적을 잊어버리곤 했다. 그럴 때면 그녀는 지역 내에서 수집해 일지에 실어 놓은 여러 흥미로운 소문이나 추문에 정신이 팔리기도 했다. 또, 이미 포기했어야 마땅한, 죄악으로 가득 차있기는 해도 다채로운 바깥세상과 자신의 연관성을 다시 한 번 새롭게 떠올려보기도 했다.

그녀는 베일리 초등학교 학부모회에 함께 속해 있던 친구인 앨리스 서더먼의 파일을 읽는 동안 바로 그런 유혹에 빠지는 느낌을 받았다. 앨리스와 그녀는 3년 연속 경매위원회 공동 의장을 지냈고, 로리가 개종하기 전에 힘겨운 시간을 보내는 동안에도 한결같이 가까운 사이로 지냈다. 그러니 바로 지난주에 앨리스가 미란다 애버트와 트라토리아 지오바니에서 식사하는 모습이 목격됐다는 소식에 관심을 보이지 않을 수가 없었다. 미란다도 로리의 친한 친구로 네 아이를 키우느라 고단한 엄마였지만, 유머감각도 좋고 성대모사 재주도 뛰어났다. 로리는 앨리스와 미란다가 친구인지 모르고 있었다. 하지만 식사를 하는 동안 두 사람이 로리라는 친구에 관해, 그리고 자기들이 로리를 얼마나 그리워하는지에 관해 많은 이야기를 나누었으리라는 확신이 들었다. 어쩌면 두 사람은 그들의 세상에서 떠나기로 한 로리의 결정에 혼란스러워하며 현재 그녀가 속해 있는 집단을 경멸했을지도 모르겠다.

그러나 로리는 그에 대해서는 생각하지 않기로 했다. 대신에 트라토리아 지오바니의 별미 메뉴인 달콤하지만 많이 느끼하지 않은 크림소스와 거의 종잇장처럼 얇게 저민 당근과 애호박을 곁들인 채식 라자냐에 관해 생각해봤다. 그리고 와인을 마시면서 옛 친구들과 함께 웃고 있는 그 테이블의 제3자인 자기 자신의 모습을 그려봤다. 그러자니 미소를 짓고 싶은 충동이 느껴져서 억지로 입가를 긴장시켜야 했다.

앨리스와 미란다를 도와주소서, 그녀는 폴더를 덮으며 기도했다. **그들은 선한 사람입니다. 자비를 베풀어 주십시오.**

파일을 읽어 나가는 동안 그녀에게 가장 충격적으로 다가왔던 사실은 메이플턴에서는 모든 것이 얼마나 매혹적일 만큼 '정상적'으로 보이는가 하는 점이었다. 대부분의 사람이 간단히 눈가리개를 하고, 마치 휴거 같은 건 아예 일어나지도 않았다는 듯이, 세상이 영원할 것으로 예상한다는 듯이 평소의 하찮은 일상으로 돌아갔다. 스물세 살의 마사 코헨은 체육관에서 2시간을 보냈고, 집으로 가는 길에는 편의점에 들러서 탐폰 한 상자와 〈US 위클리〉 한 부를 샀다. 쉰아홉 살의 헨리 포스터는 자신의 웨스트하일랜드 테리어를 데리고 필딩 호숫가로 나가 개가 친구들과 교류를 할 수 있도록 여러 번 가다 서다를 반복하며 산책을 다녔다. 서른일곱 살의 랜스 미쿨스키는 투 리버스 몰에 있는 빅토리아 시크릿 매장으로 들어가는 모습이 목격되었다. 그곳에서 그는 불특정 란제리 몇 점을 구입했다.

이것은 우연히도 바로 그 순간 로리의 맞은 편에 앉아 곧 남편의 파일을 직접 검토하게 될 랜스의 아내 패티의 입장에서는 참으로 불편한 폭로가 아닐 수 없었다. 물론 패티는 꽤 괜찮은 여성처럼 보였는데, 사실 말을 하지 않을 때는 대부분의 사람이 괜찮아 보였다. 어쨌든 로리는 그녀에게 마음이 쓰였다. 방안에 사람이 가득 앉아 있는 상황에서 남편에 관한 난처한 폭로 사실을 읽게 되는 것이 어떤 기분일지 정확히 알 수 있었기 때문이다. 게다가 그들은 이미 그 내용을 다 읽었음에도 모르는 척 시치미를 떼고 있는 상황이 아닌가. 그러나 패티는 그들이 자신을 지켜보고 있을 뿐 아니라, 그녀가 질투심이나 분노 같은 사소한 감정에서 벗어나 지금 속해 있는 곳에 전념한 채, 앞으로 다가올 세상에만 몰두하고 평정심을 유지할 수 있을지 궁금해하고 있다는 사실을 단번에 알아차릴 터였다.

패티 미쿨스키와는 달리, 로리는 남편을 감시해 달라는 공식 요청을 하지 않았다. 그녀가 했던 유일한 요청은 딸의 감시였다. 케빈은 알아서 하리라는 생각이 들었다. 성인이고 자기 나름의 결정도 내릴 수 있는 사람이었다. 그런데 그가 내린 결정의 이면에는 두 명의 다른 여성과 함께 집으로 가는 것도 포함돼 있었다. 로리는 우연히도 그 두 여성의 파일을 검토하는 불운을 안게 되었고, 그들의 영혼을 위해 기도를 해주어야 하는 입장에 처했었다. 하지만 그때도 역시 구원의 기도를 해주어야 한다는 생각 같은 건 떠올리지도 못했다.

남편이 낯선 여자와 키스를 하고, 어딘지 모르는 침실에서 그녀의 옷을 벗기고, 사랑을 나눈 후에는 나란히 평화롭게 침대에 누워 있는 상상을 하는 것은 예상했던 것보다 훨씬 고통스러웠다. 그러나 로리는 울지 않았고, 가슴에 느껴지는 고통을 조금도 밖으로 드러내지 않았다. 남겨진 죄인들의 공동숙소로 들어온 이후 단 한 번 그녀가 감정을 드러냈던 일이 있기는 했다. 바로 딸의 파일을 열어 표지 안쪽에 붙어 있는 아이의 사진을 발견했을 때였다. 학교에서 감정을 풍부하게 드러내고, 긴 생머리를 풀어헤친 고교2학년생 특유의 사랑스러운 미소를 짓고 찍었던 딸의 상반신 사진이, 머리를 박박 밀어버린 채 커다란 눈에 생기라고는 없는 십 대 범죄자의 얼굴처럼 보이는 사진으로 바뀌어 있었다. 그 속에 엄마의 사랑을 절박하게 갈구하는 한 소녀가 보였다.

그들은 러셀 로드에 있는 덤불 뒤에 웅크리고 앉아 스티븐 그라이스라는 사람이 사는, 벽돌로 만든 베란다가 있는 하얀색 식민지 풍 저택의 현관을 훔쳐봤다. 위아래 층에 불이 다 켜져 있는 것으로 보아 그라이스 가족은 모두 집 안에 있는 듯했다. 그럼에도 로리는 한동안 긴장하며 지켜보기로 마음먹었다. 그것이야말로 파수꾼이 꾸준히 익혀 나가야 할 교훈이자 계속 길러 나가야 할 가장 중요한 자질이었다. 옆에 앉아 있는 멕은 추위를 피해 보려 자신의 몸을 꼭 껴안고 앉은 자세를 바꾸었다.

"젠장." 그녀가 소곤거렸다. "얼어 죽을 것 같아요."

로리는 손가락 하나를 입술에 대고 누르며 고개를 저었다. 멕이 '죄송해요'라는 입 모양과 함께 인상을 찌푸렸다. 로리는 그녀의 실수가 별거 아니라는 인상을 주기 위해 어깨를 으쓱해 보였다.

이번이 멕의 첫 번째 야간 파수 근무였다. 그러니 익숙해지려면 어느 정도 시간이 걸릴 터였다. 물리적인 힘겨움과 지루함 뿐 아니라, 사교적인 어색함이나 무례함, 다시 말해, 침묵을 대화로 메꿀 수도 없고 바로 옆에서 숨을 쉬고 있는 사람을 거의 무시하는 것처럼 행동해야 한다는 사실 등이 힘겨움을 배가시켰다. 그것은 인간이, 그중에서도 특히 여성들이 어린 시절부터 주입 받아온 모든 사회적인 충동에 반하는 행위였다.

그러나 멕도 로리가 그랬던 것처럼 곧 익숙해질 터였다. 그리고 어쩌면 침묵과 함께 찾아오는 자유와, 포기와 함께 찾아오는 평화에 진심으로 감사하게 될지도 모른다. 그게 바로 로리가 휴거가 일어났던 해

겨울에 로잘리 서스먼과 내내 시간을 보내며 배웠던 한 가지였다. 쓸데없는 말을 떠들어댈 바에는 그냥 침묵하고 있는 게 나았다. 아니, 말 같은 것을 아예 생각도 하지 않는 게 더 나았다.

차 한 대가 먼로에서 러셀 로드 쪽으로 방향을 틀어 눈부신 전조등 불빛으로 두 사람을 씻어내며 지나갔다. 차가 지나간 뒤로 침묵은 더욱 깊어졌고, 정적은 더욱 완벽해지는 듯했다. 로리는 차도 가장자리에 서 있는, 거의 헐벗은 단풍나무에 매달린 나뭇잎 하나가 가로등 불빛을 통과해서 보도블록 위로 소리 없이 떨어져 내리는 모습을 바라봤다. 그러나 그 순간의 완벽함은 멕이 코트 주머니를 부스럭거리며 뒤지는 소리와 마주쳐 깨지고 말았다. 한참을 애쓰며 뭔가를 찾는 듯한 소리가 이어지고 나서, 멕은 마침내 수첩을 꺼내 간략하게 질문 하나를 적어 넣었지만, 달빛 아래서는 거의 알아보기가 힘들었다.

지금 몇 시예요?

로리는 오른팔을 들어 올려 소매를 걷어붙이고 시계를 차지 않은 빈 손목을 몇 번 가볍게 두드렸다. 파수꾼에게 시간이란 부적절한 개념이니 마음속의 기대를 비워버리고 얼마나 오래 걸리든 간에 조용히 앉아 있으라는 사실을 전달하기 위한 의도였다. 운이 좋으면 세상 속에 존재하는 신과 연결되는 한 방법인 명상의 형태로 기다림을 경험하면서 파수꾼 임무를 즐길 수 있게 될지도 몰랐다. 그리고 정말로 가끔 그런 일이 일어났다. 여름이 지나는 동안 대기가 신의 확신으로 가득 찬 듯 느껴지는 그런 밤들이 있었다. 그럴 때면 로리는 그저 눈을 감고 그 공기를 들이마셨다. 그러나 멕은 어찌할 바 모르는 듯 보였다. 어쩔 수 없이 로리는 정말 하게 되지 않기를 바랐던 일을 했다. 커다란 글씨로 단어 하나를 적어 넣었다.

인내심.

멕은 마치 그 개념이 자신에게는 전혀 익숙지 않기라도 하다는 듯이 몇 초간 눈살을 찌푸렸다. 그리고는 알았다는 듯이 작은 몸짓으로 고개를 끄덕였다. 얼굴에는 용감한 미소가 떠올랐다. 로리는 이 간단한 대화에, 자기 말에 대답을 해준 그 단순한 친절에, 멕이 얼마나 고마워하는지 알 수 있었다.

로리는 자신의 훈련 기간을 떠올리며 미소로 화답을 했다. 당시 그녀는 사랑하는 모든 사람에게 단절되어 완전히 고립돼 버린 듯한 기분을 느꼈다. 로잘리 서스먼은 롱아일랜드에 새롭게 생기는 지부의 일을 돕도록 메이플턴에서 떠나버린 후였다. 스스로 선택해서 들어왔다는 사실 때문에 외로움은 더욱 견디기 힘들었다. 물론 결코 쉬운 선택은 아니었지만, 돌이켜보면 옳은 일이었을 뿐 아니라, 어쩔 수 없는 일이기도 했다.

로잘리가 징코 거리로 옮겨가고 난 후, 로리는 아내이자 엄마이자 책임감 있는 시민으로서의 삶을 되찾기 위해 할 수 있는 최선을 다했다. 한동안은 가장 친한 친구의 슬픔이 미치는 영향력에서 도망쳐 나와 다시 요가를 다니고, 자원봉사를 하고, 호수 근처로 긴 산책을 다니고, 질의 과제물을 챙겨주고, 톰의 안부를 걱정했다. 또한 무관심 속에 방치된 듯한 소외감을 느끼고 있다는 사실을 공공연히 드러내고 있던 남편 케빈과의 관계도 회복하려 애썼다. 그러면서 차츰 사는 것이 축복처럼 느껴졌다. 하지만 그 자유로운 느낌도 그리 오래가지 않았다.

로리는 심리치료사에게 그 느낌이 예전 러트거스대학 1학년을 마치고 여름방학을 맞아 집으로 돌아갔던 때를 기억나게 한다고 말했다. 그때 그녀는 가족과 친구라는 따뜻한 욕조 속으로 걸어 들어가는 듯한 기분이었지만, 그 느낌은 겨우 한두 주 정도밖에 지속되지 않았다. 그다음에는 덫에 걸린 듯 답답하고 학교로 돌아가고 싶어 죽을 것 같왔다. 룸메이트와 새로 사귄 귀여운 남자친구, 그리고 수업과 파티, 잠자리에 들기 전 킬킬거리며 나누던 수다가 미칠 듯이 그리웠다. 그러면서 이제는 대학에서의 삶이 진짜 자신의 삶이고, 집에서의 삶은 지금껏 사랑했던 그 모든 것에도 불구하고 영원히 끝나 버렸음을 깨달았다.

물론 대학 시절과 달리 이번에 그녀가 잃어버린 것은 흥분이나 낭만이 아니었다. 그것은 바로 로잘리와 나누었던 슬픔이었다. 그들은 기나긴 침묵의 나날이 이어지는 동안 숨 막힐 듯 억압적인 암울함 속에서 젠의 사진을 하나하나 정리하며 이제 더는 이 사랑스럽고 아름다운 소녀를 품고 있지 않은 세상의 모습을 가늠해보려 애를 썼다. 젠이 존재하지 않는다는 잔인한 결론을 받아들인 채, 그것이 사실인 양 포기하고 살아가는 삶은 끔찍하기 그지없었지만, 한편으로는 그것이 진짜 삶인 듯이 느껴지기도 했다. 그래서 그녀는 밀린 고지서를 납부하고, 봄철 도서관 행사를 계획하고, 슈퍼마켓에서 파스타면 한 상자를 반드시 사와야 한다고 스스로에게 다짐했다. 또 수학 시험에서 92점을 받아온 딸아이를 칭찬하거나, 남편이 숨을 헐떡이기를 멈추고 그만 자신의 몸 위에서 내려가 주기를 참을성 있게 기다리며 하루하루를 견뎌갔다.

하지만 이제 그녀는 바로 그런 삶에서 도망치려 애쓰고 있었다. 모든 것이 다 정상적으로 돌아가고 있다는 듯 척하고 살아야 하는 비현실성에서 벗어나고팠다. 길에서 뭔가에 쿵 하고 부딪히더라도 전혀 개의치 않은 채 자신의 일과를 돌보고, 무의미한 말들을 내뱉으며 살아가는 현실이 싫었다. 세상이 여전히 제공한다고 주장하는 단순한 기쁨을 즐기면서 그냥 계속 앞으로 나아가는 무의미한 삶에서 벗어나려 노력하는 중이었다. 그리고 로리는 자신이 남겨진 죄인들 속에서 찾고

자 하는 게 무엇인지 그것도 확실히 깨달았다. 그건 바로 적당한 곤경과 굴욕이었다. 인간이라는 존재가 다소나마 현실에 부대끼며 살고 있다는 사실을 느끼게끔 해줄 존엄성을 제공하고, 여생을 더는 거짓 게임에 몰두하지 않게 이끌어 줄 곤경과 굴욕.

하지만 그녀는 이미 한창 때가 지난 마흔여섯의 중년 여성으로 아내이자 엄마였다. 멕은 20대 중반의 나이에 커다란 눈과 깔끔하게 다듬은 눈썹과 금발 머리가 아름다운 매력적인 여성이었다. 심지어 잘 다듬어 놓은 멕의 손톱에서는 전문가의 손길이 닿은 흔적마저 느껴졌다. 그녀가 챙겨온 추억의 노트 속에는 친구들이 부러움으로 비명을 질러대고도 남았을 조약돌만 한 크기의 보석이 박힌 약혼반지가 테이프로 붙여져 있었다. 젊은 사람이 견뎌내기에는 너무나도 힘든 시절이라고 로리는 생각했다. 희망과 꿈이 모두 뜯겨 나가고, 기대하던 미래는 절대로 오지 않으리라는 사실을 알게 돼버리지 않았는가. 그것은 마치 시력을 잃어버리거나 사지 중 하나가 잘려나가는 느낌과 다르지 않을 터였다. 하느님이 나를 위해 무언가 더 나은 것을 준비하고 계시며, 상상도 할 수 없을 만큼 근사한 무언가를 가져다주시리라는 사실을 믿어 의심치 않는다고 할지라도, 그러한 감정이 크게 달라질 것 같지는 않았다.

멕이 수첩을 한 장 넘겨 빈 페이지에 새로운 메시지를 적기 시작했지만, 로리는 그것이 무슨 내용인지 볼 수 없었다. 문이 끼익 하는 소음과 함께 열리는 소리가 들렸고, 그들은 동시에 고개를 돌렸다. 스티븐 그라이스가 구부정한 자세로 현관문을 통과해 밖으로 나왔다. 안경을 낀 평범한 인상이었으며 배가 약간 나온 체구에 따뜻해 보이는 플리스 스웨터 차림이었다. 로리는 스웨터가 탐이 났다. 그는 어둠에 익숙해 지려는 듯이 잠시 머뭇거리고 서 있었다. 그리고는 층계를 내려와 잔디를 가로질러서 자신의 차를 세워둔 곳으로 갔다. 그가 다가서는 동안 차에서 환영이라도 하듯이 삑 소리가 났다.

두 사람도 차를 쫓기 위해 출발했지만, 그의 차는 블록 끝에서 우측으로 꺾어져 시야에서 사라져 버렸다. 오직 직감에만 의존해서 로리는 스티븐 그라이스가 야식을 사러 세이프웨이로 향해 갔으리라고 추측했다. 블루베리 파운드 케이크나 버터피칸 아이스크림, 아몬드가 박힌 다크초콜릿 같은 것 말이다. 그녀가 아침에 먹는 오트밀 한 대접과 저녁에 먹는 수프 한 사발 사이의 그 기나긴 공복 시간 내내, 시도 때도 없이 떠올리곤 하는 그 많은 음식 중의 하나를 사러 갔으리라.

슈퍼마켓은 러셀 로드에서 빠른 걸음으로 10분 거리에 있었다. 로리의 추측이 맞았다면, 그리고 두 사람이 서두른다면 그가 가게를 나서기 전에 따라잡을 수도 있다는 의미였다. 물론 그렇다면 그는 다시 차를 몰고 집으로 돌아올 것이 뻔했다. 하지만 너무 멀리까지 넘겨짚지는 않는 게 좋을 터였다. 게다가 로리는 파수 임무라는 것이 매우 유동적이고 임기응변적인 활동이라는 것을 멕이 이해할 수 있기를 바랐다. 그라이스가 세이프웨이로 가지 않았을 가능성도 상당히 컸기에 그의 뒤를 완전히 놓쳤을 가능성도 배제할 수 없었다. 그러나 그를 찾아다니는 중에 감시 목록에 있는 다른 누군가를 우연히 만나 파수 대상을 변경할 가능성도 적지 않았다. 아니면 이름도 모르는 누군가와 관련된 완전히 예기치 못한 어떤 상황과 우연히 마주치게 될지도 몰랐다. 파수 임무의 목표는 눈을 크게 뜨고 어디든 가장 큰 선을 행할 수 있는 곳으로 가는 것이었다.

어쨌든 더는 덤불 속에 숨어 있지 않고 몸을 움직이게 된 것만으로도 다행이었다. 로리가 생각하는 한, 이 임무의 최고 장점은 오늘처럼 하늘도 맑고 기온도 아직 영상일 때 밖에 나와 운동도 하면서 신선한 공기도 마실 수 있다는 것이었다. 로리는 1월이 되면 날씨가 어떻게 변할지에 대해서는 일단 생각지 않으려고 애를 썼다.

그녀는 길모퉁이에 잠시 멈춰 서서 담배에 불을 붙이고 멕에게도 하나를 권했다. 멕은 약간 움찔하며 뒤로 물러나더니 손을 들어 올려서 거절의 몸짓을 해보였다. 그러나 로리는 더욱 단호하게 담뱃갑을 내밀었다. 융통성 없는 사람으로 비춰지고 싶지는 않았지만, '**대중 앞에 나설 때 파수꾼은 반드시 때와 장소를 막론하고 불을 붙인 담배를 피우고 있어야 한다**'라는 규칙 때문에 어쩔 수 없었다.

멕이 계속 담배를 거부하자, 로리는 한 개비를 꺼내 그 젊은 아가씨의 입술에 끼워 넣고 그 앞에 성냥을 들이밀었다. 남겨진 죄인들은 각 지사별로 맛이 거칠고 의심스러울 만치 화학약품 냄새가 심하게 나는 이름없는 상표의 담배를 대량으로 구입해 제공했다. 첫 모금을 빨아들이자마자 멕은 늘 그렇듯이 심하게 기침을 해댔다. 그리고는 발작적인 기침이 멎고 난 후에 칭얼거리듯이 작은 소리를 내며 진저리를 쳤다.

로리는 멕이 잘하고 있다는 사실을 알려주기 위해 그녀의 팔을 토닥여주었다. 말을 할 수만 있었다면, 그녀는 신입 회원 오리엔테이션에서 배웠던 모토를 멕과 함께 암송했을지도 몰랐다. **우리는 쾌락을 위해 담배를 피우는 것이 아니다. 우리의 신념을 보여주기 위해 담배를 피운다.** 다시 걸음을 옮겨놓는 동안 멕은 코를 훌쩍이고 눈가를 닦아내며 초조한 듯이 미소 지었다.

한편으로 로리는 고통스러워하는 멕이 부러웠다. 신을 위해 희생한다는 것이 바로 그런 것 아니겠는가. 즉, 매번 빨아들이는 담배 한 모금 한 모금이 모두 개인적 금기를 위반한 것이라도 된다는 듯이 육체적으로 고통을 받아야 마땅하지 않겠는가. 하지만 대학 때는 물론이고, 20대 시절 내내 흡연자로 살다가 첫 임신 초기에 힘겹게 담배를 끊은 로리의 경우는 그렇지가 않았다. 그녀로 말하자면, 오랜 시간이 지난 후 다시 흡연을 시작한 것은 마치 고향으로 돌아간 것 같은 느낌이었다. 남겨진 죄인들이 지켜나가는 엄격하게 궁핍한 생활 속에 몰래 숨겨 가지고 들어온 은밀한 쾌락 같은 것이었다. 그녀의 입장에서는 아침에 일어나 첫 담배를 음미할 수 없도록 담배를 다시 끊는 것이 오히려 희생이 될 터였다. 아침 첫 담배야 말로 세상 그 무엇과도 바꿀 수 없는 꿀맛이었기에, 로리는 가끔 침낭 속에 누워서 재미삼아 고리 모양 연기를 천장으로 뱉어 올리곤 했다.

세이프웨이 주차장에는 차량이 많지 않았지만, 로리는 그중 하나가 그라이스의 차일지도 모른다는 가능성을 배제할 수 없었다. 그는 별 특징이 없는 어두운색 세단을 몰고 있었다. 하지만 그녀는 제조사와 모델, 또는 번호판 등을 적어두는 것을 깜빡했다. 따라서 그들은 가게 안을 살펴보기 위해 들어갔고, 좀 더 넓은 영역을 훑기 위해 흩어지기로 했다.

로리는 식료품 코너 쪽으로 걸어갔지만 유혹을 물리치기 위해 과일이 진열된 쪽은 피해갔다. 쌓여 있는 딸기를 바라보는 것뿐 아니라, 그 이름을 생각하는 것만으로도 고통스러웠다. 그녀는 불가능할 만큼 신선하고 유혹적인 채소코너 쪽으로 걸어가 빠르게 그곳을 지나쳤다. 짙은 녹색 브로콜리와 붉은 고추가 있었고, 속이 꽉 찬 양배추가 있었으며, 물기가 촉촉한 로메인 상추의 넓은 잎사귀가 반짝이는 철사 끈에 묶여 얌전히 자리를 지키고 있었다.

꽤 늦은 시간이었음에도, 베이커리 코너는 한마디로 고문이었다. 하루 지난 상품을 넣어두는 통 속으로 직행할 바게트 몇 덩이와 참깨 베이글, 바나나 너트 머핀 몇 개가 여기저기 흩어져 놓여 있었다. 전혀 어울리지 않게도 밝은 불빛과 뒤섞인 갓 구운 빵 냄새가 오랫동안 들어보지 못했던 '라인스톤 카우보이(Rhinestone Cowboy)' 음악 소리에 실려 사방으로 흘러가며 일종의 감각 과부하를 일으켰다. 로리는 욕망으로 거의 아찔한 기분을 느꼈다.

전에는 슈퍼마켓이라는 공간이 고통스러울 만치 따분한 곳이었다는 사실을 떠올리니 놀라운 기분마저 들었다. 그곳은 그저 하루 중에 일상적으로 들르는 의무적인 장소 중 하나였을 뿐 아니라, 주유소나 우체국만큼이나 아무 재미가 없는 곳이었다. 그런데 몇 달 만에 그곳이, 스스로 자각하든 못하든 간에, 로리와 그녀가 아는 모든 사람이 다 추방돼 버린 지극히 이국적이고도 충격적인 비밀의 정원 같은 장소로 변해 있었다.

로리는 베이커리 코너를 나와 포장식품 코너에서 겨우 피난처를 찾기까지는 숨도 편히 쉴 수가 없었다. 그곳에도 콩 통조림과 건조 파스타 상자, 샐러드드레싱 같은 온갖 종류의 음식이 있었지만, 그나마 멈춰 서서 움켜잡아 입으로 밀어 넣고 싶은 것은 없었다. 엄청나게 많은 음식의 종류도 로리를 압도했다. 한심해 보이면서도 동시에 인상적이었다. 마치 각 상표가 그 자체로 고유하고 강력한 특징을 내포하고 있기라도 하다는 듯이, 선반 네 칸이 오직 바비큐 소스에만 할당돼 있기도 했다.

세이프웨이는 반쯤 잠들어 있는 듯했다. 통로마다 한두 명의 손님만이 돌아다니고 있었는데, 그마저도 거의 멍한 시선으로 선반을 훑어보며 천천히 걸어 다녔다. 다행히도, 모두가 말 한마디도 없이, 심지어는 고개를 끄덕여 인사조차도 하지 않고 떠다니는 듯 움직였다. 남겨진 죄인들 의정서에 따르면, 회원들은 사람들의 인사에 미소나 손을 흔드는 등의 행동으로 답하는 것이 아니라, 인사를 해온 사람의 눈을 똑바로 쳐다보며 천천히 10까지 세는 것으로 인사를 대신하도록 되어 있었다. 그런 인사 방식은 사실 낯선 사람이나 친하지 않은 지인을 만났을 때도 매우 어색했지만, 특히나 친한 친구나 가족을 만나 정면으로 얼굴을 마주 보고 서게 되면 양쪽 다 얼굴을 붉히고 불안해하면서 완전히 끔찍한 상황이 되어 버렸다. 그리고 둘 다 뭔가 설명할 수 없는 감정의 덩어리가 목구멍으로 물밀 듯이 치밀어 오르는 것을 느껴야 했다. 그럼에도 포옹은 명확히 금지되어 있었기에 시도조차도 할 수 없었다.

로리는 냉동식품 코너 어딘가쯤에서 다시 멕과 마주치게 되리라고 예상했다. 그곳이 위치상으로 가게의 한가운데였다. 그러나 음료와 커피, 차 종류가 진열된 통로와 과자 통로를 다 지나갈 때까지도 멕의 모습을 찾아볼 수 없었다. 두 사람이 서로를 알아차리지 못하고 지나칠 가능성이 있기는 한 것일까? 두 사람이 정확히 동시에 한 명은 모퉁이를 돌아서 통로 안으로 들어서고 다른 한 명은 반대편 모퉁이를 돌아서 다른 통로로 나가버리는 일이 정말로 가능할까?

로리는 왔던 길을 되짚어가고 싶은 충동을 느꼈지만, 멕이 처음 수색을 시작했던 유제품 코너까지 그냥 계속 걸어갔다. 그곳에는 단 한 명의 손님만이 슬라이스 치즈 상품을 쌓아 놓은 곳에 서 있을 뿐 그 외에는 텅 비어 있었다. 그 한 명의 손님은 강단 있는 달리기 선수처럼 보이는 남자로, 로리는 그가 아들의 이전 학교 동창생 중 한 명의 아버지인 데이브 톨먼이라는 사실을 한참 만에 알아봤다. 그가 돌아서서 미소를 지었지만, 그녀는 알아보지 못한 척했다.

로리는 멕을 시야에서 놓친 것이 무책임한 행동이었음을 잘 알았다. 공동숙소에서 지내는 처음 몇 주는 무척이나 힘들고 혼란스러울 수 있었다. 신입 신도들은 조금의 기회만 생겨도 다시 예전 삶으로 도망가 버리는 경우가 왕왕 있었다. 물론 그것은 괜찮았다. 남겨진 죄인들은 많은 무지한 사람들이 주장하는 것 같은 사이비종교가 아니었다. 공동숙소에 입주한 모든 신도는 원한다면 언제든지 나갈 수도 다시 들어올 수도 있었다. 그러나 그 힘겨운 시기 동안 훈련생에게 적절한 지도와 함께 우정을 제공하고, 불가피한 위기의 순간과 약해지는 순간에도 마음을 다잡을 수 있도록 돕는 것이 바로 각 훈련 담당자가 해야 할 일이었다. 그래야만 그들이 겁을 집어먹고 평생 후회할 짓을 저지르지 않게 할 수 있었다.

로리는 먼저 가게 안을 다시 한 번 빠르게 한 바퀴 둘러보고 나서 멕이 주차장을 달려가고 있을지도 모른다는 생각에 곧장 주차장으로 나가보기로 마음먹었다. 그녀는 사람이 지키고 있지 않은 계산대 사이로 빠져나갔다. 담당 훈련생 없이 혼자 공동숙소로 돌아가, 다른 장소도 아닌 슈퍼마켓에서 훈련생을 혼자 두고 돌아다녔다는 사실을 설명해야 하는 상황이 생긴다면 어찌해야 할지 막막했기에, 일단 그런 생각은 하지 않으려 애를 썼다.

자동문이 느릿느릿 열렸고, 로리는 어둠 속으로 나갔다. 날씨가 아까보다 훨씬 추워진 듯했다. 차 있는 곳으로 달려가기 위해 막 걸음을 내디뎠을 때, 그녀는 그럴 필요가 없다는 사실을 알아차렸다. 다행히도 멕이 바로 눈앞에 서 있었다. 뉘우침을 가득 담은 표정의 젊은 여성이 포댓자루 같은 흰옷을 입고 가슴 앞에는 종이 한 장을 들어 올린 채 서 있었다.

미안해요, 안에 들어가니 숨을 쉴 수가 없었어요.

징코 거리로 돌아왔을 때는 자정이 지난 시간이었다. 그들은 두 개의 콘크리트 방호벽 사이로 미끄러지듯 들어가 경비초소에서 입실 서명을 했다. 이러한 보안대책은 2년 전 경찰의 급습으로, 마흔두 살의 가장이자 세 아이의 아빠인 필 크라우더가 순교하고 두 명의 신도가 부상을 입는 일이 발생한 이후부터 시행되었다. 경찰은 한밤중에 수색영장과 공성 망치로 무장을 하고 공동숙소로 쳐들어왔다. 두 명의 어린 소녀를 구조하기 위해서였다. 아이들의 아버지는 두 소녀가 그들의 의지와는 상관없이 남겨진 죄인들에 의해 납치를 당했다고 주장했다. 경찰의 침입을 게슈타포 전술로 보고 화가 난 몇몇 신도들이 침입자들을 향해 돌멩이와 병을 던졌다. 수적으로 열세였던 경찰은 극심한 공황상태에 빠져 총격으로 대응을 했다.

뒤이은 조사를 통해 경찰은 혐의를 벗었지만, 기습공격 그 자체는 '이혼 후 제대로 자녀를 돌보지도 않으면서 적의만 잔뜩 품은 무책임한 부모가 주장하는 말만 곧이 곧대로 믿고, 사실관계는 제대로 파악해 보지도 않은 채, 추정된 혐의에만 근거해 무책임하게 수행된, 법적으로 결함 있는 작전'으로 비난받았다. 그때 이래로 메이플턴 경찰은 피할 수 없는 분쟁과 위기의 상황이 발생했을 때, 무력보다는 정치적 수완을 이용하기 위해 최선을 다하면서 남겨진 죄인들을 향해 취해오던 대립적인 태도를 약간 누그러뜨렸다. 그리고 로리는 그런 변화를 이끌어 내는 데 남편 케빈이 가장 큰 공을 세웠다는 사실을 인정해야만 했다.

어쨌든 그럼에도 총격의 기억은 아직도 생생하고 고통스럽게 징코 거리에 남아 있었다. 따라서 로리는 차량 통제용이기도 하면서 동시에 기념비의 용도로도 쓰이는 입구의 방호벽을 치워야 한다고 감히 생각하는 신도가 있다는 얘기는 들어본 적도 없었다. 방호벽 위에는 '우리 모두 사랑해요, 필. 천국에서 만나요'라는 문구가 스프레이로 페인트 칠 돼 있었다.

그들은 여성 훈련생용으로 남겨둔 블루 하우스 3층에 있는 침실을 배정받았다. 그 옆 방은 여성전용 기숙사인 그레이 하우스였는데, 로리는 보통 그곳에서 생활했다. 방은 보통 크기였고, 많게는 여섯에서 일곱 명 정도가 함께 거주했는데, 모두 맨바닥에서 침낭을 펼쳐놓고 잠을 잤다. 매일 밤 분위기는 침울했다. 마치 어른들만 참석한 파자마 파티처럼 키득거리거나 소곤대는 소리도 없이 그저 기침과 방귀, 코 고는 소리와 끙끙대는 소리만이 들려왔다. 그런 소리와 함께 스트레스에 쩔은 사람들에게서 나는 악취만이 작은 방안을 가득 메우고 있었다.

블루 하우스는 그에 비하면 거의 사치스럽다고 할 만큼 문명화된 장소였다. 어린이 방 크기만한 공간을 두 명이 사용했는데, 1인용 침대 두 개가 놓여 있었고, 벽은 옅은 녹색으로 칠해져 있었으며, 바닥에는 맨발에 닿으면 감촉이 부드러운 갈색 카펫이 깔려 있었다. 하지만 그중에서도 최고는 복도 맞은편에 있는 욕실이었다. **잠시 동안의 휴가라 할 수 있지**, 로리는 생각했다. 그녀는 멕이 샤워를 하는 동안 더러워진 옷을 벗고 잠옷으로 갈아입었다. 낡은 침대 시트로 만든 잠옷은 모양은 형편없었지만 매우 편안했다. 이제 로리는 무릎을 꿇고 앉아 기도를 올렸다. 시간을 들여 아이들의 안위를 기원하고 그다음에는 케빈과 친정엄마와 형제자매와 친구와 지인들에 관해 기도했다. 남겨진 죄인들에서 배운 대로 흰옷을 입고 용서의 황금빛을 흠뻑 내리쬐고 있는 그들의 모습을 하나하나 떠올려보려 애를 썼다. 텅 빈 방 안에서 집중을 방해하는 요소 하나도 없이 고요하게 기도를 하는 것은 일종의 사치처럼 느껴졌다. 그녀는 자신이 무릎을 꿇든 물구나무를 서든 신은 전혀 상관하지 않는다는 사실을 알고 있었지만, 그래도 무릎을 꿇는 것이 훨씬 기분이 좋고, 마음도 더 맑아지는 것 같았으며, 정신도 산만해지지 않는 듯했다.

멕을 저희에게 이끌어 주셔서 감사드립니다. 그녀에게 힘을 주시고 제가 그녀를 올바른 길로 인도할 수 있도록 지혜를 내려주소서.

로리는 이 정도면 파수 임무는 꽤 잘해냈다고 생각했다. 그라이스의 행적을 놓쳐버렸고, 검토했던 파일에 있던 대상자 중 어느 누구와도 우연히 마주치지 않았지만, 시내로 나가 술집과 레스토랑 주변에 머물다가 그곳을 나와 자신들의 차로 돌아가는 사람들 곁을 따라다니며 이런저런 상황을 목격했다. 또한 로리와 멕이 전혀 존재하지도 않는다는 듯이 남자애들과 학교에 관해 신이 나서 수다를 떨어대며 집으로 걸어가는 세 명의 십 대 소녀들과도 함께 걸어 다녔다. 그런 와중에 엑스트라이닝 바깥에서 20대쯤 돼 보이는 불량스러운 남자 두 명과 마주쳐 불쾌한 경험을 하기도 했다. 두 명의 주정꾼이 모욕적인 욕설이나 조잡한 성적 농담 같은 것을 내뱉는 동안 그것을 그냥 견뎌내야 하는 상황이었다면 그리 끔찍하지는 않았을 것이다. 그러나 둘 중 거만한 미소를 짓는 잘생긴 쪽이 마치 멕이 자기 여자친구라도 된다는 듯이 그녀의 어깨에 팔을 두르고는 자기 친구를 향해 이렇게 말했다,

"내가 예쁜 애랑 할 거야. 너는 저 할머니랑 해라."

그러나 심지어 그런 상황마저도 멕에게는 유용한 교훈이 되어주었다. 파수꾼 임무라는 게 무엇을 의미하는지 살짝 맛을 볼 수 있게 해주었기 때문이다. 머지않아, 누군가 그녀를 때리기도 할 테고, 또 침을 뱉거나 더 심한 짓을 하게 될지도 몰랐다. 그리고 멕은 항의하거나 자신을 방어하려 애쓰지 않고 그런 폭력을 견뎌 내야만 할 터였다.

멕이 열없게 미소 지으며 욕실에서 나왔다. 얼굴은 상기돼 있었고, 몸매는 텐트처럼 부푼 잠옷에 가려 그 형체를 알아볼 수도 없었다. 로리는 사랑스러운 젊은 여성의 몸을 이토록 밋밋하고 부댓자루 같은 옷으로 덮어 버린다는 것은 잔인하기 이를 데 없는 일이라는 생각이 들

었다. 마치 이 세상에는 그녀의 아름다움이 자리할 공간이 전혀 없다는 의미 같았다.

내 경우야 다르지, 로리는 속으로 생각했다. **난 감추는 게 더 행복하거든.**

욕실에서는 아직도 더운물이 철철 나왔다. 로리가 이제 더는 당연한 것으로 여기지 않는 사치였다. 그레이 하우스에서는 만성적으로 더운물이 부족했다. 너무 많은 사람이 함께 살고 있으니 어쩔 수 없는 일이었다. 게다가 규칙에도 하루 두 번의 샤워를 명시해 두고 있었다. 그녀는 공기가 습기로 끈끈하게 느껴질 때까지 오랫동안 욕실에 머물렀다. 남겨진 죄인들은 거울을 보는 것이 금지돼 있었기에 욕실에는 거울이 달려 있지 않아서 오래 머물러 있어도 상관없었다. 그럼에도 로리는 텅 빈 벽을 바라보며 조잡하게 만들어진 칫솔에 상표도 알 수 없는 새하얀 치약을 발라 양치질을 하는 것이 이상하게 느껴졌다. 그녀는 아무런 불평 없이 이곳의 위생 규제를 수용하고 따랐다. 향수와 컨디셔너와 노화방지 크림 같은 것이 왜 사치품으로 취급되는지 그 이유를 알아내는 것은 어렵지 않았다. 하지만 로리는 전자동 칫솔을 사용할 수 없다는 사실과는 도저히 타협을 할 수 없었다.

그러다가 몇 주 만에 드디어 자신이 그리워하는 것은 단지 입안이 깨끗해지는 느낌만은 아니라는 사실을 깨닫게 되었다. 그녀가 포기하지 못했던 것은 따로 있었다. 그것은 바로 그녀와 케빈이 배터리로 작동되는, 윙윙거리는 요술봉을 손에 들고 입안에 거품을 잔뜩 문 채 두 개의 개수대 앞에 나란히 서서 양치질을 하는 것으로 그 정점을 맞이했던 결혼생활이었다. 오랜 세월 아무 생각 없이 당연하게만 여겨왔던 가정의 행복! 바로 그것을 포기하지 못했던 것이다. 하지만 그런 시기도 다 지나갔다. 이제는 조용한 욕실 안에 그녀 혼자였다. 꽉 쥔 주먹

은 끈덕지게 얼굴 앞을 오가고 있었지만, 거울을 보며 미소 짓는 사람
도, 그 미소에 다시 미소로 화답하는 사람도 없었다.

훈련 기간 동안에는 침묵의 맹세가 절대적인 것은 아니었다. 불이
꺼지고 나면 잠깐의 휴식시간이 있었다. 보통 15분을 넘지 않는 시간
이었지만, 그동안에는 자유롭게 말을 할 수 있었기에 두려움을 표현할
수도, 낮 동안에 궁금했던 점을 질문할 수도 있었다. 이때가 바로 '마
음의 짐을 더는 시간'이었다. 일종의 안전판과 같은 기능을 하도록 최
근에 고안된 것으로, 훈련 중인 신도가 조금 덜 갑작스럽고 위협적인
방식으로 침묵에 익숙해질 수 있도록 하려는 노력의 일환이었다. 로리
가 속해 있는 신도 모집 및 보유 위원회에서 작성한 파워포인트 자료
에 따르면, 훈련생의 중도 이탈률은 이 새로운 정책을 도입 실시한 이
후로 거의 3분의 1가량 줄어들었다. 그것이 근래 공동숙소가 붐비는
주요 이유 중 하나이기도 했다.

"그래, 기분은 어때?"

로리는 대화의 물꼬를 트기 위해 가볍게 물었다. 자신의 목소리가
마치 어둠 속에서 우는 목쉰 개구리 소리처럼 이상하게 들렸다.

"괜찮아요."

멕이 대꾸했다.

"그냥 괜찮은 정도야?"

"잘 모르겠어요. 모든 걸 뒤로하고 떠나오는 일이 결코 쉽지는 않았
거든요. 내가 그럴 수 있었다는 게 아직도 믿기지 않을 정도예요."

"너 세이프웨이에 갔을 때 좀 긴장한 것 같더라."

"아는 사람을 만날까 봐 너무 겁이 났어요."

"약혼자?"

"네, 그렇지만 꼭 게리 뿐만이 아니에요. 친구들도 마주치고 싶지 않거든요." 멕은 용기를 내려고 몹시도 애쓰는지 목소리가 상당히 불안정했다. "실은 저 이번 주에 결혼하기로 돼 있었어요."

"나도 알아." 로리는 멕의 파일을 읽어봤기에 그녀에게 특히 관심을 기울일 필요가 있다는 사실도 잘 알고 있었다. "정말 힘들었을 거야."

멕이 이상한 소리를 냈다. 키득거리는 소리 같기도, 신음소리 같기도 했다.

"지금 꼭 꿈을 꾸고 있는 것 같아요. 깨어나길 간절히 바라면서요."

"그래, 그게 어떤 느낌인지 나도 알아." 로리는 멕을 안심시키기 위해 말했다. "난 지금도 가끔 그런 느낌이 들 때가 있거든. 게리에 관해서 좀 얘기해 봐. 어떤 사람이었어?"

"멋진 사람이에요. 정말 귀여워요. 어깨도 넓고, 옅은 갈색 머리에, 턱이 살짝 패어 있는데, 그게 얼마나 멋있는지 몰라요. 난 늘 거기다가 키스해주곤 했어요."

"직업은 뭐야?"

"증권분석가예요. 작년 봄에 MBA를 땄어요."

"우와, 대단한 사람 같은데."

"맞아요." 멕은 무미건조하게 대꾸했다. 마치 그 사실에는 논쟁의 여지가 없다고 말하는 듯했다. "정말 대단한 사람이에요. 똑똑하고 잘생기고 재밌기도 해요. 여행도 좋아하고, 매일 체육관에 나가 운동도 하고. 내 친구들은 그 사람을 미스터 완벽남이라고 불러요."

"어디서 만났어?"

"고등학교 때요. 우리 학교 농구선수였어요. 우리 오빠도 농구팀 소속이어서, 나도 경기를 보러 많이 따라다녔거든요. 게리는 3학년, 나는 2학년이었어요. 아마 당시에 그는 내가 이 세상에 존재한다는 사실 자체도 몰랐을 거예요. 그런데 어느 날 그가 내 앞으로 불쑥 걸어오더니 '어이, 크리스 여동생. 나랑 영화 보러 갈래?' 이러는 거예요. 믿어지세요? 심지어 내 이름도 모르고 있는 사람이 데이트를 신청해 왔다니까요."

"그래서, 좋다고 했어?"

"지금 농담하세요? 완전히 로또에 당첨된 기분이었는 걸요."

"그 길로 바로 죽이 맞은 거야?"

"예, 맞아요. 그가 처음 키스해왔을 때, 저는 '나 이 남자랑 결혼할 거야'라고 생각했어요."

"그게 벌써 오래전이겠구나. 적어도 8~9년 전쯤 될 것 같은데."

"당시에는 고등학생이었잖아요." 멕이 설명했다. "약혼은 제가 졸업하자마자 했어요. 그런데 결혼을 미루게 된 거죠. 그 일이 일어나면서."

"그때 넌 엄마를 잃었잖아."

"엄마뿐이 아니었어요. 게리의 사촌 중 하나도 사라졌고, 또…… 제 대학 친구 두 명과 아빠의 직장 상사와 게리가 함께 운동을 다녔던 친구 하나도. 너무 많은 사람이 사라졌죠. 그때 어땠는지 로리도 기억하실 거예요."

"물론이지."

"엄마 없이 결혼을 한다는 게 왠지 옳은 일 같지 않았어요. 우린 진짜 가까운 모녀 사이였거든요. 내가 약혼반지를 보여드렸을 때, 얼마나 기뻐하셨는지 몰라요. 결혼식 때, 난 엄마의 웨딩드레스와 엄마가 사용했던 결혼용품도 다 사용할 예정이었어요."

"게리는 결혼식을 미루는 것에 관해 이해해줬어?"

"그럼요. 아까도 말했지만, 정말 좋은 사람이거든요."

"그럼 결혼식 날짜를 다시 잡기는 한 거야?"

"곧장 다시 잡은 건 아니었어요. 2년 동안 결혼에 관해서는 아예 대화도 나누지 않았는걸요. 그러다가 어느 날 갑자기 결혼식을 올리기로 했죠."

"그때는 너도 마음의 준비가 됐던 거고?"

"잘 모르겠어요. 그냥 엄마가 돌아오지 않으리라는 사실을 마침내 받아들이게 됐던 것 같아요. 엄마뿐 아니라 아무도 돌아오지 않으리라는 것을요. 그때부터 게리가 조바심을 내기 시작했어요. 자신은 늘 슬픔에 빠져 살아가는 게 지긋지긋하다고 말하기 시작했죠. 엄마가 우리 두 사람이 결혼해서 가정을 꾸리기를 바라고 계실 거라는 말도 했어요. 우리가 행복하기를 진심으로 원하실 거라고요."

"너는 어떻게 생각했는데?"

"그의 말이 맞기는 했죠. 나도 내내 슬픔에만 빠져 있는 건 원치 않았어요."

"그래서 어떻게 됐는데?"

멕은 잠시 아무 말이 없었다. 마치 모든 것이 자신의 대답에 달려 있다는 듯이, 가능한 한 명확한 대답을 내놓으려 몹시도 애를 쓰고 있는 것 같았다. 로리는 어둠 속에도 멕이 무슨 생각을 하는지 다 들을 수 있을 것만 같은 기분이었다.

"우린 결혼식 준비를 다 끝마쳤죠. 결혼식장도 빌리고 DJ도 섭외하고, 출장 뷔페 사람들도 만나봤어요. 그러니 행복한 기분이 들어야 하잖아요, 안 그래요?" 그녀가 가볍게 웃음을 터트렸다. "그런데 내가 거기 있다는 느낌조차 안 드는 거예요. 내가 아닌 다른 누군가에게, 심지어 내가 알지도 못하는 어떤 사람에게 일어나는 일처럼 느껴졌어요. 저 여자 좀 봐, 초대장을 디자인하고 있네. 저 여자 좀 봐, 드레스를 입어보고 있네."

"나도 그런 느낌이 어떤 건지 기억해." 로리가 말했다. "책을 읽고 있으면서, 아예 그 사실조차도 깨닫지 못하는 그런 기분이지."

"게리는 분노했어요. 내가 왜 즐거워하지 않는지 이해를 못 하겠다고 했죠."

"그래서 떠나기로 마음먹은 건 언제야?"

"떠나기 전부터 한동안 생각하고 있었어요. 하지만 계속 기다리고 있었죠. 왜 아시잖아요, 시간이 지나면 괜찮아지겠지라는 마음으로 막연하게 기다리는 거. 심리상담가도 찾아가 봤고, 약도 먹어보고, 요가도 엄청나게 해댔어요. 그런데 아무런 효과가 없더라고요. 그러다가 지난주에 결혼식을 한 번 더 미루고 싶다고 게리에게 말했죠. 그는 내 말을 듣고 싶어 하지도 않더라고요. 그냥 결혼을 하든가, 아니면 헤어질 수밖에 없다고, 나더러 선택하라고 했어요."

"그래서 여기에 있는 거구나."

"그래요, 여기로 왔어요."

멕이 말했다.

"우린 네가 함께해서 기뻐."

"난 담배 피우는 건 정말 싫어요."

"곧 익숙해질 거야."

"그러길 바라요."

그 후에는 두 사람 다 아무 말 하지 않았다. 로리는 벽을 보고 돌아누워 이토록 편안한 침대에서 잠을 청했던 것이 언제가 마지막이었는지 기억해 내려 애를 쓰면서 시트의 부드러움을 음미했다. 멕은 아주 잠시 동안 흐느끼다가 이내 조용해졌다.

방 잡아라

노라는 댄스파티를 기대하고 있었다. 파티 그 자체가 아니라, 그녀를 둘러싸고 있는 작은 세상에 자신이 괜찮다는 사실을 공식으로 발표할 기회를 얻을 수 있다는 점 때문이었다. 맷 제미슨의 기사가 가져다준 모욕감에서 회복되어 이제는 아무렇지도 않게 잘 지내고 있다는 사실을 주변에 알리고 싶었다. 그녀는 옷장 안에 있는 가장 매력적인 옷을 꺼내 입어보면서 하루종일 도전적일 만큼 낙관적인 기분을 느끼려 애를 썼다. 옷들은 지금도 잘 맞았고, 심지어 몇 벌은 예전보다 훨씬 잘 어울리는 듯했다. 3년 만에 처음으로 춤을 추게 될 예정이라, 거울을 보며 움직임도 연습해보았다. 그리고 생각했다. **나쁘지 않은 걸. 이 정도면 아주 괜찮아.** 노라는 과거로 여행을 떠나 자주 만나던 사람들이나 자신을 친구로 알아봐 주는 이들과 재회를 하게 될 듯한 기분이었다.

마침내 그녀는 입고 갈 드레스를 정했다. 목둘레가 V자 형태로 깊이 파이고, 몸에 감아 입는 형태라 몸매가 자연스럽게 드러나는, 붉은 색과 회색이 섞인 드레스로 마지막에 더그의 회사 상사의 딸 결혼식에 입고 갔을 때 많은 사람으로부터 찬사를 들었던 옷이었다. 심지어는 감정을 잘 드러내지 않는 더그의 입에서도 칭찬이 나왔을 정도였다. 노라는 언니 앞에서도 그 옷을 입어봤다. 그리고 언니의 얼굴에 탐탁지 않은 표정이 떠오르는 것을 보고는 자신이 제대로 된 선택을 했다고 확신했다.

"너 **그거** 정말 입고 갈 거 아니지?"

"왜? 언니는 마음에 안 들어?"

"그 옷은 좀…… 너무 **화려**하지 않니? 사람들이 어떻게 생각……."

"난 그런 거 신경 안 써." 노라가 말했다. "다른 사람이야 생각하고 싶은 대로, 맘대로 생각하라고 해."

언니의 차를 타고 가는 동안, 기분 좋을 정도의 초조한 긴장감이 그녀를 휘감아왔다. 모든 파티가 인생을 송두리째 바꾸어 버릴 잠재력을 지닌 것처럼 보이던 대학 시절, 토요일 밤이면 늘 느끼곤 하던 그런 감정이었다. 그런 기분은 차를 타고 가는 내내, 그리고 중학교 주차장을 통과해 걸어가는 짧은 시간 동안에도 계속 노라를 사로잡았다. 그러다가 마침내 건물 출입문에 도착해 그 앞에 붙어 있는 댄스파티를 광고하는 전단지를 마주하고 섰을 때, 비로소 그 기분이 노라를 떠나갔다.

메이플턴은 즐거운 선물을 의미합니다

11월, 성인들을 위한 친목의 장

DJ, 춤, 다과, 선물

저녁 8시-자정까지

메이플턴이 즐거움을 의미한다고? 그녀는 출입문 유리 속에 비친 자신의 당황스러운 모습을 갑작스레 알아보며 생각했다. **농담하는 거지?** 만약 그 말이 사실이라면, 그 즐거움이란 그녀의 우스꽝스러운 모습이 선사하게 될 터였다. 여기, 더는 젊다고 할 수 없는 한 여자가 자기 아이들이 다시는 등교할 가망이 없는 학교 안으로 파티 드레스를 입고 들어가려 하고 있었다. **미안해, 얘들아,** 노라는 중얼거렸다. 마치 아이들이 자신의 마음속에 숨어서 엄마의 일거수일투족을 낱낱이 판단하고 저울질하기라도 한다는 듯했다. **내가 생각이 짧았어.**

"왜 그래?" 언니 카렌이 어깨너머로 바라보며 물었다. "문이 잠겼어?"

"아니, 당연히 그럴 리 없지."

노라는 언니가 말도 안 되는 얘기를 하고 있다는 사실을 보여주기 위해 문을 밀어 열었다.

"나도 그럴 거라고 생각했어."

카렌이 급하게 대꾸했다.

"그런데 왜 물어봤어?"

"네가 안 들어가고 그냥 그러고 서 있으니까 물어본 거지."

입 다물어, 노라는 반짝거리게 광을 내 닦아 놓은 갈색 바닥에 양쪽 벽으로는 초록색 사물함이 길게 열 지어 늘어서 있는 밝은 복도 안으로 걸어 들어가며 생각했다. **제발 입 좀 다물어.** 학생들이 그린 자화상이 교무실 맞은편 벽에 죽 걸려 있었다. 그 아래쪽에는 '우리는 야생마다!'라는 글귀가 적힌 현수막이 걸려 있었다. 그 서툰 솜씨로 그린 싱그럽고 희망에 부푼 얼굴들을 바라보고 있자니, 아침이면 등에 가방을 짊어진 아이들 손에 도시락 가방을 들려 보낸 후, 오후가 되면 학교 앞 보도에서 아이들을 태우고 돌아올 운 좋은 엄마들의 모습이 떠올라서 노라는 가슴이 아파왔다.

어서 와, 우리 아들, 오늘 학교에서 어땠어?

"이 학교는 매우 효과적인 미술 수업으로 유명해." 카렌이 마치 미래의 학부모에게 학교 소개를 하는 듯한 말투로 설명했다. "음악에도 꽤 강한가 봐."

"잘됐네." 노라가 중얼거렸다. "나도 입학해서 다닐까 봐."

"난 그냥 대화를 하려는 거야. 너무 발끈해서 그럴 필요 없어."

"미안해."

노라는 자신이 못되게 굴고 있음을 알았다. 특히 예고도 없이 갑자기 부탁을 해도 시간을 비워줄 수 있는 사람이 자신에게는 언니밖에 없다는 사실을 생각해보면 더욱 그래서는 안 되는 일이었다. 사실 노라에게 언니는 그런 존재였다. 그다지 좋아하지도 않고, 의견이 일치하는 일도 드물었지만, 언니에게만은 언제든지 의지할 수 있었다. 댄스파티에 함께 참가할 짝을 찾기 위해 노라는 여러 사람에게 전화를 걸었다. 과거 학부모 모임에서 자주 만나 소위 단짝 친구로 지냈던 사람들에게도 전화를 돌렸지만, 하나같이 집안일이니 뭐니 하는 핑계를 대며 거절해왔다. 게다가 노라를 설득해서 참석하지 않게끔 하려고 한참을 애쓴 후에야 자신은 갈 수 없다고 거절을 했다.

그게 정말 좋은 생각일까, 자기? 노라는 누군가 자신을 '자기'라고 부르며 마치 그녀가 스스로 결정을 내릴만한 능력이 없는 어린애라도 되는 듯이 어르고 달래려 할 때면 몹시도 기분이 좋지 않았다. **조금만 더 기다려 보는 게 좋지 않겠어?**

그들이 조금만 더 기다려 보는 게 좋겠다고 할 때, 그 의미는 기사

위로 먼지가 겹쳐져 쌓일 때까지 기다리는 것을 의미했다. 마을의 모든 사람이 아직도 쑥덕거리기를 멈추지 않고 있는 그 기사 말이다. **'영웅** 아빠의 유치원 섹시녀와의 선정적인 밀회.' 노라는 맷 제미슨의 갑작스런 방문 이후 부엌에 앉은 채로 그 기사를 딱 한 번 읽어봤다. 하지만 더그와 카일리 만하임이 나누었던 격렬한 정사 장면을 얼마나 소름 끼칠 만큼 상세하게 묘사해 놓았는지 단 한 번 읽어본 것만으로도 모든 내용이 노라의 기억 속에 영원히 각인되어버렸다.

심지어는 2주가 지난 지금까지도, 노라는 카일리를 그 '다른 여자'로 인정하기가 너무도 힘들었다. 노라의 마음속에서 그녀는 여전히 아이들이 사랑해 마지않던 리틀 스프라우트 아카데미의 선생님이었다. 혀에는 피어싱을 하고 왼쪽 팔목에는 문신까지 하고 있어서 어린아이들의 마음을 온통 사로잡아 버렸음에도, 묘하게 순진하고 건전해 보이기까지 했던 갓 대학을 졸업한 사랑스럽고 활기 넘치는 소녀였다.

또한 에린이 리틀 스프라우트 아카데미에서 첫해를 보내는 과정을 매우 면밀히 관찰한 후 정말 아름다운 발달 평가서를 적어 보내준 당사자이기도 했다. 세 쪽으로 구성돼 있는 그 분석자료에서 카일리는 에린의 '흔치 않은 사교성'과 '결코 고갈되지 않을 호기심으로 가득 찬 마음'과 '두려움 없는 모험심'에 관해 칭찬을 아끼지 않았다. 노라는 그 평가서를 평생 간직하겠노라 마음속으로 다짐까지 하지 않았던가. 10월 14일 이후 거의 두 달 정도, 노라는 딸을 떠올리고 싶을 때마다 꺼내서 읽을 수 있도록 어디를 가든 그 평가서를 들고 다녔다.

하지만 안타깝게도 목사가 고발한 내용의 진정성에는 의심의 여지가 전혀 없었다. 그는 어딘가에서 오래되고 망가져 내다 버린 듯한 카일리의 노트북 하나를 찾아냈고(컴퓨터 수리센터에서는 카일리에게 하드 드라이브가 완전히 망가졌다고 말했다는 내용도 적혀 있었다), 최근에 습득한 데이터 복구 기술을 이용해서 그 속에 들어 있던 '그 잘생긴 두 아이의 아빠'와 '매력적이고 젊은 여교사'의 불륜을 입증하는 이메일과 낯뜨거운 사진들, 그리고 '충격적일 만큼 노골적인' 채팅 기록이라는 보석함을 파헤쳐 낼 수 있었다. 소식지에는 둘이 주고받은 이메일에서 몇 가지 빌어먹을 내용을 발췌해 놓은 것도 포함돼 있었는데, 그 속에서 더그는 지금껏 숨겨 두었던 에로틱한 글솜씨를 맘껏 펼쳐 보이고 있었다.

노라는 완전히 무너져 내리고 말았다. 지금껏 그녀는 남편을 단 한 번도 의심해본 적이 없었다. 하지만 단지 그 저속한 폭로 때문에 경악했던 것은 아니었다. 그 내용을 만천하에 폭로하고 나서 노골적으로 기뻐 어찌할 줄 몰라하는 목사의 모습이 더 충격적이었다. 그 추문이 세상에 드러나고 나서 노라는 며칠간 숨어지냈다. 그리고 지금까지 살아온 결혼 생활을 되짚어 보며 혹시 매 순간순간이 전부 다 거짓은 아니었을까 생각해봤다.

일단 초기의 충격이 가시고 나자, 노라는 어쩐 일인지 어깨의 짐이 가벼워진 듯한 기분이 들면서 약간의 안도감마저 느껴진다는 사실을 알아차렸다. 3년 동안 그녀는 실제 존재하지도 않는, 적어도 그녀가 생각했던 방식으로는 존재하지 않던 남편의 부재를 슬퍼하며 보냈다. 하지만 이제 그녀는 자신이 가지고 있다고 생각했던 것보다 훨씬 더 적은 것을 잃었다는 진실을 깨닫게 되었다. 그것은 마치 뭔가를 되돌려 받았을 때의 느낌과 비슷했다. 노라는 결코 비극적인 과부가 아니었다. 그냥 이기적인 남자에게 배반당한 또 한 명의 여자에 불과했다. 그것이 연기하기에 훨씬 작고 더욱 친숙하며 수월한 역할이었다.

"준비됐어?" 카렌이 물었다.

그들은 구내식당 입구에 서서 조도를 낮춰 놓은 댄스 플로어에서 움직이는 사람들의 모습을 바라봤다. 놀랍게도 안쪽은 붐비고 있었다. 대부분 여성들이었고, 중년의 연배쯤 되는 사람들이 열정적으로, 그러나 약간 어색한 몸짓으로 춤을 추고 있었다. 그들은 좀 더 유연하던 젊은 시절로 돌아갈 수 있는 방법을 찾으려는 듯, 프린스의 '리틀 레드 콜벳(Little Red Corvette)'에 맞추어 몸을 움직이는 중이었다.

"그런 것 같아." 노라가 대답했다.

두 사람이 그 휑뎅그렁하니 넓은 공간 안으로 들어서는 동안 사람들의 고개가 돌아가는 것이 느껴졌다. 방안의 모든 관심이 두 사람 쪽으로 쏠렸다. 이것이 바로 노라의 친구들이 미리 앞서 걱정하던 상황이었지만, 노라는 이렇든 저렇든 별 상관이 없었다. 사람들이 그녀를 쳐다보고 싶어한다면 언제든지 환영이었다.

그래, 이게 나야, 노라는 생각했다. **세상에서 가장 슬픈 여자.**

그녀는 양팔을 위로 들어 올리고 엉덩이가 몸을 이끌어 가도록 자세를 취한 후 적진을 향해 똑바로 걸어 들어갔다. 카렌도 팔꿈치와 무릎을 흔들며 그녀와 함께 움직였다. 노라는 몇 년 만에 처음으로 언니가 춤추는 것을 바라보면서 작고 통통한 여자가 온몸을 흔들어대며 춤추는 것을 지켜보는 게 얼마나 신나는 일인지 자신이 까맣게 잊고 있었다는 사실을 깨달았다. 다른 상황에서 마주쳤더라면 전혀 예측도 할 수 없을 듯한 그런 방식으로 매혹적이기까지 했다. 그들은 함께 노래를 따라부르고 환하게 미소 지으면서 가까이 몸을 기댔다. **빨간색 소형 콜벳, 베이비, 넌 정말이지 너무 빨라!** 노라는 왼쪽으로 돌았다가 몸통을 오른쪽으로 빠르게 돌렸다. 그녀의 긴 머리칼이 얼굴을 채찍처럼 치며 지나갔다. 몇 년 만에 처음으로 노라는 다시 인간이 된 듯한 느낌이었다.

~~~

   그들이 했던 게임은 '방 잡아라'였다. 병 돌리기 게임과 비슷했지만, 한 가지 다른 점은 게임에 참가한 모든 사람이 투표를 해서 벌칙에 걸린 두 사람이 게임 장소를 떠나 둘 만의 은밀한 공간으로 들어가야 할지 말지를 정해야 한다는 것이었다. 그리고 그 투표가 간단히 운을 시험하는 게임에 한 가지 전략 요소를 추가해주는 기능을 했다. 게임 참가자들은 매번 병을 돌릴 때마다 누구를 계속 곁에 두고 싶은지, 또 어떤 사람을 경쟁자로 제거하고 싶은지 검토하면서 쉬지 않고 모든 가능성을 파악해 두어야 했다.

   이 게임의 목표는 자신이 매력을 느끼는 상대와 함께 벌칙에 걸리는 것 외에, 게임에 참가한 사람들 중 마지막까지 남는 두 사람 안에 들지 않는 것이었다. 마지막에 남은 두 사람도 함께 방으로 들어가야 했기 때문이다. 그럼에도 질은 모두가 패배자처럼 느끼며 그냥 빙 둘러앉아 있는 것 외에는 아무런 노력도 하지 않는다는 사실을 경험을 통해 잘 알고 있었다. 어떤 면에서 보면 이 게임은 차라리 홀수의 인원이 하는 게 더 나았다. 그럴 경우 마지막에 홀로 남게 되면 좀 창피하기도 하고 왕따가 된듯한 기분이 들지도 모르지만, 적어도 원치 않는 상대와 방으로 들어가는 재난은 피할 수 있기 때문이었다.

   에이미는 양 손바닥을 비벼 행운을 기원하면서 모든 여자애들의 첫 번째 선택인 닉 라자로를 바라보고 미소 지었다. 그리고 트위스터 게임 도구인 회전판을 돌렸다. 화살이 형태를 알아볼 수 없을 만큼 빠르게 돌아가다가 점차 느려지더니 딸깍거리며 원판 위를 돌아가는 동안 점차 그 모양을 명확히 드러냈고, 마침내는 닉의 앞을 살짝 지나쳐서 조그랜섬 앞에서 똑바로 멈춰 섰다.

"젠장." 조가 탄식의 소리를 내뱉었다. 조는 관능적으로 살이 붙은 몸매에 클레오파트라처럼 앞머리를 자른 예쁘장하게 생긴 여자애로, 입술에는 빨간 립스틱을 진하게 바르고 사람들의 목과 얼굴에 사방으로 입술 자국을 남기고 다녔다. "다시는 이런 짓 하지 마."

"야, 이거 왜 이래." 에이미가 투덜댔다. "이 정도면 운 좋은 줄 알아."

그들은 네 발로 종종걸음을 쳐서 둘러앉은 원 안으로 기어들어 가 키스를 했다. 특별할 것도 없는 키스였다. 몸을 더듬지도 않고 그저 점잖게 입술만 마주쳤다. 그런데도 제이슨 월드론은 마치 두 사람이 포르노 스타라도 된다는 듯이 박수를 치면서 야유를 보냈다.

"우-후, 그렇지!" 그가 고함을 질러댔다. 여자애들끼리 키스를 하거나 동성애를 암시하는 조짐이 조금이라도 보일 때면 늘 이런 식이었는데, 아무 열의 없는 행동에도 마찬가지 반응을 보였다. "얘네 둘 방 잡아 주자!"

아무도 그 말에 반응하지 않았다. 닉이 다음으로 회전판을 돌렸지만 화살은 드미트리 앞에서 멈춰 섰다. 그래서 그는 다시 회전판을 돌렸다. 이 게임에는 성차별적인 요소가 있었다. 즉 여자애들끼리 걸릴 때면 키스를 해야 했지만, 남자애들끼리는 하지 않았다. 물론 그 이유야 따로 설명할 필요도 없이 자명하기는 했다. 질은 그런 이중적인 잣대가 짜증스러웠지만, 여자애와 키스를 해야 한다는 사실에 반감을 품고 있는 것은 아니었다. 에이미만 제외하면 다른 여자애들과는 아무렇지 않게 벌칙을 수행할 수 있었다. 에이미는 꼭 친자매 같은 느낌이라서 기분이 좀 이상했다.

어쨌든 이 게임에 짜증이 나는 진짜 이유는 다음의 두 번째 규칙과 밀접한 관련이 있었다. 즉 여자애들은 키스는 해도 되지만, 둘이 방으로 들어갈 수는 없었다. 그렇게 되면 게임의 남녀성비가 어긋나서 남자애 둘이 짝없이 남겨진다는 이유 때문이었다. 질은 다른 애들도 이러한 규칙을 다시 한 번 고려해 보도록 하려고 몇 번인가 애를 써봤지만, 아무도 그런 질의 생각을 지지하지 않았다. 심지어는 규칙이 바뀌면 가장 큰 수혜자가 될 리 분명한 지니 쿤 마저도 아무런 반응을 보이지 않았다.

닉이 두 번째 회전판을 돌렸을 때, 바늘은 조 앞에 가서 멈췄고, 그들은 열정적으로 키스를 나누었다. 결국 맥스 코널리는 둘이 방으로 들어갈 것을 제안했다. 지니가 그의 제안에 찬성표를 던졌지만, 그 외에는 모두 반대였다. 질과 에이미는 닉을 게임에 잡아두고 싶었기 때문이었고, 드미트리는 조에게 홀딱 반해 있었기 때문이었다. 그리고 제이슨은 닉의 똘마니나 다름없었기에 닉과 함께 방에 들어갈 사람으로 에이미 이외에는 아무에게도 찬성표를 보내지 않았다.

요즘은 이게 문제였다. 게임 참가자가 많지 않아서 긴장감이 전혀 없었다. 지난여름만 해도 정말 흥미진진했다. 어떤 날 밤에는 거의 서른 명이나 되는 인원이 둥글게 둘러앉아 있었다. 장소는 마크 솔러스네 집 뒤뜰이었는데, 참가자 중 많은 수가 서로 얼굴도 모를 만큼 서먹서먹했다. 투표는 요란하고 시끌벅적했으며, 결과는 전혀 예측할 수도 없었다. 불꽃 튀는 키스를 한 후 방으로 함께 들어갈 수도 있지만, 정말 시답잖은 키스 후에도 얼마든지 방으로 등 떠밀려 들어갈 수 있는 상황이었다. 처음 회전판을 돌렸을 때, 질은 어떤 대학생과 키스를 하고 결국에는 방으로 떠밀려 들어가게 됐는데, 알고 보니 그는 오빠 톰의 친한 친구였다. 두 사람은 조심스럽게 서로를 탐색하다가 얼마 지나지 않아 포기를 하고는 그냥 톰에 관해 한참 동안 대화를 나누었다. 그리고 그 대화를 통해 질은 평생 톰과 한집에서 살아오며 알게 된 사실보다 더 많은 사실을 그 자리에서 알게 되었다.

두 번째에 질은 닉과 방에 들어갔다. 두 사람은 같은 학교에 다니고 있었지만, 대화를 나눠본 적은 없었다. 그는 아름답고 조용했으며, 검은 눈동자와 긴 머리카락, 그리고 주의 깊은 표정이 매력적인 남자애였다. 둘이 함께하는 동안 질은 황홀한 기분을 느꼈고, 자신이 그에게 빠져 있음을 전적으로 확신했다.

대학생들이 학교로 돌아가는 9월이 되자 참가자의 수가 점점 줄어들면서 게임도 확실히 지루해지기 시작했다. 가을이 깊어가는 동안에도 그 수는 계속 줄어들어 결국에는 여덟 명의 핵심 인원만 남게 되었다. 그러니 게임의 결과는 매번 그게 그거였다. 에이미는 닉과 눈이 맞았고, 질과 조는 맥스와 드미트리를 두고 끝장이 날 때까지 싸웠으며, 지니와 제이슨은 부전승으로 한 쌍이 되었다. 이 정도가 되자 질은 대체 게임은 뭐하자고 계속하는지 궁금할 지경이었다. 그녀에게 이 게임은 이제 폐물이 되어버린 어떤 의식처럼 그저 나쁜 습관으로만 느껴질 뿐이었다. 하지만 그럼에도 질은 모여 있는 인원의 역동성이 다시 한 번 자신과 닉을 단둘이만 남아 있을 수 있게끔 해줄지도 모른다는 기대를 버리지 않았다. 그렇게 되면 닉이 두 사람의 몸과 마음이 얼마나 완벽하게 서로에게 반응했었는지 다시금 깨닫게 될지도 모를 일이었다. 그 가느다란 희망만이 늘 질의 마음 한 편에 남아 있었다.

그러나 안타깝게도, 오늘 밤에는 그런 일이 일어나지 않을 모양이었다. 질은 네 번째로 회전판을 돌렸을 때, 닉을 만날 수 있었고, 그의 얼굴이 앞으로 다가왔을 때, 예전의 그 친숙한 흥분과 전율을 느꼈다. 그리고 그와 키스하고 나서도 역시 익숙한 환멸을 느껴야 했다. 닉은 아예 관심이 있는 척도 하지 않았다. 바짝 마른 입술은 아주 살짝만 벌어졌고, 그의 혀는 열정적으로 파고드는 질의 혀에 수동적으로 완강하게 반응할 뿐이었다. 심지어 질이 조와 나누었던 키스보다도 더

맥빠지는, 한심하고 무기력한 키스였다. 이제 닉에게 질은 에이미의 차선책조차도 안 되는 대상이었다. 방으로 들어가라고 제안하는 사람조차도 없었다. 키스가 끝나자 그는 손으로 입을 문질러 닦고는 나른하게 고개를 끄덕이며 말했다.

"고마워, 멋진 키스였어."

그저 예의상의 언급일 뿐이었다. 차라리 서로 악수를 하거나, 길 건너편에 서서 손을 흔드는 편이 나았을지도 모르겠다는 생각이 들었다. 질은 지난여름 둘이 함께 느꼈던 그 연결된 듯한 느낌이 실제 감정이기는 했는지, 마크 부모님의 침대 위에서 보냈던 그 영광의 한 시간 반이 단지 그녀의 간절한 소망이 만들어낸 상상 속의 허구에 지나지 않는 것은 아닐지 의심스러웠다.

하지만 절대로 그럴 리 없었다. 잔잔한 푸른색 꽃무늬가 들어간 새하얗고 시원한 침대 시트는 정말 부드럽고 순결해 보였고, 닉은 진심으로 몰두해 있었다. 그때 이래 바뀐 것이라고는 그도 다른 남자애들이나 마찬가지로 결국에는 에이미와 사랑에 빠져버린 것이었다. 화살이 마침내 에이미의 방향을 가리킬 때면 닉의 얼굴은 환하게 밝아졌고, 키스를 할 때는 아주 느리고 진지한 태도로 변했다. 마치 둘의 키스는 전혀 게임의 일환이 아니라고 말하는 듯했다. 그러나 에이미의 태도는 그의 진지함 근처에도 가지 않았다. 에이미가 바닥으로 쓰러지면서 그를 자신의 위로 끌어당긴 후 허리를 활처럼 휘어 자신의 골반이 그의 골반과 맞닿게끔 하는 방식에는 뭔가 상당히 불가피한 연극적인 요소가 있었다. 하지만 그 두 가지 방식의 조합이 심사위원들의 판단에 강력한 영향을 미쳤다. 제이슨이 방으로 들어갈 것을 제안하면, 조는 그 제안에 동의했고, 그러면 단 한 표의 기권도 없이 만장일치 찬성이었다.

~~~

노라를 주변 사람들에게서 분리해 놓은 장벽은 그녀가 춤을 추는 동안 얇고 말랑말랑하게 변해갔다. 다른 사람들도 평소 그녀가 슈퍼마켓이나 자전거 통행로에서 마주칠 때면 종종 그랬던 것처럼 멀찍이 떨어져 낯선 사람처럼 굴지 않았다. 댄스 플로어에서 서로 부딪칠 때도 방해된다거나 불쾌한 느낌이 아니었다. 누군가 그녀에게 미소를 지으면, 노라도 미소로 화답했다. 그럴 때면 마치 얼굴이란 것이 원래 웃기 위한 용도로 달려 있기라도 하다는 듯, 대체로 느낌도 괜찮았다.

노라는 30분쯤 춤을 추다가 잠시 멈추고 다과가 차려져 있는 탁자 쪽으로 향해갔다. 거기서 샤도네이를 플라스틱 잔에 따라 두 숨에 마셔버렸다. 와인은 미지근했고, 너무 달았지만, 얼음과 약간의 탄산수를 첨가하면 괜찮을 것 같다는 생각이 들었다.

"실례합니다만, 혹시 노라 더스트 부인 아니세요?"

노라는 목소리가 나는 쪽으로 고개를 돌렸다. 부드럽고 무시무시할 만큼 친숙한 목소리였다. 오랫동안, 멍한 상태로, 노라는 생각과 말의 힘을 잃어버린 사람처럼 서 있었다.

"방해해서 죄송합니다만," 카일리가 말했다. 머리를 사내아이처럼 짧게 잘라서 귀여워 보였다. 팔에 새긴 유행의 첨단을 달리는 문신과는 근사한 대조를 이루었다. 더그가 봤다면, 잔뜩 몸이 달아 안달을 했으리라. **네 문신 정말 마음에 들어.** 제이슨 목사가 자신의 소식지에 실어 놓은 문자 메시지 중 하나에서 더그는 그렇게 말했다. **내 아내에게도 문신을 하라고 했더니, 싫대:(.**

"잠시 얘기 좀 나눌 수 있을까요?"

노라는 아무 대답도 할 수 없었다. 정말 미친 짓이 아닐 수 없는 게, 노라는 이 순간을 어찌나 선명하게 상상해 왔던지 거의 달달 외울 정도가 되었다고 해도 과언이 아니었다. 더그의 외도를 알게 되고 처음 며칠 동안, 그녀는 반복적으로, 그리고 갈수록 세부적으로 한 가지 상상만 하게 되었는데, 그것은 아이들의 낮잠시간에 리틀 스프라우트 아카데미로 쳐들어가서 다른 선생님과 아이들이 보고 있는 앞에서 카일리의 얼굴을 정말로 세게 한 대 후려치는 것이었다.

걸레 같은 년. 노라는 '걸레'가 마치 카일리의 진짜 이름이라도 된다는 듯이 냉담한 말투로 이렇게 말하는 상상도 했다. 물론 그 단어를 저주처럼 고래고래 소리 질러 말하는 다른 각본 또한 실험해보고 싶었지만, 그러면 별로 만족스럽지도 않고 너무 신파 느낌이 날 것 같았다. **넌 정말 역겨운 인간이야.**

그러고 나서 그 더러운 걸레의 반대편 얼굴도 마저 후려치는 것이다. 어둑한 유치원 안에서 그 소리가 마치 총소리처럼 메아리칠 정도로 세게. 그러고 나서 어떤 말을 할지에 대해서도 몇 가지 계획을 세워 놓은 것이 있었지만, 사실 악담을 퍼부어 대는 건 별로 중요한 게 아니었다. 정말 중요한 건 후려치는 행위였다.

"싫다고 하셔도 충분히 이해해요." 카일리가 말을 이었다. "얼마나 어이없는 상황인지 잘 알아요."

노라는 자신의 상상 속에서 그녀와 대면했을 때 얼마나 기분이 후련했는지, 얼마나 속이 시원하고 당당한 기분이었는지 떠올리며 그녀를 노려봤다. 그때의 기분은 마치 자신이 신의 심판을 대신 수행하고 있는 것 같았다. 그러나 노라는 자신이 처벌하길 원했던 대상은 더 예쁘고 더 자신감 넘치는 상상 속의 카일리였지 지금 실제로 눈앞에 서 있는 여자가 아니라는 사실을 잘 알았다. 진짜 카일리는 한 대 후려치기에는 너무도 혼란스럽고 깊이 후회하는 듯한 표정을 짓고 있었다. 그녀는 또한 노라가 기억하고 있는 모습보다 훨씬 더 키가 작았다. 어쩌면 아장거리는 어린애들에게 둘러싸여 있지 않아서 그럴지도 몰랐다.

"더스트 부인?" 카일리가 걱정스러운 표정으로 인상을 찌푸리며 노라를 불렀다. "괜찮으세요, 더스트 부인?"

"왜 나를 자꾸 그렇게 불러요?"

"잘 모르겠어요." 카일리는 자기가 신고 있는 복고풍의 스웨이드 스니커즈를 내려다봤다. 스키니 청바지와 꽉 끼는 티셔츠를 입고 있는 그녀의 모습은 중학교 구내식당이 아니라 지하 록클럽 같은 데 있어야 어울릴 것 같았다. 입고 있는 옷은 모두 검은색이었고, 더그가 '작은 치어리더 가슴'이라고 이름 붙여 주었던 가슴 한가운데 부분에는 하얀색 느낌표가 그려져 있었다. "더는 부인의 이름만 부를 자격이 없는 것 같아서요."

"사려 깊기도 해라."

"죄송합니다." 카일리의 얼굴이 경직되며 붉게 달아올랐다. "여기서 뵙게 될 거라고는 예상을 못 했어요. 전에는 이런 파티에는 한 번도 참석 안 하셨잖아요."

"원래 밖으로 잘 안 나다녀요."

노라의 대답에 카일리는 조심스럽게 미소를 지어 보였다. 그녀의 얼굴은 전보다 좀 살이 찐 듯했고, 그래서 그런지 좀 더 평범해 보였다. **더는 젊은 나이도 아니잖아, 안 그래?** 노라는 생각했다.

"춤을 굉장히 잘 추시는 것 같아요." 카일리가 말했다. "아까 보니까 정말 즐거워 보이시던 걸요."

"네, 정말 즐겁네요." 노라가 말했다. 멀리서 사람들이 드라마에 몰입한 듯한 표정으로 두 사람을 바라보고 있다는 게 느껴졌다. "그쪽은 어때요? 즐기고 있어요?"

"저는 방금 왔어요."

"나이 먹은 남자들 천지네요." 노라가 말했다. "찾아보면 유부남도 꽤 될 거예요."

카일리는 마치 노라가 발견한 사실에 감사를 표하기라도 하듯이 고개를 끄덕였다. 그리고는 말했다.

"저는 그런 소리 들어도 싸요. 그리고 제가 저지른 짓에 대해 부인께 얼마나 죄송해 하고 있는지 부인이 알아주셨으면 좋겠다는 생각뿐이에요. 제발 믿어주세요. 제가 얼마나 부인께……"

카일리는 계속 말을 이었다. 그러나 노라가 생각할 수 있는 것이라고는 그녀의 혀 한가운데 달려 있는 은색 피어싱뿐이었다. 카일리가 보통 때보다 조금 더 입을 크게 벌릴 때마다 한 번씩 눈앞에 드러나는 무딘 금속성의 진주만이 그녀가 생각할 수 있는 전부였다. 노라의 기억에서 도저히 지워버릴 수 없던, 더그의 열정적인 이메일 내용 속에 들어 있던, 그가 좋아하는 카일리의 수많은 특징 중의 하나였던 그 피어싱 뿐이었다.

네가 입으로 해줄 때 너무 좋아!!! 완전 4성급이야! 내 생애 최고였어. 네가 천천히 섹시하게 아래로 내려가면서 그 마법의 혀로 내 몸을 핥아 줄 때면 난 정신을 못 차리겠어. 네가 그걸 진심으로 좋아한다는 사실도 너무 좋아. 뭐라 그랬더라, 넌 그게 아이스크림보다 좋다 그랬던가? 아, 나 잠깐 멈춰야겠다. 너의 그 매력적인 작은 입을 그냥 생각만 했는데도, 당장 사정할 것 같아. 사랑과 키스와 아이스크림을 보내며,

더그.

내 생애 최고였어. 이 문장이 노라를 죽을 만큼 힘들게 했다. 실제 정사보다도 더 큰 배반처럼 느껴졌다. 더그와 함께 했던 12년간의 결혼생활 동안, 노라도 수없이 여러 번 입으로 그를 만족시켜 주었고, 그는 매번 충분히 행복한 듯 보였다. 아니, 그녀가 보기에는 그냥 행복한 정도가 아니라, 행복에 겨워 어찌할 줄 몰라했고, 가끔은 너무 권위적이기까지 했다.

몇 번인가 노라는 아무런 말도 없이 그저 뻣뻣한 태도로 침묵의 명령이라도 내리듯 그녀의 머리를 자신의 사타구니 쪽으로 내리누르는 그의 행동에 대해 불만을 표출한 적이 있었다. 그때 그는 다음번에는 좀 더 사려깊게 행동하겠다고 약속하면서 그녀의 말을 진심으로 경청하는 듯 보였다. 그리고 한동안 그는 약속에 충실했지만, 단지 한동안일 뿐이었다. 결국 어느 시점이 되자 노라는 모든 게 귀찮고 견딜 수 없어졌다. 자신이 진정 원해서 그것을 하는지, 아니면 단지 남편이 원하기에 하고 있는지 더는 알 수도 없었다. 당연히 더그에게는 카일리가 훨씬 대하기 편한 상대였을 것이다.

"전화를 드리고 싶었어요." 카일리가 말했다. "그런데 이미 물은 엎질러 졌는데 새삼스럽게……."

그녀가 말을 멈췄다. 동생을 구하기 위해 호전적인 태도로 두 사람 쪽으로 바쁘게 다가오는 노라의 언니 카렌의 모습을 목격하고는 눈이 휘둥그레 커져 있었다. 카렌이 노라를 보호하듯이 그녀의 앞을 막아서며 카일리의 얼굴을 정면으로 마주 보고 섰다.

"너 대체 뭐가 문제야?" 카렌의 목소리는 분노로 일그러져 있었다. "너 미쳤어?"

"괜찮아."

노라가 언니의 팔에 한 손을 얹어 행동을 제지하며 말했다.

"아니, 안 괜찮아." 카렌이 카일리에게서 한순간도 눈길을 돌리지 않은 채 대꾸했다. "여기에 얼굴을 들이밀 배짱이 있었다니, 난 그게 놀라울 뿐이야. 그런 짓을 저지르고도⋯⋯."

카일리가 다시 노라와 시선을 맞추기 위해 애를 쓰며 한쪽으로 몸을 기울였다.

"죄송해요. 저는 그만 가볼게요."

"잘 생각했어." 카렌이 말했다. "애초 여기에 기어들어 온 것부터가 잘못이야."

노라는 언니 옆에 서서 카일리가 돌아서서 구내식당을 가로질러 수치스러운 발걸음을 문 쪽으로 옮겨 놓는 모습을 댄스홀에 있는 다른 사람들과 마찬가지로 지켜보았다. 카일리는 자신이 더는 환영받지 못한다는 사실을 보상받기라도 하려는 듯이 어깨를 활짝 펴고 턱을 높이 들어 올린 당당한 자세로 걸어갔다.

〰〰

규칙에 따르면 방에 들어간 두 사람이 반드시 섹스를 해야 하는 것은 아니었다. 하지만 둘 다 속옷만 입고 있어야 했다. 질과 맥스는 그 사실을 잘 알고 있었기에, 분홍색 벽지를 바른 드미트리의 여동생 방으로 들어서자마자 옷을 벗었다.

"또 너네."

그가 바둑판무늬 사각팬티 차림으로 침대 위로 털썩 몸을 눕히며 말했다. 질이 두어 번 본적이 있는 속옷이었다.

"그래." 질은 맥스도 그녀의 검은색 팬티와 베이지색 브래지어가 눈에 익으리라는 사실을 알았다. "오늘 성촉절(마멋이 동면에서 깨어난다는 2월2일로 한국의 입춘과 비슷한 날이다_옮긴이)이야."

"음, 그런가." 그가 자기 배꼽에 묻은 보풀을 집어내서 바닥으로 떨어트렸다. "더 안 좋았을 수도 있어, 너도 알지?"

"물론이지." 질은 그의 옆으로 올라가 누워서 엉덩이를 이용해 그를 벽 쪽으로 밀었다. "완전 끔찍한 상대가 걸렸을 수도 있지."

질은 괜히 심술을 부리고 있었다. 맥스는 친절하고 똑똑한 아이였고, 질은 그와 함께 있으면 단둘이라도 안심이 되었다. 대화도 잘 통했다. 그들은 이미 오래전에 자신들이 성적으로는 상대에게 별 매력을 느끼지 못한다는 사실을 알아차렸다. 그러니 그 점에 있어서는 아무런 압박감도 없었다. 오히려 드미트리와 엮이는 게 더 문제였다. 그는 맥스보다 훨씬 잘생겼고 섹스에도 더 적극적이었다. 하지만 그는 자신이 에이미나 조와 짝이 되는 편을 훨씬 선호한다는 사실을 갖가지 수단을 이용해 질에게 확실히 선언해 놓았다. 가끔은 그와 섹스를 하기도 했지만, 끝나고 나면 질은 늘 슬픈 기분이 들었다. 진짜 재난은 제이슨과 방으로 들어가는 것이었다. 하지만 그런 일은 거의 일어나지 않았다. 대체 지니는 그를 어떻게 견디는지 질은 도저히 이해할 수가 없었다. 어쩌면 그들은 함께 레즈비언 포르노를 찾아 감상하는지도 모를 일이었다.

맥스가 팔을 쿡쿡 찔러왔다.

"춥지?"

"조금." 그가 발치에 있는 이불을 펼쳐서 두 사람의 몸을 덮었다. "좀 낫지 않아?"

"그러네, 고마워."

질은 그의 허벅지를 토닥여 주고는 돌아누워서 옆에 놓인 등을 껐다. 둘 다 어둠 속에 누워 있는 것을 좋아했기 때문이었다. 때로 그렇

게 누워 있으면, 질은 자신과 맥스가 오랜 부부처럼 느껴졌다. 부모님
도 가끔 그렇게 누워 있는 것을 본 적이 있었다. 언젠가 밤인사를 하
기 위해 부모님의 방에 들어갔던 때가 기억났다. 파자마를 입고 나란
히 누워 안경을 낀 채 책을 읽고 있는 두 분의 모습은 참으로 안락하
고 만족스러워 보였다. 요즘은 누워 있는 아버지의 모습이 안쓰러워
보였고, 침대도 한쪽으로 기울어질 것처럼 균형이 어긋나 보였다. 질은
그래서 아빠가 늘 소파에 누워 있는 것이라고 짐작했다

"너 생물 수업 콜먼 선생한테 들었지?"

맥스가 물었다.

"아니, 굽타 선생님한테 들었는데."

"콜먼 선생이 정말 잘 가르쳐. 학교에서 해고하지 말았으면 좋았을
텐데."

"굉장히 잔인한 말을 했잖아."

"나도 알아. 그 말까지 옹호하는 건 아니야."

몇 주 전에 콜먼 선생은 한 학급에 들어가서 갑작스런 증발이 글로
벌 자가면역 반응의 일종인 자연적인 현상이라고 말했다. 지구가 걷잡
을 수 없는 인류 감염 현상에 대항해 싸우는 한 방편이라는 주장이었
다. **문제는 우리야**, 그가 말했다. **인간이 문제라고. 우리가 지구를 병
들게 하고 있거든.** 몇 명의 학생들이 그의 발언에 기분이 상했는데,
그중 한 명은 10월 14일에 어머니를 잃은 아이였다. 곧장 학부모들이
공식적인 불만을 제기했다. 그리고 바로 지난주 학교 이사회는 콜먼
교사의 조기 퇴직에 동의했다고 발표했다.

"솔직히 난 잘 모르겠어." 맥스가 말했다. "난 그가 한 말이 반드시
틀렸다고 하기는 좀 그런 것 같거든."

"그래도 좀 심하기는 했지." 질이 대꾸했다. "그날 사라진 사람들이

불량품이라고 했다잖아. 가족들이 좋아하지 않았던 사람만 사라진 거라고.”

“그 반대로 얘기하는 사람들도 있잖아.” 맥스가 지적했다. “남아 있는 사람이 불량품이라고.”

“그 말도 재수 없기는 마찬가지야.”

그들은 한동안 조용히 누워 있었다. 질은 기분 좋게 나른했다. 졸린 게 아니라 긴장이 풀리는 느낌이었다. 이불을 덮고 곁에 있는 따뜻한 체온을 느끼며 어둠 속에 누워 있자니 기분이 좋았다.

“질?”

맥스가 소곤거렸다.

“음?”

“나 자위 좀 해도 돼?”

“그래.” 그녀가 말했다. “해도 돼.”

〰〰〰

노라가 따라잡았을 때, 카일리는 복도를 거의 다 걸어가 교무실 앞에 도달해 있었다. 텅 빈 복도에는 형광등 불빛만이 숨이 막힐 만큼 환하게 빛나고 있었다. 카일리의 얼굴은 눈물 자국으로 얼룩져 있었다. 당황스러운 마음에 노라는 알 수 없는 문양으로 얼룩덜룩한 카일리의 팔 쪽으로 시선을 돌렸다. 포도 덩굴, 나뭇잎, 거품, 꽃 등이 다양한 색깔로 폭발하듯이 얽혀 있었다. 문신을 하는 동안 엄청나게 고통스러웠을 듯했다.

“코트 안 입고 왔어요?”

노라가 물었다.

"차 안에 있어요."

카일리는 코를 훌쩍이며 눈을 문질러 닦았다.

"뭐 하나만 물어봐도 돼요?" 마음은 심하게 동요하고 있었음에도, 노라의 목소리는 이상할 만큼 차분했다. "그가 날 떠나겠다고 했어요?"

카일리는 고개를 저었다.

"처음에는 그럴지도 모른다는 생각이 들었지만, 그건 그저 제 바람일 뿐이었어요."

"무슨 뜻이에요?"

"모르겠어요. 처음 몇 차례 그런 얘기를 나누기는 했지만, 얼마 후부터는 아예 그 주제는 꺼내지도 않았어요. 그냥 대화에서 제외돼 버린 거죠."

"그런데도 괜찮았어요?"

"아니요."

카일리는 미소를 지으려 애썼지만, 더는 행복해 보이지 않았다.

"당시 저는 생각이란 걸 제대로 할 수가 없었어요. 내 말은, 유부남하고 얽히면 안 된다는 사실쯤은 충분히 알고 있었어야 한다는 거예요. 그런데도 덜컥 저지르고 말았어요. 대체 왜 그랬을까요?"

노라는 그녀의 질문이 수사학적인 것이리라 짐작했다. 어쨌거나 그 문제에 대한 답은 카일리 스스로 찾아내야 했다.

"그냥 궁금해서 그러는데, 어떻게 시작했어요?"

노라가 물었다.

"그냥 어쩌다 보니 그렇게 됐어요." 카일리가 어깨를 으쓱했다. 마치 그 사건이 자신에게는 의문으로 남아 있다는 듯했다. "아침마다 서로 관심을 보이며 수작을 걸곤 했어요, 왜 아시잖아요, 그가 에린을 데려다주러 올 때요. 제가 그의 넥타이에 대해 뭐라고 하면, 그는 내가 피곤해 보인다면서 전날 밤에는 뭐하느라 잠을 못 잤느냐고 놀리기도 하고 그랬어요. 하지만 아빠들이 대부분……."

"그러다 언제부터 관계가 시작됐어요……?"

카일리는 잠시 주저했다.

"정말 듣고 싶어요?"

구내식당에서 '버닝 다운 더 하우스(Burning Down the House)'가 흘러나오고 있었다. 늘 좋아하던 노래였지만, 바로 옆에 있는 홀에서 흘러나오는 것이 아니라 마치 과거에서 흘러오는 것처럼 희미하고 멀게만 느껴졌다. 노라는 계속하라는 의미로 고개를 끄덕였다.

"좋아요." 카일리는 자신이 실수를 저지르고 있다는 사실을 명확히 깨달은 사람처럼 기분이 좋지 않아 보였다. "방학식 파티 날이었어요. 부인은 애들을 데리고 집으로 갔지만, 그는 청소를 돕느라 남아 있었죠. 그 후에 우리는 술을 한잔 하러 나갔어요. 그때 갑자기 불이 붙은 거죠."

노라는 그 파티를 기억했다. 에린이 하루 종일 낮잠을 자지 못해 저녁 내 징징 짜던 날이었다. 그러나 그날 더그가 몇 시에 들어왔는지, 들어와서는 어떤 식으로 행동했는지 등은 전혀 기억이 나지 않았다. 심지어 그가 우는 아이 곁에 있기는 했는지, 그 사실조차도 가물가물했다. 그러나 모든 것이 다 과거지사였다. 그 무엇도 돌이킬 수 없었다.

"그럼 오랫동안 관계를 이어갔군요. 거의 1년이나."

카일리는 노라의 셈이 잘못되기라도 했다는 듯이 인상을 찌푸렸다.

"그렇게 느껴지지 않았어요. 우린 함께 있는 시간이 거의 없었거든요. 그가 한 주에 한 번 정도 우리 집으로 와서 한두 시간 정도 있다가 돌아가곤 했는데, 그것도 운이 좋은 날만 그랬죠. 하지만 난 불평도 할 수 없었어요, 안 그래요? 그게 내가 동의한 조건이니까요."

"그렇지만 미래에 관해 얘기는 나눴을 테죠. 앞으로 무슨 일이 일어날지에 관해서요. 내 말은, 그냥 그런 식으로 영원히 관계를 지속할 수는 없는 거잖아요."

"애는 써봤죠. 정말이에요. 그렇지만 그는 우리 관계에 관해 얘기만 꺼내면 인내심을 잃었어요. 늘 **오늘은 그만하자, 카일리, 지금은 그런 얘기 하고 싶지 않아.** 이런 식이었어요."

노라는 웃지 않을 수가 없었다.

"딱 더그네요."

"맞아요, 그런 사람이었어요." 카일리는 추억을 떠올리며 사랑스러운 미소와 함께 고개를 저었다. 그러나 곧 그녀의 얼굴에는 그림자가 드리워졌다. "제 생각에 그에게 있어서 저는 그저 자신이 매력 있는 남자라는 사실을 다시금 느끼게 해준 대상에 지나지 않았던 거예요, 무슨 말인지 아시죠? 따분하기 그지없는 사업가에 가정적인 남자가 저 같은 여자친구를 두고 있다. 마치 첩보원이라도 된 것 같은 기분이었을 테죠."

노라는 그 이론의 타당성에 한 방 맞은 듯한 기분이 들어 신음소리를 냈다. 대학에서 만났을 때, 더그는 약간 유행에 민감한 부류였다. 학교 신문에 음악 비평기사도 썼고, 얼굴에는 지저분한 수염도 잔뜩 기르고 다녔으며, 얼티미트 프리스비(7명씩 구성된 두 팀의 선수들이 직사각형 경기장에서 원반을 주고받으며 펼치는 경기_옮긴이) 경기도 했다. 그러나 경영대학에 들어간 그 날부터 그런 식의 삶에서 완전히 등을 돌렸다. 너무도 갑작스럽고 확신에 찬 변화였기에 노라는 자신이 사귀던 남자는 대체 어디로 사라져 버린 것인지 이해하느라 첫 학기를 모두 허비해 버리고 말았다. 그는 이렇게 말했다. **이것 보라고, 성공을 위해**

과거를 싹 갈아치울 작정이라면, 적어도 그걸 인정할만한 용기는 있어야 하는 거야. 하지만 그도 자신이 인정하던 것과는 달리 과거의 자기 모습을 그리워하고 있었는지도 모를 일이다.

"그는 제 보잘것없는 아파트를 정말 좋아했어요." 카일리는 계속 말을 이었다. "랭킨에 있는 원룸 아파트예요. 거기 병원 하나 있는 거 아시죠? 그 뒤에 있는 거예요. 좀 지저분하기는 하지만, 그동안 사이코 같은 룸메이트들 때문에 질려 있었거든요. 어쨌든 방은 하나고 접어넣는 침대 하나랑 쓰레기 더미에서 찾아 들여놓은 작은 식탁 하나와 의자 두 개가 놓여 있어요. 정말 좁아요. 더그는 그게 정말 좋았나 봐요. 제 차를 보고도 신기해하더라고요. 거의 12년쯤 탄 거거든요."

"그런 것에는 좀 속물처럼 구는 사람인데."

"별로 야비하게 굴지 않았어요. 그냥 사람이 그런 식으로 살아갈 수도 있다는 사실을 재미있어하는 것 같더라고요. 마치 제게 무슨 선택권이라도 있다는 듯이 말이에요..제 말은, 부인의 집은 굉장히 아름답잖아요. 그도 그런 생각을 했을 게 분명해요. 모든 사람은……."

뒤늦게 자신의 실수를 깨닫고 카일리는 말끝을 흐렸다.

"우리 집에 왔었어요?"

"딱 한 번이었어요." 카일리가 단언했다. "여름 방학 동안에요. 부인과 아이들이 친정에 가고, 더그는 할 일이 있다고 집에 남아 있었을 때."

"아, 세상에." 그 여행은 작은 재난이었다. 가는 동안 노라와 아이들은 가든 스테이트 파크웨이에서 끔찍한 교통체증에 갇혀 거의 움직이지 못했는데, 설상가상으로 제러미가 볼일이 급하다고 해서 고속도로 갓길에 차를 세워 급히 일을 치르게 해야만 했다. 아이가 길에서 볼일을 보는 동안 노라는 아이의 한 손을 잡고 하늘을 올려다보며 가만히 서 있었다. 느리게 흘러가는 차량의 물결이 곁을 지나쳐갔다. 사람이 걸어가는 속도보다도 느렸다. 주말에 더그가 가족과 합류했을 때, 그는 이상하게도 기분이 들떠 있었고, 노라의 부모님에게도 평소보다 훨씬 친절하게 굴었다. "거기서 잤어요? 우리 침대에서?"

카일리는 치욕스러운 표정을 지었다.

"죄송해요. 그러지 말았어야 했어요."

"괜찮아요." 노라는 더는 아무것도 그녀를 상처 줄 수 없다는 듯이 살짝 어깨를 으쓱해 보였다. 사실 가끔은 정말 그런 식의 기분이 들기도 했다. "내가 대체 이런 걸 왜 물어보고 있는지 나도 잘 모르겠네요. 이제는 별로 중요하지도 않은 일인데."

"아니요, 중요하다는 거 알아요."

"정말 아니에요. 내 말은, 어쨌든 이제 그는 떠나고 없잖아요. 우리 둘 다 여기 남겨두고 갔잖아요."

"일부러 그런 건 아니잖아요."

카일리가 대답했다. 그녀는 자신도 포함된다는 사실이 기쁜 모양이었다. 그때 조용한 복도를 빠르게 걸어오는 발자국 소리에 놀라, 두 사람은 동시에 돌아섰다. 노라는 걸어오는 사람의 모습이 채 시야에 들어오기도 전에 그가 카렌이라는 사실을 알아차렸다. 언니는 마치 수업에 늦은 학생처럼 모퉁이를 빠르게 돌아왔다.

"나 괜찮아."

노라는 교통경찰처럼 한 손을 들어 올리며 말했다. 카렌이 멈춰 섰다. 그녀의 시선은 노라에서 카일리로 다시 노라 쪽으로 빠르게 옮겨 다녔다.

"정말이지?"

"그냥 얘기 좀 하고 있었어."

"얘는 그냥 머릿속에서 지워버려." 카렌이 말했다. "안으로 들어가자."

"나 잠깐만 시간 좀 더 줘, 알았지?"

카렌은 조용히 승복하겠다는 의미로 양손을 들어 올렸다. 그리고는 마음대로 하라는 의미로 어깨를 살짝 으쓱해 보이고, 돌아서서 댄스 홀 쪽으로 다시 걸어갔다. 구두 뒷굽이 꾸짖는 듯한 리듬으로 바닥을 울려댔다. 카일리는 그 소리가 잦아들 때까지 기다렸다.

"더 알고 싶으신 거 있으세요. 부인에게 다 털어놓으니 왠지 마음이 편한 것 같아요."

노라는 그게 무슨 뜻인지 알았다. 그녀도 더그의 외도에 관해 상세히 알게 되는 것이 지극히 고통스럽기는 했지만, 그만큼 치유되는 듯한 기분도 들었다. 마치 과거에서 누락된 한 덩어리가 다시 자신에게로 돌아온 듯 느껴졌다.

"한 가지만 더요. 그가 나에 관해 한 번이라도 얘기한 적 있어요?"

카일리는 눈을 크게 떴다.

"한 번이 아니라, 늘 얘기했는걸요."

"정말이요?"

"네. 자기가 아내를 사랑한다고 늘 얘기했어요."

"거짓말 말아요." 노라는 의심스러운 마음을 떨칠 수가 없었다. "나한테는 그런 말을 거의 한 적이 없어요. 심지어 내가 먼저 말해도 자기는 안 했어요."

"그건 꼭 어떤 의식 같았어요. 섹스를 하고 난 직후에는 정말 진지하게 돌변해서 **이건 내가 노라를 사랑하지 않기 때문이 아니야**, 라고 말했죠." 카일리는 전혀 더그의 목소리 같지 않은 묵직한 남자 목소리를 흉내 내며 그 말을 했다. "가끔 나도 그의 말을 따라 하곤 했는 걸요. **이건 내가 노라를 사랑하지 않기 때문이 아니야.**"

"우와, 날 정말 미워했겠군요."

"아니요, 미워하지 않았어요." 카일리가 말했다. "그냥 부러웠을 뿐이에요."

"부러워요?" 노라는 웃고 싶었지만, 웃음은 목구멍을 넘지도 못하고 사그라들었다. 자기가 다른 사람들이 부러워하는 삶을 살아가고 있다고 생각했던 때가 어느 시절이었던가 싶은 생각이 들었다. "왜요?"

"부인은 다 가졌잖아요, 아시죠? 남편에 집에 예쁜 아이들에. 그 많은 친구에 좋은 옷에, 요가며 휴가며. 그런데 나는 내 침대에 함께 있는 동안에도 그가 당신을 잊도록 할 수 없었잖아요."

노라는 눈을 감았다. 더그의 모습은 오래전에 그녀의 마음속에서 흐려져 버렸는데, 갑자기 그의 모습이 다시 선명하게 떠올랐다. 그가 카일리와 섹스를 마치고 그녀 곁에 알몸으로 누워 잔뜩 거만한 표정을 짓고 있는 모습이 보였다. 그녀에게 가장으로서의 자기 책임감과 아내에 대한 소중한 사랑을 열정적으로 상기시키는 중이었다. 너는 딱 여기까지니 더는 내 영역으로 침범해 들어오지 말라고 경고하는 것이었다.

"그는 나 같은 건 안중에도 없었어요." 노라가 말했다. "단지 당신이 행복해하는 꼴을 보고 있을 수가 없었던 거예요."

~~~

사물함에 등을 기대고 바닥에 주저앉아 있는 노라 더스트의 부주의한 모습을 처음 보았을 때, 케빈은 그녀가 잠이 들었거나 술에 취해 쓰러져 있다고 생각했다. 하지만 가까이 다가가 보니 노라는 눈을 활짝 뜨고 있었고, 정신도 말짱한 듯했다. 심지어는 그가 괜찮은지 묻자 약하게 미소까지 지어 보였다.

"괜찮아요." 그녀가 말했다. "그냥 좀 쉬고 있었어요."

"저도 쉬러 나왔습니다." 그가 말했다. 하지만 그의 대답은 진실이라기보다는 예의상 하는 말처럼 들렸다. 그리고 그게 사실이기도 했다. 여러 사람에게서 노라가 혼자 복도에 앉아 있는데 거의 정신이 나간 듯하다는 얘기를 들은 후에 걱정이 돼서 나와본 참이었기 때문이다. "홀 안이 너무 시끄러워서요. 제 머릿속에서 하는 생각도 잘 안 들리는 것 같잖아요."

그녀는 건성으로 고개를 끄덕였다. 다른 사람의 말을 한 귀로 듣고 한 귀로 흘리며 제발 이 사람이 어딘가로 좀 가버렸으면 좋겠다고 생각할 때 다들 그러듯이 무심하게 머리만 아래위로 흔들었다. 케빈은 노라의 일에 주제넘게 나서고 싶지 않았지만, 한편으로는 그녀가 조금이나마 마음을 털어놓을 만한 상대가 되어주고 싶다는 마음도 있었다.

"오늘 친목 모임에 참석하신 거 정말 잘하신 겁니다." 그가 말했다. "즐거운 시간 보내시는 것 같던데요. 아까 보니까 그렇더라고요."

"그랬어요." 노라는 그와 시선을 맞추기 위해 불편한 자세로 고개를 기울이며 대답했다. "아까는 그랬죠."

노라를 위에서 아래로 내려다보고 있자니, 케빈은 어색한 기분이 들었다. 특히 그녀의 가슴골을 부당하게 엿보는 듯한 기분이었다. 그는 양해도 구하지 않고 그녀 옆의 바닥에 주저앉아 팔을 뻗으며 말했다.

"저는 케빈이라고 합니다."

"시장님이시죠."

그녀가 말했다.

"맞아요. 시가행진하는 날 뵀죠."

그가 내밀었던 손을 막 거둬들이려 하는 찰나에 그녀가 팔을 뻗어 악수를 했다. 덕분에 케빈은 민망한 상황을 피할 수 있었다. 노라의 손가락은 가늘게 뼈대만 있는 듯했지만, 아귀힘은 놀랍도록 강했다.

"기억해요."

"그날 연설 정말 좋았습니다."

노라는 마치 그의 진심을 판단하기라도 하려는 듯, 편안한 자세로 고개를 돌려 그를 바라봤다. 화장을 하고 있던 탓에 눈 밑의 시퍼런 다크서클은 평소보다 덜 두드러져 보였다.

"그 얘기는 하지 마세요." 그녀가 말했다. "어떻게든 잊으려고 애쓰는 중이니까요."

케빈은 고개를 끄덕였다. 맷 제미슨의 소식지에 실려 있던 기사에 관해 뭔가 위로가 될만한 말을 해주고 싶었다. 근래 맷이 거의 밑바닥 인생으로 추락해 버렸다고는 하지만, 그럼에도 엄청난 반칙이 아닐 수 없었기 때문이다. 하지만 케빈은 그것도 노라에게는 잊고 싶은 사건이 분명하리라는 생각이 들었다.

"그냥 입을 다물고 있었으면 얼마나 좋았을까 싶어요." 그녀가 중얼거렸다. "내가 완전히 머저리처럼 느껴져요."

"부인 잘못이 아니에요."

"내 잘못은 아무것도 없어요. 그럼에도 기분이 거지 같아요."

케빈은 어떤 위로의 말을 해야 할지 알 수 없었다. 아무 생각 없이, 그는 두 다리를 뻗었고, 그럼으로써 그의 다리와 노라의 다리는 바닥에 평행으로 놓이게 되었다. 그의 어두운색 청바지가 그녀의 맨다리 옆에 있었다. 그 대칭을 보고 있자니 케빈은 전에 읽었던 몸짓언어에 관한 기사 내용이 떠올랐다. 우리는 매력을 느끼는 상대의 몸짓을 무의식중에 그대로 모방한다는 내용이었다.

"오늘 DJ는 어떤 것 같으세요?"

그가 물었다.

"잘하던데요." 그녀의 대답은 진심인 듯했다. "선곡이 약간 구식이긴 한데, 실력은 좋은 것 같아요."

"새로운 사람이에요. 지난번 DJ는 말이 너무 많았어요. 마이크를 들고 어서 춤추러 나오라고 사람들에게 고래고래 소리도 질러댔는데, 별로 방식이 좋지가 않았죠. 마치 **뭐가 문제야, 메이플턴? 이건 파티야, 장례식이 아니라니까!** 라고 말하는 것 같았어요. 가끔은 그 말이 나한테 직접하는 것처럼 기분 나쁘게 들리기도 했다니까요. 마치 **어이, 트위드 재킷? 숨은 쉬고 있는 건가?** 이런 식으로요. 그래서 다들 불만이 많았어요."

"제가 맞혀 볼게요." 그녀가 말했다. "시장님이 그 트위드 재킷이었죠?"

"아니, 아니에요." 케빈은 미소 지었다. "그건 그냥 예로 들은 거예요."

"정말이요?" 그녀가 물었다. "왜냐하면 저도 시장님이 댄스 플로어 위에 나가 있는 거 못 봤거든요."

"나가고 싶었는데, 계속 곁길로 새게 되더라고요."

"뭐 때문에요."

"일종의 각료회의 같은 거라고 할까요. 매번 고개를 돌릴 때마다, 누군가 저한테 소리를 지르는 거예요. 도로 패인 게 어떻다거나, 위원회 계획이 어쩌고저쩌고, 또 자기네 마당에 쓰레기를 안 치워 간다거나 뭐 그런 일들 때문에요. 그러니 긴장을 늦출 수가 있어야죠."

노라는 앞으로 몸을 숙여 무릎을 가슴 앞으로 끌어당겨 안았다. 얼

굴과 감동스러운 대칭을 이루는 뭔가 소녀 같은 느낌의 자세였다. 그
녀가 미소를 지었을 때, 케빈은 누군가 그녀의 피부 아래 있는 전등을
켠 것 같은 느낌이 들어 깜짝 놀랐다.

"요, 트위드 재킷."

그녀가 말했다.

"확실히 해두지만, 난 트위드 재킷은 아예 가지고 있지도 않습니다."

"하나 장만하셔야겠어요." 그녀가 말했다. "팔꿈치에 다른 색 천이
덧대져 있는 것으로 사세요. 정말 잘 어울릴 것 같아요."

〰〰〰

일어나서 옷을 걸쳐 입기 전에, 질은 어둠 속에서 오랫동안 깨어 있
었다. 맥스의 이마에 가볍게 키스를 해주었지만, 그는 깊이 잠들어 있
었다. 사정을 하고 나서 바로 잠이 들었는데, 완전히 녹초가 된 것 같
았다. 질은 다음번에 그가 자위를 할 때는 사정하는 순간 그의 얼굴을
볼 수 있도록 불을 그냥 켜두라고 해야겠다는 생각이 들었다. 그녀가
생각하기에 섹스에서는 그게 최고의 순간이었다. 남자애들의 얼굴이
격정적으로 일그러졌다가, 마치 끔찍한 미스터리가 방금 해결되기라도
했다는 듯이 맥이 탁 풀려버리는 그 순간 말이다.

그녀는 아래층으로 내려갔다. 놀랍게도 거실은 텅 비어 있었다. 소리
를 죽여 놓은 TV 불빛을 받아 섬뜩하고 낯설어 보이기까지 했다. 진절
머리나는 '기적의 정찰대' 인포머셜(정보와 광고의 합성어로 상품에 관해
상세한 정보를 제공하는 광고_옮긴이)이 또 방영 중이었다. 엄마, 아빠, 아
들, 딸로 구성된 네 명의 가족이 군대용 야간투시경을 눈에 착용하고
숲 속으로 걸어 들어가고 있었다. 그러다가 갑자기 걸음을 멈추고는

고개를 들어 올려 하늘에 있는 뭔가 대단한 것을 손으로 가리켰다. 질은 그 해설을 이미 달달 외우고 있었다. **상시 최저가로 판매하는 기적의 정찰병 두 개를 구입하시면, 두 개를 완전히 공짜로 드립니다! 맞습니다, 두 개를 사면, 두 개가 공짜입니다! 추가 보너스로, 가정의 안전을 지켜주는 가족 간 대화 장비를 역시 무료로 제공합니다! 그것만 해도 6달러 상당입니다!** 화면에는 어린 소년이 숲 속에 숨어서 가족 간 대화 장비에 대고 걱정스럽게 말을 하고 있었다. 질이 보기에는 정원에서 사용할 수 있는 워키토키 같았다. 부모님과 여동생이 각자의 대화 장치를 손에 움켜쥐고 숲에서 나타나자 소년의 얼굴은 환하게 밝아졌다. 그들은 달려가서 소년을 부둥켜안았다. **지금 주문하세요! 주문했다는 사실에 감사하게 되실 겁니다!** 속마음을 인정하라고 한다면 차라리 죽어버리고 말테지만, 어쩐 일인지 질은 가족이 모두 모여 행복해하는 그 유치하고 감상적인 싸구려 광고를 볼 때마다 심하게 목이 메어오는 것을 느꼈다.

질은 에이미를 기다리는 동안 몇 분 정도 집안 정리를 했다. 딱히 자신이 할 일은 아니었지만, 난장판이 되어 있는 집안에서 깨어나는 게 얼마나 기분을 우울하게 만드는지 잘 알고 있기 때문이었다. 그런 날은 깨자마자 새로운 하루가 이미 낡은 하루처럼 느껴졌다. 물론, 드미트리의 집은 늘 파티 장소로 이용되었다. 질이 아는 한 그의 부모님과 두 여동생은 늘 '외출' 중이었고, 아무도 그들이 일찍 들어올지 모른다는 예상 같은 건 하지 않았다. 그러니 집이 어질러져 있거나 말거나 드미트리 자신은 전혀 신경 쓰지 않을지도 몰랐다. 어쩌면 어질러진 모습이 그에게는 오히려 더 평범해 보이고 깔끔하게 정돈된 모습이 훨씬 당황스러울지도 몰랐다.

질은 빈 맥주병 몇 개를 부엌으로 가지고 들어가 수도꼭지 아래서 헹궜다. 그런 다음 식어버린 피자를 랩으로 싸서 냉장고에 넣고 빈 상자는 쓰레기통에 구겨 넣었다. 막 식기 세척기에 설거지거리를 쟁여 넣고 돌아섰을 때, 에이미가 수줍게 미소를 지으며 한쪽 팔을 앞으로 쭉 뻗은 채 밖으로 걸어 나왔다. 에이미의 쭉 뻗은 팔에는 팬티 하나가 매달려 있었다. 그녀는 마치 길거리에서 의심스러운 쓰레기를 집어 든 사람처럼 엄지와 검지로 팬티를 잡고 있었다.

"나 정말 추접스럽지 않니?"

에이미가 말했고, 질은 팬티를 물끄러미 바라봤다. 노란색 데이지 꽃이 그려 있는 밝은 파란색 팬티였다.

"그거 내 거 아니야?"

에이미는 싱크대 아래쪽 문을 열고 팬티를 쓰레기통 안으로 깊이 쑤셔 넣었다.

"내 말 믿어," 그녀가 말했다. "너 저거 돌려받고 싶지 않을 거야."

∿∿∿

케빈은 춤을 즐기기는 했지만, 잘 추지는 못했다. 이건 미식축구야, 그는 생각했다. 마치 양쪽 팀에서 댄서들이 그를 향해 달려들기라도 할 것처럼 생각되는지 그의 엉덩이와 양어깨에는 너무 힘이 들어가 있었고, 두 발은 바닥을 너무 꽉 밟고 서 있었다. 결과적으로 간단한 동작만 연속적으로 반복해댈 뿐이었다. 그는 자신이 마치 배터리를 넣어 작동하는 싸구려 장난감이 되어버린 듯한 기분이 들었다.

게다가 노라 때문에 그는 평소보다도 더 심하게 자신의 단점을 의식했다. 그녀는 몸과 음악을 따로 구분 지어 생각할 수 없을 만큼 편안하고 우아하게 움직여 다녔다. 다행히도 케빈의 무능함에는 별로 신경 쓰지 않는 듯 보였다. 대개는 그가 곁에 있다는 사실조차도 알아차리지 못한 듯했다. 노라는 계속 고개를 숙이고 있었고, 얼굴은 액체만큼이나 섬세해 보이는 검고 매끄러운 머릿결 속에 반쯤 가려져 있었다. 아주 가끔 두 사람의 눈길이 마주칠 때면, 그녀는 그의 존재를 까맣게 잊고 있었다는 듯이 달콤하면서도 살짝 놀란듯한 미소를 지어 보였다.

DJ가 '러브(Love Shack)'과 '브릭 하우스(Brick House)'와 '섹스 머신(Sex Machine)'을 연달아 틀었고, 노라는 가사를 대부분 알고 있었다. 그녀는 신발을 벗어 던진 채 단단한 마룻바닥 위에서 맨발로 춤을 췄다. 온몸을 흔들어대며 빙글빙글 돌았다. 사람들이 자신을 유심히 지켜보고 있으리라는 사실을 그녀가 모르고 있을 리 없었다. 그럼에도 그처럼 활기차게 춤을 추는 모습에는 놀라지 않을 수 없었다. 케빈 자신도 우연치 않게 눈부신 조명 속으로 발을 들여놓은 것처럼 그를 지켜보는 사람들의 시선을 의식하고 있었다. 그들의 시선이 딱히 무례한 것은 아니었다. 어쩔 수 없이 바라보게 되는 그런 은밀한 시선이었다. 그러나 어쨌든 잔인한 시선이었고, 그 시선 속에서 케빈은 점점 자신을 의식했다. 그는 자신의 어색한 춤솜씨를 사과라도 하는 듯이 수줍게 미소 지으며 주변을 둘러봤다.

그들은 일곱 곡을 연속으로 추었다. 중간에 케빈은 쉬고 싶었지만, 노라와 함께 쉬려고 참고 있었다. 하지만 그가 잠시 쉬자고 요청했을 때, 노라는 고개를 저었다. 그녀의 얼굴은 땀으로 빛났고, 눈에서도 광채가 흘러나왔다.

"계속 춰요."

그는 '아이 윌 서바이브(I Will Survive)'와 '턴 더 빗 어라운드(Turn the Beat Around)'를 연속으로 추고 나서 완전히 지쳐버렸다. 다행히도 다음 곡은 '서퍼 걸(Surfer Girl)'로 그들이 춤을 추기 시작한 이후 처음

나오는 느린 곡이었다. 초반 아르페지오 동안에는 어색함이 느껴졌지만, 노라는 의중을 묻는 듯한 그의 눈빛에 한 발 앞으로 나오는 것으로 응하고는 팔을 그의 목에 감았다. 그의 한 손은 그녀의 어깨에, 다른 손은 잘록한 허리 부분에 얹어 포옹을 완성했다. 그녀는 마치 학창 시절 무도회 때처럼 그의 어깨 위로 고개를 떨구었다.

그는 노라의 땀 냄새와 샴푸냄새가 뒤섞인 향을 호흡하며 약간 발을 끌어 한 발 앞으로 나갔다가 다시 옆으로 나갔다. 그녀는 그의 몸에 자신의 몸을 밀착시킨 채, 그의 리드를 따라 움직였다. 케빈은 노라의 얇은 드레스 천을 뚫고 올라오는 피부의 축축한 열기를 느낄 수 있었다. 노라가 무슨 말인가 웅얼거렸지만, 그녀의 말은 그의 옷깃 주변에서 흩어져 버렸다.

"미안해요," 그가 말했다. "무슨 말인지 못 들었어요."

노라가 고개를 들었다. 그녀의 목소리는 부드럽고 꿈결 같았다.

"우리 집 앞 도로가 움푹 패였어요. 언제 와서 고쳐줄 거예요?"

Part Three

3부
행복한 추수감사절

더러운 녀석들

터미널에서 차를 기다리는 동안 톰은 초조해 미칠 지경이었다. 그는 계속 차를 얻어 타고 국도로만 다니며 숲 속에서 캠핑을 하는 등의 방법으로 비상시를 위해 돈을 절약하고 싶었다. 샌프란시스코에서 댄버까지는 그렇게 왔지만, 크리스틴이 마침내 지쳐버리고 말았다.

물론 대놓고 그런 말을 한 것은 아니었지만, 톰은 그녀가 속으로는 그렇게 생각하고 있음을 알아차렸다. 엄지손가락을 치켜들고 서 있다가 차를 세워 태워주는 사람들에게 고마운 척을 해대는 일이 지겨웠던 것이다. 크리스틴이 생각하기에 그 사람들은 도로 한가운데서 맨발로 서 있는 지저분한 두 명의 청년을 자기 차에 태워 그곳에서 약간 멀리 떨어진 곳에 떨궈주고 가는 것이 무슨 대단한 선의라도 베푸는 일인 것처럼 생각할 뿐, 그녀의 삶에 아주 약간이라도 기여하게 되는 것이 그들 입장에서 얼마나 영광스러운 일인지에 대해서는 꿈에도 생각지 못하는 어리석은 인간들이었다.

추수감사절 이틀 전이었다. 톰은 자기가 가장 좋아하는 명절 중 하나가 추수감사절이었음에도 그것에 대해서는 까맣게 잊고 있었다. 터미널 대기실은 여행객과 그들의 짐으로 발 디딜 틈이 없었다. 그중에는 골치 아픈 문제를 일으킬지도 모를 경찰과 군인들도 끼어 있었다. 크리스틴은 일렬로 놓인 의자 한가운데 빈자리 하나가 난 것을 보고 급하게 찾아가 앉았다. 짜증을 억누르려 애쓰면서, 톰은 무엇보다도 크리스틴의 욕구가 우선이라는 사실을 자신에게 상기시키며 무거운 배낭에 짓눌린 채 천천히 그 뒤를 따라갔다.

그의 물건뿐 아니라 크리스틴의 물건에 텐트와 침낭까지 다 들어가 있는 볼품없는 배낭을 어깨에서 내린 후, 그는 곧장 건너편에 앉아 있는 군인 무리와 시선을 마주치지 않도록 각도를 틀고 충성스러운 개처럼 크리스틴의 발치에 주저앉았다. 군인들은 모두 사막 전투복에 전투화 차림이었다. 두 명은 졸고 있었고, 한 명은 문자메시지를 보내고 있었지만, 토끼처럼 눈가가 붉고 깡마른 빨간 머리 군인 하나는 톰을 긴장하게 할 만큼 강렬한 시선으로 크리스틴을 탐색하고 있었다.

이것이 정확히 그가 걱정하던 상황이었다. 크리스틴은 도저히 쳐다보지 않고는 견딜 수 없을 만큼 사랑스러웠다. 심지어 이마 한가운데 파란색과 주황색 화살 과녁을 그려 넣은 채, 지저분한 히피 누더기를 걸치고, 머리에는 손으로 뜬 원뿔형 털모자를 쓰고 있어도 상황은 달라지지 않았다. 길크리스트 씨가 체포된 지 한 달이 넘어가고 있었기에 그 사건에 관한 관심도 상당히 수그러든 상황이었다. 하지만 톰은 눈치 빠른 누군가가 크리스틴을 은신해 있는 길크리스트 씨의 신부들과 연결시키는 것은 시간문제라고 생각했다.

크리스틴을 바라보던 네 번째 군인의 시선이 톰에게로 옮겨왔다. 그는 그 시선을 무시하려 애를 썼지만, 군인은 자신에게는 남아도는 게 시간이고, 할 일이라고는 아무것도 없다는 듯이 그를 빤히 바라봤다. 결국 톰은 고개를 돌려 시선을 마주 보는 것 외에는 달리 도리가 없음을 깨달았다.

"어이, 돼지우리," 군인이 말했다. 군복 앞주머니에 재봉질 되어 있는 글자가 그의 이름이 헤닝이라는 사실을 알려주었다. "저 아가씨가 당신 여자친군가?"

"그냥 친구야."

톰이 약간 퉁명스럽게 대답했다.

"친구 이름은 뭐야?"

"제니퍼."

"어디 가는 거야?"

"오마하."

"이런, 나도 거기 가는데." 헤닝은 이 우연에 기분이 좋은 모양이었다. "2주 휴가를 받았거든. 추수감사절은 가족과 함께 보낼 수 있게 됐지."

톰은 약간 고개를 끄덕여주었다. 상대의 신상에 관해 알아가는 대화를 나눌만한 기분이 아니라는 사실을 그가 알아채게 하려 애쓰고 있었지만, 헤닝은 그 힌트를 알아차리지 못한 모양이었다.

"그래, 네브라스카에는 어쩐 일로 왔어?"

"그냥 지나쳐 가는 거야."

"어디서 왔는데?"

"피닉스."

그는 거짓말을 했다.

"거기 징그럽게 덥지 않나?"

톰은 대화를 그만 끝내고 싶다는 신호를 보내며 시선을 돌려버렸다.

그러나 헤닝은 전혀 알아차리지 못한 척했다.

"대체 너희들은 왜 샤워를 안 하는 거야? 샤워와 무슨 원한 관계라도 있어? 물에 알레르기라도 있는 거야?"

아, 제기랄, 톰은 생각했다. **또 시작이군.** 두 사람이 맨발의 사람들로 변장해 다니기로 결정했을 때, 톰은 그들이 마약과 자유로운 성생활에 관해 괴롭힘을 당하리라 추측했지만, 개인적인 위생에 관한 주제로는 얼마나 많이 시달리게 될지 전혀 예측하지 못했다.

"우리도 청결함을 중요하게 생각해." 톰이 대꾸했다. "단지 거기에 강박적으로 매달리지 않을 뿐이야."

"그런 것 같네." 헤닝이 톰의 더러운 발이 증거물 1호라도 된다는 듯이 흘낏 쳐다봤다. "좀 궁금해서 그러는데, 샤워 안 하고 가장 오래 버틴 게 얼마나 돼?"

만약 톰이 조금이라도 정직이라는 주제에 관심이 있었다면, 그는 일주일이라고 대답했을 터였다. 그것이 정확히 현재 그의 상태였기 때문이었다. 그럴듯한 모습으로 변장하기 위해, 그와 크리스틴은 샌프란시스코를 떠나기 사흘 전부터 샤워를 하지 않았고, 도로로 나선 후에는 공중화장실밖에 사용할 수 없었다.

"그건 그쪽이 상관할 바가 아니야."

"그래, 알았어." 헤닝은 혼자 괜히 신이 난 모양이었다. "그럼 이것만 대답해줘. 언제 마지막으로 속옷 갈아입었어?"

헤닝 옆에 앉아서 문자 메시지 보내는 일에 목숨이라도 달렸는지 미친 듯이 문자를 찍어대던 대머리 흑인 군인이 전화기에서 고개를 들고는 껄껄대며 웃었다.

톰은 계속 침묵을 지켰다. 속옷에 관한 질문에 대꾸할 위엄있는 방법 같은 것은 없었다.

"어서 대답해 봐, 돼지우리. 대략적으로만 알려 달라니까. 한 주가 안 됐으면 추가 점수를 주지."

"어쩌면 이 친구 특공대일지도 모르겠군."

흑인이 추측했다.

"깨끗함은 내면에서 나오는 거야." 톰은 맨발의 사람들이 자주 들먹이는 구호 중 하나를 그대로 따라 했다. "외모와는 무관한 거지."

"나한테는 아니야." 헤닝이 빠르게 받아쳤다. "너희들과 같은 버스 안에서 12시간을 버텨야 하는 나는 아니라고."

톰은 아무 말도 하지 않았지만, 그의 말이 옳기는 했다. 지난 이틀 동안, 그는 크리스틴의 곁에 가까이 다가갈 때마다 두 사람이 발산하는 악취를 거북할 만큼 강하게 느끼고 있었다. 길에서 그들을 태워주었던 운전기사들도 날씨가 얼마나 춥든 상관없이 두 사람이 차에 올라타자 마자 하나같이 차의 창문부터 내렸었다. 이제 더는 그럴듯함이 문제가 아니었다.

"기분 상하게 했다면 미안해."

톰은 약간 뻣뻣하게 말했다.

"너무 까칠하게 굴지 마, 돼지우리. 그냥 심심해서 시비 걸어 본 거니까."

톰이 채 대꾸할 말을 찾아내기도 전에, 크리스틴이 뒤에서 가볍게 그를 발로 쳤다. 그는 군인들과의 대화에 그녀가 끼는 것을 원치 않았기에, 그 발길질을 무시했다. 그러자 돌아보지 않고는 배길 수 없을 만큼 세게 다시 한 번 그를 찼다.

"나 배고파 죽겠어," 크리스틴이 푸드코트 쪽으로 턱을 쭉 내밀며 말했다. "피자 한 조각만 사다 줄래?"

야간 버스 안에서 그들의 존재에 분개하는 사람은 헤닝 뿐만이 아니었다. 두 사람의 표를 받아든 운전기사도 영 기분이 좋지 않아 보였다. 그들이 맨 뒤에 있는 빈자리로 가기 위해 통로를 따라 걸어가는 동안 몇몇 승객은 비난 조의 말을 중얼거리기도 했다.

그것만으로도 톰이 맨발의 사람들이 안됐다고 느끼게끔 하기에 충분했다. 맨발의 사람들로 신분을 가장해 다니기 전까지, 그러니까 적어도 샌프란시스코를 벗어나기 전까지 톰은 그들이 일반 대중에게 얼마나 무시를 당하는지 잘 알지 못했다. 매번 적대적인 상황에 부닥칠 때마다 그는 자신과 크리스틴이 좀 더 존경받을만한 위장을 선택할걸 그랬다는 후회를 하곤 했다. 사람들 사이로 좀 더 자연스럽게 섞여 들어갈 수 있고, 막연한 적대감을 너무 강하게 끌어내지 않는 그런 위장 말이다. 하지만 한편으로는 맨발의 사람들이라는 이 특정 위장의 약점이 어찌 보면 하나의 강점이기도 했다. 다시 말해, 눈에 많이 띌수록 사람들이 그저 외모만으로 그들을 평가하기가 쉬워질 테고, 그러면 두 사람은 더럽기는 해도 무해한 한 쌍의 젊은 애들로 낙인찍혀 간단히 무시돼버릴 가능성이 커질 터였다.

크리스틴은 화장실과 가까워 그리 쾌적하지 않은 차량 맨 뒤쪽 창가 자리로 미끄러져 들어갔다. 그리고 톰이 통로 건너편에 자리를 잡고 앉자 당황한 눈치였다.

"왜 그래?" 그녀는 자기 옆의 빈자리를 손으로 두드렸다. "나 심심하지 않게 옆으로 와서 앉지그래?"

"떨어져 앉는 게 나을 것 같아. 그래야 좀 편히 쉬지."

"아." 크리스틴의 얼굴에 실망감이 스쳐 지나갔다. "이젠 날 사랑하지 않는구나."

"참, 내가 잊어먹고 말 안 했는데, 나 다른 사람 사귀고 있어. 인터넷에서 만났어."

"예뻐?"

"내가 아는 사실이라고는, 그 애는 깨끗한 러시아 여자애고, 부유한 미국 종마를 찾고 있다는 거야."

"반대의 경우가 아니라서 다행이네."

"웃기지 마셔."

두 사람은 지난 두 주 동안 마치 자신들이 연인관계라도 된다는 듯이 이런 식으로 서로에게 장난을 쳤다. 둘 사이에서 사라지지 않고 걸려 있는 성적인 긴장감을 농담으로 해소해 보려는 의도였지만, 어쩐 일인지 농담을 하면 할수록 그 긴장감은 더 강해지기만 했다. 집에 있을 때는 관심을 다른 곳으로 돌리기가 쉬웠지만, 하루 24시간을 붙어 다니며 함께 먹고, 작은 텐트 안에서 나란히 누워 잠을 자는 길 위에서의 생활을 하는 동안에는 그 관심이 더욱 극심해질 뿐이었다. 그는 크리스틴의 코 고는 소리도 들었고, 그녀가 숲에 쪼그리고 앉아 볼일을 보는 모습도 봤으며, 아침에 헛구역질을 해댈 때면 흘러내린 머리칼을 잡아주기도 했다. 하지만 그렇게 친밀함에도 두 사람 사이에는 아주 작은 경멸의 흔적조차도 나타나지 않았다. 지금도 여전히 톰은 크리스틴이 약간만 몸을 스쳐와도 당황스러워 어쩔 줄 몰라했다. 그러니 거의 닿을 듯한 위치에 그녀의 무릎을 둔 채, 거의 12시간 동안 앉아서 꼬박 밤을 새우는 일은 끔찍한 고문이 아닐 수 없을 터였다.

그 수많은 기회에도 불구하고, 톰은 지금껏 단 한 번도 그녀의 몸을 탐하려는 시도조차 하지 않았다. 텐트 안에서 키스를 하려는 시도도 하지 않았고, 심지어는 손조차도 잡지 않았다. 아예 그럴 의도 자체가 없었다. 크리스틴은 16살이었고, 임신 4개월째였으며 이제 조금씩 배가 불러오고 있었다. 그러니 지금 그녀에게 가장 필요 없는 것은 여행

동반자의 성적인 시도였다. 톰은 그녀를 돌볼 책임을 지고 있는 사람이었다. 임무는 간단했다. 그녀를 보스턴까지 안전하게 데리고 가면 끝이었다. 그곳에 도착하면 길크리스트 씨의 처지에 동정하는 그의 몇몇 친구들이 세상을 구할 선택받은 인물이라는 아기가 태어날 때까지 크리스틴을 먹이고 재우고 의료상의 도움까지 제공하기로 되어 있었다.

물론 톰은 기적의 아이니 뭐니 하는, 그 황당하고 말도 안 되는 얘기는 전혀 믿지 않았다. 또한 세상을 구한다는 게 대체 무슨 의미인지도 이해하지 못했다. 그게 사라진 사람들이 다시 돌아온다는 의미일까? 아니면, 남아 있는 사람들이 살아가기에 더 좋은 세상으로 변해 그들 앞에 더 밝은 미래가 펼쳐진다는 의미일까? 그 예언이라는 것 자체가 어이없도록 애매했다. 그리고 그 애매함이 온갖 종류의 근거 없는 소문과 무모한 억측을 낳게 했는데, 톰은 그 중 어느 것도 심각하게 받아들이지 않았다. 이유는 간단했다. 길크리스트 씨를 향한 그의 믿음이 지옥으로 떨어져 버린 탓이었다. 그가 크리스틴을 돕는 이유는 그녀를 좋아하기 때문이었고, 시기적으로도 샌프란시스코를 벗어나 인생의 다음 장으로 옮겨 가는 것이 좋겠다는 생각이 들었기 때문이었다. 그곳에 무엇이 있든 상관없었다.

그럼에도 톰은 재미삼아 가끔씩 모든 게 사실일지도 모른다는 생각을 하며 즐거운 상상에 빠지곤 했다. 어쩌면 길크리스트 씨는 여러 단점이 있기는 해도 정말로 신성한 사람일지도 모른다. 그리고 아기도 정말 구원자일지 모른다. 어쩌면 모든 것이 정말 크리스틴에게 달려 있고, 따라서 톰에게도 달려 있을지 누가 알겠는가. 어쩌면 톰 가비는 크리스틴이 가장 크게 도움이 필요할 때 그녀의 곁에 있어 주었으며, 딱히 그럴 필요가 없었던 순간에도 늘 신사다운 품위를 잃지 않았던 사람으로 몇천 년 후까지도 길이 기억될지 모르는 일이었다.

그게 바로 나야, 그는 만족스러운 미소를 지으며 생각했다. **크리스틴의 몸에 전혀 손을 대지 않은 그 사람이 바로 나라고.**

버스가 움직이기 시작했을 때는 초저녁이었고, 로키산맥의 경치를 감상하기에는 이미 너무 늦은 시간이었다. 버스는 깨끗한 신제품이었다. 뒤로 젖힐 수 있는 폭신한 좌석에는 영화를 감상할 수 있는 개별 장비가 장착돼 있었고, 무선 인터넷도 사용할 수 있었다. 물론 톰이나 크리스틴은 둘 다 그걸 사용할만한 장치가 없었다. 심지어 화장실도 아직은 별로 냄새가 나지 않았다.

그는 영화를 보려고 애를 썼다. 실수로 자신에게 슈퍼파워가 있다고 믿게 된 개에 관한 이야기가 펼쳐지는 《볼트Bolt》라는 만화영화였다. 하지만 너무 재미가 없었다. 그는 갑작스런 증발 이후에 대중문화에는 완전히 관심을 잃어버렸는데, 어찌 된 일인지 다시 되돌릴 수가 없었다. 모든 게 너무 정신없고 거짓된 것으로 보였고, 너무 필사적으로 시선을 끌려고 애를 쓰는 듯 보였다. 마치 그래야만 사람들이 눈앞에서 벌어지는 나쁜 사건을 전혀 알아차리지 못한다는 듯했다. 심지어 근래 톰은 스포츠 경기에도 전혀 관심을 두지 않아서, 월드시리즈 우승팀이 어딘지도 알지 못했다. 어차피 모든 팀에 다 결원이 생겨났고, 선수 명부에 생겨난 구멍은 2군 선수들이나 이미 은퇴한 노장들로 메꿔넣은 형편이었다. 그가 진심으로 그리워하는 것은 음악이었다. 차를 타고 가는 동안, 예전에 가지고 있던 금속재질의 녹색 아이팟을 들을 수만 있다면 그보다 더 좋은 일은 없을 것 같았다. 하지만 그것은 이미 오래전에 그의 손을 떠나고 없었다. 채플힐인지 앤 아버인지 모를 곳에서 잃어버린 것도 같고 도둑을 맞은 것 같기도 했다.

적어도 크리스틴은 기분이 좋은 모양이었다. 더러운 발을 의자 쿠션

위로 올려 양 무릎을 가슴 앞으로 단단히 껴안은 채 앞에 설치된 작은 화면을 바라보며 키득거리고 있었다. 크리스틴의 주장에 따르면 그녀의 가슴은 전보다 훨씬 커져 있었지만, 톰이 보기에는 그리 별 차이가 없었다. 그가 앉아 있는 각도에서는 살짝 튀어나온 배를 풍성한 스웨터와 지저분한 양털 재킷 안에 감추고 앉아 있는 크리스틴의 모습이 영락없는 어린애처럼 보였다. 쑤시는 젖꼭지나 엽산 섭취량이 아니라, 숙제나 축구연습 따위를 걱정하고 있어야 어울릴 것 같았다. 그가 너무 오래 멍하니 바라보고 있었는지, 크리스틴은 그가 자신의 이름을 부르기라도 한 듯이 갑자기 고개를 홱 돌렸다.

"왜?"

그녀가 약간 방어적으로 물었다. 이마에 있는 과녁 그림이 약간 흐려져 있었다. 오마하에 도착했을 때 손으로 만진 모양이었다.

"아무것도 아니야." 그가 말했다. "그냥 멍하게 있던 거야."

"정말?"

"그래, 영화나 봐."

"이거 정말 재밌어." 크리스틴이 기쁨으로 눈을 반짝거리며 말했다. "저 강아지 완전 괴짜야."

영화가 끝나고 나자 사람들이 하나둘씩 화장실을 찾기 시작했다. 처음에는 늘어선 줄이 효율적으로 움직여갔다. 그런데 지팡이를 짚은 근엄하고 단호한 표정의 한 노인이 안으로 들어가 나오지 않자 줄은 그대로 멈춰 서고 말았다. 시간이 흐를수록 뒤에 줄지어 서 있는 사람들의 얼굴에는 짜증스러운 표정이 역력해졌다. 한숨을 쉬는 간격도 현저하게 짧아졌고, 어떤 사람은 앞쪽에 서 있는 사람에게 노인이 안에서 살았는지 죽었는지 노크라도 해보라고, 아니면 적어도 《전쟁과 평화

War and Peace》가 소문만큼 재밌기는 한지 물어보라고 청하기도 했다.

우연하게도 헤닝은 그 교통체증이 일어나고 있는 동안 앞에서 두 번째 위치에 서 있었다. 톰은 계속 고개를 숙이고 터미널에서 집어 들어온 공짜 신문에 몰두해 있는 척을 했다. 하지만 그의 이마에 그려진 과녁에 구멍이라도 뚫을 기세로 끊임없이 그를 바라보는 군인의 시선을 느끼지 않을 수가 없었다.

"돼지우리!" 톰이 마침내 고개를 들자 그가 말했다. 상당히 취한 목소리였다. "오래간만이야 친구."

"그래."

"이봐요, 할아버지!" 헤닝이 닫힌 화장실 문을 향해 소리 질렀다. "시간 다 됐다고!" 그가 공격적인 표정으로 톰을 돌아봤다. "대체 저 안에서 뭔 짓을 하고 있는 거야?"

"대자연을 거스를 수는 없는 법이지."

톰이 대꾸했다. 그것 역시 맨발의 사람들이 늘 하는 말 같았다.

"개소리하지 마." 헤닝이 대답하자, 그의 앞에 서 있던 중년 여성은 그의 말에 동의한다는 듯 초조하게 고개를 끄덕였다. "앞으로 열까지 셀 거야. 만약 그때까지 안 나오면, 내가 문을 발로 차버릴 줄 아시라고."

바로 그때 물 내리는 소리가 들려왔고, 통로에는 눈에 띄게 안도의 물결이 일었다. 그러고 나서 다시 이상한 긴장감을 동반한 침묵이 뒤따랐다. 그리고 다시 한 번 물 내리는 소리가 들렸다. 마침내 문이 열리자, 이제는 유명해진 화장실 점유자가 밖으로 걸어 나와 그의 군중을 둘러봤다. 그는 화장지로 땀이 흐른 이마를 닦아내고는 공손하게 용서를 구하는 간청의 말을 했다.

"여기에 문제가 좀 있었습니다." 그가 약간 망설이듯이 자신의 배를 문질렀다. 여전히 문제가 해결된 것은 아니라는 사실을 알리고 싶은 듯했다. "저도 어쩔 수가 없더군요."

톰은 쩔뚝이며 아래로 내려서는 노인에게서 비참함의 기운이 그대로 전해오는 것을 감지했다. 화장실 안으로 들어간 다음 사람이 항의라도 하듯이 작게 비명을 내지르며 문을 닫았다.

"그래 여기서 뭣들하고 있었어?" 정체가 풀린 까닭인지 헤닝이 훨씬 기분 좋아진 목소리로 물었다. "둘이 파티라도 하고 있었나?"

"그냥 앉아 있었어," 톰이 말했다. "잠이라도 자두려고."

"그래, 그렇군." 헤닝은 마치 자신이 잠들 수 있는 비결을 알고 있다는 듯이 고개를 끄덕였다. 그리고는 바지 뒷주머니를 두드렸다. "나한테 짐빔이 있거든. 얼마든지 나눠 마실 의향이 있다고."

"우린 술 별로 안 좋아해."

"아, 맞다." 헤닝은 엄지와 검지를 모으더니 입술로 가져갔다. "너희들은 허브를 더 좋아하지, 그렇지?"

톰은 적절한 반응을 보이기 위해 고개를 끄덕였다. 실제로 맨발의 사람들은 그 허브를 좋아했다.

"나한테 그것도 좀 있어." 헤닝이 말했다. "몇 시간만 가면 휴게소에 정차할 건데, 원한다면 얼마든지 끼워줄게."

톰이 대답도 하기 전에 화장실 물 내리는 소리가 들렸다.

"아, 살았네." 헤닝이 중얼거렸다. 화장실에서 걸어 나오며, 아까의 중년 여성이 헤닝을 향해 조심스럽게 미소 지으며 말했다. "들어가세요."

안으로 들어가면서, 헤닝은 상상 속의 대마초를 한 모금 빨아들였다.

"나중에 보자고, 돼지우리."

대형 타이어 굴러가는 소리를 자장가 삼아 톰은 잠이 들었다 깨기를 반복했다. 오갈라라 외곽 어디쯤 되는 것 같았다. 얼마나 오래 잤는지는 모르겠지만, 잠시 후 그는 몇 사람이 대화를 나누는 듯한 목소리와 이상한 긴장감을 감지하고는 잠에서 깨어났다. 버스는 여기저기 켜져 있는 독서등 몇 개와 몇몇 노트북 화면의 불빛을 제외하고는 어둠 속에 잠겨 있었다. 다시 정신을 차리기까지 약간의 시간이 걸렸다. 톰은 크리스틴을 확인하기 위해 본능적으로 고개를 돌렸지만, 헤닝이 그의 시야를 막고 있었다. 그는 위스키병을 손에 들고 크리스틴의 옆자리에 앉아 낮고 비밀스러운 목소리로 무슨 말인가 소곤거리는 중이었다.

"이봐!" 톰의 목소리가 의도했던 것보다 훨씬 크게 울려 나온 탓에 주변에 있던 몇몇 승객은 그에게로 짜증스러운 시선을 던졌고, 또 몇몇은 조용히 하라는 의미로 쉬쉬거리기까지 했다. "지금 대체 뭐……."

"돼지우리." 헤닝이 부드럽게 말했다. 얼굴에는 다정한 미소까지 짓고 있었다. "내가 깨운 거야?"

"제니퍼?" 톰은 크리스틴의 상태를 확인하기 위해 앞으로 몸을 기울였다. "괜찮아?"

"난 괜찮아."

대답은 이렇게 했지만, 그녀의 목소리에는 비난의 기운이 묻어 있었고, 톰은 자신이 비난받아도 싸다고 생각했다. 크리스틴의 경호원 자격으로 동행하고 있었음에도, 임무 중에 잠이 들어버린 것 아니던가. 그녀가 얼마나 오랫동안 이런 상황에 갇혀 술 취한 군인의 집적거림을 피하려 애를 쓰고 있었을지는 오직 신만이 아실 일이었다.

"얼른 다시 자." 헤닝은 통로 건너편으로 팔을 뻗어 마치 아버지가 아들을 다독이듯이 톰의 어깨를 두드리며 말했다. "걱정할 거 없다니까."

톰은 눈을 비비고 생각을 하려 애를 썼다. 그는 헤닝을 적대시하고 싶지도 않았고, 쓸데없는 소란을 일으키고 싶지도 않았다. 그들에게 필요치 않은 한 가지를 대라면, 바로 불필요하게 사람들의 시선을 끄는 일이었다.

"들어봐," 그가 최대한 친절하게 끌어낼 수 있는 가장 이성적인 목소리로 말을 시작했다. "재수 없는 인간처럼 굴고 싶지는 않지만, 시간이 너무 늦었잖아. 그리고 우린 지난 며칠 동안 거의 잠을 못 잤어. 그러니 이제 그만 네 자리로 돌아가서 우리가 좀 쉴 수 있게 해주면 정말 고맙겠어."

"아니, 그런 게 아니야." 헤닝이 항의했다. "정말 그런 게 아니라니까. 우린 그냥 대화를 나누고 있었어."

"개인적인 감정이 있어서 이러는 게 아니야." 톰이 다시 말했다. "정중하게 부탁하고 있는 거야."

"제발," 헤닝이 말했다. "난 그냥 대화 상대가 필요해. 지금 굉장히 힘든 시간을 보내고 있어서 그래."

그의 말은 진심인 듯했다. 톰은 자신이 과민반응을 보이는 것은 아닌지 의구심이 들기 시작했다. 하지만 지금 벌어지고 있는 상황이 전부 마음에 들지 않았다. 자신이 어리석게도 놓쳐버린 크리스틴의 옆자리를 낯선 남자가 차지하고 앉아 그녀에게 가까이 몸을 기대고 있는 상황이 기분 나빴다.

"괜찮아." 크리스틴이 그에게 말했다. "마크가 여기 있어도 난 상관없어."

"뭐? 마크?"

헤닝이 고개를 끄덕였다.

"그게 내 이름이야."

"좋아, 맘대로 해." 톰이 패배를 인정하며 한숨을 내쉬었다. "제니퍼가 괜찮다면, 나도 상관없어."

헤닝이 화해의 선물이라도 된다는 듯이 술병을 내밀었다. **젠장, 나도 모르겠다. 톰은 생각했다.** 그리고 살짝 한 모금을 들이키는 순간 알코올이 목구멍에 불을 지르는 듯한 기분에 몸을 움찔했다.

"그렇지," 헤닝이 말했다. "오마하까지는 먼 길이야. 그러니 좀 즐기는 것도 나쁠 거 없다고."

"마크가 전쟁에 관해 얘기해주고 있었어."

크리스틴이 설명했다.

"전쟁?" 톰은 버번의 여파가 전신으로 퍼져나가는 동안 몸을 부르르 떨었다. 즉시 머리가 맑아지면서 잠이 확 깨는 느낌이었다. "어느 전쟁?"

"예멘," 그가 말했다. "빌어먹을 지옥 구덩이지."

크리스틴은 잠이 들었지만, 톰과 헤닝은 통로를 사이에 두고 술병을 주거니 받거니 하면서 계속 조용하게 대화를 나누었다.

"나 열흘만 있으면 떠나야 해." 헤닝은 그 사실이 거의 믿기지 않는다는 말투였다. "12개월 배치임무로."

그는 자신이 군인 가족 출신이라고 말했다. 아버지도 군에 있었고, 두 삼촌과 고모도 마찬가지였다. 헤닝과 그의 형 애덤은 10월 14일 직후에 군에 입대하기로 결심했다. 그는 성경을 맹신하는 기독교인으로 가득 찬 작은 시골 마을 출신이었고, 당시만 하더라도 그가 아는 모든 사람이 종말이 다가왔다고 믿었다. 그들은 요한계시록에서 예언한 대로 중동지역에서 큰 전쟁이 일어나리라 예상했다. 적군은 달변의 적그리스도가 하나의 깃발 아래 모든 악의 무리를 소집해 만든 군대일 테고, 그 군대가 예루살렘을 침략할 것이라고 추측했다.

물론 지금까지는 전혀 그 비슷한 일도 일어나지 않았다. 세상은 부패와 비열한 폭군으로 가득 차 있었지만, 그래도 과거 3년 동안에는 적그리스도라고 믿을 만한 사람이 그들 중에서 나타나지도 않았으며, 이스라엘로 쳐들어간 군대도 없었다. 큰 전쟁 하나가 터지는 대신, 여기저기서 늘 그랬듯이 소규모 접전이 우후죽순 터지기는 했다. 아프가니스탄 전쟁은 거의 끝나가고 있었지만, 소말리아는 여전히 엉망이었고, 예멘의 상황은 점점 더 악화 일로를 걷고 있었다. 몇 달 전에, 대통령은 대규모 병력증원 계획을 발표했다.

"얼마 전에 돌아온 친구 하나랑 얘기를 해봤는데," 헤닝이 말을 이었다. "거긴 마치 석기시대나 마찬가지래. 모래와 자갈과 폭발물밖에 없다는 거지."

"빌어먹을." 톰은 버번을 한 모금 더 마셨다. 차츰 술기운이 올랐다. "무서워?"

"젠장, 그래." 헤닝은 귓불을 떼어내기라도 할 것처럼 힘껏 잡아당기며 말했다. "난 열아홉 살이야. 다리 하나가 잘려나간 채로 독일에서 깨어나고 싶지 않다고."

"그런 일은 없을 거야."

"우리 형한테는 일어났어." 헤닝이 건조하게 대꾸했다. 억양도 없이 초연한 목소리였다. "빌어먹을 자동차 폭파 사고였지."

"아, 제기랄. 정말 엿 같네."

"내일 형을 만날 거야. 사고 이후에 처음 만나는 거라고."

"형 상태는 어때?"

"괜찮기는 한 것 같은데, 잘 모르겠어. 지금은 휠체어에 앉아 있는데, 곧 신상 다리를 갖게 될 거라 그러더라. 왜 그 하이테크 기술을 이용한 다리 있잖아."

"그거 잘됐네."

"누가 알겠어, 우리 형이 생체공학 단거리 선수로 이름을 날리게 될지. 전에 신문에서 어떤 장애인에 관한 기사를 본 적 있는데, 그 사람은 실제로 전보다 훨씬 빨라졌다 그러더라고." 헤닝이 남아 있는 버번 몇 방울을 마저 비워버리고는 빈 병을 앞좌석 등받이에 달린 주머니에 넣어버렸다. "그런 모습을 보면 기분이 이상할 거야. 내 형이잖아."

헤닝은 등을 기대고 눈을 감았다. 톰은 그가 곧 잠이 들 것으로 예상했지만, 잠시 후 가느다란 신음소리가 들렸다. 뭔가 흥미로운 생각이 막 머릿속에 떠오른 모양이었다.

"네가 맞았어, 돼지우리. 원하는 대로 돌아다니면서 원하는 걸 하는 거야. 그럼 아무도 네게 명령하지 않고, 또 총으로 머리를 날려버리려는 인간들도 없을 것 아니야." 그가 톰을 바라봤다. "내 말 맞지? 너희들은 그냥 파티가 열리는 장소를 찾아 이리저리 헤매다니는 거잖아?"

"인생을 즐기는 게 우리의 의무야." 톰이 설명했다. 그는 맨발의 사람들 신학에는 많이 친숙했다. 그가 샌프란시스코에서 교육했던 많은 교사들이 신성한 웨인의 추종자가 되기 전에 이미 맨발의 사람들 단계를 거쳐왔던 까닭이었다. "우리는 쾌락이 신의 선물이라고 생각하고, 기회가 있을 때마다 신을 찬양해야 한다고 생각해. 유일한 죄악은 불행 속에 사는 거야. 우리에게는 그 규율이 첫 번째야."

헤닝이 빙그레 미소 지었다.

"그거 딱 내 종교다."

"쉬운 말처럼 들리겠지만, 따르기가 생각만큼 쉽지 않아. 인간이라는 종족은 꼭 불행에 프로그래밍 되어 있는 것 같거든."

"무슨 말인지 알겠어." 헤닝이 놀랄 만큼 확신에 찬 목소리로 말했다. "넌 얼마나 오래 이 생활을 한 거야?"

"1년쯤 됐어." 톰과 크리스틴은 정확히 이런 식의 꼬치꼬치 캐묻는 심문에 대비해 그들의 위장 이야기를 만들어 냈고, 톰은 그렇게 해두었다는 사실이 기뻤다. 이야기를 즉흥적으로 만들어 내기에 지금 그는 너무 취해 있었다. "난 대학에 다니고 있었는데, 모든 게 너무 허무하게 느껴지더라고. 세상은 종말로 나아가고 있는데 나는 회계학 학위를 따겠다고 아등바등 대는 게 한심하기도 하고. 세상이 끝장날 판에 그깟 거 따서 어디에 쓰는데?"

헤닝이 그의 이마를 톡톡 두드렸다.

"이 동그라미는 뭐야?"

"과녁이야. 표적. 그래야 창조주가 우리를 알아보지." 헤닝은 크리스틴 쪽을 흘깃 쳐다봤다. 고개를 창 쪽으로 기울인 채 부드럽게 호흡하며 잠들어 있었다. 쉬고 있는 그녀의 이목구비는 조각품이라기보다는 마치 얼굴에 그려 넣은 그림처럼 매우 섬세해 보였다.

"얘 거는 왜 색깔이 달라? 무슨 의미라도 있는 거야?"

"그냥 개인의 선택이야. 서명하고 같은 거지. 나는 고등학교 때 우리 학교 색깔이 고동색과 황금색이라 그걸 고른 거야."

"나는 녹색하고 베이지로 하면 되겠네." 헤닝이 말했다. "군 위장 색이 그거잖아."

"멋지겠네." 톰은 긍정의 의미로 고개를 끄덕였다. "그런 색은 한 번도 본 적이 없는 것 같아."

헤닝이 통로 쪽으로 몸을 기울여 왔다. 뭔가 비밀스러운 이야기를 하려는 듯했다.

"그런데 그게 정말 사실이야?"

"뭐가?"

"너희들은 다 함께 모여서 난교파티를 한다면서?"

톰이 들은 바에 따르면, 맨발의 사람들은 사막에서 하지와 동지 모임을 거창하게 열었다. 모두가 함께 모여 마약과 환각제를 복용하고 춤을 추고 섹스도 하는 그런 모임이었다. 톰에게는 그리 매력적으로 느껴지지 않았고, 그저 와자지껄하고 지저분한 남학생 사교클럽 파티나 다름없어 보였다.

"우린 난교파티라고 부르지 않아." 그가 설명했다. "그건 일종의 영적 수행 같은 거야. 서로를 묶어주는 의식 같은 거지."

"나도 그런 거에 익숙해. 귀여운 히피 여자애들하고 묶일 수만 있다면 나도 얼마든지 할 수 있겠다."

"정말?" 톰은 묻지 않고 배길 수가 없었다. "그 애들이 1주일 동안 속옷도 갈아입지 않았다고 해도?"

"그게 뭐 어때서?" 헤닝이 씩 웃으며 대꾸했다. "깨끗함은 내면에서 나오는 거야, 맞지?"

오마하 터미널에 도착했을 때 크리스틴이 그를 쿡쿡 찔러 잠을 깨웠다. 톰은 머리가 너무 무거워서 치켜들 수도 없을 것 같았다. 목이 지탱하기에 너무 버거운 느낌이었다.

"아, 망할." 그는 착색한 창문을 통해 들어오는 햇빛의 공격에 눈을 질끈 감았다. "벌써 아침이라고 말하지 말아줘."

"가여운 우리 아기."

그녀는 그의 팔을 가볍게 두드렸다. 톰이 헤닝이 앉았던 자리로 옮겨가서 두 사람은 옆옆이 앉아 있었다.

"아." 그는 혀로 입안을 샅샅이 훑었다. 오래된 버번의 씁쓸한 맛과 대마초 연기와 버스의 배기가스, 그리고 슬픔의 맛이 느껴졌다. "제발 날 그냥 총으로 쏴서 지금 끝장내줘."

"그럴 수는 없지. 고생하는 모습 보고 있는 게 더 재밌는 걸."

헤닝은 가고 없었다. 아침에 그들은 인적이 끊긴 휴게소 한가운데서 서로를 부둥켜안고 작별 인사를 나누었다.

"그가 괜찮았으면 좋겠어."

크리스틴이 톰의 마음을 읽어내고 말했다.

"그래, 나도."

헤닝은 톰이 엘모어 카페 주소를 적어준 종이를 지갑 속에 넣고 남쪽으로 차를 얻어타고 샌프란시스코까지 여행할 예정이었다. 톰은 그 종이에 '제럴드를 찾아'라고 적어 주었다. 물론 톰이 아는 한, 제럴드라는 사람은 없었지만, 그건 별문제도 아니었다. 제럴드의 소개가 있든 없든 맨발의 사람들은 그를 받아들여 줄 터였다. 그들은 모두를 환영했다. 심지어, 아니, 특히 더는 살상에 참여하지 않기로 마음먹은 군인의 경우에는 더욱 환영이었다.

"정말 대단해." 물품 하역 구간에서 짐가방을 회수하기 위해 다른 승객들과 함께 줄을 서 있는 동안 크리스틴이 말했다. "넌 네가 실제로 믿지도 않는 종교로 다른 사람을 개종시킨 거야."

"내가 개종시킨 게 아니야. 그가 스스로 개종했어."

운전기사는 기분이 좋지 않은지 짐가방과 꾸러미들이 어디로 떨어지는지 보지도 않은 채 마구잡이로 뒤로 집어 던지고 있었다. 승객들은 그에게 좀 더 공간을 주기 위해 몇 걸음 뒤로 물러났다.

"그를 탓할 수도 없어." 크리스틴이 말했다. "샌프란시스코로 가면 훨씬 즐겁게 살 수 있을 테니까."

그들의 배낭이 쿵 소리를 내며 바닥으로 떨어졌다. 톰은 가방을 집어 올리기 위해 몸을 숙였지만, 너무 빠르게 허리를 편 모양이었다. 그는 후들거리는 다리로 현기증이 사라지기를 기다리며 그 자리에서 잠시 휘청이고 서 있었다. 이마에서 축축한 땀이 한 번에 한 방울씩 배어 나오는 것이 느껴졌다.

"아, 죽겠네." 그가 말했다. "오늘 완전히 죽어나겠는데."

"우리 모임에 오신 걸 환영합니다." 크리스틴이 말했다. "나랑 같이 구역질하면 되겠다."

빨간 머리 가족 한 무리가 도착하는 승객들을 초조한 눈빛으로 훑어보며 터미널 안에 서 있었다. 모두 네 명이었다. 톰의 부모님과 거의 비슷한 연령대로 보이는 비쩍 마른 아버지와 통통한 엄마, 뚱한 표정의 십 대 소녀와 수척한 외모에 다리 하나가 없이 휠체어에 앉아 있는 남자 하나. **애덤이군**, 톰은 생각했다. 그는 공항에 나와 있는 자가용 기사처럼 종이 한 장을 들고 찌푸린 미소를 짓고 있었다.

종이에는 '마크 헤닝'이라고 적혀 있었다.

헤닝 가족이 톰과 크리스틴의 존재를 알아차릴 턱이 없었다. 종이에 적힌, 그들에게 의미 있는 단 한 사람이 밖으로 나오기를 참을성 있게 기다리며 문을 통과해 나오는 새로운 얼굴을 하나하나 확인하느라 너무 바쁜 탓이었다.

눈송이와 지팡이 사탕

그날 아침 케빈은 평소보다 1시간쯤 이른 8시경 시청사에 도착했다. 고등학교로 가서 질의 상담교사와 만나기 전에 미리 업무를 좀 봐두려는 생각에서였다. 선거 때 내걸었던 공약을 이행해 나가는 동안, 그는 유권자들과 자주 접하는 실천적인 관리체계를 이용하기로 마음먹고, 매일 하루에 한 시간씩 선착순으로 주민들을 만나오고 있었다. 이 것은 매우 훌륭한 정책이기도 했지만, 한편으로는 대처전략이기도 했다. 케빈은 사회적인 동물이었다. 아침이면 어딘가로 출근할 곳이 필요했다. 면도를 하고 샤워를 하고 옷을 차려입을 이유가 필요했다. 그는 바쁜 게 좋았고, 중요한 사람처럼 느껴지는 것도 좋았다. 그것이 자신의 영향력이 집 뒷마당을 넘어서 멀리까지 확장되고 있다는 사실을 확신시켜주기 때문이었다.

그는 초대형 주류 판매점 패트리어트 리큐어를 팔아치우고 나서 매우 힘들게 이 교훈을 배웠다. 사실 그 거래는 케빈이 나이 마흔다섯에 재정적으로 독립할 수 있게 해준, 상당히 큰 이득을 남긴 거래였다. 이른 퇴직은 그의 결혼 생활 한가운데 있던 꿈이었고, 그와 로리가 오랜 기간 함께 움직여 간 목표점이기도 했다. 입 밖으로 소리 내 말한 적은 없었지만, 두 사람은 〈머니 매거진〉 표지에서 흔히 볼 수 있는, 2인용 자전거를 타고 있거나 자신들의 요트 갑판에 서 있는 활기 넘치는 중년 부부가 될 수 있기를 열망했다. 아직 인생을 즐기기에 충분히 젊을 때 유유자적한 삶을 살아갈 수 있기를 바랐다. 그들의 눈에 〈머니 매거진〉 표지 속의 삶은 운과 노력과 신중한 계획의 조합을 통해 얻은, 판에 박힌 일상에서 빠져나가게 해줄 더없이 즐거운 피난처였다.

하지만 삶은 그런 식으로 전개되지 않았다. 세상은 너무 많이 변해버렸고, 로리도 마찬가지였다. 그가 사업체를 처분하려 바쁘게 돌아다니는 동안(스트레스도 엄청났고, 거래도 계속 지연되기만 했다), 로리는 그들이 꿈꿔왔던 삶에서 차츰 멀어져갔고, 정신적으로도 완전히 다른 삶을 준비해가기 시작했다. 그 안에는 2인용 자전거도, 요트도, 심지어는 남편도 포함돼 있지 않았다. 오직 그녀 혼자만의 삶이었다. 그들이 공유했던 꿈은 케빈의 독자적인 자산이 되어버렸고, 결과적으로는 그에게도 무용지물이 되고 말았다.

케빈이 그 사실을 알아내기까지는 약간의 시간이 걸렸다. 당시 그가 아는 것이라고는 퇴직생활이 그와는 전혀 맞지 않는다는 점이었고, 심지어는 자기 집에서조차 환영받지 못하는 기분을 느끼는 것이 실제로 가능하다는 것이었다. 마흔 살 이상이 참가하는 철인3종경기 훈련이나 재물낚시 배우기, 그리고 결혼의 열정 다시 점화하기 같은, 그동안 꿈꿔왔던 여러 신나는 일들을 하는 대신에, 그는 왜 아내가 자신을 무시하는지 이해하지 못한 채 대부분 시간을 헐렁한 트레이닝복 바지를 입고 목적 없이 어슬렁거리며 돌아다녔다. 그는 체중이 늘기 시작했고, 장 봐온 품목을 세세하게 관리하기 시작했으며, 아들의 예전 비디오 게임에 건강치 못한 관심을 보이기 시작했다. 특히 정신 차리지 않으면 오후 시간을 온통 다 허비해 버릴 수도 있는 존 매든 풋볼 게임에 사족을 못 썼다. 그는 수염도 길러봤지만, 흰 수염이 너무 많아 다시 밀어버렸다. 그게 바로 퇴직한 남자의 삶 속에서 찾아볼 수 있는 그나마 큰 사건이라 할만했다.

시정 운영이야 말로 내내 그를 괴롭히던 통증들을 치료할 수 있는 완벽한 해독제가 되어주었다. 집 밖으로 나갈 수도 있었고, 사업을 하는 것과는 달리 전혀 힘들지도 않았으며, 많은 사람을 만나고 다닐 수도 있었다. 작은 도시의 시장이었기에 하루 서너 시간 이상 할 일도 없었다. 더군다나 그 서너 시간의 상당 부분도 시청사 내를 돌아다니며 다양한 업무에 종사하는 사무직원이나 부서장들과 대화를 나누는 데 쓰고 있었다. 그러나 그 길지 않은 시간이 그의 일상에 엄청난 차이를 만들어냈다. 모든 것이 제자리를 찾아갔다. 오후에 케빈은 잔무를 해결하고 운동을 하고, 휴식을 취했다. 그 후에는 늘 카르페디엠으로 향했다.

집무실로 가는 도중에, 케빈은 일일 브리핑을 듣기 위해 경찰본부에 들렀다. 로저스 경찰국장이 심장 건강식과는 거리가 먼 커다란 블루베리 머핀을 먹고 있었다.

"어." 국장이 한 손을 컵 모양으로 만들어 머핀을 가렸다. 마치 점잖게 머핀을 보호하려는 몸짓처럼 보였다. "오늘은 좀 일찍 나오셨네요?"

"미안합니다." 케빈이 한 발 뒤로 물러나며 말했다. "나중에 다시 올게요."

"괜찮습니다." 국장이 안으로 들어오라고 손짓했다. "신경 안 쓰셔도 돼요. 커피 드릴까요?"

케빈은 보온병의 은색 단추를 눌러 스티로폼 컵을 채운 후 크림 하나를 넣고 저은 다음 자리에 앉았다.

"앨리스가 알면 저를 죽이려고 들 겁니다." 국장이 죄책감과 자부심이 동시에 드러나는 표정으로 머핀이 놓인 쪽을 향해 고개를 끄덕여보였다. 그는 슬픈 눈의 무기력해 보이는 남자였다. 예순도 안 된 나이에 이미 두 번의 심장마비와 한 번의 삼중 혈관 우회 수술까지 경험한 사람이기도 했다. "그렇지만 이미 술과 섹스는 포기했습니다. 그런데 아침 식사까지 포기하라고 하면 차라리 죽어버리는 게 낫죠."

"국장님이 결정하실 일이죠. 우린 그저 국장님이 다시 병원에 입원하는 모습을 보고 싶지 않을 뿐이에요."

국장이 한숨을 쉬었다.

"한 가지는 확실히 말씀드릴 수 있습니다. 제가 만약 내일 당장 죽는다면, 정말 많은 걸 후회하게 될 겁니다. 그렇지만 오늘 먹은 이 머핀은 거기 포함되지 않을 거예요."

"그런 걱정은 안 할게요. 국장님은 분명히 우리 모두보다 오래 사실 겁니다."

하지만 국장은 그 시나리오가 전혀 그럴듯하게 들리지 않는 모양이었다.

"한 가지만 약속해 주실래요? 만약 어느 날 아침 여기 들르셨는데, 제가 책상 앞에서 쓰러져 있으면, 구급차가 오기 전에 제 얼굴에 묻은 머핀 부스러기 좀 닦아내 주십시오."

"그러죠." 케빈이 말했다. "머리도 빗겨드릴까요?"

"그게, 위엄과 관련된 문제라서 말입니다." 국장이 설명했다. "어느 시점이 되면, 위엄이 한 인간에게 남은 전부거든요."

케빈은 이제 그만 공식적인 업무로 넘어가는 게 어떻겠느냐는 의사를 침묵이 대신 표현해 주기를 바라며 조용히 고개를 끄덕였다. 주의하지 않으면, 국장과의 대화는 아침 내 이어질 수도 있었다.

"어젯밤에는 별일 없었습니까?"

"예, 많지 않았습니다. 음주운전 한 건, 가정폭력 한 건, 그리고 윌로우 로드에 유기견들이 돌아다닌다는 신고 한 건. 늘 있는 일들이죠 뭐."

"가정폭력 건은 뭡니까?

"로이 그랜디가 또 아내를 협박했어요. 구치소에서 하룻밤을 보냈습니다."

"그럴 줄 알았어요." 케빈은 고개를 저었다. 그랜디의 아내는 여름 동안에는 보호명령을 얻어냈지만, 기간을 연장하지 않고 그냥 소멸되도록 내버려두었다. "어떻게 하실 겁니까?"

"할 수 있는 게 별로 없어요. 우리가 거기 도착하니까, 그랜디의 아내는 단지 큰 오해가 있었다고 주장하더라고요. 그냥 풀어줘야 할 것 같아요."

"팔존과 관련해서는 새로운 소식 없었나요?"

"없었습니다." 국장은 몹시 격분한 표정이었다. "이미 다 들었던, 같은 얘기뿐이에요. 아무도 아는 게 없어요."

"그럼 계속 파보는 수밖에 없겠네요."

"달걀로 바위 치깁니다. 아무 말도 안 하려고 작정한 사람들의 입에서는 절대로 아무것도 못 얻어요. 머지않아 그들도 수사가 양방향 도로라는 사실을 깨닫게 될 겁니다. 그런식으로 계속 범인을 보호하려 들면, 결국에는 그들이 그 대가를 치르는 수밖에 없어요."

"알겠습니다. 난 그냥 아내가 걱정이 돼서요. 거기에 미친놈이 있을

지도 모르니까요."

"알겠습니다." 침울하던 국장의 표정에 장난기가 서렸다. "그래도 그거 아십니까? 저는 만약 제 아내가 침묵의 맹세를 한다면, 적극적으로 110퍼센트 지원할 겁니다."

...

그린웨이 공원의 떠나간 이들을 기리는 기념비 옆에서 살해된 파수꾼의 시체가 발견된 지 3주가 지났다. 이후 정밀감식을 실시하였는데, 피해자 신원이 스톤우드 하이츠에서 바리스타로 일했던 스물세 살의 제이슨 팔존이라는 사실을 식별한 것 외에, 경찰 조사에는 거의 아무런 진척이 없었다. 공원 주변의 집들을 호별방문해 봤지만 의심스러운 소리를 듣거나 장면을 본 목격자는 단 한 명도 찾을 수 없었다. 뭐 그리 놀랄 일도 아니었다. 팔존은 가장 가까운 주택도 거의 몇백 미터 이상 떨어져 있는 외딴 지역에서 자정이 지난 시간에 살해되었기 때문이다. 근거리에서 발사된 한 발의 탄환이 머리 뒤쪽에 박혀 있었다.

희생자의 파트너를 지목해 내려는 수사관들의 노력은 지속적으로 방해를 받았다. 남겨진 죄인들 내부에 있는 사람들을 심문하려고 애도 써봤지만, 그들은 원칙상 경찰이나 여타의 정부 조직에 협조할 수 없다며 거절 의사를 전해왔다.

소모적인 협상이 이어진 후, 메이플턴 지부의 관리자이자 대변인인 패티 레빈이 '예의상' 일련의 질문에 서면으로 답을 하는 데 합의했다. 그러나 그녀가 제공한 정보는 아무짝에도 쓸모가 없었다. 레빈은 팔존이 살해당하던 날 밤에 혼자 파수를 돌고 있었다고 주장했지만, 그들이 늘 두 명씩 짝을 지어 다닌다는 것은 이미 널리 알려진 사실이었기에 수사관들은 그녀의 말을 믿을 수가 없었다.

우리가 늘 짝수로 다니며 임무를 수행하는 것은 아닙니다. 라고 그녀는 적었다. **간단한 셈만 해봐도 우리 중 몇몇은 혼자 독자적으로 일을 해야 한다는 사실을 알 수 있을 겁니다.**

생색이라도 내는 듯한 패티 레빈의 어투는 말할 것도 없고, 의도적인 수사방해처럼 보이는 그녀의 대응에 기분이 언짢아진 몇몇 수사관은 출석요구서나 수색영장 같은 훨씬 적극적인 수단을 사용해야 한다는 주장을 내놓기에 이르렀다. 그러나 케빈은 그런 조치를 잠시 보류하도록 설득했다. 시장으로서 그가 가장 먼저 처리해야 할 문제는 마을과 남겨진 죄인들 사이의 긴장관계를 누그러뜨리는 것이었다. 하지만 중무장 경찰 부대를 공동숙소 안으로 들여보내, 훗날 증인이 될지도 모르는 잠재적인 증인을 수색케 하는 임무를 수행하게 해서는 결코 그런 성과를 얻어낼 수 없었다. 지난번 사건이 있은 후이기에 더더욱 해서는 안 될 일이었다.

범인을 체포하지도 못하고 날짜만 흘려보내는 동안, 케빈은 겁먹은 주민들이 경찰을 향해 비난의 화살을 돌리리라 예상했다. 메이플턴에서 살인사건은 극히 드물었고, 게다가 미해결 사건은 전례가 없는 일이었기 때문이다. 하지만 주민들의 격렬한 반응은 거의 찾아볼 수 없었다.

그뿐만이 아니었다. 지역 신문사로 배달되는 편지에 근거해 판단해보자면, 많은 시민이 제이슨 팔존이 받아 마땅한 벌을 받은 것이라고 믿고 있었다. **나는 살인사건을 정당화하려는 게 아닙니다.** 한 사람은 이렇게 선언했다. **하지만 일부러 반복해서 자신을 사회의 골칫거리로 만들었던 성가신 사람이 자신의 행적 때문에 누군가의 반발을 사게 됐다고 해서 그게 그리 놀랄 일은 아니라는 겁니다.** 또 어떤 사람은 훨씬 직접적이었다. **벌써 오래전에 메이플턴에서 남겨진 죄인들을 추방했어야 합니다. 경찰이 하지 않으면, 다른 누군가라도 반드시 해야 합니다.** 심지어 피해자의 부모도 그의 죽음에 신중한 태도를 보였다. **우리는 사랑하는 아들의 죽음을 애도합니다. 하지만 사실 제이슨은 광신도로 변해 있었습니다. 우리 삶에서 사라지기 전에도 아들은 자신이 순교자로 죽었으면 좋겠다는 소망을 자주 피력했습니다. 그 소망이 이루어진 것 같아 보이는군요.**

이게 바로 작금의 현실이었다. 잔인한 처형식 살인에 증인도 없고 정의를 부르짖는 사람 하나 없었다. 피해자의 가족도 남겨진 죄인들도 메이플턴의 선한 사람들도, 아무도 그의 편에 서지 않았다. 공원에서 발견된 죽은 젊은이는 세상이 미쳐 돌아가고 있다는 또 하나의 증거일 뿐이었다.

데이지 식당은 스테인리스 강철과 적갈색 모조가죽으로 실내를 장식한 복고풍 장소 중 하나였다. 20년 전에 멋들어지게 개보수를 했지만, 이제는 다시 예전만큼이나 낡아 있었다. 의자에는 덕트 테이프가 덕지덕지 발라져 있었고, 커피잔은 이가 나갔으며, 한때 눈부시던 바둑판무늬 바닥은 흐려지고 여기저기 긁혀 있었다.

빙 크로스비가 부른 '리틀 드러머 보이(The Little Drummer Boy)'가 흘러왔다. 성에 낀 유리창 한곳을 문질러 닦은 후, 케빈은 바깥의 휴일 풍경을 만족스럽게 내다봤다. 메인스트리트를 가로질러 묶어 놓은 철 삿줄에는 커다란 눈송이와 지팡이 사탕이 매달려 있었고, 가로등에는 조화가 아닌 상록수 화환이 걸려 있었으며, 업무 중심지는 차량과 행인으로 붐볐다.

"올해는 아주 보기 좋은 걸." 그가 말했다. "이제 우리에게 필요한 건 약간의 흰 눈뿐이군.”

질은 채식버거를 한입 베어 물며 알아들을 수 없는 말로 투덜거렸다. 그는 점심을 함께 먹으려고 딸의 수업을 빼먹게 했다는 사실에 약간 죄책감이 느껴졌지만, 그들은 대화가 필요했다. 집에서는 늘 에이미가 주변에 있어서 진지한 대화를 나누기가 힘들었다. 게다가 이번 학기에는 이미 피해가 발생해버렸다.

좋게 표현한다치더라도 상담교사와의 대화는 그리 ‘우호적으로’ 진행되지 않았다. 케빈도 질의 성적이 떨어지고 있다는 사실은 막연하게 짐작하고 있었다. 하지만 상황의 심각성은 전혀 깨닫지 못한 상태였다. 이전 학기에 뛰어난 SAT 성적과 더불어 전체 A 학점을 받은 우수 학생이었던 그의 딸은 수학과 화학에서 낙제를 했고, 평소 가장 좋아하던 두 과목인 고급영어와 세계사마저도 겨우 C 학점을 받을까말까 한 위기 상황에 몰려 있었다. 그것도 학기말 시험에서 최고점을 받고, 밀려 있는 다수의 과제물을 크리스마스 이전에 다 제출한다는 조건 하에서였다. 그러나 그 가능성도 하루하루 멀어져 가는 듯 보였다.

“저는 정말 당황스럽습니다,” 상담교사가 말했다. 긴 생머리에 테 없는 8각형 안경을 쓴 열정적인 젊은 여성이었다. “이건 거의 방사능 유출에 비할만한 학업 유출이에요.”

질도 옆에 앉아 있었다. 아무런 감정도 드러내지 않은 얼굴에 공손하면서도 지루한 표정을 짓는가 하면, 어느새 살짝 재미있다는 표정을 짓고 있기도 했다. 마치 그들이 자신은 거의 알지도 못하는 어떤 아이의 이야기를 나누고 있기라도 하다는 듯한 태도였다. 케빈 자신도 매우 강력한 질책을 받아야 했다. 마골리스 선생은 케빈이 질의 선생님 중 그 누구와도 상담을 하지 않은 것은 물론이고, 딸의 만족스럽지 못한 학업 진행과정에 관해 통보하는 수많은 이메일에도 전혀 답장을 주지 않았다고 지적하며, 그의 심드렁한 태도를 도저히 이해하지 못하겠다고 비난했다.

"무슨 이메일이요?" 그가 물었다. "이메일은 받은 적이 없는데요."

알고 보니 선생님의 메일은 아직도 아내 로리의 계정으로 전달되고 있었다. 따라서 그는 메일에 관해서는 듣도보도 못했지만, 어쨌든 그 사실은 상담교사가 하고자 하는 말의 요지를 정확히 전달했다. 즉, 질은 가정에서 받아야 할 충분한 관심과 지원에서 소외돼 있었다. 케빈은 자신이 모든 것을 망쳐 버린 장본인임을 알고 있었기에 그 사실에 대해 반박하지 않았다. 톰이 유치원에 들어간 이래로, 로리가 아이들 교육을 전적으로 책임져왔다. 아이들 숙제도 살피고, 성적표나 허가서에 서명도 해주고, 개학하고 나면 새로운 선생님을 만나러 가는 것도 로리였다. 그동안 케빈이 한 일이라고는 아내가 아이들에 관해 이야기할 때 관심 있는 척 들어주는 것뿐이었다. 따라서 이제 모든 책임은 그의 앞에 던져졌다는 사실과 아직 원만한 타협을 보지 못한 것이 분명했다.

"댁에 뭔가…… 큰 변화가 있었다는 사실은 저도 알고 있습니다." 마골리스 선생이 말했다. "그래서인지 질이 아직 심리적 안정을 찾지 못하는 것 같아요."

그녀는 질이 1학년 초에 작성했던 가고 싶은 대학 목록표에 커다란 X표를 그려 넣는 것으로 그날의 만남을 결론지었다. 윌리엄스, 웨슬리, 브린 모어, 이 학교 모두가 이제는 오르지 못할 나무가 되어버렸다. 따라서 좀 늦은 감이 있기는 해도, 아버지와 딸이 앞으로 다가올 몇 주 동안 해야 할 일은 조금 덜 까다로운 대학으로 관심의 초점을 돌리는 것이었다. 다시 말해, 한 학기 정도 형편없는 성적을 받기는 했어도, 그 것만 제외하면 어디 내놓아도 빠질 것 없는 우수한 학생에게 약간은 관대해질 수 있는 학교를 찾아봐야 한다는 의미였다. 마골리스 선생은 참으로 안타까운 일이기는 하지만 어쨌든 그게 질의 현재 상황이니 두 사람이 현실을 직시하는 게 좋으리라고 권고했다.

그를 위해 내 드럼을 연주할 거예요, 파 럼 펌펌펌…….

"그래 어떻게 생각해?"

케빈은 좁은 포마이카 식탁 너머로 딸을 바라보며 물었다.

"뭘요?"

아이가 감정이 드러나지 않는 느긋한 표정으로 그의 시선을 맞받았다.

"알잖아. 대학, 내년, 남아 있는 네 삶……."

질이 역겹다는 듯이 입을 쑥 내밀었다.

"아, 그거요."

"그래, 그거."

딸은 감자튀김을 작은 종지 속의 케첩에 푹 찔러 넣었다가 빼내서 입안으로 집어넣으며 대답했다.

"잘 모르겠어요. 심지어는 대학에 가고 싶기는 한지 그것도 정확히 모르겠는 걸요."

"정말?"

질이 어깨를 으쓱했다.

"오빠도 대학에 갔잖아요. 그런데 어떻게 됐나 보세요."

"넌 톰이 아니잖아."

아이는 냅킨으로 입을 문질러 닦았다. 양 볼이 살짝 붉어졌다.

"꼭 그래서는 아니에요." 질이 대답했다. "난 그냥…… 남은 건 우리뿐이잖아요. 나마저 가버리면 아빠 혼자라고요."

"내 걱정은 하지 마. 넌 그냥 네게 필요한 걸 하면 돼. 난 괜찮을 거야." 그는 미소를 지으려 애를 썼지만, 환하게 웃을 수는 없었다. "게다가 지난번에 내가 확인해보니 집에 세 식구가 살고 있던데."

"에이미는 우리 가족이 아니잖아요. 걔는 그냥 손님이에요."

케빈은 앞에 놓인 잔으로 손을 뻗었지만, 잔에는 얼음만 남아 있었다. 그는 빨대를 입으로 가져가서 남아 있는 몇 방울의 액체를 마저 빨아들였다. 물론 질의 말이 맞았다. 그들이 남은 가족의 전부였다.

"어떻게 생각해요?" 딸이 물었다. "내가 정말 대학으로 떠나 버렸으면 좋겠어요?"

"난 네가 원하는 걸 했으면 좋겠어. 뭐든 널 행복하게 해주는 걸 해."

"쳇, 고마워요, 아빠. 정말 큰 도움이 돼서 어찌할 바를 모르겠네요."

"그러니까 나라에서 나한테 그렇게 많은 월급을 주지."

질이 정수리로 손을 가져가더니 멍한 표정으로 머리칼을 한 올씩 잡아 올렸다. 머리는 지난 몇 주 동안 제법 두툼하고 길게 자라 있었다. 창백한 두개골이 훤히 비쳐 보이지 않으니 인상도 훨씬 부드러워 보였다.

"요즘 계속 생각을 해봤는데요," 질이 입을 열었다. "아빠만 괜찮다면, 내년에는 난 그냥 집에 있고 싶어요."

"나야 물론 괜찮지."

"브리지턴 주립대로 통학을 해도 될 거예요. 거기서 수업을 몇 개 들어도 되잖아요. 그리고 아르바이트를 해도 되고."

"물론이지," 그가 말했다. "그러면 되겠네."

그들은 서로를 거의 바라보지 않은 채 조용히 식사를 끝냈다. 케빈은 자신이 덜 이기적인 부모라면 질의 선택에 실망했을 것임을 알았다. 브리지턴 주립대는 지원한 대학마다 다 떨어진 아이가 마지막으로 선택할만한 학교였다. 질은 그보다는 훨씬 나은 곳에 다닐 자격이 있는 아이였다. 하지만 그는 안도감을 느꼈다. 그것도 이루 말로 다 할 수 없을 만큼 강렬한 안도감이라 거의 수치스러울 정도였다. 여종업원이 접시를 치워가고 난 후에야, 그는 겨우 감정을 추스르고 말을 할 수 있었다.

"그럼, 어, 크리스마스 선물로는 뭘 받고 싶은지 물어봐야 겠는걸."

"크리스마스요?"

"그래, 큰 명절이잖아, 아닌가? 얼마 남지도 않았어."

"아직 생각 못 해봤어요."

"이거 왜 이래." 그가 말했다. "아빠 좀 도와줘라."

"모르겠어요. 스웨터?"

"색깔은? 사이즈는? 세부사항을 알아야 할 것 같은데."

"제일 작은 사이즈요." 질은 그 정보를 노출하는 것이 고통스럽다는 듯이 인상을 찡그리며 대답했다. "검은색이 좋을 것 같은데요."

"좋아. 그럼 에이미는?"

"에이미요?" 질은 놀란 듯했고, 심지어는 약간 기분이 나쁜 것도 같았다. "에이미는 아무것도 안 해주셔도 돼요."

"그럼 에이미는 우리가 선물 뜯어보고 있을 때 뭐 하고 있니?"

여종업원이 계산서를 가지고 돌아왔다. 케빈은 금액을 확인하고는 지갑으로 손을 뻗었다.

"장갑 같은 것도 괜찮겠네요." 질이 제안했다. "매일 내 것 빌려 쓰거든요."

"좋아." 케빈은 신용카드를 꺼내서 식탁 위에 올려놓았다. "그럼 에이미는 장갑을 준비할게. 그것 말고 내가 뭐 달리 준비해야 할 거 있을까?"

"엄마는요?" 질은 잠시 뜸을 들이다가 물었다. "엄마에게도 뭔가 해 드려야 하지 않을까요?"

케빈은 거의 웃음을 터뜨릴 뻔했지만, 딸의 얼굴에 떠오른 심각한 표정을 보고는 자제력을 발휘했다.

"글쎄다. 보나 마나 만날 수가 없을 거야."

"엄만 귀걸이 좋아했잖아요." 질이 웅얼거리는 소리로 말했다. "그렇지만 이제는 착용할 수도 없을 테죠."

그들이 식당 바로 밖의 보행자 횡단보도에 서 있을 때, 한 여성이 주황색 자전거를 타고 곁을 지나갔다. 막 스쳐 지나는 순간 그녀가 케빈을 부르며 무슨 말인지 알아듣기 힘들 정도로 간단한 인사말을 건넸다.

"네, 잘 지내시죠?"

그는 뒤늦게 손을 들어 올려 이미 지나가 버린 여성 쪽으로 경례를 붙이며 인사를 건넸다.

"누구예요?"

자전거가 주변을 에워싸고 달리는 차량의 행렬과 같은 속도를 유지하면서 자전거 길을 따라 내려가 플레전트 거리를 향해 모퉁이를 돌아가는 동안에도 질의 시선은 계속 그 뒤를 쫓고 있었다.

"너는 모르는 사람이야."

케빈은 자신이 왜 그녀의 이름을 밝히고 싶어 하지 않는지 영문도 모른 채 딸의 질문에 답했다.

"완전 강적인데요." 질이 말했다. "12월에 자전거를 타고 돌아다니네."

"사이클링복을 갖춰 입었잖아." 그게 사실이기를 기도하며 케빈이 말했다. "전부 고어텍스인가 뭔가 하는 재질일 걸."

그는 마음속의 감정적 소요가 가라앉기를 기다리며 조심스럽게 설명했다. 그날 파티에서 만나 불이 꺼질 때까지 함께 춤을 추었던 이후로 케빈은 노라 더스트를 만난 적도 대화를 나눈 적도 없었다. 그는 노라를 차 있는 곳까지 바래다주고, 신사답게 작별 인사를 하고, 악수를 나누었으며, 자신이 그날 그녀와 함께 보내며 얼마나 즐거웠는지 말해주었다. 키가 작고 참을성 없어 보이는 노라의 언니가 바로 옆에 서서 기다리고 있던 까닭에 더는 이러지도 저러지도 못할 상황이었다.

"전화 한 번 주세요." 그녀가 말했다. "전화번호부에 찾아보시면 돼요."

"물론입니다." 그가 말했다. "전화드릴게요."

정말 그럴 작정이었다. 하지만 왜 하지 않았을까? 그녀는 영리하고 예쁘고, 대화도 잘 통했다. 게다가 그날 두 사람 사이에 뭔가 대단한 일이 있었던 것도 아니었다. 그러나 3주가 지난 지금도 그는 여전히 전화를 걸지 않았다. 전화를 걸까말까 수도 없이 생각해보긴 했다. 더는 메이플턴 전화번호부에서 그녀의 집 전화번호를 찾아보지 않아도 될 정도였다. 하지만 함께 춤을 춘 것과는 별개로, 데이트를 하고 서로를 알아가고, 그리하여 그녀가 감수하고 살아가야 하는 것이 무엇이든 간에 그것을 가까이서 들여다보게 되는 것은 완전히 다른 문제였다.

그녀는 나와 어울리는 사람이 아니야, 케빈은 자신이 대체 무슨 의미로 이런 말을 하는지, 자신과 어울리는 사람은 어떤 사람인지 정확히 알지도 못하면서 그저 혼잣말로 스스로를 타일렀다.

그는 질을 학교까지 태워다주고 집으로 가서 지하실로 내려가 팔과 가슴에 근사한 근육을 만들어 줄 힘찬 아령 운동을 했다. 그 후 아이들을 위해 닭고기와 감자를 오븐에 구워 요리하고, 저녁 식사 후에는

《미국의 사자American Lion》 한 장(章)를 읽은 후 카르페디엠으로 걸어갔다. 그곳에서의 밤은 평소와 마찬가지로 아무런 놀라움도 없이 흘러갔다. 거기에는 서로를 속속들이 잘 알고, 내일도 여지없이 똑같이 행동할 리 분명한 친숙한 얼굴들과 그들이 던지는 기분 좋은 농담이 있었다.

그날 침대에 들고 나서야 케빈의 생각은 노라에게 돌아갔다. 그녀가 자전거를 타고 곁을 스쳐 지나는 순간 느꼈던 그 흔들리는 감정이 되살아났다. 낮에는 거의 눈 깜박할 새 정신없이 지나가 버린 순간이었지만, 밤이 되어 침실의 고요함 속에 누워있자니, 그 순간은 매우 느리게 흘러갔고, 더욱 선명하게 다가왔다. 그녀를 만났던 기억의 단면 속에서는 질도 그의 곁에 있지 않았다. 메인스트리트도 텅 비어 있었다. 그뿐이 아니었다. 노라는 스판덱스를 입지도 헬멧을 착용하지도 않았다. 댄스홀에서 입었던 드레스 차림이었다. 머리도 자연스럽게 풀어헤쳐 있었다. 지나가는 동안 인사를 건네던 목소리도 명확하고 단호했다.

"겁쟁이,"

그녀는 이렇게 말했고, 그가 할 수 있는 일이라고는 고개를 끄덕이는 것뿐이었다.

세상에서 가장 좋은 의자

차 안에서 노라는 전혀 아무렇지도 않은 척하려 최선을 다했다. 연말 휴가 기간 중 가장 붐비는 시기에 쇼핑몰에 가는 것이 뭐 그리 대수란 말인가. 미국인이라면 누구라도 당연히 해야 하는 일 아니던가. 크리스마스가 코앞으로 다가와 있었기에, 또 좋든 싫든 간에 대가족의 일원이었기에, 일가친척의 수에 맞춰 선물을 준비해야 하는 건 지극히 당연한 일이었다.

카렌은 노라가 이끄는 대로 따라가고 있었다. 대화는 가볍고 경쾌하게 유지하려 애썼다. 지금 향해가는 여정의 중요성에 주의를 집중시킬 말이나, 동생이 경멸할만한 말은 하지 않았다. '용감하다'라든가 '이제 한 걸음 앞으로 내딛은 거다'라든가, 혹은 그녀가 '자신의 삶을 잘 살아가고 있다'는 사실을 암시하는 듯한, 어른 티를 팍팍 내는 말도 입에 담지 않았다.

"십 대 사내애들 선물 사기가 제일 힘든 것 같아." 카렌이 말했다.

"걔들은 자기들이 어떤 비디오 게임을 좋아하는지, 그런 것조차도 나한테 말을 안 해줘. 마치 내가 '브레인웨이브 어새신 2'와 '브레인웨이브 어새신 특별판'의 차이를 알고 있어야 당연하다는 듯이 군다니까. 그런데 난 청소년 이용불가 등급은 절대로 안 된다고 이미 못 박았거든. 솔직히 말해서 12~15세 이용가도 별로 사주고 싶지 않아. 그러니 선물 구매 목록에 제한이 너무 많은 거야. 게다가 게임이 들어 있는 상자는 또 얼마나 크기가 작은지, 크리스마스트리 밑에 놓아두면 꼭…… 뭐랄까, 나무 밑이 텅 빈 것 같은 느낌이 들거든. 왜 아이들 어릴 적에는 온갖 선물을 사방에 죽 늘어봐서 거실이 꽉 찬 것 같은 기분이 들곤 했잖아. 사실 그래야 진짜 크리스마스 같은 기분이 나지."

"책은 어때?" 노라가 물었다. "걔들 책 읽는 거 좋아하잖아, 아니야?"

"좋아할 걸." 카렌은 그들의 차량 앞을 달려가는 포드 익스플로러의 환한 후미등에 시선을 고정한 채 계속 앞만 바라봤다. 저녁 7시 30분 치고는 교통량이 상당히 많아서 거의 출퇴근 시간대나 비슷한 느낌이었다. 분명히 많은 사람이 같은 시간대에 쇼핑을 해야겠다고 동시에 마음을 먹은 모양이었다. "주로 제목이 다 거기서 거기인 쓰레기 같은 판타지물을 좋아하더라고. 작년 크리스마스에는 조녀선에게 주려고 상자로 포장돼 있는 3부작 판타지물 한 질을 샀거든.《공동묘지의 늑대인간》이라나 뭐라나하는 제목이었는데, 알고 보니 벌써 갖고 있더라고. 애 책장 위에 떡 하니 올라가 있지 뭐니. 그런데 그게 책뿐만이 아니야. 요즘 애들은 거의 없는 게 없어. 내가 뭘 선택하더라도 기쁘게 해줄 수는 없을 것 같아."

"그럼 애들을 놀래켜야 겠네. 애들이 받고 싶어 하는 게 뭘까 너무 고민하지 말고, 뭔가 새로운 걸 해주는 거야."

"예를 들어?"

"나도 모르지. 서핑보드나 뭐 그런 거. 암벽등반 상품권이나 스쿠버 다이빙 수강권도 괜찮고."

"으흠." 카렌은 마음이 동하는 모양이었다. "그거 괜찮은 생각인데."

노라는 언니의 말이 진심인지는 알 수 없었지만, 아무래도 상관은 없었다. 쇼핑몰까지는 30분 정도만 더 가면 될 듯했고, 그동안 자매는 뭔가 대화거리가 필요했다. 아무런 할 말이 없다면, 지금이야말로 실없는 잡담을 나눠볼 절호의 기회였다. 너무 무겁지도 않고 마음을 심란하게 하지도 않으면서 서로에게 아무런 해도 끼치지 않는 잡담을 나누는 평범한 인간으로 돌아간 듯이 느끼는 것은 어떤 기분인지 오랜만에 확인해 볼 수 있을 듯했다. 정말 진지하게 다시 사회의 일원으로 돌아가길 원한다면 그런 대화 기술이야말로 노라가 반드시 익혀야만 할 재주였다. 이제 일자리 면접도 보러 다녀야 할 테고, 관심 가는 남자와 저녁 데이트도 해야 하지 않겠는가.

"이맘때…… 이맘때 치고는 날씨가 굉장히 따뜻한 것 같아."

노라가 먼저 입을 열었다.

"내 말이!" 카렌은 이상하게 들릴 만치 열렬히 동의해왔다. 마치 하루 종일 날씨에 관해 토론할 기회만 기다리고 있던 사람 같았다. "어제 오후에는 그냥 스웨터 하나만 입고 밖에 나갔었다니까."

"우와, 12월에? 정말 끝내주네."

"계속 따뜻하지는 않을 건가 봐."

"그래?"

"한랭전선이 내일 이동한대. 라디오에서 들었어."

"안 좋은 소식인데."

"뭐, 어쩌겠어." 카렌의 쾌활함이 잠시 사라지는가 싶더니 갑자기 다시 나타났다. "크리스마스에 눈이 오면 정말 좋겠다! 화이트 크리스마스 보낸 지도 몇 년 됐잖아."

전혀 어려울 것도 없네, 노라는 생각했다. 그저 공허한 말을 한마디 던지고, 또 던지고, 계속 아무 말이나 던지면 그만이었다. 비법은 오가는 대화에 전혀 관심이 없더라도 마치 관심이 있는 듯 반응하는 것이었다. 그렇지만 신중하게 해야 했다.

"오후에 엄마랑 통화했는데," 카렌이 말했다. "올해는 칠면조 요리를 안 할지도 모른다고 하시더라. 커다란 로스트 비프나 양다리 요리로 대신할까 하시더라고. 척이 양고기를 안 좋아한다고 말씀드리기는 했는데, 너도 엄마가 어떤지 잘 알 거야. 늘 한 귀로 듣고 한 귀로 흘리잖아."

"나도 그건 잘 알지."

"그렇지만 나도 칠면조 요리에 대해서는 엄마의 입장에 어느 정도 공감하기는 해. 내 말은, 추수감사절에도 칠면조를 구워서 남은 거 처리하느라고 한동안 다른 음식은 먹어보지도 못했잖아. 그러니 이미 칠면조라면 지긋지긋한 기분이야."

노라는 자기야 이걸 하든 저걸 하든 아무 상관이 없었지만, 그래도 고개를 끄덕여주었다. 요즘 그녀는 고기를 입에 대지도 않았다. 닭고기는 물론이고 생선도 일절 먹지 않았다. 딱히 윤리적이라기보다는 일종의 개념변화에 가까운 이유 때문이었다. 다시 말해, 이제 그녀의 머릿속에서 음식과 동물은 중복되는 두 개의 범주로 나누어지지 않았다. 아무튼 노라는 크리스마스 저녁 식탁에 칠면조 요리가 올라오지 않으리라는 얘기를 듣자 안도감이 느껴졌다. 추수감사절에 카렌은 커다란 칠면조를 요리했고, 가족들은 거의 고문처럼 느껴지는 긴 시간 동안 모두 함께 그 주위에 둘러앉아, 그 황금빛으로 구워진 껍질과 촉촉한 살점에 대해 열광적으로 떠들어대야 했다. **정말 아름다운 새야**, 그들은 끊임없이 이렇게 이야기했다. 머리가 잘려나간 죽은 시체를 앞에 놓아두고 하기에는 정말 이상한 대화였다. 그런 다음 노라의 사촌 제리가 단체 사진을 찍겠다고 그 아름다운 새를 영예의 상석에 올려놓고 모두에게 포즈를 잡으라고 했다.

"정말 기분 끝내준다!"그들이 쇼핑몰 건너편 횡단보도에서 빨간 신호에 걸려 멈춰 서 있을 때 카렌이 말했다. 그녀는 노라의 무릎 바로 위쪽을 꽉 움켜잡았다. "우리가 쇼핑을 하러 오다니 믿을 수가 없어."

사실 노라 자신도 믿기 힘들 지경이었다. 올해 그녀는 플로리다나 멕시코로 한 주 정도 도망가서 태양 빛에 몸을 그을리며 크리스마스 같은 건 세상에 없다는 듯이 구는 대신, 그냥 집에 남아서 다가오는 휴가 기간을 어떻게든 견뎌 보기로 마음먹었다. 하지만 그건 어디까지나 실험의 일환이자 충동적인 결정이었다. 마찬가지로, 노라는 자신이 먼저 카렌에게 모든 광기의 진원지인 쇼핑몰에 함께 가자고 제안했다는 사실도 놀라웠다.

그것은 전적으로 케빈 가비의 잘못이었다. 노라는 그 사실만은 확신했다. 그들이 파티에서 춤을 춘 것은 벌써 한 달이나 지난 일이었다. 그러나 지금까지도 노라는 그에 대해 어떤 판단을 내려야 할지 전혀 갈피를 잡지 못하고 있었다. 일단은 뭐라도 해야만, 심지어는 언니와 쇼핑몰이라도 다녀와야만 할 것 같았다. 그래야 그가 전화 걸어오기를 기다리며 저녁 내 집안에 틀어박혀서 십 대 여자아이처럼 안절부절 애만 태우고 있지 않을 것 아닌가. 기대하던 그 일이 더는 일어날 가능성이 없다는 것이 이제는 거의 명백해졌음에도, 그녀의 뇌는 그 메시지를 인식하지 못했다. 매일 거의 5분에 한 번씩 이메일을 확인했고, 가는 곳마다 전화기를 들고 다녔다. 행여라도 자신이 샤워를 하거나 세탁실에 있을 때 그가 전화를 걸기로 마음먹을지도 모른다는 걱정 때문이었다.

물론 그녀가 먼저 수화기를 집어 들 수도 있었고, 가벼운 안부 메일을 한 통 보낼 수도 있었다. 사실 알고 보면 그는 모두의 시장 아니던가. 그의 업무시간에 시장실로 잠시 찾아가서 주차 미터기나 뭐 이런저런 것에 관해 가벼운 불만을 제기할 수도 있었다. 과거 아직 젊고 미혼이었을 때, 그녀는 먼저 대화를 시작하거나 남자에게 데이트를 신청하는 데 아무런 거리낌이 없었다. 적어도 남자가 먼저 데이트를 신청하도록 분위기를 매끄럽게 이끌어가는 데 전혀 어려움을 느끼지 않았다. 그러나 지금은 그게 문제가 아니었다. 케빈은 자신이 전화를 걸겠다고 했고, 자신이 한 말은 반드시 지키는 사람처럼 보였다. 만약 그런 남자가 아니라면, 지옥에나 떨어지라고 빌어줄 작정이었다. 어차피 그런 남자는 그녀에게 아무런 도움도 되지 않을 테니.

어느 정도는 노라도 그가 동정심에서 자신과 춤을 춰주었다는 사실을 이해했다. 동정심이 출발점이었음은 얼마든지 인정할 수 있었다. 독지가와 자선가도 처음에는 다 그렇게 시작하지 않는가. 그러나 그렇게 시작한 감정이라도 끝난 지점은 완전히 다른 곳이었다. 그녀의 머리는 그의 어깨에 기대 있었고, 그의 팔은 그녀를 단단히 껴안고 있었으며, 두 사람 사이에는 일종의 전류가 흐르고 있었다. 노라는 그 전류가 이미 죽어버린 자신의 몸에 전기충격을 가해 다시 생명을 불어넣는 듯한 기분을 느꼈다. 그리고 노라만이 그런 기분을 느낀 것은 아니었다. 불이 들어왔을 때, 그녀는 케빈의 애정어린 표정과 호기심 가득한 두 눈을 보았고, 그 역시 음악이 멈추고 나서도 한참이나 그녀를 안고 발을 움직였다.

처음에는 그가 전화를 걸어오지 않는 시간을 견디기가 너무나도 힘들었지만, 한 달은 제법 긴 시간이었고, 그동안 노라는 그날의 느낌이 허위 경보에 지나지 않았다는 사실을 스스로에게 납득 시켰다. 적어도 지난주에 자전거를 타고 그의 곁을 스쳐 지나가기 전까지는 그랬다. 하지만 그 이후 모든 것이 다시 시작되었다. 그는 펑키한 외모의 딸과 나란히 메인스트리트에 서 있었다. 노라가 할 수 있는 일이라고는 자전거 핸들을 힘껏 부여잡고 그들 옆을 날 듯이 스쳐 지나며, "안녕하세요, 잘 지내시죠"라고 인사를 건네는 것뿐이었다.

그때 적어도 노라는 잠시 멈춰 그의 표정을 확인하고 대체 둘 사이에 무슨 문제가 있었던 것인지 확실하게 인식할 수도 있었다. 하지만 그녀는 겁쟁이였다. 그저 바짝 얼어버려서 브레이크를 밟을 생각 같은 것은 하지도 못한 채, 마치 약속에 늦기라도 한 듯이, 또는 생전 전화벨도 울리지 않고 찾아오는 사람도 하나 없는 집 말고 어딘가 중요한 곳에 갈 일이라도 있다는 듯이 속도를 내서 그 옆을 지나가 버렸다.

"어머, 저것 봐!" 카렌이 말했다. 그들은 주차장을 천천히 돌아다니며 출구에서 100미터 씩 떨어지지 않은 곳에도 빈 주차공간이 있는지 찾아 헤매는 중이었다. 그녀는 어느 모녀 쪽을 향해 손가락질을 하고 있었다. 엄마는 노라 나이쯤 돼 보였고, 딸 아이는 여덟이나 아홉 살쯤 돼 보였으며, 둘 다 털이 보송보송한 사슴뿔 머리띠를 하고 있었는데, 아이의 뿔에는 깜빡이는 빨간 등도 달려 있었다. "정말 사랑스럽지 않니?"

흰옷을 입은 두 명의 파수꾼이 메이시 쇼핑몰 입구에 서 있었다. 그 옆에는 초로의 남성 한 명이 구세군 종을 딸랑거리고 있었다. 예의상 노라는 남겨진 죄인들 중 한 명이 내미는, **벌써 잊어버린 겁니까?** 라는 글자가 맨 앞장에 적힌 전단지를 받아들었다. 그리고는 편리하게도 문 옆에 놓여 있는 쓰레기통 속으로 그것을 떨어트렸다.

노라는 언니와 함께 향수 판매대 앞을 지나쳐 가는 동안 살짝 공황 장애가 일어날 것 같은 기분을 느꼈다. 작은 동물들이 임박한 위험을 감지할 때 느끼는 두려움과 비슷했다. 한편으로 그것은 짙은 화장을 한 젊은 여성들이 마치 공익활동이라도 수행하는 듯한 태도로 허공에 마구 뿌려대는 12가지쯤 되는 향수 향이 뒤섞여 만들어내는 악취에 대한 무의식적인 반응이었고, 다른 한편으로는 밝은 조명과 통통 튀는 음악과 열정적인 소비자들의 갑작스러운 맹습으로 촉발된 감각과 부하로 인한 좀 더 일반적인 감정 탓이었다. 멍한 표정의 마네킹도 별다른 도움이 되지 않았다. 그들의 마비된 몸은 최신 패션으로 휘감겨 있었다.

높은 유리 천장으로 마감된 중앙홀로 들어서니 호흡하기가 훨씬 수월해졌다. 3층으로 지어진 쇼핑몰은 2층과 3층에 넓은 발코니가 설치돼 있었다. 하얀색으로 마감된 거대한 발코니를 보면 노라는 오래된 기차역이 떠올랐다. 중앙 분수대 너머에 거대한 크리스마스트리가 산타클로스를 만나기 위해 길게 줄 서서 기다리는 아이들 위로 높게 서 있었다. 천사로 장식된 트리 맨 꼭대기는 2층 발코니를 지나서까지 우뚝 솟아올라 있었다. 그 거대한 트리를 보고 있으면 노라는 병 속에 든 배가 떠올랐다. 대체 저 큰 것이 어떻게 작은 입구를 통과해 병 속에 들어갔을까 사람을 궁금하게 만드는 모형 배 말이다.

카렌은 잔인할 만큼 효율적인 구매자였다. 왜 있지 않은가, 늘 자신이 무엇을 찾고 있는지, 그리고 어디로 가면 그것을 찾을 수 있는지 정확히 아는 그런 구매자 말이다. 그녀는 날카로운 태도로 집중력을 발휘하며 성큼성큼 쇼핑몰을 가로질러 걸어갔다. 눈은 목적 없이 두리번거리지도, 충동구매를 암시하듯 흔들리지도 않은 채 정면만 응시했다.

카렌은 슈퍼마켓에 가도 그런 식이었다. 빨간색 샤피 펜으로 적어온 구매 목록을 하나씩 지워가며 절대로 같은 자리를 두 번 지나가지 않았다.

"어떻게 생각해?" 카렌이 빅 가이 웨어하우스에서 주황색과 푸른색 줄무늬가 들어간 넥타이 하나를 들어 올려 보이며 물었다. "너무 튀나?"

"형부 거야?"

"그럼 형부 말고 누가 있어?" 그녀가 재고정리 할인 품목 탁자 위로 넥타이를 던지며 말했다. "애들은 생전 양복 같은 거 안 입어."

"얼마 안 있으면 애들도 입게 될 거야. 졸업 무도회도 있을 테고, 안 그래?"

"맞아." 카렌이 뱀처럼 얽혀 있는 넥타이 뭉치 위로 다시 손을 던졌다. "하지만 그 전에 샤워부터 좀 해야 할 걸."

"샤워를 안해?"

"말로는 한다고 해. 그렇지만 애들 수건이 늘 뽀송뽀송하게 말라 있다니까." 이번에 그녀가 집어 든 넥타이는 훨씬 점잖아 보이는 것으로 녹색 실크 바탕에 노란색 다이아몬드 무늬가 들어가 있었다. "이건 어때?"

"좋다."

"난 잘 모르겠네." 카렌이 인상을 찌푸렸다. "형부 넥타이가 거의 이 것과 비슷한 녹색 계열인 것 같아. 그리고 넥타이 자체가 너무 많아, 그게 문제야. 사람들이 선물로 뭘 갖고 싶냐고 물어보면, 형부는 늘 **넥타이, 넥타이 하나면 돼**, 그러거든. 어쨌든 그래서 늘 넥타이만 받아와. 생일에도 어버이날에도 늘 똑같아. 그리고 매번 받을 때마다 정말 좋아하는 거 같기도 해." 카렌은 넥타이를 내려놓고 노라 쪽을 흘낏 올려다봤다. 얼굴에는 애정과 다정함, 체념과 즐거움이 온통 뒤섞인 그런 표정이 떠올라 있었다. "아, 정말이지 네 형부는 사람이 너무 싱겁다니까."

"형부가 뭐가 싱거워." 노라가 말했다. "그냥 좀……."

뭔가 더 그럴듯한 말을 해주고 싶었지만, 마땅한 단어가 떠오르지 않았다.

"싱거워." 카렌이 다시 말했다.

그 사실을 두고 논쟁을 하기란 쉽지 않았다. 척은 미리어드 연구소에서 품질보증 관리자로 일하는 훌륭한 가장이자 빈틈없고 재미없는 사람이었다. 스테이크와 브루스 스프링스틴과 농구를 좋아하고, 단 한 번도 자신의 의견을 피력한 적이 없었는데, 노라는 그 사실이 상당히 놀라웠다. 그녀의 남편 더그는 척과 함께 있으면 늘 따분하다고 말하곤 했다. 물론 더그는 예측 불가능하고 매력적이고 꾀 바른, 그래서 거의 매달 새롭게 열정을 불사를 대상을 찾아내는 사람이었다. 예를 들어, 티토 푸엔테(Tito Puente: 2000년 사망한 미국의 연주가_옮긴이)나 빌 프리셀(Bill Frisell: 1951년 출생한 미국의 기타연주가_옮긴이), 스쿼시, 자유주의 같은 것, 그것도 아니라면 온몸에 수많은 문신을 하고 구강성교에도 감각이 있는 젊은 여성들 같은 대상 말이다.

"다른 넥타이도 다 마찬가지야." 카렌이 검은색 가는 세로줄 무늬에 넓은 은색 줄무늬가 섞인 폭이 넓은 빨간색 타이를 살펴보며 말했다. "내가 형부의 고정관념을 깨주려고 얼마나 애를 쓰는지 알아. 양복에 푸른색 셔츠나, 심지어 분홍색 셔츠를 입어보라고 권해주면, 그이는 날 꼭 미친 사람처럼 쳐다본다니까. 꼭 **이 사람아, 그냥 흰 셔츠에 충실한 게 나아**, 라고 말하는 것 같아."

"일종의 편식을 하는 거네." 노라가 말했다. "정확히 습관의 동물인 거지."

카렌은 할인상품 매대에서 뒤로 물러났다. 빨간색 타이를 고른 모양이었다.

"그런 걸로 불평해서는 안 될 거 같아."

그녀가 말했다.

"안 되지." 노라도 동의했다. "정말 안돼."

푸드코트로 가는 길에, 노라는 필베러(Feel Better) 상점을 지나치다가 안으로 들어가 보기로 했다. 카렌과 다시 만나기로 약속한 시각까지 20분 정도가 더 남아 있었다. 언니는 약간의 '개인 쇼핑 시간'을 갖자며 난 네 선물 사러 돌아다닐 시간이 필요하니까, 너도 잠시 혼자 돌아다니면서 둘러 봐, 라고 말하고는 어딘가로 사라졌다.

매장 안으로 들어섰을 때도 노라의 가슴은 여전히 두방망이질 쳤고, 얼굴은 자부심과 당황스러움으로 빨갛게 달아올라 있었다. 그녀는 일부러 부모와 아이들이 산타클로스를 만나기 위해 기다리고 있는 1층의 커다란 크리스마스트리 주변을 돌아서 왔다. 가능한 한 어린아이들과 시선을 마주치지 않으려 애쓰는 자신의 수치스러운 습관을 깨트려보자는 의도였다. 억지로 고개를 빳빳이 들고 스스로의 두려움과 직면하려 애쓰는 것이야말로 이번 휴가 기간 동안 그녀가 맞닥트려 넘어서야 하는 또 하나의 도전이었다.

노라는 변하고 싶었다. 폐쇄적이고 방어적이며, 잃어버린 것을 상기시키는 것은 무엇이 됐든 무조건 멀리하려 애쓰는 그런 사람으로 남아 있고 싶지 않았다. 작년에 어린이집 보조교사에 지원했던 이유도 같은 논리에 따른 것이었지만, 그건 너무 과하고 너무 이른 결정이었다. 하지만 이번에는 좀 더 통제되고 한 번만 이를 악물고 견디면 되는 일이었다.

그리고 사실 그다지 어렵지도 않았다. 아이들은 오른쪽에 줄을 서 있다가 한가운데로 나아가 산타클로스를 만났고, 그다음에는 왼쪽으로 빠져나갔다. 노라는 출구 쪽에서 출발해 마치 노드스트롬 백화점 입구로 향하는 평범한 쇼핑객처럼 빠르게 트리 쪽으로 접근해갔다. 오직 통통한 사내아이 하나만이 수염을 기른 아빠와 신이 나서 이야기를 나누며 그녀 앞을 지나쳐 갔다. 둘 중 어느 누구도 노라에게는 신경 쓰지 않았다. 그들 뒤에 있는 임시 무대 위에서는 짙은 색 정장을 차려입은 한 아시아계 소년이 산타와 악수를 하고 있었다.

힘든 순간은 그녀가 트리를 돌아가고 나서 닥쳐왔다. 크리스마스트리 둘레에는 거대한 모형기차 세트가 칙칙거리며 바쁘게 돌아가고 있었다. 노라는 부대원을 살펴보는 장군처럼 아이들의 기다란 줄을 천천히 따라 걸었다. 처음 그녀가 알아차린 것은 부대원의 사기가 낮다는 것이었다. 시간이 늦어 있었기에, 대부분의 아이가 금방이라도 주저앉아 버릴 듯이 멍한 표정이었다. 몇몇 어린아이는 울고 있었고, 또 몇몇은 부모의 팔 안에서 온몸을 비틀며 짜증을 부려댔다. 그보다 조금 나이가 많은 아이들은 기회를 봐서 주차장으로 내뺄 준비를 하는 것 같았다. 부모들은 대체로 찡그린 표정이었고, 그들 머리 위에 떠 있는 보이지 않는 말풍선 속에는 이런 글자들이 쓰여 있는 것 같았다. **제발 그만 좀 칭얼대라…… 이제 금방 우리 순서야…… 정말 재미있을 거야…… 넌 좋든 싫든 이걸 해야 하는 거라고!** 노라는 그 느낌을 기억해냈고, 그 사실을 증명할 만한 사진도 가지고 있었다. 그녀의 아이 둘 다 녹초가 다 된 산타의 무릎 위에서 눈에는 눈물이 가득 고인 채 버려진 아이 같은 표정으로 앉아 있는 사진이었다.

줄 서 있는 아이들은 대략 서른 명쯤 돼 보였고, 오직 두 명의 소년만이 노라에게 제러미를 떠오르게 했다. 예상보다는 적은 숫자였다. 과거에는 어린 사내아이만 보면 무조건 가슴이 찢길 듯이 아프던 때가 있었지만, 이제는 금발 머리에 양 볼에는 장난감 병정 얼룩을 묻힌 비쩍 마른 사내아이만 아니라면 누구라도 괜찮았다.

에린을 떠올리게 하는 소녀는 딱 한 명 뿐이었고, 딱히 외모가 닮은 것도 아니었다. 얼굴에 나타나는 나이보다 성숙하고 똘망똘망한 표정 때문이었는데, 천진난만한 얼굴에 드러난 그 표정을 보자니 가슴이 무너질 것 같았다. 짙은 갈색 곱슬머리에 손가락을 빨고 있는 그 아름다운 소녀가 노라를 무척이나 진지하게 호기심 가득한 눈초리로 바라봤고, 결국 노라는 멈춰 서서 아이를 빤히 바라보고 말았다. 그런데 너무 오래 쳐다본 모양이었다.

"왜 그러시죠?"

아이의 아버지가 스마트폰에서 고개를 들더니 물었다. 마흔 살쯤 돼보이는 잿빛 머리칼의 남자로, 구겨진 정장 차림에 신경질적인 인상이었다.

"정말 사랑스러운 딸을 두셨어요." 노라가 말했다. "많이 아껴 주셔야겠네요."

남자가 방어적으로 딸의 머리 위에 손을 얹었다.

"그러고 있습니다."

남자가 마지못해 대꾸했다.

"정말 부럽네요."

이렇게 말하고 그녀는 가던 길로 계속 걸어갔다. 과거에 너무도 여러 번 그랬던 것처럼, 남자를 화나게 하거나 노라 자신의 하루를 망칠만한 어떤 말이 불쑥 입 밖으로 나오기 전에 서둘러 자리를 떠나버렸다.

필베러 상점은 '당신에게 필요한 모든 것은 남아 있는 당신의 삶입니다'라는 흥미로운 구호를 내세우고 있었다. 그러나 알고 보니 그곳은 자신에게 몰두하는 데 필요한 상품에 특화된, 여피족(도시 근교에 사는 젊은 고소득 전문직 종사자_옮긴이) 상점이었다. 따라서 이미 너무 많은 것을 가진 사람들을 위한 상품이 즐비했는데, 예를 들어, 발열 실내화나 몸무게 감량 목표치에 도달하면 진심에서 우러나오는 맞춤형 축하 메시지를 전달하고 그렇지 않으면 건설적인 내용의 비난을 제공하는 욕실 저울 같은 게 그런 종류였다.

그럼에도 노라는 크리스마스 캐럴 대신에 뉴에이지 음악이 흘러나와서 기분 좋게 소박한 분위기와 상대적으로 높아 보이는 고객 연령층에 고마움을 느끼며 오랫동안 천천히 가게 내부를 돌아다녔다. 그녀는 수동식 비상 무전기, 프로그램 저장 기능이 있는 베개, 무소음 코털컷팅기계 등을 하나하나 살펴봤다. 필베러 상점에서는 그녀를 빤히 바라보는 아름다운 아이들은 하나도 없었다. 수건 온열기나 고성능 와인 장식품 같은 것을 바구니에 담아 넣으며 서로에게 점잖게 고개를 끄덕이는 중년의 남녀가 있을 뿐이었다.

노라는 밖으로 나가려던 참에 그 의자가 있는 것을 알아차렸다. 의자는 전시장 한쪽의 어두운 구석 자리를 차지하고 있었다. 평범한 모양의 갈색 가죽 안락의자가 카펫이 깔려있는 낮은 단상 위에서 부드러운 전등 빛을 받으며 마치 왕좌처럼 올라가 있었다. 그녀는 잠시 의자를 살펴보고 있다가 곧 가격이 거의 1만 달러에 가깝다는 사실을 알아차리고는 깜짝 놀랐다.

"그만한 가치를 할 겁니다." 점원이 말했다. 노라가 그의 존재를 알아차리기도 전에, 그는 어느새 옆으로 다가와 있었다. "세상에서 가장 좋은 의잡니다."

"그래야 할 것 같은데요."

노라가 웃으며 대답했다. 점원은 매우 진지하게 고개를 끄덕였다. 덥수룩한 머리 모양을 한 젊은 남성이었는데, 쇼핑몰에서 일하는 사람이 입기에는 너무 고가로 보이는 고급 양복 차림이었다. 그가 마치 비밀이라도 알려줄 듯이 앞으로 몸을 기울이며 말했다.

"마사지 의잡니다. 마사지 좋아하세요?"

노라는 인상을 찌푸렸다. 대답하기 까다로운 질문이었다. 물론 전에는 마사지를 좋아했다. 그녀가 다니던 헬스클럽 강사였던 호주 출신의 땅딸막한 천재 아르노에게 시간 외로 한 달에 두 번씩 통합적인 보디워크 마사지를 받았었다. 그에게 한 시간만 마사지를 받고 나면 그녀를 괴롭히던 것이 무엇이든, 그게 생리 전 증후군이든 아픈 무릎이든 그저 그런 결혼생활이든 간에 전혀 문제 될 게 없는 듯한 기분이 들었다. 노라는 늘 새롭게 태어난 듯했고, 긍정적인 기운과 열린 가슴으로 세상을 마주할 수 있을 것만 같았다. 그녀는 1년 전에 다시 운동을 시작할 생각으로 그를 찾아갔었다. 하지만 알아낸 사실이라고는, 이제 더는 예전처럼 그의 친밀한 손길을 느낄 수 없게 되었다는 것이었다.

"마사지 좋죠."

그녀의 대답에 점원이 미소를 지으며 의자 쪽으로 몸짓을 해 보였다.

"한번 해보세요." 그가 말했다. "나중에 저에게 고마워하실 겁니다."

노라는 처음에 안마의자의 목 받침이 너무 갑자기 덜컥 움직이는 바람에 깜짝 놀랐다. 단단한 고무 볼인지 뭔지 하는 것들이 부드러운 가죽 덮개 아래서 빙글빙글 돌아가며 척추를 에워싸고 있는 뭉친 근육 속을 파고들었고, 꽉 움켜잡는 듯한 느낌을 주는 장치들이 목과 어깨를 꼬집어댔다. 진동 쿠션은 엉덩이와 허벅지 속으로 따뜻하고 간헐적인 전기 진동을 외설적이고 음란하게 쏘아댔다. 모든 게 너무 과하다는 생각이 들 때쯤 점원이 제어판 사용법을 알려주었다. 노라는 속도와 온도와 강도를 조절해서 모든 조건이 최적의 조합을 이루도록 맞춰놓고 다리 받침을 올리고 눈을 감은 후 진동에 몸을 맡겼다.

"꽤 시원하지 않으세요?"

점원이 말했다.

"음."

노라도 동의했다.

"몸이 얼마나 경직돼 있었는지 고객님 스스로 전혀 깨닫지 못하고 있었을 겁니다. 요즘이 1년 중에 가장 스트레스가 많은 기간이잖아요." 그녀가 대답을 안 하자 그가 다시 말을 이었다. "천천히 즐기세요. 10분만 이용하고 나면, 새롭게 태어난 기분이실 겁니다."

그럼 다행이고, 노라는 생각했다. 남자의 넘겨짚는 말에 짜증이 나기에는 의자가 주는 만족감이 지극히 높았다. 전에 시연해봤던 다른 상품들과는 달리 참으로 뛰어난 발명품이라는 생각이 들었다. 일반적인 마사지를 받을 때면, 우리는 대체로 선의를 전달하는 강한 힘이 몸을 위에서 아래로 내리누르는 동안 약간 찌릿하게 압박해오는 힘을 느끼면서 몸은 침대 위에 납작하게 눌리고 얼굴은 구멍 속으로 밀려들어 가는 경험을 하게 된다. 안마 의자는 정확히 그 반대였다. 모든 힘이 아래서 분출했고, 따라서 몸은 위로 들어 올려지며 나른해졌다. 공기 외에 몸을 내리누르는 힘은 전혀 없었다.

그리 오래되지 않은 얼마 전만 하더라도, 누군가 그녀에게 1만 달러쯤 되는 마사지 의자를 권유했더라면, 노라는 그것이 너무도 터무니없이 수치스러운 사치품이라고 느꼈을 터였다. 그러나 한편으로 가만히 생각해보면, 이처럼 치료를 목적으로 하는 무언가에 지불하는 가격치고 1만 달러는 그리 큰 가격이 아닌 듯했다. 게다가 한 번 사면 10년 내지 20년은 사용할 수 있을 듯한데, 그 기간으로 나누어 보면 전혀 비싼 가격이 아니었다. 결국 마사지 의자는 온수 욕조나 롤렉스 시계, 또는 스포츠카처럼 사람들이, 특히 노라보다 일반적으로 훨씬 행복한 사람들이 낙담해 있는 자신의 기분을 바꿔주기 위해 사들이는 여러 사치품과 거의 다를 바 없었다.

게다가 이걸 산다고 해도 대체 누가 그 사실을 알겠는가? 어쩌면 카렌이 알게 될지도 모르지만, 언니는 그런 일에는 신경도 안 쓸 것이다. 늘 노라에게 자신을 돌보라고, 새 신발이나 보석 같은 것도 구입하고 크루즈 여행도 가고, 한 주 정도씩 캐년 목장 같은 곳에도 다녀오라고 용기를 북돋우는 사람이 아니던가. 그리고 노라로 말하자면 언니가 언제든 원하는 시간에 와서 안마 의자를 사용하게끔 허락할 터였다. 자매가 정기적으로 날짜를 정해도 될 것 같았다. 예를 들어, 수요일 밤은 마사지의 날, 이런 식으로. 그리고 만약 이웃 사람들이 알게 된다 하더라도 그게 무슨 대수란 말인가? 그들이 어쩌겠는가? 뒷담화라도 해서 노라의 감정을 상하게 하기라도 할까?

그러고 싶으면 맘껏 그러라지, 노라는 생각했다.

아니, 단 한 가지 노라를 망설이게 하는 것이 있었다. 실제로 그녀가 의자를 구매해서 언제든 원할 때마다 이런 식으로 기분이 좋아질 수 있다면 어떤 일이 일어날까라는 걱정이었다. 더는 의자 주변을 서성거리는 사람도 없고, 근처에서 오가는 점원도 없으며, 5분이나 10분쯤 뒤에 만나기로 한 언니도 없다면? 텅 빈 집안에 노라 혼자뿐이라면, 아직도 기나긴 밤이 남아 있는데, 일어나서 불을 꺼버릴 이유조차도 없다면?

발저 방식

크리스마스 날 아침에 그들은 파워포인트 발표를 지켜봤다. 블루 하우스에 입주해 있는 열여덟 명의 여성이 냉기가 흐르는 지하 회의실에 모여 있었다. 지금 현재로는 시내 전역에 흩어져 있는 여러 지부뿐 아니라 공동숙소 내에 있는 각각의 하우스에 공동으로 발표가 상영되고 있었다. 메이플턴 지부 내에서는 전체 회원을 다 수용할 수 있을 만큼 큰 건물을 짓거나 사들이는 게 좋지 않겠느냐는 논의가 오가고 있었다.

그러나 로리는 현재의 방식을 더 선호했다. 그것이 기존의 교회와는 달리 좀 더 친밀감도 느껴지고 공동체 의식도 강해지는 듯했다. 조직적인 종교는 실패작이었기에, 남겨진 죄인들이 굳이 그 길로 들어서 봐야 득 될 일이 없을 것 같았다.

불이 꺼졌고, 첫 번째 슬라이드가 하얀 벽에 등장했다. 평범한 교외 주택의 문에 화환이 걸려 있는 사진이었다.

오늘은 '크리스마스'입니다.

　로리는 아직도 약간은 불안정해 보이는 멕 쪽을 재빨리 돌아봤다. 전날 밤 그들은 늦게까지 자지 않고 대화를 나누었다. 멕은 크리스마스 휴가 기간 동안 가족과 친구들을 몹시도 그리워하면서, 한편으로는 새로운 삶에 대한 책임 문제도 진지하게 고민하는 등 상반되는 감정 속에서 어찌할 바 모르고 허둥댔다. 심지어는 조금만 더 기다렸다가 남겨진 죄인들에 합류할 걸 너무 서둘렀다며 후회의 감정까지 내비쳤다. 그랬다면 옛정을 생각해서라도, 사랑하는 사람들과 마지막 크리스마스를 함께 보낼 수 있었을 테니 말이다. 로리는 연말에 과거에 대한 향수를 느끼는 것은 자연스러운 일이라고, 다리 절단 수술을 받은 사람이 한동안 다리가 있는 듯한 착각을 일으키는 것과 매한가지라고 말해주었다. 그런 느낌은 곧 사라질 테지만, 어쨌든 그 느낌도 여전히 너의 일부라고, 적어도 한동안은 그러리라고 나독여주었다.

　두 번째 슬라이드가 등장했다. 반짝이 몇 줄이 빈약하게 장식돼 있는 초라한 크리스마스트리가 지저분하게 눈이 쌓인 보도블럭 옆에 쓰러져서 쓰레기 차가 치워가기를 기다리고 있는 사진이었다.

'크리스마스'는 무의미합니다.

　멕은 용감해지려 애를 쓰는 어린아이처럼 가볍게 코를 훌쩍였다. 마음의 짐을 덜기 위한 목적으로 나누었던 지난밤의 대화에서, 그녀는 자신이 네댓 살쯤 되었을 무렵 보았던 어떤 장면에 관해 털어놓았다. 크리스마스이브에 잠을 이룰 수 없었던 그녀는 까치발로 아래층에 내려갔고, 그때 수염을 기른 뚱뚱한 남자가 가족들이 만들어 놓은 크리스마스 트리 앞에 서서 선물 목록을 확인하고 있었다. 그는 빨간 옷을 입고 있지는 않았다. 오히려 파란색 버스 기사 복장에 더 가까운 차림새였다. 하지만 멕은 그가 산타클로스라고 생각했다. 한동안 그를 지켜보고 있다가, 그녀는 살금살금 다시 위층으로 올라갔다. 온몸에는 경이로움과 확신이 주는 황홀한 감각이 가득 차오르고 있었다. 청소년기에 이르고 나서는 멕도 그날 목격한 장면이 꿈이 분명하다고 자신을 설득했지만, 당시에는 의심할 여지 없이 실제 일어난 일 같았고, 너무 생생하기도 해서, 다음 날 아침에 가족들 앞에서도 지극히 단순한 사실을 진술하듯이 그 이야기를 털어놓았다. 그 후로도 가족들은 농담처럼 그날의 일을 이야기했다. 마치 그 일이 문서화된 역사적인 사건이라도 된다는 듯이, '멕이 산타클로스를 만났던 그날 밤'이라고.

다음에 등장한 슬라이드 속 사진에는 한 무리의 어린아이들이 반원 모양으로 늘어서서 입을 크게 벌리고 눈은 기쁨으로 반짝이며 캐럴을 부르고 있었다.

우리는 크리스마스를 기념하지 않을 것입니다.

로리는 어린 시절 크리스마스가 거의 기억나지 않았다. 부모가 되면서 모든 것이 희미해져 버렸다. 그녀의 기억 속에 남아 있는 것이라고는, 크리스마스를 맞아 자식들의 얼굴에 떠오른 신나는 표정과 전염성이 강한 그들의 기쁨이었다. 그것은 멕이 절대로 경험해보지 못할 한 가지였다. 로리는 그 사실에 분노를 느껴도 상관없다고 말해주었다. 그 사실을 인식하고 분노를 표현하는 것이 감정을 부인하는 것보다는 훨씬 다행스럽다고 타일렀다.

침묵의 맹세는 말만 금지한 것이 아니라 웃음도 금하고 있었지만, 몇 몇 회원들은 그 서약을 망각했는지 다음 슬라이드가 등장하자 킥킥거리고 웃기 시작했다. 사진에는 라스베이거스 매음굴처럼 불을 밝힌 집 한 채가 서 있었다. 앞마당은 크리스마스 장식품으로 가득 차 있었는데, 예수의 탄생 장면을 형상화한 조각품, 순록의 무리, 바람을 넣어 부풀린 심술쟁이 그린치, 몇몇 요정과 장난감 병정, 천사와 플라스틱 눈사람이 있었다. 또 거기에는 심술이 잔뜩 난 표정에 모자를 눌러쓴, 영락없는 구두쇠 영감 스쿠루지가 분명한 형상도 하나 있었다.

'크리스마스'는 단순한 오락에 지나지 않습니다. 우리는 그런데 신경 쓸 여력이 없습니다.

지난 여섯 달 동안 로리는 수많은 파워포인트를 지켜봤고, 몇 번은 실제로 준비과정을 돕기도 했다. 그것은 남겨진 죄인들 내에서 의사소통을 가능하게 하는, 어디서나 목소리 없이 설교할 수 있게 해주는 없어서는 안 될 필수적인 도구였다. 이제 로리는 그 체계를 이해했다. 다시 말해, 파워포인트 설교는 늘 중간쯤에서 곁길로 새서 당장 논의되고 있는 주제에서 벗어나 그들에게 가장, 그리고 유일하게 중요한 주제로 돌아갔다.

'크리스마스'는 과거에 속한 것입니다.

몇 개의 이미지가 바뀌며 지나가는 동안 자막은 바뀌지 않고 그대로 남아 있었다. 각각의 사진은 과거의 세상을 대표했다. 월마트 대형 슈퍼마켓, 잔디 깎는 기계를 운전하는 남자, 백악관, 댈러스 카우보이스 치어리더, 로리는 이름도 모르는 랩을 부르는 가수, 바라보지 않고는 배길 수 없는 피자, 촛불을 밝힌 저녁 식탁에 마주 앉아 있는 잘생긴 남자와 우아한 여성, 유럽의 성당, 제트 전투기, 인파로 북적이는 해안, 갓난아기를 안고 있는 어머니 등이었다.

과거는 없습니다. 그것은 3년 전에 사라졌습니다.

남겨진 죄인들의 파워포인트 속에서 휴거는 사진 속의 사람들이 조잡하게 지워지는 방식으로 묘사되었다. 사진 속에 등장하는 사람 중에는 유명인도 있었고, 지역 인사도 있었다. 그 사진 중 하나는 로리가 찍은 것으로 질과 젠 서스먼이 열 살 무렵 사과 따기 여행을 떠났을 때의 자연스러운 모습을 담고 있었다. 질은 반짝이는 빨간 사과 하나를 들고 환하게 웃고 있었다. 젠의 모습이 있던 질의 옆자리가 비워졌고, 화려한 가을 색조가 그 창백한 잿빛 동그라미를 에워쌌다.

우리는 새로운 세상에 속해 있습니다.

화면을 가득 메운 친숙한 얼굴들이 하나둘씩 사라지고 나자 메이플턴 지부에 속한 군은 표정의 회원들 얼굴이 그 자리를 전부 다 채워나갔다. 멕의 사진은 거의 마지막에 다른 훈련생들과 함께 나타났고, 로리는 축하의 의미로 그녀의 다리를 꼭 쥐여주었다.

우리는 추억과 함께 살고 있습니다.

두 명의 남성 파수꾼이 말쑥하게 차려입은 회사원을 빤히 바라보며 기차역에 서 있었다. 회사원은 파수꾼들이 그 자리에 존재하지 않는다고 생각하려 애쓰는 듯했다.

우리는 그들을 잊지 않을 것입니다.

한 쌍의 여성 파수꾼이 아기를 태운 유모차를 밀고 가는 젊은 어머니를 따라 길을 걸어가고 있었다.

우리는 우리 존재의 가치가 증명될 그 날을 기다릴 것입니다.

아까의 사진 두 장이 파수꾼의 모습이 지워진 채로 다시 등장했다. 그들의 부재가 눈에 확연히 드러났다.

이제 우리는 절대로 잊히지 않을 것입니다.

시계가 보였다. 초침이 움직이고 있었다.

이제 멀지 않았습니다.

걱정스러운 표정의 남자가 벽에 기대서서 그들을 바라보는 사진이었다. 중년에 약간 뚱뚱하고 별로 잘생기지도 않은 인상이었다.

이 사람은 필 크라우더입니다. 필은 순교자입니다.

필의 얼굴이 한 젊은 남자의 얼굴로 대치되었다. 턱수염을 기르고 이글이글 타는 듯한 광신도의 눈빛을 뿜어내는 남자였다.

제이슨 팔존도 역시 순교자입니다.

로리는 고개를 저었다. 가여운 청년이었다. 그녀의 아들보다도 어려 보였다.

우리는 모두 순교자가 될 준비가 되었습니다.

로리는 멕이 이런 내용을 어떻게 받아들일지 궁금했지만, 표정만 봐서는 속내를 알 수가 없었다. 그들은 제이슨 팔존의 살인에 대해서도 대화를 나누었고, 그들이 매번 공동숙소를 나설 때마다 직면하게 되는 위험에 대해서도 이해했다. 그럼에도 순교자라는 단어에는 등골이 오싹하게 하는 뭔가가 있었다.

우리는 우리의 신념을 분명히 하기 위해 담배를 피웁니다.

담배 이미지가 벽에 나타났다. 하얀색에 갈색 필터 부분이 있는 둥 그런 형태가 새까만 배경위에 둥둥 떠 있었다.

모두 담배를 피웁시다.

앞줄에 앉은 한 여성이 새 담뱃갑을 열어 방안으로 돌렸다. 한 사람씩 블루 하우스에 입주해 있는 여성들이 담배에 불을 붙이고 한 모금 빨아들였다가 숨을 내쉬었다. 시간이 다 되어가고 있으며, 그들은 두려워하지 않는다는 사실을 상기하기 위함이었다.

~~~

아이들은 늦잠을 잤다. 덕분에 케빈은 아침나절 내 꽤나 오랫동안 혼자 시간을 보내는 중이었다. 잠시 라디오를 듣기도 했지만, 신나는 크리스마스 음악이 흘러나오니 더 바쁘고 행복했던 과거의 크리스마스가 떠올라 기분이 영 안 좋았다. 차라리 라디오를 끄고 신문을 읽으며 조용히 커피나 마시면서 그저 여느 아침이나 다를 바 없는 척하고 앉아 있는 것이 더 나을 듯싶었다.

에반 발저, 그는 생각했다. 초대하지도 않은 그 이름이 중년이 된 케빈의 기억 속에서 떠올랐다. **그가 이용했던 방식이 그거였잖아.**

발저는 케빈의 예전 대학 동창으로 2학년 때 케빈과 기숙사 같은 층에 거주했던 조용하고 신중한 친구였다. 그는 대체로 혼자 지냈지만, 봄학기에 그와 케빈은 같은 경제학 수입을 듣게 되었다. 그들은 한 주에 이틀 밤 정도 함께 공부를 하기 시작했고, 공부 후에는 밖으로 나가 맥주 몇 병과 치킨 윙 한 접시를 시켜놓고 시간을 보내곤 했다.

발저는 함께 어울리면 즐거운 친구였다. 영리하고 조소 섞인 농담도 재미있게 잘했으며, 여러 방면에 식견도 깊었다. 하지만 개인적인 수준에서는 친해지기가 쉽지 않았다. 그는 정치, 영화, 음악 등에 관해서는 막힘없이 이야기를 해나갔지만, 누군가 가족이나 대학에 오기 전 그의 삶에 관해 질문을 하면 마치 전쟁포로처럼 입을 꾹 다물어 버렸다. 그가 자신의 과거에 관해 조금이라도 털어 놓을 만큼 케빈을 신뢰하기까지도 몇 달의 시간이 걸렸다.

어떤 사람은 흥미로우면서도 형편없는 어린 시절을 보내지만, 발저의 어린 시절은 그냥 형편없던 게 아니었다. 그의 아버지는 발저가 두 살 되던 해 집을 나갔고, 어머니는 가망 없는 알코올 중독자였지만, 외모가 뛰어났던 까닭에 관계가 오래가지는 않았어도 늘 주변에 한두 명의 남자가 있었다. 선택의 여지 없이, 발저는 어린 나이에 자신을 돌보는 법을 터득해야 했다. 다시 말해, 그는 혼자 요리도 하고 장도 보고 빨래도 했다. 심지어 학교공부도 열심히 해서 러트거스대학에 전액 장학금을 받고 입학할 만한 성적도 거두었다. 물론 그때도 여전히 자신을 먹여 살리기 위해 베니건스에서 빈 그릇 치우는 일을 해야 했다.

케빈은 난관 속에서도 번듯하게 성장한 친구의 정신력에 놀라움을 금치 못했다. 덕분에 그와 비교해 충분하다 못해 넘칠 만큼 많은 사랑과 경제적 안정을 누리며 적당히 행복한 가정에서 성장한 자신이 얼마나 운이 좋은 사람인지 깨달을 수 있었다. 케빈은 삶의 초반 20년 동안 모든 것이 늘 괜찮으리라는 사실을 지극히 당연시하며 살아왔고, 누군가 몰래 자신을 따라와 뒤에서 발목을 잡아끌지 않는 한 자신은 낙오될 수 없다고 생각해왔다. 하지만 발저는 단 1분도 그런 가정을 해본 적이 없었다. 그는 아무 이유도 없이 그저 쓰러져서 계속 낙오될 수도 있다는 사실을 잘 알았다. 자기 같은 사람에게는 한순간의 흔들림도, 단 한 번의 실수도 용납되지 않는다는 사실 또한 잘 알았다.

비록 그들이 졸업 때까지 가깝게 지내기는 했어도, 케빈은 단 한 번도 추수감사절이나 크리스마스에 발저를 초대해 집으로 오게끔 하는 데 성공하지 못했다. 케빈은 늘 그 사실이 안타까웠다. 발저는 어머니와도 연락이 끊겨 있었다. 그의 주장에 따르면 어머니가 어디에 살고 있는지조차도 몰랐다. 따라서 휴가나 명절에도 딱히 이렇다 할만한 계획이 없었다. 음식을 직접 해 먹으면 그나마 약간의 돈을 절약할 수 있으리라는 기대에서 3학년 초에 임대해서 살기 시작한 학교 근처의 작은 아파트에서 혼자 시간을 보내는 것이 전부였다.

"내 걱정은 마." 그는 늘 케빈에게 말했다. "난 괜찮을 거야."

"뭐 할 건데?"

"별로 할 것도 없어. 그냥 책이나 읽지 뭐. TV도 보고. 평소 하던 거 하면 돼."

"평소 하던 거? 크리스마스라고."

발저는 어깨를 으쓱해 보였다.

"내가 그렇게 생각하기 싫으면 아닌 거야."

어떤 면에서 케빈은 심지어 친한 친구의 제안이라 할지라도 자선이라 느껴지는 것을 받아들이기 거부하는 발저의 완고함을 존경했다. 하지만 그렇다고 그를 돕지 못하는 자신의 무능력이 기분 좋게 느껴지는 것은 아니었다. 자신은 집에서 가족 친지들과 함께 와자지껄한 식탁에 둘러앉아 있을 터였다. 그렇게 다 같이 웃고 떠들고 음식을 씹어 삼키다가 문득 발저가 감방 같은 좁은 아파트 안에서 커튼을 내려놓은 채 혼자 라면을 끓여 먹는 황량한 풍경이 띠오른다면 어쩌겠는가.

발저는 졸업 후에 바로 로스쿨로 진학했고, 결국 케빈과는 연락이 끊어졌다. 크리스마스 아침에 부엌에 앉아 있다가, 케빈은 페이스북에서 발저를 검색해 그가 지난 20년 동안 어떻게 살아왔는지 찾아보는 것도 흥미롭겠다는 생각이 들었다. 어쩌면 지금은 결혼해서 아버지가 되어 누군가 베푸는 사랑을 받고 그 사랑에 보답하며 어린 시절 누리지 못한 충만하고 행복한 삶을 살아갈지 누가 알겠는가. 오히려 이제는 케빈이 예전에 그가 사용했던, 꽤 그럴듯한 결과를 도출해 내는 '발저 방식'을 이용하면서 명절의 와자지껄함을 피해 숨어지내는 사람이라는 사실을 고백한다면, 그 역설에 감사해 할지도 모를 일 아닌가.

하지만 바로 그때 아이들이 아래층으로 내려왔고, 곧 그는 옛 친구에 관해서는 까맣게 잊어버리고 말았다. 갑자기 진짜 크리스마스 분위기가 물씬 느껴졌으며, 해야 할 일도 떠올랐다. 양말 속의 선물을 꺼내 포장을 뜯어봐야 하지 않겠는가. 에이미는 음악이 있으면 더 좋겠다고 생각했고, 케빈은 다시 라디오를 틀었다. 이번에는 캐럴이 듣기 좋았다. 적당히 진부하고 친숙하고, 다소 안심도 됐다. 크리스마스날 아침이면 당연히 그런 느낌이 들어야 하지 않겠는가.

트리 아래에도 선물은 많지 않았다. 적어도 아이들이 어릴 때 만큼은 아니었다. 그때는 선물을 열어보는 데만 아침나절이 다 흘러가 버리곤 했다. 하지만 질과 에이미는 별로 개의치 않았다. 그들은 시간을 들여 천천히 선물을 끌러봤다. 더 예쁘게 뜯어보는 사람이 가산점이라도 받기로 했는지, 상자도 자세히 살펴보고, 포장지도 뜯기지 않도록 얌전히 제거했다. 그들은 거실에서 바로 선물 받은 옷을 입어봤다. 파자마 위에 셔츠와 스웨터를 걸쳐 입었다. 물론 에이미의 경우에는 너무 짧아 위태롭게 보이는 민소매 셔츠 위에 입었다. 그리고 서로에게 정말 잘 어울린다고 칭찬을 해주었고, 심지어는 따뜻한 양말과 털이 북슬북슬한 실내화 같은 것에도 야단법석을 떨어대며 즐거운 기분을 만끽했다. 케빈은 이 순간을 좀 더 연장하고 싶은 소망에 두 아이에게 선물을 몇 가지 더 해줄 걸 그랬다는 후회까지 했다.

"우와 멋지다!" 에이미가 케빈이 마이크의 스포츠용품점에서 찾아낸, 모직 모자를 잡아당기며 말했다. 턱 아래서 똑딱이로 잠그게 되어 있는 얼빠져 보이는 귀마개가 달린 종류였다. 그녀가 모자를 이마 아래로 거의 눈썹 위치까지 끌어내려 썼지만, 다른 모든 것과 마찬가지로 여전히 잘 어울렸다. "나 이제 이러고 다니면 되겠다."

에이미가 의자에서 일어나 팔을 벌리고 다가오더니 그에게 고마움의 표시로 포옹을 해왔다. 그녀는 선물을 풀어볼 때마다 매번 포옹을 해왔는데, 그게 나중에는 일종의 장난 같기도 하고, 선물을 풀어보는 절차에 맞추기 위한 리드미컬한 구두점 같은 느낌이 들기까지 했다. 빈약할 대로 빈약했던 에이미의 아침 복장이 스웨터와 스카프, 모자와 한 쌍의 장갑으로 새롭게 단장하고 나니 케빈의 입장에서는 훨씬 바라보기가 수월했다.

"둘 다 저한테 잘해줘서 정말 고마워요." 에이미가 말했다. 그리고 잠시동안 케빈은 아이가 울음을 터트리는 게 아닌가라는 생각이 들었다. "이렇게 근사한 크리스마스를 보낸 게 언젠지 기억도 나지 않거든요."

케빈도 역시 몇 가지 선물을 얻었다. 비록 그의 나잇대 남자의 선물을 고르는 것이 얼마나 힘든 일인지 아느냐는 한바탕의 불평불만을 들어주는 대가를 치르고 나서 얻은 보답이기는 했다. 두 소녀는 마치 성인 남성은 남근과 덥수룩한 수염만 있어도 충분히 살아갈 수 있는, 완벽하게 자급자족이 가능한 종족이라도 된다는 듯이 불만을 털어놨다. 질은 그에게 테디 루즈벨트의 초년기에 관해 이야기하는 전기물 서적을 선물했고, 케빈이 운동을 좋아한다는 사실을 아는 에이미는 스프링이 장착된 손 운동 도구를 사주었다. 또한 두 아이는 똑같이 포장한 두 개의 선물꾸러미도 내밀었다. 묵직하고 작은 물건이 은색 종이에 포장돼 있었다. 질이 건네준 꾸러미 안에는 그를 '넘버원 아빠'라고 선언하는 새 머그잔이 하나 들어 있었다.

"우와," 그가 말했다. "고맙구나. 내가 10위 안에는 들어갈 거라고 생각했지만, 1위까지 올라갔을 거라고는 전혀 예상치도 못했는 걸."

에이미의 머그잔도 정확히 똑같은 모양이었지만, 글씨는 '세계 최고의 시장'이라고 적혀 있었다.

"아무래도 크리스마스를 좀 자주 기념해야겠는데." 그가 말했다.

"내 자존감을 높이는 데 굉장히 도움이 되겠어."

선물 수여식이 끝나고 소녀들은 청소를 하기 시작했다. 끌러 놓은 포장지와 상자를 다 그러 모아 잡동사니와 함께 비닐 쓰레기봉투에 집어넣었다. 케빈은 아직 트리 아래 남아 있는 선물 하나를 손가락으로 가리켰다. 보석이 담겨 있을 듯이 보이는 작은 상자가 리본에 묶여 있었다.

"저건 뭐니?"

질이 그를 올려다봤다. 머리에 접착식 빨간 리본을 붙이고 있어서, 질은 덩치만 커다란 불안한 표정의 아기처럼 보였다.

"엄마 거예요." 아빠를 조심스럽게 바라보며 질이 대답했다. "잠깐 들를지도 모른다는 생각이 들어서."

케빈은 딸의 말이 전적으로 옳다는 듯이 고개를 끄덕이며 말했다.

"그래, 정말 잘 샀어."

∿∿∿

그들은 게리의 집 초인종을 눌렀지만, 아무런 대답이 없었다. 멕은 어깨를 으쓱하고는 차가운 콘크리트 층계 바닥에 주저앉았다. 과거 약혼자가 크리스마스날 아침을 어떤 식으로 보냈는지는 알 수 없지만, 어쨌든 앞이 탁 트인 장소에서 그가 돌아오기를 기다리고 있다는 사실이 무척이나 만족스러운 모양이었다. 징코 거리를 출발하던 순간부터 마음을 괴롭히던 묵직한 두려움을 어떻게든 무시하려 애를 쓰며, 로리도 그 옆에 걸터앉았다. 그녀는 이곳에 있고 싶지 않았다. 그들 일정표에 적혀 있는 다음 장소에도 가고 싶지 않았다.

안타깝게도, 그들이 받은 지시사항은 명확했다. 과거 사랑했던 사람들을 방문해서, 명절을 즐기는 그들의 안락한 리듬과 의식을 최대한 방해하는 것이 남겨진 죄인들이 해야 할 일이었다. 로리는 자신들이 왜 이 일을 해야만 하는지, 웅대한 계획 속에서 그 의미를 이해하고 있었다. 남겨진 죄인들에게 가장 중요한 임무가 단 한 가지 있다면, 그 것은 바로 하루하루 지나는 동안 휴거를 망각하고 소위 말해 '정상으로 돌아가려는 유혹'에 저항하는 일이었다. 적어도 휴거가 역사의 종말을 가져온 지각변동이라기보다는 오히려 지속되는 인간 역사의 한 과정인 듯이 간주하고, 그것을 과거의 일로 치부해 버려서는 안 되었다.

남겨진 죄인들이 반드시 크리스마스만 반대해야 하는 특별한 이유가 있는 것은 아니었다. 사실 그들은 명절과 휴가를 전반적으로 다 싫어했다. 그렇다고 많은 사람이 오해하는 것처럼 그들이 그리스도의 적은 아니었다. 사실 예수의 문제는 좀 혼란스러웠다. 그것만은 로리도 인정해야 했다. 남겨진 죄인들에 합류하기 전에 그녀는 그 사실 때문에 좀 갈등을 겪었다. 남겨진 죄인들이 휴거와 환난은 두말할 필요도 없고, 인류의 원죄와 최후의 심판에 이르기까지 기독교 신학의 여러 요소를 받아들이고 있으면서도 예수의 존재는 완전히 무시하는 것처럼 보여 좀 당황스럽기도 했다. 대체로 그들은 맹목적인 순종을 요구하고 스스로 고안해 낸 잔인한 방식으로 추종자들의 충성심을 시험했던 구약 속의 신, 하나님 아버지께 훨씬 집중했다.

로리는 오랫동안 그런 사실을 이해하고 받아들이려 애를 써왔지만, 지금까지도 자신이 제대로 이해하고 있는지 확신하지 못했다. 남겨진 죄인들은 그들의 신조를 상세히 설명하는데 열광하지 않았다. 그들에게는 신부도 목사도 성서도 없었으며, 지시를 전달하는 공식적인 체계도 잡혀 있지 않았다. 남겨진 죄인들은 그저 삶의 한 양식일 뿐, 종교가 아니었다. 그것은 휴거 이후의 세상에서는 과거의 의심스러운 형태가 아닌 새로운 삶의 방식이 요구된다는 확신에 뿌리를 두고 있었다. 따라서 지속적인 즉흥성이 특징이었다. 이제 그들에게는 더는 결혼도 가족도 소비도 정치도 전통적인 종교도, 그리고 어리석은 여흥 거리도 없었다. 그런 시절은 이미 지나갔다. 이제 인류에게 남은 과제라고는 반드시 일어날 수밖에 없는 그 일을 그저 쪼그리고 앉아 기다리는 것뿐이었다.

햇살은 좋았지만, 보기보다 훨씬 추운 날씨였다. 매거진 거리는 사진처럼 정지한 채 고요했다. MBA를 마친 직후부터 상당히 많은 연봉을 받고 있었음에도, 게리는 여전히 학생처럼 허름한 2층짜리 주택의 2층에 다른 두 명의 남성과 함께 세 들어 살았다. 같이 사는 남자들은 둘 다 여자친구가 있었다. 따라서 주말이면 난리도 아니었다. 멕이 언젠가 했던 말을 그대로 인용해보자면, 좁은 공간에서 너무 많은 사람이 섹스를 했다. 만약에 그럴 기분이 아니라면, 그러니까 몸이 안 좋든 뭐든 간에 섹스를 안 하고 있으면, 마치 임대 계약 조항을 어기고 있는 듯한 기분이 들 정도였다.

한 30분쯤 층계에 앉아 있었을까, 심술궂은 인상의 노인 하나가 바들바들 떠는 치와와 한 마리를 데리고 산책을 다니는 모습이 눈에 들어왔다. 남자는 두 사람을 잡아먹을 듯이 노려보며 대체 무슨 내용인지 알아들을 수도 없는 말을 중얼거렸다. 물론 로리는 그가 한 말이 '메리 크리스마스'는 아니었으리라 확신했다. 남겨진 죄인들에 합류하기 전까지 그녀는 무례한 사람들의 행동을 전혀 이해할 수 없었고, 그들이 낯선 사람을 괴롭히거나 모욕하면서 얼마나 자유롭게 느끼는지도 알지 못했다.

그로부터 몇 분 후, 차 한 대가 매거진 거리에서 그레이프바인 거리로 꺾어져 들어왔다. 축소판 SUV를 연상시키는 날렵한 모습의 검은색 차량이었다. 차가 가까이 다가올수록 로리는 멕이 흥분하고 있음을 감지할 수 있었다. 하지만 차가 덜컥거리며 그냥 지나가 버리자 실망한 기색이 역력했다. 그와의 만남을 통해 많은 걸 기대하지 말라고 로리가 여러 차례 경고했음에도 멕은 게리를 만난다는 사실에 무척이나 긴장했다.

멕도 로리가 여름 동안 스스로 깨달은 것을 역시 스스로 깨우쳐야만 할 터였다. 그것은 다시 말해, 뒤에 남겨두고 온 사람들과 불필요한 마주침은 가능한 한 피하고, 될 수 있는 한 그들을 그냥 내버려 두는 게 낫다는 것이었다. 혀끝으로 아픈 이를 자꾸 건드려봐야 좋을 게 없었다. 그들을 더는 사랑하지 않아서가 아니라, 사랑하기 때문에, 또한 그 사랑이 이제는 그들에게 무용지물이며 잘려나간 다리에서 느껴지는 또 한 번의 둔한 통증이기 때문에 그러했다.

〰〰〰

노라는 아이들에 관해 너무 많이 생각지 않도록 스스로를 훈련해가는 중이었다. 애들을 잊고 싶기 때문이 아니었다. 절대로 그건 아니었다. 오히려 아이들을 좀 더 정확히 기억에 담아두고 싶기 때문이었다. 같은 이유에서, 그녀는 예전 사진이나 비디오를 너무 자주 들여다보지 않으려 애를 썼다. 그렇게 함으로써 노라는 이미 알고 있는, 확실하게 기억할 수 있는 한 줌의 사건과 인상만을 떠올리고 싶었다. **에린은 고집이 셌어. 제러미는 생일파티에 광대를 불러달라고 했었지. 에린은 머릿결이 얼마나 얇았나 몰라. 제러미는 사과 소스를 정말 좋아했어.** 얼마 후, 이러한 기억의 조각들은 동등하게 유효한, 수없이 많은 추억과 함께 일종의 공식적인 해설처럼 머릿속에 단단히 자리를 잡았고, 그 속에 끼지 못한 패자들은 뇌 속의 일부 어수선한 지하 저장 영역으로 밀려나고 말았다.

그런데 최근에 그녀가 발견해낸 사실에 따르면 이렇듯 한쪽으로 밀려난 기억도 억지로 떠올리지 않으려 버둥대지 않는 한, 다시 말해, 하루의 평범한 일상 중에 저절로 떠오르도록 그냥 내버려 둔다면, 자발적으로 기억의 표면으로 올라올 가능성이 크다는 점이었다. 자전거 타기는 그런 점에서 확실히 효과적인 활동이었다. 즉, 완벽한 검색엔진이라 할만했다. 도로를 살피고, 속도계를 확인하고, 호흡과 바람의 방향을 관찰하는 등의 수없이 많은 간단한 임무로 채워진 그녀의 의식적인 마음은 무의식적인 부분이 마음껏 떠돌아다니도록 허락했다.

하지만 때로 무의식은 그리 멀리까지 가지 못했다. 어떤 날은 자전거를 타면서 노라는 오래된 노래의 같은 구절을 계속 반복해서 부르고 또 불렀다. **샤리프는 로큰롤을 좋아하지 않아! 로킹 더 카스바! 록 더 카스바!** 또는 다리가 왜 그리도 무겁고 뻣뻣하게 느껴질까 생각되는 날도 있었다. 하지만 잃어버린 과거의 추억들이 하나하나 착착 맞아 들어가고, 온갖 놀라운 추억이 머릿속에서 계속 튀어나오는 마법 같은 날도 있었다. 며칠 전만 해도 몸에 잘 맞았는데, 갑자기 너무 작아져 버린 노란색 파자마를 입고 아침에 아래층으로 내려오는 제러미의 모습. 태어나서 처음으로 사우어 크림에 양파 감자튀김을 찍어 먹으며 자그마한 에린의 표정이 충격으로 사색이 되었다가, 기쁨으로 환해졌다가, 다시 사색이 되기를 반복하는 모습. 여름이면 제러미의 눈썹 색깔이 옅어지는 방식. 에린이 밤새 입에 물고 있던 탓에 분홍빛 엄지손가락이 나머지 신체 부위보다 몇십 년은 더 나이 먹은 듯 쪼글쪼글 주름진 모습. 모든 것이 그곳에 있었다. 아주 조금만, 그것도 아주 가끔씩 밖에 꺼내볼 수 없는 그 거대한 행운이 지하 저장고에 갇힌 채 남아 있었다.

그녀는 크리스마스선물도 열어보고 오믈렛과 베이컨으로 늦은 아침도 먹을 겸 언니네 집으로 향해갈 생각이었지만, 마음을 바꾸어 먼저들 시작하라고 카렌에게 전화를 걸었다. 그녀는 몸이 좀 좋지 않지만, 조금만 더 자고 나면 괜찮을 것 같다고 둘러댔다.

"오후에 엄마네 집에서 만나자."

"올 수 있겠어?" 노라는 카렌의 목소리에 깃든 의심의 기미를 읽어낼 수 있었다. 언니에게는 은폐나 회피를 감지하는 거의 초인적인 능력이 있었다. 그녀는 분명히 무적의 엄마일 것이다. "내가 뭐 해줄 거 없을까? 내가 그리로 가면 어때?"

"아니야, 금방 괜찮을 거야." 노라는 언니를 안심시켰다. "하루 잘 보내고, 나중에 봐, 알았지?"

〰〰

때로 추위 속에서 너무 오래 기다리고 있을 때면, 로리는 자신이 어디에 있고 무엇을 하고 있는지도 까맣게 잊어버리는 멍한 상태로 빠져들어 버리곤 했다. 그것은 길거리에서 얼어 죽기에 딱 알맞은 약간 무서운 증상이기는 했지만, 그래도 육체적인 불편함과 불안감을 차단해 버리는 놀랄 만큼 효율적인 방어 기제였다.

게리의 현관 앞 층계에 앉아 있는 동안에도(그들은 꽤 한참을 기다리고 있었다) 로리는 그런 상태로 빠져들었음이 분명했다. 차 한 대가 집 앞에 멈춰 서고 차에 타고 있던 사람들이 밖으로 내릴 때까지도 그 사실을 알아차리지 못했기 때문이다. 그녀가 정신을 차렸을 때, 멕은 이미 층계를 내려가 누렇게 말라 있는 죽은 잔디밭을 성큼성큼 걸어가고 있었다. 오랫동안 고요 속에 앉아 있던 후였음에도 놀랄 만큼 빠른 속도로 급하게 움직이고 있었다.

운전자가 차량 앞쪽을 빙 돌아왔다. 차는 소형 렉서스였다. 깨끗하게 세차를 해서 창백한 겨울 햇살 속에서도 반짝이며 빛을 뿜어냈다. 남자가 방금 조수석에서 내린 여성의 옆으로 다가가 섰다. 그는 낙타 편물 실로 짠 오버코트를 입은 키 크고 잘 생긴 남자였다. 이제 로리의 두뇌는 그가 게리라는 사실을 인식할 수 있을 만큼 겨우 정신을 차린 정도였다. 남자는 멕의 추억의 책 속에서 수도 없이 봤던 그 자신감 넘치는 미소를 짓고 있었다. 여자의 모습도 희미하게 낯이 익었다. 두 사람 다 동정심과 놀라움이 다 각도로 뒤섞인 표정으로 멕을 바라봤다. 하지만 마침내 게리가 입을 열었을 때, 로리는 그의 목소리에 베어 있는 피곤한 불쾌감을 느낄 수 있었다.

"대체 여기서 뭐 하는 거야?"

훈련받은 대로, 멕은 아무 대꾸도 하지 않았다. 손에 담배를 들고 있었다면 훨씬 좋았겠지만, 차가 집 앞으로 들어오는 동안 두 사람 다 담배를 피우고 있지 않았다. 그건 관리 감독의 책임이 있는 로리의 실수였다.

"내 말 안 들려?" 게리의 목소리가 커졌다. 마치 멕의 청각에 문제가 생겼다고 생각하기라도 하는 듯했다. "뭐 하는 거냐고 묻고 있잖아."

옆에 서 있던 여자가 그에게 당황스러운 시선을 던지며 말했다.

"말할 수 없다는 거 알고 있잖아."

"무슨 소리야, 이 여자는 말할 수 있어." 게리가 말했다. "내 귀가 떨어져 나갈 만큼 얼마나 시끄럽게 떠들어댔는데."

살짝 당황스러운 표정을 지으며 젊은 여성이 멕 쪽으로 고개를 돌렸다. 키가 작고 통통했으며 너무 높은 하이힐을 신고 있어서 살짝 불안정해 보였다. 로리는 그녀의 외투를 부러워하지 않을 수가 없었다. 후드와 소맷자락에 모피가 덧대져 있는 반짝반짝 빛이 나는 푸른색 파카였다. 모피는 합성이 분명해 보였지만, 그래도 정말 따뜻해 보였다.

"미안해," 젊은 여성이 멕에게 말했다. "지금 기분이 안 좋으리라는 거 알아. 우리가 함께 있는 걸 보는 거 말이야."

로리는 멕의 표정을 살피기 위해 왼쪽으로 몸을 기울였지만, 각도가 맞지 않아 볼 수가 없었다.

"이 여자한테 사과하지 마." 게리가 말을 끊었다. "사과할 사람은 바로 이 여자니까."

"2주 전에 시작됐어." 마치 멕이 설명을 요구하기라도 했다는 듯, 젊은 여자가 계속 말을 이었다. "여럿이 다 함께 마시모에 갔었는데, 그날 모두가 레드와인을 많이 마셨거든. 나도 너무 취해서 운전을 할 수가 없었어. 그래서 게리가 집까지 태워다 주겠다고 했고."

여자는 마치 자기가 이야기를 하는 것이 아니라, 이야기가 그 스스로 말을 한다는 듯이 눈썹을 추켜세웠다.

"지금 우리 관계가 진지한 건지는 잘 모르겠어. 아직까지는 그냥 어울려서 시간을 보내는 정도야."

"지나." 게리의 목소리가 경고의 의미로 날카로워졌다. "이러지 마. 이 여자가 알 필요 없는 일이라고."

지나, 로리는 생각했다. 멕의 사촌. **신부의 들러리 중 한 명.**

"아니, 알 필요 있어." 지나가 말했다. "너희 둘은 그 오랜 시간을 함께 했잖아. 곧 결혼도 할 사이였고."

게리가 역겹다는 표정으로 멕을 바라봤다.

"저 꼴 좀 보라고. 난 저 사람이 누군지도 모르겠어."

"그래도 여전히 멕이야." 지나는 로리가 거의 들을 수도 없을 만큼 조용한 소리로 말했다. "너무 잔인하게 굴지 마."

"잔인하게 구는 거 아니야." 게리의 표정이 약간 부드러워졌다. "저런 꼴로 다니는 모습을 참고 볼 수가 없어서 그래. 적어도 오늘은 아니야."

그는 예전 약혼녀가 자기를 공격할지도 모른다고 생각하는지, 그게 아니면 적어도 길을 막아서지는 않을까 걱정이 되는지 그녀가 서 있는 곳을 넓게 빙 돌아서 집을 향해 걸어갔다. 지나는 어깨를 으쓱해서 미안한 감정을 표현할 수 있을 만큼, 딱 그만큼만 주저하며 서 있었다. 현관 앞 층계를 올라가는 동안에도 두 사람 다 로리에게는 조금의 관심도 보이지 않았다. 한마디 말도 건네지 않았고, 심지어 흘낏 쳐다보지도 않았다.

게리와 지나가 안으로 들어가고 나서, 로리는 담배에 불을 붙이고 멕이 있는 곳으로 잔디밭을 가로질러 걸어갔다. 멕은 여전히 집 쪽으로 등을 보인 채 렉서스를 한 대 사는 것을 고려하는 사람처럼 차를 뚫어지게 바라보며 서 있었다. 로리가 담배를 내밀자 멕은 그것을 받아 들고는 입으로 가져가는 동안 조용히 훌쩍였다. 로리는 자기가 멕을 얼마나 자랑스러워 하는지 알려 줄 수 있도록 몇 마디 말을 해줄 수 있으면 얼마나 좋을까라는 생각이 들었다. **잘했어, 그만하면 된 거야.** 하지만 그녀는 멕의 어깨를 단 한 번 매우 조심스럽게 다독여 주었다. 그 정도면 충분하길 바랄 뿐이었다.

〰〰

노라는 자전거를 오래 탈 생각은 아니었다. 오후 1시에서 2시 사이에 엄마 집에 도착할 예정이었기 때문이다. 그러려면 평소 타는 거리의 절반쯤 되는 25 내지 30킬로미터만 타고 말아야 했다. 그 정도면 머리를 맑게 하고 심장 박동을 빠르게 하기에는 충분했기 때문이다. 만찬을 먹기 전에 약간의 칼로리도 태워버릴 수 있을지 몰랐다. 게다가 날씨는 얼어붙을 듯이 추웠다. 부엌 창문 밖에 달아 놓은 온도계에 따르면 기온이 영하 4도였다. 따라서 격렬한 운동을 하기에는 적절치 않았다.

하지만 추위는 그녀가 예상했던 것보다 훨씬 견딜만했다. 겨울철 사이클링에는 눈과 얼음이 진짜 문제였는데, 해가 나와 있어서 도로는 깨끗했고 바람도 전혀 강하지 않았다. 노라는 첨단 기술력으로 생산해 낸 장갑을 끼고 네오프렌 신발 커버도 씌웠으며, 헬멧 아래에는 폴리프로필렌 후드도 쓰고 있었다. 오직 얼굴만이 노출돼 있었지만, 그 정도는 견딜 수 있었다.

그녀는 자전거 길을 12킬로미터쯤 타고 가다가 방향을 돌릴 생각이었지만, 그 지점에 도착해서도 그냥 앞으로 달려나갔다. 몸을 움직이니 기분이 정말 좋았다. 페달이 발아래서 오르락내리락 거렸고, 입에서는 하얀 입김이 증기처럼 뿜어나왔다. 엄마네 집에 좀 늦게 가면 어떤가. 형제자매와 그들의 가족, 이모, 고모, 사촌 등 어차피 식구들로 북적대고 있을 터였다. 게다가 그들은 노라의 빈자리를 그리워하지도 않을 것이다. 오히려 그녀가 눈에 보이지 않으면 더 안도할 터였다. 노라가 없으면 다들 맘 놓고 웃고 떠들며 선물을 열어보고, 혹시라도 실수로 노라의 감정을 다치게 하는 말을 하게 되지는 않을까 걱정하지 않으면서, 얼마든지 아이들 칭찬도 할 수 있었다. 또한 그녀에게 다 안다는 듯한 시선을 보내며 슬프고 비극적인 한숨을 쉬어 보이지 않아도 되었다.

그런 것들이 명절을 너무도 지치게 만들었다. 친척들의 무감각이나 그녀의 고통을 인식하지 못하는 그들의 무능함이 아니라, 정확히 그 반대의 것들. 다시 말해, 단 1초도 그 사실을 잊지 못하는 그들의 무능함이 그녀를 힘들게 했다. 그들은 노라가 암으로 죽어가기라도 한다는 듯이, 또는 어떤 추악한 질병 때문에 고통스러워 하기라도 한다는 듯이, 고통스러울 만큼 그녀의 상태에 공감하며 발뒤꿈치를 들고 살금살금, 너무도 조심스럽고 사려 깊게, 그녀의 주변을 걸어 돌아다녔다. 마치 안면 신경 마비로 평생 일그러진 표정을 지은 채 살아야 했던 엄마의 숙모 메이 할머니를 대하듯이 말이다. 노라 자신도 어릴 적에 그분을 무척이나 동정하지 않았던가.

메이 할머니께 잘 해드려, 엄마는 늘 이렇게 말했다. **그분은 괴물이 아니야.**

23번 국도 너머로 길게 뻗어 있는 길은 거의 텅 비어 있었다. 소름 끼치는 사람도 유기견도 눈에 들어오지 않았고, 동물을 제물로 바치는 의식이나 범죄행위로 간주될만한 장면도 보이지 않았다. 반대편에서 자전거를 타고 달려와 노라의 곁을 스쳐 가는 동안 친절하게 손을 흔들어주는 사람들만이 이따금씩 보일 뿐이었다. 화장실이 너무 급하지만 않았어도 참으로 평화로운 순간이 아닐 수 없었다. 따뜻한 계절 동안에는 자전거 길 끝에 간이 화장실이 설치돼 있었다. 너무 지저분해서 정말 급한 순간만 아니면 거의 이용하지 않는 곳이었다. 어쨌든 그것마저도 겨울에는 철거가 되고 없었다. 노라는 숲 속에 쪼그리고 앉아 볼일을 보는 걸 좋아하지는 않았다. 더군다나 시야를 가려줄 덤불도 다 말라 비틀어진 이맘때는 더더구나 아니었다. 하지만 선택의 여지가 없는 날도 있는 법인데, 오늘이 바로 그런 날 중의 하나였다. 적어도 그녀는 바람막이 주머니 안에서 클리넥스 휴지를 찾아낼 수 있었다.

자전거로 돌아오기 전에, 노라는 카렌의 휴대전화로 전화를 걸었고, 즉시 음성메일로 넘어가자 안도감을 느꼈다. 무단결석을 하는 아이처럼, 그녀는 한두 번 헛기침을 하고 코가 꽉 막힌 듯한 목소리를 가장해 말을 하기 시작했다. 아까보다도 몸이 더 안 좋은 것 같아서 집 밖으로 나돌아다니는 건 좋은 생각이 아닌 것 같다고, 특히 감기가 걸렸을지도 모르니 집에 있는 게 좋을 것 같다고 말했다.

"차 한 잔 끓여서 마시고 다시 침대로 들어가는 게 좋을 것 같아. 모두에게 메리 크리스마스라고 전해줘."

자전거 도로 너머의 길들은 약간 시골풍이었다. 길은 이따금씩 나타나는 외딴 주택과 작은 농장들을 지나 구불구불 이어졌다. 농장에는 추수한 옥수수 대가 마치 면도라도 해야 할 것 같은 다리 위의 듬성듬성한 털처럼 얼어붙은 그루터기 위로 삐죽삐죽 올라와 있었다. 노라는 자신이 어디로 가고 있는지 몰랐지만, 길을 잃어버린다 해도 상관없을 것 같은 기분이었다. 크리스마스 저녁 식사 사리라는 갈고리에서 빠져나왔으니, 하루 종일 자전거를 타고 돌아다닌다고 해도 상관없었다.

노라는 아이들 생각을 하고 싶었지만, 어떤 이유에선지 계속 가여운 메이 할머니 생각이 떠나지 않았다. 오래전에 돌아가셨지만, 이상하게도 노라는 여전히 선명하게 할머니의 모습을 그려볼 수 있었다. 가족 모임이 있을 때면 할머니는 그저 조용히 앉아만 있었다. 입은 이상한 각도로 약간 벌리고 눈은 두꺼운 안경알 뒤에서 필사적으로 헤엄쳐 다녔다. 이따금씩 말을 하려 애쓰기도 했지만, 당신이 하는 말은 아무도 알아들을 수가 없었다. 노라는 엄마가 할머니를 안아드리라고 살살 달래던 일이 떠올랐다. 그리고 나서 노라는 그 보상으로 사탕을 받았었다.

그게 지금의 내 모습인가? 그녀는 궁금했다. **내가 새로운 메이 할머니가 된 거야?**

그녀는 총 110킬로미터나 자전거를 탔다. 마침내 집에 도착하니, 자동응답기에는 다섯 개의 메시지가 도착했다는 표시가 깜빡이고 있었지만, 그녀는 곧바로 확인하지 않았다. 누구든지 좀 기다려도 될 터였다. 노라는 위층으로 곧장 올라가서 축축한 옷을 벗어버렸다. 그러자 갑자기 몸이 떨려와서 그녀는 뜨거운 물에 오랫동안 목욕을 했다. 욕조에 잠겨 있는 동안에는 왼쪽 입꼬리가 오른쪽보다 아래로 내려가게 하려고 계속 입을 뒤틀어 보면서 그런 모습으로 평생을 살아가는 건 어떤 기분일지 상상해 보려 애를 썼다. 얼굴은 영구적으로 마비돼 버리고, 목소리는 알아들을 수도 없게 변해버려서 다른 사람들은 계속 당신이 스스로를 괴물처럼 느끼지 않게 해주려고 일부러 더 친절하게 구는 것을 참아내야 하는 삶은 대체 어떤 삶일까.

〰〰〰

《멋진 인생It's a Wonderful Life》을 혼자 앉아 보는 것은 참으로 청승맞은 일이 아닐 수 없었다. 하지만 케빈은 다른 할 일을 생각해 낼 수가 없었다. 카르페디엠은 문을 닫았고, 피트와 스티브는 가족들과 함께하느라 바빴다. 그는 멜리사 허버트에게라도 전화를 걸어볼까 잠시 스치듯 생각해봤지만, 별로 좋은 생각이 아니라는 결론을 내렸다. 그녀도 크리스마스에 마음에도 없이 섹스나 함께하자고 걸어오는 전화는 그리 반갑지 않을 터였다. 특히나 그는 멜리사가 파수꾼에게 침을 뱉었던 그 비운의 마지막 만남 이래로 그녀에게 전혀 연락조차 않고 있었다.

두 아이들은 한 시간쯤 전에 집에서 나갔다. 갑작스러운 그들의 외출에 케빈은 상당히 놀랐다. 아이들은 문자 한 통을 받고는 그대로 나가버렸다. 하지만 친구들과 시간을 보내고 싶어한다고 해서 어떻게 아이들을 탓할 수 있겠는가. 더군다나 아이들은 아침 내내, 그리고 오후 나절도 대부분 그와 함께 보냈고, 그 시간은 즐겁기까지 하지 않았던가. 선물 끌러 보기를 마치고 나서는 에이미가 초콜릿 칩 팬케이크를 만들었고, 식사 후에 그들은 호수 주변으로 긴 산책을 다녀왔다. 집에 돌아와서는 세 차례나 빙고 게임을 했다. 그러니 솔직히 말해 케빈은 불평 거리 자체가 없었다.

그가 지금 이곳에 있다는 사실만 예외로 하면 그렇다는 말이다. 다시 말해, 케빈은 남은 오후 내내, 그리고 이어질 밤 시간에도 내내, 엄청난 고독감 속에 홀로 앉아 있어야만 했다. 한때 북적이던 그의 삶이 어쩌다가 이리 한적해져 버렸는지 알다가도 모를 일이었다. 부부 사이는 끝이 나고, 아들은 살았는지 죽었는지 소식도 알 수 없었고, 부모님은 두 분 다 돌아가시고, 형제자매는 사방으로 흩어져 살고 있었다. 형은 캘리포니아에, 여동생은 캐나다에. 잭 삼촌과 마리 숙모와 몇몇 사촌은 가까운 거리에 살고 있었지만, 다들 자기 삶을 살아가느라 바빴다. 가비 가문은 한때는 막강 권력을 자랑했지만, 이제는 약하고 불안정한 일단의 국가들로 쪼개져 버린 구소련과 비슷했다.

우리 집은 키르기스스탄(1991년 구소련에서 독립한 국가로 80여 개의 민족으로 구성돼 있다._옮긴이)**이 틀림없어,** 그는 생각했다.

무엇보다도 그는《멋진 인생》을 좋아하지 않았다. 너무 많이 봐서 그럴지도 몰랐지만, 어쨌든 이야기가 너무 억지스러웠다. 영화 속의 모든 노력이 오직 선한 한 남성에게 그가 선하다는 사실을 깨우쳐 주는

데 집중되는 느낌이었다. 혹은 케빈 자신이 주인공 조지 베일리 같은 기분을 느끼고 있기 때문일지도 몰랐다. 물론 케빈의 곁에는 수호천사 같은 건 없었다. 그는 다른 볼만한 프로를 찾기 위해 계속 채널을 돌리다가 결국에는 처음 보던 채널로 다시 돌아가고 말았다. 그리고는 또 다시 아까의 시도를 반복하고 반복했다. 그러던 중 초인종이 울렸다. 세 번의 벨 소리에 너무 놀란 그는 거의 현기증이 느껴질 정도로 소파에서 갑자기 벌떡 몸을 일으켰다. 방문객을 맞아들이기 전에, 그는 일단 자리에 멈춰 서서 눈을 감았다. 갑자기 일어난 충격을 흡수하기 위해 잠시 시간을 가져야 했다.

~~~

잠시 동안 로리는 추위에서 벗어나니 정말 좋다는 느낌 외에는 아무 생각도 할 수 없었다. 그렇지만 천천히 몸이 데워지는 동안, 다시 집에 돌아왔다는 묘한 감정이 자리 잡기 시작했다. 여기가 바로 그녀의 집이었다! 참으로 크고 아름답게 꾸며진, 기억에 남아 있던 모습보다 훨씬 더 근사한 그녀의 집이었다. 지금 앉아 있는 부드러운 소파는 그녀가 엘레강트 인테리어에서 직접 고른 것이다. 바닥에 깔린 양탄자에 벽돌색이 잘 어울릴지, 회녹색이 더 잘 어울릴지를 두고 견본 직물을 들여다보며 몇 날 며칠을 고민한 끝에 선택한 물건이었다. 그리고 《멋진 인생》이 방영되고 있는 평면 스크린 LCD HD-TV는 휴거가 일어나기 두 달 전에 코스트코에 갔다가 실물처럼 선명한 화질에 반해서 구매한 것이었다. 바로 그 TV 화면으로 케빈과 로리는 그날의 재난 뉴스를 시청했다. 앵커들도 자기 입에서 나오는 말에 경악하는 모습이 역력했고, 차량들이 뒤엉킨 사고와 놀라 어찌할 바 모르는 목격자들의 모습이 지루할 만큼 반복해서 화면에 등장했다. 그리고 지금 그들 앞에서 초조하게 인상을 찌푸린 채 서 있는 이 남자가 바로 그녀의 남편이었다.

"우와," 그가 말했다. "정말 뜻밖인 걸."

케빈은 현관 앞에 서 있는 그들의 모습을 발견하고는 약간 허둥대는 듯 보였다. 하지만 그는 곧 냉정함을 되찾고 그들을 집 안으로 맞아들였다. 마치 자신이 초대한 손님들이라도 된다는 듯이 복도에서 로리를 포옹하고 나자 곧바로 멕의 손을 잡고 악수를 했다. 로리는 포옹을 피하려 했지만, 복도가 좁아 뜻대로 되지 않았다. 그는 멕에게 뵙게 되어 정말 기쁘다는 말도 했다.

"두 사람 추워 보이는데." 그가 말했다. "날씨에 맞는 옷차림이 아니야."

로리는 그의 말이 상당히 절제된 표현이라고 생각했다. 흰색이면서 따뜻한 옷을 찾기란 정말 쉽지 않았다. 바지와 셔츠와 스웨터를 찾는 일은 어렵지 않았지만, 외투가 문제였다. 그녀는 머리까지 둘러감을 수 있는 흰색 스카프와 주머니에, 요란스럽지 않은 나이키 부메랑 로고가 붙은 두툼한 면 후드티를 가지고 있는 자신이 상당히 행운아라고 여겼다. 하지만 장갑은 좀 쓸만한 게 필요했다. 현장조사 같은 것을 할 때 주로 사용하는 흰색 면장갑은 한심할 정도로 얇아서 끼나 마나였다. 부츠도 필요했지만, 그게 아니면 지금 신고 있는 다 떨어진 스니커즈보다는 그래도 좀 튼튼한 진짜 신발이라도 있었으면 싶었다.

"뭐 좀 먹어야지?" 케빈이 물었다. "커피나 차라도 좀 들지그래. 원하면 와인하고 맥주도 있어. 뭐든 가져다 먹어. 어디 있는지는 당신도 알잖아."

로리는 그의 제안에 응하지도 않았고, 감히 멕 쪽을 돌아볼 엄두도 내지 않았다. 물론 그들은 뭐라도 먹고 싶었다. 배가 고파 죽을 지경이었다. 하지만 그렇다고 말을 할 수도 없었고, 더더구나 직접 찾아 먹을수는 없었다. 그가 두 사람 앞에 음식을 가져다 놓아 준다면, 기꺼이기쁜 마음으로 먹을 수는 있을 것 같았다. 하지만 그건 케빈에게 달린일이지 그들이 선택할 수 있는 일이 아니었다.

"너무 열심히 찾아보지는 말고." 그가 잠시 후 덧붙였다. "전처럼 건강하게 챙겨 먹고 살지는 않거든. 아마 당신이 보면 한심하다고 느낄거야."

로리는 거의 웃음을 터뜨릴 뻔했다. 그녀는 요즘 자신이 건강한 먹거리에 관한 주제에서 어느 편에 치우쳐 서 있는지 알려주기 위해 포장지에서 막 꺼낸 핫도그를 두 개쯤 게걸스럽게 먹어치우는 모습을 그에게 보여주고 싶었다. 하지만 케빈은 그럴 기회를 주지 않았다. 훌륭한손님 접대의 본보기를 보이기 위해 부엌으로 걸어 들어가는 대신, 그는 로리가 트라이앵글 가구점에서 구입한 갈색 가죽 안락의자에 자리를 잡고 앉았다. 한가로운 주말 아침이면 그녀가 즐겨 앉아 책을 읽곤하던 의자였다. 램프도 필요치 않았다. 남으로 향한 창에서 들어오는햇살이면 충분했다.

"좋아 보이네." 그가 놀랄 만큼 솔직한 태도로 아내를 찬찬히 바라보다가 말했다. "머리가 희끗희끗 한 게 훨씬 보기 좋네. 오히려 훨씬젊어 보여. 이상하기도 하지."

로리는 얼굴이 달아오르는 것을 느꼈다. 그런데 그게 자신의 탓인지, 멕이 옆에 앉아 있기 때문인지 알 수 없었다. 이유야 어떻든 간에, 칭찬을 들으니 기분은 좋았다. 케빈은 몇몇 친구들 남편처럼 칭찬에 인색한 편은 아니었다. 특히 결혼 초반에는 칭찬에 정말 관대했다. 하지만 확실히 근래에는 그전보다 칭찬의 빈도가 줄어든 것도 사실이었다.

"나도 이제 슬슬 흰 머리가 생기더라고." 그가 귀밑머리 쪽을 손가락으로 톡톡 두드리며 말했다. "세월 이기는 장사 없는 거지."

그의 말은 사실이었다. 로리는 그가 손가락질하는 부위를 보고 나서야 머리 색의 변화를 알아차렸다. **품위 있어 보여.** 말만 할 수 있었다면, 로리는 이렇게 말해주었을 것이다. 같은 연배의 몇몇 다른 남자들처럼 케빈도 참으로 오랫동안 동안을 유지하며 살아왔는데, 겨우 몇 가닥 흰머리 탓에 갑자기 외모에 중후함이 깃들어 보였다.

"당신 살 많이 빠졌네." 그가 자신의 허리띠 버클 주위로 애석한 시선을 던지며 말했다. "난 운동을 하는데도 85킬로그램 아래로는 절대 안 내려가더라고."

로리는 그의 몸을 생각하지 않으려고 의식적인 노력을 해야만 했다. 그들 결혼의 달콤한 저변을 형성하고 있던, 이 남자가 내 남자라는 묘한 자긍심을 다시 한 번 경험하면서 참으로 오랜만에 이토록 가까이서 그의 물리적 육체를 마주하고 앉아 있자니 격한 감정이 밀려왔다. **내 남편이지만 정말 잘생겼어.** 정확히 미남은 아니었지만, 넓은 어깨와 친근한 태도 덕분에 상당히 매력적인 남자였다. 남편은 그녀가 비 오는 날이면 종종 빌려 입곤 하던 풍성하고 부드러운, 지퍼가 달린 회색 스웨터를 입고 있었다.

"난 아무래도 야식을 끊어야 할 것 같아. 전자레인지에 데워 먹는 부리토나 블루베리 파이 같은 거 말이야. 그게 살이 안 빠지는 이유거든."

맥은 낮은 신음소리를 냈고, 로리는 부엌 쪽을 날카롭게 바라봤지만, 케빈은 그들의 의도를 알아차리지 못했다. TV에 정신이 팔린 탓이었는데, 화면에는 지미 스튜어트가 뭔가에 흥분해서 말까지 더듬으며 팔을 있는 대로 휘저어 대고 있었다. 케빈은 커피 탁자에서 리모컨을 집어 들더니 TV를 꺼버렸다.

"아, 정말 못 봐주겠네." 그가 중얼거렸다. "내가 다시 이 영화 보려고 하면 제발 좀 못 보게 말려줘."

TV 소리가 들리지 않으니, 집은 거의 장례식장처럼 불길하게 조용했다. 케이블 상자에 장착된 시계는 겨우 4시 20분밖에 되지 않았지만, 이미 저녁의 어둠이 창문을 압박하며 밀려들고 있었다.

"질은 집에 없어." 그럴 필요가 없었음에도 케빈은 그 사실을 알려주었다. "한 시간쯤 전에 에이미라는 친구와 함께 나갔어. 당신도 에이미 알지 않나? 늦여름부터 우리 집에서 함께 살고 있어. 애는 착한 데, 좀 제멋대로지." 케빈은 어려운 질문에 대한 답이라도 생각하는 사람처럼 입술을 깨물었다. "질은 괜찮은 것 같아. 내가 보기엔 그래. 하지만 힘든 한 해를 보냈어. 당신을 정말 그리워해."

로리는 계속 멍한 표정을 유지했다. 딸이 집안에 없으므로 해서 자신이 느끼는 안도감을 겉으로 드러내고 싶지 않았다. 케빈은 얼마든지 상대할 수 있었다. 어쨌든 그는 성인이었고, 또 어른처럼 처신하리라는 사실을 믿어 의심치 않기 때문이었다. 그는 자신과 아내의 관계가 이미 돌이킬 수 없는 변화를 겪고 말았다는 사실을 벌써 인정한 듯했다. 그러나 질은 어렸고, 로리는 여전히 그 애의 엄마였다. 그건 완전히 다른 얘기였다. 케빈이 안락의자에서 불쑥 몸을 일으켰다.

"내가 질한테 전화 걸어볼게. 엄마가 집에 왔다 갔는데, 못 만난 거 알면 무척 속상해할 거야."

그는 전화를 걸기 위해 부엌으로 갔다. 그가 자리를 뜨자마자, 멕이 자신의 수첩을 꺼내 **화장실?** 이라고 적었다. 로리가 거실 끝쪽을 손가락으로 가리키자, 멕은 고마움을 담아 고개를 끄덕이고는 급하게 화장실로 향해갔다.

"운이 없나 봐." 케빈이 전화기를 손에 들고 걸어오며 말했다. "메시지를 남겨 놓기는 했는데, 자주 확인해보지는 않더라고. 그래도 엄마를 굉장히 보고 싶어 했어."

그들은 서로를 가만히 응시했다. 무슨 이유에선지, 멕이 사라지고 없으니 분위기가 좀 불편했다. 케빈의 입에서 천천히 한숨이 새어 나왔다.

"톰 소식은 전혀 못 들었어. 여름 이후로는 알 수가 없네. 그래서 좀 걱정이 돼." 그는 잠시 기다렸다가 다시 말을 이었다. "당신도 걱정돼. 특히 지난달에 안 좋은 일 있고는 더욱 그래. 조심해야 해."

로리는 자신은 괜찮으니 걱정하지 말라는 의미로 어깨를 으쓱해 보였지만, 이상하게도 그 동작은 그녀가 의도한 것보다 좀 더 양면적으로 느껴졌다. 케빈은 로리의 팔꿈치 위쪽 팔뚝에 손을 올렸다. 특별히 애정이 듬뿍 담겼다거나 하는 동작은 아니었지만, 그의 손길 아래서 로리의 피부가 떨리기 시작했다. 참으로 오랜만이었다.

"있잖아," 그가 말했다. "당신이 여기 왜 왔는지는 모르겠지만, 어쨌든 다시 보니 정말 좋다."

로리는 자신도 그를 보니 좋다는 감정을 전달하기 위해 고개를 끄덕였다. 그의 손이 매우 조심스럽게 위아래로 움직이기 시작했다. 딱히 애무처럼 느껴질 만큼 의도적인 몸짓은 아니었다. 그러나 케빈은 아무 생각 없이 가볍게 신체 접촉을 하는 그런 사람이 아니었다. 섹스를 생각하고 있지 않은 한은 그녀의 몸에 거의 손을 대지도 않는 사람이었다.

"오늘 밤은 여기서 자고 가면 어때?" 그가 말했다. "크리스마스잖아. 당신도 가족과 함께 있어야지. 오늘 하루만. 함께 있으면 기분이 어떤지 한 번 보자고."

로리는 멕이 왜 이렇게 오래 걸리는지 궁금해하며 욕실 쪽으로 걱정스러운 시선을 던졌다.

"당신 친구도 하룻밤 자고 가라고 해." 케빈이 계속 말을 이었다. "당신만 원한다면 손님 방에 잠자리를 마련할 게. 친구는 하룻밤 자고 내일 아침에 가면 되잖아."

로리는 그의 말이 무슨 의미인지 궁금했다. **친구는 하룻밤 자고 내일 아침에 가면 되잖아.** 그럼 로리 자신은 내일 아침에도 남아 있으라는 의미일까? 지금 집으로 돌아오라고 애원하는 건가? 그녀는 자신이 오늘 찾아온 것은 부부의 정을 나누기 위해서가 아니라는 사실을 확실히 전달하려고 애를 쓰며 슬프지만 단호하게 고개를 저었다.

"미안해,"

그가 마침내 신호를 알아차리고 로리의 마음을 심란하게 만들던 손을 거두어갔다. 로리는 고개를 끄덕였다. 남편에게 미안했다. 진심이었다. 케빈은 명절이 마련해 주는 그 의무적인 가족 모임을 정말 좋아했다.

"좀 당황스럽기는 하네." 그가 말했다. "당신도 말을 할 수 있었으면 좋겠어. 난 남편이잖아. 당신 목소리가 듣고 싶어."

로리는 결심이 약해지는 것을 느꼈다. 입을 열어서 말하고 싶었다. 알아요, 정말 말도 안 되는 일이라는 거. 지금 그녀는 단 한 순간의 흔들림으로 8개월간의 힘겨운 노력을 무효화시켜버릴 위기에 처해 있었다. 그러나 그녀가 입을 열기 직전에, 변기 물 내려가는 소리가 들렸다. 잠시 후 화장실 문이 활짝 열렸다. 그리고 멕이 사과의 미소를 지으며 시야에 나타난 순간, 케빈의 손에 들려 있던 전화기가 울렸다. 그는 발신자도 확인하지 않고 곧장 폴더를 열었다.

"여보세요?"

노라는 그의 목소리를 듣고 소스라치게 놀라서 잠시 할 말을 잊고 가만히 있었다. 그녀는 빈속에 와인 두 잔을 마시고는 케빈이 집에 있을 리가 없으니 그냥 음성 사서함에 간단한 메시지를 남기고 전화를 끊어버리면 되리라고 자신을 설득하던 참이었다.

"여보세요?" 그가 다시 물었다. 짜증스럽다기보다는 잠시 혼란스러워하는 듯한 목소리였다. "누구신가요?"

그녀는 전화를 끊거나 잘못 건 척을 하고 싶은 유혹을 느꼈지만, 곧 마음을 다잡았다. **이거 왜 이래, 나 다 큰 성인이야,** 그녀는 생각했다. **장난 전화질이나 하는 열두 살짜리 어린애가 아니라고.**

"노라예요." 그녀가 말했다. "노라 더스트. 그날 같이 춤췄었잖아요."

"기억납니다." 그의 목소리에서는 그다지 반가워하는 기색이 느껴지지 않았다. 오히려 경계하는 듯한 느낌이 묻어났다. "어떻게 지내세요?"

"저는 잘 지내죠. 어떻게 지내세요?"

"저도 잘 지냅니다." 말은 그렇게 하고 있었지만, 잘 지내는 듯한 목소리가 아니었다. "그냥, 어, 휴가를 즐기고 있죠."

"저도 그래요."

그녀가 말했지만, 역시 목소리는 그렇지 않은 듯했다.

"어쩐 일로……?"

딱히 질문이라고 할 수 없는 그의 질문이 몇 초 동안 공중에 걸려만 있었다. 욕조 속에 앉아 있는 노라가 와인을 한 모금 마시고 머릿속으로 할 말을 다시 한 번 검토해보기에 딱 적당한 시간이었다. **언제 시**

간 되시면 커피 한잔 하실래요? 오후에는 거의 시간이 비거든요. 이렇게 얘기해야겠다고 이미 생각을 해둔 터였다. 오후는 별 부담이 없을 테고, 커피 한 잔 마시는 일도 마찬가지리라. 만약 오후에 커피를 마시기 위해 만난다면, 데이트가 아닌 척할 수 있었다.

"여쭤볼 게 있는데요." 그녀가 말했다. "혹시 저랑 플로리다 가실래요?"

"플로리다요?"

그도 그녀만큼이나 놀란 듯했다.

"네." 생각지도 못한 말들이 입에서 굴러 나왔지만, 다 옳은 말이었다. 그녀가 정말 하고 싶은 말이었다. 노라는 커피가 아니라 플로리다를 원했다. "시장님은 어떠실지 모르겠지만, 저는 햇살이 좀 필요하거든요. 요즘 기분이 너무 우울해서요."

"그래서 저와 함께……?"

"원하신다면요." 그녀가 말했다. "그리고 시간이 있으시면요."

"우와." 그는 기분이 나쁜 것 같지는 않았다. "언제 갔으면 하시는데요?"

"잘 모르겠어요. 내일은 너무 빠른가요?"

"내일모레가 더 나을 것 같네요." 그가 잠시 머뭇거리다가 다시 말했다. "저기, 제가 지금 전화 받기가 좀 그렇거든요. 나중에 전화드려도 될까요?"

〰〰〰

케빈은 전화기를 주머니에 집어넣으며 무심한 듯 행동하려 애를 썼다. 하지만 쉽지 않았다. 로리와 그녀의 친구가 마치 케빈이 두 사람에게 설명을 빚지고 있기라도 하다는 듯이 호기심 어린 표정으로 그의 얼굴을 빤히 바라보고 있었다.

"그냥 아는 지인이야." 그가 중얼거렸다. "당신은 모르는 사람이야."

로리는 그의 말을 믿지 않는 게 분명했지만, 그렇다고 말도 할 수 없는데 뭘 어쩌겠는가? **잘 알지도 못하는 여자가 플로리다에 함께 가자고 했는데, 내가 방금 좋다고 했단 말이지?** 그는 자신의 행동을 믿을 수가 없었다. 전화를 끊은 지 겨우 몇 초밖에 지나지 않았는데도, 벌써 뭔가 실수가 있었거나 설명하기 힘든 오해가 있었음이 분명하다는 생각마저 들었다. 아니면 심한 농담일지도 몰랐다. 그러니 노라에게 전화를 걸어 다시 한 번 확실히 물어보는 게 맞는 듯했지만, 혼자가 되기 전까지는 그럴 수도 없었고, 또 혼자 있게 되려면 얼마나 오랜 시간이 지나야 할지도 확실히 알 수 없었다. 로리와 그녀의 친구는 저녁내 그의 맞은편에 서서 그를 빤히 바라보고 있게만 해준다 해도 아무 여한이 없겠다는 듯한 표정이었다.

"자, 그럼," 그는 대화 주제를 바꾸기 위해 가볍게 손을 맞잡으며 말했다. "누구 배고픈 사람?"

～～～

로리는 포만감 뒤에 오는 친숙하지 않은 나른함을 충분히 만끽하며 맥 뒤로 한두 걸음쯤 처져서 메인스트리트를 향해 천천히 걸어갔다. 과거 크리스마스 저녁이면 그들은 거한 만찬을 차려 먹곤 했지만, 지금은 안타깝게도 그런 만찬에서 남은 음식이 전혀 없었기에 식사 메뉴는 별로 보잘것없었다. 하지만 그럼에도 맛있었다. 그들은 케빈이 식탁에 가져다 놓는 모든 음식을 게걸스럽게 먹어치웠다. 꼬마 당근, 굴크래커를 뿌린 캔들사의 치킨 누들 수프, 살라미, 흰 빵으로 만든 아메리칸 치즈 샌드위치를 먹고 나서, 허쉬 키세스 초콜릿 한 봉지를 해치우고 갓 내린 신선한 커피도 마셨다.

그들이 모퉁이에 도착했을 때, 뒤에서 발걸음 소리가 들리더니 케빈이 로리의 이름을 부르는 소리가 들렸다. 돌아서니 그가 외투도 모자도 쓰지 않은 채 택시를 잡을 때처럼 공중으로 팔을 휘저으며 길 한가운데를 달려오고 있었다.

"이걸 잊었잖아." 그가 다가와서는 말했다. 그의 손에는 작은 상자 하나가 들려 있었다. 아까 트리 아래 홀로 놓여 있던 선물 상자였다.

"내 말은, 내가 잊었다고. 질이 당신 주려고 산 거야."

로리는 상자만 바라봐도 그 사실을 알 수 있었다. 케빈이 준비한 선물이라면 리본도 없이 엉성하고 울퉁불퉁하게, 되는대로 포장되어 있을 터였다. 그러나 그가 들고 있는 상자는 매우 정성스럽게 포장돼 있었고, 포장지도 구김 하나 없이 팽팽했으며, 모서리도 날카로웠고, 리본도 가위와 엄지를 이용해 꼬불꼬불 말리게끔 모양을 낸 형태였다.

"날 죽이려고 들 거야,"

그가 숨을 거칠게 몰아쉬며 덧붙였다. 별로 먼 거리를 뛰어온 것도 아니라서 로리는 케빈이 그렇게까지 힘들어하리라고는 예상치 못했다. 그녀는 선물을 받아 들었지만, 열어보려고는 하지 않았다. 그 자리에서 포장을 끌러 확인하고 싶었지만, 좋은 생각이 아닌 듯한 기분이 들었다. 그들은 이미 가족으로서 충분하게 크리스마스를 즐겼다는 생각이 들었다.

"좋아," 그가 로리의 신호를 눈치채고 말했다. "따라잡아서 다행이야. 그리고 찾아와 줘서 다시 한 번 정말 고마워."

그는 집을 향해 출발했고, 그들은 계속 메인스트리트 쪽으로 걸음을 옮겼다. 가다가 히코리 로드 근처의 가로등 아래 멈춰 서서 선물을 열어봤다. 로리는 딸이 공들여 포장한 종이를 차분히 순서대로 벗겨 나갔다. 리본을 당겨 풀고, 테이프를 떼어내고 종이를 벗겨냈다. 그동안 멕은 간절한 표정으로 가까이 붙어 서 있었다. 로리는 상자 안에 보석류가 들어 있으리라고 짐작했지만, 뚜껑을 열었을 때 발견한 것은 솜뭉치 위에 놓인 플라스틱 라이터였다. 전혀 비싼 것도 아닌, 빅 사에서 생산하는 빨간색 1회용 라이터였다. 그리고 그 위에는 흰색 수정액이 분명해 보이는 재질로 세 단어가 적혀 있었다.

나를 잊지 말아요.

멕이 자신의 담배를 꺼냈고, 그들은 새 라이터를 번갈아 사용하며 각자 불을 붙였다. 참으로 사려 깊은 선물이었다. 딸이 부엌 식탁에 앉아 그 깔끔하고 진심 어린 글자를 아주 작은 수정액으로 써내려 갔을 모습을 그려보다가 로리는 결국 약간의 눈물을 보이고 말았다. 딸의 선물은 감성적인 가치로 가득한, 평생 간직해야 할 보물이었다. 그렇기에 그녀는 가는 길에 처음 마주친 빗물 배수관 옆에 무릎을 꿇고 앉아 공중전화에 동전을 집어넣듯이 바닥의 쇠창살 속으로 라이터를 떨어트려 버리지 않을 수 없었다. 그것은 무척이나 길게 느껴지는 시간 동안 떨어져 내렸지만, 바닥에 내려앉을 때는 거의 아무런 소리도 내지 않았다.

Part Four

4부
나의 밸런타인이 되어주세요

평균 이상의 여자친구

시의회실은 1월 정기 시회의에 참석한 사람들로 발 디딜 틈이 없었다. 플로리다에서 돌아온 지 벌써 두 주나 지난 시점이었기에, 케빈은 많은 사람이 자신의 그을린 피부에 대해 한마디씩 하는 것을 듣고 놀라지 않을 수 없었다.

"보기 좋은데요, 시장님!"

"태양 아래서 즐겁게 보내셨나 봐요?"

"혹시 보카 레이턴 근처에 머무셨어요? 저희 삼촌이 거기 살거든요."

"나도 휴가 가고 싶다!"

내 얼굴이 그렇게까지 허옇게 떠 있었나? 그는 시 회의실 맨 앞에 놓인 긴 탁자 한가운데, 디파지오 의원과 허레라 의원 사이에 놓인 그의 자리에 앉으며 생각했다. 아니면, 사람들이 그의 붉게 그을린 피부가 아니라, 더 심오한 무언가, 그러니까 그런 식으로 말고는 도저히 설명할 수 없는 그의 내적인 변화 같은 것에 은근히 반응을 보이고 있는 것일까?

어떤 경우든 간에, 케빈은 울적했던 12월 출석률에 비하면 엄청난 향상이라 할만한 건전한 출석률에 매우 기분이 좋았다. 12월 참석자 대부분은 연방, 주, 지역을 가리지 않고, 자신들의 생계가 달린 사회보장과 의료비 지원을 제외한 모든 종류의 정부 지출에 반대하는 구두쇠 노인들이었다. 마흔 살 이하의 유일한 참석자라고는 자신의 노트북 화면을 바라보며 계속 고개만 끄덕이고 있던 대학을 갓 졸업한 예쁘장한 〈메신저〉 기자 단 한 명뿐이었다.

케빈은 지각하는 사람들을 기다려 주기 위해 일부러 5분씩 늦게 시작하는 의례적인 관행에는 개의치 않고 7시 정각에 회의 시작을 알리는 의사봉을 두드렸다. 이번만은 일정을 고수해 회의를 밀고 나가서 가능한 한 9시에 맞추어 휴회하고 싶었다. 노라에게 그 시간쯤 가겠다고 약속했기에 기다리게 하고 싶지 않았다.

"환영합니다." 그가 말했다. "이렇게 많은 분이 참석하신 걸 보니 무척이나 반갑습니다. 더군다나 이렇게 추운 날씨에 오시느라 고생 많으셨습니다. 이미 아시다시피, 저는 가비 시장이고, 제 양옆에 앉아 계신 근사한 신사숙녀분들은 여러분이 뽑아주신 시의원입니다."

예의상 치는 박수 소리가 들려왔고, 그다음에는 디파지오 의원이 자리에서 일어나 국기에 대한 맹세를 시작하자 시민들도 모두 급하게 다소 쑥스러운 듯 우물거리는 소리로 따라 했다. 케빈은 모두 일어선 채로 잠시 묵념에 참여해 줄 것을 청했다. 최근에 숨진 카니 시의원의 형부이자 메이플턴 청소년 스포츠계 저명인사였던 테드 피게로아를 기리기 위해서였다.

"테드 씨가 토요 아침 농구 프로그램의 전설적인 감독이자 그 뒤를 떠받치고 있던 힘이었다는 사실을 많은 분이 잘 알고 계실 겁니다. 그는 아이들이 어른으로 성장해간 20년이라는 오랜 기간 동안 그 팀을 공동 감독했던 매우 헌신적이고 관대한 분이었습니다. 우리 모두 그분을 몹시도 그리워하게 될 겁니다."

케빈은 고개를 숙이고 천천히 열까지 세었다. 전에 누군가가 묵념 시간을 어림짐작할 때 사용하라고 알려준 법칙이었다. 개인적으로 그는 테드를 그리 좋아하지 않았다. 아니, 솔직히 말하자면 테드는 경쟁에만 눈이 먼 정말 재수 없는 인간이었다. 늘 자기 팀을 위해 최고의 선수들만 가려 뽑았고, 당연히 챔피언십에서도 항상 우승을 했다. 하지만 지금은 망자에 대해 솔직해질 시간도 아니었고 그럴 장소에 있지도 않았다.

"좋습니다," 모두가 자리에 앉은 후 그가 말했다. "오늘의 최우선 과제는 12월의 회의록을 승인하는 것입니다. 동의하십니까?"

레노 의원이 동의했고, 첸 의원이 제청했다.

"모두 찬성하십니까?" 케빈이 물었고, 만장일치 찬성이었다. "동의안이 통과되었습니다."

~~~~

젊은 시절에, 그러니까 첫 키스를 하고 더그와의 약혼이 있기 전까지의 그 짧은 자유의 기간에 노라는 자신이 어디에 내놔도 빠지지 않는 최고의 여자친구라고 생각했다. 하지만 이미 절반쯤 생을 살아와 절반쯤 남아 있는 현재 상황에서, 그녀는 그러한 믿음의 기원을 재구성하기가 너무 힘들다는 사실을 알아차렸다. 물론 〈글래머〉에 실린 '여자친구가 알아야 할 10가지 필수적인 기술'에 관한 기사를 읽었을 때는, 자신이 그 10가지 중에 그래도 여덟 가지나 되는 기술을 습득했다는 사실을 알 수 있었다. 또는 〈엘르〉에 실린 '궁극적으로 선망의 대상이 되는 여자친구를 알아보는 퀴즈'를 풀어보았을 때도 점수는 상위

권이었고, 평가는 다음과 같았다. **당신은 결혼 상대자로 적격이군요!**

그러나 머릿속에 높은 자존감이 습관처럼 너무도 깊게 박혀 있어서, 자신이 최고의 여자친구가 아니라는 사실을 받아들이기란 쉬운 일이 아니었다. 어쨌든 노라는 예쁘고 영리했으며, 여전히 청바지도 잘 어울렸고, 긴 생머리에서는 윤기가 흘렀다. 물론 그녀는 대부분 여자보다 훨씬 나은 여자친구였다. 하지만 대부분이 아니라 모든 여자를 능가하는 최고의 여자친구가 되고 싶었다.

이러한 믿음은 그녀의 자아 이미지에 있어서 정말 중요한 부분이었다. 따라서 대학 시절 정말 좋아하던 남자친구와 치욕적인 결별을 맞이했을 때는 실제로 소리 내서 그런 말을 하기까지 했다. 브라이언은 상대를 휘어잡는 매력이 뛰어난 철학을 전공하는 학생이었다. 그는 유럽인들처럼 운동을 경멸했던 탓에 얼굴은 도서관에만 틀어박혀 있는 듯이 창백했고, 허리는 통통했지만, 그런 단점도 똑똑한 두뇌의 매력을 상쇄시키지는 못했다. 그와 노라는 2학년 내내 매우 진지한 관계를 이어갔다. 그들은 스스로를 단짝 친구나 소울메이트라고 주장했다. 그러던 어느 날 브라이언이 봄방학을 마치고 돌아와서는 이제 두 사람다 다른 사람을 만나보는 게 좋겠다고 선언했다.

"나는 다른 사람 만나고 싶지 않아."

그녀가 말했다.

"넌 그래도 상관없어." 그가 말했다. "하지만 나는 만나보고 싶은데 어떡해?"

"그러면 우리 사이는 끝이야. 난 다른 여자와 널 공유하고 싶은 생각 없어."

"그렇다면 안타깝지만 어쩔 수 없네. 난 이미 다른 사람을 만나고 있거든."

"뭐?" 노라는 진심으로 당황했다. "왜 그런 짓을 하는데?"

"무슨 말이야? 사람이 사람을 만나는 데 무슨 특별한 이유가 있어야 해?"

"내 말은 왜 너한테 다른 사람이 필요한 거냐고?"

"난 네 질문을 이해도 못 하겠어."

"난 정말로 괜찮은 여자친구야." 그녀가 말했다. "너도 그거 잘 알잖아, 안 그래?"

그는 잠시 노라를 가만히 쳐다봤다. 마치 태어나서 처음으로 그녀를 본다는 듯한 시선이었다. 그의 시선 속에는 당황스러울 만큼 비인격적인, 일종의 객관적인 냉담함처럼 보이는 무언가가 있었다.

"그래 괜찮지." 그가 마지못해 그녀의 말에 수긍했다. "확실히 평균 이상이기는 해."

대학을 졸업한 후, 이 이야기는 그녀가 가장 즐겨 기억하는 일화 중의 하나가 되었다. 얼마나 자주 그 이야기를 하고 또 했던지, 결국 그것은 노라의 결혼생활 중에 끊임없이 등장하는 개그가 되어버렸다. 그녀가 남편을 위해 뭔가 사려 깊은 행동을 하면, 예를 들어, 세탁소에서 그의 셔츠를 찾아온다거나, 딱히 분명한 이유도 없이 남편을 위해 진수성찬을 차린다거나, 그가 퇴근해 들어왔을 때 어깨를 주물러 준다든가 하면, 남편은 잠시 그녀의 얼굴을 찬찬히 들여다보다가 마치 철학을 전공하는 학생처럼 턱을 문지르며 이렇게 말했다.

"사실이야." 얼굴에는 살짝 놀란 듯한 표정까지 지어 보였다. "당신은 정말 평균 이상의 여자친구야."

"그렇다니까," 노라도 대답했다. "나는 상위 53퍼센트 안에 들어가는 여자친구야."

그 농담도 최근에는 별로 웃기지 않았다. 아니, 이제는 조금 다른 방식으로 웃겼다. 그녀가 케빈 가비의 여자친구가 되려 애를 쓰고 있지만, 참으로 형편없는 수행 능력을 보이고 있기 때문이었다. 그를 좋아하지 않아서가 아니었다. 그건 전혀 문제가 아니었다. 예전에는 거의 제2의 천성처럼 느껴지던 역할을 지금은 어떻게 해야 하는지 기억조차도 못하고 있는 것이 문제였다. 여자친구는 어떻게 말을 했더라? 그녀가 뭘 했었지? 기분은 꼭 파리에서 보낸 신혼여행 때와 비슷했다. 그때 노라는 자신이 고등학교 4년 내내 불어를 공부했으면서도 그 언어를 단 한마디도 못한다는 사실을 갑작스럽게 깨달았다.

정말 당황스럽네, 그녀는 더그에게 말했다. **전에 다 배운 건데.**

노라는 케빈에게도 똑같은 말을 해주고 싶었다. 그녀가 약간 녹이 슬었을 뿐이며 조금만 기다려 주면 곧 원상복귀 하리라는 사실을 그가 알 수 있게 해주고 싶었다.

나는 노라라고 해요. 당신의 이름은 어떻게 되나요?

(Je m'appelle Nora. Comment vous appellez-vous?)

나는 정말 좋은 여자친구예요.

~~~~

케빈은 시의회가 교회와 비슷하다는 생각이 들었다. 인사(人事), 사직과 퇴직, 공지사항 ("에콰도르, 볼리비아, 페루 지역 등지의 가난한 어린이들에게 동물 인형을 보내주는 자선단체인 퍼지 아미고 인터내셔널에 기부하기 위해 173 브라우니 부대에서 실시한 두 번째 연례 생강빵 쿠키 기금모금 행사의 모금액이 300달러를 넘어선 것을 축하드립니다."), 성명 발표 ("2월 25일을 메이플턴의 외식하기 날로 선언합니다!"), 허가 신청, 예산안 결의 위원회 보고서 및 보류된 조례 순으로 이어지는 친숙한 의식순서는 지루하면서도 동시에 묘하게 위안이 돼 준다는 점에서 그러했다.

그들은 의제를 꽤 빠른 속도로 검토해 나갔다. 중간에 속도를 늦추게 했던 유일한 장애물은 건물과 대지에 관한(시청 주차장 #3의 바닥 포장 공사 과정을 너무 상세하게 설명하고 있었다), 그리고 공공안전(팔존 살인 사건으로 교착상태에 빠진 수사에 관한, 대충 얼버무리는 듯한 요약과 그 뒤를 이어 펼쳐진 그린 웨이 공원과 그 주변을 중심으로 더 많은 야간 순찰대가 필요하다는 주장에 대한 광범위한 토론)에 관한 위원회 보고서들이었다. 어쨌든 회의는 정해진 일정보다 약간 앞서 끝이 났다.

"좋습니다." 케빈은 청중을 향해 말했다. "이제 여러분 차례입니다. 여론 수렴을 위해 의견을 듣도록 하겠습니다."

민주주의 이론상 케빈도 유권자들에게서 직접 의견을 듣고 싶은 마음이 간절했다. 그래서 늘 그렇다고 말을 했다.

"우리는 여러분에게 봉사하기 위해 여기 있습니다. 여러분이 어떤 생각을 하는지 모르면 우리는 아무 일도 할 수 없습니다. 우리가 할 수 있는 가장 중요한 일은 여러분의 걱정과 비난에 귀 기울여서, 원하시는 바를 혁신적이고 비용면에서도 효율적인 방식을 이용해 실천해 나갈 방법을 찾아내는 것입니다."

그는 여론 수렴 시간을 고등학교 윤리 과목에서 배운 내용, 구체적으로 말해, 지극히 친밀한 규모의 자치정부, 유권자와 그들이 선출한 사람들 사이의 직접적인 대화, 미국의 설립자들이 처음 의도했던 그대로의 민주주의 등을 실천에 옮기는 시간으로 생각하고 싶었다.

그러나 현실에서 여론 수렴 과정은 일종의 기괴한 쇼처럼 펼쳐졌다. 그것은 괴짜나 편집광들이 사소한 불만과 실존적인 탄식을 토로하는 토론회였고, 그 내용의 대부분은 지방정부의 업무 범위 외에 것이었다. 정기 발언자 중 한 명인 어느 여성은 매달 자신과 자신의 의료보험

회사 사이에 생겨나는 분쟁 내용을 동료 시민에게 반드시 전달해야만 한다고 느꼈다. 또 어떤 사람은 메이플턴 경계 내에서는 서머타임제를 폐지해야 한다고 열정적으로 주장했으며, 자신의 이런 주장이 비정통적인 것은 틀림없지만, 차후에 다른 지역과 주에서도 메이플턴의 방식을 따라 주기를 희망한다고 했다. 허약해 보이는 노인 하나는 폐간된 지가 20년도 더 된 신문인 데일리메일의 형편없는 배달 서비스에 자신이 얼마나 실망하고 있는지에 관해 자주 의사 표현을 했다.

한동안 위원회는 '지역 문제와 관련된 내용'과 동떨어진 주제를 이야기하는 사람들의 발언권을 제한하려고 시도하기도 했지만, 그런 정책이 너무도 많은 사람의 감정에 상처를 주었던 탓에 얼마 되지도 않아 폐지되고 말았다. 이제 그들은 예전 방식으로 다시 돌아와 있었다. 비공식적으로는 '괴짜 한 명당, 발언권 한 번'으로 알려진 방식이었다.

1월 의회에서 첫 번째 발언권을 얻은 사람은 레이니어 로드에 사는 한 젊은 아버지였다. 그는 저녁 퇴근 시간 동안 자신이 사는 거리를 지름길로 이용하는 과속 운전자들에 관해 불만을 털어놓으며 왜 경찰이 교통법규 위반자들을 잡는 데 그리도 미온적인 태도를 유지하는지 궁금해했다.

"법대로 처리하는 게 그렇게 힘든 건가요?" 그가 물었다. "어린애라도 하나 죽어야 무슨 조치가 이루어질 겁니까?"

공공 안전위원회의 위원장인 카니 시의원은 경찰이 교통량이 많아지는 여름철에 시행할 주요 교통안전 캠페인을 계획하고 있다고 말해 그 남성을 안심시켰다. 그 캠페인에는 공적 안내 요소는 물론이고 강력한 법 집행 요소도 모두 포함돼 있을 예정이라고 했다. 그리고 그 캠페인이 시행되기 전에도 자신이 직접 로저스 경찰국장에게 저녁 퇴근 시간 동안 레이니어 로드와 그 주변 거리에 특히 주의를 기울여 달라고 요청하겠다고 말했다.

다음 발언자는 목발을 짚은 친근한 인상의 중년 여인이었다. 그녀는 메이플턴의 많은 보도가 폭설이 내린 뒤에도 제대로 제설이 되지 않는 이유에 관해 알고 싶어 했다. 그녀 자신도 워틀리 테라스의 빙판에서 미끄러져 전방십자인대가 파열되었다고 했다.

"스톤우드 하이츠에서는 눈 온 뒤에 의무적으로 제설 작업을 하게 돼 있어요." 그녀가 지적했다. "그래서 거긴 겨울에도 훨씬 안전하게 걸어 다닐 수 있죠. 왜 여기는 거기처럼 하지 않는 건가요?"

디파지오 의원은 자신이 기억하기로는 바로 그 주제에 관해서 이미 세 번이나 청문회가 열렸다고 설명했다. 하지만 매번 대다수 노년층이 건강과 재정적인 두 가지 이유 모두 때문에 법안을 바꾸는 데 반대 증언을 했다는 것이다.

"따라서 저희는 매우 곤란한 처지에 놓여 있습니다." 그가 말했다. "이러지도 저러지도 못하는 상황에 몰려 있는 거죠."

"그렇다면 제가 보고 싶은 걸 말씀드리죠." 게빈이 끼어들었다. "저는 눈을 치우는 데 도움이 필요한 사람들이 직접 가서 등록할 수 있는 센터를 만들고 싶네요. 그리고 고등학교 자원봉사 사무실과 그 정보를 공유하는 겁니다. 그런 식으로 하면 아이들은 실제로 시행되어야 할 일을 하면서, 지역사회 봉사활동 점수도 얻을 수 있을 것 같네요."

몇몇 의원이 그 제안을 마음에 들어 했고, 교육 위원회 의장인 첸 시의원은 고등학교와 후속조치를 마련하는 데 동의했다.

움푹 들어간 두 눈과 턱수염이 인상적인 진지한 젊은 남성이 다음 발언자로 나섰을 때 분위기가 좀 가열되었다. 그는 자신을 최근에 퓨러티 카페라는 채식 레스토랑을 개업한 요리사이자 식당 주인으로 소개했고, 자신의 식당이 위생 검사관으로부터 받은 불공정한 점수에 관해 공식적으로 항의하고 싶다고 말했다.

"정말 어이가 없습니다." 그가 말했다. "퓨러티 카페는 결점이라고는 없습니다. 우리 가게에서는 음식에서 오는 질병의 주요 원천이라 할 수 있는 고기, 달걀, 유제품은 아예 취급도 하지 않습니다. 우리가 제공하는 모든 음식은 거의 예술적인 상태라 할만한 부엌에서 갓 준비한 재료를 이용해 사랑을 듬뿍 담아 조리하기에 신선하기 그지없습니다. 그런데도 우리는 B등급을 받고, 치킨 퀵 음식점은 A라고요? 치킨 퀵이? 이거 무슨 장난하는 겁니까? 혹시 살모넬라균이라고 들어 보셨어요? 그리고 첨리의 스테이크 하우스라고 들어 보셨습니까? 정말요? 그렇다면 첨리의 스테이크 하우스 부엌을 보신 적이 있습니까? 제 눈을 똑바로 바라보면서 그곳이 퓨러티 카페보다 더 깨끗하다고 말씀하실 수 있겠느냐고요? 말도 안 됩니다. 뭔가 구린 냄새가 나요. 절대로 퓨러티 카페의 음식이 문제가 아닌 겁니다."

케빈은 젊은 주방장의 생색내는 듯한 어조나 경쟁자들을 비난하기로 작정한 태도는 마음에 들지 않았다. 그건 소도시에서 친구를 사귀거나 사람들에게 영향을 미치기에는 별로 좋지 않은 방법이 분명했다. 하지만 그도 치킨 퀵이 A등급을 받았다는 것은 좀 말이 안된다는 사실을 인정해야 했다. 로리는 몇 년 전 갈릭 소스 통에서 동전 크기만한 배터리를 발견한 이후로는 케빈도 그곳에 가지 못하게 했다. 그녀가 배터리를 가게 주인에게 가져가 보여주자, 그는 껄껄 웃고 나서 이렇게 말했다. **그게 거기로 들어갔군요.**

메이플턴의 오랜 위생 검사관인 브루스 하딘이 요리사의 '무모한 주장'에 직접 답할 수 있는 허가를 청해왔다. 브루스는 커다란 덩치의 50대 중반 사내로, 10월 14일에 아내를 잃은 사람이었다. 언뜻 보아 그는 딱히 허영기가 많아 보이지는 않았다. 하지만 짙은 갈색 머리와 거의 백발에 가까운 콧수염의 당황스러운 대조는 남성용 로레알 염색약의 사용을 고려하지 않고는 도저히 설명이 안 될 듯했다. 권위가 잔뜩 밴 노장 관료의 단조로운 말투로, 그는 자신의 보고서는 공공기록 문서이기에 보통 인용된 위반 사항을 증명하는 사진들이 첨부돼 있다는 사실을 지적했다. 따라서 퓨러티 카페든 다른 어떤 음식 조달업체든 간에 자신의 보고서를 검토해보길 원하는 곳은 어디든 환영이라고 말했다. 그는 자신의 보고서가 아무리 엄격한 조사라도 거뜬히 통과하리라는 사실을 확신하고 있다고 했다. 그런 다음 돌아서서 턱수염을 기른 주방장을 가만히 응시했다.

"저는 위생 검사관으로 23년을 재직해왔습니다." 그가 모두 눈치챌 수 있을 만큼 떨리는 목소리로 말했다. "그런데 저의 청렴결백이 의심받은 것은 이번이 처음입니다."

퓨러티 카페의 주방장은 한 발 뒤로 물러나서 자신은 어느 누구의 청렴결백함도 의심하지 않았다고 주장했다. 하지만 브루스는 자신이 듣기에는 그렇지 않았으며, 그 사실을 부인하는 것 자체가 겁쟁이라는 것을 의미한다고 말했다. 케빈은 사태가 손 쓰지 못할 만큼 악화되기 전에 두 사람 사이에 끼어들어서 두 사람이 자리에 앉아 좀 더 차분한 분위기에서 퓨러티 카페가 다음 위생검사에서는 좀 더 높은 등급을 받을 수 있는 방안에 대해 솔직한 토론을 이어가는 것이 좋지 않겠느냐고 제안했다. 또한 자신도 그 채식 레스토랑에 관해 굉장히 좋은 평가를 들어왔기에 그것이 마을의 다양한 식당 명단을 더욱 풍요롭게 해주리라 믿어 의심치 않는다는 말도 덧붙였다.

"저는 채식주의자가 아닙니다." 그가 말했다. "그렇지만 조만간 퓨러티 카페에서 식사를 할 수 있기를 기대하고 있습니다. 다음 주 수요일 점심은 어떨까 싶은데요?" 그가 시의원들을 한 바퀴 둘러봤다. "함께 가실 분 있으신가요?"

"시장님이 사시는 건가요?"

레노 의원이 재치 있게 그의 말을 받았고, 청중석에도 가벼운 웃음이 터져 나와 분위기를 부드럽게 바꾸어 놓았다.

케빈은 다음 발언자를 지명하기 전에 시간을 확인했다. 이미 8시 45분이었다. 그럼에도 족히 열 명쯤 되는 사람이 공중으로 손을 치켜들고 있었는데, 거기에는 서머타임 남자와 신문이 배달되지 않아 애태우는 노인도 여전히 포함돼 있었다.

"우와," 케빈은 탄성을 질렀다. "아무래도 이제 막 시작인 것 같군요."

〜〜〜

무슨 이유에선지, 그녀는 자신의 문 앞에 서 있는 케빈의 모습을 볼때마다 매번 살짝 놀라곤 했다. 그를 기다리던 중이었음에도 다르지 않았다. 모든 상황이 이상하게도 너무 친숙했다. 듬직한 체격의 친절한 남자가 와인 병이 삐죽 튀어나와 있는 갈색 종이봉투를 그녀의 양손에 들이미는 그 상황에서 노라는 묘한 안도감을 느꼈다.

"미안해요," 그가 말했다. "회의가 늦게까지 진행됐어요. 다들 의견이 어찌나 많은지."

노라는 와인을 땄고, 그는 회의에서 있었던 일에 관해 불필요할 만큼 상세하게 이야기를 늘어놓았다. 그녀는 정신을 바짝 차리고 매우 열심히 들으려 최선을 다했다. 적절한 순간에 고개도 끄덕이고 가끔 의견이나 질문을 던지기도 했다.

좋은 여자친구는 훌륭한 청자이기도 해, 그녀는 이 말을 스스로에게 상기시켰다.

하지만 노라는 그저 듣는 척만 할 뿐이었다. 자신도 그 사실을 알고 있었다. 이전의 결혼생활에서, 더그도 역시 바로 이 자리 맞은편에 앉아 마찬가지 방법으로 그녀의 인내심을 시험해보곤 했다. 그 순간에 자신이 다루고 있던 일이 무엇이든 간에, 그는 거래와 관련된 비밀스러운 법률 및 금융적인 세부사항을 매우 긴 호흡의 독백으로 털어놓으며, 발생할 수 있는 다양한 장애와 그것을 해결하기 위해 자신이 할 수 있는 일이 무엇인지에 관해, 마치 머릿속에 있는 생각을 입 밖으로 소리 내 말 하듯이 이야기했다. 하지만 그런 얘기들이 얼마나 지루하든 간에 노라는 늘 더그의 일이 자신에게 중요할 뿐 아니라, 가족에게도 심각한 영향을 미칠 수 있으니 반드시 관심을 기울여야 한다고 자신을 납득시켰다. 케빈과 함께 있는 시간이 좋은 만큼, 그녀는 건축 법규나 애완동물 면허 기한 연장에 관한 복잡한 내용을 굳이 자신이 신경 쓸 필요가 있는지에 관해 끊임없이 의문이 들었다.

"개들만 그런 거예요?"

그녀가 물었다.

"아니, 고양이도 마찬가지예요."

"그럼 시에서는 연체료를 포기하는 거네요?"

"사실상 등록 기간을 연장해 주는 거라고 봐야죠."

"그 차이가 뭔데요?"

"법 준수를 독려하는 차원인 거죠."

그가 설명했다.

〰️

그들은 평면 TV 앞에 나란히 앉아 있었다. 케빈은 팔로 노라의 어깨를 안은 채, 손가락으로 그녀의 부드럽고 짙은 머리카락을 만지작거렸다. 노라는 그의 손길을 거부하지도 않았지만, 그렇다고 즐긴다는 내색도 전혀 하지 않았다. 그녀의 관심은 화면에 못 박혀 있었다. 마치 〈스펀지밥〉이 1960년대 만들어진 스웨덴 예술 영화라도 된다는 듯 매우 우울한 표정으로 집중해서 바라봤다.

그는 노라와 함께 〈스펀지밥〉을 보고 있다는 사실만으로도 매우 기뻤다. 그 쇼가 마음에 들어서 가 아니었다. 사실 좀 날카롭고 특이한 내용이라는 생각이 들었다. 하지만 어쨌든 그것을 보고 있으면 더는 말을 하지 않아도 되었다. 그는 회의에서 제기되었던 제설 작업 예산 초과나 시내 주차 미터기를 표 판매기로 대체하는 묘안 등등에 관해서 너무 오랫동안 떠들어댔다. 이제 더는 할 말이라고는 남아있지 않은 오랜 부부처럼 긴 시간을 침묵 속에 앉아 있어야 하는 어색함을 해소해 보려는 목적에서였다.

정작 두 사람을 가장 미치게 하는 것은 휴가 내내 함께 시간을 보냈음에도 그들이 서로에 대해 아는 것이 거의 없다는 사실이었다. 여전히 알아가야 할 것이 너무도 많이 남아 있었고, 노라가 허락하기만 한다면 그가 묻고 싶은 질문도 한이 없었다. 하지만 노라는 플로리다에 갔을 때, 사생활에 관해서는 질문 불가라고 선을 확실히 그어뒀다. 남편이나 아이들에 관해서는 물론이고 자신의 개인적인 과거사에 관해서도 말하고 싶지 않다고 했다. 심지어 노라는 케빈이 자신의 가족에 관해 몇 번 언급하려 했을 때도 심하게 긴장하는 모습을 보였다. 마치 경찰이 그녀의 얼굴에 정면으로 손전등을 비추기라도 한 것처럼 몸을 움찔하며 시선을 돌려버렸다.

적어도 플로리다에서는 둘 다 익숙지 않은 환경에 있었으며, 거의 모든 시간을 외부에서 보냈기에, 바닷물 온도나 석양의 아름다움, 또는 펠리컨이 막 날아가 버린 상황 등에 관해 간단한 대화만 나누어도 둘 사이의 침묵을 쉽게 깨트릴 수 있었다. 하지만 메이플턴에 돌아와서는, 그럴만한 사건이 없었다. 그들은 늘 집안에, 그것도 노라의 집 안에만 있었다. 그녀는 영화를 보러 가려고도 하지 않았고, 식당에도 가려 하지 않았으며, 심지어 밤에 술 한 잔을 기울이러 카르페디엠에 가는 것도 마다했다. 지금껏 그들이 한 일이라고는 고심하며 애써 대화를 나누고 〈스펀지밥〉을 함께 보는 것뿐이었다.

그러나 노라는 심지어 〈스펀지밥〉에 관해서도 말을 하려 하지 않았다. 그는 그것이 일종의 추모 의식이라는 사실을 짐작했고, 그 의식에 자신을 끼워주는 것만도 감사할 따름이었다. 하지만 〈스펀지밥〉이 그녀에게 어떤 의미가 있는지, 또 그 비디오를 보고 나서 그녀가 공책에 적어 넣는 내용이 무엇인지에 관해 조금만 더 알 수 있다면 좋을 것 같았다. 하지만 〈스펀지밥〉에 관한 한 그가 상관할 바가 아니라는 사실만은 분명했다.

〰〰

노라는 이런 식으로 소원하고 폐쇄적인 사람처럼 굴고 싶지 않았다. 플로리다에서처럼 몸과 영혼이 자유로운, 상냥하고 생기 있는 사람처럼 행동하고 싶었다. 그곳에서의 닷새는 꿈처럼 흘러갔다. 두 사람 다 일상이라는 감옥에서 해방되어 태양 빛과 아드레날린에 한껏 취한 채, 낯선 열기 속에 함께 있는 모습을 발견할 때마다 매번 놀라 어쩔 줄 몰라했다. 그들은 걷고 자전거를 타고 서로에게 수작을 걸었으며, 함께 바다에서 헤엄도 쳤다. 얘깃거리가 떨어졌다 싶으면 다시 술을 한 잔

마시거나 자쿠지 욕조 안에 함께 들어가 앉거나 공항 서점에서 사 온 추리 소설을 몇 쪽 정도 읽곤 했다. 늦은 오후에는 몇 시간쯤 헤어져서 저녁 식사를 위해 다시 만나기 전까지 각자의 방으로 들어가 샤워를 하고 낮잠도 잤다.

첫날 밤에 노라는 그를 자신의 방으로 초대했다. 저녁 식사 때 와인 한 병을 마시고, 해변에서 아찔한 키스를 오랫동안 나눈 후였기에, 그리하는 것이 당연하다고 생각되던 까닭이었다. 그녀는 전혀 긴장하지 않고 옷을 벗었으며, 케빈에게 불을 꺼 달라고 부탁하지도 않았다. 알몸으로 선 채 그가 보내는 승인의 눈빛을 고스란히 빨아들였다. 노라는 자신의 피부가 빛을 내뿜는 듯이 느꼈다.

어떻게 생각해요? 그녀가 물었다.

쇄골이 근사하네요, 그가 말했다. **자세도 좋고.**

그게 다예요?

침대로 와요. 그럼 당신 무릎 뒤쪽 오금은 어떻게 생겼는지 말해 줄게요.

그녀는 침대로 올라가 그의 품에 안겼다. 눈앞에 보이는 창백한 그의 상체는 넓고 든든했다. 처음 그의 몸을 안았을 때, 노라는 커다란 나무를 부둥켜안는 듯한 기분이었다.

내 무릎 뒤쪽은 어때요?

정말 알고 싶어요?

네.

그의 손이 그녀의 허벅지 아래쪽을 잠시 더듬었다.

좀 축축한데요.

그녀는 웃음을 터뜨렸다. 그는 그녀에게 키스를 했고, 그녀도 그에게 키스를 했다. 대화는 그걸로 끝이었다. 유일한 문제는 몇 분 후 그녀의 안으로 들어갔던 케빈이 그녀가 너무 메말라 있다는 사실을 알아차렸을 때 찾아왔다. 노라가 너무 오랜만이라 그렇다고 사과를 했지만, 그는 괜찮다고 안심시키며, 입으로 그녀의 몸을 천천히 애무해 몸의 중심으로 내려가서 자신의 혀로 그녀를 촉촉하게 적셔주었다. 케빈은 서두르지 않았다. 긴장을 풀어도 괜찮다는 사실을 노라가 천천히 알아차리도록 해주었고, 그를 따라 익숙지 않은 길로 들어서도 아무 문제 없으리라는 사실을 깨닫도록 해주었다. 어느덧 노라는 이 여정이 어디로 향하게 될지에 관한 걱정을 멈추고, 자신이 이미 그곳에 도착해 있음을 부드러운 신음소리와 함께 알아차렸다.

자신의 몸 안으로 무언가가 풀려났음을, 따뜻한 무언가가 그 안으로 흘러들었음을 알게 되었다. 이윽고 호흡을 고른 노라는 침대 아래쪽으로 몸을 밀고 내려가 자신이 받은 호의를 갚아 주었다. 케빈의 그것을 입에 물었을 때, 그녀는 더그나 카일리에 관해 단 한 번도 떠올리지 않았다. 모든 게 다 끝나서 그가 마침내 신음을 멈추고 노라 자신은 입안의 모든 것을 단 한 방울도 남김없이 모두 삼켜 버렸다고 확신할 때까지, 그 어떤 것에 관해서도 생각하지 않았다.

～～～

비디오가 끝나고 노라가 공책을 덮었을 때, 케빈은 잠시 초조한 기분을 느꼈다.

"미안해요." 노라가 손으로 입을 가리고 예의상 많이 억누른 하품을 했다. "좀 피곤하네요."

"나도 그래요." 그가 인정했다. "정말 긴 하루였어요."

"밖이 정말 추워요." 그녀가 몸을 부르르 떨어 보이며 말했다. "집에

갈 때 추워서 큰일이네요."

"꼭 갈 필요는 없어요." 그가 대꾸했다. "여기 그냥 있어도 돼요. 그동안 당신이 얼마나 그리웠는지 몰라요."

노라가 잠시 생각해보는 듯했다.

"다음에요." 그녀가 말했다. "아직 시간이 좀 필요해서 그래요."

"아무것도 할 필요 없어요. 그냥 함께 있기만 해도 되잖아요. 잠들 때까지 얘기 나누면 되죠."

"미안해요, 케빈. 지금은 정말 그럴 기분이 아니에요."

말도 안되는 소리 말아요, 그는 이렇게 말하고 싶었다. **그때 우리가 어땠는지 기억 안 나요? 그런데 어떻게 그럴 기분이 아닐 수가 있어요?** 하지만 그래 봐야 소용없을 터였다. 어떤 상황이든 애걸복걸하는 순간 이미 싸움에서 진 거나 다름없었다. 노라는 문까지 그를 배웅하고, 잘 가라는 의미의 키스를 해주었다. 순결하지만 사과와 동시에 다음을 약속하는 느낌이 오래도록 남아 있는 그런 키스였다.

"내일 전화할까요?"

그가 물었다.

"그럼요," 그녀가 대답했다. "내일 전화주세요."

〰〰

노라는 문을 잠그고 와인잔을 싱크대로 가지고 갔다. 그런 다음 2층으로 올라가 잠자리에 들 준비를 했다.

나는 형편없는 여자친구야, 양치질을 하며 그녀는 생각했다. **그런데 내가 왜 그런 걸 신경 쓰는 거지.**

모든 게 자기 책임이라는 사실을 알고 있기에 노라는 당황스러웠다.

자신이 자발적으로 지금의 위치에 있고자 했고, 케빈을 속여서 자신에게 그 위치를 주도록 하지 않았던가. 플로리다로 그를 초대한 것도 노라 자신이었고, 닷새 동안 자신이 꽤 기능적이고 비교적 쾌활한 사람처럼 보이도록 가장한 것도 바로 자기 자신이었다. 심지어 휴가 막바지에는 노라 자신도 자기가 정말 기능적이고 적당히 쾌활한 사람이라고 믿을 뻔했다. 왜 그런 사람 있지 않은가. 식탁 밑에서 슬쩍 남자의 손을 잡거나 포크로 디저트를 떠서 상대의 입에 넣어주는 그런 사람 말이다. 그러니 자신이 만들어낸 거짓 환상을 공유한다고 해서, 또는 모든 것을 이전 상태로 되돌리고자 하는 그녀의 행동에 혼란스러워하거나 배신감을 느낀다고 해서, 그를 탓할 수는 없는 노릇이었다.

하지만 노라는 그런 사람이 아니었다. 적어도 이곳 메이플턴에서는 아니었다. 그런 사람에 가깝지도 않았다. 그리고 진실을 숨겨봐야 소용도 없었다. 그녀에게는 케빈뿐 아니라, 그 누구에게 줄 사랑도 남아 있지 않았고, 기쁨도 기력도 통찰력도 없었다. 그녀는 지금도 여전히 중요한 부품들이 사라진 채로 무너져 있었다. 바로 그런 자기 존재 자체에 대한 인식이 집으로 돌아온 그녀를 숨도 쉬지 못하게 찍어 눌렀다. 그 인식은 가녀린 어깨를 가로질러 늘어져 있는 납 줄에 묶인 망토처럼 지탱하기 버거울 정도로 무거웠다. 이전에 기억하고 있던 것보다 훨씬 무거웠고, 훨씬 억압적이었다. 며칠간 그 억압에서 해방되어 몰래 자유를 만끽했던 대가가 분명했다. **여행 즐거우셨어요?**

전초기지

1월 말의 바람 한 점 없는 아침, 가벼운 눈발이 흩날리는 가운데, 로리와 멕은 징코 거리를 출발해서 파커 로드에 있는 그들의 새로운 숙소로 향해가고 있었다. 그린웨이 공원의 북쪽에 있는 조용한 주거지역이었다.

17 전초기지는 자그마했지만, 로리가 기대했던 것보다 훨씬 근사했다. 짙은 청색 케이프코드 지붕(경사가 급한 지붕과 지붕 중앙의 큰 굴뚝을 특징으로 한다_옮긴이)과 창문 주위로 흰색 띠를 두른 지붕 창이 보였다. 콘크리트 대신, 진흙 색깔 포장석이 깔린 산책로가 현관 앞까지 연결돼 있었다. 로리의 마음에 들지 않은 한 가지는 현관문 그 자체였다. 집 전체와는 달리 너무 화려하게 장식돼 있었다. 번쩍거리는 갈색 목재틀 안에 짙은 색으로 착색한 장식유리를 가느다란 타원형으로 잘라 끼워 넣은 것으로, 그들이 서 있는 메이플턴의 소박한 거주지가 아니라, 스톤우드 하이츠에 있는 화려한 주택에서나 볼 수 있는 그런 종

류였다.

"귀엽네요."

멕이 소곤거렸다.

"그래, 훨씬 형편없을 수도 있었을 거야."

로리도 동의했다. 내부를 둘러보고 나서 그들은 숙소가 더 마음에 들었다. 아래층은 여기저기 작은 변화를 주어 생기를 불어 넣어서 비좁은 느낌 없이 아늑했다. 거실에 있는 가스 벽난로, 여기저기 깔린 대담한 기하학적 무늬가 돋보이는 작은 양탄자, 이런저런 종류로 구색을 갖춘 안락한 가구들이 보였다. 그중에서도 단연 돋보이는 곳은 개조한 부엌이었다. 스테인리스스틸 가전과 레스토랑 급 스토브, 창문 아래 위치한 싱크대 등이 있는 밝고 넓은 공간이었다. 창밖으로는 마음을 진정시키는 우거진 숲이 내다보였고, 숲 속의 헐벗은 나뭇가지 위에는 하얀 눈이 얇게 내려앉아 있었다. 로리는 과거 주말 오후에 NPR 라디오가 흘러나오는 가운데 대리석 재질의 아이랜드 싱크대 앞에 서서 채소를 다지던 자신의 모습을 불현듯 떠올렸다.

집안은 그들의 새로운 동거인이 될 두 명의 남성이 안내해주었다. 문을 열어준 것도 그들이었는데, 셔츠 앞섶에는 직접 만든 이름표가 달려 있었다. '줄리언'은 키가 크고 약간 등이 굽었으며 둥근 금속테 안경을 끼고 있었고, 뾰족한 코로는 꼬치꼬치 캐묻듯이 공기 중의 냄새를 킁킁거리는 듯한 느낌을 주었다. 그의 얼굴은 깨끗하게 면도가 되어 있었는데, 남겨진 죄인들 사이에서는 흔치 않은 일이었다. '거스'는 체격이 다부진 빨간 머리에 안색도 붉은 남자였다. 잿빛으로 변해가는 턱수염은 깔끔하게 정리돼 있었다.

환영합니다, 그가 대화 패드에 적었다. **기다리고 있었습니다.**

로리는 불편했지만, 그런 느낌을 무시하려 애썼다. 전초기지는 남녀

공용일 수도 있다는 사실을 미리 알고는 있었지만, 숲 가장자리에 있는 작은 집 하나를 남자 둘과 여자 둘이 함께 사용해야 할 정도로 격의 없는 분위기이리라고는 생각지도 못했었다. 하지만 그게 주어진 의무라면 어쩔 수 없는 일이었다. 그녀는 남겨진 죄인들의 장기 확장 계획의 중심에 있는 이웃 정착 프로그램에 참여토록 선발되는 것이 얼마나 명예로운 일인지 잘 알고 있었다. 또한 그녀를 선발한 지도부의 선택이 옳았다는 사실을, 지도부가 그들의 인적 자원을 이용하는 데 있어서 최선을 다하고 있는 게 분명하다는 사실을 증명해 보이고 싶었다.

게다가 그녀와 멕은 작은 침실 2개와 공용 욕실 하나가 있는 2층 전체를 둘이서만 사용하게 되었다. 따라서 사생활 보호에는 아무런 문제가 없을 터였다. 멕은 거리가 내다보이는 분홍색 방을 선택했다. 로리는 십 대 아이가 사용하던 방이 분명한, 공원이 한눈에 들어오는 노란 방을 택했다. 이케아에서 구입한 듯 보이는 침대는 바닥에 낮게 설치돼 있었고, 담요처럼 얇게 만든 매트리스가 누런 목재 틀 안에 놓여 있었다. 벽에는 아무것도 걸려 있지 않았지만, 최근까지도 포스터가 붙어 있었음을 증명해 보이는, 주변보다 훨씬 밝은 색깔의 사각형 세 개가 텅 빈 공간으로 남아 있었다.

그녀는 자신의 모든 재산이 들어 있는 짐가방 하나만을 가지고 왔기에, 짐정리는 몇 분 걸리지도 않아 끝이 났다. 새집에 들어온다기보다는 호텔 체크인에 비할 만큼 간단해서 거의 실망스러울 정도였지만, 이전 삶에서 겪었던 정신없이 바쁜 이삿날의 향수를 불러일으키기에는 충분했다. 몇 주간의 준비과정과 상자, 테이프, 마커 펜 등이 떠올랐다. 이사는 집 앞으로 들어오는 대형 트럭과 그 안으로 사라져 버리는 삶 전체를 조바심내며 바라보는 일로 시작해서, 그 과정을 거꾸로 다시 한 번 반복하는 것으로 끝이 났다. 로리는 트럭 밖으로 나오는 모든 상자와 상자가 바닥으로 떨어질 때 들리던 둔탁한 소리, 그리고 상자를 뜯을 때 들려오던 날카로운 소리와 새로운 집에서 느끼던 묘한 허탈감을 떠올렸다. 절대로 사라지지 않을 듯하던 내 집이 아닌 곳에 있다는 불편한 느낌도 떠올랐다. 또, 이제 막 뭔가 중대한 일이 일어났으며, 동시에 내 삶의 1막이 끝나고 2막이 올라갔다는 사실을 깨닫게 되던 그 느낌도 기억났다.

1년이야, 로리는 그렇게 말하곤 했다. **내 집에 있는 듯이 느끼려면 족히 1년은 걸릴 거야. 가끔은 그보다 오래 걸리기도 하지.**

역시 이케아 제품이며 역시 옅은 원목색인 서랍장 안에 옷을 정리해 넣고 나서, 그녀는 오랫동안 무릎을 꿇고 앉아 있었다. 그러나 기도가 아니라 생각을 했다. 이제부터는 이곳에서 살아갈 테니 여기가 집이라는 사실을 마음으로 받아들이고 인정하려 애를 썼다. 멕이 몇 걸음 떨어진 가까운 곳에 있다는 사실도 위안이 되었다. 물론 블루 하우스에서 한방을 쓰던 때 만큼 가까이는 아니었지만, 그래도 충분히 가까웠다. 로리가 희망했던 것보다 훨씬 가까웠다.

...

일반적으로 남겨진 죄인들 내에서는 우정을 장려하지 않았다. 남겨진 죄인들은 사람들이 너무 오랜 시간 함께 몰려다니거나 사교를 목적으로 특정 개인에게 너무 과하게 의존하는 것을 막고자 구성된 단체였다. 징코 거리에 있는 공동숙소에서는 회원들이 큰 그룹을 이루어 살았고, 그마저도 자주 개편이 되었다. 담당 임무도 정기적으로 순환 근무를 하게 돼 있었다. 파수꾼은 제비뽑기로 짝이 정해졌고, 한 달 내에 같은 파트너를 다시 만나는 일은 드물었다. 그렇게 하는 이유는 개인과 개인 간이 아니라, 개인과 전체로서의 그룹 간 결속력을 강화하려는 것이었다.

로리는 이러한 정책이 적어도 이론적으로는 말이 된다고 생각했다. 남겨진 죄인들에 가입할 때쯤이면 사람들은 극히 상처 입기 쉬운 상태가 되어 있었다. 과거의 삶에서 그들 자신을 떼어 내는 데 너무 많은 기운을 소비해 버린 후라, 정신도 없고 지쳐 있었으며 극히 약한 상태이기도 했다. 신경 써서 이끌어주지 않으면, 뒤에 남겨두고 온 관계나 과거의 생활양식 같은 익숙한 방식에 다시 빠져들어 무의식적으로 관계를 맺게 될 리 뻔했다. 하지만 그렇게 하도록 간단히 허락해 버린다면, 그들은 대체 무엇을 찾고자 남겨진 죄인들에 합류하게 되었는지 그 사실을 잊어버리게 될 터였다. 그들은 새롭게 시작하기 위해, 거짓 위안과 우정과 사랑으로부터 떠나기 위해, 그리고 아무런 방해도 헛된 망상도 없이 종말의 날을 기다리기 위해 남겨진 죄인들을 찾아온 것이었다.

이러한 정책의 주요한 예외 한 가지는 교관과 훈련생 사이의 적극적인 상호 관계였다. 조직에서도 통계적으로는 효과적이지만, 감정적으로는 위험할 수 있는 그러한 관계가 필요악이라고 생각하는 듯했다. 새로운 회원이 조직 안으로 쉽게 흡수되도록 하기 위해서는 어쩔 수 없는 선택이라는 것이었다.

하지만 진짜 문제는 두 개인 간에 형성되는 강렬하고 배타적인 관계가 아니었다. 그렇게 결속된 두 개인을 떨어뜨려 억지로 관계를 끊어놓음으로써 당사자들이 떠안게 되는 심리적 외상이었다. 그게 바로 가장 큰 문제였다. 그런 문제에 대비할 수 있게끔 훈련생을 준비시키는 것은 교관의 몫이었다. 처음부터 로리는 그런 방침을 고수하고 매일 멕에게 그들이 짝을 이루어 훈련하는 것은 일시적이며 1월 15일 졸업식 이후에는 둘의 관계가 완전히 끝나게 되리라는 사실을 상기시켰다. 그 시점이면 멕은 남겨진 죄인들의 메이플턴 지부에 속한 정식 회원이 될 터였다. 그때부터는 두 사람도 교관과 훈련생이 아닌 동료였다. 그들은 더도 덜도 아닌, 당연히 갖추어야 할 예의를 갖추어 서로를 대하게 될 것이며, 대화를 나눌 때도 엄격하게 침묵의 맹세를 지켜나가야 할 터였다.

로리는 최선을 다했지만, 둘 다에게 그리 도움이 되지는 않았다. 멕의 수습기간 종료가 다가오는 동안, 그들은 하루가 다르게 초조하고 우울해졌다. 이따금씩 밤이면 상황의 불공정함을 한탄하면서, 왜 그들이 지금처럼 둘 다에게 도움이 되는 방식을 고수하며 살아가면 안 되는지 궁금해하다가, 결국에는 한 사람이, 혹은 둘 다 눈물을 보이는 밤도 있었다. 어떻게 보면 두 사람이 헤어지는 상황은 로리에게 더 안 좋았다. 그 이후 자신에게 어떤 일이 일어날지 정확히 알고 있는 까닭이었다. 그레이 하우스나 그린 하우스의 붐비는 방이 그녀의 종착역이었다. 자기 자신의 머릿속에서 들려오는 겁에 질린 목소리 외에는 함께 시간을 보낼 친구 하나 없이, 위안이 돼줄 상대 하나 없이 보내야 할 기나긴 밤들만이 남아 있을 터였다.

~~~~

한 주 전에, 멕의 졸업식 날, 그들은 보고를 하기 위해 무거운 마음을 안고 본관으로 갔다. 출발하기 전에 그들은 오랫동안 서로를 안고 용감해지자고 각자 마음을 다잡았다.

"로리를 잊지 않을게요."

멕이 약속했다. 그녀의 목소리는 부드러웠지만 갈라져 나왔다.

"넌 괜찮을 거야." 로리는 자신도 확신하지 못하는 말을 속삭였다. "우리 둘 다 괜찮을 거야."

메이플턴 지부의 첫 번째이자 유일한 관리자인 패티 레빈이 사무실에서 기다리고 있었다. 고등학교 교장 선생님처럼 거대한 갈색 책상 뒤편에 앉아 있었다. 그녀는 엄하지만 놀랄 만큼 젊어 보이는 얼굴이었고, 부스스한 잿빛 머리에 체구는 매우 작은 여성이었다. 담배를 손가락에 끼워 잡은 채 그녀가 두 사람에게 앉으라는 몸짓을 해 보였다.

"중요한 날이군요." 그녀가 말했다.

로리와 멕은 아무 말도 하지 않았다. 그들은 직접적인 질문에만 대답할 수 있었다. 관리자가 두 사람을 가만히 살펴봤다. 얼굴은 기민해 보였지만, 아무런 표정도 없었다.

"두 사람, 울었군요."

부인할 수 없는 사실이었다. 그들은 거의 한숨도 자지 않고 눈물로 밤을 지새웠다. 멕은 완전히 만신창이처럼 보였다. 머리는 헝클어지고, 눈은 빨갛게 부어올라 있었다. 로리 역시 자기 모습은 더 나으리라고 믿을 만한 이유가 없었다.

"너무 힘들어요!" 멕이 상심한 십 대 아이처럼 불쑥 대꾸했다. "정말이지 너무 힘들어요!"

로리는 멕의 규율 위반에 몸을 움찔했지만, 관리자는 그냥 넘어갔다. 그녀가 엄지와 검지로 담배를 집어 입으로 가져가더니 담배가 제대로 빨리지 않는다는 듯이 단호한 결심으로 눈을 가늘게 뜨고는 필터를 힘껏 빨아들였다.

"알아요," 그녀가 연기를 내뿜으며 말했다. "그게 우리가 선택한 길이니까요."

"다른 사람들도 늘 이렇게 힘들어하나요?"

멕은 금방이라도 다시 울음을 터트릴 것 같았다.

"가끔은요." 관리자가 어깨를 으쓱했다. "사람마다 달라요."

멕이 물꼬를 텄으니, 로리는 이제 말을 해도 괜찮으리라 판단했다,

"제 잘못입니다." 그녀가 설명했다. "제가 역할을 제대로 해내지 못했어요. 훈련생에게 정이 너무 깊이 들어서 도저히 통제할 수 없는 지경으로 몰아가 버렸어요. 제가 다 망친 겁니다."

"그렇지 않아요!" 멕이 항의했다. "로리는 정말 뛰어난 멘토예요."

"우리의 실수이기도 해요." 관리자가 인정했다. "사실 무슨 일이 일어나고 있는지 벌써 알고 있었거든요. 두 달 전에 두 사람을 갈라놨어야 해요."

"죄송합니다." 로리는 용기를 내서 관리자와 시선을 맞췄다. "다음번에는 더 잘하도록 노력하겠습니다."

패티 레빈이 고개를 저었다.

"내 생각에 다음번은 없을 것 같아요."

로리는 아무런 대꾸도 하지 않았다. 자신이 두 번째 기회를 얻을 자격이 없음을 이미 알고 있었다. 아니, 자신이 첫 번째 기회를 원하기는 했는지도 확신할 수 없었다. 교육이 끝났을 때 이런 기분일지 미리 알았다면 절대로 원치 않았을 터였다.

"제발 멕을 나쁘게 보지는 말아주세요." 그녀가 말했다. "제 실수에도 불구하고, 지난 두 달 동안 정말 열심히 했고, 제 무능력에도 불구하고 실력도 굉장히 향상됐어요. 저는 멕의 능력과 의지를 진심으로 우러러보고 있습니다. 메이플턴 지부에 더없이 소중한 자산이 되리라고 확신합니다."

"로리도 제게 정말 많은 걸 가르쳐 줬습니다." 멕이 끼어들었다. "누

구보다 뛰어난 모범이에요."

관리자는 관대하게 그들의 말을 들어주었다. 잠시 후 이어진 침묵 속에서, 로리는 자신이 책상 뒷벽에 붙어 있는 포스터를 빤히 바라보고 있다는 사실을 깨달았다. 포스터에는 흰색으로 차려입은 어른과 아이가 가득 들어 찬 교실의 모습이 담겨 있었다. 모두가 열정적인 A 학점 학생들처럼 두 손을 공중으로 쳐들고 있었고, 모두의 손에 담배 한 개비씩이 들려 있었다.

순교자가 되고 싶은 사람? 밑에는 그렇게 쓰여 있었다.

"여기가 좀 붐빈다는 사실을 두 사람도 눈치챘으리라 생각합니다." 관리자가 입을 열었다. "계속 새로운 지원자들이 들어오고 있어서 그래요. 몇몇 하우스에서는 사람들이 복도와 차고에서도 잠을 자고 있어요. 이제 더는 감당이 안 되는 상황이죠."

잠시 비참한 기분에 빠져 있던 로리는 자신이 남겨진 죄인들에서 쫓겨나는 것은 아닌가 하는 생각이 들었다. 그녀보다 훨씬 가치 있는 사람에게 공간을 내어주기 위해서 말이다. 하지만 그때 관리자가 책상 위에 놓인 종이 한 장을 흘낏 바라봤다.

"17 전초기지로 옮겨 가게 될 겁니다." 그녀가 말했다. "다음 주 목요일에 떠나세요."

로리와 멕은 시선을 교환했다.

"우리 둘 다요?"

멕이 묻자, 관리자가 고개를 끄덕였다.

"그렇게 하고 싶은 거잖아요, 맞죠?" 두 사람은 그렇다고 대답했다. "좋아요."

그들이 도착한 이후 처음으로 패티 레빈이 미소를 지었다.

"17 전초기지는 매우 특별한 곳이에요."

삶이 질에게 가르쳐 준 한 가지가 있다면 그것은 바로 모든 게 변한다는 사실이었다. 그것도 갑자기 예기치 않게, 그리고 종종 아무런 이유도 없이. 하지만 그런 변화가 질 자신에게는 아무런 도움이 안 된다는 사실만은 분명했다. 그녀는 여전히 가장 친한 친구에게서 기습 공격을 당할 수도 있었다. 그것도 마카로니 치즈로 저녁 식사를 하는 도중에.

"아저씨," 에이미가 말했다. "이젠 저도 방세를 내야 할 때가 된 것 같아요."

"방세?" 질의 아빠는 마치 자신이 누구 못지않게 농담을 즐길지 아는 사람이라는 듯이 껄껄대고 웃었다. 플로리다 여행을 마치고 돌아온 지난 몇 주 동안 그는 매우 기분이 좋아 보였다. "말도 안 되는 소리 하지 마."

"진심이에요." 에이미가 제법 진지한 표정으로 말했다. "저한테 정말 관대하게 대해주신 거 잘 알아요. 하지만 이제 점점 저 자신이 귀찮은 식객처럼 느껴지기 시작했어요."

"넌 귀찮은 식객이 아니라, 손님이야."

"이 집에 너무 오래 살고 있는 것 같아요." 그녀가 감히 그의 말에 반대하고는 잠시 뜸을 들었다. "아저씨나 질이나 제가 지긋지긋하게 느껴질 거예요."

"바보 같은 소리 마. 우리 둘 다 너와 함께 있는 게 좋아." 에이미는 마치 그의 친절함이 자신을 더 힘들게 한다는 듯이 인상을 찌푸렸다. "저는 여기서 잠만 자는 게 아니라, 밥도 먹고 씻고 드라이기도 쓰고,

케이블 TV도 보잖아요. 그것 말고도 굉장히 많을 거예요."

인터넷, 질은 생각했다. **히터, 에어컨, 탐폰, 샴푸, 린스, 치약, 내 속옷……**.

"다 괜찮아." 그는 행여라도 질은 의견이 다를지도 모른다는 생각에 딸 쪽을 흘낏 쳐다봤다. "그렇지?"

"당연하죠." 질이 말했다. "같이 있으면 재밌잖아요."

이 말은 진심이었다. 비록 에이미가 너무 오래, 언제 그들의 집을 떠날지도 정해두지 않고 얹혀사는 것에 대해 가끔 불평을 늘어놓기도 했지만, 그래도 사실은 사실이었다. 물론 가을에는 좀 힘든 시기가 있기도 했지만, 지난 몇 달간 상황은 점점 좋아졌다. 크리스마스가 특히 좋았고, 질의 아빠가 휴가를 가 있는 동안 그들은 떠들썩한 신년 파티를 열어 한껏 즐기기도 했다.

그러고 나서 몇 주가 지난 후, 질은 이제 자신은 에이미와는 상관없이 독자적으로 행동하겠다고 선언했다. 더는 매일 밤 나가지도 않고, 학교 공부를 따라가기 위해 성실히 노력할 것이며, 아빠와도 좀 더 시간을 보내기로 마음 먹었다고 했다. 그리하여 마침내 모두가 함께 균형 있는 삶을 살아갈 수 있는 합의점에 도달한 듯 보였다.

"저는 한 번도 집세라는 걸 내본 적이 없어요." 에이미가 말했다. "그래서 얼마를 내야 하는 건지 잘 몰라요. 특히나 이렇게 근사한 집에서 얹혀살 때는 말이에요. 그렇지만 그건 집주인이 정할 문제인 거 같아요, 그렇죠?"

집주인이라는 단어에 질의 아버지는 몸을 움찔했다.

"바보같이 굴지 말라니까." 그가 말했다. "넌 고등학생이야. 집세를 무슨 수로 낼 건데?"

"그것도 제가 상의하고 싶은 문제 중 하나예요." 에이미는 갑자기 확신이 없는 듯이 굴었다. "아무래도 학교는 그만 다녀야 할 것 같아요."

"뭐라고?"

질은 에이미가 얼굴을 붉히는 것을 보고 깜짝 놀랐다. 원래 얼굴 같은 걸 붉히는 아이가 아니었기 때문이다.

"중퇴하려고요."

그녀가 대답했다.

"왜 그러려고 하는데?" 그가 물었다. "몇 달만 있으면 졸업이잖아."

"제 성적표를 못 보셔서 그래요. 지난 학기에 전 과목 낙제했어요. 심지어 체육까지요. 졸업을 하려면 내년 한 해를 다시 다녀야 하는데, 고등학교를 5학년까지 다니느니 총으로 자살을 하는 게 나을 것 같아요." 그녀가 질을 돌아보고는 도움을 청했다. "내가 얼마나 형편없이 망쳐 먹었는지 네가 말씀드려 봐."

"사실이에요." 질이 말했다. "얘는 심지어 자기 사물함 비밀번호도 까먹었대요."

"아이고, 사돈 남 말 하시네."

그가 말했다.

"이번 학기에는 열심히 할 거예요."

질이 약속했다. 에이미만 아니라면 본격적으로 공부에 매진하는 게 훨씬 더 쉬우리라는 생각이 들었다. 매일 아침 학교까지 함께 걸어가지 않아도 될 테고, 그러면 슈퍼마켓 뒤에 숨어서 대마초를 피우거나 두 시간 동안이나 점심을 먹겠다고 몰래 수업을 빠져나갈 필요도 없을 테니 말이다. **그럼 난 예전의 나로 돌아갈 수 있을 거야**, 질은 생각했다. **다시 머리를 기르고 옛날 친구들하고 다시 어울리고……**.

"그리고," 에이미가 덧붙였다. "저 일자리도 구했어요. 질, 너 요거트 매장에서 일했던 데렉 기억하지? 지금은 스톤우드 플라자에 있는 애플비 매장에서 매니저로 일하고 있거든. 그 사람이 날 종업원으로 고용했어. 정직원이고, 다음 주부터 시작해. 유니폼은 형편없지만, 팁은 꽤 잘 나온대."

"데렉?" 질은 역겨운 표정을 숨기려고도 하지 않았다. "난 네가 그 인간 싫어하는 줄 알았는데."

그들의 예전 상사였던 데렉은 참으로 밥맛없는 사람이었다. 30대 중반의 유부남인 그는 어린 아들의 사진이 LCD 큐브 안에서 반짝거리는 열쇠고리를 몸에 지니고 다니면서도 미성년인 여자 종업원들에게 술을 사는 것을 좋아했고, 그들의 성생활을 캐묻는 질문을 수도 없이 해댔다. **진동기는 써본 적 있어?** 한 번은 그가 느닷없이 질에게 그런 질문을 했다. **내가 보니까 넌 그거 정말 좋아할 것 같아.** 심지어는 질이 정말 괜찮은 애처럼 보인다면서 자신이 진동기를 하나 사주고 싶다고 제안을 해오기까지 했다.

"난 그 사람 싫어하지 않아." 에이미가 물을 한 모금 마시고 과장된 안도의 한숨을 내쉬며 말했다. "아, 나 정말이지 학교 그만두고 싶어서 미칠 것 같아. 매번 복도를 걸어갈 때마다 얼마나 우울한지 몰라. 사방에 재수 없는 인간들 천지라니까."

"너 그거 아니?" 질의 아빠가 말했다. "걔들이 다 애플비 손님일 테니, 모두에게 친절하게 굴어야 할 걸."

"그래서요? 적어도 일하고 돈은 받잖아요. 거기다가 가장 좋은 점이 뭔지 아세요?" 에이미가 자랑스럽다는 듯이 히죽 웃으며 잠시 말을 멈췄다. "매일 원하는 만큼 얼마든지 늦잠을 자도 된다는 거예요. 이제 더는 술도 덜 깬 채로 새벽에 일어날 필요가 없어요. 그러니 부탁인데 아침에 두 분 다 목소리 좀 낮춰 주시면 고맙겠어요."

"하 하," 질은 자신이 등교하고 난 후 집안에서 벌어질 골치 아픈 광경이 눈앞에 그려지는 것을 어떻게든 피해 보려 애를 쓰며 말했다. 보나 마나 에이미는 티셔츠와 팬티 하나만 걸친 채로 부엌을 돌아다니면서 오렌지 주스를 병째 벌컥거리며 마실 테고, 아빠는 식탁에 앉은 채로 그 모습을 바라보게 될 터였다. 하루하루가 재난이 될 리 분명했다. 아빠에게 같은 연배의 여자친구가 생겼다는 사실이 무척이나 기쁘게 생각됐다. 약간 으스스한 면이 있는 여자였지만 그래도 괜찮았다.

"내 말 좀 들어 봐," 아빠는 에이미가 친딸이라도 된다는 듯이 진심으로 걱정하고 있었다. "나는 네가 다시 한 번 생각해봤으면 좋겠구나. 학교를 그만두기에는 넌 너무 똑똑해."

에이미가 차츰 인내심을 잃어가고 있다는 듯이 천천히 한숨을 내쉬었다.

"아저씨, 제 결정에 정말 마음이 불편하시다면 제가 어디 다른 곳에 집을 알아볼게요."

"이건 네가 어디 살고 안 살고의 문제가 아니야. 난 단지 네가 스스로를 과소평가하지 말았으면 싶어서 그래."

"무슨 말인지 알았어요. 그리고 정말 고맙습니다. 하지만 아저씨도 제 마음을 바꾸지는 못할 거예요."

"알았다." 그가 눈을 감고 세 손가락으로 이마를 문질렀다. 두통이 있을 때면 늘 하는 행동이었다. "그럼 이건 어떠니? 한 달이나 두 달 정도, 그쯤 일을 해보고 나서 다 함께 다시 둘러앉아 집 문제를 의논해 보는 거지. 그동안 너는 우리 집 손님인 거야, 어때, 모두 만족하는 거지?"

"좋아요." 에이미는 마치 그것이 자신이 바라던 결론이라는 듯이 미소를 지어 보였다. "모두가 만족하면 저도 만족이에요."

~~~

로리는 잠을 이룰 수가 없었다. 전초기지에서 사흘째 되는 밤이었다. 숙소 이전은 그녀가 기대했던 만큼 자연스럽게 받아들여지지 않았다. 그 부분적인 이유는 23년간의 결혼 생활과 9개월간의 공동숙소 생활 이후에, 다시 한 번 혼자 방을 쓰게 된 상황이 너무 낯설기 때문이었다. 로리는 이제 혼자 있는데 익숙하지 않았다. 편안한 매트리스 위에 홀로 누워 있는 것이 마치 우주 공간을 끊임없이 굴러다니는 듯한 기분이었다.

그녀는 멕도 그리웠다. 여학생들이 마음의 짐을 나누듯이 함께 동지애를 느끼며 나누던 잠자리의 졸린 대화도 그리웠다. 어떤 밤이면 그들은 조용한 목소리로 이야기를 주거니 받거니 하며 몇 시간이고 깨어 있었다. 지금까지의 삶 속에서 일어났던 일들을 순서도 없이 무작위로 이야기하곤 했다.

처음에 로리는 한가한 잡담이나 향수병에서 나오는 수다는 가능한 한 자제하며 멕의 훈련에만 집중하기 위해 성실히 노력했다. 하지만 어찌 된 일인지 대화는 늘 그 자체의 마음이 있는 듯했다. 그리고 사실 로리도 그 목적 없는 대화의 궤적을 멕 만큼이나 즐기고 있었다. 그녀는 훈련이 일시적인 조건이라는 사실을 스스로에게 상기시키며 자신의 나약함을 묵인해 버렸다. 졸업식이 가까이 다가와 있었기에, 그때가 되면 자신도 어쩔 수 없이 침묵의 서약과 자기 수양의 길로 다시 돌아가야 하리라고 생각했다.

그리고 지금 그녀는 이곳에서 바로 그 규약을 실천하려 애쓰고 있었지만, 바로 옆 방에, 극히 가까운 곳에 멕을 두고서 그녀와 말을 할 수 없다는 사실이 너무도 부조리하고 거의 잔인하게까지 느껴졌다. 어떤 상황에서도 혼자 있는 것은 외로웠지만, 굳이 외로울 필요가 없다는 사실을 알고 있을 때는 그것을 견디기가 더 힘들었다. 그저 담요를 걷어차 버리고 발뒤꿈치를 든 채 복도를 따라 걸어가기만 하면 되는 일 아닌가. 지금 이 순간 멕도 로리와 똑같은 생각을 하며, 똑같은 유혹을 느끼면서 맑은 정신으로 깨어 있으리라는 사실에는 의심의 여지가 없었다.

공동숙소에서는 규율을 따르기가 전혀 어렵지 않았다. 주변에 많은 사람이 있었고, 지켜보는 눈도 너무 많았기 때문이다. 이곳 전초기지에는 그들이 원하는 것을 못하게 막을 사람이 아무도 없었다. 거스와 줄리언 외에는 그들이 하는 일을 눈치챌 사람도 없었고, 그들은 두 사람을 비난할 위치에 있지도 않았다. 거스와 줄리언은 킹사이즈 침대가 놓인 1층의 안방을 함께 사용했고 옆에 붙은 욕실에는 월풀 욕조도 놓여 있었다. 그리고 로리는 가끔 늦은 밤이면 그들의 목소리가 들리는 듯한 생각이 들었다. 말소리가 조용한 집 안을 연약한 거품 방울처럼 둥둥 떠다니다가 바로 그녀의 귀에 미치기 직전 터져버리는 듯했다.

무슨 대화를 나누는 걸까? 그녀는 궁금했다. **혹시 우리 얘기를 하는 건가?**

설사 그렇다고 하더라도 로리는 그들을 비난할 생각이 없었다. 만약 그녀와 멕도 한방을 사용한다면, 거스와 줄리언에 관해 이야기할 리 분명했기 때문이다. 그렇지만 불만 거리를 얘기하지는 않을 것이다. 별로 불평하고 자시고 할 거리도 없었기 때문이다. 그냥 대부분 사람이 자신의 삶 속으로 누군가 새로운 사람이 들어왔을 때, 그리고 그가 어떤 사람인지 아직 확실히 알지 못할 때 그러듯이 그냥 첫인상에 관해 주거니 받거니 얘기할 것이다.

둘 다 사람은 좋은 것 같다고 로리는 생각했다. 물론 약간 자아도취 성향이 보이고 특권의식도 있어 보였다. 또한 좀 권위적이라는 느낌도 들었지만, 로리는 그러한 두 사람의 태도가 성격적인 결함이라기보다는 환경적인 요인으로 얻게 된 기질 같았다. 그들은 로리와 멕이 도착하기 거의 한 달 전부터 17 전초기지를 둘 만 차지하고 지내왔다. 따라서 자연스럽게 이곳을 그들의 소유라고 생각하는 듯했고, 신입 회원들은 그들이 정해 놓은 규칙을 준수해야만 한다고 여기는 듯했다. 그러나 원칙적으로 따지자면, 그건 공평치 못한 생각이었다. 남겨진 죄인들은 서열이 아닌 평등에 기초하고 있었다. 하지만 로리는 의사결정 과정에 관해 이의를 제기하며 법석을 떨어대기보다 조금은 기다려 보는 것도 좋겠다는 판단을 내렸다.

게다가 이 집의 규칙이라는 것도 그다지 부담스럽지 않았다. 로리가 개인적으로 불편함을 느끼는 한 가지는 집 안에서 담배를 피울 수 없다는 규칙이었다. 하지만 그 규칙만은 로리도 바꾸고 싶은 의사가 전혀 없었다. 사실 로리는 침대에서 담배 한 대를 피우며 하루를 시작하는 것이 좋았다. 그러나 그 규칙은 심한 천식으로 고생하는 거스를 보호하기 위해 만든 것이었다. 때로 그는 호흡하는 것 자체가 무척이나 고통스러워 보였다. 그저께만 해도 저녁 식사 도중에 천식 발작을 일으켜서 밥 먹다 말고 전전긍긍하는 표정으로 식탁에서 벌떡 일어나 헉헉대고 식식대기를 반복했다. 마치 방금 수영장 바닥에서 구조되기라도 한 사람 같았다. 줄리언이 방으로 뛰어들어가 흡입기를 가져다주고는 거스의 호흡이 정상으로 돌아올 때까지 몇 분간이나 계속 그의 등을 문질러 주었다. 지켜보고 있기가 무척이나 두려운 광경이었다. 만약 로리가 뒷 베란다에 나가 담배를 피우는 것이 그에게 조금이나마 위안이 된다면, 그 정도 희생은 얼마든지, 기꺼이 감수할 의향이 있었다.

사실 그녀는 금욕을 실천할 수 있는 기회라면 종류 불문하고 다 찬성이었다. 이곳 전초기지에는 그럴만한 요소가 거의 없었기 때문이다. 이곳에서의 삶은 공동숙소에서의 삶보다 한참 수월했다. 일단 음식이 넘쳐났다. 물론 대부분 파스타와 콩 요리와 깡통에 든 채소처럼 그리 고급스러운 것은 아니었지만, 그럼에도 괜찮았다. 그리고 온도도 늘 안락하게 느껴질 정도인 17도에 맞춰져 있었다. 언제든 원하면 침대로 갈 수도 있었고, 원하는 만큼 늦잠을 잘 수도 있었다. 업무라고 해봐야 스스로 시간을 정해 두고 각자 보고서를 작성하면 그만이었다.

거의 불안하게 느껴질 만큼 수월한 일상이었다. 바로 그렇기 때문에 로리는 멕과의 거리를 유지해서 우정이라는 친숙한 일상으로 후퇴해 들어가지 않으려고 무던히도 애를 썼다. 따뜻하게 지내고 잘 먹고 하고 싶은 대로 맘껏 하며 사는 것만으로도 충분히 안 좋았기 때문이었다. 게다가 무엇보다도 로리는 행복했다. 그러니 밤에도 함께 할 수 있는 좋은 친구까지 있다면, 대체 남겨진 죄인늘에 속해 있을 이유가 무엇이란 말인가? 그냥 로벨 테라스에 있는 커다란 집으로 돌아가 남편과 딸과 재회를 하고, 다시 좋은 옷을 입고, 메이플턴 피트니스 클럽 멤버십을 갱신하고, 그동안 못 본 TV 프로그램도 다 챙겨보고, 거실을 다시 장식하고, 제철 재료를 이용해 맛있는 음식도 요리하고, 산다는 건 좋은 것이고 세상에 종말 같은 건 올 리가 없는 척하며 살아가면 되지 않을까?

어쨌든, 그러기에도 너무 늦은 건 아니었다.

"우리와 함께한 지 꽤 됐죠?" 지난주에 사무실 미팅이 거의 끝나갈 때쯤 패티 레빈이 말했다. "그러니 이제는 공식화할 때가 된 것 같아요, 그렇죠?"

그녀가 로리의 손에 건네준 봉투에는 한 장의 종이가 들어 있었다. 합의이혼 청구서였다. 로리는 빈칸을 채우고, 필수 항목에 표시를 한 후 신청인 A란에 이름을 서명해 넣었다. 이제 그녀가 할 일은 서류를 케빈에게로 가져가서 신청인 B란에 그의 서명을 받아 오는 것이었다. 로리는 남편이 반대하리라고 믿을 만한 이유가 없었다. 그가 뭐하자고? 둘의 결혼은 이미 끝장이 났고, 두 사람 다 그 사실을 알고 있었다. 소위 말하는 '돌이킬 수 없을 만큼 파탄이 난' 관계였다. 이혼 청구는 법적인 형식이자 너무도 명백한 사실을 공적으로 확인하는 절차일 뿐이었다.

그렇다면 뭐가 문제란 말인가? 왜 그 봉투가 지금도 서랍 속에 가만히 들어 앉아 그녀의 양심을 무겁게 짓누르는 것일까? 그녀의 양심이라는 게 아직도 어둠 속에서 빛을 발하기라도 하는 걸까?

로리는 어리숙하지 않았다. 그녀는 남겨진 죄인들에게는 생존 자금이 필요하다는 사실을 알았다. 그토록 거대하고 야심 찬 조직을 막대한 비용 없이 운영할 수는 없었다. 그 모든 사람이 먹을 음식과 머물 집과 의료적 도움을 필요로 했다. 취득해야 할 새로운 부동산도 있었고 유지 보수해야 할 낡은 부동산도 있었다. 담배, 차량, 컴퓨터, 법률 자문, 공공봉사활동 등도 있었다. 비누, 화장지, 등등도 필요했다. 그 밖에도 더 있었다.

당연히, 회원들은 능력이 되는 한 무엇이든 기부해야 했다. 만약 누군가 가진 재산이라고는 매달 나오는 사회보장연금뿐이라면, 그것을 기부하면 되었다. 세속의 소유물이라고는 머플러가 고장 난 녹슨 올즈모빌 한 대뿐이라면, 그것도 남겨진 죄인들이 사용할 수 있었다. 그러니 돈 많은 사업가와 결혼했던 운 좋은 회원이 있다면, 왜 그 관계를 청산하고 대의를 위해 위자료를 기부하면 안 되겠는가?

그래, 왜 안 되겠는가?

그녀는 자신과 케빈에게 얼마나 많은 재산이 있는지 확실히 알 수 없었지만, 어쨌든 그런 것은 변호사들이 알아서 해줄 터였다. 집만 해도 백만 달러가 넘을 것 같았다. 구입할 때, 160만 달러를 지불했지만, 그건 벌써 5년 전 일이었고, 그 이후로 주택시장은 하락세를 걷고 있었다. 그 밖에도 다양한 퇴직 자금과 투자 자금을 다 합하면 주택 가격에 거의 맞먹을 정도는 될 듯했다. 총금액이 얼마가 되든, 거기서 50퍼센트면 엄청난 금액이었다. 케빈이 자신의 의무를 이행하려면 모르긴 해도 집을 파는 것을 심각하게 고려해봐야 할지도 몰랐다.

로리는 남겨진 죄인들 속에서 자신의 역할을 하고 싶었다. 진심으로 그러고 싶었다. 하지만 집으로 찾아가서 초인종을 누르고 자신이 등 돌리고 나왔던 그 모든 것의 절반을 내놓으라고 케빈에게 요구하는 상상을 하는 것만으로도 온몸에 수치심이 차오르는 듯한 기분이 들었다.

그녀는 선택의 여지가 없었기에 남겨진 죄인들을 찾아갔다. 그 길만이 유일하게 말이 되는 것 같았다. 그 과정에서 로리는 가족과 친구를 잃었으며 지역사회 내에서 설 자리도 잃고 돈이 해결해줄 수 있는 위안과 안전도 모두 잃었다. 그건 로리 자신의 선택이었기에 후회하지는 않았다. 하지만 케빈과 질도 너무 값비싼 대가를 치러야 했다. 그럼에도 그들이 얻은 것은 아무것도 없었다. 갑작스럽게 그들의 문 앞에 나타나서 손을 내밀며 더 내놓으라고 요구하는 것은 정말 가당치도 않은 탐욕처럼 느껴졌다.

까무룩 잠이 들었는지, 로리는 가까이서 느껴지는 움직임을 감지하고는 깜짝 놀라서 깨어났다.

"로리?" 멕이 소곤거렸다. 문간에 서 있는 그녀의 잠옷에서 희미하게 광채가 났다. "안 자요?"

"무슨 일 있어?"

"이 소리 들려요?"

로리는 귀를 기울였다. 가볍게 리듬을 타며 톡톡 두드리는 듯한 소리가 희미하게 들리는 것 같았다.

"이게 무슨 소리야?"

"내 방에서는 더 크게 들려요." 멕이 설명했다.

로리는 침대에서 나와 추위에 반응하는 자신의 맨 팔을 감싸 안고는 멕을 따라 그녀의 침실까지 짧은 복도를 따라갔다. 멕의 방이 있는 쪽은 매우 밝았다. 파커 로드에서 가로등 불빛이 비쳐들었다. 멕은 빈티지 욕조처럼 갈고리 모양의 발이 달린 부피가 큰 은색 구식 방열기 옆에 웅크리고 앉더니 로리를 손짓해 불렀다.

"내가 지금 그들 바로 위에 있는 거예요."

로리는 고개를 숙여서 약하게 흘러나오는 방열기의 열기를 느낄 수 있을 만큼 가까이, 귀를 금속 옆에 바짝 가져다 댔다.

"이런지 한참 됐어요."

이제 소리는 라디오를 듣듯이 명확하게 들렸다. 톡톡 두드리는 소리는 희미하거나 의심스럽게 들리지 않았다. 침대 헤드 보드가 벽에 쿵쿵 부딪히는 소리가 분명했다. 더불어 침대 스프링이 조용히 항의하듯 삐걱거리는 소리도 들려왔다. 목소리도 들을 수 있었다. 하나는 **젠장**이라는 단어만 반복해서 말하는 거칠고 단조로운 목소리였고, 다른 하나는 고음으로 좀 더 다양한 어휘를 구사하고 있었다. **오, 세상에, 맙소사, 제발.**

로리는 어떤 목소리가 줄리언이고 어떤 게 거스인지 구분할 수 없었다. 하지만 둘 중 어느 누구도 숨이 막혀 식식대며 고통스러워 하지는 않는 것 같아 고마울 따름이었다.

"이런데 제가 어떻게 잠을 자겠어요." 멕이 주장했다.

로리는 무슨 말을 해야 할지 알 수 없었다. 이런 상황이라면 자신도 분개하거나 적어도 기분 나빠해야 당연하다는 사실은 잘 알고 있었다. 들어서는 안 될 소음을 들은 것 아닌가. 남겨진 죄인들은 동성 간이든 이성 간이든 섹스를 허용하지 않았다. 하지만 지금 이 순간 그녀는 약간 혼란스럽고 놀랍다는 감정 외에 다른 것은 느껴지지 않았다. 그리고 솔직히 인정하고 싶은 것보다 좀 더 관심이 간다는 정도였다.

"이제 어떡해야 해요?" 멕이 계속 말을 이었다. "보고해야 하는 거 아니에요?"

방열기에서 떨어져 나오기까지 로리는 상당한 의지력을 발휘해야만 했다. 그녀는 멕을 돌아봤다. 어둠 속에서 두 사람의 얼굴은 한 뼘 정도밖에 떨어져 있지 않았다.

"우리가 상관할 바 아니야."

그녀가 말했다.

"그렇지만……."

로리는 멕의 손목을 잡아 그녀가 일어서는 것을 도왔다.

"베개 들어. 오늘 밤은 내 방에 가서 자자."

맨발과 임신

톰은 턱수염을 턱 위쪽으로 들어 올려 지퍼에 얽히지 않도록 조심하면서 테런스 포크에게서 빌린 스키 재킷을 입었다. 몇 번인가 수염이 지퍼에 끼인 적이 있었는데, 빼내려 하니 엄청나게 아팠었다.

"어디가?"

크리스틴이 소파에서 물었다.

"하버드 광장." 그는 코트 주머니에 넣어 두었던 캐시미어 와치캡을 꺼내서 머리에 썼다. "같이 갈래?"

그녀는 대답 대신 땡땡이 바지와 꽉 끼는 회색 상의로 구색을 갖춰 입은 자신의 파자마를 흘낏 쳐다봤다. 셔츠는 그녀의 부풀어 오른 배를 꼭 껴안듯 감싸 안고 있었다.

"갈아입으면 되잖아." 그가 말했다. "나 바쁘지도 않아."

그의 제안에 솔깃한지 크리스틴은 입술을 적셨다. 그들은 한 달째 케임브리지에 머물고 있었었지만, 그녀가 외출을 한 것은 잠깐 동안

의사를 만나기 위해 한 번, 그리고 쇼핑하기 위해 두 번쯤 마르셀라 포크와 함께 나간 것이 전부였다. 그 점에 대해 그녀는 전혀 불평을 하지 않았지만, 톰은 크리스틴이 너무 집에만 갇혀 있다 보니 정신이 이상해진 것이라고 생각했다.

"모르겠어." 이렇게 말하며 그녀는 포크 부인이 과자를 굽고 있는 부엌 쪽을 흘낏 돌아봤다. "나가면 안 될 것 같아."

포크 부부는 전혀 권위적인 사람들이 아니었다. 따라서 크리스틴에게 혼자 집 밖으로 나가서는 안 된다는 의사 표현을 명확하게 한 적은 한 번도 없었다. 하지만 매일 은근히 압박을 가했다. 물론 쓸데없이 위험을 감수할 필요는 없었다. 잘못하다가는 빙판 위에서 넘어지거나 감기에 걸리거나, 최악의 경우 경찰의 관심을 끌 수도 있기 때문이었다. 특히 크리스틴은 그 중요성을 아무리 강조해도 지나치지 않을 임신 제3분기에 들어서 있었기에 더욱 조심해야 했다. 그리고 이것은 포크 부부의 개인적인 의견만은 아니었다. 그들은 변호사를 통해 길크리스트 씨와 직접적으로 연락이 닿고 있었는데, 그는 자신이 크리스틴의 안전과 앞으로 태어날 아기의 건강과 안녕을 위해 얼마나 깊이 염려하고 있는지 그녀가 알아주길 바라고 있었다.

그분은 크리스틴이 정말 조심하길 바라고 있어요, 포크 부부는 말했다. **잘 챙겨 먹고 휴식도 많이 취하길 바란다고 말씀하셨습니다.**

"걸어서 10분 거리야." 톰이 말했다. "두툼하게 챙겨 입고 가면 돼."

크리스틴이 대답도 하기 전에, 마르셀라 포크가 앞치마를 두른 채로 손바닥에 쿠키가 담긴 접시 하나를 올려놓고 급히 부엌에서 나왔다.

"오트밀 건포도 쿠키!" 소파 쪽으로 다가서며 그녀가 노래하듯이 말했다. "누가 제일 좋아하는 거더라?"

"맛있겠다." 크리스틴이 쿠키 쪽으로 손을 뻗어 한 조각을 집어 들었다. "음, 맛있고, 따뜻해요."

마르셀라 포크는 커피 탁자 위에 접시를 내려놓았다. 허리를 펴는 동안 톰을 흘낏 바라보고는 깜짝 놀란 척을 했다. 마치 그가 곁에 서 있는 줄은 까맣게 몰랐다는 듯이, 내내 두 사람의 대화를 엿듣고 있던 사람은 자신이 아니라 톰이었다는 듯이 말이다.

"어머⋯⋯." 그녀는 짧게 자른 짙은 갈색 머리에 눈매는 예리했고, 오십 줄에 접어든 요가 중독자의 단단한 체격을 하고 있었다. "나갈 거예요?"

"산책 좀 하려고요. 크리스틴도 함께 갔으면 해서요."

포크 부인이 놀랐다기보다는 흥미로워한다는 인상을 주려고 최선을 다했다.

"뭐 필요한 거 있어요?" 그녀가 간드러지게 들릴 만큼 과하게 친절한 목소리로 크리스틴에게 물었다. "들어오는 길에 사다 달라고 하면 톰도 굉장히 기뻐할 텐데."

크리스틴은 고개를 저었다.

"저는 필요한 거 없어요."

"크리스틴도 신선한 공기를 좀 쐬면 좋을 것 같아서요." 톰이 말했다.

포크 부인은 여전히 당황스러운 표정을 지어 보였다. 마치 '신선한 공기'라는 단어의 개념이 친숙하지 않다는 듯한 태도였다.

"그럼 창문을 좀 열어 두면 되겠네."

그녀가 말했다.

"아니요, 괜찮아요." 크리스틴이 하품하는 척을 했다. "좀 피곤하네요. 들어가서 낮잠이나 자는 게 좋을 것 같아요."

"그럼 되겠다!" 포크 부인의 표정이 밝아졌다. "내가 2시 30분경에 깨워줄게요. 3시에 개인 트레이너가 오기로 했으니까, 그때 일어나서 운동하면 될 거예요."

"맞다, 그때 운동을 좀 하면 되겠어요." 크리스틴이 인정했다. "나 점점 돼지처럼 변해가는 것 같아요."

"말도 안 되는 소리." 포크 부인이 말했다. "지금 얼마나 아름다운데요."

부인의 말이 옳아, 톰은 생각했다. 내내 집 안에만 머물며 식사도 규칙적으로 잘해온 덕에 크리스틴은 적당히 체중이 불어 갈수록 사랑스러워지고 있었다. 얼굴에서는 광채가 났고, 몸도 우아하게 풍만해졌다. 가슴은 여전히 그리 크지 않았지만, 전보다 더 둥글고 단단해진 듯했다. 그는 가끔 그녀의 가슴을 보며 멍하니 최면에 걸린 듯한 기분을 느꼈다. 또한 톰은 크리스틴이 가까이 있을 때면 무의식중에 손을 뻗어 그 부풀어 오른 배를 어루만지지 않으려고 의식적으로 노력을 해야 했다.

물론 그녀가 반대하기 때문은 아니었다. 크리스틴은 톰이 자기 몸을 만져도 전혀 꺼리지 않을 터였다. 때로 그녀는 아기가 발길질하는 것을 톰이 느껴보게끔 하기 위해 자기가 직접 그의 손을 잡아끌어 아기 바로 위에 손바닥을 올려놓기까지 했다. 그러면 톰은 자궁 속에서 맹목적으로 헤엄을 치며 느린 동작으로 재주넘기를 하는 그 작은 생명체의 움직임을 느낄 수 있었다. 하지만 허락도 받지 않고 마치 그녀의 몸이 공공기물이라도 된다는 듯이 마음대로 어루만지는 것은 완전히 다른 문제였다. 물론 포크 부부는 시도 때도 없이 그렇게 했다. 마치 자신들이 의기양양한 조부모라도 된다는 듯이 눈을 지그시 감고 꿈꾸듯이 아기를 향해 무슨 말인가를 속삭여 댔다. 하지만 톰은 그것이 무례하게 느껴졌다.

그는 나가는 길에 쿠키 하나를 집어 들고 싶은 유혹을 억지로 참으며 문을 향해 걸음을 옮겨 놓았다.

"부츠 신지 않아도 괜찮겠어요?" 포크 부인이 물었다. "그이한테 여벌의 부츠가 있을 거여요."

"아니에요, 이대로 나가도 상관없어요."

"재밌게 놀다 와." 크리스틴이 뒤에서 말했다. "히피들한테 내가 인사 전하더라고 해줘."

습기가 많은 잿빛 오후였다. 2월 날씨치고는 그리 춥지 않았다. 톰은 브래틀 동쪽을 향해 걸어갔다. 테런스 포크 씨의 부츠 생각이 머릿속에서 떠나지 않았지만, 생각지 않으려 애를 쓰는 중이었다. 만약 부츠도 그의 코트처럼, 혹은 깃털처럼 가볍고 신비로울 만큼 따뜻한 그의 장갑이나 다를 바 없이 질 좋은 것이라면, 보나 마나 남극 탐험의 극한 추위도 견딜 수 있을 만큼 뛰어난 상품이 틀림없을 것이다. 그런 부츠를 신고 있다면 평범한 겨울 날씨 따위는 아무것도 아닐 테고, 목적지가 어딘지도 생각해볼 필요도 없으리라.

그렇지만 안돼, 그는 애플턴 거리의 살얼음이 얼어 있는 물웅덩이 속 외딴 섬 하나를 발로 차며 자신을 비웃었다. **난 힘든 방식을 택하는 게 맞는 거야.**

적어도 그에게는 조리 슬리퍼가 있었다. 그게 뉴잉글랜드 맨발의 사람들이 땅에 눈이 쌓여 있는 날 신게끔 되어 있는 신발이었다. 부츠도, 평범한 신발도, 운동화도 안 되고, 심지어는 테바스 샌들도 신으면 안 되었다. 그냥 싸구려 고무 재질의 슬리퍼인 발가락 조리만 허용되었다. 물론 맨발로 다니는 것보다야 훨씬 나았지만, 딱 거기까지였다. 최근에 그는 두 명의 괴짜가 비닐봉지를 발에 칭칭 감고 다니는 것을 본 적이 있었다. 그렇게 하고는 발목에 고무줄을 감아 고정해 놓았는데, 솔직히 그런 모습으로 하버드 광장 주변을 돌아다니다가는 경멸의 눈초리를 받기 십상이었다.

캘리포니아에서는 흔히들 오랫동안 맨발로 다니면 발바닥이 단단해져서 나중에는 '신발만큼 튼튼해진다'라고 얘기하곤 했지만, 보스턴에서는 아무도 그런 주장을 믿지 않았다. 적어도 한겨울에는 아니었다. 몇 달만 지나면 발바닥이 가죽처럼 변한다는 말은 사실이었지만, 발가락은 절대로 추위에 익숙해지지 않았다. 게다가 발이 얼면 나머지 신체 부위도 다 끔찍한 상태가 되어 버렸다. 그쯤 되면 몸에 아무리 따뜻한 옷을 걸치고 있어도 소용이 없었다.

하지만 그런 점과 관련해서 톰이 겪고 있는 고통은 자신이 자초한 것이며 굳이 겪을 필요도 없는 것이었기에, 불평을 한다는 생각 자체가 말이 되지 않았다. 그는 크리스틴을 안전하고 건강하게 그녀의 안락한 새집으로 데려다주어야 하는 자신의 임무를 완수했다. 그 집에 사는 너그러운 부부는 길크리스트 씨의 법적 문제가 해결될 때까지, 그 기간이 얼마나 오래 걸리든 간에 크리스틴을 잘 돌봐 주기로 약속한 사람들이었다. 그러니 톰이 이마에 그려 넣은 과녁을 문질러 지워 버리고 발에도 신발이란 걸 끼워 신고, 다시 이전의 삶으로 돌아간다고 해도 그걸 말릴 사람은 아무도 없었다. 그러나 무슨 이유에선지, 그는 그렇게 할 수가 없었다.

크리스틴은 주저하지 않았다. 포크 부부 집에 도착하던 바로 그 날, 저녁을 먹고 나서 바로 욕실로 들어가 오랫동안 따뜻한 물에 샤워를 했다. 욕실에서 나왔을 때, 그녀의 이마는 깨끗했고, 얼굴은 발그레하게 상기돼 있었으며, 깊이 안도한 표정이었다. 마치 길에서의 추억이 끔찍한 악몽이라도 된다는 듯, 그녀는 기쁘게 모든 잔재를 씻어내 버렸다. 그때 이래로, 크리스틴은 유기농 면직물로 만든 임부복을 입고 페이어웨더 거리에 있는 빅토리아 양식으로 화려하게 개조한 집안에서만 한가하게 시간을 보냈다. 몇 달간 맨발로 걸어 다니느라 입은 발의 손상을 회복시켜 주기 위해, 포크 부부는 한국인 발치료 전문의사가 집으로 직접 찾아와 치료를 하도록 일정까지 잡아 두었다. 물론 치료 과정 중에는 해로운 화학약품의 독기로부터 산모와 아기를 보호한다는 명목으로 크리스틴의 얼굴에 마스크를 씌우는 것도 잊지 않았다. 그 외에도 마사지 치료사, 치위생사, 영양사도 집으로 직접 찾아오게 했고, 모두가 바라는 대로 가정출산을 하게 될 때를 대비해 산파 자격까지 갖춘 간호사도 찾아오도록 해두었다.

모든 전문가는 신성한 웨인을 헌신적으로 따르는 사람들이었기에 당연히 크리스틴을 충심으로 대했다. 마치 그녀의 발톱에 광을 내고 이빨의 치석을 제거하는 것이 엄청난 특권이라도 된다는 듯한 태도였다. 테런스와 마르셀라 포크 부부가 그중에서도 가장 비굴하게 굴었다. 크리스틴이 자신들의 집 안에 처음 들어섰을 때는 실제로 그녀의 발아래 무릎을 꿇고 머리를 조아렸다. 크리스틴은 그 모든 관심에 의기양양해졌고, 다시 네 번째 아내이자, 특별한 여인으로, 미스터 길크리스트 씨의 선택받은 사람으로 돌아간 것에 기쁨을 감추지 않았다.

톰에게는 다른 문제였다. 그 모든 독실한 신도에 둘러싸이고 보니 이제 더는 자신이 그들과 같은 마음이 아니라는 사실이 더욱 확실하게 느껴졌다. 그의 안에는 이전 자아의 모습이란 온데 간데 없다. 신성한 웨인의 열렬한 추종자로 살았던 삶은 이제 막을 내렸고, 다음 단계의 삶은 아직 시작하지 않았지만, 그것이 어떤 모습일지에 대한 단서 같은 것도 없었다. 어쩌면 그 때문에 아직 이전의 가장한 모습을 벗어내 버리길 주저하는지도 모를 일이었다. 가짜 맨발의 사람들로 사는 것이 그에게 남은 유일한 진짜 정체성이었다.

하지만 단지 그 이유 때문만은 아니었다. 그는 길에서의 삶이 행복했다. 길에서 살아가던 삶은 당시 느꼈던 것보다 훨씬 더 행복했다. 그 여정은 길고, 가끔은 참혹하기도 했다. 시카고에서는 칼을 든 강도에게 위협을 당하기도 했고, 서부 펜실베이니아에서는 눈보라를 만나 거의 얼어 죽을 뻔한 고비도 넘겼다. 그런데 그런 삶이 끝나버린 지금, 톰은 그 당시의 흥분과 크리스틴과 함께 나누었던 친밀감이 그리웠다. 북미 대륙을 가로지르는 동안 어떤 장애가 둘의 앞길을 막아서든 간에 그들은 그때그때 훌륭한 팀으로 좋은 친구로, 그리고 첩보원으로 거듭나며 창의적으로 난관을 극복했었다.

그들이 선택한 위장은 두 사람이 상상했던 것보다 훨씬 효과가 좋았다. 가는 곳마다 그들은 그 지역 맨발의 사람들을 만나 가족 같은 대접을 받으며, 음식과 차량과 심지어는 잠자리까지도 제공 받았다. 해리스버그에 도착했을 때는 크리스틴이 몸져누웠고, 결국 그들은 주 의사당 근처의 다 쓰러져가는 공동주택에서 3주나 머물게 되었다. 공동 냄비에 쌀과 콩을 끓여 먹고, 잠은 부엌 바닥에서 함께 누워 잤다. 두 사람은 연인으로 발전하지는 않았지만, 두어 번 아슬아슬한 지경까지 나아간 적은 있었다. 아침에 서로의 팔베개를 하고 잠이 깼을 때, 그들은 왜 이것이 하면 안 되는 짓인지 기억해 내는 데 몇 초쯤 시간이 걸리곤 했다.

길에서 그들은 길크리스트 씨에 관해서는 거의 얘기하지 않았다. 몇 주가 흐르는 동안, 톰은 과거를 떠올릴 때마다 추상적이고 모호한 그림을 바라보는 듯한 기분을 느꼈다. 가끔은 자기 자신에 관해 완전히 망각하는 순간도 있었다. 그럴 때면 그는 크리스틴을 자기 여자친구로, 배 속의 아이는 자신의 아기로 생각하지 않을 수 없었다. 그는 자신과 크리스틴과 아이가 한가족이며, 곧 어딘가에 정착해 함께 삶을 일구어 나가리라 상상했다.

나한테 달린 일이야, 그는 생각했다. **내가 이들을 돌봐야만 해.**

하지만 포크 부부의 집에서는 그런 환상이 수치스러움으로 변했다. 길크리스트 씨가 사방에 있었다. 그를 잊는 것은 둘째치고 무시할 수조차 없었다. 방마다 그의 사진이 걸려 있었다. 심지어 크리스틴의 침대가 놓인 안방에는 길크리스트 씨의 거대한 사진이 천장에 붙어 있었기에, 아침에 잠에서 깬 크리스틴이 눈뜨자마자 가장 먼저 보는 것이 바로 그의 얼굴이었다. 톰은 가는 곳마다 그 위대한 남자가 자신을 향해 미소 짓는 모습을 볼 수 있었다. 아니, 아이의 진짜 아버지는 자신이라는 사실을 상기시키며 톰을 비웃는 모습을 볼 수 있었다. 그중에서도 진저리가 날 만큼 싫은 이미지는 그가 잠을 자는 지하실 접이식 소파 옆 벽면에 액자를 끼워 걸어 놓은 포스터였다. 외부 연단에서 신성한 웨인이 의기양양한 모습으로 한 손을 주먹 쥔 채 하늘로 들어 올린 모습을 찍은 사진으로 흘러내린 눈물이 얼굴에서 빛나고 있었다.

개자식, 매일 밤 잠자리에 들기 전, 그리고 매일 아침 눈을 뜨자마자 톰은 생각했다. **넌 크리스틴을 가질 자격이 없어.**

톰은 하루라도 빨리 포크 부부의 집에서 나가 그 역겨운 얼굴에서 멀어져야 한다는 사실을 알았다. 하지만 도저히 결단을 내릴 수가 없었다. 크리스틴을 포크 부부의 손에 버려둔 채로 그냥 걸어나가 버릴 수가 없었다. 지금까지 함께 해왔는데, 이제 출산일을 겨우 10주 정도 남겨두고 사라져 버릴 수는 없는 노릇이었다. 그가 줄 수 있는 최소한의 도움은 아기가 나올 때까지 참고 기다렸다가 어떤 식으로든 그녀에게 유용한 사람이 되는 것이었다.

맨드레이크는 마운트 오번 거리에 있는 지하 커피숍으로 하버드 광장에서 맨발의 사람들이 모이는 주요 집결지 중 하나였다. 헤이트에 있는 엘모어와 마찬가지로 맨발의 사람들이 소유해서 운영하는 곳이라 허브차와 통밀 머핀뿐 아니라, 대마초와 마약도 활발하게 거래됐다. 물론 후자는 누구를 찾아가서 어떤 식으로 주문을 해야 하는지 정확히 알고 있는 경우에만 해당되었다.

톰은 카운터 뒤에서 약에 취해 있는 젊은 친구에게 차이라떼를 주문했다. 그가 입고 있는 직원 셔츠에는 '맨발이라고요? 우린 당신을 사랑합니다!'라는 글귀가 적혀 있었다. 음료를 받아든 뒤 그는 앉을 곳을 찾아 붐비는 가게 안을 둘러 봤다. 테이블은 대부분 맨발의 사람들이 차지하고 앉아 있었지만, 평범한 사람도 군데군데 끼어 있었고, 빈민가를 탐방하듯 카페를 둘러보러 나온 학자풍의 사람들도 곳곳에 보였다. 그들은 길을 헤매다 실수로 잘못 들어온 사람들일 수도 있고, 그레이트풀 데드의 음악과 페이스 페인팅과 씻지 않은 몸을 한 사람들과 가까이함으로써 느낄 수 있는 간접적인 도취의 기분을 만끽하기 위해 그곳을 찾은 사람들일 수도 있었다.

뒤쪽 구석 자리에 앉아 있던 에기가 톰을 보고 손을 흔들었다. 털북숭이 인간의 바다에서 그의 대머리를 못 보고 지나치기란 불가능했다. 에기는 커밋과 마라톤 백개먼 주사위 놀이에 몰두해 있는 중이었다. 커밋은 톰이 만난 맨발의 사람 중에서는 가장 나이가 많았다. 톰의 또래쯤 돼 보이는 처음 보는 금발의 여성이 게임을 지켜보고 앉아 있었다.

"어이, 노스페이스!" 에기가 소리 질렀다. "순록이라도 한 마리 잡고 온 거야?"

톰은 그에게 가운뎃손가락을 들어 보이고는 의자 하나를 끌어당겨

앉았다. 맨드레이크에 올 때마다 톰은 테런스 포크 씨에게 빌려 입은 겨울 외투 덕분에 꽤나 놀림을 받곤 했다. 그의 외투로 말할 것 같으면 카페의 대부분 고객이 입고 있는 중고 할인매장 상품보다 몇 단계쯤은 고급스러웠다.

커밋이 항상 약에 취해 있는 듯한 멍한 시선으로 톰을 가만히 바라봤다. 그는 기름이 잔뜩 낀 황색기가 도는 잿빛 머리를 길게 기르고 있었고, 깊이 생각에 잠길 때면 손가락으로 머리카락을 쓸어내리기를 좋아했다. 소문에 따르면 그는 한때 브라운 대학교 영문과 교수였다.

"우리가 자네를 뭐라고 불러야 할지 자네도 알지?" 그가 말했다. "잭 런던."

별명을 붙여 주는 것은 맨드레이크 내에서는 상당히 진지한 작업이었다. 몇 주간 그곳에 드나드는 동안 톰은 이미 프리스코, 각하, 그리고 최근에는 노스페이스 등등의 별명을 얻었다. 머지않아 한 가지 별명으로 불리게 되리라는 게 그의 추측이었다.

"잭 런던." 에기가 혀 위에서 굴리듯이 그 이름을 중얼거렸다. "마음에 드는데."

"나 그 책 읽어 봤어요." 여자가 말했다. 가만 보니 시간제로 일하는 종업원 같았다. 얼굴은 둥글고 건강해 보였으며, 이마 한가운데는 톰이 지금까지 본 것 중에 가장 커다란 과녁이 녹색과 흰색 소용돌이를 돌며 거의 맥주병 받침만 한 크기로 그려져 있었다. "고등학교 영어 시간에. 북극에 있는 남자가 저체온증에 걸리지 않으려고 계속 성냥불을 켜는데, 불이 계속 꺼지잖아요. 그러다가 손가락이 얼어버리고, 결국에는 다 망해버리는 거지."

"인간 대 자연." 에기가 현자처럼 고개를 끄덕였다. "영원한 투쟁이지."

"그 얘기가 원래는 버전이 두 개였어." 커밋이 지적했다. "처음 버전에서는 주인공이 목숨을 건져."

"그러면 두 번째 버전은 왜 썼대요?"

여자가 물었다.

"글쎄, 왜 썼을까? 커밋이 어둡게 웃었다. "왜냐하면 첫 번째 버전이 밥맛이었으니까, 그게 이유야. 잭 런던도 마음속으로는 우리가 절대로 불을 피울 수 없다는 걸 알았던 거지. 정말 필요할 때조차도 말이야."

"정말 끔찍한 게 뭔지 알아요?" 여자가 신이 나서 물었다. "그 남자가 자기 개를 죽이려고 하잖아요. 배를 갈라서 내장 속에 손을 집어넣고 녹이려고. 그런데 막상 그렇게 하려고 하니까 칼도 집어 들 수 없었거든요."

"제발," 에기가 역겹다는 표정으로 말했다. "이 얘기 이제 그만하면 안 될까?"

"왜?"

여자가 물었다.

"이분이 개를 정말 사랑하시거든." 커밋이 설명했다. "에기가 퀸시에 관해 얘기 안 했어?"

"얘랑은 어젯밤에 처음 만났어." 에기의 목소리는 화가 난 듯했다.

"내가 사람을 처음 만나자마자 내 개에 관해서 미주알고주알 떠들어 대야 하는 거야? 정말 그렇게 생각해?"

커밋이 톰에게 장난스런 시선을 보냈다. 톰도 에기가 퀸시에 관해 얼마나 자주 얘기하는지 잘 알고 있었다. 90킬로그램이나 나가는 마스티프 종 개였는데, 갑작스런 증발 이후로 어딘가로 사라져 아직까지 찾지 못하고 있었다. 에기는 지갑 대신에 자신의 커다란 개를 찍은 십여 장의 사진이 담긴 작은 앨범을 지니고 다녔다. 사진 속의 개는 머리를 뒤로 깔끔하게 빗어 넘긴 키가 크고 냉정해 보이는 인상의 여성과 함께 있을 때가 많았다. 그녀는 하버드 케네디 스쿨 대학원 과정에 있던 에기의 떠나간 약혼녀인 에밀리였다. 에기는 그녀에 관해서는 말을 아꼈다.

커밋이 주사위로 손을 가져갔다.

"내 차례지, 맞지?"

"그래." 에기가 보드 양쪽을 가르는 바 위에 놓인 흰색 말 하나를 손으로 가리켰다. "내가 방금 이 말 잡았어."

"또?" 커밋의 표정이 일그러졌다. "제발 조금만 자비를 베풀어 주면 안 되겠어?"

"무슨 말을 하는 거야? 내가 왜 자비를 베풀어야 하는데? 그건 미식축구 선수에게 상대편 선수가 공을 가져가도 태클 걸지 말라고 말하는 거나 똑같아."

"그렇다고 누군가에게 태클을 걸어야 한다는 규칙 같은 건 없다고."

"그래, 없지. 하지만 규칙에 없다고 안 하면 정말 형편없는 선수가 되는 거야."

"무슨 말인지는 알아." 커밋이 주사위를 흔들었다. "그렇지만 그 방정식에서 자유의지라는 걸 다 빼버리지는 말자고."

톰은 주변으로 시선을 돌렸다. 그가 알기로 맨발의 사람들은 다양한 도시에서 다양한 게임들을 했다. 샌프란시스코에서는 모노폴리, 해리스버그에서는 크리비지, 보스턴에서는 백개먼, 이런 식이었다. 하지만 어떤 게임을 하고 있든 간에, 그들의 게임은 매우 더디게 흘러갔다. 차례가 바뀔 때마다 무의미한 논쟁이 벌어지고, 애매한 철학적 얘기들이 끼어들었다. 따라서 지루함 때문에 중간에 끊어지기 일쑤였다.

"그건 그렇고 난 루시야." 여자가 톰에게 말했다. "그렇지만 이 사람들은 날 '아야'라고 불러."

"아야?" 톰이 말했다. "무슨 별명이 그래?"

에기가 보드에서 시선을 들어 올렸다. 둥근 금속테 안경을 끼고 머리까지 완전히 밀어버린 터라, 그의 인상은 꼭 수도승 같았다.

"아야는 진짜 하버드 고행단에 속해 있거든. 자네도 그게 뭔지 알지?"

톰은 고개를 끄덕였다. 언젠가 인터넷에서 비디오를 본 적이 있었다. 한 무리의 대학생들이 수영복 차림으로 집에서 만든 한 가닥짜리 채찍이나 아홉 가닥짜리 채찍으로 자신의 몸에 고통을 가하며 하버드 정원을 통과해 행진하는 모습을 담은 것으로, 일부 채찍에는 못이나 압정 끄트머리가 붙어 있었다. 행진이 끝나고 나서 대학생들은 잔디밭에 앉아 서로의 등에 연고를 발라주었다. 그들은 고통을 통해 일시적이나마 자신들의 죄를 씻어냄으로써 정화되는 느낌을 받았다고 주장했다.

"우와." 톰은 아야를 다시 한 번 찬찬히 바라봤다. 그녀는 금방 세탁해서 입은 듯한 옅은 푸른색 면 스웨터 차림이었다. 아직 샤워와 식사를 해결할 대안이 있는지 안색은 깨끗했고, 머릿결은 가늘고 고왔다. "그거 정말 아파 보이던데."

"흉터를 보면 실감이 날 걸." 에기가 감탄의 시선으로 바라보며 말했다. "등이 꼭 지형도처럼 얽혀 있어."

"나도 니들이 하는 얼간이 짓 한 번 본 적 있어." 커밋이 아야를 보며 말했다. "언젠가 화창한 봄날 오봉팽 바깥에 앉아 있었거든. 그런데 어느 순간 10명쯤 되는 애들이 무슨 아카펠라 그룹처럼 보도에 일렬로 늘어서더니 지들 SAT 점수를 고래고래 소리 질러 말하고는 그 망할 채찍으로 자기 몸을 두드려 대더라니까. '비판적 이해, 720점! 철썩! 수학, 780점! 철썩! 글쓰기, 620점! 철썩!' 이런 식으로."

아야는 얼굴을 붉혔다.

"처음에는 그렇게 했었어요. 그렇지만 나중에는 각자 달리기 시작했죠. 누군가 이렇게 고함을 질러요. '가스펠의 주역!' 그럼 다음 사람은 이렇게 말하는 거죠. '국회 심부름꾼!' 아니면 '램푼 사 직원!' 난 굉장히 길게 말했어요. '두 개의 스포츠 대표팀에 속한 학구적인 운동선수!'" 그녀는 자신의 기억력에 웃음을 터뜨렸다. "두어 번쯤 참가했던 어떤 사람이 있었는데, 그는 자기가 얼마나 정력이 세고, 또 자기 성기가 큰 게 얼마나 자랑스러운지에 관해 고래고래 소리를 질렀어요. '20 센치! 내가 재봤어! 심지어 크레이그리스트에 사진도 올렸어!'"

"빌어먹을 하버드 놈들." 에기가 말했다. "늘 뭔가를 뻐겨대지 않고는 못 배기지."

"맞는 말이야," 아야가 인정했다. "그 행진의 원래 의도는 과도한 자만심과 이기심의 죄를 속죄하는 거였는데, 심지어는 그것마저도 경쟁심으로 해나가더라고. 내가 아는 어떤 애는 늘 '나는 내가 아는 세계 최악의 개자식이다!'라고 소리 질렀어."

"자만심을 느끼지 말라는 게 얼마나 힘든 주문인데." 커밋이 말했다 "더군다나 하버드 애들에게."

"얼마나 오랫동안 진행했어?"

톰이 물었다.

"두 달 정도." 그녀가 말했다. "그런 식의 캠페인이 얼마나 오래갈 수 있었겠어? 그리고 어디로 향해가겠어? 얼마 지나고 나니까, 고통도 지루해지더라."

"그래서 어떻게 됐는데? 그냥 채찍을 던져 버리고 다시 학교로 돌아간 거야?"

"1년 정학 처분받았어." 그녀는 더 말할 가치도 없다는 듯이 살짝 어깨를 으쓱해 보였다. "스노보드만 질리도록 탔지."

"그렇지만 지금은 학교 다니고 있는 거지?"

"뭐, 말하자면. 하지만 진짜 학교를 나가거나 그러지는 않아." 그녀가 자신의 과녁을 손으로 만졌다. "지금은 여기에 더 관심이 가거든. 나한테 정말 잘 맞는 기분이 들어, 그런 기분 알아? 훨씬 사교적이고 지적으로도 더 자극이 되거든. 나한테 정말 필요한 것 같아."

"더 많은 섹스와 마약도."

에기가 빈정거리는 말투로 덧붙였다.

"그거야 두말할 필요 없지." 아야의 표정이 약간 불편한 듯 보였다. "우리 부모님은 나 이러고 다니는 거 못마땅해 하셔. 특히 섹스."

"부모님이야 다 그렇지." 커밋이 말했다. "하지만 그것도 거래의 일부인 거야. 너도 미 중산층 전통에서 족쇄를 풀고 나와야 한다고. 네 스스로 길을 찾아 나가야지."

"쉽지 않아요." 그녀기 말했다. "우리 가족은 정말 화목하거든요."

"얘 농담하는 거 아니야." 에기가 덧붙였다. "어젯밤에도 나랑 뒹구는 동안에 전화 오니까 그걸 받더라니까."

"뭐라고?" 커밋이 물었다. "음성메시지라는 게 있다는 거 몰라?"

"그게 우리 가족의 합의사항이에요." 아야가 설명했다. "전화만 제때 받으면 내가 뭘 하고 다니든 간섭하지 않겠다는 거죠. 내가 살았는지 죽었는지 그것만 알면 된대요. 나도 부모님께 그 정도는 빚 진 것 같고."

"내가 보기에는 그 이상이던데." 에기는 진짜 격분한 듯했다. "도덕이니 책임이니 자기 존중이니 하는 대단히 난해한 주제에 관해 거의 30분은 통화했을 걸."

커밋은 호기심이 발동한 모양이었다.

"둘이 계속하는 도중에?"

"그래." 에기가 투덜댔다. "우리 둘 다 완전히 흥분해 있었거든."

"부모님이 너무 열 받게 하잖아." 아야의 얼굴이 다시 붉게 달아올랐다. "가벼운 섹스는 나 자신을 해치기보다는 오히려 건강에 좋다는 사실조차도 용인하려고 하지 않더라고."

"그러다가 어떤 지경까지 갔는지 알아? 나한테 전화를 바꿔주더라." 에기가 자신의 머리를 총으로 쏘는 시늉을 해 보였다. "자기 부모님이랑 대화를 해보라는 거야. 벌거벗고 열심히 헐떡거리는 사람한테. 믿어지냐고?"

"부모님이 바꾸라는데 어떡해."

"그랬겠지. 하지만 난 통화하고 싶지 않았다고. 만나본 적도 없는 사람들한테 취조를 당하는 내 기분은 어땠을 거라고 생각하는데? 진짜 이름은 뭐냐, 나이는 어떻게 되느냐, 자기들 어린 딸하고 안전하게 섹스를 하고 있는 거냐. 그래서 결국은 내가 이렇게 말했지. '저기요, 당신들의 어린 딸은 법적으로 성관계에 동의할 수 있는 나이가 된 성인입니다.' 그랬더니 뭐라는 줄 알아? '우리도 그건 알아요. 하지만 걔는 아직 우리 딸이에요. 우리에게는 세상 무엇보다도 소중한 애라고요.' 거기다 대고 내가 무슨 말을 할 수 있었겠어?"

"우리 언니 때문에 그러시는 거야." 아야가 말했다. "아직 그 충격에서 벗어나지 못하셨어. 나도 그건 마찬가지고."

"어쨌든," 에기가 짜증 난다는 듯이 말했다. "얘가 전화를 끊었을 때는 난 이미 섹스고 나발이고 다 귀찮아져 버렸거든. 그런데 문제는 난 생전 섹스가 귀찮아 본 적이 없는 사람이라는 거지."

아야가 그를 흘겨봤다.

"금방 극복하던 데 뭘."

"넌 꽤 설득력이 좋더라고."

"아," 커밋이 바라봤다. "그래서 결국은 하나의 해피앤딩으로 끝났다 그거구면."

"아니, 굳이 정정하자면 두 개의 해피앤딩." 에기의 표정이 의기양양하게 변했다. "이 아가씨가 꽤 능력 있는 학구파 운동선수더라고."

톰은 이 맨발의 친구들이 시도 때도 없이 자신들의 성생활에 관해 자랑스럽게 떠벌려 대는 것에는 별로 놀라지 않았다. 하지만 아야의 입장에서 바라보자 좀 기분이 상하지 않을 수가 없었다. 상식이 통하는 세상에서라면, 그녀는 에기와 섹스는 고사하고 말도 섞으려 하지 않았으리라는 사실은 어렵지 않게 짐작할 수 있었다. 그런 톰의 심정에 공감했는지 아야가 호기심 어린 표정으로 그를 바라봤다.

"넌 어때?" 그녀가 물었다. "가족들하고 연락은 해?"

"아니, 꽤 오래 안 했어."

"싸운 거야?"

"아니, 그냥 어쩌다 보니 소원해졌어."

"네가 살아서 잘살고 있다는 건 부모님이 알고 계셔?"

톰은 뭐라고 대답을 해야 할지 망설여졌다.

"이메일이라도 보내야 할 것 같아."

그가 중얼거렸다.

"누구 차례야?"

에기가 커밋에게 물었다. 그때 아야가 자신의 전화기를 꺼내 들어 탁자 위에 올려놓고 톰 앞으로 밀었다.

"전화 드려." 그녀가 말했다. "분명히 소식이라도 듣고 싶으실 거야."

자몽에서

노라는 밸런타인데이에 입을 새 원피스를 한 벌 사고는 그 즉시 후회했다. 잘 어울리지 않아서가 아니었다. 그건 고민거리도 아니었다. 원피스는 정말 예뻤다. 실크와 레이온이 섞인 청회색 민소매로 가슴이 V자 형태로 파여 있었으며, 허리선이 가슴 바로 아래 위치한 엠파이어 스타일이었다. 그리고 맞춘 듯이 몸에 잘 맞았다. 심지어 탈의실의 생기 없는 불빛 속에서도 그녀는 자신의 모습이 얼마나 매혹적인지 단번에 알아볼 수 있었다. 디자인은 어깨의 우아함과 긴 다리를 강조해 보였으며, 흐린 무광택의 천은 그녀의 짙은 머리칼과 눈 색깔과 선망의 대상이 되곤 하는 광대뼈, 그리고 섬세한 턱을 돋보이게 했다.

내 입술, 그녀는 혼잣말을 했다. **난 입술이 정말 예쁜 것 같아.** 딸아이도 그녀의 입술을 쏙 빼닮았었지만, 노라는 그 생각은 하지 않기로 했다.

새로 산 원피스를 입었을 때 그녀가 받게 될 시선, 그녀가 레스토랑

안으로 걸어 들어갈 때 저절로 돌아가는 사람들의 고개, 그리고 맞은편에 앉아 그녀의 모습을 바라보는 케빈의 눈에 서릴 기쁨을 상상해 보기란 그리 어려운 일이 아니었다. **그게** 문제였다. 바로 그런 시선과 돌아가는 고개와 케빈의 기쁨 같은 것이 그녀가 밸런타인데이의 흥분 속으로 쉽게 휩쓸려 들어가버리도록 만들어 버릴 터였다.

하지만 그녀는 이미 케빈과의 관계가 지속되지 않으리라는 사실을 알고 있었다. 그와 관계를 맺기 시작한 것 자체가 실수였으며 그들이 함께할 시간도 얼마 남지 않았다는 사실도 잘 알았다. 케빈이나 그녀가 무언가 실수를 했기 때문이 아니라, 그녀 때문에, 그녀의 존재 그 자체 때문에, 그리고 이제 더는 그녀가 할 수 없는 모든 것들 때문이었다. 그러니 아름다워질 자격도 없는 사람이 아름답게 꾸민다 한들 무슨 소용이 있겠는가. 고급 레스토랑에서 근사한 식사는 해서 뭐하겠으며, 비싼 와인을 마시고 달콤한 디저트는 먹어 뭐하겠는가. 게다가 둘이 함께 침대 앞까지 걸어가더라도 결국에는 눈물로 끝맺게 될 무언가를 시작은 해서 무엇하겠는가. 그런 수고로운 과정을 통과해봐야 무슨 소용이 있겠는가.

문제는 케빈이 그녀에게 미리 경고조차도 해주지 않았다는 점이었다. 며칠 전 문으로 향해가다가 불쑥 그녀에게 그 사실을 통보했을 뿐이었다.

목요일 저녁 8시, 그것이 확정된 사실이라도 된다는 듯이 그가 말했다. **달력에 표시해봐요.**

뭘 표시해요?

밸런타인데이. 내가 팸플무스에 자리 두 개 예약해놨어요. 7시 반에 데리러 올게요.

그렇게 빠르게 그리고 지극히 자연스럽게 벌어진 일이었다. 노라는 미처 반대 의사를 표시할 생각조차도 못했다. 아니, 어떻게 반대를 하 겠는가? 적어도 지금까지는 그가 그녀의 남자친구이고, 지금은 2월 중 순인데. 당연히 그는 그녀를 저녁 식사에 데리고 나갈 작정이었다.

예쁘게 차려입어요, 그가 말했다.

평생 그녀는 밸런타인데이라면 사족을 못 썼다. 심지어 대학 시절부 터 그랬다. 당시는 그녀가 존경에 마지않던 많은 사람이 그것을 기껏 해야 성차별적인 농담쯤으로 취급하던 때였다. 그들에게 밸런타인데이 란 과거의 좋지 않은 시절에서 유래한 하찮은 동화이자, 남자가 여자 에게 심장 모양의 초콜릿 상자를 가져다주는 날, 그 이상도 이하도 아 니었다.

내가 다시 한 번 정리해볼게, 브라이언은 이렇게 그녀를 약 올렸다. **내가 꽃을 사주면, 넌 나한테 다리를 벌려 준다는 거지?**

맞아, 그녀는 대답했다. 바로 그렇게 되는 거지.

그쯤 되자 그도 노라의 의도를 알아차렸다. 그리하여 그 미스터 후 기 구조주의철학자도 그녀에게 꽃다발을 안겨주고 능력에 버거운 저 녁 식사까지 대접해주었다. 그날 그와 함께 집에 도착했을 때, 그녀는 자신의 책임을 다했다. 평소보다 훨씬 열정적이고 창의적인 방식으로.

봤지? 그녀는 말했다. **전혀 나쁘지 않잖아, 안 그래?**

괜찮았어, 그가 수긍했다. **1년에 한 번쯤이면 할만하네.**

점차 나이를 먹어가면서, 노라는 그 무엇에 대해서도 구차하게 변명 할 필요가 없다는 사실을 깨달았다. 그냥 자신은 그런 사람이었다. 와 인을 마시며 저녁 식사 하는 걸 좋아하고, 특별한 사람처럼 느끼는 걸 좋아하고, 꽃집 배달부가 달콤한 내용의 카드가 끼워진 커다란 꽃다발 을 들고 사무실 문 앞에 나타나면 여자 동료들이 이렇게 낭만적인 남자친구가 있으니, 혹은 이렇게 자상한 약혼자가 있으니, 또는 이렇게 사려 깊은 남편이 있으니 넌 얼마나 운이 좋으냐고 말해주는 것도 좋아했다.

그것이 그녀가 더그에게 한결같이 고마워하던 한 가지이기도 했다. 그는 한 번도 밸런타인데이를 그냥 지나친 적이 없었다. 꽃다발을 잊은 적도 없었고, 마지못해 흉내만 내는 척 연기한 적도 없었다. 그는 노라를 놀라게 하는 것을 즐겼다. 이번 해에는 보석으로 놀래주었다면, 다음 해에는 일류 호텔에서 보내는 주말을 선사해 놀래주는 식이었다. 침대에 놓인 샴페인과 딸기, 아내에게 바치는 소네트 한 편, 직접 요리한 저녁 식사도 있었다.

이제야 노라는 그 모든 게 그저 보여주기 위한 쇼였음을 깨달았다. 그는 분명히 그녀가 잠든 후 침대에서 빠져나가 카일리에게든, 아니면 노라가 당시에는 존재 자체도 모르고 있던 어떤 다른 묘령의 여인에게든 에로틱한 이메일을 써보냈을 것이다. 당시 남편이 주었던 모든 선물은 노라가 보기에는 영원히 지속될 일련의 몸짓과 연결되는 또 하나의 근사한 몸짓처럼 보였다. 노라는 그 멋진 남자가 자신을 사랑하고 있으니 그가 주는 모든 선물은 자신이 받을만한 가치가 있는 찬사나 다를 바 없다고 생각했다.

～～～

그들 사이에는 촛불이 켜져 있었고, 그 깜빡이는 불빛 속에서 노라의 얼굴은 평소보다 훨씬 어려 보였다. 긴장으로 얼굴이 굳어버려서 눈가와 입가의 주름이 다 지워져 없어지기라도 한 것 같았다. 그는 부드러운 불빛이 그에게도 똑같은 효과를 내주었으면 싶었다. 그녀가 살면서 한 번도 만나본 적이 없는 잘생긴 남자라는 인상을 노라에게 주었으면 하는 바람이었다.

"여기 꽤 괜찮은 레스토랑이에요." 그가 말했다. "가격도 상당히 현실적이고요."

그녀는 마지못해 인정하는 듯한 태도로 무언가를 생전 처음 본다는 듯이 그 소박한 실내장식을 찬찬히 살펴봤다. 높은 천장에는 들보가 그대로 노출돼 있었고, 투박한 모양의 테이블 위에는 종모양의 등기구가 매달려 있었으며, 바닥에는 판자가 깔려 있고, 벽에는 벽돌 마감이 그대로 드러나 있었다.

"그런데 왜 레스토랑 이름이 자몽이에요?"

그녀가 물었다.

"자몽이요?"

"팸플무스. 그게 프랑스어로 **자몽**이라는 뜻이잖아요."

"정말요?"

노라는 메뉴판을 집어 들고 한쪽 구석에 그려져 있는 크고 노란 동그라미를 가리켰다. 케빈은 그것을 보고 인상을 찌푸렸다.

"난 그게 태양을 그려 놓은 건 줄 알았어요."

"자몽이에요."

"맙소사."

그녀의 시선은 예약 없이 찾아와 빈자리가 나기를 기다리며 마치 축제에라도 참가한 듯이 신이 나서 떠들어대는 사람들로 붐비는, 바가 위치한 장소 쪽을 떠돌고 있었다. 케빈은 그들이 왜 그리도 즐거워하는지 이해할 수가 없었다. 그는 언제 종업원이 다가와서 자신의 이름을 부르게 될지 정확히 가늠도 할 수 없는 상황에서 빈속으로 시간만 죽이는 것이 무엇보다도 싫었다.

"예약하기 힘들었겠어요." 그녀가 말했다. "그것도 8시 정각에 말이에요."

"그냥 재수가 좋았던 거죠." 케빈은 별로 대수로운 일도 아니라는 듯이 어깨를 으쓱했다. "내가 전화 걸었을 때 누군가 막 예약을 취소했다고 하더라고요."

솔직히 그 말은 사실이 아니었다. 그는 자신이 운영하던 패트리어트 리큐어에서 이제 막 판매사원 일을 시작한 이 레스토랑의 와인 공급자에게 특별히 부탁해서 자리를 예약할 수 있었다. 하지만 그 사실은 자신만 알고 있기로 마음먹었다. 연줄을 이용하는 자신의 능력을 많은 여성들에게 으스대고 싶기는 했지만, 노라는 그런데 감명을 받을 여성이 아니라는 사실을 직감적으로 느낄 수 있는 탓이었다.

"정말 운이 좋은 분이군요."

그녀가 말했다.

"맞아요." 그가 노라 쪽으로 잔을 기울여 보였다. 건배를 하고자 함이었지만, 그리 강요하는 듯한 인상은 주지 않았다. "밸런타인데이 축하해요."

그녀도 그의 동작을 흉내 냈다.

"당신도요."

"오늘 정말 아름다워요."

그가 말했다. 오늘 밤 벌써 몇 번째 하는 말이었다. 노라는 그럴 리 없다는 듯이 미소를 지어 보이며, 메뉴를 열었다. 케빈은 노라가 이 자리에 나오기까지, 이런 모습으로 사람들 시선에 노출되기로 마음먹기까지, 이 도시 사람 모두에게 그들의 작은 비밀을 공개하기까지 어느 정도의 희생을 치러야 했으리라는 사실을 잘 알았다. 하지만 그럼에도 노라는 그렇게 했다. 그를 위해 한 것이다. 그 점이 중요했다.

이것은 모두 에이미의 덕이었다. 그 아이의 격려가 아니었다면, 케빈은 절대로 해내지 못했을 것이다. 그에게는 노라가 자신만의 안전한 영역을 벗어나 밖으로 걸어 나오게끔 할만한 용기가 없었다.

"강요받는다는 느낌은 주고 싶지 않아." 그가 말했다. "정말 섬세한 사람이거든."

"생존자라고요." 에이미가 그 사실을 상기시켰다. "그분이 아저씨보다 훨씬 강한 사람일 거예요. 저는 그거 확신해요."

케빈은 십 대 여자아이에게, 더군다나 고등학교도 중퇴한 아이에게 연인관계에 관한 충고를 듣고 있는 이 상황이 뭔가 말이 되지 않는다는 사실을 모르지 않았다. 하지만 지난 몇 주간 그는 에이미에 관해 지금까지보다 훨씬 많은 것을 알게 됐고, 그러면서 그 애를 단순히 딸아이의 학급친구라기보다는 거의 친구나 동년배처럼 받아들이게 되었다. 살아오면서 정말 안 좋은 결정을 여러 번 내려야 했던 까닭에, 에이미는 다른 사람에 관해서 그리고 그들을 움직이는 원동력에는 무엇이 있는지 등에 관해서 상당한 통찰력을 보였다.

질이 학교에 가고 집안에 둘만 남아 있자니 처음에는 좀 어색하기도 했다. 하지만 두 사람은 그런 시기를 꽤나 빠르게 적응해 나갔다. 특히 에이미가 처신을 잘하려 애쓴 덕이 컸다. 우선 그녀는 잠이 다 깬 후에 옷을 점잖게 차려입고 아래층으로 내려왔다. 더는 탱크톱만 걸친 졸린 롤리타처럼 행동하지 않았다. 에이미는 예의 바르고 서글서글했으며, 놀라울 만큼 대화가 잘 통했다. 케빈에게 자신의 새 직업, 그러니까 음식점 여종업원이라는 직업이 생각보다 훨씬 어렵더라는 얘기도 하고, 직업과 관련해 이런저런 질문도 해왔다. 그들은 세상 돌아가는 얘기나 음악 얘기도 하고, 에이미가 푹 빠져 있는 NBA나 다른 스포츠에 관해서도 대화를 나누었으며, 유튜브에 올라와 있는 재미있는 비디오도 함께 감상했다.

"아저씨 여자친구는 잘 지내요?" 에이미는 거의 매일 아침 이 질문을 했다. "두 분 진지한 사이죠?"

한동안, 케빈은 그냥 **그럼 잘 지내지**, 라고 대답하고는 다른 주제로 나아갔다. 네가 상관할 바가 아니니 신경 끄라는 의미였다. 하지만 에이미는 그의 힌트를 받아들이기를 거부했다. 그러다가 지난주 어느 날 아침, 그는 거의 무의식적으로 정직한 대답을 하고 말았다.

"뭔가 잘못됐어." 그가 말했다. "난 노라를 정말 좋아하거든. 그런데 그녀는 아무래도 우리 관계에 흥미를 잃은 것 같아."

그러고 나서 케빈은 둘 사이의 메마른 성적 세부사항만 제외하고 에이미에게 모든 사실을 털어놨다. 시가행진, 함께 춤을 춘 일, 플로리다로 떠난 충동적인 여행, 집으로 돌아온 후의 판에 박힌 연애, 그녀가 그를 밀어내고 있는 것 같다는 느낌, 그녀의 인생에서 전혀 환영받지 못하고 있는 것 같은 불안감 등등.

"난 그녀를 알아가려고 노력하는데, 그녀는 조개처럼 입을 꽉 다물고 반응이 없어. 정말 당황스럽다니까."

"그렇지만 아저씨는 그분과 함께하고 싶은 거잖아요?"

"계속 이런 식이라면 곤란하지."

"그럼 어떤 식이면 좋겠는데요?"

"평범한 관계처럼 돼야지, 무슨 말인지 알지? 지금 그녀가 감당할 수 있을 만큼만. 가끔씩 외출도 하고 영화도 보러 가고 그러는 거 말이지. 가능하다면 친구들도 함께 만나고. 늘 우리 둘만 있는 건 아닌 것 같거든. 그리고 난 진짜 대화라는 걸 나눠보고 싶어. 지금은 내가 뭘 잘못 말하면 어떡하나 늘 걱정을 해야 해."

"여자분도 이 사실을 알아요?"

"그럴걸. 어떻게 모를 수가 있겠어."

에이미가 혀로 볼 안쪽을 밀면서 잠시 그를 가만히 바라봤다.

"너무 점잖으시네요." 그녀가 말했다. "뭘 원하는지 직접 말씀을 하셔야죠."

"시도야 해봤지. 내가 외출이라도 하자고 하면, 무조건 싫대. 그냥 집에 있겠대."

"선택의 여지를 주지 마세요. 그냥 말하세요. '저기, 나랑 저녁 먹으러 나갑시다. 내가 예약해 뒀어요' 이러는 거예요."

"좀 강압적으로 들리는데."

"다른 대안이 있으세요?"

케빈은 대답이 너무도 뻔하다는 듯이 어깨를 으쓱했다.

"일단 해보세요." 그녀가 말했다. "더 잃을 것도 없지 않아요?"

〰〰

닉과 조는 꽤 열을 올리고 있었다. 그들은 질의 손이 닿을 정도로 가까운 거리에서 양탄자 위에 무릎을 꿇고 앉아 있었고, 닉이 마치 뱀파이어의 전희처럼 보이는 태도로 조의 목에 입술을 들이밀고 핥아대는 동안 조는 행복하게 신음소리를 냈다.

"이거 너무 뜨거워서 못 봐주겠군요, 여러분." 제이슨이 스포츠 아나운서의 목소리를 흉내 내며 상상 속의 마이크에 대고 말했다. 자신은 꽤나 재미있는 모양이었지만, 다른 사람들이 듣기에는 별로 그렇지도 않았다. "닉이 완전히 몰두해서 아주 체계적인 방식으로 상대편을……."

만약 에이미가 있었다면, 뭔가 영리하고 거들먹거리는 듯한 말을 던짐으로써 닉의 집중을 방해해 그가 너무 흥분하지 않도록 만들었을 리 분명했다. 하지만 에이미는 그 자리에 없었다. 애플비에서 일하기 시작한 한 달 전부터 게임에서 빠지고 없었다. 그러니 그 상황을 방해해야 할 사람이 하나라도 남아 있다면, 그건 질이었다.

그러나 질은 키스를 나누는 두 사람이 바닥에 겹쳐 쓰러질 동안 아무 말도 없이 그냥 입을 다물고 앉아 있었다. 닉이 위에 올라가 있었고, 망사 스타킹을 신은 조의 한쪽 다리가 그의 무릎을 감고 있었다. 질은 눈앞에서 벌어지는 장관에 자신이 얼마나 무관심한지 깨닫고는 놀라고 말았다. 만약 지금 닉 밑에 깔려 있는 애가 에이미였다면, 아마 질투로 구역질이 날 정도였을 것이다. 하지만 상대는 조였고, 조는 별 상관이 없었다. 닉이 그녀를 원한다면, 그건 언제든지 환영이었다.

최선을 다해 녹초가 돼 버리라고, 그녀는 생각했다.

가을에 자신이 닉 때문에 얼마나 엄청난 감정적인 에너지를 소비해 버렸는지 떠올려보면 질은 혼자 있어도 얼굴이 달아오를 지경이었다. 그녀는 자신이 가질 수 없는 한 명의 소년, 에이미가 자기 것이라고 주장하는 그 아이에 대한 갈망으로 힘든 시간을 보냈다. 네모난 턱과 꿈꾸는 듯한 속눈썹이 길게 뻗어 있는 그의 얼굴은 여전히 아름다웠다.

하지만 그래서 어쩌라고? 여름에 처음 닉을 알게 되었을 때만 해도, 그는 상냥하고 재미있고 사려 깊고 생기 넘쳤다. 질은 그와 함께했던 섹스보다 그와 함께 웃었던 추억을 더 생생하게 떠올릴 수 있었다. 하지만 근래 그는 마치 좀비 같았다. 늘 찡그리고 있었고 발기될 기회만 노리는 또 한 명의 재수 없는 놈팡이가 되어버렸다. 하지만 그건 그의 탓만은 아니었다. 질은 그가 눈앞에 나타나기만 하면 어색한 기분이 되어 버렸고, 아무 말도 할 수가 없었다. 그의 얼굴에 떠오른 공허함을 깨트리고, 그들이 서로 친구였음을, 질이라는 아이가 단지 협조적인 입과 로션을 잔뜩 처바른 손으로 그에게 무언가를 해주는 그런 아이만은 아니라는 사실을 그에게 상기시켜 줄 만한 말을 도저히 생각해 낼 수가 없었다.

하지만 진짜 문제는 닉이 아니었다. 질도 조도 그 외의 다른 아이들도 아니었다. 문제는 에이미였다. 그녀가 드미트리의 집에 오는 걸 그만두기 전까지, 질은 그녀가 단지 게임에 있어서만이 아니라, 전체 그룹에 있어서 얼마나 중요한 존재인지 깨닫지 못했다. 에이미는 단 한 명의 주요한 인물이었고, 그들이 구성하고 있는 태양계 속의 태양이었으며, 그들이 흩어지지 않도록 끌어당기는 자성이었다.

걔가 우리의 워델 브라운이야, 질은 생각했다.

워델 브라운은 오빠 톰의 고등학교 농구팀의 중심이었다. 정기적으로 팀원 전체가 올린 득점보다 더 많은 득점을 올리는 신장 2미터의 슈퍼스타였다. 그들이 함께 경기하는 모습을 바라보고 있으면 거의 웃음이 날 지경이었다. 평균 키에 완벽한 기량을 선보이는 네 명의 백인 선수가 완전히 다른 수준의 경기를 선보이는 우아한 흑인 거인을 바쁘게 따라다니는 모습은 재미있었다. 오빠가 고등학교 마지막 학년에 올라갔을 때, 워델은 파이어리츠팀을 주 토너먼트 결승전까지 이끌어 갔지만, 마지막 결승전 때는 발목 부상으로 벤치에 앉아 있어야 했다. 그가 빠지고 나자 팀의 전력은 형편없이 떨어져서 결국 망신스러운 점수 차로 패하고 말았다.

"워델은 우리를 한데 붙여 놓는 접착제야." 나중에 감독이 말했다. "그가 없으면, 우린 바퀴가 다 빠져 버려."

에이미 없이 '방 잡아라' 게임을 하는 동안, 질도 바로 그렇게 느끼고 있었다. 모두가 서툴렀다. 각자 따로 놀았고, 표류했다. 궤도에서 이

탈해 깊은 우주 공간을 흔들리며 홀로 떠다니는 작은 행성 같았다.

〰〰〰

에피타이저만 먹는 데도 하세월이 걸렸다. 아니, 그냥 그런 식으로 느껴졌는지도 모를 일이었다. 이제 노라는 레스토랑에서의 식사가 익숙지 않았다. 적어도 메이플턴에 있는 레스토랑에서는 그랬다. 모두가 그녀를 빤히 바라보거나 슬쩍슬쩍 훔쳐보거나 또는 메뉴판 너머로 흘끗 시선을 보내거나 그녀가 앉아 있는 방향으로 안됐다는 듯한 표정을 슬쩍 지어 보이지 않으려고 애는 쓰고 있었지만, 제대로 해내는 사람은 아무도 없었다.

물론 그 모든 것이 노라의 상상에 지나지 않을지도 몰랐다. 어쩌면 그녀는 자신이 모든 관심의 한가운데 있다고 생각하고 싶은지도 몰랐다. 그래야 자신이 너무 눈에 띄는 듯이 느끼는 기분에 변명의 여지라도 있지 않겠는가. 지금 노라는 자신이 학교 연극에서 주연을 맡아 무대 위에 올랐는데 대사를 제대로 외우지 않은 탓에 하얀 스포트라이트를 받고 그냥 멍하니 서 있기만 하는 나쁜 꿈속에 갇힌 듯한 기분이 들었다.

"어릴 때는 어떤 아이였어요?"

그가 물었다.

"잘 모르겠어요. 그냥 다른 사람과 같았겠죠, 뭐."

"다른 사람이라고 다 같지는 않아요."

"그렇지만 생각만큼 많이 다르지도 않죠."

"여성스러운 소녀였나요?" 그가 계속 질문을 했다. "분홍원피스 입고 다니는 그런 류의 아이였어요?"

그녀는 오른편 뒤쪽으로 약간 비스듬하게 놓인 테이블에서 유심히 바라보는 시선을 감지했다. 얼굴은 알아볼 것 같았지만, 이름은 떠오르지 않는 한 여성이 남편과 다른 부부 한 쌍과 함께 앉아 있었다. 노라가 잠시 리틀 스프라우트 아카데미에서 보조교사로 일했던 당시 여자의 딸 테일러가 그곳 학생이었다. 테일러는 간신히 알아들을 수 있는 가녀린 목소리로 자기 단짝 친구 닐과 자기가 했던 재미있는 일들에 관해 거의 강박적으로 이야기를 늘어놓곤 하던 아이였다. 노라는 늘 그 애가 무슨 말을 하는지 못 알아들어서 다시 말해달라고 부탁하곤 했었다. 닐이라는 친구가 이웃집 남자애가 아니라 보스턴 테리어종 강아지라는 사실을 노라가 깨닫기까지 거의 6개월의 시간이 걸렸다.

"가끔 원피스를 입기는 했어요. 그렇지만 작은 공주님이나 그런 류의 아이는 아니었어요."

"행복한 아이였어요?"

"그렇다고 할 수 있죠, 네 맞아요. 중학교 때 두 해 정도 불행한 시기가 있기는 했어요."

"왜요?"

"아시잖아요. 치아교정, 여드름, 그런 것들 때문에요."

"친구는 있었어요?"

"당연하죠. 아니, 내 말은, 내가 세상에서 가장 인기 있는 애였다는 의미는 아니지만, 어쨌든 친구는 있었어요."

"친구들 이름은 어떻게 돼요?"

맙소사, 노라는 생각했다. **이 사람 지금 초조하구나.** 케빈은 마치 자신이 지역 신문사 기자라도 된다는 듯이 자리에 앉자마자부터 계속 이런 식으로 질문을 해오고 있었다.

'노라와 함께 한 저녁 식사, 어느 가여운 여인에게 벌어진 가슴 아픈 사건.' 질문들은 자상하기 그지없었다. **오늘은 뭐했어요? 필드하키 경기 해본 적 있어요? 뼈 부러져 본 적 있어요?** 하지만 어쨌든 짜증 나는 질문임에는 틀림없었다. 그녀는 이런 질문이 단지 분위기를 자연스럽게 이끌어가려는 의도이며 그가 진심으로 묻고 싶은 질문을 대신하는 용도라는 것을 모르지 않았다. **그날 밤에는 어떤 일이 있었어요? 생계는 어떻게 이어가고 있어요? 당신 같은 일을 안 겪어봐서 모르는데, 어떻게 견디고 있어요?**

"너무 오래전 일이에요, 케빈."

"그리 오래전도 아니에요."

그녀는 웨이터가 그들 방향으로 다가오는 것을 보았다. 무성 영화 시대의 영화배우 얼굴을 떠올리게 하는 잘생긴 외모에 키가 작은 갈색 피부의 남성이 양손 바닥에 접시 하나씩을 올려놓은 채 걸어오고 있었다. 드디어, 라고 그녀는 생각했지만, 웨이터는 두 사람을 지나쳐서 다른 테이블로 향했다.

"정말 친구들 이름을 기억 못 해요?"

"이름 기억해요." 그녀의 목소리는 의도했던 것보다 훨씬 날카롭게 나왔다. "뇌 손상을 입은 건 아니거든요."

"미안해요. 난 그냥 대화를 이어가려 했을 뿐이에요."

"알아요." 노라는 그에게 발끈해버린 자신이 형편없는 사람처럼 느껴졌다. "당신은 잘못한 거 없어요."

그가 걱정스러운 표정으로 부엌 쪽을 돌아봤다.

"뭐가 이렇게 오래 걸리나 모르겠네요."

"바쁜 날이잖아요." 그녀가 말했다. "친구들 이름은 리즈, 리지, 알렉 사였어요."

~~~

질이 방문을 닫자마자 맥스는 마치 그녀가 오래 기다리는 것을 싫어하는 의사라도 된다는 듯이 옷을 벗기 시작했다. 그는 티셔츠 위에 울스웨터를 입고 있었지만, 뭐가 급한지 한 번에 두 개를 같이 벗어 던졌다. 정전기가 일어 그의 부스스한 머리카락이 타닥타닥 소리를 내며 후광처럼 위로 붕 떠올랐다. 그의 가슴은 닉의 가슴보다 좁고 부드러웠으며 근육도 없었다. 배는 팽팽하고 홀쭉했지만, 섹시한 속옷 모델의 배와 같은 식은 아니었다.

"오랜만이네."

그가 바지 단추를 끄르자 바지가 깡마른 허벅지로 흘러내려 발목에서 웅덩이를 만들었다.

"뭐 별로 오래되지도 않았어, 한 주 정도밖에 안됐을 걸."

"그보다는 오래됐다." 그가 바지 웅덩이에서 걸어 나와 바닥에 놓인 바지를 벽으로 걸어찼다. "12일이나 됐으니까."

"그렇지만 며칠이 되고 안 되고가 무슨 상관인데, 안 그래?"

"맞아." 그가 기복 없고 씁쓸한 목소리로 대꾸했다. "그게 무슨 소용이겠어."

맥스는 닉과 맺어질 가능성이 있을 때마다 끈질기게 물고 늘어지는 질의 열정에 감정이 상해서 아직도 뚱하게 화가 나 있었다. 하지만 그게 그들이 하는 게임의 특성이었다. 어쨌든 선택을 해야 했고, 선호하는 사람이 누구인지 표현해야 했기에 고통이 따를 수밖에 없었다. 이따금씩, 운이 좋으면, 그러니까 닉과 에이미가 짝이 되는 식으로 운이 좋으면, 누구라도 자신의 첫 번째 선택이 자신을 선택하는 행운을 얻을 수 있었다. 그러나 대부분은 엉망으로 짝이 지워졌다.

"어쨌든 지금 난 여기 있잖아."

질이 말했다.

"그래, 맞아." 그는 침대 가장자리에 걸터앉아 양말을 잡아당겨 벗어 놓은 옷더미 위로 던졌다. "넌 위로의 선물을 받은 거야."

질은 누가 보더라도 자타공인 1등 상인 닉을, 다른 날도 아닌 밸런타인데이에 자신이 얼마나 기꺼이 포기해버렸는지 맥스에게 상기시켜줌으로써 그의 말을 얼마든지 반박을 할 수 있다는 사실을 잘 알았다. 물론 모인 아이들 중에 밸런타인데이 같은 것에 신경 쓰는 사람은 하나도 없었지만, 그래도 달라지는 건 없었다. 하지만 질은 맥스에게 군이 그런 사실까지 상기시키는 친절은 베풀지 않기로 마음먹었다. 그 것이 공정하지 않다는 것을 알고 있기 때문이었다. 좀 더 이성적인 세상에서라면, 닉에 대한 실망감이 질로 하여금 맥스의 존재에 대해 좀 더 감사하는 마음을 갖도록 했을 테지만, 지금은 전혀 그런 식으로 상황이 전개되지 않았다. 이상하게도 둘의 대조되는 특성이 다 단점으로만 보였다. 섹시한 쪽은 친절하지 않았고, 친절한 쪽은 섹시하지 않다는 그런 단점 말이다.

"너 왜 그래?"

그가 물었다.

"아무것도 아니야, 왜?"

"그냥 거기 가만히 서 있기만 하잖아. 침대로 들어오지그래?"

"모르겠어." 질은 웃으려고 애를 썼지만, 웃을 수가 없었다. "오늘은 왠지 좀 쑥스럽네."

"쑥스러워?" 그는 웃지 않을 수가 없는 모양이었다. "쑥스럽기에는 너무 늦은 것 같은데."

질은 팔로 희미한 호를 그렸다. 그들이 하는 게임을, 방을, 그리고 그들의 삶까지도 그 몸짓으로 부둥켜안으려 애를 쓰며 팔을 움직였다.

"넌 이 게임 지겹지 않니?"

"가끔." 그가 말했다. "오늘은 아니고."

그녀는 움직이지 않았다. 잠시 후 그가 발목을 교차하고, 손가락은 머리 뒤로 깍지낀 채 침대에서 몸을 뻗었다. 전에 못 보던 팬티를 입고 있었다. 가두리 장식만 주황색인 갈색 팬티로 흔치 않게 세련돼 보였다.

"팬티 멋진데."

질이 말했다.

"엄마가 코스트코에서 사 왔어. 8개들이 한 팩. 다 다른 색깔 들어 있는 거."

"우리 엄마도 전에는 내 속옷을 사줬었어. 그런데 내가 언젠가 한 번 촌스럽다 그러니까 다시는 안 사오더라."

맥스는 몸을 굴려 침대 한쪽으로 가서 손으로 턱을 괴고는 사려 깊은 표정으로 질을 가만히 바라봤다. 이제 그는 정말로 속옷 모델처럼 보였다. 담배 파이프 청소도구처럼 보이는 털이 무성한 다리와 형편없는 근육질의 몸매가 속옷 모델로 제격이라고 여겨지는 그런 세상이 있다면 말이다.

"참 너한테 말해준다고 하고는 잊어먹었다." 그가 말했다. "나 얼마 전에 너의 엄마 봤어. 내가 기타 수업받고 나왔는데 집까지 따라오더라고. 다른 여자 한 명하고 함께."

"정말?" 질은 무심한 척하려 애를 썼다. 누군가 엄마에 대해 언급할 때마다 가슴이 어찌나 심하게 뛰는지 당황스러울 정도였다. "어때 보였어?"

"뭐라고 말할 수가 없어. 그냥 그걸 하고 있었거든. 너도 알잖아, 가까이 서서 널 빤히 바라보는 거."

"나 그거 정말 짜증 나."

"징그럽지." 그도 동의했다. "그렇지만 난 야비한 말 같은 거 안 했어. 그냥 집까지 따라오도록 내버려뒀어."

질은 그리움으로 거의 토할 것 같은 기분이었다. 그녀는 벌써 몇 달 동안이나 엄마의 그림자도 보지 못했다. 주변 사람들에게는 이미 엄마가 친숙한 존재가 돼버린 것이 분명해 보였음에도 자신은 메이플턴 거리에서 엄마와 우연히 마주친 적도 없었다. 다른 사람들은 늘 엄마의 모습을 보는 데 말이다.

"담배 피우고 있든?"

"응."

"엄마가 담배에 불붙이는 것도 봤어?"

"아마 그랬을 걸. 왜?"

"내가 크리스마스 선물로 라이터를 드렸거든. 그걸 사용하는지 궁금해서."

"잘 모르겠네." 그가 생각을 해보는지 얼굴이 경직됐다. "아냐, 기다려봐. 성냥을 사용하고 있었어."

"정말이야?"

"그래." 그의 목소리에서 의심의 기운이 완전히 걷혀나갔다. "지난주 금요일인가 그랬거든. 그날 날씨가 얼마나 추웠는지 너도 기억하지? 너희 엄마 손이 너무 떨려서 정말 힘들게 성냥을 긋더라고. 내가 해드리겠다고 했지만, 성냥을 건네주질 않더라고. 아마 세 번인가 네 번인가 그었을 거야."

재수 없어, 질은 생각했다. **그런 꼴을 당해도 싸지.**

"어서 들어와." 맥스가 침대 한쪽을 손으로 두드렸다. "긴장 풀어. 원치 않으면 옷 안 벗어도 돼."

질은 그의 제안을 고려해봤다. 원래 그녀는 맥스와 어둠 속에서 따뜻하게 한이불을 덮고 누워 머릿속에 떠오르는 것에 대해 대화 나누는 것을 좋아했다.

"네 몸에 손 안 댈게." 그가 약속했다. "자위도 안 할게."

"정말 고마워." 질이 말했다. "그렇지만 나 집에 가야 할 것 같아."

〰〰

마침내 음식이 도착하고 나서야 두 사람은 겨우 안도감을 느꼈다. 한편으로는 배가 고픈 탓도 있었지만, 주로는 한동안 대화를 멈춰도 된다는 일종의 변명거리를 주었기 때문이었다. 잠시 휴식을 취하고, 다시 가볍게 대화를 시작해도 되지 않겠는가. 케빈은 자신이 실수했다는 것을 알았다. 너무 많은 질문을 퍼부어 댐으로써 한담을 심문처럼 만들어버린 것이다.

인내심을 기르자고, 그는 속으로 생각했다. **즐거운 자리가 돼야 하는 거잖아.**

조용히 몇 술쯤 음식을 떠넣은 후에, 노라는 자신의 버섯 라비올리에서 시선을 들어 올렸다.

"맛있네요." 그녀가 말했다. "크림소스요."

"내 것도요." 그는 자신의 양고기가 얼마나 완벽하게 구워졌는지 노라가 자세히 볼 수 있도록 고기 한 점을 들어 올렸다. 가장자리는 갈색이고 한가운데는 아직 핏기가 남은 분홍색이었다. "입안에서 살살 녹아요."

그녀가 욕지기를 하듯이 살짝 미소 지었고, 그제야 뒤늦게 케빈은 그녀가 고기를 먹지 않는다는 사실을 기억해냈다. 그게 그녀를 역겹게 했을까? 그는 궁금했다. 포크로 찍어 올린 요리된 살점 한 조각을 감상하라고 요구한 것이? 그는 채식주의에 대해 어떻게 생각해야 할지 자신을 설득해야 한다는 사실을 잘 알고 있었다. 고기를 생각할 때 '부드럽고 즙이 많은' 대신에 '죽은 동물'이라는 단어를 떠올리게끔 스스로를 가르쳐야 했다. 그는 수도 없이 많은 경우에, 보통은 공장식 가축 농장과 도살장에 관한 기사를 읽고 난 후에 자신을 설득하곤 했다. 하지만 그런 양심의 가책은 메뉴판을 집어 들면 늘 오간데 없이 사라져버렸다.

"오늘은 어떻게 지냈어요?" 그녀가 물었다. "뭐 재미있는 일 없었어요?"

케빈은 잠시 망설였다. 내내 이 순간이 오리라 예상하고 있었다. 따라서 뭔가 별 특징 없고 무해한 얘기들을 하면서 안전하게 빠져나갈 계획도 다 세워놓은 참이었다. 예를 들어, **아니요, 별일 없었어요. 아침에 일하러 갔다가 시간 맞춰 퇴근했죠**, 같은. 진실은 나중을 위해, 노라에 관해 좀 더 알게 되고, 그들의 관계가 좀 더 단단해질 미래의 정해지지 않은 어떤 시간을 위해 남겨둘 생각이었다. 하지만 그 시간이라는 게 언제일까? 간단한 질문에, 특히 뭔가 무척이나 중요한 어떤 것에 관한 물어오는 질문에 정직한 대답을 할 수도 없으면서 어떻게 다른 사람에 관해 좀 더 알아갈 수 있다는 말이지?

"아들이 오후에 전화를 걸어왔어요." 그가 말했다. "여름부터 내내 소식을 못 듣고 있었거든요. 그래서 굉장히 걱정을 하고 있던 차였어요."

"우와." 그녀는 분위기가 어색하지 않을 정도로만 잠시 가만히 있다가 말했다. "잘 지낸대요?"

"그런 것 같아요." 케빈은 미소 짓고 싶었지만, 그 충동을 밀어내기 위해 최선을 다했다. "목소리는 괜찮더라고요."

"지금 어디래요?"

"그건 대답을 안 하더라고요. 휴대전화 지역 번호는 버몬트 지역이었는데, 아들 전화번호가 아니었어요. 어쨌든 애 목소리를 듣고 나니 어찌나 안심이 되던지……."

"정말 다행이에요."

그녀는 진심으로 기뻐하는 듯 보이려 애를 쓰느라 약간 뻣뻣하게 말했다.

"이런 얘기 해도 괜찮아요?" 그가 물었다. "만약 불편하면 다른 얘기 해도……."

"괜찮아요," 그녀가 안심시켰다. "나도 정말 기쁜걸요."

케빈은 자신의 행운에 너무 자만하지 않기로 했다.

"당신은 어땠어요? 오후에 뭐 즐거운 일 없었어요?"

"별로요." 그녀가 말했다. "눈썹 정리 받았어요."

"보기 좋은데요. 근사하고 깔끔해요."

"고마워요." 노라는 이마로 손을 가져가서 평소보다 훨씬 날카롭게 손질된 오른쪽 눈썹 위쪽을 손끝으로 슥 훑었다. "아들은 아직 그 종교집단에 속해 있어요? 신성한 웨인인가 하는 그거요?"

"그쪽 하고는 끝냈다고 해요." 케빈은 뭉툭한 유리잔 안에 놓인 두꺼운 양초를 내려다봤다. 흔들리는 불꽃이 녹아내린 촛농 웅덩이 위에 떠 있었다. 그는 뜨거운 촛농 속으로 손가락을 담가 그것이 제2의 피부처럼 굳어지도록 가만히 내버려 두고 싶은 충동을 느꼈다. "집으로 돌아와서 다시 학교에 다닐까 생각 중이라고 하더라고요."

"정말요?"

"그게 톰이 한 말이에요. 부디 진심이길 바라고 있어요."

노라가 나이프와 포크를 들어 올려 라비올리를 잘랐다. 커다란 베개 모양으로 생겨 가장자리에는 주름이 잡혀 있었다.

"사이는 가까웠어요?" 그녀가 여전히 고개를 숙인 채 반으로 자른 라비올리를 다시 4분의 1조각으로 자르면서 물었다. "아들과 아버지 사이 말에이요."

"그랬던 것 같아요." 케빈은 자신의 목소리가 떨려 나오는 것에 흠칫 놀랐다. "내게는 꼬마 왕자님이었으니까요. 늘 녀석을 자랑스러워 했었죠."

노라가 묘한 표정을 지은 채 고개를 들었다. 케빈은 자신의 입술이 당겨지고 안구에 압력이 차오르는 것을 느꼈다.

"미안해요." 그가 갑자기 흐느낌이 터져 나오는 것을 막기 위해 손으로 입을 막으며 말했다. "잠깐만 실례할게요."

〰〰〰

기온은 영하 10도쯤 될 것 같았다. 하지만 밤공기는 깨끗하고 상쾌했다. 질은 보도에 서서 드미트리의 집 쪽을 오랫동안 바라봤다. 지난 6개월 동안 집을 떠나 있을 때면 거의 내집처럼 드나들던 곳이었다. 콘크리트 현관과 현관문 왼쪽에 전망창이 나 있는 교외에서 흔히 볼 수 있는 초라하기 이를 데 없고 상자처럼 작은 집이었다. 낮에 보면 집의 외관은 때가 잔뜩 낀 베이지 색조였지만, 지금은 완전히 색을 알아볼 수가 없었다. 단지 어두운 외양만 알아볼 수 있었고, 그 뒤에는 더 어두운 배경이 서 있었다. 이상하게 우울한 기분이 들었다. 예전에 다녔던 발레 학교나 그린웨이 공원의 축구장을 지나칠 때 주로 드는 그런 기분이었다. 마치 세상이란 곳이 웃자라 버린 그녀가 더는 발을 들여 놓을 수 없는 장소들의 집합체이자 추억의 박물관이라도 되는 양 느껴졌다.

그동안 재미있었어, 질은 생각했다. 하지만 지난 6개월의 시간은 자신이 그런 삶을 받아들일 수 있을지 확인해보기 위한 하나의 실험에 지나지 않았다. 그러고 나서 질은 돌아서서 집으로 걸어가기 시작했다. 거리는 조용했고, 공기는 너무도 엷어서 발자국 소리가 마치 포장도로 위를 두드리는 드럼 소리처럼 온 동네 사람을 다 깨울 듯이 시끄럽게 울려댔다.

그리 늦은 시간은 아니었지만, 메이플턴은 유령의 마을이었다. 지나는 사람은 고사하고 돌아다니는 개 한 마리 보이지 않았다. 질은 바짝 경계태세를 갖추고, 목적지를 향해 곧장 나아가는 사람처럼 보여야 한다는 사실을 스스로에게 상기시키며 윈저 로드로 꺾어져 들어갔다. 2년 전에 질은 호신술 수업을 들은 적이 있었다. 그때 강사는 먹잇감처럼 보이지 않는 것이 첫 번째 규칙이라고 말했다. **고개를 바짝 들고 눈을 크게 뜨고 걸어. 어디로 가고 있는지 모를 때도, 네가 어디로 향하고 있는지 아주 잘 안다는 듯이 보여야 하는 거야.**

노스 거리 모퉁이에서, 질는 자신에게 어떤 선택사항이 있는지 곰곰이 생각하며 잠시 멈춰 서 있었다. 이제 로벨 테라스까지는 걸어서 15분 거리였지만, 철길을 가로질러 가면 시간은 반으로 줄어들 터였다. 에이미가 함께 있었다면 주저하고 자시고 할 일도 아니었다. 그들은 늘 지름길로만 다녔다. 그러나 질은 혼자서는 한 번도 그래본 적이 없었다. 철길을 가로질러 가면 인적없는 적막한 길을 한참 걸어가야 했다. 중간에 자동차 수리점과 공공사업국도 지나쳐야 했고, 신-젠 시스템이나 스탠더드 니플 웍스(Standard Nipple Works: 표준 젖꼭지 공장) 같은 이상한 이름의 공장들도 지나쳐 가야 한다. 그런 다음에는 스쿨 버스 주차장 뒤쪽에 있는 철망 울타리에 난 구멍을 빠져 나가야 했다. 일단 철길을 가로지른 후, 월그린 뒤쪽을 빙 돌아가면, 가로등과 거리 가 밀집해 있는 훨씬 쾌적한 주택가에 도착하게 된다.

질은 차량이 다가오는 소리를 듣지 못했다. 그저 뒤에서 쉬익 소리가 들리더니 갑자기 눈앞에 차 한 대가 나타났다. 조수석의 창문이 내려 가는 동안 질은 참았던 숨을 내쉬며 어색한 가라데 자세를 잡았다.

"우와." 눈에 익은 금발의 자메이카 머리를 한 행복한 얼굴 하나가 그녀를 바라보고 있었다. "너 괜찮아?"

"그럼." 질은 손을 내리는 동안 화가 난 척을 하려 애를 썼다. "너희 들이 갑자기 놀래키기 전까지는 당연히 괜찮았지."

"그건 미안해." 피어싱을 하지 않은 쌍둥이 스코트 프로스트가 조 수석에 앉아 있었다. "너 가라데 할 줄 알아?"

"그럼, 성룡이 우리 삼촌인데."

그가 괜찮은 농담이라는 듯이 빙그레 미소를 지어 보였다.

"성룡, 멋지지."

"에이미는 어딨어?" 운전석에서 애덤 프로스트가 소리 질렀다. "요즘 잘 안 보이더라."

"일해," 질이 설명했다. "애플비에 일자리를 구했어."

스코트가 퉁퉁 부어 감정이 가득 담긴 듯한 눈을 가늘게 뜨고 질을 바라보며 물었다.

"태워다줄까?"

"괜찮아. 나 바로 저 철길 너머에 살아."

"정말 안 데려다줘도 돼? 지금 빌어먹게 춥잖아."

질은 괜찮다고 어깨를 으쓱했다.

"지금은 좀 걷고 싶어."

"저기." 애덤이 몸을 기울여 얼굴을 내밀었다. "에이미 만나면, 내가 인사하더라고 전해 줘."

"우리 가끔 파티라도 하자." 스코트가 제안했다. "우리 넷이."

"그래, 그러지 뭐."

질이 대답하자, 프리우스가 도착했을 때와 마찬가지로 조용히 출발했다.

~~~

남자 화장실에서, 케빈은 찬물을 끼얹어 얼굴을 식히고 페이퍼타월로 문질러 닦았다. 노라 앞에서 그런 식으로 무너져 버리다니, 그는 자신이 멍청하게 느껴졌다. 그녀에게 지금 이 상황이 얼마나 불편하게 느껴질지 케빈은 충분히 짐작할 수 있었다. 노라는 마치 성인 남자가 우는 모습은 처음 보는 것처럼, 그리고 그런 일이 가능하기는 한지조차도 전혀 몰랐던 사람처럼 완전히 얼어붙어 버렸다.

물론 케빈 자신도 스스로의 모습에 놀라고 말았다. 노라가 그의 말에 어떤 반응을 보일지에 관해서만 너무 걱정을 하고 있던 터라, 자기 자신에 관해서는 전혀 생각조차 못 하고 있었기 때문이었다. 하지만 그의 안에서 확실히 무슨 일인가 일어났다. 심지어 그 자리에 있다는 사실도 까맣게 잊어버리고 있던, 너무도 오랫동안 팽팽하게 감겨 있던 가슴 속의 고무줄이 끊어져 버린 것이다. 그 계기는 바로 '꼬마 왕자님'이라는 말이었다. 그는 자신의 어깨 위에 올라가 있던 그 가벼운 몸무게의 갑작스러운 추억에 압도당했다. 어린 톰은 왕좌에 앉은 왕처럼 어깨 위에 당당히 앉아 세상을 내려다보고 있었다. 아빠의 머리 위에 얹혀 있던 아이의 가녀린 한 손과 걸어가는 아빠의 가슴을 부드럽게 두드리던 찍찍이로 단단히 붙여 신은 작은 운동화가 떠올랐다.

무슨 일이 일어났든 간에, 그는 자신의 소식을 노라와 함께 나눌 수 있어 좋았고, 그녀의 감정을 상하지 않게 하기 위해 진실을 감추려던 유혹을 떨쳐 낼 수 있었음이 기뻤다. 무엇 때문에 감추려 들었을까? 둘이 계속 서로의 시야에서 몸을 숨긴 채, 불편한 침묵 속에 식사를 하며 왜 우리는 서로에게 할 말이 없을까 계속 궁금해하기 위해서? 진실을 털어놓기는 힘들었지만, 그것이 하나의 돌파구가 되어준 느낌이었다. 어딘가 훨씬 가치 있는 곳으로 출발하기 위해 반드시 필요한 첫걸음처럼.

당신은 어떨지 잘 모르겠는데, 그는 자리로 돌아가면 이렇게 말하리라 생각했다. **난 근사한 식사만 하면 눈물이 나더라고요.**

그렇게 하는 게 옳은 방법 같았다. 사과가 아니라, 농담을 하는 것이 분위기를 매끄럽게 이끌어 갈 듯했다. 그는 페이퍼타월을 구겨서 휴지통에 던져 넣고는 밖으로 나가기 전에 거울에 비친 자신의 모습을 다시 한 번 확인했다.

식당 안으로 걸어 들어가 그들의 테이블이 비어 있는 것을 목격한 순간 케빈의 가슴에 작은 불안의 씨앗이 움트기 시작했다. 그는 걱정할 필요 없다고 자신을 위로했다. 그가 화장실에 간 틈을 타서 그녀도 화장실에 간 것이 분명했다. 그는 노라의 접시 옆에 마구 구겨진 채 놓인 냅킨을 바라보지 않으려 애를 쓰면서 자신의 잔에 와인을 좀 더 따르고, 로스트 비트 샐러드를 포크로 찍어 한입 가득 머금었다.

몇 분 정도 시간이 흘렀다. 케빈은 노라가 괜찮은지 여자 화장실 문을 두드려 보고 안쪽으로 고개라도 들이밀어 봐야 하는 게 아닐까라는 생각이 들었다. 하지만 그가 생각을 행동에 옮기기 바로 직전 아까의 잘생긴 웨이터가 그들의 테이블 옆으로 다가와 섰다. 그리고는 슬픔과 동정 어린 위로가 반반씩 섞인 듯한 표정을 지으며 케빈을 바라봤다. 그의 목소리에는 스페인 억양이 살짝 묻어났다.

"여성분의 접시를 치워드릴까요, 손님? 아니면 그냥 계산서만 가져다드릴까요?"

케빈은 그의 말에 반박하고 싶었다. 여자분은 곧 돌아올 거라고. 하지만 그래 봐야 소용없다는 사실을 이미 깨닫고 있었다.

"여자분이……?"

"저더러 대신 사과의 말씀을 전해달라고 하셨습니다."

"그렇지만 내가 모셔다드려야 하는데." 케빈이 말했다. "그분은 차가 없어요."

웨이터는 시선을 낮추고 케빈의 접시 위에 남은 음식 쪽으로 고갯짓을 했다.

"남은 음식 포장해 드릴까요?"

～～～

질은 박살 난 차량 유리나 움푹 들어간 문짝, 덜렁거리는 흙받이, 찌그러진 차체 앞부분 등을 고치는 일명 자동차 병원 주니어스 오토 바디 앞을 바쁜 걸음으로 지나쳐 가는 동안, 턱을 높이 들고 어깨는 뒤로 당당하게 젖힌 채 길을 따라 걸어가다가 교차로를 건너갔다. 어떤 차량은 심하게 사고를 당했는지 에어백이 핸들 바깥으로 부풀어 늘어져 있었는데, 그런 경우에는 에어백에 피가 묻어 있는 경우도 많았다. 경험상 질은 사고 차량을 너무 빤히 바라보지 말아야 하고, 그 안에 타고 있었을 사람에 대해서도 너무 많이 생각지 말아야 한다는 사실을 알았다.

질은 집까지 태워준다던 쌍둥이의 제안을 거절한 자신이 머저리처럼 느껴졌다. 그렇게 한 건 그저 자존심에 상처를 입었기 때문이었다. 일부러 의도한 건 아니었다 하더라도 그런 식으로 소리도 없이 갑자기 뒤에 나타나 사람을 놀래키다니. 하지만 그 밖에도 조신한 숙녀라면 누구라도 느꼈을 경계심이 작동한 탓도 있었다. 머릿속에서 들리는 그 작은 목소리가 낯선 사람들의 차에는 절대 올라타면 안된다고 말하고 있었기 때문이다. 하지만 지금 벌어진 상황을 보면 질의 선택은 오히려 자멸적인 해결책이 되고 말았다. 선택한 대안이 그녀가 피하려고 애썼던 위험보다 훨씬 위험에 보이는 탓이었다.

게다가 쌍둥이는 완전히 낯선 사람도 아니었고, 질은 그 애들을 두려워하지도 않았다. 학교를 빼먹고 그들의 집에 가서 놀고 왔던 날, 에이미는 그 애들이 완전히 신사라고 말하기까지 했다. 그들이 원했던 건 그저 대마초나 피우고 탁구나, 그것도 몇 시간 동안 내내 탁구나 치는 것이었다. 그래서인지 그 애들은 확실히 탁구 도사였다. 심지어 대마초에 절어 있는 순간에도 실력이 줄지 않았다고 했다. 에이미의 주장에 따르면, 만약 대마초 상습복용자 올림픽 같은 게 열린다면, 프로스트 쌍둥이가 테니스계의 비너스와 세레나 자매처럼 탁구경기를 지배해 금메달과 은메달을 싹쓸이할 게 분명했다.

그날의 대화 도중에, 에이미는 스코트 프로스트가 질에게 반한 것 같다는 의심을 보였지만, 당시 질은 그 가능성을 심각하게 받아들이려 하지 않았다. 대체 스코트가 어떻게 질에게 반하겠는가? 그는 질을 잘 알지도 못했고, 또 질은 남자들이 첫눈에 반할만한 그런 부류의 여자애도 아니었다.

모든 일에는 다 처음이라는 게 있는 거야, 에이미가 말했다.

아예 일어나지 않는 일도 있어, 질이 대꾸했다.

그러나 막상 스코트가 자신을 바라보던 눈길이나, 자신이 걷고 싶다고 말했을 때 그의 눈에 서리던 실망의 빛을 떠올려보니 갑자기 질은 혹시나 하는 생각이 들었다. 게다가 그녀가 성룡에 관해 한심한 농담을 했을 때도 재미있다는 듯이 씩 웃어주지 않았던가. 그건 그가 상당히 취해 있거나, 그녀에게 상당히 호의적이거나, 아니면 둘 다라는 의미였다.

우리 가끔 파티라도 하자, 스코트가 제안했었다. **우리 넷이.**

그래, 까짓거 하면 되지 뭐, 질은 생각했다.

스텔라 수송 차고지에 들어섰을 때, 질은 다가오는 기차의 기적 소리를 들었다. 차고지에는 시내에 있는 모든 사람을 태우고도 남을 만큼 엄청나게 많은 노란 버스가 주차돼 있었다. 밤에 보니 버스는 똑같이 멍청한 얼굴을 하고 전방을 향해 열 지어 늘어서 있는, 다른 세상에 속한 거대한 짐승들처럼 비현실적으로 보였다. 질은 버스들 사이의 어두운 통로 쪽으로 걱정스러운 듯 시선을 좌우로 쏘아 보내며 서둘러 그곳을 지나쳐 걸어갔다.

기적 소리가 다시 한 번 울렸고, 뒤이어 따르릉거리는 경고음과 함께 동쪽 방향에서 출퇴근용 2층 열차가 불투명한 강철과 반짝이는 유리로 만들어 놓은 방음벽을 스쳐 지나는 동안 갑작스럽게 공기가 훅하고 휘몰아쳤다. 몇 초 정도 귀가 먹먹해졌고, 세상에 아무것도 남지 않은 듯한 순간이 지나고 나자 어느덧 기차는 사라져 버렸고, 그 흔적을 따라 지축이 흔들렸다.

계속 발길을 재촉하면서 질은 마지막 버스의 범퍼를 빙 돌아가서 원

쪽으로 꺾어졌다. 얼마나 걸어갔을까, 질은 갑자기 자신이 턱수염을 덥수룩하게 기른 남자와 거의 겹치다시피 서 있다는 사실을 알아차렸다. 왼편에는 버스가 가로막혀 있었고, 오른편에는 철망 울타리가 서 있어서 그 안에 완전히 갇힌 꼴이었다. 질은 비명을 지르기 위해 입을 벌렸지만, 그때는 이미 그럴 필요가 없다는 사실을 깨달은 후였다.

"놀랬잖아요." 질이 말했다

턱수염을 기른 남자가 그녀를 빤히 바라봤다. 가만 보니 그는 파수꾼이었다. 흰색 실험실 가운에 도장공 바지를 입은 키가 작고 몸집이 다부진 남자였는데, 응급 상황을 겪고 있는 듯 보였다.

"괜찮으세요?" 질이 물었다.

남자는 아무런 대꾸도 없었다. 허벅지에 양손을 짚은 채로 허리를 구부리고 물 밖으로 나온 물고기처럼 숨을 헐떡이면서 입을 벌릴 때마다 이상한 소리를 내고 있었다.

"911에 전화해드려요?"

파수꾼은 고개를 지으며 상체를 일으켜 세웠다. 그리고 바지 주머니로 손을 집어넣더니 흡입기를 꺼내 입으로 가져가서는 버튼을 누른 채 힘껏 숨을 들이마셨다. 몇 초 정도 후에 그가 숨을 내쉬고는 다시 그 동작을 반복했다.

약이 금방 효과를 나타냈다. 흡입기를 다시 주머니에 집어넣었을 때는 이미 그의 호흡이 정상으로 돌아와 있었다. 여전히 약간은 숨을 헐떡였지만, 더는 무시무시한 식식거림은 들리지 않았다. 그가 바지에 묻은 흙먼지를 털고는 앞으로 한 발자국 발을 내디뎠다. 질은 그가 지나갈 수 있도록 길을 비켜주기 위해 울타리에 몸을 바짝 붙여 공간을 만들었다.

"안녕히 가세요."

질은 그의 등 뒤에 대고 인사를 했다. 그냥 친절하게 굴고 싶었다. 세상에는 그렇지 않은 사람이 너무 많지 않은가.

~~~~~

케빈은 완전히 경악한 채로 레스토랑을 나섰다. 남은 음식을 포장한 가방이 흔들리며 가볍게 다리에 부딪혀왔다. 그는 그것을 가져가고 싶지 않았지만, 웨이터는 거의 먹지도 않은 음식을 그냥 버리는 것은 옳지 않다고 말하며 가져가라고 계속 권했다.

노라의 집은 레스토랑에서 1.5킬로미터 이상 떨어져 있었기에, 아직 집에 도착했을 리가 없었다. 그러니 맘만 먹으면, 얼마든지 따라잡을 수도 있었다. 워싱턴 대로를 따라가며 홀로 걸어가는 보행자를 눈여겨 보기만 하면 될 터였다. 힘든 순간은 그 이후, 노라 옆에 차를 세우고 조수석 창문을 내린 순간부터 일 것이다.

타요, 그는 이렇게 말해야 하리라. **집까지 태워다 줄게요. 그게 내가 해줄 수 있는 최소한의 도리예요.**

하지만 왜 그녀가 그렇게까지 대접을 받아야 하는 거지? 노라는 한마디 설명도 없이 자기 의지로 떠난 사람이다. 그녀가 이 추위에 집까지 걸어가길 원했다면, 그건 그녀가 누릴 특권이다. 그리고 만약 그녀가 나중에라도 그에게 전화를 걸어 사과하길 원한다면, 그것도 역시도 그녀가 결정할 일이었다.

하지만 그녀가 전화를 걸어오지 않는다면? 그가 몇 시간이고 전화를 기다리고 앉아 있어도 끝내 전화벨이 울리지 않는다면? 어느 정도 시간이 지나면 그가 먼저 기가 팍 죽어서 그녀에게 전화를 걸게 되지는 않을까? 아니면 심지어 차를 운전해 그녀의 집까지 찾아가서 문을 열어줄 때까지 초인종을 누르며 서 있지는 않을까? 그것도 새벽 2시에? 아니면 새벽 4시에? 동틀 녘에? 그가 확실히 아는 한 가지는 노라와 대화를 나누고 대체 무슨 일이 일어났던 것인지 대략의 설명이라도 듣기 전까지 자신은 잠도 한숨 잘 수 없으리라는 것이었다. 따라서 가장 영리한 방법은 지금 당장 그녀를 따라가서 담판을 짓는 것일지도 몰랐다. 그래야 밤새도록 잠 한숨 못 자고 궁금해하며 뜬눈으로 밤을 새우지 않을 터였다.

그는 이런 진퇴양난이나 다름없는 상황에 너무 몰두해 있던 탓에 두 명의 파수꾼이 그의 차 옆에 서 있다는 사실도 눈치채지 못했으며, 자동키를 이용해 차 문을 열 때까지도 그들이 누구인지조차 알아차리지 못했다.

"이런," 그는 노라가 그 자리에 없다는 사실에 순간적으로 안도감이 들었다. 새로운 여자친구와 별거 중인 아내가 마주치는 껄끄러운 상황을 헤쳐나가지 않아도 되기 때문이었다. "두 사람 괜찮은 거야?"

그들은 대답하지 않았지만, 굳이 그럴 필요도 없었다. 이런 추위에 밖에 나와 서 있으면 괜찮을 리가 없지 않은가. 로리의 파트너는 저체온증이라도 걸린 사람 같았다. 양팔로 자신의 몸을 껴안은 채 계속 좌우로 몸을 흔들댔다. 입꼬리 한쪽에는 담배가 풀로 붙여 놓기라도 한 듯이 끼워져 있었다. 하지만 로리는 그를 부드러우면서도 확신에 찬 표정으로 바라봤다. 장례식장을 찾아간 사람이 자신도 가족을 잃은 고통을 잘 이해하고 있다는 사실을 상주에게 알려주고 싶을 때 짓는 표정과도 비슷했다.

"무슨 일이야?" 그가 물었다.

로리의 손에는 마닐라 봉투 하나가 들려 있었다. 그녀가 그것을 들어 올리더니 마치 케빈이 반드시 확인해야만 할 중요한 무언가가 들어 있기라도 하다는 듯이 그의 가슴 앞으로 내밀었다.

"이게 뭐야?"

로리의 표정은 **당신도 알고 있잖아**, 라고 말하는 듯했다.

"아, 젠장." 그가 중얼거렸다. "지금 장난해?"

그래도 로리의 표정은 변하지 않았다. 그가 봉투를 받을 때까지 계속 팔을 뻗고 있었다.

"미안해." 그녀가 침묵의 맹세를 깨트리고 말했다. 케빈의 귀에는 아내의 목소리가 너무도 충격적으로 들렸고, 낯설면서도 동시에 친숙하게 들렸다. 꿈속에서 만난 죽은 사람의 목소리 같았다. "나도 이것 말고 다른 방법이 있었으면 좋겠어."

～～～

질은 철망 울타리에 난 구멍을 통해 가까스로 몸을 빼낸 후, 자갈 제방을 터벅터벅 걸어 올라가서는 다가오는 기차가 없는지 확인하기 위해 제방 꼭대기에서 잠시 숨을 골랐다. 넓고 확 트인 공간에 혼자 서 있는 것도 무척이나 신나는 경험이었다. 세상이 전부 내 것인 듯한 기분이 들었다. 철길은 양쪽으로 마치 강물처럼 멀리까지 흘러갔고, 4분의 3쯤 차오른 달빛을 받아 빛나는 두 가닥의 평행한 철로는 어둠 속으로 점차 흐려지고 있었다. 질은 줄타기 곡예사처럼 균형을 잡고 섰다.

발뒤꿈치를 들고 양팔을 활짝 펼친 채 아까 마주쳤던 파수꾼이 엄마였다면 어떤 상황이 벌어졌을지 상상해보려 애를 썼다. 함박웃음을 지은 채 서로를 꼭 껴안아주며 전혀 예상치도 못했던 장소에서 둘만 마주치게 된 상황을 기뻐했을까? 아니면 엄마는 이런 곳에서 질을 발견했다는 사실에 화를 내고, 그녀의 숨결에서 느껴지는 술기운과 통탄할만한 판단력 결여에 실망감을 드러냈을까?

칫, 그게 누구 잘못인데? 질은 폴짝 뛰어 철로를 건너며 생각했다. **아무도 나 같은 건 신경도 안 쓰잖아.**

질은 월그린 뒤편으로 이어지는 측면도로를 향해 제방 경사면을 따라 아래로 내려갔다. 미끄러지는 자갈과 함께 운동화가 계속 밀려 내려갔다. 그러다가 그녀는 갑자기 멈춰 섰다.

목구멍에서 소리가 올라오다가 갇혀버렸다.

질은 파수꾼들이 늘 쌍으로 돌아다닌다는 사실을 알고 있었다. 하지만 좀 전에 턱수염을 기른 남자를 만났을 때는 마주친 시간도 몹시 짧았고 상황도 어색했기에, 왜 그가 파트너 없이 혼자 돌아다니는지 궁금해할 겨를조차 없었다.

그런데 이제는 알 것 같았다.

그녀는 하얀 옷을 입은 형체가 바닥에 누워 있는 곳까지 천천히 주저하며 몇 걸음 앞으로 나아갔다. 그는 '가루치 브로스'라는 글자가 적힌 대형 쓰레기 수거함 근처에 누워 있었다. 얼굴은 바닥을 향해 있었고, 양팔은 지구를 껴안기라도 하려는 듯이 활짝 벌린 채였다. 그의 머리 옆에는 질이 물웅덩이라고 간절히 믿고 싶은, 반짝이는 액체를 담은 작은 웅덩이가 하나 생겨나 있었다.

Part Five

5부
기적의 아이

목전의 순간

모닝커피 한 잔을 들고 뒤 베란다에 나가 앉아 있기에는 날씨가 너무 추웠지만, 케빈은 도저히 나가지 않고는 배길 수가 없었다. 겨우내 집 안에만 틀어박혀 있던 탓에, 그는 스웨터에 외투에 울모자까지 쓰고 나가야 하는 한이 있더라도 세상이 허락하는 모든 햇살과 신선한 공기를 가능한 한 충분히 만끽하고 싶었다.

지난 몇 주간 봄이 빠르게 찾아왔다. 바람꽃과 히야신스에 이어 갑작스럽게 소생한 나뭇가지에서 반짝이는 노란 새싹이 터져 나왔고, 곧이어 새의 노랫소리가 폭발하듯이 소란스럽게 울려오기 시작했다. 그러고 나서 층층나무의 꽃이 만개했고 매번 고개를 돌릴 때마다 새로운 초록이 곳곳에 번져 있었다. 겨울은 역사적일 만큼 매섭지는 않았지만, 거의 영원처럼 느껴질 만큼 길고 완고했다.

3월은 특히나 황량했다. 춥고 축축한 날씨를 잿빛 하늘이 내리눌렀으며, 우울한 날씨는 밸런타인데이에 두 번째 파수꾼이 살해당한 이래로 메이플턴 전체가 압도당해 온 불길한 분위기를 더 강화하는 것만 같았다. 사람들은 연쇄살인마가 등장했다고 스스로를 납득시켰지만, 그 주장을 반박할만한 어떤 증거도 찾을 수 없었다. 남겨진 죄인들에게 원한을 품은 채로 한 번에 한 명씩 그곳에 속한 사람들을 죽임으로써 그 조직 자체를 제거해 버리려는 계획을 세운 외로운 정신이상자가 나타난 것이라고 너도나도 확신했다.

케빈에게 이러한 상황은 유권자에 의해 선출된 공무원의 자격만으로도 충분히 다루기 벅차고 힘들었다. 하지만 그는 딸의 정신적인 안위와 곧 전부인이 될 아내의 물리적인 안위를 걱정해야 하는 아버지이자 남편이기도 했다. 그는 아직 로리가 건네주고 간 이혼서류에 서명을 하지 않았지만, 그것은 딱히 그들의 결혼을 구원해보고자 하는 생각이 있어서는 아니었다. 단지 아직도 시체를 발견한 충격에서 헤어나지 못한 질에게 더 나쁜 소식을 떠안겨 주고 싶지 않은 마음에서, 그러니까 전적으로 질을 위해 시기를 미루고 있을 뿐이었다.

질에게는 끔찍한 경험이 분명했지만, 케빈은 아이가 그 끔찍한 상황에서 대처해나간 방식이 무척이나 자랑스러웠다. 질은 휴대전화로 911에 전화를 걸고는 경찰이 올 때까지 어둠 속에서, 그리고 시체 곁에서 기다리고 있었다. 그때 이래로, 질은 수사를 돕기 위해 할 수 있는 모든 일을 했다. 형사들과 인터뷰도 여러 번 했고, 스텔라 운송 주차장에서 마주쳤던 턱수염을 기른 파수꾼의 몽타주를 그리는 화가를 돕기도 했다. 심지어 징코 거리에 있는 남겨진 죄인들의 공동숙소를 직접 찾아가기까지 했다. 그곳에서 질은 추정상 단지 내 숙소에 거주하는 30대 이상의 남성이 모두 포함돼 있는 라인업 속에 그날 봤던 남자가 속해 있는지 살펴봤다.

라인업은 실패로 돌아갔다. 그러나 몽타주는 결실을 보았다. 턱수염을 기른 남자는 기포드 타운쉽 출신으로 마흔여섯 살의 전직 플로리스트인 거스 젠킨스로 확인되었다. 그는 파커 로드에 있는 남겨진 죄인들의 '전초기지'에 살고 있었는데, 케빈은 그곳이 최근 로리가 옮겨간 공동거주지라는 사실을 알게 됐을 때 놀라서 어쩔 줄을 몰랐다. 희생자인 줄리언 애덤스도 같은 집에 살고 있었고, 살해당한 날 밤에 거스 젠킨스와 함께 있는 모습이 목격되었다.

몇 차례 그 사실을 부인하던 남겨진 죄인들의 지도부도 결국에는 거스가 메이플턴 지부 소속이었다는 사실을 인정했다. 하지만 지금은 그의 행방에 대해 아는 바가 없다고 주장했다. 심문을 담당했던 수사관들은 당연히 그들의 주장을 믿지 않았다. 그동안 경찰은 거스 젠킨스를 잠재적인 용의자가 아닌 목격자 신분으로 찾고 있다는 사실을 명확히 해왔었기에, 남겨진 죄인들의 의사방해 행위에 상당히 분노했다. 심지어 몇몇 수사관은 남겨진 죄인들이 그 살인자가 붙잡히지 않기를 바라는 것은 아닐지 대놓고 의심을 하기 시작했다. 회원들을 순교자로 만드는 살인광이 자신들 편에 있다는 사실에 은밀히 쾌재를 부르고 있을지도 모른다는 주장이었다.

사건에 도움이 될만한 돌파구 하나 없이 두 달이라는 기간이 흘러갔지만, 세 번째 살인 역시 일어나지 않았다. 이제 사람들은 그 이야기에 차츰 흥미를 잃어갔고, 어쩌면 자신들이 너무 과민하게 반응했을지도 모른다는 생각을 하기에 이르렀다. 날씨의 변화와 함께 케빈은 마을의 분위기도 변해가고 있음을 감지했다. 마을 전체가 갑자기 죽은 파수꾼이나 연쇄살인마에 관해 더는 집착하지 않고 마음을 비우기로 결심한 듯했다.

그는 이런 과정을 전에도 목격한 적이 있었다. 세상에서 무슨 일이 일어나든 상관없었다. 대학살을 동반한 전쟁, 자연재해, 말로 형언할 수 없는 극악무도한 범죄, 대량 실종, 그 무엇이 일어나든 간에 결국 사람들은 그 일에 관해 계속 생각하는 것을 지겨워하게 된다. 시간은 흘러가고, 계절은 변하고, 사람들은 각자의 삶 속으로 돌아가고, 태양 쪽으로 얼굴을 돌리기 마련이었다. 케빈은 모든 걸 감안해볼 때, 어쩌면 그게 다행일지도 모르겠다고 생각했다.

"여기 계셨네요."

에이미가 부엌에서 뒤 베란다로 연결돼 있는 미닫이문을 열고 나오더니 팔꿈치로 문을 밀어 닫았다. 한 손에는 머그잔이, 다른 손에는 커피를 내리는 항아리가 들려 있었다.

"커피 더 드려요?"

"내 마음을 읽었구나."

에이미가 커피를 따라주고는, 딱딱한 금속 의자를 끌어당기더니 의자에 엉덩이를 붙이는 동안 과장된 몸짓으로 몸을 부르르 떨었다. 그녀는 질에게서 빌려 입은 나이트가운 위에 칼하트 재킷을 걸쳐 입고 있었지만, 발은 거친 마룻바닥 위를 맨발로 딛고 있었다.

"9시 15분이에요." 에이미가 하품을 하며 말했다. "일 나가셔야 하는 거 아니에요?"

"곧 갈 거야." 케빈이 말했다. "서두를 거 뭐 있나."

에이미는 그가 9시 이후에 집에 머물러 있던 적이 지금껏 **단 한 번도** 없었다는 사실을 일깨우거나, 또는 그녀를 위해 그가 출발을 미루고 있을지도 모른다는 사실을 암시해서 괜히 귀찮게 하지 않으려는 듯이 살짝 고개를 끄덕였다. 사실 케빈은 갈수록 에이미와의 아침 대화를 즐기고 있었으며, 또 그녀가 자고 있는 동안에는 집을 떠나려 하지 않았다. 하지만 굳이 소리 내서 그 사실을 말할 필요는 없었다. 두 사람 다 분위기를 통해 명확히 감지하고 있는 까닭이었다.

"어젯밤에는 몇 시에 들어왔어?"

"늦었어요." 에이미가 대답했다. "다들 바에 갔었거든요."

"데렉도?"

그녀는 죄지은 듯한 표정을 지어 보였다. 데렉과의 관계는 전혀 심각한 것이 아니라고, 거의 나쁜 습관에 불과하며, 시간이 지나면 저절로 해결될 관계라고 설명을 했음에도, 케빈은 그녀가 유부남 상사와 은밀한 관계를 이어나가고 있다는 사실을 인정하려 하지 않았다.

"그가 집까지 태워다 줬어?"

"방향이 같아요."

케빈은 평소 하던 잔소리를 속으로 삼켰다. 자신은 에이미의 아버지가 아니었다. 그녀도 다른 사람들과 마찬가지로 실수할 권리가 있었다.

"내가 말했지, 너도 시빅 타고 나가고 싶으면 언제든지 가져가도 돼. 차고에서 그냥 놀고 있잖아."

"알아요. 그렇지만 어젯밤에는 차가 있어도 운전할만한 상태가 아니었어요."

그는 온기를 얻기 위해 양손으로 머그잔을 잡고 커피를 홀짝이는 에이미를 좀 더 찬찬히 바라봤다. 기민하고 긍정적인 모습이었다. 아무리 봐도 숙취는 아닌 듯했다. 그 나이 때는 자신도 술 마신 다음날 벌떡벌떡 일어났었다는 사실이 새삼 떠올랐다.

"왜요?"

주시하는 듯한 케빈의 시선이 불편한지 에이미가 물었다.

"아무것도 아니야."

에이미는 머그잔을 내려놓고 외투 주머니에 양손을 집어넣었다.

"소프트볼 경기 하기에는 날씨가 너무 추울 것 같네요."

"날씨도 경기의 일부야, 그거 알아? 하늘을 배경으로 서 있는데, 당연히 봄에는 춥고, 여름에는 더워야지. 그래서 난 돔 경기장에서 하는 운동은 싫더라. 계절을 만끽할 수가 없잖아."

"난 생전 소프트볼 좋은지 모르겠더라고요." 에이미가 휙 날아가는 큰 어치에 시선을 빼앗겨 고개를 돌렸다. "어렸을 때 시즌 하나를 뛴 적이 있었는데, 얼마나 지루한지 죽을뻔했어요. 난 늘 홈에서 백만 킬로미터쯤 떨어져 있는 외야에만 있었거든요. 그냥 잔디에 누워서 글러브를 벗어 얼굴을 가리고 낮잠이나 잤으면 딱 좋겠더라고요." 그녀는 새삼 떠오르는 추억이 즐거운지 미소를 지었다. "사실 두어 번 그렇게 하기도 했는데, 아무도 날 찾지 않았어요."

"거 참 안됐구나." 그가 말했다. "다음 시즌에도 너는 절대 모집하면 안 될 것 같네."

"모집이요? 어디에요?"

"우리 팀에. 다음 시즌에는 남녀 혼성팀으로 갈까 생각 중이야. 선수가 좀 더 필요하거든."

에이미가 곰곰이 생각에 잠겨 아랫입술을 깨물었다.

"나도 한 번 해볼래요."

그녀가 말했다.

"그런데 좀 전에는……."

"이젠 철 좀 들었잖아요. 어릴 때보다는 지루한 거 훨씬 잘 견디거든요."

케빈은 커피 속으로 떨어져 내린 복숭아 꽃잎을 건져내서 손가락을 튕겨 난간 너머로 던져버렸다. 그는 에이미의 목소리에 장난기가 배어 있음을 감지했지만, 그 아래 진실이 놓여 있다는 사실도 잘 알았다. 맞다, 에이미는 이미 철이 들었다. 어쩐 일인지 지난 두 달이 흐르는 동안 그는 에이미를 너무 늦게까지 돌아다니는 고등학교 학생이거나 딸

아이의 귀여운 친구 정도로만 생각지 않게 되었다. 그녀는 이제 케빈의 친구였다. 그의 커피 친구였으며, 노라와 헤어진 후 힘든 과정을 이겨나갈 수 있도록 진심으로 그의 말을 경청해주던 친구였고, 만날 때마다 하루를 밝게 열어주는 젊은 여성이기도 했다.

"그럼 외야 쪽으로는 절대 내보내지 않는다고 약속하지."

그가 말했다.

"좋아요." 에이미가 머리를 하나로 묶어 올릴 듯이 양손으로 긴 머리채를 모아 잡았지만, 마음을 바꾸었는지 바로 어깨너머로 풀어 놓았다. 외투의 거친 능직 위에서 머릿결이 부드러운 선을 그리며 아름답게 흘러내렸다. "우리 가끔 캐치볼이라도 해요. 날씨 따뜻해지면요. 내가 공 던지는 거 아직 잊어먹지 않았는지 확인도 할 겸."

케빈은 갑작스럽게 쑥스러운 기분이 들어 시선을 돌렸다. 뒤뜰 한쪽 구석에서 두 마리의 다람쥐가 나무 둥치를 향해 조르르 달려갔다. 그들의 자그마한 발이 나무껍질 위를 필사적으로 긁어대고 있었다. 케빈은 두 녀석이 재미있게 노는 것인지, 서로를 죽이려 드는 것인지 가늠할 수가 없었다.

"아, 이런," 그가 테이블 상판을 드럼처럼 두드리며 말했다. "이제 슬슬 출발해야겠는데."

~~~~

톰은 크리스틴의 자명종이었다. 아침 9시에 그녀를 깨우는 것이 그의 할 일이었다. 그보다 늦잠을 자는 날이면, 크리스틴은 짜증이 많아지고 하루의 전체 리듬을 다 망쳐버렸다. 하지만 그럼에도 톰은 그녀를 깨우는 것이 싫었다. 한 손을 머리 뒤에 받치고 다른 손은 옆구리에 붙인 채 천천히 얕은 호흡을 하며 침대에 똑바로 누워 있는 그녀의 모습은 세상 그 누구보다 행복해 보였다. 얼굴은 텅 비어 고요했으며, 커다란 배 위에 얇은 담요를 덮어 놓은 모습은 완벽한 인간 이글루처럼 보였다. 예정일은 이제 한 주 앞으로 다가와 있었다.

"이봐, 잠꾸러기." 톰은 크리스틴의 손을 잡고 처음에는 검지, 그다음에는 중지, 이렇게 마지막 새끼손가락까지 천천히 부드럽게 당겨주었다. "이제 일어나야지."

"놔둬." 그녀가 중얼거렸다. "피곤하단 말이야."

"알아. 그렇지만 일어나야 해."

"제발 나 좀 내버려둬."

이제 크리스틴은 엄청난 의지력과 병참학적 계산 없이는 혼자 옆으로 돌아누울 수도 없는 상태였다. 따라서 그로 인한 여러 제약 탓에 톰은 달래고 크리스틴은 저항하며 실랑이를 벌이는 시간이 늘 몇 분 정도는 더 소요되곤 했다. 과거에 그녀가 애용하던 회피 방식, 즉 옆으로 돌아누워 베개에 얼굴을 파묻어 버리는 일은 이제 전적으로 불가능했다.

"어서, 크리스틴, 아래층으로 내려가서 아침 먹자."

몹시도 배가 고팠는지, 크리스틴은 어쩔 수 없이 눈을 뜨고는 흐릿한 불빛에 눈을 깜빡이며 톰을 보고 인상을 찌푸렸다. 마치 그가 먼 친척이며 그의 이름이 혀끝에서만 맴돌 뿐 잘 생각나지 않는다는 듯한 표정이었다.

"몇 시야?"

"일어날 시간이야."

"아직 아니잖아." 그녀가 매트리스를 두드리며 그에게 옆에 누우라는 몸짓을 해 보였다. "몇 분만 더 누워있자."

이것 역시 의식의 일환이었고, 최고의 순간이었으며, 고맙다는 인사도 받지 못하고 일을 하는 톰에게는 일종의 보상이기도 했다. 그는 크리스틴 옆에 몸을 뻗고 누워서 그녀의 얼굴을 마주 볼 수 있도록 몸을 돌려 누웠다. 얼굴이 지난 몇 달 동안 극적으로 변하지 않은 유일한 신체 부위였다. 크리스틴의 얼굴은 아직 임신 같은 것은 경험하지 못했다는 듯이 여전히 가녀리고 소녀다웠다.

"우와!" 놀라움에 움찔하면서 그녀가 그의 손을 가져가 자신의 배 위에, 톡 튀어나온 배꼽 바로 위에 올려놓았다. "아들이 정말 바쁘게 움직이고 있어."

톰은 발인지 손인지, 아니면 팔꿈치일지도 모를 어떤 단단한 신체 부위가 엄마의 복벽 천공을 밀면서 소용돌이치는 것을 손바닥 아래서 느낄 수 있었다. 사실 태아의 사지를 어느 부분인지 정확히 구분해 내기란 쉽지 않았다.

"누군가 밖으로 나오고 싶은가 보네." 그가 말했다. 크리스틴과 포크 부부와는 달리, 톰은 태아를 '아들'이라고 직접적으로 언급하고 싶지 않았다. 초음파를 해본 것도 아니어서, 태어날 아기가 아들인지 딸인지는 아무도 확신할 수 없었다. 아기가 아들이라고 가정하는 것은 길크리스트 씨의 확신에 근거한 믿음의 일환일 뿐이었다. 길크리스트 씨는 기적의 아이가 자신이 잃은 아들의 자리를 대신하리라 믿고 있었다. 톰은 그가 옳기를 바랐다. 그 반대의 경우를 상상하면 슬퍼졌기 때문이었다. 다시 말해, 여자아이가 태어난다면 충격과 당황스러운 신음소리로 환영받게 되지 않겠는가.

"둘 다 집에 있어?"

크리스틴이 물었다.

"그래, 너 기다리고 있어."

"아, 정말." 그녀는 한숨을 쉬었다. "부부가 함께 주말에라도 어디 좀 갔다 오면 안 되나?"

그들은 포크 부부와 벌써 석 달 반이나 함께 살아오고 있었고, 이제는 크리스틴조차도 그들에게 학을 떼고 있었다. 그녀는 포크 부부를 톰과 같은 이유에서 싫어하는 것은 아니었다. 그들의 관대함에 분개할 수도 없는 노릇이고 길크리스트 씨에 대한 거의 노예 같은 헌신을 비웃을 수도 없었다.

단지 그녀는 두 부부의 끊임없는 관심에 질식해 버릴 것 같은 느낌이었다. 그들은 하루 종일 집 안에 머물며 크리스틴에게 필요한 것을 예상해보려 애를 썼으며, 집 밖으로 나가야 하는 일만 아니라면 아주 사소한 것이라도 그녀가 원하는 것이라면 무엇이든 충족시켜주려 노력했다. 그리고 톰은 바로 그 때문에 자신이 아직도 이 집에 머물 수 있다는 사실을 잘 알았다. 크리스틴에게는 그가 필요했다. 만약 포크 부부하고만 집안에 갇혀 있어야 한다면 그녀는 아마 미쳐버렸을 것이다. 만약 톰의 거취 문제가 집주인들 손에만 달려 있었다면, 톰은 벌써 오래전에 엉덩이를 걷어차여 쫓겨났을 신세였다.

"지금 장난해?" 그가 물었다. "그분들이 가긴 어딜 가? 예정일이 코앞인데. 아기가 태어나는 순간을 절대 놓치고 싶어 하지 않을걸."

"그러네." 그녀가 아무 감흥도 드러나지 않는 표정으로 열심히 고개를 끄덕였다. "정말 대단할 거야. 얼른 진통이 시작했으면 좋겠어."

"내가 들은 바로는 굉장하다던데."

"다들 그렇게 말하더라. 특히나 진통은 엄청나게 오랫동안 계속되는데, 고통을 줄여줄 만한 진통제 하나도 먹을 수가 없을 때, 그때가 정말 죽여준다 그러더라고. 정말 기대돼서 죽을 것 같아."

"그래, 나도 알아." 톰이 동의했다. "완전 부러운 걸."

그녀가 자신의 배를 토닥였다.

"난 아기가 정말 컸으면 좋겠어. 머리가 거대한 멜론처럼 큼지막하면 얼마나 좋을까. 그럼 기분 짱일텐데."

그들은 늘 이런 식으로 농담을 주고받았다. 그것이 자연분만의 시련에 대비하고 마음을 진정시키기 위한 크리스틴만의 방식이었다. 자연분만은 길크리스트 씨가 원하는 것이었다. 그는 의사도 병원도 약물도 사용하지 말라고 했다. 단지 아이팟에서 흘러나오는 조용한 모타운 사운드 속에서 한 명의 산파와 얼음만 이용해서 출산하길 바랐다. 그동안 테런스 포크는 비디오카메라를 들고 후대를 위한 크나큰 사건이 될 장면을 기록할 준비를 하고 서 있을 터였다.

"나 불평하면 안 되는데." 그녀가 말했다. "두 분 다 나한테 정말 잘해주잖아. 그냥 좀 갑갑해서 그러는 거야, 알지?"

근래 들어 크리스틴은 임신한 상태로 집 안에만 갇혀 지내는 것에 싫증이 나서 어찌할 줄 몰라했다. 특히 날씨가 좋아서 더욱 그랬다. 바로 지난주에도, 그녀는 포크 부부를 설득해서 함께 시골로 드라이브를 나갔지만, 포크 부부는 그녀를 차에 태우고 다닌다는 사실에 너무 긴장한 나머지, 사고라도 났다가는 정말 큰 일이라는 말 외에는 그 어떤 말도 할 수 없었고, 당연히 드라이브는 그 누구에게도 전혀 즐겁지 않았다.

"걱정하지 마." 그는 팔을 뻗어 크리스틴의 손을 꼭 쥐어 안심시켰다. "이제 다 왔어. 며칠만 더 견디면 돼."

"그때쯤이면 그분이 석방될 거라고 생각해?"

"나도 모르겠어." 그가 말했다. "법체계가 어떻게 돌아가는지는 나도 잘 몰라."

지난 몇 주 동안, 포크 부부는 길크리스트 씨의 변호사가 소송에 상당한 진전을 보이고 있다고 주장해왔다. 그들이 들은 바에 따르면, 변호사는 길크리스트 씨가 사소한 혐의에 대해서만 유죄를 인정하는 조건으로 실형은 살지 않고 석방되는 선에서 형량을 거래하는 중이었다. **이제 조만간**, 포크 부부는 계속 이렇게 말했다. **좋은 소식이 들려올 거예요.** 톰은 그들의 추측에 회의적이었지만, 포크 부부는 정말로 기대감에 부푼 듯했고, 그들의 낙관주의가 크리스틴에게도 영향을 미치고 있었다.

"너도 우리와 함께 목장으로 돌아가야 해." 크리스틴이 말했다. "손님별장 중 하나에서 살면 될 거야."

톰은 그 제안이 고마웠다. 그는 갈수록 크리스틴과 아직 태어나지도 않은 아기에게 정이 들어가고 있었다. 그러니 그들과 가까이 있고 싶은 마음이 굴뚝 같았다. 하지만 그런 식은 아니었다. 그들과 함께 사는 것이 길크리스트 씨의 그림자 속에서 살아가야 하는 것을 의미한다면 그건 안 될 일이었다.

"넌 거기서도 언제든 환영이야." 그녀가 약속했다. "네가 얼마나 좋은 친구였는지 내가 길크리스티 씨에게 다 말해줄게. 그러면 그도 굉장히 고마워할 거라고." 크리스틴은 잠시 그의 대답을 기다리다가 반응이 없자 다시 입을 열었다. "그렇다고 달리 갈 곳이 있는 것도 아니잖아."

그 말이 전적으로 사실은 아니었다. 아기가 태어나고, 크리스틴에게 그가 더 필요하지 않게 되면, 톰은 메이플턴의 집으로 돌아갈 생각을 하고 있었다. 비록 오랫동안 전화도 이메일도 안 하고 살았지만, 지난 몇 달간 가족들 생각을 많이 하고 있기도 했다. 집에 돌아가 아버지와 여동생과 함께 며칠을 보낸 뒤, 기회가 돼서 엄마를 찾을 수만 있다면 엄마의 안부도 확인하고 싶었다. 그러나 그러고 나서는 크리스틴의 말이 옳음을 다시금 깨달았다. 그의 삶은 백지상태였다.

"길크리스트 씨는 좋은 사람이야." 크리스틴은 톰이 쳐다보는 것조차 싫어하는 천장의 포스터를 응시하며 말했다. "머지않아 온 세상이 그 사실을 알게 될 거야."

〰〰

로리와 멕은 9시 회의에 맞춰 일찍 도착했지만, 정오가 될 때까지 관리자 사무실로 들어갈 수가 없었다. 패티 레빈은 일정이 미뤄지는 것에 대해 진심으로 미안해했다.

"두 분에 관해 잊고 있는 거 절대로 아닙니다." 그녀가 강조해서 말했다. "오늘 아침은 정말 정신없이 바빠서 그래요. 비서가 감기로 나오지를 못했어요. 그래서 전체 일정이 다 뒤얽혀 버렸거든요. 다시는 이런 일 없을 겁니다."

로리는 패티 레빈의 사과가 좀 당황스러웠다. 그녀의 말은 마치 로리와 멕이 몹시도 바빠서 조금이라도 기다리면 안 되는 사람이라는 가정이 깔린 듯 들렸기 때문이다. 이전 삶 속에서, 로리는 바로 그런 류의 사람이었다. 한 가지 의무에서 그 다음 의무로 끝도 없이 뛰어다니며, 일과 아이 사이를 오락가락느라 늘 일정에 치어 사는 따분한 엄마였다. 그때는 모두가 세상이 영원히 지속되리라 생각했고, 그 누구도 뭔가를 할 만한 충분한 시간 같은 건 없었다. 무엇을 하고 있든, 쿠키를 굽든 화창한 날씨에 호숫가를 산책하든 남편과 사랑을 나누든 간에, 그녀는 늘 바쁘고 초조했다. 마치 마지막 모래 몇 알이 모래시계의 좁은 허리춤에서 그 순간 미끄러져 내려가고 있기라도 한 듯했다. 도로 공사 현장을 만난다든가, 능숙하지 못한 계산원이 있는 줄에 서게 된다거나, 자동차 키를 잃어버리는 등의 예기치 못한 상황이라도 발생하면 로리는 절망의 나락으로 미친 듯이 떨어져 내려 하루를 거의 망쳐버리고 말았다.

그러나 그건 과거의 로리였다. 그녀의 새로운 자아는 담배 피우고 기다리는 것 외에는 아무 할 일도 없었고, 어디서 기다리든 그것조차도 별 상관이 없었다. 그러니 관리자 사무실 바깥 복도에서 기다리는 것도 다른 어느 곳이나 마찬가지로 괜찮았다.

"그래 어떻게들 지내세요?" 패티 레빈이 미소를 지으며 물었다. "17 전초기지에서 지내는 건 좀 어때요?"

로리와 멕은 패티 레빈의 친근한 어조에 기분 좋게 놀라 은근히 시선을 주고받았다. 그들이 받았던 호출은 매우 간단하고 불길한 느낌이 드는 것이었다. **내일 오전 9시까지 본부로 출석할 것.** 그래서 두 사람은 전날 저녁 내내 자신들이 곤란한 상황에 처한 것은 아닐지 궁금해하느라 오랜 시간 대화를 나누었다. 로리는 이혼 서류를 아직도 돌려받지 못한 것 때문에 질책을 받을지도 모른다는 짐작을 했다. 멕은 그들의 집이 도청을 당하고 있을지도 모른다는 추측을 했다. 그래서 그들이 늘 침묵의 맹세를 어기고 있다는 사실뿐 아니라, 정확히 무슨 대화를 나누는지까지도 지도부에서 다 알고 있을지 모른다고 생각했다. **그건 너무 피해망상적인 생각이야,** 로리가 말했다. 하지만 그녀도 정말 그럴지 모른다는 생각이 들어서 자신이 지난 두 달 동안 했던 말 중에 지금에 와서 그녀의 발목을 잡을 만한 내용이 있지는 않은지 다시 한 번 생각해 봐야 했다.

"잘 지내고 있어요," 멕이 말했다. "집이 정말 마음에 들어요."

"뒷마당이 아주 근사해요."

로리가 덧붙였다.

"그렇죠?" 관리자가 담배 끄트머리에 성냥불을 가져다 대며 맞장구를 쳤다. "이맘때쯤이면 특히 아름다울 거예요."

멕이 고개를 끄덕였다.

"잎들이 무성해요. 게다가 정말 예쁜 분홍색 꽃이 피는 작은 나무도 한 그루 있어요. 체리 나문지 뭔지는 아직 잘 모르……."

"그게 박태기나무라 그러더라고요." 관리자가 말했다. "아마 이 근방에서는 보기 드문 나무일 거예요."

"유일한 골칫거리는 새들이에요." 로리가 말했다. "아침이면 얼마나 시끄럽게 지저귀는지 상상도 못 하실 걸요. 꼭 침실 안에 들어와서 우는 것처럼 들릴 정도예요. 수백 마리가 서로 경쟁이라도 하듯이 노래를 불러 댄다니까요."

"마당에 채소를 심어 가꾸면 좋을 것 같다는 생각을 했어요." 멕이 말했다. "완두콩, 호박, 토마토 같은 걸 심는 거죠. 완전히 유기농으로 기르는 거예요."

"그럼 식비도 훨씬 절약될 거예요." 로리가 끼어들었다. "시작하는 데 약간의 투자만 하면 돼요."

그들은 정원을 가꾸는 계획에 정말로 들떠 있었다. 할 일도 없이 손 놓고 앉아 있는 시간이 많았기에 뭔가 건설적인 일을 찾아 하고 싶은 마음이 간절했다. 그러나 관리자는 아예 그 얘기는 들은 적도 없다는 듯이 빠르게 화제를 돌려버렸다.

"잠은 어디서 자나요?" 그녀가 물었다. "두 분이 안방으로 옮겨 갔어요?"

로리는 고개를 저었다.

"아직 2층에서 지내고 있어요."

"따로 따로요."

멕이 재빨리 덧붙였다. 그 말이 사실이기는 해도, 약간 오해의 소지가 있기는 했다. 멕이 자신의 매트리스를 로리의 침실 바닥으로 옮겨가서 지내고 있기 때문이었다. 전초기지에서 둘만 지내고 있었기에 외롭기도 했고, 그런 식으로 해 놓는 것이 가까이서 소곤대기도 좋았다.

패티 레빈은 입꼬리 쪽으로 담배 연기를 내뿜으며 마음에 안 든다는 듯이 인상을 찌푸렸다.

"안방이 지내기가 훨씬 좋을 거예요. 거기에 자쿠지 욕조도 설치돼 있지 않던가요?"

멕이 얼굴을 붉혔다. 전초기지에서 지낸 이래로 그녀가 자쿠지를 이용하지 않은 밤이 거의 없었기 때문이었다. 로리도 그것을 좋아하기는 했지만, 신기하던 느낌은 금세 사라져 버렸다.

"내가 그 얘기를 꺼낸 유일한 이유는," 관리자가 말을 이었다. "여러분의 새로운 하우스메이트가 다음 주에 도착할 예정이기 때문이에요. 혹시라도 방을 바꾸고 싶은 마음이 있으면, 지금 옮기는 게 좋을 것 같아서요."

"하우스메이트요?"

멕은 별로 반가워하는 기색도 없이 시큰둥하게 물었다.

"알과 조쉬가 그리로 갈 겁니다." 관리자가 말했다. "매우 특별한 분들이에요. 아마 두 분도 마음에 들어 할 겁니다."

그런 소식을 예상 못 했던 것은 아니었다. 아니, 지난밤에 두 사람이 생각해냈던 첫 번째 호출 이유가 바로 그것이었다. 하지만 로리는 자신이 느끼는 실망감의 깊이에 스스로 놀라고 말았다. 그녀와 멕은 둘이서만 지내는 것이 매우 만족스러웠다. 그들은 친자매나 대학 룸메이트처럼 서로의 특이한 기질은 물론 기분에도 친숙했기에 지극히 편안하게 자의식 없이 지내고 있었다.

따라서 로리는 다른 회원을 전혀 기대하지 않았다. 낯선 남자들과 집을 함께 사용하는 그 어색한 분위기를 다시 느끼고 싶지 않았다. 집안 전체의 분위기가 확 달라질 것이 분명했다. 특히 둘 중 한 사람이 멕에게 반하기라도 한다면, 또는 멕이 그중 한 사람에게 호감이라도 느끼기 시작한다면, 그로 인해 시작될 그 모든 성적인 긴장감을 무슨 수로 감당한단 말인가. 또한 그때부터는 20대들이나 하는 '밀당' 드라마도 펼쳐지게 되지 않겠는가. 로리는 그런 상황은 아예 떠올려보고 싶지도 않았다. 그 순간부터 집안의 평화는 영원히 사라지고 말 터였다.

"17 전초기지에는 아름다운 전통이 있습니다." 관리자가 말했다. "두 분이 그것을 끝까지 지켜 주시기를 바랍니다."

"최선을 다하겠습니다."

로리는 약속했다. 비록 그 전통이라는 게 무엇인지, 또 그녀와 멕이 어떻게 그것을 보존해 가야 한다는 것인지 전혀 감도 잡지 못했지만, 어쨌든 그녀는 대답했다.

패티 레빈이 그녀의 의구심을 알아차린 모양이었다.

"거스와 줄리언은 영웅들입니다." 그녀가 단호하고 조용한 목소리로 말했다. "우리는 그들의 희생을 기려야만 해요."

"거스요?" 멕이 말했다. "그도 살해당했나요?"

"거스는 잘 지내고 있어요." 관리자가 말했다. "그는 매우 용감한 사람입니다. 우리가 매우 잘 돌보고 있어요."

"그는 지금 뭘 하면서 지내나요?" 멕이 로리의 혼란스러운 마음까지도 그대로 담아 물었다. 그들이 아는 사실이라고는 줄리언이 살해당하던 밤 거스가 집에 돌아오지 않았고, 경찰은 지금도 그의 소재를 찾고 있다는 것이었다. "그가 어떤 희생을 치렀는데요?"

"그는 줄리언을 사랑했습니다." 관리자가 말했다. "그러니 그가 그런 짓을 저지르기까지 얼마나 큰 용기가 필요했을지 상상이나 할 수 있겠어요?"

"그가 뭘 했는데요?"

멕이 다시 물었다.

"우리가 그에게 요구한 일을 해냈습니다."

로리는 갑자기 머리가 멍해지면서 당장에라도 정신을 잃을 것 같은 기분이 들었다. 그녀는 그 춥디추운 겨울밤 온열기 옆에 쪼그리고 앉아서 안방에 있는 거스와 줄리언이 자신들은 세상 그 무엇도 신경 쓰지 않는다는 듯이 뻔뻔하게 거의 필사적으로 만들어내던 그 소음을 훔쳐듣던 기억을 떠올렸다.

패티 레빈이 오랫동안 멕을 빤히 바라보며 자신의 담배를 빨아들이고는 시선을 로리 쪽으로 돌렸다. 두 사람 사이를 회색 연기구름이 채우고 있었다.

"세상은 다시 잠들고 있어요." 그녀가 말했다. "그들의 잠을 깨우는 것이 우리의 소명입니다."

〰〰

케빈은 혼자 떠들어 대는 TV 앞에서 신문을 들고 앉아 노트북 화면도 열어 놓은 채, 게임 시작 전 샌드위치를 먹는 것이 상당히 과한 행동이라는 사실을 잘 알았다. 그러나 그것이 보기만큼 나쁜 것은 아니었다. 노트북을 열어 놨다고 해서 반드시 사용하는 것은 아니었다. 단지 이메일을 확인하고 싶을 때 언제라도 들여다볼 수 있도록 미리 편리하게 준비를 해 둔다는 의미였다. 마찬가지로 신문도 정식으로 읽는 게 아니었다. 딱히 어떤 정보를 흡수한다는 게 아니라 눈 운동을 하듯이 경제면의 헤드라인을 한번 대충 훑어보는 정도였다. TV로 말할 것 같으면, 그건 그저 배경에서 흘러다니는 소음이자, 텅 빈 집안에 존재하는 환상 속의 친구 정도에 지나지 않았다.

그가 정말 중요하게 생각하는 것은 샌드위치뿐이었다. 밀 빵에 칠면조와 체다 치즈를 얹고 양상추를 몇 장 올려놓은 후 겨자 소스를 약간 뿌린, 딱히 고급스럽지는 않아도 그의 입맛에 완벽하게 맞는 그것이 그의 유일한 관심사였다.

질이 뒷문을 통해 집으로 돌아왔을 때, 그는 샌드위치를 거의 끝낸 참이었다. 아이는 바닥에 무거운 책가방을 내려놓기 위해 신발 터는 곳에 잠시 멈춰 서 있었다. 그는 딸이 도서관에 있었던 게 분명하다고 생각했다. 근래 질은 에이미가 일하러 나가고 난 뒤에 집에 들어오기 위해 학교가 끝나고 난 후에도 늘 도서관으로 직행했다. 두 아이는 한 사람이 자고 있을 때를 제외하고는 거의 과학적일 만큼 정교하게 집안에서 서로의 도착과 출발 시각이 겹치지 않도록 조율하고 있었다. 그러면서도 둘 사이는 아무 문제가 없다고 주장하는 것도 잊지 않았다.

그는 질이 부엌으로 들어서는 모습을 보며 부끄러운 듯이 미소를 지어 보였다. 보나 마나 다중매체와 함께하는 그의 식사 습관을 꼬집어 약 올릴 것이 분명했기 때문이다. 그런데 오늘 질은 그 사실을 아예 눈치채지도 못했다. 그저 놀란 듯하면서도 동시에 상당히 감명받은 듯한 표정으로 휴대폰 화면을 들여다보느라 정신이 없었다.

"아빠," 그녀가 말했다. "신성한 웨인 소식 들었어요?"

"무슨 일 있어?"

"유죄를 인정했대요."

"어떤 혐의?"

"엄청 많아요." 질이 말했다. "아무래도 꽤 오래 들어가 있어야 할 것 같은데요."

케빈은 노트북을 깨워 뉴스를 확인했다. 그 소식이 맨 위에 떠 있었다. **신성한 웨인, 자백하다: 불명예를 뒤집어쓴 이단교 지도자의 예외적인 메아 쿨파(내 탓이로소이다).** 그는 링크를 클릭해서 기사를 읽기 시작했다.

놀라운 거래…… 검사는 20년 형을 제안했다…… 12년의 형기를 마치면 가석방 신청의 기회가 주어지는…… "아들이 사라진 후, 나는 어찌할 바 모르고 힘겨워했다…… 내가 원했던 것이라고는 고통 속에 있는 사람들을 돕는 것이었지만, 권력이 내 머릿속을…… 나는 취약한 미성년자들을 이용해 먹고…… 아내와 어린 아들의 추억을 배신했다. 물론 나를 치유자이자 영적 지도자로 숭배해온 젊은이들의 믿음을 배신한 것은 말할 필요도 없을 것이다…… 특히 그 소녀들…… 그들은 내 아내가 아니라, 내 희생자였다…… 나는 성자가 되고 싶었지만, 괴물이 되어버렸다."

케빈은 단어 하나하나에 집중하려 애를 썼지만, 그의 눈은 계속 함께 실린 사진으로 돌아갔다. 파자마 상의 차림으로 뚱한 표정에 면도도 하지 않은, 친숙해도 너무 친숙한 얼굴 하나가 기사 옆에 실려 있었다. 케빈은 신성한 웨인이 교도소 안에서 썩어가리라는 전망에도 자신이 만족감은 물론이고 복수심에서 우러난 기쁨조차도 느끼지 않는다는 사실을 깨닫고는 놀라웠다. 오히려 그는 가엽다는 생각을 하고 있었다. 아들의 마음을 아프게 한 그 남자에게 별로 반갑지 않은 동료애가 느껴졌다.

그 애는 당신을 사랑했어, 케빈은 신문에 실린 얼굴 사진이 대답이라도 해주길 기대하듯이 생각했다. **그런데 당신도 역시 그 애를 실망시켰어.**

손에서 놓아야 할 많은 것들

본격적으로 새 이름을 물색하기 전에, 노라는 머리색부터 바꿨다. 그게 맞는 순서지, 그녀는 생각했다. 그게 말이 되는 유일한 순서야. 자신이 어떤 모습으로 보이는지도 모르면서 어떻게 그에 걸맞은 이름을 찾아낼 수 있다는 말인가? 그녀는 아이가 태어나기 몇 달 전부터, 심지어는 이미 몇 년 전부터 아기의 이름을 지어 놓는 부모들을 이해할 수 없었다. 그건 피와 살로 이루어진 인간이 아니라 마치 어떤 추상적인 개념에 이름표를 붙이는 것과 같지 않은가. 따라서 실제 아이의 이름을 그렇게 짓는다는 것은 너무 뻔뻔하고 아기를 무시하는 듯한 행위였다.

노라는 집에서 몰래 염색을 하고 싶었지만, 염색이라는 것이 자기 머리에 직접 하기에는 너무도 정교하고 위험부담이 큰 작업이라는 사실을 금방 알 수 있었다. 그녀의 머리는 매우 어두운 갈색이었는데, 상담을 했던 웹사이트마다 전문가의 도움 없이 혼자 금발로 머리색을 바꾸는 것에 대해서는 다시 한 번 심사숙고해보는 것이 좋으리라는 조언을 해주었다.

염색은 화학물질을 다루는 매우 복잡하고 시간도 오래 걸리는 작업이었으며, 종종 전문가들이 흔히 말하는 '불행한 결과'를 초래하기 쉬운 일이었다. 몇몇 글 뒤에 붙어 있는 댓글에는 타고난 자연스러운 머리 색상을 좀 더 사랑하려 애쓰지 않았던 자신의 과거를 후회하는 금발 염색 머리 여성들의 한탄이 가득 적혀 있었다. **내 머리는 정말 예쁜 갈색이었어요**, 한 여성이 적었다. **그런데 선전하는 내용만 믿고 머리를 금발로 염색했지 뭐예요. 사실 색상은 잘 나왔어요. 그렇지만 지금 내 머리는 너무 푸석하고 생기가 없어서 남자친구는 마치 내 두개골 위에서 인조 잔디가 자라고 있는 것 같다고 난리예요!**

노라는 약간 두려운 마음으로 이러한 증언들을 읽어 내려갔지만, 그런 글도 그녀의 마음을 바꾸기에는 충분치 않았다. 노라는 미용을 목적으로 머리색을 바꾸려는 게 아니었다. 또는 뭔가 재미있는 일을 찾고 있는 것도 아니었다. 그녀가 원하는 것은 과거와의 깨끗한 단절, 즉 외모의 완벽한 변화였다. 그리고 그렇게 하기 위해 가장 빠르고 확실한 방법이 인조 금발로의 변신이었다. 만약 그녀의 사랑스러운 갈색 머리가 염색 과정에서 뻣뻣한 플라스틱 인조 잔디처럼 변해버린다면, 그것도 그녀가 안고 살아가야 할 부수적인 피해 아니겠는가.

지금까지 평생 살아오는 동안, 노라는 단 한 번도 머리 색을 바꾸거나 부분 탈색 같은 걸 해본 적이 없었다. 심지어는 지난 몇 년에 걸쳐 서서히 흰머리가 자라나기 시작해서, 평소 다니는 미용실의 단골 미용사가 부분 염색이라도 하라고 갈 때마다 잔소리를 해댔음에도, 그녀는 응하지 않았다. 그녀의 미용사는 불가리아 출신의 매우 엄격하고 비판적인 그리고리라는 이름의 남자였다. **내가 이것 좀 어떻게 하게 해줘**

요, 매번 예약시간에 맞춰 미용실에 들를 때마다 그는 암울하게 들리는 슬라브 억양으로 이렇게 말했다. **다시 십 대처럼 보이게 만들어 줄게요.**

하지만 노라는 전혀 십 대처럼 보이고 싶은 마음이 없었다. 오히려 흰머리가 좀 더 많아지길 바랐다. 그래서 젊은 사람임에도 10월 14일에 겪은 고통의 충격으로 머리가 완전히 백발로 변해버린 그런 사람들처럼 되고 싶었다. 그렇게 된다면 처음 보는 사람도 단번에 그녀가 바로 그들 중 한 명이라는 사실을 알아차릴 테고, 그러면 그녀의 삶도 조금 더 수월해 질 것 같은 생각이 들었다.

그리고리는 고급 고객을 주로 상대하는 매우 존경받는 염색전문가였다. 하지만 노라는 이번 변신에 그를 끌어들이고 싶지 않았다. 그의 반대하는 말을 듣고 싶지도 않았고, 자신이 이처럼 과감하고 경솔한 행동을 하려 하는 이유도 설명하고 싶지 않았다. 대체 무슨 말을 한단 말인가? **이제 난 더는 노라가 아니에요. 노라로서의 삶은 다 끝났어요.** 그건 미용실에 가서 영화 속에 등장하는 뱀파이어 같은 인상을 주는 남자 미용사와 그녀가 나누고 싶은 대화가 아니었다.

노라는 헤어 트래픽 컨트롤에 예약을 잡았다. 원래 다니던 곳보다는 훨씬 젊고 비용에 제약을 받는 고객들을 상대하는 체인점이었다. 그러니 지금까지 어리석은 고객의 요구를 수도 없이 많이 상대해 봤을 터였다. 하지만 그럼에도 분홍색으로 머리를 염색한 펑키 스타일의 미용사는 노라가 원하는 것을 주문하자 의심스러운 시선을 보냈다.

"정말 그렇게 바꾸고 싶으세요?" 그녀가 손등으로 노라의 뺨을 살짝 스치며 물었다. "고객님의 피부색이 금발하고는……."

"있잖아요, 내가 무슨 생각을 했는지 알아요?" 노라가 그녀의 말을 중간에 자르며 말했다. "지금 하는 잡담을 건너뛰면 훨씬 빨리 일을 보고 나갈 수 있을 것 같다는 생각을 했어요."

~~~

질은 《주홍글씨The Scarlet Letter》를 읽는 데 별 진전을 보이지 못했다. 그건 어떻게 보면 톰의 잘못이라고 그녀는 생각했다. 고등학교 다닐 때, 오빠는 그 책에 관해 무척이나 신랄하게 비판을 해댔고, 그게 아직도 질의 마음에 나쁜 영향을 미치고 있었다. 사실 톰은 그냥 불평만 해댄 것이 아니었다. 어느 날 오후 질이 집에 돌아오니, 톰은 스테이크용 나이프를 꺼내 들고 칼끝으로 자신의 보급판 책자를 찌르고 있었다. 그가 때때로 이해하는 데 어려움을 겪었던 책 초반의 장들 속으로 칼날이 관통해 들어가 있었다. 질이 뭐하는 거냐고 물었을 때, 그는 침착하고 진지한 목소리로 이 책이 자신을 죽이기 전에 자기가 먼저 책을 죽여버리는 중이라고 대답했다.

덕분에 질은 미국 문학의 영원한 고전으로 불리는 그 책을 경외감을 느끼며 접근하지 못했다. 하지만 적어도 성실하게 노력은 하고 있었다. 지난 한 주 내내 세 번이나 책을 들고 자리에 앉았지만, 지금까지도 데스트리 선생님의 설명에 따르면 절대로 건너뛰어서는 안 될 소설의 매우 중요한 일부인 호손(Hawthorne, Nathaniel)의 서문마저도 다 읽지 못한 상태였다. 그녀는 자기가 마치 산문에 알레르기가 있는 사람 같다는 기분이 들었다. 그 책만 들고 앉으면 느리고 멍청하고 영어에 유창하지도 않은 그런 사람으로 변해 버리는 듯이 느껴졌다.

마태처럼 세관에 자리 잡고 앉아 있기는 하지만, 그처럼 사도가 되라는 부름을 받을 것처럼 보이지는 않는 이 늙은 신사들이 바로 세관원이었다. (These old gentlemen-seated, like Matthew, at the receipt of the custom, but very liable to be summoned thence, unlike him, for apostolic errands-were Custom-House officers.--원문을 직역하면, '이 늙은 신사들-앉아 있는, 마태[그리스도의 12사도 중 한 사람_옮긴이]처럼, 세관에, 그러나 그곳에서 부름을 받을 것 같은, 그와는 달리, 사도의 사명으로-이 바로 세관원이었다'가 된다_옮긴이) 이런 식의 문장들을 오래 쳐다보면 볼수록 점점 더 이해가 되지 않았다. 마치 단어들이 페이지 속으로 용해돼 들어가 버리는 것 같았다.

하지만 진짜 문제는 책이 아니었다. 초봄의 나른함 때문도 아니었고, 졸업식이 코앞으로 다가와 있다는 사실 때문도 아니었다. 문제는 며칠 전부터 시작된 마페이 선생님과의 인터넷 채팅이었다. 그 채팅이 질의 신경을 건드리면서 자꾸 원치 않는 방향으로 나아가게끔 잡아끌고 있었다. 그런데 이상하게도 질은 채팅을 멈출 수가 없었다. 예기치도 않게 몇 년 만에 저절로 갱신된 접속을 차단할 좋은 핑곗거리도 찾을 수가 없었다.

마페이 선생님, 아니 홀리(질은 지금도 그녀를 홀리라는 이름만으로 부르는 데 어색함을 느꼈다)는 베일리 초등학교에 다니던 시절 질의 4학년 담임이자 그녀가 가장 좋아하던 선생님이었다. 하지만 처음부터 두 사람의 관계가 그랬던 것은 아니다. 홀리는 프레데릭슨 선생님이 출산휴가로 학교를 떠나고 나서 1월에 질의 학급을 맡게 되었다. 처음에는 모든 학급 아이들이 그녀에게 화가 나 있었기에 그녀가 침입자라도 된다는 듯이 괴롭히기 시작했다. 하지만 한두 주 정도 지나고 나자, 아이들은 자신들이 행운아라는 사실을 깨닫게 되었다. 마페이 선생님은 젊고 열정이 넘쳤으며, 나이 먹고 고지식한 프레데릭슨 선생님보다 훨씬 재미있었다.

물론 마페이 선생님이 나타나기 전까지는 아무도 프레데릭슨 선생님을 나이 먹고 고지식한 사람이라고 생각해본 적이 없었다. 어쨌든 이미 10년쯤 전부터 질은 4학년 시절이 어땠으며, 그 시절이 왜 특별했는지 등에 관해 싹 잊어먹고 있었다. 질이 기억하는 것이라고는 마페이 선생님의 발목 바로 위쪽에 있던 금붕어 문신과, 제발 여름이 오지 않기를 간절히 바랄 만큼 자신이 선생님에게 흠뻑 빠져 있었다는 느낌뿐이었다.

마페이 선생님이 메이플턴에 머문 기간은 바로 그 몇 달 뿐이었다. 그해 9월이 되자 프레데릭슨 선생님이 출산휴가를 마치고 다시 학교로 돌아왔고, 마페이 선생님은 스톤우드 하이츠에 있는 한 학교에 교사자리를 구해서 떠나갔다. 그리고 그곳에서 작년까지 근무를 했다. 제이미라는 남자와 결혼도 했다.

하지만 남편은 그녀가 너무도 자연스럽게 휴거라고 말하는 사건 때 사라진 까닭에 그들의 결혼생활은 짧게 끝이 나고 말았다. 너무 짧아 아이를 가질 시간도 없었는데, 그녀는 그 사실을 착잡하게 받아들이고 있었다. 홀리 마페이는 늘 엄마가 되고 싶었고, 자신과 제이미가 아이들을 잘 키울 수 있으리라 확신했다. 하지만 그녀는 미래가 사라져버린 세상에서 출산을 한다는 것은, 다시 말해, 새로운 사람들을 이 세상 속으로 끌어들인다는 것은 부질없는 짓이라는 사실을 잘 알았다.

내 생각에는 이것도 축복인 것 같아, 질과 처음 대화를 주고받았을 때, 그녀가 적어 보냈다. **아이들 걱정을 하지 않아도 되는 것 말이야.**

그들이 마주친 것은 두 달 전, 살인사건 수사가 정점에 올라 있을 때였다. 그날 질은 퍼거슨 형사와 함께 징코 거리에 있는 남겨진 죄인들 숙소를 찾아갔다. 퍼거슨 형사는 그곳에 가면 질이 천식을 앓는 파수꾼을 구별해 낼 수 있을지도 모른다는 희망에서 소위 '미인 선발대회'를 개최하기로 준비해 놓은 상태였다. 그는 어서 빨리 그 파수꾼을 찾아 심문을 하고 싶어 매우 열심이었다.

그러나 물론 그날의 노력은 헛수고로 판명됐고, 질에게는 매우 괴상한 경험이 되어버렸다. 전부 흰색으로 차려입은 50명의 남자들이 마치 리얼리티 프로그램 〈배첼러레트〉의 징그러운 종교적 버전처럼 보이는 콘테스트를 벌이듯이 질의 앞으로 행진해 지나갔다. 하지만 그날의 이상한 경험은 그리운 선생님과의 재회로 보상받았다. 질은 본부 건물을 지나치다가 그녀와 마주쳤고, 두 사람은 즉시 서로를 알아봤다. 질이 기쁨의 비명을 지르자 마페이 선생님은 양팔을 벌리고 자신의 과거 제자를 오랫동안 진심 어린 마음으로 포옹해 주었다. 질은 집에 돌아와서야 자신의 주머니 속에 손으로 쓴 편지 한 통이 들어 있다는 사실을 알아차렸다. **얘기하고 싶은 게 있으면 언제든 이메일 하렴!** 그리고 그제야 질은 그게 우연한 만남이 아니었음을 깨달았다.

질은 바보가 아니었다. 자신이 모집 대상으로 선발되었다는 사실을 깨달았다. 어쩌면 엄마의 축복 탓일지도 모르지만, 어쨌든 그녀는 자신에게 너무도 소중했던 사람이 그 일을 맡게 되었다는 사실에 분개했다. 마페이 선생님은 미소 짓는 얼굴의 이모티콘으로 쪽지를 장식해놓기까지 했다. 그녀가 4학년 아이들이 제출한 과제물 위에 늘 그려주곤 하던 표식과 같은 모양이었다. 질은 다시는 그녀와 연락을 하지 않겠다고, 절대로 그런 식으로 조종당하지는 않으리라고 맹세하면서 쪽지를 꺼내 자신의 보석함에 집어넣었다.

봄에 질이 조금만 더 바빴더라면, 에이미나 늘 몰려다니던 친구들을 대체할 새로운 친구를 사귈 수만 있었더라면, 자신과의 약속을 지키기가 훨씬 쉬웠을지도 모르겠다. 하지만 상황은 그렇게 돌아가지 않았다. 거의 매일 밤 질은 집에만 붙어 있었고, 아빠 외에는 아무와도 대화를 나누지 않았다. 게다가 아빠는 여자친구 노라 때문에 기분이 우울한 탓인지 소프트볼 우승이라는 영광의 꿈으로 자신을 위로하며 평소보다도 훨씬 산만하고 정신없는 나날을 보내고 있었다. 맥스는 여러 차례 문자를 보내 드미트리의 집으로 다시 놀러 오거나 그게 싫으면 자신과 단둘이라도 가끔 만나자고 졸라왔지만, 질은 한 번도 답장을 보내지 않았다. 그들과 더는 볼일이 없었다. 섹스와 파티, 그 아이들과는 정말 끝이었다. 질은 다시 돌아가지 않을 작정이었다.

얼마 후, 상황은 전혀 예상치도 못했던 불가피한 지경으로 나아가기 시작했다. 질은 자기 삶의 공백을 바라보고 있었는데, 마페이 선생님이야말로 그곳을 메워줄 매우 그럴듯한 후보자처럼 보였다. 그날 선생님을 만났을 때 질은 거의 충격을 받다시피 했다. 환옷을 입은 너무도 지치고 몽환적인 모습의 그녀는 질이 익히 알고 있던 발랄한 여성과는 거리가 멀었다. 알 것 같았다.

얘기하고 싶은 게 있으면 언제든 이메일 하렴! 물론 질은 그녀의 영적 여행과 공동숙소의 삶에 관해 얘기하고 싶고 질문하고 싶은 게 엄청나게 많았다. 그렇게 하면 엄마를 조금 더 이해하고, 지금까지는 손가락 사이로 빠져나가는 것 같기만 하던 남겨진 죄인들에 관한 통찰력을 얻는 데 적잖이 도움이 될지도 모른다는 생각이 들었기 때문이었다. 마페이 선생님 같은 사람이 그곳에서 행복할 수 있다는 사실은, 질이 뭔가를 놓치고 있다는 의미일지도 모르고, 따라서 그게 무엇인지 찾아낼 필요가 있다는 뜻일지도 몰랐다.

거기 있는 게 좋으세요? 마침내 연락을 해볼 용기를 냈을 때 질이 그녀에게 물었다. **별로 재미없을 것 같아서요.**

나는 만족스러워, 마페이 선생님이 대답했다. **소박한 삶이거든.**

어떻게 말을 안 하고 살 수 있어요?

우리가 손에서 놓아야 할 것들이 정말 많단다, 질. 수많은 습관과 도움과 기대 같은 것들. 그런 걸 포기해야만 해. 그게 유일한 방법이야.

〰〰

금발로 머리색을 바꾼 다음 날, 노라는 작별 편지를 쓰기 위해 자리를 잡고 앉았다. 하지만 편지를 쓰는 일은 생각보다 훨씬 어려운 작업이었다. 게다가 자리에 가만히 앉아 있기가 힘들다는 사실 때문에 훨씬 더 어렵게 느껴졌다. 그녀는 계속 식탁에서 일어나서 2층으로 올라가 침실에 있는 전신 거울 속에 자신의 모습을 비춰봤다. 이상하게 친숙해 보이는 낯선 금발의 여자가 서 있었다. 그러면, 얼마든지 따라잡을 머리 염색은 대성공이었다. 계속 경고를 받았던 불운한 결과가 구체화되지 않았다는 사실 한 가지 때문에 그렇게 판단하는 게 아니었다. 머리에 땜방이 생기지도 않았고, 녹색이 섞여 있지도 않았다. 탈색한 머릿결도 유해한 화학물질에 담갔다가 꺼냈다는 사실이 믿기지 않을 만큼 거의 기적적이라 할 정도로 아무런 영향을 받지 않아서, 그 어느 때보다 더 부드럽고 매끄럽게 느껴졌기 때문이기도 했다. 그러나 가장 큰 놀라움은 나쁜 일이 생기지 않았다는 사실이 아니었다. 금발이 타고난 머리색보다도 노라에게 훨씬 잘 어울린다는 점이었다. 만약 그녀 물론 미용사의 말도 옳았다. 노라의 지중해 빛 안색과 창백한 스웨덴 스타일의 머리 사이에는 뭔가 눈에 거슬리게 대비되는 지점이 있었다. 하지만 그것은 이상하게도 눈길을 사로잡는 부조화였다. 왠지 빤히 바라보고 싶은 그런 종류의 실수였다. 너무 조잡하고 볼품없어 보이면서도 어쩐 일인지 매력적으로 느껴져서 대체 그 이유가 무엇일까 궁금해하도록 만드는 그런 부자연스러움이었다. 지금까지 살아오는 내내 노라는 예쁜 여자였지만, 그녀의 아름다움은 딱히 관심을 끌지도 못하고, 막연하게 안심만 시키는 그런 종류였다. 다시 말해, 매일 잘 차려입고 다니는 사람들이 오히려 더 시선을 끌지 못하는 것과 마찬가지였다. 그러나 이제 생애 처음으로 그녀는 자신의 외모가 이국적이며 심지어는 약간의 경계심까지 느끼게 만든다는 느낌을 갖게 되었고, 그런 식으로 느껴진다는 사실에 기분이 좋아졌다. 이제는 자신의 몸과 마음이 일치하는 듯한 기분이 들었다.

그녀의 이기적인 마음은 케빈에게 전화를 걸어 작별주라도 한잔 하자고 초대를 하고 싶은 유혹을 느꼈다. 새로 태어난 자신의 모습을 그에게 보여주고 싶었다. 그리하여 그가 그녀의 아름다움에 찬사를 보내고, 제발 떠나지 말아 달라고 애원을 하게끔 만들고 싶었다. 하지만 그녀의 좀 더 이성적인 마음은 그게 얼마나 끔찍한 생각인지 잘 알았다. 그렇게 하는 건 잔인한 짓일 뿐 아니라, 영원히 그의 희망을 짓밟아 버리기 전에 마지막으로 한 번 더 여지를 주는 것밖에 되지 않을 터였다. 그는 좋은 사람이고, 그녀는 이미 충분히 그에게 상처를 주었다.

그것이 노라가 자신의 편지 속에서 담아내고자 희망하는 주요 내용이었다. 밸런타인데이에 한마디 양해도 구하지 않은 채 레스토랑에 그를 두고 떠나 버린 후, 몇 주 동안이나 그의 전화와 이메일을 다 무시해 버리고, 그가 초인종을 누르다 지쳐서 마침내는 현관문 밑으로 구슬픈 내용의 쪽지 한 장을 밀어 넣은 후 떠나버릴 때까지, 어두운 거실에 조용히 앉아 있기만 했던 자신의 행동에 대해 느끼는 죄책감을 털어놓고 싶었다.

내가 뭘 잘못한 거죠? 그가 밀어 넣은 쪽지에는 이렇게 적혀 있었다. **사과라도 할 수 있게 내가 뭘 잘못했는지만이라도 말해줘요.** **당신은 잘못한 거 없어요**, 그녀는 이렇게 말해주고 싶었지만, 결국은 아무 말도 하지 못했다. **모두 내 잘못이에요.**

사실 케빈은 그녀의 마지막 기회였다. 그들이 무도회에서 함께 대화를 나누고 춤을 추었던 그 날 밤, 그녀는 그가 자신을 구원해 줄 수 있을지도 모른다는 생각을 했다. 어떻게 옛 삶의 폐허 속에서 뭔가 그럴듯하고 실용적인 것을 찾아낼 수 있을지 그가 알려줄지도 모른다고 생각했다. 그리고 무도회에 있는 동안, 실제로 그런 일이 일어나기 시작했다고, 만성적인 상처가 천천히 치유되기 시작했다고 생각하기까지 했었다. 하지만 그녀는 자신을 속이고 있을 뿐이었다. 소망을 기회로 착각하고 있을 뿐이었다. 노라는 한동안 그 사실을 의심했지만, 그날 밤 팸플무스에서의 사건이 있고 나서야 확실히 알아차릴 수 있었다. 그날 그가 자기 아들에 관해 이야기하려 애를 쓰던 그 순간, 그녀가 느낀 감정이라고는 가슴 한가운데서 타는 듯이 갉아대는 공허한 증오심과 거의 구분도 할 수 없을 만큼 강렬한 씁쓸함과 부러움 뿐이었다.

웃기지 마, 노라는 계속 이렇게 되뇌었다. **너나 네 아들이나 다 엿먹으라고.** 그런데 정말 끔찍했던 것은 그가 그런 그녀의 마음을 전혀 눈치채지 못했다는 점이다. 그는 노라가 정상적으로 기능하는 심장을 가진 평범한 사람이라도 된다는 듯이, 아버지의 행복을 이해하고 친구로서 그 기쁨을 공유할 수 있는 그런 사람이라도 된다는 듯이 계속 이야기를 해 나갔다. 그리고 노라는 자신에게는 절대로 회복되지 않을 뭔가 잘못된 곳이 있다는 사실을 자각한 채 그저 고통 속에 가만히 앉아 있어야만 했다.

제발 그만해요, 그녀는 말하고 싶었다. **말해봐야 당신 입만 아프다고요.**

이제 그들은 이전에 거스와 줄리언이 사용했던 킹사이즈 침대에서 함께 잠을 잤다. 처음에는 좀 징그러웠지만, 어색한 시기는 곧 지나갔다. 침대는 커다랗고 편안했다. 매트리스는 첨단기술력으로 만들어 몸의 형태를 기억한다는 스칸디나비아 제품이었다. 로리 쪽으로 나 있는 창문을 열면 봄의 활력으로 넘쳐나는 뒷마당이 내다보였고, 아침 공기를 타고 라일락 향기가 스며들어왔다.

로리와 멕은 이전의 두 남자처럼 연인이 되지는 않았지만, 그렇다고 단지 친구로 남아 있지도 않았다. 지난 몇 주 동안 두 사람 사이에는 강한 친밀감이 자리 잡았다. 완벽한 신뢰를 바탕으로 한 그들의 유대감은 로리가 남편과 함께 나누었던 감정을 훨씬 넘어서는 것이었다. 그들은 이제 영생으로 연결돼 있었다.

지금 현재로는 그들에게 지워진 의무는 아무것도 없었다. 새로운 하우스메이트가 조만간 도착할 예정이었고, 그렇게 되면 그들의 한가로운 삶도 끝을 맺게 될 테지만, 아침에 늦게까지 침대에 웅크리고 누워 있다가 일어나 차를 마시고 조용한 목소리로 대화를 나눌 수 있는 현재 상태는 마치 달콤한 휴가처럼 느껴졌다. 때로 그들은 흐느껴 울기도 했지만, 웃는 것만큼 자주는 아니었다. 기분 좋은 오후 나절이면, 함께 공원을 산책했다.

앞으로 닥칠 일에 관해서는 많이 얘기하지 않았다. 사실, 할 말도 별로 없었다. 그저 거스와 줄리언처럼, 그리고 그들보다 앞서 그곳에 머물렀던 사람들처럼, 그들에게도 해야 할 일이 있었고 얼마든지 기꺼이 그 일을 해나갈 작정이었다. 그것에 관해 말을 해봐야 별 도움도 되지 않았다. 오히려 그들이 들어가 살고 있는 평화로운 거품 방울을 뒤흔들어 놓을 뿐이었다. 그저 현재에, 귀중한 나날과 남아 있는 시간에 집중하는 게 훨씬 나았다. 혹은 과거 속으로 천천히 떠다녀 보는 것도 괜찮았다. 멕은 자신의 결혼에 관해 자주 이야기했다. 결코 일어나지 않았던 그 특별한 날에 대해.

"나는 전통적인 결혼식을 올리고 싶었어요. 고전적인 방식으로요. 난 가운에 면사포까지 쓰고 웨딩드레스 꼬리를 길게 늘인 채 오르간 소리에 맞춰 아빠의 손을 잡고 주례석까지 나아가고, 게리는 거기서 눈물이 그렁그렁 고인 눈으로 날 기다리고 있는 거예요. 그런 결혼식을 꿈꿔왔었어요. 내가 사랑하는 모든 사람이 나를 바라보며 **신부가 정말 아름답지 않아요? 신랑이 세상에서 가장 운 좋은 남자 같지 않아요?** 라고 말하는 그 몇 분의 시간을 꿈꿔왔었죠. 로리의 결혼식도 그랬어요?"

"내 결혼식은 너무 오래전 일이야." 로리는 대답했다. "남아 있는 기억이라고는 엄청나게 스트레스를 받았다는 사실 뿐이지. 보통 오랫동안 계획을 짜고 준비하지만, 실제 결혼식은 원하는 정도에는 절대로 미치지 못하거든."

"어쩌면 아예 결혼을 안 한 게 다행일지도 모르겠네요." 멕이 말했다. "현실이 내 결혼식을 망쳐버릴 수 없으니까요."

"그래, 그런 식으로 생각하면 가장 좋을 것 같다."

"게리와 나는 총각파티 때문에 싸움을 했어요. 그의 베스트맨이 스트리퍼를 고용하고 싶어 했는데, 나는 그게 정말 싸구려 같다고 생각했거든요."

로리는 고개를 끄덕이며 최대한 흥미롭다는 표정을 지어 보이려 애를 썼다. 하지만 이미 여러 번 들었던 내용이라 그러기가 쉽지 않았다.

멕은 자신이 했던 얘기를 반복하고 있다는 사실을 깨닫지 못하는 모양이었다. 그리고 로리는 굳이 그것을 지적하고 싶지 않았다. 그녀의 친구가 오래 머물기로 작정한 정신적인 공간이 아닌가.

로리 자신은 아이들의 어린 시절에 더 마음이 갔다. 그때는 자신이 매우 필요하고 결단력도 있는, 사랑으로 완전히 충전된 배터리 같은 사람이라고 느끼던 시절이었다. 매일 그녀는 그 배터리를 다 써버렸지만 놀랍게도 매일 밤 그것은 기적적으로 재충전 되곤 했다. 그때만큼 좋았던 시절도 없었지 싶었다.

"나는 그 생각 자체가 싫었어요." 멕이 계속 말을 이었다. "술에 잔뜩 취한 남자들이 보나 마나 학대받고 자란 약물 중독자가 분명할 어느 가련한 여자애를 에워싸고 환호성을 질러댈 거 아니에요. 그리고 그런 다음에는요? 그 여자가 정말…… 남자들이 보는 앞에서 그걸 할까요?"

"나도 몰라." 로리가 말했다. "가끔 그런 일이 일어나는 것 같더라. 남자들에 따라 다르기는 하겠지."

"상상이 가세요?" 멕이 머릿속으로 그 장면을 상상하기라도 하는지 인상을 찌푸리며 말했다. "한 남자가 지금 교회에 있다고 쳐봐요. 그 사람 인생에서 가장 중요한 날이에요. 그리고 신부가 마치 공주처럼 하얀 드레스를 입고 통로를 따라 걸어오고 있어요. 남자의 부모님은 첫 줄에 앉아 있어요. 어쩌면 조부모님도 계실지 몰라요. 그런데 남자의 머릿속에는 전날 밤 스트립쇼를 했던 매춘부 생각으로 꽉 차 있는 거예요. 대체 남자들은 왜 자신에게 그런 짓을 할까요? 왜 그 아름다운 순간을 그런 식으로 망치는 거죠?"

"과거에는 사람들이 온갖 미친 짓을 다했어." 로리는 마치 시간의 안갯속에서 거의 알아보지도 못할 만큼 흐릿하게 남아 있는 고대의 역사에 관해 언급하듯이 말했다. "아무 생각이 없었던 거지."

친애하는 케빈에게,

당신이 이 편지를 읽고 있을 때쯤이면, 노라는 이 세상에 더는 존재하지 않을 거예요. 미안해요, 어쩌면 이 말이 내가 의도했던 것보다 훨씬 불길하게 들릴지도 모르겠네요. 내 말은 메이플턴을 떠날 작정이라는 의미예요. 다른 사람이 되어 새로운 삶을 시작하기 위해 어딘가 다른 곳으로 향할 생각이에요. 그러니 당신은 날 다시 볼 수 없을 거예요. 이런 얘기를 마주 보고 전하지 않고 편지로 전하는 게 너무 무례하게 느껴지지는 않을까 걱정이 되네요. 하지만 이런 식으로 털어놓는 것도 내게는 충분히 힘든 일이라는 걸 이해해 주길 바라요. 내가 정말 원하는 것은 사라져 버린 내 가족들처럼 나도 공기 속으로 녹아들어 버리는 거예요. 하지만 당신은 그보다는 훨씬 나은 대접을 받아야만 해요. 모든 사람이 늘 자신에게 합당한 대우를 받는 건 아니니까요.

내가 하고 싶은 말은 이거예요. 고마웠어요. 나와 관계를 이어나가기 위해 당신이 얼마나 힘들게 노력했는지 잘 알고 있어요. 내게 너무도 많은 것을 줬지만, 정작 그 대가로 당신이 받은 것은 거의 없다는 사실도 잘 알아요. 내 책임을 다하고 싶지 않아서 그랬던 것은 아니에요. 할 수만 있었다면 정말 최선을 다해 보답하려 했을 거예요. 하지만 그렇게 할만한 기력이 없었어요. 아니, 실은 어떻게 해야 할지 그 방법을 몰랐을 수도 있어요. 우리가 함께했던 매 순간마다, 나는 마치 낯선 집 안의 어둠 속에서 전등 스위치를 찾느라 허둥대며 돌아다니는 듯한 기분을 느꼈어요. 그러다가 스위치를 하나 찾아 켜면, 전구가 나가 있었죠. 당신이 나에 대해 알고 싶어 했고, 그러기 위해 할 수 있는 모든 노력을 기울였다는 걸 잘 알아요. 바로 그런 식으로 다들 누군가를 만나 관계를 맺게 되는 거잖아요, 맞죠? 단지 몸뿐 아니라, 꿈과 상처와 이야기 같은 모든 걸 다 함께 나누고 치유해 가잖아요. 우리가 함께 있을 때면, 나는 당신이 뒤로 한 발 물러나서 발뒤꿈치를 들고 내 주위를 살금살금 돌아다니는 듯한 느낌을 받았어요. 내가 마음속의 비밀을 지켜갈 수 있게끔 여지를 주려 했던 거겠죠. 그건 내가 고마워해야 할 것 같아요. 당신의 신중함과 연민은 물론이고 신사다운 행동도 정말 고마웠어요.

하지만 문제는 당신이 뭘 알고 싶어하는지 내가 알고 있었고, 그 때문에 당신에게 화가 나 있었다는 거예요. 그거야말로 진퇴양난의 상황 아닌가요? 나는 당신이 묻지 않는 질문 때문에 화가 나 있었고, 당신은 그걸 내게 질문하면 내가 화를 낼 것 같으니까 묻지 못한 거죠. 그렇지만 당신은 때를 기다리고 있었던 거예요. 차분하게 희망을 걸고 기다렸던 거죠, 안 그런가요? 확인도 할 겸."

그러니 이제 적어도 당신에게 한 가지 대답은 해주고 싶어요. 그 정도는 당신에게 빚을 진 것 같거든요. 다람쥐가 나무 둥치를 향해 조르르 달려갔다. 그 우리는 가족이 모두 모여 저녁 식사를 하고 있었어요. 긁어대고 있었다. 케빈 이런 식으로 말하면 좀 이상하게 들릴 것 같네요. 당신은 모두가 함께 식탁에 둘러앉아 이야기하고 웃고 음식을 즐기는 모습을 떠올릴 테니까요. 하지만 그런 식이 아니었어요. 나와 터그 사이에는 긴장감이 흐르고 있었죠. 지금은 나도 그날 왜 그랬는지 이해할 수 있을 것 같아요. 하지만 당시에는 그저 남편이 일 때문에 너무 바쁘고 정신이 없어서 가족의 삶 속으로 온전히 자신을 들여놓지 못하고 있다고 생각했어요. 그는 늘 그 빌어먹을 스마트폰만 확인했는데, 매번 그게 진동할 때마다 마치 신에게서 메시지라도 온 것처럼 기계를 홱 잡아채 가곤 했죠. 물론 그건 신이 아니라, 그의 귀엽고 어린 여자친구에 지나지 않았어요. 하지만 어느 쪽이든 그에게는 가족보다 훨씬 관심이 갔겠죠. 지금도 그 생각을 하면 남편이 너무도 증오스러워요. 전체 리듬을 다 망쳐버렸다. 하지만 그럼에도 톰은 그녀 아이도 역시 심술이 잔뜩 나 있었어요. 저녁에는 기분이 좋은 적이 별로 없었죠. 아침이면 생기가 넘치고 잠자리에 들 때도 사랑스러운 아이들이었지만, 저녁 식사 시간 만큼은 시련의 연속이었죠. 제러미는 짜증만 냈어요. 왜냐하면…… 왜 그랬을까요? 나도 그 이유를 알았으면 좋겠어요. 어쩌면 여섯 살이라는 나이가 너무 힘들어서 그랬을 수도 있고, 또는 자신이 제러미라는 그 사실 자체가 너무 힘들었을지도 모르죠. 어쨌든 사소한 일에도 울기부터 했어요. 그리고 애가 별것 아닌 일에 울기 시작하면 더그는 짜증이 나서 어찌할 줄 몰라했어요. 그래서 가끔은 애한테 어찌나 모질게 말을 하는지 그 때문에 제러미가 더 기분이 안 좋아지곤 했죠. 에린은 겨우 네 살밖에 안됐었지만, 오빠를 성가시게 하는 데는 재능을 타고났었죠. 냉정한 목소리로 제러미가 또 운다고, 꼭 어린 아기처럼 군다고 지적을 해대면, 아들은 또 동생에게 있는 대로 성질을 부려댔죠.

나는 그들 모두를 사랑했어요, 정말이에요. 바람피우는 남편, 연약한 아들, 너무 되바라진 어린 딸. 하지만 나는 내 삶을 사랑하지는 않았어요. 적어도 그날 밤은 아니었어요. 그날 저녁 메뉴는 내가 잡지에서 찾아낸 모로칸 치킨 조리법으로 만든 음식이었는데, 그것을 차려내기 위해 나는 정말 열심히 애를 썼어요. 그런데 아무도 음식 같은 건 신경 쓰지 않았죠. 더그는 가슴살이 좀 뻣뻣하다고 했고, 제러미는 배가 고프지 않다면서 어쩌고저쩌고…… 그랬었죠. 그냥 짜증 나는 밤이었어요, 그게 다예요.

그리고 그때, 에린이 사과 주스를 쏟았어요. 별 대수로운 일도 아니었죠. 그렇지만 문제는 내가 그렇게 말렸는데도 에린이 뚜껑 없는 컵에다가 주스를 마시겠다고 엄청나게 떼를 썼다는 거예요. 그래서 그렇게 된 거냐고요? 맞아요, 결국은 우려하던 일이 벌어지고 말았던 거죠. 나는 그런 일에 화가 나서 이성을 잃어버리는 그런 부모는 아니었어요. 그런데 그날 밤에는 그랬죠.

"아, 정말, 에린, 엄마가 뭐라 그랬어!"

그러자 애는 울기 시작했어요. 나는 남편이 일어나서 키친타월을 가져다주리라 기대하며 그의 쪽을 바라봤지만, 남편은 일어나지 않았어요. 그저 나를 보며 미소만 잿더군요. 마치 지금 벌어진 일은 자기와는 아무 상관도 없다는 듯이, 마치 자신은 우리와는 다른 월등히 뛰어난 존재라서 우리 위를 둥둥 떠다니고 있다는 듯이 굴었어요. 그래서 물론 내가 다 해야 했죠. 나는 일어나서 부엌으로 갔어요.

내가 그곳에 얼마나 오래 있었더라? 아마 30초 정도? 키친타월을 둘둘 말아 끊어서 한 움큼을 손에 쥐고 이 정도면 충분할까, 아니면 너무 많이 뜯어가는 것은 아닐까 생각하고 있었어요. 다시 와서 더 뜯어가고 싶지도 않았지만, 너무 많이 뜯어가서 괜히 종이만 낭비하고 싶지도 않았거든요. 뒤에 남겨두고 온 난장판을 떠올리며 잠시라도 그곳에서 벗어나 있는 것에 안도감을 느꼈던 것도 기억나요. 하지만 동시에 화도 나고 혹사당하는 느낌도 들고, 인정받지 못한다는 느낌에 서운하기도 했어요. 그래서 잠시 눈을 감고 1~2초 정도 마음을 비우려 애를 썼던 것 같아요. 바로 그 순간 그 일이 일어났을 거예요. 울음소리가 멈추고 갑자기 집안에 평화가 찾아들었다는 사실을 알아차린 기억이 나거든요.

그래서 내가 식당으로 돌아가 가족이 모두 사라진 걸 확인했을 때 뭘 했다고 생각해요? 비명을 지르거나 울부짖거나 기절이라도 했을 것 같아요? 아니면 엎질러진 주스가 테이블로 퍼져나가 곧 식당 바닥으로 떨어져 내릴 것처럼 보이니까 그냥 주스를 닦아냈을 거라고 생각해요?

내가 뭘 했을지 알잖아요, 케빈.

나는 그 빌어먹을 주스를 닦아내고, 다시 부엌으로 들어가서 푹 젖어버린 키친타월을 휴지통에 버리고, 수도꼭지 밑에서 손을 헹궜어요. 손을 말린 후에는, 다시 식당으로 돌아가서 텅 빈 식탁과 접시와 유리잔과 먹다 남은 음식을 다시 한 번 바라봤죠. 텅 빈 의자들도요. 그리고 그 이후에 무슨 일이 일어났는지는 정말 모르겠어요. 내 기억이 그 순간에 멈춰버렸다가 몇 주 후부터 다시 기억이 나는 것 같거든요.

내가 이 얘기를 플로리다에서 들려줬더라면 당신에게 좀 더 도움이 됐을까요? 혹은 밸런타인데이에라도 들려줬더라면? 그럼 나에 대해 좀 더 잘 아는 듯한 기

분이 들었을까요? 아마 당신은 내가 이미 알고 있다고 생각하는 말을 내게 해주었
을지도 몰라요. 아이의 울음이나 엎질러진 주스는 별로 중요하지 않다고, 부모는
모두 스트레스에 지쳐 있고, 화가 나 있으며, 늘 약간의 평화와 고요를 갈망한다
고. 그건 사랑하는 사람이 영원히 사라져 버렸으면 좋겠다고 바라는 것과는 다른
거라고.

하지만 그게 같은 거라면 어쩌죠, 케빈? 그럼 어떻게 되는 건데요?

당신이 행복하길 진심으로 바랄게요. 내게 정말 잘해줬지만, 나는 수선 불가능
이에요. 당신과 함께 춤췄던 날 정말 행복했어요.

사랑을 보내며, 노라.

GRgrl405 (10:15:42 P.M.): 어떻게 지내?

Jillpill123 (10:15:50 P.M.): 좀 춥네요. 선생님은요?

GRgrl405 (10:15:57 P.M.): 네 생각 하고 있었어 (:

Jillpill123 (10:16:04 P.M.): 저도요(:

GRgrl405 (10:16:11 P.M.): 놀러와

Jillpill123 (10:16:23 P.M.): 잘 모르겠어요……

GRgrl405 (10:16:31 P.M.): 너도 여기 마음에 들 거야

Jillpill123 (10:16:47 P.M.): 거기가서 뭐해요?

GRgrl405 (10:16:56 P.M.): 하룻밤 자고 가(:

Jillpill123 (10:17:07 P.M.): ???!

GRgrl405 (10:17:16 P.M.): 그냥 하루나 이틀 정도. 어떤가 보는 거지

Jillpill123 (10:17:29 P.M.): 아빠한테는 뭐라 그래요?

GRgrl405 (10:17:36 P.M.): 그건 네가 알아서 해

Jillpill123 (10:17:55 P.M.): 생각해볼게요

GRgrl405 (10:18:08 P.M.): 너무 부담 갖지 말고 멜론처럼 큼지막하면

Jillpill123 (10:18:22 P.M.): 좀 무서워요

GRgrl405 (10:18:29 P.M.): 무서워해도 괜찮아 그것이 자연분만의 시련

Jillpill123 (10:18:52 P.M.): 다음 주쯤에 가도 될까요? 방식이었다. 자연

GRgrl405 (10:18:58 P.M.): 그럼, 물론이지(: 그는 의사도 병원도 약물도 사용하지 말라고 했다. 단지 아이팟에서 흘러나오는 조용한 모타운 사운드 속에서 한 명의 산파와 얼음만 이용해서 출산하길 바랐다. 그동안 테런스 포크는 비디오카메라를 들고 후대를 위한 크나큰 사건이 될 장면을 기록할 준비를 하고 서 있을 터였다.

"나 불평하면 안 되는데." 그녀가 말했다. "두 분 다 나한테 정말 잘해주잖아. 그냥 좀 갑갑해서 그러는 거야, 알지?"

근래 들어 크리스틴은 임신한 상태로 집 안에만 갇혀 지내는 것에 싫증이 나서 어찌할 줄 몰라했다. 특히 날씨가 좋아서 더욱 그랬다. 바로 지난주에도, 그녀는 포크 부부를 설득해서 함께 시골로 드라이브를 나갔지만, 포크 부부는 그녀를 차에 태우고 다닌다는 사실에 너무 긴장한 나머지, 사고라도 났다가는 정말 큰 일이라는 말 외에는 그 어떤 말도 할 수 없었고, 당연히 드라이브는 그 누구에게도 전혀 즐겁지 않았다.

"걱정하지 마." 그는 팔을 뻗어 크리스틴의 손을 꼭 쥐어 안심시켰다. "이제 다 왔어. 며칠만 더 견디면 돼."

"그때쯤이면 그분이 석방될 거라고 생각해?"

"나도 모르겠어." 그가 말했다. "법체계가 어떻게 돌아가는지는 나도 잘 몰라."

지난 몇 주 동안, 포크 부부는 길크리스트 씨의 변호사가 소송에 상

에 붙인 채 천천히 얕은 호흡을 하며 침대에 똑바로 누워 있는 그녀의 모습은 오히려 행복해 보였다. 얼굴은 텅 비어 고요했으며, 커다란 몸에 얇은 담요를 덮어 놓은 모습은 완벽한 인간 이글루처럼 보였다. 예정일은 이제 한 주 앞으로 다가와 있었다.

"이봐, 잠꾸러기." 톰은 크리스틴의 손을 잡고 처음에는 검지, 그다음에는 중지, 이렇게 마지막 새끼손가락까지 천천히 부드럽게 당겨주었다. "이제 일어나야지."

"놔둬." 그녀가 중얼거렸다. "피곤하단 말이야."

"알아. 그렇지만 일어나야 해."

"제발 나 좀 내버려둬."

이제 크리스틴은 엄청난 의지력과 병참학적 계산 없이는 혼자 옆으로 돌아누울 수도 없는 상태였다. 따라서 그로 인한 여러 제약 탓에 톰은 달래고 크리스틴은 저항하며 실랑이를 벌이는 시간이 늘 몇 분 정도는 걸렸다.

운전해 가는 동안 톰은 크리스틴에게 메이플턴에 관해 이야기해주었다. 오하이오에 가는 길에 하룻밤 잠시 들르는 것이 아니라, 그의 가족과 함께 며칠 지내다 갔으면 하는 바람에서 하는 얘기였다.

"집이 상당히 커." 그가 말했다. "나 예전에 쓰던 방에서 원하는 만큼 얼마든지 오래 머물러도 괜찮을 거야. 아버지와 여동생도 아기를 보면 좋아서 어쩔 줄 모를 걸." 그녀는 그 말을 듣고 인상을 찌푸렸다. 마치 그가 먼 친척이라도 되는 듯.

이 말은 좀 주제넘은 추측이긴 했다. 아버지와 동생은 그에게 동행이 있다는 사실은 고사하고 그가 집으로 오고 있다는 사실조차도 몰랐기 때문이다. 톰은 가족에게 미리 연락을 하기로 돼 있었지만, 지난 며칠간은 상황이 너무 좋지 않아서 그럴 경황이 없었다. 그는 미리 계획을 세워 움직이기보다는 메이플턴에 가까이 갔을 때 상황을 봐서 알리는 게 더 낫겠다고 결론지었다. 그가 정말 하고 싶지 않았던 일은 아버지의 기대만 부풀려 놓고 다시 실망시키는 상황이었다. 이미 과거에도 여러 번 그러지 않았던가.

"여름에는 정말 살기 좋아. 두 블록만 가면 커다란 공원과 호수가 있어서 헤엄도 치고 놀 수 있어. 내 친구 녀석 하나는 정원에 온수 욕조를 설치해놨어. 그리고 시내에 나가면 맛있는 인도음식점도 하나 있고."

이제 톰은 크리스틴이 듣고 있는지 확신도 서지 않는 상태에서 이말저말 즉흥적으로 해대고 있었다. 메이플턴으로 가는 이번 짧은 방문은 그의 입장에서는 크리스틴과 아기가 그의 삶에서 떠나가 버리기 전 그들에게 좀 더 시간을 벌어주고자 마지막으로 시도해보는 필사적인 노력이었다.

"엄마도 아직 그곳에 계시면 좋을 텐데. 엄마야말로 정말……."

아기가 뒷자리에 놓아둔 요람에서 울음을 터트렸다. 이제 태어난 지한 주도 되지 않은 여자 아기는 정말 작았으며 그만큼 폐활량도 크지 않았다. 낼 수 있는 소리라고는 억지로 쥐어짜는 듯한 가냘픈 울음소리가 전부였다. 하지만 톰은 그 소리가 그의 말초 신경을 자극해서 매우 강렬한 본능적인 반응을 이끌어 내는 데 놀라움을 금치 못했다. 아기의 울음소리가 나면 그는 즉시 공황상태에 빠져 버렸고, 긴박감이 온몸을 휘감아 도는 듯한 기분을 느꼈다. 하지만 그가 할 수 있는 일이라고는 아기의 잔뜩 찌푸린 화난 얼굴을 백미러를 통해 흘깃 바라보며 이제는 거의 자신의 두 번째 천성처럼 느껴지기 시작한 달콤한 목소리로 아기를 달래는 것뿐이었다.

"괜찮아, 아가. 아무것도 걱정할 필요 없어. 조금만 참자, 우리 예쁜 완두콩. 모든 게 다 잘 되고 있어. 이제 다시 자는 거야, 알았지?"

그는 가속페달을 밟은 발에 힘을 주었다. 그리고는 속도계 바늘의 투지 넘치는 도약과 함께 엔진이 열정적으로 반응하는 소리를 듣고는 깜짝 놀랐다. 지금보다 빠르게 달려간다면 차야 더 좋아하겠지만, 빌린 BMW를 몰고 가다가 과속으로 딱지를 떼는 상황에 부딪힐 수는 없다는 생각이 들었다. 물론 차를 빌렸는지 훔쳤는지는 포크 부부가 상황을 어떻게 바라보는가에 달린 문제이기는 했다.

"다음 휴게소까지 약 15킬로미터쯤 가면 될 것 같아." 그가 말했다. "너도 아까 교통 표지판에 쓰여 있는 거 봤지?"

크리스틴은 대답하지 않았다. 조수석에 앉아 있는 그녀는 거의 긴장 증적인 증세를 보이고 있었다. 양쪽 다리를 의자에 올리고 무릎을 턱 아래서 껴안은 채 당혹스러울 만치 온화한 표정으로 앞만 빤히 바라봤다.

그녀는 마치 뒷좌석에 있는 아기가 톰이 길에서 태운 별로 반갑지 않은 히치 하이커라도 된다는 듯이, 따라서 그녀의 관심을 요구할 권리 같은 건 전혀 없다는 듯이 행동하면서 차를 타고 오는 내내 그런 상태로 있었다.

"울지 마, 우리 공주님," 그가 어깨너머로 말했다. "배고픈 거 알아. 금방 맘마 줄게, 알았지?"

놀랍게도 아기는 그의 말을 이해한 것 같았다. 몇 번인가 실제 떼를 쓰는 울음소리가 아닌 울음의 여파로 흘러나오는 가벼운 딸꾹질처럼 들리는 소리로 칭얼대더니 곧 다시 잠이들었다. 톰은 크리스틴을 흘낏 돌아봤다. 가벼운 미소라도, 아니면 그저 고마움을 표하는 한 번의 끄덕임이라도 돌아오길 기대했지만, 그녀는 아기의 울음소리를 알아채지 못한 것처럼 고요함도 알아차리지 못한 듯했다.

"맘마 아주 많이 줄게."

그는 자신의 승객이 아니라, 자기 자신에게 말하듯이 중얼거렸다.

아기와 전혀 교감하지 못하는 크리스틴의 모습은 톰을 두렵게 만들기 시작했다. 그녀는 아직 아기에게 이름도 지어주지 않았고, 거의 말도 걸지 않았으며, 아기의 몸에 손도 대려 하지 않았다. 게다가 가능한 한 쳐다보지도 않으려 했다. 병원을 떠나기 전에 그녀는 모유 분비를 멈추게 하는 주사를 맞았고, 그때 이래로 톰이 아기를 먹이고, 기저귀를 갈고, 목욕시키는 임무를 도맡아 하는 것에 지극히 만족스러워했다.

그는 크리스틴이 약간 신경증적인 증상을 보이는 것까지 탓할 수는 없었다. 그도 여전히 충격에서 벗어나지 못한 상태였기 때문이다. 길크리스트 씨의 유죄 인정과 치욕스러운 자백 이후에 모든 것이 너무도 빠르게 무너져 버리고 말았다. 길크리스트 씨는 자신이 십 대 소녀 연쇄 강간범이라는 사실을 공개적으로 인정하고 자신의 '진짜 아내'에게 용서를 애걸했다. 그리고 아내만이 자신이 유일하게 사랑한 사람이라고 주장했나. 그의 배반에 분노한 크리스틴은 그 다음 날 바로 진통을 시작했고, 첫 진통부터 고통을 이기지 못해 비명을 지르며 병원으로 데려다 달라고 요구했으며, 가장 강한 진통제를 처방해 달라고 떼를 썼다.

그녀의 요구에 반대하기에는 포크 부부의 사기도 엄청나게 저하돼 있었다. 심지어는 그들도 자신들이 막다른 길에 도달했으며, 지금까지 그들을 지탱해온 계시라는 것도 헛된 몽상에 지나지 않았다는 사실을 깨달은 듯했다. 톰은 9시간의 진통 내내 크리스틴 곁에 머물렀다. 그녀가 약물 처방으로 인한 섬망 탓에 정신이 오락가락하면서 분만실의 간호사들까지도 감탄할 정도로 신랄하게 아이의 아버지를 저주하는 동안에도 그는 그녀의 손을 잡고 앉아 있었다. 톰은 아기가 엄마의 몸속에서 주먹을 꽉 쥔 채 뿜어지듯 세상 밖으로 나오는 모습을 경탄 속에 바라봤다. 퉁퉁 부은 두 눈은 꼭 감겨 있었고, 새까만 머리카락 은 피와 다른 탁한 액체들과 함께 엉겨붙어 있었다. 의사는 톰이 탯줄 을 자르게 하더니 마치 아기가 톰의 소유물이라도 된다는 듯이 그의 팔에 안겨 주었다.

"얘가 네 딸이야." 그는 발가벗은 채 꼬물거리는 아기를 선물처럼 크 리스틴에게 내밀며 말했다. "공주님에게 안녕이라고 인사해줘."

"저리 치워." 그녀가 이제 기적처럼 보이지 않는 기적의 아이에게서 고개를 돌리며 말했다. "내 눈에 보이게 하지 마."

그들은 다음 날 오후 포크 부부의 집으로 돌아갔지만 테렌스와 마 르셀라 포크는 떠나고 없었다. 부엌 식탁 위에 쪽지가 하나 놓여 있었 다. **몸조리 잘하길 바라요. 우린 월요일까지 시골에 다녀올 거예요. 부디 우리가 돌아오기 전에 떠나주길 바랍니다!** 곁에는 봉투 하나 가 놓여 있었고 그 안에는 현찰 1천 달러가 들어 있었다.

"이제 어쩌지?" 그가 물었다. 크리스틴은 오래 생각해보지도 않고 대 답했다.

"나 집에 돌아갈래. 오하이오로 갈 거야."

"정말?"

"거기 말고 갈 데가 어딨어?"

"나와 함께 좀 생각해보자."

"싫어," 그녀가 말했다. "난 집으로 갈 거야."

그들은 포크 부부의 집에 나흘을 더 머물렀다. 그동안 크리스틴은 잠자는 것 외에 거의 아무것도 하지 않았다. 그 시간 내내, 아기의 기 저귀를 갈아주고, 분유를 타 먹이고 한밤중에 깨어나 집안으로 더듬 거리며 돌아다니는 동안, 톰은 그녀가 일어나서 그가 이미 알고 있는 사실을 말로 해주기를 기다렸다. 다 괜찮을 거라고, 실제로 모든 면에서 좋은 결과를 보게 될 거라고. 그들은 이제 작은 가족이었다. 이제는 자유롭게 서로를 사랑할 수 있었고, 원하는 건 무엇이든 할 수 있었다. 함께 맨발의 사람들을 찾아가서 행복한 유목민으로 살며 바람 따라 떠돌아다닐 수도 있었다. 그러나 아직 그런 일은 일어나지 않았고, 지금 이곳과 오하이오 사이에는 그리 먼 거리가 남아 있지도 않았다.

...

톰은 자신이 명확한 판단을 내리지 못하고 있음을 잘 알았다. 그는 냉정한 생각을 하기에는 너무 지쳐 있었고, 아기를 돌보는 일과 크리스틴을 잃을지도 모른다는 두려움에 과도하게 몰두해 있었다. 그러나 그는 집으로 돌아감으로써 부딪히게 될 시련에도 미리 대비를 해두어야 한다는 사실 또한 알고 있었다. 자신의 것도 아닌 독일제 세단을 타고 이마에는 과녁을 그려 넣은 채, 전에 한 번도 언급한 적이 없는 심하게 낙담한 소녀와 그의 자식도 아닌 아이까지 데리고 아버지의 집 앞에 도착했을 때 받게 될 그 당연한 질문들에 대비를 해 두어야 할 터였다. 엄청나게 많은 설명이 뒤따라야 할 테니 말이다.

"있잖아," 톰은 휴게소 초입에 가까워지는 동안 속도를 늦추며 말했다. "이걸로 자꾸 귀찮게 하고 싶지는 않지만, 그래도 아기 이름은 지어줘야 할 것 같아서 그래."

그녀는 약하게 고개를 끄덕였다. 동의한다는 의사 표현이 아니라, 그냥 자신이 그의 말을 듣고 있다는 것만 알리고자 함이었다. 그들은 휴게소 주차장으로 이어지는 경사로를 향해 나아갔다.

"얼마나 이상할지 생각해봤어? 아기가 태어난 지도 이미 한 주가 다 됐잖아. 그런데 아버지에게 내가 뭐라고 얘기를 하겠어? '이쪽은 제 친구 크리스틴이고, 얘는 친구의 이름 없는 아기예요'라고 해?"

고속도로는 통행량이 줄어 있었지만, 휴게소 주차장은 차량으로 꽉 차 있었다. 마치 온 세상 사람이 동시에 화장실에 가야겠다고 결심이라도 한 듯했다. 그들은 느린 속도로 움직이는 차량의 행렬을 따라갔다. 차 한 대가 빠져야만 한 대가 들어갈 수 있을 정도였다.

"뭐 그리 힘든 일도 아니야." 그가 계속 말을 이었다. "꽃이나 새나 달 이름 같은 걸 생각해봐. 아기를 로즈나 로빈이나 아이리스, 에이프릴 같은 그런 이름으로 부르면 되잖아. 아무것도 없는 것보다는 뭐라도 지어주는 게 낫지."

그는 캠리가 빠지기를 기다렸다가 자리가 비고 나서 그 자리로 미끄러져 들어갔다. 기어를 주차 위치에 놓았지만, 엔진을 끄지는 않았다. 크리스틴이 그를 돌아봤다. 그녀의 이마에는 아침에 케임브리지를 떠나기 직전 톰이 고동색과 황금색으로 그려준 과녁이 있었다. 그와 아기의 과녁과 같은 것이었다. 그건 일종의 팀 휘장이자 한 부족에 속해 있다는 표식 같았다. 크리스틴의 얼굴은 창백하고 공허해 보였지만, 고통스러운 광채를 발산하는 듯했다. 그가 그녀의 방향으로 쏘아 보내지만, 그녀는 흡수하기를 거부하는 사랑을 그 고통스러운 광채가 반사해 보내는 듯했다.

"네가 하나 골라봐," 그녀가 말했다. "나는 아무래도 상관없으니까."

~~~~

케빈은 휴대폰을 확인했다. 5시 8분이었다. 그는 간단히 먹을 것을 챙겨 먹고 운동복으로 갈아입은 후 6시까지 소프트볼 경기장으로 가야 했다. 물론 에이미만 몇 분 내에 일하러 나가준다면 얼마든지 가능한 일이었다.

낮게 걸린 태양이 나무 꼭대기 사이로 타는 듯한 뜨거운 햇살을 내리비치고 있었다. 그는 집에서 네 집 정도 더 내려간 막다른 골목 끄트머리, 햇살을 정면으로 마주 보는 위치에 차를 대놓고 앉아 있었다. 이상적인 주차 장소는 아니었지만, 현 상황에서는 최적의 장소였다. 로벨 테라스에서는 유일하게 지켜보기 좋은 장소라는 의미였다. 다시 말해, 그곳에서는 그의 정체를 드러내지 않고도 집안으로 들어서고 나서는 사람들의 모습을 지켜볼 수 있었다.

그는 대체 에이미가 왜 이렇게 오래 걸리는 것인지 궁금했다. 그녀는 애플비에 일찍 들르는 손님들을 맞아야 했기에 보통 4시면 집에서 나갔다. 케빈은 혹시 에이미가 아픈 것은 아닐지, 또는 쉬는 날인데 그것을 미리 알려주지 않은 것은 아닌지 궁금했다. 만약 그런 경우라면, 그는 자신의 선택지를 다시 살펴봐야만 했다.

정말로 에이미의 일정을 그가 모르고 있는 거라면 한심하기 그지없는 일이었다. 몇 분 전에 에이미와 전화통화를 했기 때문이었다. 원래 그는 질에게 전화를 걸었다. 종종 늦은 오후에 그러듯이 혹시 들어가는 길에 식료품점에서 사다줄 만한 건 없는지 확인하려는 전화였지만, 수화기를 집어 든 사람은 에이미였다.

헤이, 그녀가 평소보다 좀 심각한 목소리로 전화를 받았다. **하루 잘 보냈어요?**

그럼. 그는 잠시 주저했다. **실은 좀 이상한 날이었어.**

무슨 일이라도 있었어요?

그는 에이미의 말을 무시하고 물었다.

질 집에 있니?

아니요, 저 혼자예요.

바로 그때 그는 왜 일하러 안 가고 집에 있느냐고 에이미에게 물었어야만 했다. 하지만 그는 에이미가 집안에 혼자 있다는 생각에 정신이 산만해져서 너무 허둥거리고 말았다.

그래 알았어, 그가 말했다. **내가 전화했더라고 전해줘, 알았지?**

그는 보도를 따라 그의 방향 쪽으로 걸어오는 아일린 카나한이 그의 존재를 알아차리지 못하기를 바라며 운전석 등받이에 몸을 푹 기대고 앉았다. 그녀는 자신의 늙은 코커스패니얼과 함께 저녁 식사 전 산책을 나온 모양이었다. 얇은 햇빛 가리게 모자를 쓴 아일린이 목을 길게 빼더니 그의 모습을 확인하고는 무슨 일이 있는 건 아닌가 생각하며 당황스럽다는 듯이 인상을 찌푸렸다. 전화기를 귀에 대고 누른 채 케빈은 미안해하는 미소를 지으며 지금은 대화를 나눌 수 없다는 듯 손을 흔들어 보였다. 그리고 최선을 다해 자신은 중요한 업무를 처리하고 있는 매우 바쁜 사람일 뿐 절대로 자기 자신의 집을 훔쳐보고 있는 변태가 아니라는 것을 피력하며 그녀의 시선을 피했다.

케빈은 적어도 아직까지는 자신이 돌이킬 수 없는 선을 넘은 것은 아니라는 사실을 상기하며 스스로를 위로했다. 그러나 그는 하루 종일 그 생각만 하고 있었다. 그리고 더는 에이미와 단둘이 있는 상황에서 자신을 신뢰할 수가 없을 것 같았다. 아침에 그런 일이 일어난 후로 이제 더는 아니었다. 한동안은 에이미와 거리를 두고 지내는 게 나을 듯했다. 그러다가 다시 적절한 경계를 설정해야 할 듯했다. 지금까지의 경계는 지난 몇 주 동안 어딘가로 다 용해돼 없어져 버렸다. 이제 에이미는 그를 아저씨라고도, 심지어 케빈이라고도 부르지 않았다. 그게 경계가 없어져 버린 증거 중의 하나였다.

헤이, 케브, 졸린 눈을 비비며 부엌으로 들어서며 에이미가 그렇게 그를 불렀다.

잘 잤니, 그는 손바닥 위에 작은 접시 더미를 쌓아 올린 채 찬장 쪽으로 걸어가며 대답했다. 식기세척기에서 갓 꺼낸 접시들은 아직도 따뜻했다.

그는 에이미의 목소리나 태도에서 그를 유혹하는 듯한 느낌은 전혀 감지하지 못했다. 그녀는 늘상 봐서 새로울 것도 없는 요가 바지와 티셔츠를 입고 있었다. 그는 평소와 마찬가지로 그녀를 봐서 행복했고, 그녀가 늘 제공하는 긍정적인 기운에 감사함을 느꼈을 따름이었다. 커피메이커 쪽으로 걸어가는 대신 에이미는 냉장고 쪽으로 방향을 틀더니 냉장고 문을 열고 안쪽을 들여다봤다. 그리고는 생각에 빠진 사람처럼 한동안 그러고 서 있었다.

뭐 필요한 거 있어? 그가 물었다.

에이미는 대꾸가 없었다. 찬장에서 돌아서면서 그는 뭐든 도움이 되어야겠다는 생각에 그녀의 뒤로 다가가서 머리 너머로 냉장고 안쪽을 들여다봤다. 종이상자와 작은 병과 타파웨어 용기들이 평소와 마찬가지로 뒤죽박죽 섞여 들어가 있었고, 투명한 서랍 속에는 고기와 채소가 들어앉아 있었다.

요거트, 에이미가 고개를 돌려 미소를 지어 보이며 말했다. 얼굴이 어찌나 가깝게 다가와 있던지 그는 아침에 나는 특유의 입 냄새까지도 맡을 수 있었다. 약간 상한 듯하지만, 그리 불쾌하지는 않은, 아니전혀 불쾌하지 않은 냄새였다. **나 지금 다이어트 중이거든요.**

케빈은 그게 얼마나 어이없는 프로젝트인지 아느냐는 듯이 웃음을 터트렸다. 그리고 정말 그렇기도 했다. 하지만 에이미는 자기는 진지하다고 주장했다. 그때 둘 중 하나가 몸을 움직였음이 분명했다. 그가 앞으로 몸을 기댔던가, 아니면 그녀가 뒤로 몸을 기댔던가, 그도 아니면 둘이 동시에 그렇게 했음이 분명했다. 너무도 갑작스럽게 그녀가 바로 거기 있었다.

에이미의 따뜻한 체온이 두 겹의 천을 통과해 퍼져 나가기 시작했고, 그는 마치 피부와 피부가 맞닿아 있는 듯한 착각마저 느꼈다. 무의식적으로 그는 한 손을 그녀의 허리에 올려놓았다. 부드럽게 솟아오른 골반 바로 위쪽이었다. 그리고 거의 동시에 에이미가 고개를 뒤로 기울여 그의 가슴에 머리를 기대왔다. 그런 식으로 서 있는 것이 전적으로 자연스럽게 느껴지면서도 동시에 벼랑 끝에 걸터앉아 있는 것처럼 두렵게 느껴지기도 했다. 그는 자신의 손바닥 아래서 팽팽하게 당겨져 있는 그녀의 팬티 허리 밴드를 강렬하게 인식했다.

문 위 칸에 있네, 그는 잠시 망설인 후에, 아니, 필요한 정도보다 훨씬 오래 망설인 후에, 말했다.

아, 네, 그녀가 몸을 돌려 갑작스럽게 두 몸을 떼어 놓으며 대답했다. **내가 이걸 왜 몰랐지?**

에이미가 요거트를 집어 들고 식탁으로 걸어가서는 그에게 곁눈질로 미소를 지어 보이고는 자리에 앉았다. 그는 식기세척기 비우던 것을 마저 끝냈다. 온몸 구석구석이 아주 부드러운 진흙으로 만들어지기라도 한 듯이 에이미의 몸이 닿았던 기억이 물리적인 감각으로 피부에 각인되어 마음이 심란했다. 하루가 거의 다 지났음에도 그 느낌은 여전히 그녀가 떠난 바로 그 자리에 그대로 남아 있었다.

"제기랄."

그는 눈을 감고 고개를 마구 저으며 말했다. 자신이 아침의 일을 후회하는 것인지, 아니면 좀 더 명확히 기억하려 애를 쓰는 것인지도 확실히 알 수 없었다.

로리는 놀란 표정을 지어 보이는 피자 배달부를 탓할 수는 없었다. 그녀가 하얀 옷을 입고 손글씨로 '얼마예요?'라고 적은 종이 한 장을 들고 문간에 서 있었으니 그럴 법도 했다.

"어, 22달러요."

그는 이렇게 중얼거리며 배달용 보온 파우치에서 상자 두 개를 꺼내는 동안 아무렇지도 않은 척 하려고 최선을 다했다. 배달부는 아직 어린 청년이었다. 톰과 거의 비슷한 또래로 보였으며, 해변으로 가던 길에 파커 로드에 잠시 들른 사람처럼 카고 반바지에 슬리퍼를 신은 단정치 못한 외모지만 어깨가 넓고 매력적이었다.

그들은 어색하게 서로가 가진 것을 교환했다. 로리는 피자를 받아들고 청년은 로리가 내미는 10달러짜리 지폐 두 장과 5달러짜리 한 장을 받아 들었다. 그들로서는 엄청난 지출이었다. 로리는 잔돈은 필요 없다는 의사를 전달하기 위해 고개를 저으며 뒤로 물러섰다.

"고맙습니다." 그가 주머니에 돈을 집어넣으며, 집안에서 무슨 일이 벌어지고 있는지 조금이나마 훔쳐볼 수 있을지 모른다는 생각에 고개를 한쪽으로 기울였지만, 로리의 뒤쪽으로는 텅 빈 복도밖에 없다는 사실을 알아차리고는 즉시 흥미를 잃어버렸다. "안녕히 계세요."

그녀는 따뜻하고 얇은 상자를 식당으로 가지고 가서 식탁에 올려놓았다. 새로 들어온 두 남자, 알과 조쉬의 얼굴에 걱정스러우면서도 흥분된 표정이 떠올랐다. 징코 거리의 공동숙소에서 빈약한 급식을 몇 달 동안 주식으로 먹은 후, 토네티에서 배달시켜 먹는 피자는 완전히 불가능하면서 거의 부당한 사치처럼 느껴질 리 분명했다. 마치 그것을 먹으면 방종죄로 죽음을 맞아 하늘로 올라가게 될 것처럼 말이다.

그들은 사흘 전에 이사를 왔고, 매우 빠르게 이상적인 하우스메이트로 자리 잡았다. 깨끗하고 조용하고 도움이 많이 되었다. 알은 로리와 비슷한 연배에 잿빛 턱수염을 기른 키가 작고 장난스러운 남자로, 건축회사에 다니던 전직 환경 컨설턴트였다. 조쉬는 30대 초반으로 전직 소프트웨어 판매사원이었으며, 키가 껑충하고 시무룩한 성격의 잘생긴 남자였다. 그는 포크, 스펀지, 연필 등, 일상생활에서 사용하는 모든 물품을 마치 생전 처음 본다는 듯이 빤히 쳐다보는 경향이 있었다.

얼마 전만 하더라도 로리는 만약 그들의 삶 속에 나이도 적당하고 매력적이기까지 한 두 명의 남자가 끼어들어 온다면, 자신과 멕은 그들에게 흥미를 느끼게 되리라고 생각했었다. 그리하여 늦게까지 자지 않고 뜬눈으로 밤을 새우며 새로 들어온 사람들에 관해 어둠 속에서 소곤거리고 있게 되리라 짐작했었다. 알의 귀여운 미소에 관해서도 이야기하고, 또 간혹 볼 수 있듯이 조쉬라는 사람도 정서적으로 성장이 멈추어 버려서 아무리 온갖 노력을 쏟아붓는다 해도 껍질 속에서 나오게 하기란 거의 불가능한, 그런 류의 사람은 아닐까 궁금해하기도 하면서 말이다. 하지만 그런 식의 즐거움을 고려해 보기에는 이미 때가 너무 늦어 있었다. 그래서 그들은 관심을 끊어 버렸다. 알과 조쉬는 그들이 이미 떠나온 세계 속에 속한 사람들이었다.

로리는 오직 추측만으로 멕이 특별히 주문한 버섯과 검은 올리브 피자가 들어 있으리라 생각되는 상자를 열었다. 채식주의자가 아닌 사람들을 위한 소시지와 어니언 피자도 한 판 있었다. 주변을 가득 채운 향기는 풍부하고 복잡했다. 자동차 라디오에서 흘러나오는 옛날 노래처럼 추억으로 가득 차 있었다. 첫 번째 조각을 들어 올렸을 때, 로리는 길게 늘어지는 녹은 치즈에 전혀 대비가 되어 있지 않았다. 마침내 치즈가 끊어졌을 때 손에서 느껴지던 그 실제 같지 않은 무게도 역시 예상 밖이었다. 천천히 손을 움직이면서, 그리고 그 행동에 당연히 보여야 할 예의를 갖추려 애를 쓰면서, 그녀는 피자 조각을 접시에 얹어 멕에게 건네주었다.

사랑해, 그녀가 오직 눈으로만 소리 내어 말했다. **넌 정말 용감해.**

나도 사랑해요, 멕도 조용히 대답했다. **로리는 내 친언니나 다름없어요.**

그들은 침묵 속에 피자를 먹었다. 알과 조쉬는 너무 탐욕스럽게 보이지 않으려 애를 썼지만, 식욕을 억제할 수가 없었다. 한 조각, 또 한 조각, 그들은 자신들의 몫을 훨씬 초과해서 먹어치웠다. 로리는 신경 쓰지 않았다. 그녀는 별로 배가 고프지 않았고, 멕은 몇 달 동안이나 꿈꿔왔다고 주장한 음식임에도 한 입 베어 물고 그만이었다. 로리는 식탁 맞은편에 앉아 게걸스럽게 먹어치우는 두 남자를 향해 슬프게 미소 지었다. 그들은 로리와 멕이 처음 17 전초기지에 도착했을 때와 마찬가지로 순진했다. 그들이 계속 지켜나가기로 선택한 아름다운 전통을 행복하게 알아차리지 못한 채 순진하기만 했다.

그래도 괜찮아요, 그녀는 생각했다. **즐길 수 있을 때 즐겨야죠.**

~~~

크리스틴은 톰이 앞좌석에서 담배 라이터 어댑터에 연결해서 사용하는 간편한 장치로 물을 끓여 우유병을 준비하도록 내버려 두고 서둘러 화장실로 가버렸다. 적당한 온도로 데워졌을 때, 그는 1회분씩 포장된 분유를 병에 털어 넣고, 잘 섞이도록 열심히 흔들어 주었다. 그는 이 동작을 매우 절묘한 긴장 상태에서 수행했다. 즉, 아기가 아직

자고 있는지 확인하기 위해 몇 초에 한 번씩 백미러를 확인해야 했다. 만약 아이가 배가 고파 울어대기 시작하면 우유 타는 과정을 적절히 해치울 수 없다는 것을 경험으로 알고 있었기 때문이다. 늘 뭔가 한 가지는 잘못되곤 했다. 비닐봉지가 입구가 잘 열리지 않는다든가, 그것이 홀더에서 미끄러져 버린다든가, 또는 비닐 아래쪽에 작은 구멍이 뚫려 있다거나, 그것도 아니면 뚜껑이 제대로 닫히지 않는 등 별의별 일이 다 일어났다. 지극히 간단한 작업이 너무도 많은 방법으로 망쳐질 수 있다는 사실은 놀랍기 그지없었다.

그런데 이번에는 하늘이 그의 편에 있는 모양이었다. 톰은 우유병을 준비해 두고 아기를 깨우지 않고 요람에서 꺼내 안고 그늘진 벤치가 놓인 소풍 구역으로 데리고 갔다. 아기는 젖꼭지가 입술에 닿자 그제야 눈을 떴다. 그리고는 잠시 코를 킁킁대더니 곧 젖꼭지를 입에 물고는 바짝 달려들어서 맹렬한 기세로 빨아대기 시작했다. 톰은 큰 소리로 웃어젖혔다. 젖병이 그의 손 안에서 리드미컬하게 들썩거렸다. 그것을 보고 있자니 톰은 낚시를 하던 생각이 났다. 고기가 미끼를 물면 다른 생명과 연결되었다는 충격으로 낚싯바늘이 홱 움직이던 모습이 떠올랐다.

"배고팠구나, 우리 꼬맹이, 그렇지?"

아기가 우유를 꼴깍거리고 코를 킁킁거리며 그를 빤히 바라봤다. 별로 반한 듯한 표정은 아니라고 톰은 생각했다. 그렇다고 고마워하는 표정도 아니었다. 하지만 적어도 무슨 생각이 있는 사람처럼 관대해 보이기는 했다. **난 아저씨가 누군지 모르겠어요. 하지만 몰라도 상관 없어요.**

"그래 내가 엄마 아니라는 건 나도 알아." 그가 소곤거렸다. "그렇지만 나도 최선을 다하고 있다고."

크리스틴은 오랫동안 돌아오지 않았다. 아기가 우유병을 다 비우고 톰이 걱정을 하기 시작할 때까지 오랫동안이었다. 그는 아기를 위로 들어 올려 등을 두드려 주었다. 잠시 후 꼬맹이는 귀여운 트림을 했지만, 톰은 어깨 위에 친숙하고 실망스러우며 축축한 기운이 느껴지자 트림이 덜 귀엽게 느껴졌다. 그는 토사물의 시큼한 냄새가 정말 싫었다. 그것이 옷에 들러붙어서 아기의 똥보다도 더 서서히 은밀하게 계속 콧구멍 속으로 냄새가 떠다니게 하는 것도 싫었다.

아기가 버둥대기 시작했다. 톰은 일어나서 주변을 걸어 다니기 시작했고, 아기는 그것이 마음에 드는 모양이었다. 휴게소의 나머지 구역은 소박했다. 건물이라고는 화장실이 들어서 있는 평범한 1층짜리 건물 하나가 전부였는데, 레스토랑도 주유소도 없이 자동판매기 몇 대와 코네티컷이 얼마나 멋진 곳인가에 관해 설명하는 관광안내책자를 얹어 놓은 선반 몇 개가 있을 뿐이었다. 그러나 부지는 어마어마하게 넓었다. 여섯 개의 소풍 탁자가 놓인 공간도 있었고, 반려견 산책 공원도 있었으며, 트럭과 RV를 세워 놓을 수 있는 부설 주차장 공간도 있었다.

대형 차량들 사이를 어슬렁거리며 돌아다니던 중에 톰은 미시간 번호판을 달고 있는 적갈색 닷지 캐러밴에 타고 있던 한 무리의 맨발의 사람들을 만나 환영을 받았다. 대학생 또래쯤 돼 보이는 남자 셋과 여자 둘로 구성된 사람들이었다.

여자들이 아기를 데리고 옹알이를 하는 동안(그들은 아기의 이마에 그려 놓은 동전 크기만 한 과녁에 특히 매혹당한 듯했다), 헝겊으로 머리에 두건을 만들어 쓴 빨강 머리 남자 하나가 톰에게 혹시 그도 한 달 동안 진행되는 하지 축제에 참가하기 위해 포코노스로 가는 길인지 물었다.

"엄청나게 시끌벅적할 거예요." 그가 한쪽 팔을 들어 올려 열심히 옆구리를 긁어대며 찡그린 표정으로 말했다. "작년보다는 훨씬 낫겠죠."

"글쎄요." 톰이 어깨를 으쓱하며 말했다. "난 애가 있어서 가기 힘들 것 같아요."

여자 한 명이 고개를 들었다. 몸매는 끝내줬지만, 안색은 형편없었고 이도 하나 빠져 있었다.

"내가 애 봐줄게요." 그녀가 말했다. "난 그래도 상관없어요."

"그래, 그러면 되겠다." 무리 중의 하나가 웃으며 대꾸했다. 잘생기긴 했지만 기분 나쁜 표정의 사내였다. "집단 섹스하는 도중에."

"재수 없어." 여자가 남자에게 말했다. "나 정말 애 잘 보거든."

"약에 절어 있을 때만 제외하면 그러겠지." 세 번째 남자가 끼어들었다. 그는 덩치가 크고 살이 찐, 한창때가 지난 미식축구 선수처럼 보였다. "그런데 문제는 항상 약에 취해 있다는 거지."

"너희들 다 등신 같아."

두 번째 소녀가 말했다.

크리스틴이 수심에 잠긴 표정으로 BMW 옆에서 기다리고 서 있었다. 그녀의 검은 머리가 오후의 햇살 속에 반짝였다.

"어디 있었어?" 그녀가 물었다. "나 내버리고 간 줄 알았잖아."

"애 우유 먹였지." 그가 빈 병을 크리스틴 쪽으로 들어 보이며 말했다. "이거 한 병을 다 먹은 거 있지."

"허."

그녀가 관심을 보이는 척도 하지 않으며 툴툴댔다.

"나 맨발의 사람들하고 마주쳤어. 밴에 하나 가득 타고 있더라. 포코노스에서 큰 축제가 있다고 하던데."

크리스틴은 자신도 화장실에서 그들 중 한 소녀와 이야기를 나누었다고 말했다.

"엄청 신나 있더라. 올해 가장 큰 축제래."

"우리도 들렀다 가면 좋겠다." 톰이 조심스럽게 말했다. "물론 너만 가고 싶으면. 오하이오 가는 길에 있을 거야."

"맘대로 해." 그녀가 말했다. "네가 대장이잖아."

그녀의 목소리는 진심으로 관심 없다는 듯 시큰둥했다. 톰은 갑자기 그녀의 따귀를 올려붙이고 싶은 충동을 느꼈다. 상처를 주기 위해서가 아니라, 그렇게 해서라도 정신을 차리게 하고 싶었다. 그 충동이 지나갈 때까지 그는 한참 동안 자신을 억제해야 했다.

"저기," 그가 말했다. "네가 무척 화가 나 있다는 건 나도 알아. 그렇지만 그걸 나한테 풀려고 하면 안 돼. 내가 널 상처 준 사람이 아니잖아."

"나도 알아." 그녀가 대답했다. "너한테 화가 난 게 아니야."

톰은 아기를 흘깃 쳐다봤다.

"그럼 네 딸은? 애한테는 왜 그렇게 화가 났는데?"

크리스틴이 자신의 배를 문질렀다. 임신기간에 생겨난 버릇이었다. 그녀의 목소리는 너무 작아 거의 들리지도 않을 정도였다.

"난 아들을 낳기로 돼 있었어."

"그래," 그가 대답했다. "하지만 아들이 아니었지."

그녀가 톰을 지나쳐 어딘가를 바라보더니 인상을 찌푸렸다. 건너편 익스플로러 차량에서 두 명의 키 큰 부모와 작은 아이들 세 명, 그리고 황색 래브라도 리트리버 한 마리까지, 금발의 한 가족이 내려서는 걸 바라보고 있었다.

"내가 멍청하다고 생각하지, 그렇지?"

"아니," 그가 대답했다. "그건 아무 문제도 되지 않아."

그녀가 조그만 소리로 웃었다. 씁쓸하고 무기력한 웃음소리였다.

"나한테 원하는 게 뭐야?"

"네 딸을 안아 주길 바라." 이렇게 말하며 톰은 앞으로 걸어가 크리스틴이 거부하기도 전에 아기를 그녀의 팔에 안겨주었다. "몇 분만이라도, 내가 화장실에 가 있는 동안만이라도. 그 정도는 할 수 있잖아?"

크리스틴은 대답하지 않았다. 대신 아기에게서 역겨운 냄새라도 난다는 듯이 몸에서 가능한 한 멀리 떨어뜨려 안은 채로 그를 빤히 바라보기만 했다. 톰은 격려의 의미로 크리스틴의 팔을 다독여 주었다.

"그리고 이름 뭐로 지을지 생각해봐."

그가 말했다.

～～～

그러리라 짐작했듯이 소프트볼 경기가 케빈의 날카로운 신경을 진정시켜 주었다. 그는 경기장 내에서는 당면한 문제에만 초점을 맞춰 집중할 수 있었기에 왠지 시간이 천천히 흐르는 것 같은 기분이 들어 정말 좋았다. 3회 말 투 아웃에, 주자는 1루와 2루에 나가 있었고, 볼 카운트는 2볼 1스트라이크였다.

"화이팅, 곤조!"

외야에 있는 그의 목소리가 카르페디엠의 최고 투수인 밥 곤조의 귀에까지 충분히 들릴지 확신할 수 없는 상황이었지만, 어쨌든 케빈은 크게 소리쳐 불렀다. 하지만 곤조가 귀를 기울이고 있기는 할지, 그것도 의문이었다. 그는 투수 위치에 들어가 공을 던질 때면 자기 자신의 머릿속으로 깊숙이 사라져버리는 그런 류의 사람이었다. 아마 관람석

에 앉아 있는 몇 안 되는 여성 관객이 셔츠를 벗어 흔들며 자신들의
전화번호를 고래고래 소리 지른다고 하더라도 절대 알아차리지 못할
터였다.

전화해 줘요, 곤조! 내가 애원하게 하지 말아요!

이게 케빈이 소프트볼을 좋아하는 또 하나의 이유이기도 했다. 다
시 말해, 건축 견적 일을 하는 중년의 곤조 같은 사람도 여전히 스타
가 될 수 있다는 점 말이다. 그는 심장마비의 위험을 감수하지 않고
는 1루까지 뛰어가기도 힘들만큼 배가 나온 사람이었다. 하지만 동시
에 느린 공의 마법사이기도 했다. 속임수를 구사하는 현혹적인 손놀림
으로 던진 그의 공은 방망이로 향해가는 슈크림 덩어리처럼 보였는데,
차이점이라면 스트라이크 존에 도달하면 마치 총에 맞은 오리처럼 뚝
떨어져 내린다는 것이었다.

"장하다, 곤조!"케빈은 자신의 말을 강조하기 위해 글러브를 툭툭
치며 소리 질렀다. "아무 걱정 말고 던져!"

그는 양쪽으로 거대한 잔디 공간을 두고 좌익수와 중견수 위치 한
가운데 서 있었다. 카르페디엠 선수들은 여덟 명밖에 보이지 않았다.
그리고 그들은 내야에 구멍을 내기보다는 외야에 평소보다 한 명 적
은 선수를 배치하기로 했다. 그건 케빈이 구릿빛으로 빛나는 낮게 걸
린 태양 빛을 두 눈에 정면으로 받으며 감당해야 할 공간이 엄청나게
넓어졌음을 의미했다.

그래도 그는 상관없었다. 그냥 이처럼 아름다운 저녁에 사람이 할
수 있는 최고의 일 중 하나를 운동장에 나와 하고 있다는 사실이 행
복할 뿐이었다. 그는 5시 20분에 딱 시간을 맞춰 나타난 질 덕분에 경
기 시작 전 겨우 몇 분을 남겨두고 운동장에 도착할 수 있었다. 딸이
나타난 덕분에 케빈은 집 안으로 들어가서 에이미에게는 눈길 한 번

도 던지지 않은 채, 흰색 세로줄 무늬가 그려 있는 바지와 맥주잔 그림과 그 위쪽에 구식 글씨체로 카르페디엠이라는 구단명이 인쇄된 옅은 파란색 티셔츠로 구성된 선수복으로 갈아입고, 사과 한 개와 물 한 병을 집어 든 채 나올 수 있었다. 잠재적으로 어색할 리 분명한 상황을 탐색할 필요도 없었음은 언급할 필요도 없을 것이다.

다음 공은 바깥쪽으로 한참 빠지는 공이었다. 타자는 릭 샌섬으로 기껏해야 중간쯤 되는 실력의 선수였고 이제 볼 카운트는 3볼 1스트라이크가 되었다. 곤조가 정말 원치 않는 상황은 샌섬이 걸어나가게 해서 래리 탈러리코가 만루 상황을 맞이하게 하는 것이었다. 탈러리코는 맹수였다. 태양 빛에 잔뜩 그을린 험상궂은 인상의 거친 거구의 사내로 언젠가 그가 친 공 하나는 어디까지 날아갔는지 찾을 수도 없었다.

"긴장 풀어!" 케빈이 소리 질렀다. "헛스윙하게 만들면 돼!"

케빈은 하루종일 그를 따라다니는 수치스러운 감정을 무시하려 애를 쓰며 손등으로 이마를 문질렀다. 그는 자신과 에이미가 끔찍한 실수를 저지를 뻔한 상황에 얼마나 근접해 있었는지 잘 알고 있었고, 다시 그런 일이 일어나지 않도록 하겠노라 결심했다. 그는 성인이었고, 두 말할 필요 없이 책임감 있는 어른이어야 했다. 상황을 책임져야 할 사람은 바로 그였다. 정직하고 솔직한 방식으로 기본적인 규칙을 정해두어야 할 사람도 당연히 그였다. 이제 그가 해야만 할 일은 아침에 눈 뜨자마자 에이미와 함께 자리 잡고 앉아 두 사람 사이에 무슨 일이 있었는지 인정하고, 다시는 그러지 말아야 한다는 사실을 에이미에게도 인식시키는 것이었다.

넌 매우 매력적인 여성이야, 그는 이렇게 말하리라. **너도 그 사실을 잘 알고 있으리라 믿어. 그리고 우리는 지난 몇 주간 상당히 가까워**

졌어. 정도 이상으로 가까워졌지.

그런 다음 케빈은 가능한 한 퉁명스러운 태도로 그들 사이에는 낭만적이거나 성적인 교류는 어떤 식이든지 끼어들 수 없다는 사실을 설명할 터였다. **네게도 질에게도 전혀 공평하지 않은 일이거든. 나는 너희 둘을 그런 상황에 몰아 넣을 만큼 파렴치한 사람은 아니야. 내가 네게 그런 인상을 주었다면 정말 미안해.** 엄청나게 불편한 상황일 것이다. 그 사실에는 의심의 여지가 없었다. 하지만 아무것도 안 하고 가만히 있을 수는 없었다. 그건 더 불편할 리 뻔했다. 지금 서 있는 그 위험한 길을 계속 따라 내려가며 순진한 척 아무것도 모른다는 듯이 행동한다고? 그런 다음에는? 그의 침실 문밖 복도에서 에이미와 우연히 마주치기라도 하면? 수건 한 장만 몸에 두른 에이미가 사과의 말을 웅얼거리며 옆으로 몸을 비껴 빠져나갈 때 두 사람의 어깨가 서로 맞닿아 스치기라도 하면?

샌섬이 다음 공을 때려 파울을 만들었고, 어떻게든 살아보려고 그 다음 공에도 방망이를 휘둘러봤지만, 결과는 마찬가지였다. 곤조의 다음 공은 샌섬의 머리를 넘어갈 만큼 높게 날아가서 포수 스티브 위스크지에브스키는 그 공을 잡기 위해 자리에서 벌떡 일어나 도약까지 해야 했다.

"볼넷!" 심판이 고함을 질렀다. "출루!"

샌섬이 1루로 종종걸음쳐 나가자 다른 주자들도 한 루씩 진출했다. 곤조의 긴장감을 덜어주기 위해, 스티브는 작전시간을 요구하고는 상의를 하기 위해 마운드로 걸어나갔다. 유격수 피트 손도 자신의 의견을 전하기 위해 내야로 걸어 들어갔다. 그들이 대화를 나누는 동안, 케빈은 탈러리코의 괴력에 경의를 표하며 외야 깊숙이 후퇴해 나갔다. 카르페디엠이 3점 차로 이기고 있었기에, 그들은 한두 점 정도 내어줄 여력은 있었다. 그가 정말 피하고 싶은 상황은 공이 그의 머리 위로 날아가 버리는 시나리오였다. 그렇게 되면 그는 만루 홈런의 상황을 막기 위해 어떻게든 공을 따라가 잡은 후 장거리 송구를 해야만 했다.

"경기 시작!"

피트와 스티브는 그들의 자리로 돌아갔다. 탈러리코가 타석으로 들어서서 방망이의 뭉툭한 끄트머리로 바닥을 두드리다가 케빈이 얼마나 외야 깊숙이 들어가서 서 있는지 알아보고는 놀란 눈으로 다시 한 번 그쪽을 바라봤다. 숲 가장자리에서 약 10미터 정도 떨어진 곳이었다. 케빈은 쓰고 있던 파란색 모자를 벗어 공중으로 흔들며 어디 맘껏 방망이를 휘둘러 보라고 말하듯이 그 거구의 사내를 환영해 주었다.

곤조가 투구 자세를 잡더니 공을 던졌다. 공은 타자석 바로 앞에서 묵직하게 아래로 툭 떨어졌다. 탈러리코는 심판이 스트라이크를 외칠 때도 전혀 동요하지 않고 가만히 서서 공이 떨어지는 모습을 지켜보기만 했다.

케빈은 아침 식사 자리에서 에이미와 나누어야 할 대화 내용을 상상해보고, 그녀가 그 상황을 어떻게 받아들일지, 그리고 상황이 정리되면 자신은 어떤 기분이 들지에 대해 짐작해보려 애를 썼다. 지난 몇 년간 그는 참으로 많은 것을 잃었다. 물론 그뿐만이 아니라 모두가 그랬지만, 어쨌든 그는 강하게 버텨내면서 긍정적인 태도를 유지하기 위해 열심히 노력했다. 자기 자신만을 위해서가 아니라, 질을 위해서, 친구와 이웃과 시민 모두를 위해서, 그리고 노라, 특히 노라를 위해서도 그렇게 했다. 물론 노라를 위한 노력은 별다른 결실을 얻지 못했지만 어쨌든 그는 그렇게 해야만 했다.

그리고 지금 케빈은 잃어버린 모든 것과 뒤에 남겨두고 온 과거 몇 년의 무게를 느끼고 있었다. 또한 3년이 될지 4년이 될지, 혹은 20년이나 30년, 아니면 그보다 더 길게 남아 있을지도 모르지만, 아직 다가오지 않은 미래의 무게도 느낄 수 있었다. 그는 에이미에게 매혹되었다. 그건 부인할 수 없는 사실이었고, 기꺼이 인정할 수 있는 사실이기도 했다. 하지만 그 애와 잠자리까지 하고 싶지는 않았다. 현실에서는 결코 그럴 수 없었다. 앞으로 그가 그리워하게 될 리 분명한 것은 아침마다 보던 에이미의 미소와 그 애가 주던 희망의 느낌과 확신이었다. 당신은 지금까지 잃어버린 모든 것의 합보다 훨씬 더 큰 무엇이며, 아직은 행복하게 살아갈 가능성이 얼마든지 남아 있다고 말해주는 듯하던 그 확신 말이다. 그것을 대체할만한 것이 아무것도 없는 상황에서 그저 그것을 포기하고 살아가야 한다는 것은 생각만으로도 힘이 들었다.

알루미늄 방망이에 공이 부딪히는 날카로운 소음이 그를 몽상에서 깨워 놓았다. 케빈은 공이 순간 번쩍이며 높이 날아올라 태양 속으로 사라져 버리는 모습을 보았다. 눈에 차양을 만들기 위해 맨손을 들어 올리면서 그는 하늘로 솟구쳐 올라간, 눈으로는 볼 수 없는 대상의 궤도를 본능적으로 계산했고 그 궤도를 따라 뒷걸음질을 쳐나가다가 다시 오른쪽으로 약간 움직여갔다. 하늘로 뜬 공이 분명했다. 공이 지구의 대기를 떠나서 다시는 돌아오지 않을 듯이 보인 순간이 약 1~2초 정도 됐기 때문이었다.

하지만 곧이어 케빈은 그것을 보았다. 밝은 점 하나가 하늘을 가로질러 아래쪽으로 둥글게 선을 그리며 내려오고 있었다. 그는 팔을 들어 올리고 글러브를 열었다. 공이 둔탁한 소리를 내며 글러브 안으로 떨어졌다. 마치 날아오르던 내내 그곳을 향하고 있기라도 했다는 듯 행복하게 목적지에 내려앉았다.

질은 하룻밤 자러 갈 때도 흰옷을 입어야 하는지 물었지만, 마페이 선생님은 그럴 필요 없다고 대답했다.

그냥 침낭하고 몸만 오면 돼, 그녀는 이렇게 적었다. **게스트하우스에서는 별다른 규제 같은 건 없어. 그리고 침묵의 맹세도 걱정하지마. 작게 소곤거릴 수 있으니까. 재밌을 거야!**

로마에 가면 로마법을 따르는 게 맞다는 사실을 인정하는 몸짓의 일환으로 질은 청바지 위에 신축성 있는 흰색 티셔츠를 받쳐 입고, 파자마와 갈아입을 속옷과 세면용품을 작은 가방에 챙겨 넣었다. 마지막으로는 혹시라도 자신의 방문이 하룻밤으로 끝나지 않을 때를 대비해 추억의 공책 한 권을 마련해서 가족사진을 10장쯤 붙여넣고 그것도 가방에 챙겨 넣었다.

에이미는 보통 저녁나절에는 집에 없었지만, 오늘은 손님방에서 그녀가 움직이는 소리가 들려왔다. 따라서 질은 아래층으로 내려가 거실 소파에 앉아 있는 친구의 모습을 발견했을 때도 별로 놀라지 않았다. 정작 질을 놀라게 한 것은 에이미의 발치에 쌓여 있는 여행 가방 더미였다. 톰이 고등학교 다닐 때, 가족이 모두 여름 휴가를 보내기 위해 투스카니로 여행을 간 적이 있었는데, 그때 부모님이 오빠에게 사주었던 바퀴 달린 푸른색 캔버스 천 가방이었다.

"어디 가?"

자신의 손에 매달려 있는 둘둘 말린 침낭을 의식하며 질이 물었다. 마치 둘이서 함께 여행이라도 떠나려고 비행기를 기다리고 있는 듯한 모습이었다.

"나 떠나." 에이미가 설명했다. "이제 널 자유롭게 풀어줘야 할 때가 온 것 같아."

"아." 질은 에이미가 던진 말의 의미가 바닥으로 가라앉기를 기다리며 정도 이상으로 길게 고개를 끄덕였다. "아빠는 아무 말 안 하던데."

"아직 모르셔." 에이미의 미소는 평소와 달리 자신감이 없어 보였다. "그냥 충동적으로 결정한 일이거든."

"집으로 들어갈 건 아니잖아, 맞지? 양아버지한테 돌아갈 거야?"

"맙소사, 당연히 아니지." 에이미가 생각만 해도 끔찍하다는 듯이 대답했다. "거기는 절대로 다시 안 갈 거야."

"그럼……?"

"미미라고 나랑 같이 일하는 애가 하나 있거든. 성격이 굉장히 시원시원해. 부모님과 함께 살고 있기는 한데, 일종의 분리된 지하 아파트거든. 그래서 내가 잠시 들어와 살아도 상관없대."

"우와." 질은 질투심을 느꼈다. 에이미가 처음 이사 들어왔을 때, 얼마나 기분이 들떴었는지 새삼 기억이 났다. 그때는 둘이 친자매처럼 느껴졌고, 둘의 삶도 그렇게 얽혀 갈 것만 같았다. "잘됐네."

에이미가 어깨를 으쓱했다. 자랑스러워 그러는지 쑥스러워 그러는지 가늠할 수가 없었다.

"그게 바로 나잖아, 안 그래? 함께 일하는 사람 중에 친구를 만들어서 그 사람들 집으로 옮겨 가는 거. 그리고 거기서 필요 이상으로 오래 머무는 거."

"네가 있어서 즐거웠어." 질이 웅얼거렸다. "너와 함께 있는 거 아빠도 나도 좋아했어."

"그건 그렇고 너는?" 에이미가 물었다. "어디 가는 거야?"

"친구네 집에." 질은 잠시 주저하다가 대답했다. "네가 모르는 애야."

에이미는 무심하게 고개를 끄덕였다. 이제 더는 질의 사교생활에 아무런 관심이 없는 모양이었다. 그녀의 향수 어린 시선이 거실을 한 바퀴 빙 둘러보며 평면 스크린 TV, 소파가 놓인 안락한 공간, 비쳐드는 가로등 불빛을 받아 빛나는 소박한 오두막을 그린 그림 등을 훑어봤다.

"나 여기서 지내는 거 정말 좋았어. 내가 살았던 곳 중에 최고였거든."

에이미가 말했다.

"꼭 가지 않아도 된다는 거 알고 있잖아."

"아냐, 때가 됐어. 벌써 몇 달 전에 나갔어야 해."

"아빠가 너 보고 싶어 할 텐데. 네가 아빠 기운을 많이 북돋아 드렸잖아."

"아저씨한테는 내가 편지할게." 에이미는 질의 얼굴이 아니라 발치를 바라보며 약속했다. "그냥, 그동안 잘해주신 거 전부 다 고맙다고 그렇게만 전해줘, 알았지?"

"그래."

질은 뭔가 해야 할 말이 남아 있는 것 같다는 느낌을 받았지만, 그게 무엇인지는 생각해낼 수가 없었다. 에이미도 더는 아무 말이 없었다. 밖에서 경적 소리가 들려왔을 때, 둘 다 마음이 편해졌다.

"내가 타고 갈 차야."

에이미가 자리에서 일어나 질을 바라봤다. 미소를 지으려 애를 쓰는 듯 보였다.

"이제 가봐야겠어."

"그래."

에이미가 앞으로 걸어 나와 작별의 포옹을 하기 위해 팔을 뻗었다. 질은 짐을 들고 있지 않은 한 손으로 최대한 에이미의 포옹에 반응해

주었다. 다시 경적이 울렸다.

"지난여름에 말이야," 에이미가 말했다. "네가 내 목숨을 구한 거나 마찬가지야."

"그 반대도 사실이라는 거 알아둬."

질이 확고하게 말했다. 에이미가 가볍게 웃으며 짐 가방을 위로 들어 올렸다.

"나 이것 좀 빌려 간다. 며칠 있다가 가져다 놓을 게."

"그래." 질이 대답했다. "급한 일도 없는데 뭐."

질은 문간에 서서 얼마 전까지만 해도 가장 친한 친구였던 아이가 보도블럭에서 기다리고 있는 푸른색 마쯔다 차량 쪽으로 여행 가방을 굴려가는 모습을 지켜봤다. 에이미가 뒤 트렁크를 열고 가방을 집어 놓은 후 뒤 돌아서서 손을 흔들었다. 질은 마주 손을 흔드는 동안 가슴 속이 텅 비는 듯한 기분이 들었다. 자신의 삶에서 뭔가 중요한 것이 빠져나가는 듯한 느낌이었다. 사랑하던 사람이 떠나갈 때나, 그럴 수밖에 없는 상황이며 그게 자신의 잘못이 아님을 알고 있을 때조차도, 질은 늘 그런 기분이 들었다.

〰

믿을 수가 없군, 톰은 2년 만에 처음으로 워싱턴 대로를 운전해 지나가며 생각했다. **어떻게 이렇게 똑같을 수가 있지.**

그는 이 사실이 왜 자꾸 신경에 거슬리는지 알 수가 없었다. 어쩌면 지난번에 집에 들렀던 이후로 자신이 너무도 많이 변해버렸기 때문에 당연히 메이플턴도 많이 변했으리라 짐작하고 있었기 때문일지도 몰랐다. 그러나 세이프웨이, 빅 마이크의 신발 할인매장, 타코벨, 월그린

등은 물론이고, 버거킹 매장 위로 불쑥 솟아 있던 휴대전화 안테나와 위성방송 수신 안테나가 빼곡하게 설치된 흉측한 녹색 빌딩도 모두 몇 년 전 그대로였다.

그러고 나서 번화가를 벗어나 실제로 사람들이 살고 있는 조용한 거리 쪽으로 방향을 틀자 드디어 다른 풍경들이 눈에 들어왔다. 완벽하게 가꾸어 놓은 잔디밭과 깔끔하게 다듬어진 관목, 쓰러져 있는 세발자전거, 그리고 살충제를 살포했으니 주의하라고 경고하는 노란색 깃발, 축 늘어져 걸려 있는 그 작은 깃발들이 저녁나절의 우울한 분위기 속에 눈에 들어왔다.

"이제 거의 다 왔어."

그가 아기에게 말했다. 이제 차 안에는 둘밖에 없었고, 아기는 오는 내내 잠만 잤다. 그들은 크리스틴이 마음을 바꾸고 다시 나타날지도 모른다는 생각에 휴게소에서 30분을 더 기다렸지만, 그건 그냥 예의상의 절차일 뿐이었다. 그는 크리스틴이 가버렸다는 사실을 알았다. 그것도 화장실에 다녀온 직후 알아차렸다. 차 안에는 아기 혼자, 아기 전용 작은 의자에 안전띠를 매고 앉아 있다가 물기 어린 눈에 책망하는 듯한 시선을 담고 그를 올려다봤다. 그런데 그보다 더 안 좋은 일은 그 모든 게 자신의 잘못임을 톰이 알고 있었다는 점이었다. 그가 크리스틴에게 겁을 주었다. 아직 준비도 되지 않은 그녀의 품 안으로 아기를 던지듯이 안겨주었던 것이다.

그는 차 안을 뒤져봤지만, 쪽지 한 장도 남아 있지 않았다. 사과나 감사의 말, 심지어는 이렇다저렇다 설명도 없었다. 국토 횡단 여행을 함께한 동반자이자, 거의 남자친구나 다름없으며, 자기 아이의 대부이기도 하고, 아무도 그녀를 돌보지 않을 때도 변함없이 곁에서 지지하고 보호해 주었던 충성스러운 친구에게 간단한 작별 인사 한마디도 남겨두지 않았다. 그는 주차장도 샅샅이 훑어봤지만, 그녀의 흔적은 물론이고 포코노스로 향한다고 했던, 차 안에 가득 타고 있던 맨발의 사람들도 찾을 수 없었다.

초기의 충격이 가라앉고 난 후, 그는 차라리 이게 최선이라고, 크리스틴이 없어야 그의 삶도 더 수월해지리라고 자신을 설득하려 애썼다. 그녀는 차 안에서 놓인 무거운 짐꾸러미나 다를 바 없었다. 이리저리 싣고 다니려면 부담스럽기만 할 뿐이고, 스스로 버리고 간 아기만큼이나 이기적이고 보살피기 힘든 대상이었다. 게다가 아기보다 더 만족시키기 힘든 상대가 아니었던가. 그동안 톰은 어느 날 아침 잠에서 깨어난 크리스틴이 길크리스트 씨와 함께 하려 했던 삶보다 톰과 함께하는 삶이 그녀 자신을 위해 훨씬 더 나은 선택이라는 사실을 갑작스럽게 깨닫게 되리라는 헛된 희망으로 스스로를 속여왔을 뿐이었다.

네가 놓치고 있는 게 있어, 크리스틴. 톰은 생각했다. **내가 바로 널 사랑하는 사람이야.**

하지만 바로 그게 문제였다. 한때는 집이라 생각했던 장소로 BMW를 몰아가는 동안 그의 마음은 계속 그 생각으로 돌아갔다. 그는 크리스틴을 사랑했지만, 그녀는 떠나버렸다. 그녀가 맨발의 사람들이 하나가득 타고 있는 밴을 얻어타고 고속도로를 달려가고 있다는 생각을 하는 것만으로도 그의 가슴은 몹시도 아파왔다. 맨발의 사람들이 앞으로 열릴 큰 축제와 그곳에서 있을 신나는 일 등에 관해 아무리 왁자지껄 떠들어댄다 하더라도 크리스틴은 그들의 말에 귀도 기울이지 않을 게 뻔했다. 그냥 가만히 앉아 아기와 톰에게서 멀어져 자유롭게 된다는 것이 얼마나 좋은 일인지 생각하고 있을 터였다. 아기와 톰은 모든 게 다 엉망이 되어버렸다는 사실과 그녀가 얼마나 어리석은 사람이었는지 계속 상기시키는 대상일 뿐이었다.

앞으로 그녀는 앞을 볼 수 없는 안갯속에 한 주나 한 달쯤 머물다가 마침내는 모든 게 다 끝나버렸음을 깨닫게 될 터였다. 그리고 그 순간 이제 자신은 다시 웃을 수도 춤을 출 수도 있으며, 심지어는 어떤 운 좋은 마약 중독자와 엮일 수도 있게 되었다는 사실을 깨닫게 될 리 분명했다. 그런 상황을 떠올리면 톰은 더 아프고 견딜 수가 없었다. 그때 톰은 과연 어디에 있을까? 아버지와 여동생이 있는 메이플턴 집으로 돌아가 자기 아이도 아닌 애를 키우면서, 코네티컷의 휴게소에서 그를 버리고 떠나버린 여자를 여전히 그리워하고 있을까? 그게 그의 긴 여정이 마침내 그를 내려주게 될 종착지일까? 이마에는 과녁 하나를 그려 넣고, 손에는 더러운 기저귀를 든 채로, 출발했던 바로 그 장소로 돌아가는 것이?

그가 로벨 테라스로 꺾어져 들어갔을 때 해가 지기 시작했지만, 가족이 사는 커다란 집 위쪽의 하늘은 여전히 짙은 푸른색이었다.

"아가야," 그가 말했다. "내가 널 어쩌면 좋겠니?"

~~~

망설이지 말 것. 그게 첫 번째 지침이었다. **순교자로 가는 길은 빠르고 고통이 없어야만 한다.**

"어서요."

멕이 간청했다. 그녀는 베일리 초등학교의 외부 층계 아래쪽 벽돌벽에 기대 서 있었다. 거친 숨을 몰아쉴 때마다 가슴이 오르락내리락거렸다. 총신은 그녀의 관자놀이에서 겨우 2~3센티미터 정도 떨어져 있었다.

"잠깐만," 로리가 말했다. "손이 너무 떨려."

"그럴 필요 없어요." 멕이 말했다. "날 도와주고 있는 거잖아요."

로리는 마음을 진정시키기 위해 깊이 숨을 들이마셨다. **넌 할 수 있어.** 이미 준비는 다 돼 있었다. 총 쏘는 법도 배웠고, 지침서에 포함돼 있는 내용대로 시각화 훈련도 충실히 수행했다.

방아쇠를 움켜쥔다. 번쩍이는 황금색 섬광이 순교자를 천국으로 곧장 이끌어가는 모습을 상상한다.

"내가 왜 이렇게 긴장이 되는지 모르겠네." 그녀가 말했다. "신경안정제를 2회분이나 먹었는데."

"그 생각은 하지 말아요." 멕이 말했다. "얼른 해치우고 가버려요."

그게 저녁 내내 로리가 외웠던 주문이었고, 그녀의 임무를 한마디로 요약한 말이기도 했다. **해치우고 가버린다.** 엘름과 레이크우드 교차로에서 차 한 대가 기다리고 있었다. 그들이 자신을 어디로 데리고 갈지 로리는 전혀 알지 못했다. 단지 메이플턴에서 아주 멀리 떨어진 곳이고 아주 평화로운 곳이라는 것만 알고 있었다.

"내가 열부터 세기 시작할게요." 멕이 말했다. "제발 하나를 셀 때까지 기다리게 하지 말아요."

총은 작은 은색이었고 손잡이 부분은 검은색 플라스틱이었다. 별로 무겁지는 않았지만, 단단히 잡고 있기 위해 로리는 젖먹던 힘까지 끌어내야 했다.

"열…… 아홉……."

그녀는 운동장이 비어 있는 걸 확인하기 위해 어깨너머를 돌아봤다. 그들이 도착했을 때는 그네 위에서 두 명의 십 대 소녀가 수다를 떨고 있었지만, 로리와 멕은 아이들이 눈치를 채고 떠날 때까지 계속 그들을 노려봤다.

"여덟…… 일곱……." 눈을 질끈 감은 멕의 얼굴은 기대감으로 경직

돼 있었다. "여섯⋯⋯." 로리는 손가락을 보며 움직이라고 속으로 명령했지만, 손가락은 복종하지 않았다. "다섯⋯⋯."

그녀는 가족과 친구들에게서 자신을 떼어놓기 위해, 세상에서 숨어버리기 위해, 속세의 위안과 인간적인 집착을 넘어 나아가기 위해 엄청난 시련을 헤쳐와야 했다. 남편을 떠났고, 딸을 버렸으며, 침묵의 맹세를 하고 신과 남겨진 죄인들에 자신의 모든 것을 바쳤다.

"넷⋯⋯."

쉽지 않은 일이었지만, 어쨌든 로리는 해냈다. 그것은 마치 자기 손을 들어 올려 자신의 눈 한쪽을 뽑아내는 것이나 마찬가지였다. 마취도 하지 않고, 후회도 없이.

"셋⋯⋯."

그녀는 자신을 다른 사람으로 만들어왔다. 더 강하면서 동시에 훨씬 순종적인 그런 사람. 욕망도 없고, 더는 잃을 것도 없고, 부름이 오면 언제라도 신의 뜻에 복종할 준비가 된 하인으로.

"둘⋯⋯."

그러던 어느 날 멕이 나타났고, 두 사람은 늘 함께 지내왔다. 그리고 이제 그녀는 약하고 감성적이고 회의와 갈망으로 가득 찬 그런 사람으로, 처음 시작한 곳으로 다시 돌아왔다.

"하나⋯⋯."

멕이 곧이어 닥칠 불가피함에 대비해 이를 악물었다. 몇 초가 지나간 후, 그녀는 눈을 떴다. 로리는 그녀의 얼굴에 안도의 빛이 스치더니 곧 짜증스런 안색이 밀려드는 것을 보았다.

"젠장."

멕이 빠르게 내뱉었다.

"미안해." 로리가 총을 내렸다. "못하겠어."

"해야 해요. 약속했잖아요."

"그렇지만 넌 내 친구야."

"나도 알아요." 이제 멕의 목소리는 한결 부드러웠다. "그러니까 날 도와줘야만 해요. 그래야 내가 스스로 하지 않아도 되죠."

"그러지 않아도 되잖아."

"로리." 멕이 신음하며 불렀다. "왜 별것도 아닌 일을 이렇게 힘들게 만들어요?"

"난 약해서 그래." 로리가 인정했다. "널 잃고 싶지 않아."

멕이 로리 앞으로 손을 뻗었다.

"총 이리 줘요."

그녀는 자신의 임무에 전적인 믿음을 보이는, 차분한 권위가 깃든 목소리로 말했다. 로리는 그녀의 모습에 일종의 경외감을 느꼈고, 심지어 자긍심까지 느낄 수 있었다. 지금 눈앞에 있는 이 여인이 블루 하우스에서의 첫날 울음으로 밤을 지새우고 슈퍼마켓에서는 제대로 숨조차 쉬지 못했던 그 훈련생이라는 사실을 로리는 도저히 믿을 수가 없었다.

"사랑해."

총을 건네주며 로리가 속삭였다.

"나도 사랑해요."

멕도 말했지만, 그녀의 목소리는 묘하게도 아무런 감정이 실리지 않은 듯했다. 마치 잠시 후에 있을 귀청을 찢는 총성과 상상 속의 황금빛 섬광 같은 건 기다릴 필요도 없이 이미 영혼이 몸에서 빠져나가기라도 한 듯 보였다.

〰

노라는 간단히 우체통에 집어넣으면 될 편지 한 통을 시내를 가로질러 직접 건네주러 간다는 것이 얼마나 한심한 짓인지 잘 알았다. 하지만 날씨는 더없이 좋았고, 그녀는 딱히 할 일도 없었다. 적어도 직접 가져다주면 편지가 어딘가로 없어져 버리거나 우체국에서 배달이 늦어지지 않았다는 사실은 확실히 알 수 있지 않겠는가. 그녀는 적어 놓은 할 일 목록에서 편지 배달을 지우고 다음 임무로 넘어갔다. 일단 뭔가를 하는 것, 그것이 이번 일의 주요 목적이었다. 미루기를 그만두고 올바른 방향으로 나아갈 수 있도록 작지만 단단한 발걸음을 하나씩 내딛는 것.

살던 도시를 떠나 새로운 삶을 시작하는 것은 그녀가 예상했던 것보다 훨씬 큰 도전이 될 리 분명해 보였다. 지난주에 노라는 금발과 함께 시작할 익명의 미래라는, 흥분되는 예측에 힘입어 미칠 듯이 기운 넘치는 시간을 보냈다. 하지만 그런 기분은 너무도 익숙한 무기력으로 대치되어 금세 사라지고 말았다. 새로운 자신에게 붙여줄 새로운 이름도 생각해낼 수 없었고, 어디로 가고 싶은지도 딱히 결정할 수 없었으며, 집을 팔고 이런저런 주변 정리를 하기 위해 변호사나 부동산에 전화를 걸 의욕도 생기지 않았다. 한 일이라고는 다리가 쑤시고 손가락이 얼얼할 때까지 자전거를 탄 것뿐이었다. 무언가에 사력을 다해 매달리기에는 마음이 너무 지쳐 있었다.

집을 팔아야 한다는 생각이 그녀를 멈칫하게 한 주범이었다. 물론 노라는 집을 팔아야만 했다. 그 사실은 잘 이해하고 있었다. 단지 돈 때문이 아니라, 정신적인 자유를 얻기 위해서도 반드시 필요한 일이었다. 집은 과거와 현재 사이에 놓인 밝은 선이었고, 자유를 얻고자 한다면 그 선을 넘어서 떠나가야 했다. 하지만 그 집은 그녀의 아이들이 살았던 유일한 집이고, 만에 하나라도 아이들이 다시 돌아온다면 처음으로 찾아갈 리 분명한 곳이기도 했다. 그런데 어떻게 그런 집을 팔아버린다는 말인가. 물론 노라는 그들이 돌아오지 않으리라는 사실을 잘 알았다. 아니, 적어도 자신이 잘 알고 있다고 생각했다. 하지만 아무리 잘 알고 있어 봐야 별 소용도 없었다. 엄마가 아닌 낯선 사람이 문을 열어줄 때, 아이들이 느낄 실망감과 당황스러움뿐 아니라, 버려졌다는 기분을 상상함으로써 자신을 괴롭히는 것을 멈추게 하는 데는 아무런 도움도 되지 않았다.

애들에게 그럴 수는 없어, 그녀는 생각했다.

그러나 바로 오늘 오후에 그녀는 한 가지 해결책을 생각해냈다. 집을 파는 대신에 부동산을 통해 세를 놓는 것이다. 기적이 일어날 때를 대비해 그녀와 연락이 닿을 만한 사람에게 집을 빌려주면 되지 않겠는가. 물론 그렇게 되면 그녀가 상상해왔던 과거와의 완전한 단절은 불가능하게 될 터였다. 임대계약서를 쓰려면 본명을 적어야 할 테니, 적어도 이름을 바꾸기는 힘들지 않겠는가. 하지만 그 정도는 그녀가 수용해야 할 타협안일 듯했다. 내일 아침 노라는 센추리 21을 방문해서 세부적인 사항을 논의할 참이었다.

로벨 테라스가 가까워오자 노라는 걷는 속도를 높였다. 하늘은 흐렸고, 밤은 게으르고 따뜻한 날씨 위로 서서히 내려앉는 중이었다. 온라인 일정표를 확인해본 바에 따르면 케빈의 소프트볼 게임도 곧 끝날 예정이었다. 그녀는 그가 돌아올 때쯤 되면 자신은 이 지역에서 멀리 떠나 있기를 바랐다. 더는 그를 만나거나 그와 대화를 나누고 싶은 마음도 없었고, 그가 얼마나 괜찮은 남자였는지 다시 떠올리거나 자신이 그와 함께했던 순간순간을 얼마나 즐겼는지도 상기하고 싶지 않았다. 그래 봐야 득이 될 게 아무것도 없었다. 더는 없었다.

노라는 그의 집 앞에서 잠시 망설였다. 전에는 한 번도 와본 적이 없는 장소였다. 일부러 멀리 떨어져 있으려 애를 썼다. 그래서 도로 안쪽으로 깊숙이 들어와 앉은, 터치 풋볼 게임을 해도 충분할 만큼 엄청나게 넓은, 비스듬히 경사져 내려가는 잔디가 깔린 식민지 스타일의 3층짜리 저택의 규모에 적잖이 놀라고 말았다. 현관 위쪽에는 작은 아치형 지붕이 덮여 있었고, 문 옆에는 청동 우편함이 걸려 있었다.

자 어서, 그녀는 혼잣말을 했다. **넌 할 수 있어.**

노라는 차량 진입로를 걸어 올라가 층계까지 이어지는 돌이 깔린 길을 가로질러 가는 동안 몹시도 긴장했다. 친구와 가족을 뒤에 남겨두고 갑자기 사라져 버리는 환상을 품는 것과 실제로 그것을 실행에 옮기는 것은 완전히 다른 일이었다. 케빈에게 작별인사를 하는 것은 그것을 실행에 옮기는 것이기에 되돌릴 수 없는 행위였다.

다시는 날 볼 수 없을 거예요, 그녀는 편지에 이렇게 적었다.

아치길 위에 랜턴이 매달려 있었지만, 불은 꺼져 있었다. 따라서 아치 길은 나머지 세상보다 훨씬 어두워 보였다. 노라는 우편함에만 온통 신경을 집중하고 있던 까닭에 발이 걸려 넘어지기 일보 직전까지도 층계참에 놓인 부피가 큰 물체를 알아보지 못했다. 그 정체가 무엇인지 알아봤을 때, 노라는 헉 숨을 몰아쉬고는 가까이 살펴보기 위해 무릎을 꿇고 앉았다.

"미안해," 그녀가 말했다. "네가 있는 걸 못 봤구나."

아기는 카시트 안에서 깊이 잠들어 있었다. 양 볼을 움찔거리는 조그만 신생아였다. 아시아인의 외모가 희미하게 엿보였고, 섬세한 머리칼은 검은색이었다. 아기의 몸에서는 친숙한 냄새가 났다. 달콤하고 시큼한, 도저히 그냥 지나칠 수 없는 새로운 삶의 향기였다. 카시트 옆에는 기저귀 가방이 놓여 있었고, 가방 바깥쪽 주머니에는 흘겨 쓴 쪽지

하나가 끼워져 있었다. 글씨를 읽기 위해 노라는 인상을 찌푸려야 했다. **이 꼬마 아가씨는 아직 이름이 없습니다. 제발 잘 키워주시기 바랍니다.**

그녀는 다시 아기 쪽을 바라봤다. 갑자기 심장이 너무 빠르게 뛰기 시작했다.

"엄마는 어디 있니?" 그녀가 물었다. "엄마는 어디 갔어?"

아기가 눈을 떴다. 바라보는 시선에 두려움의 기미는 보이지 않았다.

"엄마나 아빠 없어?"

아기의 입에 거품 방울이 맺혔다.

"네가 여기 있는 거 아무도 모르는 거야?"

노라는 주변을 흘낏 돌아봤다. 거리는 텅 빈 채 꿈속처럼 고요했다.

"말도 안 돼," 그녀는 자신의 질문에 직접 대답했다. "너만 여기 이렇게 데려다 놓고 갔을 리가 없어."

카시트는 신생아 캐리어로도 쓰이는 것이었다. 노라는 호기심에서 카시트 손잡이를 잡아 바닥에서 들어 올렸다. 그리 무겁지 않았다. 식료품 쇼핑가방 정도 무게밖에 되지 않았다.

휴대용이네, 이렇게 생각하자, 휴대용이라는 단어에 미소가 지어졌다.

〜〜〜

하룻밤 자고 오는 일은 막연하게는 좋은 생각 같았다. 그러나 징코 거리를 걸어가는 동안 질의 마음속에는 알 수 없는 반항심이 생겨났다. 밤새 마페이 선생님과 단둘이 무엇을 한단 말인가? 소곤대며 대화를 나눈다는 생각도 처음에는 흥미롭게 느껴졌고, 심지어는 취침시간이 지나서까지 자지 않고 밤을 새는 캠프 참가자들처럼 뭔가 금지된 일을 한다는 흥분도 희미하게 느껴졌다. 그러나 곰곰이 생각해보면, 그것은 단식원에서 보내는 첫날 밤, 사람들에게 아이스크림이 제공되는 것처럼 뭔가 부정직한 것이라는 생각이 들었다.

헤이, 뜨거운 퍼지 좀 더 먹지 그래요! 여기 루즈-어-랏 단식원에서의 생활이 정말 마음에 들 겁니다!

질은 이미 짐작하고 있었음에도 에이미가 떠난 것이 그리 기쁘지 않았다. 자기 자신 때문이 아니었다. 그녀와 에이미의 관계는 이미 끝났다고 해도 과언이 아니었다. 하지만 아빠가 걱정이었다. 아빠는 지난 몇 달간 에이미에게 크게 애착을 느끼고 있었기에 그녀가 떠나게 되면 무척이나 슬퍼할 터였다. 질은 두 사람의 우정이 부러웠을 뿐 아니라, 조금은 걱정이 되기까지 했다. 하지만 에이미가 떠남으로써 자신이 얼마나 큰 부담을 덜어냈는지도 확실히 깨닫고 있었으며, 앞으로 아빠가 자신을 더 많이 필요로 하게 되리라는 사실 또한 알고 있었다.

아빠를 혼자 두기에 좋은 시기가 아니야, 질은 엘름 거리를 걸어가는 동안 왼손에 들고 있던 침낭을 오른손으로 바꿔 잡으며 생각했다.

그때 질은 베일리 초등학교 방향에서 들려오는 총성을 듣고 소스라치게 놀라며 발걸음을 멈췄다. 폭죽일 거야, 질은 속으로 생각했지만, 한기가 등줄기를 타고 흘렀다. 동시에 밸런타인데이에 쓰레기 수거함 옆에서 발견했던 죽은 남자의 참혹한 모습이 떠올랐다. 그의 머리 주변으로 둥글게 퍼져나가던 액체와 놀라움으로 크게 뜨고 있던 시체의 두 눈과 경찰이 도착하기 전까지 그들이 함께 보내야 했던 그 영원할 것만 같던 시간도 함께 떠올랐다. 질은 마치 그가 아직 살아 있어서 필요한 것이라고는 약간의 격려 뿐이기라도 하듯이 달래는 듯한 목소리로 그에게 말을 해주던 것이 기억났다.

폭죽일 거야…….

질은 결코 들려오지 않는 두 번째 폭발음을 기다리며 자신이 얼마나 오랫동안 그 길에 그대로 멈춰 서 있었는지 확실히 알 수 없었다. 기억나는 것이라고는 그 자리에서 뒤돌아섰을 때 차 한 대가 조용히, 그리고 너무 빠르게 마치 그녀를 들이받기라도 하려는 듯 다가오고 있다는 사실 뿐이었다. 차는 마지막 순간에 속도를 늦추고 단번에 보도 블럭과 평행이 되는 위치에서 질 옆에 멈춰 섰다. 그렇게 흰색 프리우스 차량이 차선 진행 방향과 반대로 서 있었다.

"여, 질!" 착색한 창문이 내려가는 동안 스코트 프로스트가 운전석에서 그녀를 불렀다. 세 마리 작은 새에 관해 이야기하는 밥 말리의 노래가 차량스테레오에서 울려 나오고 있었고 스코트는 평소와 다름 없이 환하게 미소 지었다. "어디 숨어 있던 거야?"

"아무데도."

질은 기분만큼 놀란 듯 보이지 않기를 바라며 말했다. 그가 실의 손에 들린 침낭과 어깨를 가로질러 가슴 앞으로 메고 있는 짐가방을 눈을 가늘게 뜨고 유심히 바라봤다. 애덤 프로스트가 조수석에서 얼굴을 내밀었다. 역시 스코트와 마찬가지로 잘생긴 그의 얼굴이 앞쪽 쌍둥이의 얼굴 바로 뒤쪽에서 약간 위로 올라가 있었다.

"너 가출하는 거야?"

스코트가 물었다.

"그래." 질은 대답했다. "서커스단에 들어갈 생각이야."

스코트는 질의 대답을 잠시 생각해보더니 이해한다는 듯이 키득거리고 웃었다.

"굉장한데." 그가 말했다. "태워줄까?"

도주용 차량은 정확히 와 있기로 한 장소에서 대기 중이었다. 앞좌석에 두 남자가 앉아 있었기에 로리는 뒷문을 열고 안으로 올라탔다. 아직도 총성 때문에 귀가 얼얼했다. 마치 소리의 단단한 장벽이 그녀와 나머지 세상 사이로 끼어든 것처럼 윙윙거리는 소리가 주변을 감싸고 도는 듯한 기분이었다.

그편이 훨씬 나았다.

로리는 자신을 뚫어지게 바라보는 두 남자가 신경 쓰였고, 뭔가 잘못된 것일까 궁금한 생각이 들었다. 잠시 후, 조수석에 앉아 있는 피부가 짙게 그을려 운동을 좋아할 것처럼 생긴 남자가 글러브 박스를 열고 지퍼락 냉동용 팩을 꺼냈다. 그리고 팩을 열어 위로 들어 보였다.

맞다, 그녀는 생각했다. **총. 총을 돌려달라는 거야.**

그녀는 TV에 등장하는 탐정처럼 두 손가락으로 총을 집어 들어 팩 안에 집어넣고, 멕의 손에서 총을 빼내는 일이 얼마나 힘들었는지는 생각지 않으려 애를 썼다. 남자가 사무적으로 고개를 끄덕이고는 가방을 다시 닫았다.

증거, 그녀는 생각했다. **증거를 없애라.**

운전석에 있는 남자는 약간 초조해 보였다. 둥근 얼굴에 약간 통방울눈을 한 젊은 청년이었는데, 그는 멍청한 사람에게 생각이라는 걸 해보라고 일깨우는 사람처럼 손가락으로 자기 이마를 계속 두드려댔다. 로리는 조수석에 앉은 사람이 그녀에게 휴지를 건넬 때까지도 그의 행동이 의미하는 바를 깨닫지 못했다.

가여운 멕, 그녀는 휴지를 받아들어 이마를 닦아내면서 생각했다. 뭔가 축축하고 끈끈한 것이 휴지에 묻어나는 것이 느껴졌다. **가엽고**

용감한 맥.

조수석의 남자는 계속 그녀에게 휴지를 건네주었고, 운전석의 남자는 계속 얼굴의 다양한 부위를 만지면서 그녀가 닦아내야 하는 부분을 일깨워주었다. 그냥 거울을 볼 수 있었다면 훨씬 쉬운 일이었을 테지만, 세 사람 모두 그게 좋은 생각이 아니라는 것을 잘 이해했다.

마침내 운전석의 남자가 고개를 돌리고 차를 출발시켰다. 차는 레이크우드 방향에서 워싱턴 대로를 향해 나아갔다. 로리는 좌석에 몸을 기대고 눈을 감았다.

용감한, 용감한 맥.

잠시 후 로리는 창밖을 흘낏 바라봤다. 그들은 이제 기퍼드를 가로질러 메이플턴을 떠나고 있었다. 분명히 파크웨이 쪽으로 가고 있을 터였다. 그 너머에 있을 목적지에 관해서는 로리도 아는 바가 없었고, 알고 싶지도 않았다. 거기가 어디든 간에, 그녀는 그곳에 갈 테고, 거기서 그녀 자신은 물론이고 모두의 종말을 기다리고 있을 터였다.

그리고 그리 오래 기다리지 않아도 되리라 생각했다.

〰〰

BMW 안에는 위성 라디오가 내장돼 있었고, 기능도 상당히 뛰어났다. 톰은 케임브리지에서 운전해 오는 동안 몇 번인가 라디오를 틀기도 했지만, 아기를 깨우거나 크리스틴을 짜증 나게 할까 봐 계속 소리를 작게 해두어야 했다. 그러나 이제는 오래된 힙합 방송에서 얼터네이티브 네이션 프로그램으로, 80년대 향수 음악으로, 또 헤비메탈 음악으로 원하면 언제든지 채널을 바꾸어가며 큰 소리로 들을 수 있었다. 그는 잼밴드 채널은 듣지 않았다. 포코노스에 도착하면 질리도록 듣게 되리라고 짐작했기 때문이다.

고속도로에 올라서자 몸이 좀 덜 떨리는 듯했다. 메이플턴을 도망쳐 나온 것이 가장 힘든 부분이었다. 그는 계속 시내 밖으로 차를 몰아가다가, 마지막 순간에 다시 마음이 약해져서 아기를 확인해 보기 위해 차를 돌렸다. 마침내 결단을 내릴 용기를 그러모아 아기는 괜찮을 테니 걱정 말라고 자신을 안심시킬 수 있게 될 때까지 자그마치 세 번이나 그 과정을 반복해야 했다. 그는 떠나기 전에 아기에게 우유를 먹이고 기저귀도 갈아채웠다.

그러니 누군가 아이를 발견해 집으로 데려가거나 이웃 사람 중에 하나가 아기 우는 소리를 듣게 되기까지 적어도 두어 시간은 계속 잠들어 있으리라 짐작했다. 어쩌면 다음번 휴게소에서 우연을 가장한 채 직접 아버지에게 안부 전화를 걸어서 집에 아무 일도 없는지 확인해 볼 수도 있을 터였다. 아무도 전화를 받지 않는다면, 언제든 공중전화를 이용해 경찰에게 전화를 걸어 로벨 테라스에 버려진 아기에 관해 익명의 제보를 할 수도 있었다. 그러나 그는 제발 그런 일은 일어나지 않기를 바랐다.

마음속으로 톰은 자신이 옳은 결정을 내렸다고 확신했다. 그는 메이플턴에 머물 수 없었다. 그 집으로 다시 돌아가 예전의 그 삶을 다시 살아갈 수는 없었다. 적어도 크리스틴 없이는 절대로 그럴 수 없었다. 하지만 그렇다고 아기를 내내 데리고 다닐 수도 없는 일이었다. 그는 아기 아버지도 아니었고, 직업도 돈도 없었으며 심지어 머물 곳도 정해져 있지 않았다. 아버지와 질이 아기를 키우기로 작정하기만 한다면 아기는 그들과 함께 있는 편이 훨씬 나았다. 또는 아기에게 안전하고 안정된 삶을 제공해 주고 사랑으로 키워줄 가족만 있다면 입양을 가는 게 오히려 나을지도 몰랐다. 톰은 죽었다 깨나도 그런 삶을 제공할 수 없었다. 자신의 삶을 완전히 엉망으로 망쳐놓지 않고서는 도저히 불가능한 일이었다.

어쩌면 훗날 그와 크리스틴이 함께 메이플턴으로 돌아가 아기를 다시 찾아서 톰이 꿈꿔왔던 그런 가정을 이룰 수 있을지도 모른다. 그렇지만 그게 하루 이틀 만에 해결될 일이 아니라는 사실을 톰은 잘 알고 있었다. 그리고 자신을 너무 과신해서도 안 될 일이었다. 지금 당장해야만 할 일은 그 하지 축제 현장을 찾아가 별빛 아래 춤추는 맨발의 사람들과 합류하는 것이었다. 이제 그들과 톰은 형제였고, 그들이 있는 곳이 그가 속할 곳이었다. 크리스틴도 그곳에 있을지 몰랐다. 아니 없을지도 몰랐다. 어느 쪽이든 간에, 그 파티는 상당히 재미있을 것 같았다.

〰〰

질은 깔끔하게 마감해 놓은 지하실에서 탁구공이 탁구대 앞뒤로 왔다 갔다 날아다니는 모습을 바라보며 라즈베리 색깔의 슬링의자에 앉아 있었다. 대마초에 취한 것치고 프로스트 쌍둥이는 놀랄만한 실력과 집중력으로 경기를 해내고 있었다. 그들의 몸은 유연하고 날렵했고, 얼굴은 집중력과 통제된 공격성으로 팽팽하게 긴장해 있었다. 가끔 내뱉는 끙하는 신음소리와 매번 서브가 들어가기 전에 사무적인 목소리로 점수를 외치는 것 외에는 둘 다 아무 소리도 내지 않았다.

그 외에 들리는 소리라고는 공이 탁구대에 부딪혔다가 탁구라켓에, 다시 탁구대에, 또 탁구라켓에 쉼 없이 부딪히는 규칙적인 소음뿐이었다. 그 소리는 둘 중 한 명이 유리한 기회를 잡아 강 스매시를 날리려고 상체를 뒤로 한껏 젖히기 전까지 계속되었지만, 대게는 그렇게 날린 공도 상대가 어떻게든 되받아쳐서 살려내기 일쑤였다.

그들의 게임은 마치 한 사람이 일종의 자생 루프 속에서 양쪽을 다 차지하고 서서 자기 자신에게 공을 치며 경기를 하는 것처럼 아름다운 대칭을 이루었다. 단, 한 명의 선수, 구체적으로는 오른쪽에서 경기를 하는 스코트가 공이 넘어가는 그 잠깐 동안의 공백기에 계속해서 질의 시선을 탐색한다는 사실만 제외하면 완벽한 대칭을 이룰 터였다. 스코트는 그 시선을 통해 질이 잊혀진 게 아니라는 점을 침묵의 대화를 통해 알려주었다.

네가 여기 있어서 정말 좋다.

나도 좋아.

점수는 8대 8로 동점이었다. 스코트는 깊이 숨을 들이마시고 탁구 라켓을 날카로운 대각선으로 그으며 매우 받아치기 힘든 스핀 서브를 날려 보냈다. 애덤은 허를 찔리고는 오른쪽으로 몸을 기울였지만 이미 때는 늦어 있었다. 어색한 동작으로 백핸드를 날리기 위해 탁자를 가로질러 몸을 던졌지만, 간신히 네트를 넘어가는 약한 공을 쳤을 뿐이었다. 그런 식으로 그들은 다시 경기의 리듬을 탔고, 지속적으로 참을성 있게 공을 주고받았다. 하얀색 흐린 점이 이쪽 주황색 탁구채에 맞았다가 맞은편 탁구채에 맞기를 반복했다,

다른 사람이라면 그 상황을 지루하게 느꼈을 테지만, 질은 전혀 아무런 불만도 없었다. 의자는 편안했고, 달리 갈 곳도 없었다. 마페이 선생님이 징코 거리의 공동숙소 정문 앞에서 자신이 새로 모집한 회원에게 대체 무슨 일이 일어났을까 궁금해하며 기다리고 서 있을 모습을 떠올려보면 약간 죄책감이 느껴지기는 했다. 하지만 그 상황을 해결하기 위해 뭔가를 해야겠다고 생각할 만큼 큰 죄책감은 아니었다. 내일 사과해도 될 테고, 안 되면 모레라도 사과하면 되지 않겠는가.

우연히 친구들과 마주쳤어요, 질은 이렇게 적어 보내야겠다고 생각했다.

또는, **정말 귀여운 남자애가 하나 있거든요, 그런데 걔가 날 좋아하는 것 같아요.**

아니면 이것도 좋을 듯했다. **행복하다는 게 어떤 기분인지 그동안 잊고 살았나 봐요.**

~~~

차량 진입로에 들어섰을 때, 집은 어두웠다. 케빈은 시동을 끄고 잠시 차 안에 앉아 있었다. 팀원들이 있는 카르페디엠으로 돌아가서 어렵게 쟁취한 승리를 기념할 수도 있을 텐데, 내가 여기 앉아서 대체 뭐하고 있는 걸까, 라는 생각도 들었다. 그는 맥주 한 병을 마시고 바로 술집을 나왔다. 질이 보낸 문자 한 통이 그의 기분을 온통 무겁게 만들어 버린 탓이었다. **나 친구네 집에 있어요. 그리고 궁금해하실까 봐 알려드리는데, 에이미 짐 싸서 나갔어요. 지금껏 잘해주셔서 다 고맙고, 잘 지내시래요.**

한편으로는 적잖이 안심이 됐다. 쓸데없이 엄한 아버지 노릇을 하려 들지 않아도 되고, 에이미에게 집을 나가달라고 부탁할 필요도 없게 되지 않았는가. 하지만 그럼에도 그 소식은 케빈을 슬프게 했다. 이런 식으로 결론이 나서 안타깝기도 했고, 마지막으로 뒤 베란다에 나가 에이미와 함께 아침 대화를 나눌 기회도 얻지 못했다는 사실이 슬프기도 했다.

자신이 에이미와 함께했던 시간을 얼마나 즐겁게 누렸는지 그녀에게 알려주고 싶었고, 스스로를 너무 과소평가하지 말라는 말도 해주고 싶었으며, 그녀를 얻을 만한 가치가 없는 그런 남자에게 정착하지 말라는 조언도 해주고 싶었다. 또 성장 가능성을 아예 짓밟아버리는 그런 직업에 안주하려 들지 말라는 말도 들려주고 싶었다. 그러나 사실 그는 이미 여러 차례 에이미에게 그런 얘기들을 해준 바 있었다. 그러니 그녀가 그의 말을 잘 새겨들었기를 바랄 뿐이었다. 그리하여 언젠가 필요한 때가 오면 그 말의 뜻을 이해해 주길 바랐다.

지금으로서는 사랑했지만 떠나버린 사람들의 목록에 에이미의 이름을 올려놓는 것 외에 그가 할 수 있는 일이란 없었다. 갈수록 목록은 길어지고 있었고, 개중에는 상당히 중요한 이름도 있었다. 언젠가 때가 되면, 에이미도 하나의 각주처럼 보일 날이 있겠지만, 지금 당장 그녀의 부재는 그보다는 훨씬 크게 느껴졌다. 마치 전체 페이지 하나를 다 할애해줄 가치가 있는 사람처럼 느껴졌다.

그는 차에서 내려 차량 진입로를 가로질러가서 처음 이 집으로 이사 왔을 당시 로리의 첫 번째 대형 프로젝트였던 푸른색 돌이 깔린 오솔길로 나아갔다. 아내는 돌을 고르고 구불구불한 길을 구상하고 땅을 파고 바닥을 고르느라 몇 주를 보냈고, 마침내 그 결과는 그녀를 자랑스럽고 행복하게 만들어주었다.

케빈은 잔디 끄트머리에 잠시 멈춰 섰다. 그리고 무성한 잔디밭에서 튀는 불꽃처럼 날아올라 마구 흩뿌려놓은 감탄부호처럼 밤하늘을 밝히며 친숙한 로벨 테라스의 풍경을 이국적인 장관으로 바꾸어 놓고 있는 반딧불이의 모습을 바라봤다.

"아름답군."

이 말이 입에서 채 다 나오기도 전에, 그는 자신이 혼자가 아니라는 사실을 깨달았다. 한 여성이 현관 층계 맨 아래쪽에서 그의 방향을 바라보고 서 있었다. 팔에는 뭔가를 안고 있는 듯 보였다.

"실례합니다만," 그가 말했다. "거기 누구시죠?"

여자가 천천히, 거의 당당한 걸음걸이로 그를 향해 걸어오기 시작했다. 금발에 날씬했고, 그가 아는 누군가를 연상케 하는 모습이었다.

"괜찮으세요?" 그가 물었다. "도와드릴까요?"

여자는 대답하지 않았지만, 이제는 그가 노라라고 인식할 수 있을 만큼 아주 가까운 거리에 있었다. 그녀의 팔에 안겨 있는 아기는 한 번도 본 적이 없는 낯선 얼굴이었다. 왜 있지 않은가, 우리가 아기에게 이름을 지어주고 그들이 우리 삶 속으로 들어오도록 기꺼이 환영해주기 전, 처음으로 그들을 만날 때, 바로 그 순간처럼 낯설었다.

"내가 뭘 발견했나 보세요."

그녀가 말했다.

-끝-

감사의 말
니나와 루크를 위하여

늘 그래 왔듯이, 이번에도 이 '갑작스런 증발'에 동행해 주고 여기까지 오는 내내 지원을 아끼지 않았던, 엘리자베스 바이어, 마리아 메시, 도리 바인트라우브, 그리고 실비 라비너, 당신들에게 고마움을 전할 수 있으니 난 얼마나 운이 좋은 사람인지 모르겠습니다. 나와 일상을 함께 해준 부인 마리, 아이들 니나, 루크에게도 역시 고마운 마음을 전합니다.

저자와의 대화

맥밀란 오디오 제작책임자 로라 윌슨이 실시한 인터뷰.

저는 이 책을 무척이나 재밌게 읽었습니다. 슬프면서도 굉장히 유머러스한 작품이더군요. 궁극적으로 슬픈 상황 속에서 유머의 소재를 찾아낼 때면, 작가로서 어떤 기분이 드나요?

음, 실은 정확히 그 반대라는 사실을 짚고 넘어가야겠네요. 저는 최근 몇 년 동안 제가 코믹 소설의 개념을 어느 정도까지 확장할 수 있을지, 그리고 코믹하면서도 종말론적인 시나리오라는 개념을 작품 속에 수용할 수 있을지 확인해보기 위해 여러 실험을 해왔습니다.

그리고 이 작품 속에 유머러스한 요소가 꽤 많이 등장하기는 합니다만, 저는 이 작품이 궁극적으로는 슬픔과 상실, 비탄에 관한 내용을 다루고 있다고 생각합니다.

어느 날 갑자기 사람들이 사라져 버리리라고 예상하는 사람은 없을 겁니다. 그럼에도 그 소재가 무척이나 연민을 자아냅니다.

'휴거'는 확실히 엄청난 사건입니다. 그렇지만 저는 휴거라는 것이 사실은 '나이 먹어가는 것'과 '죽음', 그리고 '죽음을 의식한 삶'에 대한 하나의 은유였다는 점을 깨닫기 시작했습니다. 그것도 상당히 강력한 은유죠. 우리는 기본적으로 사라져버린 사람들에 의해 정의된 세상 속에 살아가고 있습니다.

물론 그들 모두가 갑작스럽고 이해할 수 없는 방식으로 사라져 버리는 것은 아닙니다. 하지만 우리는 이해하기 힘든 미스테리한 사실들이 존재함에도 여전히 그 속에서 그런 현상과 더불어 살아갈 수밖에 없다는, 그 상실을 감내해야 한다는 생각을 하고 있습니다.

이 책 속에서 가장 큰 코믹 요소 중 하나는 억지로 담배를 피워야 한다는 생각입니다. 혹시 사회 비판적인 요소를 내용 속에 집어넣으려 시도하신 건가요?

저는 독자가 우리에게 무한한 미래란 있을 수 없으며, 미래란 본질적으로 제한돼 있다는 사실을 진심으로 깨닫게 된다면 무슨 일이 생길지에 관해 생각해보게끔 하고 싶었습니다. 그런 맥락에서 담배를 피운다는 게 상당히 흥미롭게 생각되더군요. 일부러 담배를 피움으로써 자신의 몸을 학대하여 자신들은 오래 살지 않을 거라는 신념을 세상에 선언하는 도구가 될 수 있으니까요. 우리 사회에서 흡연은 매우 복잡한 행위이고, 그 의미도 최근 몇십 년에 걸쳐 상당히 극적으로 변해온 까닭에, 담배를 피우는 행위는 일종의 모호한 사회비판이 되어버린 것 같습니다.

저는 책 속에 등장하는 십 대 청소년들의 모습과 그들이 계획했던 미래의 모습이 점차 아무런 의미도 없이 변해버리는 방식을 매우 흥미롭게 읽었습니다. 십 대들의 관점에서 글을 쓰는 건 어땠던가요?

저는 꽤 오랫동안 십 대들의 관점에서 글을 써왔습니다. 제 첫 작품《배드 헤어컷Bad Haircut》은 어른으로 성장해 가는 아이들에 관한 책이고,《일렉션Election》은 고등학교에서 일어나는 일을 다루고 있습니다. 그리고《위시본The Wishbones》은 록밴드를 하는 젊은이들 이야기예요. 물론《레프트 오버》는 십 대 자녀를 둔 아버지의 관점에서 글을 썼기에 다른 작품들과는 달리, 더는 아이의 관점에서 세상을 바라볼 필요가 없었습니다. 대신 부모의 입장에서 바라봤죠. 따라서《레프트 오버》는 몇 가지 요소에서 제가 작가로서 저의 뿌리로 돌아갔다고 할 수도 있겠지만, 완전히 새로운 관점에서 작업한 작품이라고도 할 수 있습니다.

《레프트 오버》를 집필할 당시에, 휴거가 임박했다는 세간의 예측을 신경 쓰고 있었습니까?

아니요. 저는 이 책을 2008년에서 2010년 사이에 썼습니다. (휴거는 2011년 5월이나 6월 경에 일어나리라 예측되고 있었다.) 물론 저도 마야력이 끝나는 시점인 2012년에 세상이 멸망하리라고 예견하는 사람들이 있다는 사실은 알고 있었습니다. 그렇지만 우리가 사는 세상에는 늘 종말에 관한 시나리오가 떠돌고 있잖아요. 제 상상은 훨씬 세속적인 상황에 그 뿌리를 두고 있습니다. 저는 당시 2008년의 세계 경제 위기에 훨씬 큰 관심을 기울이던 일이 기억납니다. 그리고 과거에 여러 사람이 느꼈고, 지금까지도 어느 정도는 다들 느끼고 있는, 지극히 강력하고 번성한 국가에서 살아간다는 느낌, 그 느낌도 여전히 기억하고 있습니다. 그때 우리는 미래란 확실히 보장돼 있으며 점점 더 확장돼 가는 것이고, 우리의 아이들은 이치에 맞는 세상을 준비해 가리라는 사실을 의심조차 해본 적이 없었죠. 그런 사회 구조를 우리는 지금까지 너무나도 당연시해왔습니다.

하지만 앞으로 10년만 지나면 우리가 누려온 모든 것이 사라지고 지금과는 매우 다른 세상에서 살아갈지도 모른다는 느낌도 공존했었죠. 내가 쓰고 싶었던 이야기는 주인공들이 더는 자신들의 미래가 확실히 보장되거나 예측 가능하거나 이해 가능하지 않다는 사실을 깨닫게 되는 그런 세상에 관한 이야기였습니다. 그건 경제적인 절망이나 회의를 후기 묵시록적인 시나리오로 변화시킨다는 점에서 확실히 확대해석이라 볼 수 있을 겁니다. 저는 종교적인 예언을 비난하기보다는 미래에 대한 믿음을 잃어버리는 상황에 훨씬 큰 관심을 두고 있습니다.

한적한 교외의 삶은 당신이 다른 소설에서도 탐구했던 주제입니다. 교외 지역에서 살아가는 사람들에 관해 쓰는 것을 즐기는 이유가 무엇인가요?

사실 저는 그 주제를 제가 선택한 것이라고 느껴본 적이 없습니다. 그것은 제 상상 속에서 일종의 기본값으로 정해져 있다고 할 수 있거든요. 저는 도시 근교의 작은 마을 출신입니다. 따라서 2년 전 브루클린에서 살았던 때를 제외하고는 교외의 삶이 저의 자라온 방식이라 할 수 있습니다. 삶의 상당 부분을 교외 지역에서 보냈으니까요. 제게 있어서 지극히 당연한 사회적 단위로서의 소도시 삶은 매우 중요하다고 할 수 있습니다.

제 생각에는 근래들어 많은 작가이 상당히 많은 주인공이 등장하고, 배경적으로 볼 때에는 지구 상의 다양한 지역을 아우르는, 다시 말해, 세계로 넓게 퍼져 나가는 소설을 실험하는 것 같습니다. 저는 그것이 우리가 살아가는 글로벌 문화를 알아가는 하나의 방편이라고 이해하고 있습니다. 또한 시간의 흐름과 함께 어떻게 세상이 변해 왔는지에 관해 좀 더 큰 그림을 그려보려는 의도라고 생각합니다. 또, 매우 다른 역사적 기간을 옆옆이 나란히 두고 비교해 보길 바라는 작가들의 의도라고도 이해합니다. 반면, 저는 작은 마을로서의 소설, 하나의 소우주로

서의 소설, 좀 더 커다란 세상을 구성하는 작은 세상으로서의 소설이라는 개념을 좋아합니다.

이미 다음 작품을 시작하셨나요? 책 하나를 끝내면 바로 다음 작품으로 들어가는 편인가요, 아니면 한 작품이 끝나고 나면 다음에 작업하고 싶은 작품에 관해 생각할 여유를 좀 두는 편인가요?

저는 보통 한 작품을 마무리 짓고 나면 그 후유증에서 빠져나오는 데 거의 1년 여의 시간을 보냅니다. 그리고 그 1년여의 기간에는 가끔 기고문이나 단편 소설 작업을 합니다. 최근에는 대본 작업을 해왔습니다. 따라서 지난 1년 동안 저는 마지막 작품인 《앱스티넌스 티처The Abstinence Teacher》의 시나리오 작업과 《위시본》의 TV 파일럿 대본 작업을 하면서 바쁘게 보냈습니다. 그리고 현재 단편집도 한 권 작업하고 있습니다.

작품이 영화로 만들어진 작가 입장에서 본인의 작품이 스크린에 상영되는 것을 보는 건 어떤 기분인가요?

저는 매우 운이 좋은 사람이고, 《일렉션》과 《리틀 칠드런Little Children》이 영화로 만들어진 것에 대해서도 매우 기쁘게 생각합니다. 저는 자신의 창작물을 다른 작가나 배우나 감독 같은, 다른 분야 종사자들을 위해 개작할 기회가 온다면, 그것은 두말 말고 무조건 뛰어들어 잡아야할 기회라고 생각합니다. 재능 있는 사람들이 뛰어난 능력을 발휘할 준비를 마치고 대기해 있는데, 그보다 더 큰 행운이 어디 있겠습니까. 때로 작가 입장에서는 송구하기 그지없는 일이에요.

영화 《일렉션》은 원작을 무색케 할만한 일종의 문화적 아이콘으로 성장했습니다. 그리고 이제 그 사실은 제가 평생 떠안고 살아가야 할 짐이 되었습니다. 하지만 저는 그 영화 속에서 리즈 위더스푼Reese Witherspoon의 연기가 왜 오랫동안 인구에 회자할 것이며, 왜 최근 몇 년간 제작된 여타의 작품들과 비교했을 때, 그녀의 코믹 연기가 유독 돋보인다는 것인지 그 이유를 확실히 알고 있습니다. 저는 영화 작업을 통해 공동작업의 기회를 얻어서 앞으로 어떤 식으로 상황이 전개될지 지켜보는 일을 진심으로 즐기는 법을 배웠습니다.

독서 클럽 토론 주제

1. 톰 페로타의 《레프트 오버》는 휴거일 수도, 그렇지 않을 수도 있는 의문의 대량 실종사건 이후의 삶에 초점을 맞춘다. 다양한 등장인물은 '뒤에 남겨진' 자신의 처지에 대해 어떻게 느끼는가? 독자의 입장에서는 '갑작스런 증발'에 관해 어떤 등장인물의 견해가 가장 이해할만한가?

2. 《레프트 오버》는 한적한 미국 교외 지역을 배경으로 한다. 그곳은 성인 소프트볼게임도 열리고, 학교 시스템도 탄탄하고, 수목도 우거진 아름다운 소도시다. 작가는 왜 그런 곳을 이 소설 속의, 혹은 작가의 다른 소설 속의 배경으로 삼았을까? 교외 지역이 특별히 쾌적하거나 목가적이라고 생각하는가? 아니면 그런 느낌도 그저 근거 없는 믿음에 불과한가?

3. 질 가비는 '사라진 사람들을 실제보다 훨씬 더 나은 사람처럼 꾸며댐으로써, 다시 말해, 그들이 남겨진 패배자들보다 우월한 존재였던 것처럼 지어냄으로써, 그 실종사건을 마치 있어야 할 정당한 사건처럼 둘러대기'가 매우 쉬운 일이라고 생각한다. 그 말이 사실일까? 《레프트 오버》의 주요 등장인물은 사라진 친구나 친척들에 관해 어떻게 생각하는가?

4. 크리스틴과 길크리스트 씨의 관계에 관해 어떻게 생각하는가? 그녀가 단지 카리스마 있는 나이 든 남자에게 속아 자신이 특별한 사람이라고 착각하게 된, 다시 말해, 포식자의 희생물에 지나지 않는 그런 존재에 불과할까? 아니면 둘 사이에 뭔가 좀 더 복잡한 무언가가 있을까?

5. 로리 가비는 왜 '남겨진 죄인들'에 합류했다고 생각하는가? 그리고 합류한 이후에 계속 머물게 된 이유는 무엇이라고 생각하는가? 사이비 종교단체 비슷한 집단이 '갑작스런 증발' 같은 사건의 충격으로 휘청이는 사람들에게 위안을 줄 수 있다고 생각하는가? 그렇다면 신성한 웨인이 펼치는 '치유의 안아주기 운동'은 어떤가?

6. 책 속에 등장하는 십 대들의 성적일탈에 대해서는 어떻게 생각하는가? 그들이 오늘날 십 대들의 행동을 정확하게 묘사해 보여준다고 생각하는가? 질과 그 친구들의 행동을 어느 정도까지 '갑작스런 증발'의 트라우마에 대한 반응이라고 생각해야 할까?

7. 케빈 가비는 좋은 아버지인가?

8. 로리와 멕의 관계는 어떻게 설명하겠는가? 그들 사이에 일어나는 일이 그럴 듯하다고 생각 하는가? 케빈과 노라의 관계에 대해서는 어떻게 생각하는가?

9. 《로드The Road》나 《패시지The Passage》나 다른 많은 책처럼, 《레프트 오버》도 후기 묵시록적 세상을 그 배경으로 한다. 이러한 시나리오에 독자들이 매혹되는 이유는 무엇인가? 우리가 알고 있는 세상의 종말을 다룬 소설과 《레프트 오버》가 차별화되는 지점은 어디인가?

10. 페로타는 '갑작스런 증발' 탓에 TV 속 스타 셰프들의 세계가 '불가능할 만큼 큰 타격을 입었다'라는 식으로 몇몇 사회적 활동 분야에 관해 묘사하고 있다. 그렇다면 당신이 보기에 완전히 사라져버렸으면 좋겠다고 생각되는 사회적 활동 분야가 있는가?

11. 저자의 종교적 견해에 관해 어떻게 생각하는가? 그의 영적 성향에 관해서는 어떻게 생각하는가? 혹시 《레프트 오버》 속에서 그 단서를 찾을 수 있는가?

12. 책의 결론에 대해 토론해 보라. 작품이 끝난 후 주인공들에게는 어떤 일이 일어났을 것 같은가?

《The Leftovers》에 보내는 평단의 찬사

"뛰어난 상상력을 보여주는 작품이면서 가벼운 에피소드도 적잖이 포함돼 있고, 깊이 역시 갖추고 있는 소설이다. 삶의 어두운 이면으로 기꺼이 여행할 수 있는 독자에게 좋은 선물이 될 것이다."

〈머큐리 The Mercury〉

"성경 속의 휴거, 혹은 그와 비슷하게 닮은 어떤 사건이 일어난 후 남겨진 사람들에 관해 매우 균형 잡힌 이야기를 들려주는 작품이다."

〈로스앤젤레스 타임스 The Los Angeles Times〉

"《레프트오버》는 한마디로 말해 지금껏 본적이 없는 최고의 '환상특급' 이야기 중 한 편이다."

스티븐 킹 Stephen King,
〈뉴욕타임스 북 리뷰 New York Times Book Review〉

"[페로타가] 그저 재미있는 사람에서 인간의 가장 깊은 불안과 욕망을 풀어내는 대담한 연대기 작가로 발전해 나갔다는 사실을 확실히 보여주는, 그의 작품 중 가장 성숙하고 몰입력이 뛰어난 소설…… 유머로 생기를 불어 넣고 오싹함의 기운을 가미한 이 통찰력 있는 소설은 인간 정신의 매우 어두운 구석으로 우리를 이끌어간다."

〈워싱턴포스트 Washington Post〉

"[페로타의] 가장 야심 찬 소설…… 작품의 전제는 이야기 속에 등장하는 그 놀랄만한 요소(확실히 등장인물들에게는 놀랍기 그지없을 사건) 만큼이나 간단하다. 이 소설 속에는 급진적인 격변이 생성해낸 다양한 대처 방안뿐 아니라, 그 과정에서 급격히 삶이 변해버리거나 자신에게 일어난 뭔가 중요한 사실을 발견해낸 사람들로 가득 차 있다. 작품의 어조가 비극적이라기보다는 코믹한 쪽에 가깝기는 해도, 작가는 절대로 등장인물을 '좋은' 사람과 '나쁜' 사람으로 나누지 않는다. 오히려 그들 모두가 단지 평범한 인간일 뿐이라는 사실에 공감한다. 그리고 평범한 사람들이 특별한 상황을 다루어 나가는 것, 그것에 이 소설 속의 이야기다."

〈컬커스 리뷰 Kirkus Reviews〉

"《Little Children》 이래로 톰 페로타는 권태로운 교외 지역민의 삶을 그리는 연대기물의 대가로 평가받고 있다. 하지만 짓궂고 통찰력 넘치며, 도저히 손에서 내려놓기 힘든 소설 《레프트오버》는 그의 손에 이끌려 거의 새로운 수준으로 올라갔다…… 정말 재미있는…… 《레프트오버》는 기쁨, 환희, 부드러움 그리고 희망으로 가득 찬 작품이다."

〈마리클레르 Marie Claire〉

"마음을 사로잡는 작품."

〈피플 People〉

"《레프트오버》는 《우리 마을Our Town》과 일맥상통하는 작품이지만 종말을 다룬다는 점에서 차이가 난다. 교외 지역민의 삶을 다루는 우리 시대의 발자크 톰 페로타는 자신의 매력적이고 재미있는 새 소설을 위해 매우 흥미로운 전제를 들고 나왔다. 어느 날 갑자기 지구 상의 엄청난 인구가 온데간데없이 사라진다. 그 현상에 관해 설명할 수 있는 유일한 단어는 '휴거' 뿐…… 페로타는 메이플턴이라는 미국의 중산층 거주 지역으로 자신의 애정 넘치는 풍자적 초점을 조심스럽게 가져다 맞추고는 어떻게든 삶을 살아나가려 애쓰는 마을 사람들의 모습을 독자들에게 보여준다…… 그리고 이러한 이야기는 조금의 망설임도 없이 계속 페이지를 넘기게 하는 그의 뛰어난 산문체 덕분에 매우 우아하게 결말을 향해 나아간다. 페로타가 운전대를 잡고 앉아 있으니, 이제 독자는 작품의 구성을 구입한 후, 그가 소설을 출발시키는 동안 편안히 의자에 기대앉아 있으면 될 것이다."

〈시카고 썬 타임스 Chicago Sun Times〉

"페로타는 부조리한 상황과 매우 사실적인 등장인물을 결합해 놀라운 효과를 거두어낸다. 그는 독자가 무엇을 믿고, 무엇을 가장 중요시하며, (줄에 매여 있지 않다면) 어떻게 앞으로 움직여 나아가야 하는지에 관한 생동감 있는 탐험으로 자신의 이야기를 변화시킨다…… 페로타는 연민으로 등장인물을 다루며 독자도 같은 방식으로 소설 속으로 들어갈 수 있도록 초대한다."

〈시애틀 타임스 Seattle Times〉

"도발적인 자신의 새 소설 속에서, 톰 페로타는 우리의 불안 속으로 곧장 뛰어든다…… 그것은 신사답고 페로타 스러운 작품이며, 난도질당한 몸이나 폭격에 무너진 건물이 등장하지 않는 공상과학 소설을 닮은 작품이다. 또한 초자연적인 사건을 기반으로 한 현실적인 작품이기도 하다."

〈보스턴 글로브 Boston Globe〉

"페로타는 풍자를 따뜻하게 구사해 내고 부조리 속에서 중요한 의미를 찾아내는 데 천부적인 재능을 보인다. 극단으로 치달은 종교적인 열정을 조롱하기란 쉬운 일이다. 하지만 그 속에서 의미를 찾고 그것을 실생활에 적용하기란 결코 쉽지 않다. 페로타는 그의 풍부하고 이상하리만치 위안이 되는 작품 속에서 그 두 가지 모두를 이루어낸다."

〈모어 매거진 More Magazine〉

"성경 이래 휴거를 다룬 최고의 책."

〈엔터테인먼트 위클리 Entertainment Weekly〉에 실린
"과녁(The Bullseye)" 중에서.

"작가가 '휴거 비슷한 현상'이라 언급하는 사건으로 시작하는 이 작품은 일부 교외 지역민의 불안을 잘 드러내 보여줄 뿐 아니라, 여타의 다른 묵시문학들은 이제 설 자리가 없어졌음을 증명해 보인다."

〈O, 오프라 매거진 O, The Oprah Magazine〉
(2011년 최고의 소설부분에 선정)

2011년 8월 아마존 이달의 북 선정

"뛰어난 상상력을 보여주는 작품이면서 가벼작가 톰 페로타는 미국 교외 지역의 잘 닦아 놓은 광택 뒤에 도사리고 있는 고요한 절박감을 드러내는 데 통달한 작가다. 《레프트오버》에서 그는 실제로 휴거가 일어나 수백수천만의 사람들이 갑자기 사라진다면 어떤 일이 일어날지 탐구해 보여준다. 평범한 사람들은 어떻게 반응할까? 페로타의 등장인물은 무관심, 회피, 의기소침, 흥분, 그리고 이단교 가입 등의 다양한 대처 방식을 선보인다. 흔치 않은 상황임에도 불구하고, 사람들이 삶에서 일어나는 좀 더 사소한 문제에 반응하고 대처하는 방식(이단교는 제외하고)은 사실 그리 낯설지 않게 다가오는네, 그런 결과물이 하나의 소설로 탄생한 것이 바로 《레프트오버》다. 이 작품은 서서히 타오르지만, 이상하리만치 강렬하게 작용해서 소설이 끝난 후에도 독자들은 이야기의 영향에서 쉽게 빠져나가지 못한다. 가끔씩 신랄한 풍자를 곁들인 생생한 산문 스타일로 기괴하고 비정상적인 휴거라는 사건을 다루어 가면서 작가는 보통 사람들이 뒤에 남겨졌다는 자신의 처지를 어떻게 극복해 나가는지 상상해 보여준다.

- 크리스 슐럽 Chris Schluep

저자 톰페로타

톰 페로타는 1961년 미국 뉴저지에서 이탈리아 이민자 부모 사이에 태어났다. 페로타는 예일 대학에서 영문학을 전공하고, 시라큐스 대학에서 영문학 석사학위를 받았다. 하버드대에서는 강단에 서기도 하였다. 소설가이자 시나리오 작가로서 꾸준히 사랑받아온 그는 《레프트오버》를 통하여 다시 한번 베스트셀러 작가로서의 면모를 유감없이 발휘하였다.

그는 다수의 소설과 시나리오를 집필하였으며, 그의 소설 중 《Election》과 《Little Children》은 영화로 제작되어 평단의 찬사를 한몸에 받기도 하였다. 특히 2006년 케이트 윈슬렛 주연의 《Little Children》 시나리오를 토드필드와 함께 공동집필했으며, 그것으로 아카데미 각색상에도 노미네이트 되는 영예를 누렸다.

그의 소설 《레프트오버》는 HBO의 연작 TV 드라마로 제작되어 인기리에 시즌1을 마치고 시즌2가 제작 중이다. 레프트오버는 그 독특한 소재와 내용으로 독서클럽, SNS, 언론매체에서 소설 속의 '갑작스런 증발'이 휴거인지 아닌지에 대하여 철학적 토론이 벌어지는 등 큰 화제를 불러 모았다. 이후 15개국에 번역 출간되어 각국에서 잇따라 베스트셀러에 올랐으며, 인간의 삶과 존재에 대한 의문을 일상생활 속에 절묘하게 녹여내는 그의 재주에 팬들은 다시 한번 탄복하지 않을 수 없었다.

톰 페로타의 다른 책

《The Abstinence Teacher》

《Little Children》

《Joe College》

《Election》

《The Wishbones》

《Bad Haircut: Stories of the Seventies》

옮긴이 전행선

연세대학교 영문학과를 졸업하고 2007년 초반까지 영상 번역가로 활동했으며, 현재는 번역가 모임인 바른번역 회원으로 소속되어 출판전문 번역가로 일하고 있다. 옮긴 책으로는 《지하에 부는 서늘한 바람》,《몽키스 레인코트》,《템플기사단의 검》,《살인을 부르는 수학공식》,《아스라이 스러지다》,《엄마와 함께한 마지막 북클럽》,《무조건 행복할 것》,《내게 힘을 주는 말들》,《때로는 나도 미치고 싶다》,《윈터스 테일》,《존과 조지》,《마이 블러드》 시리즈,《소피》 등이 있다.

레프트오버

초판 | 2015년 10월 1일 초판 9쇄
저자 | 톰페로타
옮긴이 | 전행선

출판사 | 도서출판 북플라자
주소 | 경기도 파주시 문발동 파주출판단지 535-7
전화 | 070-7433-7637
팩스 | 02-6280-7635
홈페이지 | www.book-plaza.co.kr

ISBN | 978-89-98274-23-8   03840

북플라자(Book Plaza)는 쉽고 효과적인 실용서적 및 세상을 밝게 할 자기계발서를 늘 준비 중입니다. 독자 여러분의 책에 관한 아이디어와 원고 투고를 열린 마음으로 기다리고 있습니다. 꼭 소설책이 아니어도 됩니다. 요리책이어도 좋고, 수필이어도 좋고, 만화책이어도 좋습니다. 책으로 엮고 싶은 아이디어가 있으신 분은 book.plaza@hanmail.net